BASTEI
LÜBBE

Vom Autor sind bei BASTEI LÜBBE TASCHENBÜCHER erschienen:

Die Dämonenreihe:

20 489 Dämonenhatz
(enthält die ersten drei Romane der Reihe)
20 490 Ein Dämon lässt die Kühe fliegen
20 499 Den Letzten beißen die Dämonen

ROBERT ASPRIN

Dämonentanz

Drei Romane in einem Band

Ins Deutsche übertragen
von Ralph Tegtmeier

BASTEI
LÜBBE

BASTEI LÜBBE TASCHENBUCH
Band 20 504

1. Auflage: Februar 2005

Vollständige Taschenbuchausgabe
der als Einzelbände erschienenen Romane
Ein Dämon kommt selten allein,
Ein Dämon macht noch keinen Sommer
und Ein Dämon mit beschränkter Haftung

Bastei Lübbe Taschenbücher
ist ein Imprint der Verlagsgruppe Lübbe

Titel der amerikanischen Originalausgabe:
Hit or Myth, Mything Persons, Little Myth Marker

Titelillustration: Walter Velez, Agentur Schlück
Umschlaggestaltung: Bianca Sebastian
Satz: SatzKonzept, Düsseldorf
Druck und Verarbeitung:
Maury Imprimeur, Frankreich
Printed in France
ISBN 3-404-20504-9

Sie finden uns im Internet unter
www.luebbe.de
www.bastei.de

Der Preis dieses Bandes versteht sich einschließlich
der gesetzlichen Mehrwertsteuer.

ROBERT ASPRIN

Ein Dämon kommt selten allein

Kapitel 1

»FÜR VERWANDTE SPRICHT JA EINIGES ... ABER MAN KANN ES NUR MÜNDLICH VERBREITEN – WEIL ES SICH UNMÖGLICH DRUCKEN LÄSST!«

ALBERT EINSTEIN

Wenn ich nicht so sehr in Gedanken versunken gewesen wäre, als ich an jenem Tag in meine Gemächer schritt, hätte es mich vielleicht auch nicht so unverhofft erwischt. Aber wer rechnet schon damit, gerade dann magisch angegriffen zu werden, wenn er sein Zimmer betritt?

Schon gut, schon gut! Sicher, ich bin zwar der Hofzauberer von Possiltum, und in letzter Zeit habe ich mir auch einen gewissen Ruf erworben, aber es sollte doch wohl trotzdem möglich sein, dass ich mein Zimmer betreten kann, ohne gleich angesprungen zu werden! Ich meine, wenn ein Magiker nicht mal in seinen eigenen Gemächern in Sicherheit sein kann, wo denn wohl sonst?

Streichen Sie diese Frage!

Sie gehört nämlich zu der Sorte, mit der mein Ausbilder versucht, mich davon zu überzeugen, dass eine magische Karriere die Lebenserwartung nicht unbedingt steigert. Nicht dass es da bei mir großer Überzeugungsarbeit bedürfte. Taten sind lauter als Worte, und das, was ich seit Antritt meiner Zauberlehre unter der Anleitung meines Mentors an Taten habe vollbringen und erleben müssen, war laut genug, um mich davon zu überzeugen, dass das Leben eines Magikers nicht besonders friedlich ist. Ich meine, wenn man bedenkt, dass wir nur wenige Tage, nachdem wir uns begegnet sind, beide von einem wütenden Mob gelyncht wurden ... regelrecht am Hals aufgeknüpft ...

Aber ich schweife ab.

Es fing also damit an, dass ich ganz harmlos in mein Zimmer trat. Ganz harmlos, haha! Dort erwartete mich ein Dämon, ein Perfekter, um genau zu sein. Das war an sich noch nichts Ungewöhnliches. Aahz, mein Ausbilder, den ich vorhin erwähnte, ist ebenfalls ein Perfekter. Genau genommen teilt er sich mit mir sogar die Unterkunft. Das Ungewöhnliche war vielmehr, dass der Dämon, der mich jetzt dort erwartete, nicht Aahz war!

Nun bin ich noch nicht vielen Perfektern begegnet ... Quatsch, Aahz ist der einzige, den ich kenne ... aber Aahz kenne ich sehr gut, und dieser Perfekter hier war eindeutig *nicht* Aahz!

Dieser Dämon war kleiner als mein Mentor, seine Schuppen waren von einem etwas helleren Grün, und seine goldenen Augen standen enger zusammen. Darüber hinaus lächelte er nicht... Aahz lächelt immer, sogar wenn er wütend ist ... *ganz besonders* dann, wenn er wütend ist. Ein ungeübter Beobachter hätte Aahz und diesen Fremden vielleicht nicht auseinander halten können, aber für mich waren sie so unterschiedlich wie ein Täufler und ein Imp. Natürlich hatte es auch Zeiten gegeben, da ich einen Täufler nicht von einem Imp hätte unterscheiden können. Das sagt wohl einiges aus über die Gesellschaft, in der ich mich in letzter Zeit befinde.

»Wer bist du?«, fragte ich.

»Du Skeeve?«

»Hm, ja. Ich Skeeve. Wer du?«

Die Antwort bestand darin, dass ich plötzlich von einer unsichtbaren Hand gepackt, herumgewirbelt und auf den Kopf gestellt wurde, bis ich schließlich mit herabbaumelndem Schädel vier Fuß über dem Boden hängen blieb.

»Werd bloß nicht zickig, Dumpfbacke. Ich habe gehört, dass du einen Verwandten von mir in einer Art Bann hältst. Ich will ihn zurückhaben, kapiert?«

Er unterstrich seine Worte dadurch, dass er mich herabließ, bis ich nur noch wenige Zoll vom Boden entfernt war, um mir dann mit Hilfe dieses Bodens eine harte Kopfnuss zu verpassen.

Ich bin vielleicht nicht gerade der beste Magiker aller Zeiten, aber ich wusste immerhin, was er da machte. Er benutzte seine geistige Kraft, um mich durch den Raum levitieren zu lassen. Das habe ich gelegentlich selbst schon mit kleineren Gegenständen getan. Natürlich fiel mir auch ein, dass ich nicht unbedingt ein kleinerer Gegenstand war, und dass ich es hier mit jemandem zu tun hatte, der in den magischen Künsten etwas versierter sein musste als ich. Deshalb hielt ich es für angebracht, mein Temperament zu zügeln und meine guten Manieren zu zeigen.

»Du kennst Aahz?«

»Und ob. Und ich will ihn wiederhaben.«

Letzteres wurde von einer erneuten Kopfnuss begleitet. So viel zum Thema: Ruhe bewahren.

»Dann solltest du ihn gut genug kennen, um zu wissen, dass niemand ihn gegen seinen Willen festhalten kann.«

Mein Kopf schoss wieder dem Boden entgegen, doch diesmal kam er kurz vor dem Ziel zum Stillstand. Trotz meiner ungünstigen Position konnte ich sehen, wie sich der Dämon nachdenklich übers Kinn strich.

»Das stimmt«, murmelte er. »Also gut ...«

Ich wurde wieder in die Aufrechtlage levitiert.

»... dann fangen wir mal am Anfang an. Wo ist Aahz und was hält ihn in dieser Hinterhofdimension auf?«

»Ich glaube, ich kann besser denken *und* reden, wenn meine Füße auf dem Boden stehen.«

»Hmmm? Oh, Verzeihung!«

Ich durfte wieder eine normale Stellung einnehmen. Nun, da ich mich aus eigener Kraft aufrecht hielt, bemerkte ich, dass mir das Verhör grässliche Kopfschmerzen eingebracht hatte.

»Er ist hinten in der Unterkunft von General Badaxe und debattiert mit ihm über militärtaktische Probleme«, brachte ich hervor. »Es war so langweilig, dass ich wieder gegangen und hierher gekommen bin. Er müsste eigentlich auch bald da sein. Als ich ging, war der Wein fast leer.«

»Taktik und Wein, eh?« Mein Besucher schnitt eine Grimasse. »Das hört sich wirklich ganz nach Aahz an. Und sonst? Warum bleibt er in einer derart abgelegenen Dimension wie Klah, mitten im Nirgendwo? Und wie kommt es, dass er mit dem Großen Skeeve zu tun hat?«

»Du hast von mir gehört?«

»Hier und da in den Dimensionen«, gab der Dämon zu. »In manchen Kreisen hält man dich für ein ziemlich heißes Bürschchen. Deshalb habe ich mich auch gefragt, ob du Aahz irgendwie gefangen genommen hast oder so. Als du hier hereinkamst, war ich auf einen königlichen Kampf gefasst.«

»Na ja, so gut bin ich nun auch wieder nicht«, gestand ich ihm. »Ich habe erst in den letzten zwei Jahren unter Aahz' Anleitung angefangen, Fortschritte zu machen. Wenn er nicht seine Kräfte verloren und mich als Lehrling angenommen hätte, wäre ich noch immer ein völliges Nichts.«

»Hallöchen!«, machte mein Besucher und hob eine Hand. »Ich glaube, gerade hast du alles aufgeklärt. Aahz hat seine Kräfte eingebüßt und sich einen neuen Lehrling zugelegt! Kein Wunder, dass er schon ein Weilchen nicht mehr nach Hause gekommen ist. Und dieses ganze Gerede vom Großen Skeeve ist nichts als die typische Schau, die Aahz als Manager eines jungen Talents abzieht, stimmt's?«

»Na ja, ein *paar* knifflige Aufgaben haben wir schon erledigt«, wehrte ich ab.

»Wobei Aahz die Choreographie übernommen und

dafür gesorgt hat, dass du den ganzen Ruhm einheimst. Stimmt's?«

»Was ist ›Choreographie‹?«, fragte ich. Offensichtlich ging die Familienähnlichkeit der beiden tiefer als ein paar Schuppen.

»Na, ich will hoffen, dass du auch allein zurechtkommst, Skeeve, weil ich deinen Mentor nämlich nach Perv zurückbringen werde.«

»Aber vor mir brauchst du ihn doch gar nicht zu retten!«, protestierte ich. »Er ist doch völlig frei und kann kommen und gehen, wann er will.«

»Ich rette ihn auch nicht vor dir, ich rette ihn vor sich selbst. Unser Kollege hat ein völlig überzogenes Verantwortungsgefühl, das nicht immer mit seinen ureigenen Interessen einhergeht. Weißt du, was für eine lukrative Praxis er in Perv gerade vor die Hunde gehen lässt, während er hier mit dir herumhampelt?«

»Nein«, gab ich zu.

»Na ja, jedenfalls verliert er jeden Tag, den er weg ist, Geld ... und das bedeutet, dass die Familie Geld verliert.«

Da gab ich das Diskutieren auf. Ich hatte schon früh während meiner Bekanntschaft mit Aahz gelernt, wie zwecklos es war, zu versuchen, einem Perfekter Gelddinge auszureden. Die Tatsache, dass Aahz dazu bereit war, ein regelmäßiges Einkommen aufzugeben, um mit mir zu arbeiten, stellte einen unglaublichen Tribut an unsere Freundschaft dar ... oder an sein Verantwortungsgefühl. Natürlich gibt es immer verschiedene Möglichkeiten, in einem Streitgespräch die Oberhand zu gewinnen.

»Na ja, wie ich schon sagte«, meinte ich unschuldig, »ich kann ihn hier nicht festhalten. Wenn du ihn davon überzeugen kannst, dass er hier nicht mehr gebraucht wird ...«

»So haben wir nicht gewettet, du Penner«, höhnte der Dämon. »Wir wissen beide, dass wir ihn nicht dazu bringen werden, seinen Lehrling im Stich zu lassen. Ich werde ihn mit einer ganz frechen Lüge nach Perv zurücklocken. Und du wirst dabei deine Klappe halten.«

»Aber ...«

»... denn wenn du das nicht tun solltest, sorge ich dafür, dass nichts mehr übrig bleibt, was ihn in Klah noch festhalten könnte ... und damit meine ich *dich!* Und bevor du auf den Gedanken kommst, es bei mir mit Magik zu versuchen, solltest du dir etwas merken: *Du* hast gerade zwei Jahre unter Aahz Magik studiert. *Ich* dagegen habe nach dreihundertjähriger Lehrzeit meinen Abschluss in Magik gemacht. Im Augenblick bin ich bereit, mich an das Prinzip von ›leben und leben lassen‹ zu halten. Mit dem, was du bisher gelernt hast, solltest du dazu in der Lage sein, dir deinen Lebensunterhalt zu verdienen und dir dabei vielleicht sogar noch den einen oder anderen Trick anzueignen. *Falls* du dich mir allerdings in den Weg stellen solltest, wird von dir nicht mal mehr genug übrig bleiben, um es mit einem Schwamm aufzuwischen. Ich hoffe, wir verstehen uns?«

Plötzlich begriff ich, warum niemand in all den Dimensionen, in denen wir herumgekrochen waren, sich mit einem Perfekter anlegen wollte. Ich bemerkte außerdem, dass gerade jemand hinter mir in den Raum getreten war.

»Rupert!«

»Onkel Aahz!«

Die beiden schlugen einander auf den Rücken. Ich ließ ihnen reichlich Platz dazu.

»He, Junge, das hier ist mein Neffe Rupert ... aber ich sehe, dass ihr euch schon vorgestellt habt.«

»Leider«, grollte ich.

Das brachte mir einen finsteren Blick Ruperts ein, doch Aahz bemerkte es nicht.

»Was führt dich denn nach Klah, Neffe? Liegt doch ein bisschen abseits deiner normalen Jagdreviere, nicht?«

»Es geht um Paps. Er will dich sehen.«

»Tut mir Leid.« Plötzlich war Aahz wieder ganz der Alte. »Ich habe hier zu viele Eisen im Feuer, um mich in irgendeinen Familienknatsch hineinziehen zu lassen.«

»Aber er liegt im Sterben.«

Das ließ Aahz einen Augenblick innehalten.

»Mein Bruder? Unsinn! Der ist viel zu zäh, den bringt nichts um. Der könnte selbst mich in einem unfairen Kampf schlagen.«

»Er hat sich mit Mami angelegt.«

Ein besorgter Ausdruck veränderte Aahz' Miene. Ich sah, dass er innerlich anfing zu schwanken.

»So ernst ist es, eh? Aber ich weiß nicht. Ich meine, wenn er wirklich im Sterben liegen sollte, kann ich ihm schließlich auch nicht mehr helfen.«

»Es wird nicht sehr lange dauern«, drängte ihn Rupert. »Er hat irgendetwas über sein Testament gesagt.«

Ich stieß ein stummes Stöhnen aus. *Darauf* konnte man sich verlassen, dass ein Perfekter die Schwächen eines Perfekters kannte!

»Na ja, ich schätze, meine Geschäfte hier können auch ein paar Tage warten«, erklärte Aahz mit geheucheltem Zögern. »Mach keinen Ärger und halt dich aus Schwierigkeiten raus, Jungchen. Ich bin so schnell zurück, wie es geht.«

»Gehen wir«, meinte Rupert und verbarg sein triumphierendes Grinsen. »Je schneller wir in Perv sind, desto früher kannst du zurück.«

»Aber Aahz ...«

»Ja, Junge?«

Ich sah, wie sich Ruperts Augenbrauen düster zusammenzogen.

»Ich ... ich wollte bloß ›auf Wiedersehen‹ sagen.«

»He, Junge, nun mach doch nicht gleich einen Staatsakt

daraus! Ist ja nicht so, als würde ich für alle Zeiten verschwinden.«

Bevor ich etwas erwidern konnte, legte Rupert einen Arm um Aahz' Schulter, und die beiden verschwanden vor meinen Augen.

Weg.

Irgendwie konnte ich mich nicht überwinden, es zu glauben. Mein Ausbilder war einfach weggeholt worden ... für immer. Was immer ich von Aahz gelernt hatte, würde nun genügen müssen, weil ich jetzt nämlich völlig auf mich selbst gestellt war.

Dann hörte ich, wie es an meiner Tür klopfte.

Kapitel 2

»Immer, wenn die Dinge schrecklich finster aussehen, sage ich mir: ›Kopf hoch, alter Junge, es kann nur noch schlimmer kommen!‹ Und tatsächlich, es kommt wirklich nur noch schlimmer!«

Skeeve

Ich beschloss, als Hofzauberer von Possiltum, dass meine Antwort huldvoll ausfallen sollte.

»Hau ab!«

Das *war* huldvoll. Wenn Sie wüssten, was ich in diesem Augenblick wirklich dachte, würden Sie mir das glauben. Bisher hatten mich nur sehr wenige Leute in meinen Gemächern besucht, und im Augenblick wollte ich keinen von ihnen sehen.

»Wisst Ihr, mit wem Ihr da sprecht?«, ertönte eine gedämpfte Stimme hinter der Tür.

»Nein! Und es ist mir auch völlig egal! Hau ab!«

»Hier ist Rodrick der Fünfte. Euer König!«

Das ließ mich innehalten. Wut hin, Wut her, dieser Titel gehörte immerhin dem Mann, der mein Gehalt festsetzte und bezahlte. Wie ich schon sagte: *Ein paar* Dinge habe ich von Aahz durchaus gelernt.

»Wisst Ihr, mit wem *Ihr* da sprecht?«, rief ich zurück und hoffte.

Einen Augenblick herrschte Stille.

»Ich nehme an, dass ich mit Skeeve dem Großen, dem Hofzauberer von Possiltum spreche. Jedenfalls wird er es sein, den mein Zorn treffen wird, falls man mich noch länger vor seinen Gemächern warten lässt.«

So viel zur Hoffnung. Diese Sachen klappen im wirklichen Leben nie so, wie sie in Witzen gelingen.

Mit höchst unwürdiger Hast jagte ich zur Tür, hieb gegen den Knauf und riss sie auf.

»Guten Nachmittag, Sire Magiker. Darf ich eintreten?«

»Aber gewiss doch, Euer Majestät«, sagte ich und wich ein Stück beiseite. »Ein Fünftel habe ich noch nie ausgeschlagen.«

Der König legte die Stirn in Falten.

»Soll das ein Witz sein? Wenn ja, ist mir die Pointe entgangen.«

»Mir auch«, gab ich gefasst zu, »es ist etwas, das mein Lehrling Aahz immer sagt.«

»Ach ja. Euer Lehrling. Ist er da?«

Rodrick rauschte majestätisch ins Zimmer und spähte neugierig in alle Ecken, als erwarte er, dass Aahz jeden Augenblick hinter einer der Wände hervorspringen würde.

»Nein. Er ist ... ausgegangen.«

»Gut. Ich hatte gehofft, allein mit Euch sprechen zu können. Hmmm ... diese Gemächer sind wirklich sehr geräumig. Ich kann mich gar nicht erinnern, schon einmal hier gewesen zu sein.«

Das war eine Untertreibung. Nicht nur, dass der König nie meine Unterkunft in seinem Palast aufgesucht hatte, ich konnte mich auch nicht daran erinnern, ihn jemals anderswo als auf seinem Thron oder in dessen unmittelbarer Nähe gesehen zu haben.

»Euer Majestät haben mir noch nie die Ehre Eures Besuchs erwiesen, seit Majestät mich bei Hofe eingestellt haben«, erwiderte ich.

»Oh. Deshalb kann ich mich wohl auch nicht mehr daran erinnern, hier gewesen zu sein«, entgegnete Rodrick lahm.

Das war an sich schon recht seltsam. Normalerweise war der König ziemlich schlagfertig und nie um eine Antwort verlegen. Tatsächlich erschien mir dieser königliche Besuch in meinen Privatgemächern immer seltsamer, je mehr ich darüber nachdachte. Trotz meiner Verzweiflung angesichts Aahz' unvorhergesehener und wahrscheinlich endgültiger Abreise, begann meine Neugierde sich zu regen.

»Darf ich den Grund für diese angenehme, wenngleich auch etwas unverhoffte Audienz erfahren?«

»Na ja ...«, fing der König an und warf noch einmal einen Blick durchs Zimmer. »Seid Ihr ganz sicher, dass Euer Lehrling nicht anwesend ist?«

»Völlig sicher. Er ... ich habe ihn in Urlaub geschickt.«

»In Urlaub?«

»Ja. Er hat in letzter Zeit schrecklich angestrengt studiert.«

Der König legte die Stirn in Falten.

»Ich kann mich gar nicht erinnern, ein Urlaubsgesuch genehmigt zu haben.«

Einen Augenblick glaubte ich schon, dass ich in die Fallgrube meiner eigenen Täuschungsmanöver gestürzt sei. Doch dann fiel mir wieder ein, dass Aahz mir nicht nur einige interdimensionale Sprachen beigebracht hatte, er hatte mich auch gelehrt, mich auf »Bürokratisch« auszudrücken.

»Ich war nicht der Meinung, dass es dazu Eurer Genehmigung bedürfte«, sagte ich hochnäsig. »Juristisch betrachtet untersteht mein Lehrling nicht Eurer Majestät. Ich bezahle ihn nämlich von *meinem* Sold, was ihn zu meinem Angestellten macht, der folglich auch meinen Urlaubsregelungen unterliegt ... wie auch *meiner* eventuellen Kündigung. Wiewohl er, wie jeder Untertan Possiltums, selbstverständlich Eurer Gesetzgebung untersteht, bin ich nicht der Auffassung, dass der Unterparagraph C der Verordnung über das Palastpersonal (VPP) in seinem Fall Anwendung findet.«

Mein kurzer Vortrag erreichte sein Ziel: er verwirrte meinen Zuhörer und langweilte ihn zugleich. Aahz wäre stolz auf mich gewesen. Ich war besonders stolz darauf, dass ich die Kündigungsklausel mit ins Spiel gebracht hatte, weil mir dies gestattete, für den Fall, dass Aahz nicht zurückkehren sollte, zu behaupten, dass ich ihn entlassen hätte, ohne dass dies einen Einfluss auf die Höhe des mir von der Krone gezahlten Solds haben würde.

Natürlich ließ mich das wieder über die Möglichkeit nachgrübeln, dass Aahz nicht zurückkehren würde.

»Nun, wie auch immer. Es freut mich, dass Eure Einstellung in Urlaubsfragen meine eigene widerspiegelt, Sire Magiker. Jeder sollte einmal Urlaub machen dürfen. Aus diesem Grund habe ich Euch übrigens heute Nachmittag aufgesucht.«

Das warf mich um.

»Urlaub? Aber Majestät, ich brauche doch gar keinen Urlaub!«

Das wiederum warf den König um.

»Ihr? Natürlich nicht! Ihr und Euer Lehrling verbringt doch sowieso die meiste Zeit mit Vergnügungsreisen auf anderen Welten. Das nenne ich aber eine ganz schöne Frechheit, mich um Urlaub angehen zu wollen!«

Das war's. Die ganze Wut, die ich seit Ruperts Ankunft nur mühsam unterdrückt hatte, brach jetzt aus mir heraus.

»Ich *habe* nicht um Urlaub ersucht!«

»Oh! Ja, natürlich.«

»Und außerdem gehören diese ›Vergnügungsreisen auf anderen Welten‹, die Ihr zu erwähnen beliebtet, zum täglichen Handwerk eines Zauberers, ob er nun bei Hofe angestellt ist oder sonst wo. Sie ermöglichen es uns, Wunder zu bewirken ... wie zum Beispiel das Wunder, Euer Königreich vor Big Julies Armee zu retten. Erinnert Ihr Euch noch?«

»Wie könnte ich das jemals vergessen, ich ...«

»Sollte Euer Majestät allerdings der Meinung sein, dass ich mir in der Erfüllung meiner Aufgaben als Hofzauberer Nachlässigkeit habe zuschulden kommen lassen, brauchen Majestät nur nach meinem Rücktritt zu verlangen, und ich werde ihn sofort einreichen. Wenn sich Majestät erinnern, haben *Majestät* mich darum ersucht, diese Stellung anzunehmen. *Ich* hatte Majestät nicht darum gebeten!«

»Bitte, Sire Magiker!«, unterbrach Rodrick mich verzweifelt. »Ich wollte Euch nicht kränken. Ihr habt uns bisher mehr als zufrieden stellend gedient. Tatsächlich beruhte jene Zurückhaltung, die ich hinsichtlich Eures Urlaubs geäußert habe, nur auf der Befürchtung, ich könnte gezwungen sein, das Reich eine Zeit ohne Eure hilfreichen Kräfte regieren zu müssen. Aber wenn Ihr tatsächlich meint, dass Ihr einen Urlaub nötig habt, ließe sich dies sicherlich irgendwie einrichten ...«

»Ich *will* doch gar keinen Urlaub. In Ordnung! Lassen wir das Thema.«

»Aber gewiss. Ich dachte nur ... na schön.«

Mit leisem Kopfschütteln schritt er wieder zur Tür.

Dass ich diese Auseinandersetzung zu meinen Gunsten entschieden hatte, verbesserte meine Stimmung gewaltig. Nach der ganzen Herabwürdigung, die Rupert meinem Ego angetan hatte, war es zur Abwechslung mal ganz nett zu erfahren, dass *irgendjemand* meine Kräfte zu schätzen schien.

Allerdings fiel mir auch ein, dass es vielleicht nicht unbedingt das Klügste wäre, es darauf beruhen zu lassen, dass ich eine Auseinandersetzung mit dem Mann, der mir meinen Sold zahlte, gewonnen hatte.

»Euer Majestät?«

Der König blieb stehen.

»Habt Ihr nicht etwas vergessen?«

Er runzelte die Stirn.

»... zum Beispiel den ursprünglichen Anlass Eures Besuchs? Da ich nicht um Urlaub ersucht habe und Ihr mir auch keinen anbieten wolltet, nehme ich doch an, dass Majestät etwas anderes im Sinne hatten?«

»Ach so, ja. Völlig richtig. Aber wenn man es genauer bedenkt, ist dies vielleicht nicht die rechte Zeit darüber zu sprechen.«

»Wie meinen? Etwa wegen unseres kleinen Missverständnisses? Beachtet es nicht weiter, Majestät. Dergleichen kommt eben gelegentlich vor. Seid versichert, dass ich nach wie vor Euer Majestät treuester Untertan bin – bereit, alles zu tun, was in meiner Macht steht, um Euch beim Regieren des Königreichs zu unterstützen.«

Wie ich schon sagte, langsam entwickelte ich ein Gefühl für die verschiedenen Redensarten, die die jeweiligen Situationen verlangten.

Rodrick strahlte mich an.

»Das freut mich, zu hören, Meister Skeeve. Aus ebendiesem Grund habe ich Euch heute auch aufgesucht.«

»Und wie kann ich Euer Majestät zu Diensten sein?«

»Es geht um einen Urlaub.«

Ich schloss die Augen.

Einen kurzen Moment wusste ich ... beachten Sie, dass ich *wusste* gesagt habe und auch *wusste* meinte ... wie sich Aahz fühlte. Ich wusste, wie es war, wenn man sich ernsthaft bemühte, jemandem zu helfen, nur um festzustellen, dass dieser Jemand wild entschlossen zu sein schien, einen um den Verstand zu bringen.

Der König bemerkte meinen Gesichtsausdruck und fuhr hastig fort: »Kein Urlaub für Euch. Ein Urlaub für mich!«

Das öffnete mir die Augen. Im wahrsten Sinne des Wortes.

»Ihr, Majestät? Aber Könige machen doch gar keinen Urlaub!«

»Darum geht es ja gerade.«

Rodrick begann, während des Sprechens nervös im Zimmer auf und ab zu schreiten.

»Der Druck der Verantwortung für ein Königreich wird mit der Zeit immer stärker. Das ist wie in allen anderen Berufen auch. Der Unterschied ist nur, dass man als König nie eine Pause einlegen darf. Man hat keine Zeit, um sich mal auszuruhen und die Gedanken zu sammeln, oder auch nur, um mal lange zu schlafen. Vom Tag der Krönung an, da einem die Krone auf den Schädel drückt, bis zu dem Tag, da sie einem durch freiwillige oder unfreiwillige Pensionierung wieder genommen wird, ist man König.«

»Oh, das ist aber hart, Majestät! Ich wünschte, ich könnte irgendetwas tun, um Euch zu helfen.«

Der König blieb stehen und strahlte mich erneut an.

»Aber das könnt Ihr ja! Deshalb bin ich doch überhaupt hier!«

»Ich? Ich kann Eurem Urlaub nicht zustimmen! Selbst wenn es in meiner Macht stünde, und dem ist nicht so, braucht das Königreich ständig einen Herrscher auf dem Thron. Es kann Euch nicht entbehren, nicht einmal für einen einzigen Tag!«

»Genau! Deshalb darf ich den Thron auch nicht verwaist zurücklassen. Wenn ich schon einen Urlaub brauche, muss ich wenigstens einen Ersatzmann haben.«

In meinem Kopf rasselte eine Alarmglocke.

Auch wenn Aahz wegen meiner Begriffsstutzigkeit ständig an mir herumgenörgelt hat – dumm bin ich keinesfalls. Selbst bevor ich Aahz begegnete ... ach was, bevor ich überhaupt Lesen und Schreiben lernte, konnte ich schon zwei und zwei zusammenzählen und erhielt als Ergebnis vier. In diesem Fall war die Notwendigkeit eines Ersatzmannes für den König die eine Zwei; die andere Zwei war seine Gegenwart in meinen Gemächern, und die Vier war ...

»Euer Majestät meinen doch wohl nicht etwa mich!«

»Aber natürlich meine ich Euch«, bestätigte Rodrick mir. »Tatsächlich, Sire Magiker, hatte ich ebendies schon im Sinn, als ich Euch für Euer gegenwärtiges Amt einstellte.«

»Hattet Ihr?«

Ich spürte deutlich, wie die Falle zuschnappte. Wenn dies tatsächlich der Grund gewesen war, weshalb der König mich angeheuert hatte, würde es unklug sein, diesen Auftrag abzulehnen. Rodrick könnte immerhin zu der Entscheidung gelangen, dass man meiner Dienste nicht mehr bedürfe. Und das Letzte, was ich jetzt, da Aahz verschwunden war, gebrauchen konnte, war ein Versiegen meiner Einkommensquelle. Ich war mir nicht sicher, wie die Arbeitsmarktsituation für ehemalige Hofzauberer aussah, aber ich war mir äußerst sicher, dass ich es nicht unbedingt aus erster Hand erfahren wollte.

»Wie Ihr schon sagtet, stehen die Kräfte des Hofzauberers zu meiner Verfügung, und eine der Kräfte, die Ihr vorgeführt habt, als wir einander das erste Mal begegneten, war die Fähigkeit, Eure Gestalt oder die Gestalt anderer nach Belieben zu verändern.«

Der Tarnungszauber! Es war einer der ersten Zauber, die Aahz mir beigebracht hatte, und einer der meistbenutzten im Laufe unserer letzten zahlreichen Abenteuer. Wer hätte nach all den Patschen, aus denen er mich schon gerettet hatte, gedacht, dass mich ausgerechnet dieser Zauber einmal in die Klemme bringen würde? Na ja, *einmal* hatte er mich zwar auch an den Strang gebracht ...

»Aber Majestät, ich kann Euch doch unmöglich ersetzen. Ich weiß doch überhaupt nicht, wie man König ist!«

»Das ist nicht weiter tragisch«, meinte Rodrick lächelnd. »Das Schöne daran, König zu sein, ist die Tatsache, dass man sogar Fehler machen kann, ohne dass einer einen darauf hinweisen würde.«

»Aber ...«

»Und außerdem soll es ja nur für einen Tag sein. Was sollte an einem einzigen Tag schon schief gehen?«

Kapitel 3

»Einmal Ritter, immer Ritter,
aber einmal König – das ist einmal zu viel!«
Alfons der Viertel-vor-Zwölfte

Nun sollten Sie nicht etwa glauben, dass ich ein Simpel wäre. Ich habe mit dem König wie wild gefeilscht, bevor ich nachgab. Nicht nur, dass ich ihn dazu bringen konnte, mir einen Bonus zu gewähren, er musste sogar noch einen beträchtlichen Teil davon als Vorschuss ausspucken, bevor ich den Auftrag annahm. Gar nicht schlecht für einen Jungmagiker, der in der Patsche saß.

Natürlich saß ich seit dem Augenblick, da ich zugesagt hatte, nicht mehr bloß in der Patsche, sondern stand bis zum Hals in Jauche!

Je länger ich darüber nachdachte, desto schlimmer erschien mir die Aussicht, für den König einspringen zu müssen. Das Problem war nur, dass ich keine andere Wahl hatte ... oder vielleicht doch? Ich dachte noch ein wenig länger darüber nach, und endlich zeichnete sich ein matter Hoffnungsschimmer am Horizont ab.

Es gab einen Ausweg! Die Frage war bloß, wie weit ich an einem Tag würde laufen können. Wenngleich ich nicht sonderlich weltlich (oder außerweltlich, wenn wir schon dabei sind) gesinnt war, war ich mir doch ziemlich sicher, dass es nicht gerade der gesündeste Zeitvertreib sein durfte, Könige übers Ohr zu hauen.

Das wäre eine große Entscheidung, mit Sicherheit die größte, die ich jemals ganz allein hatte fällen müssen. Der König (oder, um genau zu sein, sein Ersatzmann) sollte erst am folgenden Mittag auf der Bildfläche erscheinen, also blieb mir noch etwas Zeit, um über die Sache nachzugrübeln. Dies im Sinne, beschloss ich, die Angelegenheit mit dem einzigen Freund zu beraten, der mir im Palast noch geblieben war.

»Was meinst du, Gliep? Soll ich lieber Fersengeld geben, oder soll ich hier herumhängen und versuchen, mich einen Tag lang als König auszugeben?«

Die Antwort war kurz und knapp.

»Gliep!«

Für diejenigen von Ihnen, die sich erst später in diese Serie eingeschaltet haben: Gliep ist mein Maskottchen. Er lebt in den königlichen Stallungen. Außerdem ist er ein zwanzig Fuß langer blauer Drache ... erst halb ausgewachsen. (Mir stehen die Haare zu Berge bei dem Gedanken, wie groß er erst sein wird, wenn er ausgewachsen ist! Brrrr!) Und was seine geistreiche Konversation betrifft, die müssen Sie einfach so hinnehmen. Er beherrscht eben lediglich ein Ein-Wort-Vokabular, aber das macht er dadurch wett, dass er dieses Wort ziemlich oft benutzt. Doch Gesprächigkeit hin, Gesprächigkeit her, in diesem Augenblick der Krise wandte ich mich an ihn, weil Aahz ja nun fort war und er das einzige Wesen in dieser Dimension blieb, welches meinem Problem wenigstens annähernd mit Mitgefühl begegnen würde. Das sagt an sich schon eine Menge über das gesellschaftliche Leben eines Magikers aus.

»Komm schon, Gliep, jetzt werd doch mal ernst. Ich stecke wirklich in der Klemme. Wenn ich versuche, für den König den Ersatzmann zu spielen, mache ich vielleicht irgendwas falsch, etwas ganz Schlimmes vielleicht ... vielleicht, indem ich einen Krieg anzettle oder irgendeinen Unschuldigen hängen lasse. Aber wenn ich andererseits den König reinlege und einfach verschwinde, müssen wir beide den Rest unseres Lebens als Gejagte und Flüchtlinge fristen.«

Das Einhorn in der Nebenbox schnaubte und stampfte zornig mit einem Huf auf.

»Entschuldigung, Butterblume. Dann müssen wir *drei* den Rest unseres Lebens als Gejagte und Flüchtlinge fristen.«

Kriegseinhörner sind nicht besonders häufig, nicht einmal in königlichen Stallungen. Dieses Kriegseinhorn hier gehörte mir. Ich hatte es zum Geschenk erhalten, kurz nachdem ich Gliep gekauft hatte. Wie ich schon sagte, dieser Lebensstil hat etwas Zooähnliches an sich.

»In einem Reich mit einem schlechten König könnten eine Menge Leute zu Schaden kommen«, argumentierte ich, »und ich wäre ein schlechter König. Herrje, ich bin ja noch nicht mal ein besonders guter Magiker.«

»Gliep!«, widersprach mein Haustier streng.

»Danke für die Blumen, aber es stimmt trotzdem. Ich will niemandem wehtun, aber andererseits bin ich auch nicht eben scharf darauf, zum Gejagten und zum Flüchtling zu werden.«

Der verbalen Liebesbeteuerungen müde geworden, entschied sich Gliep dafür, seinen Gefühlen dadurch Ausdruck zu verleihen, dass er mir das Gesicht ableckte. Nun hinterlassen die Küsse meines Drachen nicht nur erhebliche Schleimrückstände, sie haben auch noch eine weitere Begleiterscheinung. Der Atem meines Drachen ist nämlich allenfalls als Gestankschwall zu bezeichnen, der nur noch vom Küchengeruch perfektischen Essens übertroffen wird.

»G ... Gliep, alter Junge«, brachte ich schließlich mit Mühe hervor, »ich habe dich ja auch sehr, sehr lieb, aber wenn du das zweimal die Woche machen solltest, könnte es sein, dass sich unsere Wege bald trennen – und zwar für immer!«

Das trug mir eine verletzte Miene ein, so dass ich ihm zur Versöhnung den Kopf kraulte. Mir kam der Gedanke, dass

Drachen vielleicht nur deshalb überlebt hatten, weil sie sich alle nur einmal im Leben gefühlsmäßig an ein einziges Wesen binden. Wenn ihr Atem die gesamte Bevölkerung belästigt hätte, anstatt lediglich wenige Individuen, hätte man sie wohl schon vor Urzeiten ausgerottet. Nein, da war es schon besser, dass nur eine einzige Person litt, anstatt ...

Zurzeit hatte ich allerdings dringendere Probleme zu bewältigen, denen ich mich jetzt wieder zuwandte.

»Wenn ich wegrenne, dann gerate nur ich allein in Schwierigkeiten, aber wenn ich versuche, König zu spielen, leidet das ganze Reich darunter! Genau, das ist es! Ich muss einfach gehen! Das ist die einzig anständige Möglichkeit! Danke, Gliep!«

»Gliep?«

Mein Maskottchen legte verwundert den Kopf schräg.

»Ich erklär's dir später. Also gut. Damit wäre die Sache entschieden. Ihr beide schlagt euch noch ordentlich den Bauch voll, während ich zurück in mein Zimmer husche und ein paar Sachen hole. Und dann heißt es: ›Possiltum ade!‹«

In Mußestunden habe ich mir manchmal Gedanken darüber gemacht, was wohl geschehen wäre, wenn ich meinen ursprünglichen Plan tatsächlich in die Tat umgesetzt hätte, wenn ich einfach in mein Zimmer zurückgehuscht wäre, meine Habseligkeiten zusammengepackt hätte und weggelaufen wäre. Dadurch hätte ich die Terminplanung jenes Abends völlig durcheinander gebracht und die ganze Geschichte hätte einen ganz anderen Verlauf genommen. So jedoch machte ich erst noch einen kleinen Umweg. Auf halbem Weg zurück in meine Unterkunft meldete sich Aahz' Ausbildung wieder zu Wort. Will sagen: Ich begann, über Geld nachzudenken.

Selbst als gejagter Flüchtling würde sich Geld als ziemlich nützlich erweisen ... und der Vorschuss des Königs würde auch nicht ewig reichen. Mit etwas mehr Bargeld in der Tasche würde ich ein ganzes Stück weiter weglaufen, mich eine ganze Weile länger versteckt halten können ... oder wenigstens um einiges besser leben können ...

Von derlei Gedanken beschwingt, begab ich mich auf die Suche nach Grimble.

Der Kanzler und ich waren nie unbedingt das gewesen, was man als enge Freunde bezeichnen würde. Das Wort »Erzfeinde« wäre schon eher zutreffend. Aahz behauptete immer, dass dies an meinem wachsenden Einfluss bei Hofe läge, doch das stimmte nicht. In Wirklichkeit war der Grund darin zu suchen, dass die Gier meines Ausbilders, die nach immer größeren Geldmitteln verlangte, nur noch von Grimbles Unwilligkeit übertroffen wurde, dieselben herauszurücken. Letztendlich betrafen diese Streitereien auch mich, denn mein Lohn, mit dem ich Aahz auszahlte, stammte schließlich aus ebenjenen Schatztruhen, die von dem Kanzler so eifersüchtig gehütet wurden.

Ich fand ihn, wie ich es erwartet hatte, in dem winzigen Verschlag, der ihm als Büro diente. Gerüchten zufolge soll er sich geweigert haben, größere Räumlichkeiten für sich zu beanspruchen, um das andere Personal dadurch zu beeindrucken, dass er ein Beispiel an Askese darstellte. Das funktionierte zwar nicht, aber er versuchte es dennoch unentwegt und gab die Hoffnung nicht auf.

Sein Pult war ellenbogenhoch mit Papier bedeckt, das mit winzigen kleinen Zahlen übersät war, auf die er starrte, um sie gelegentlich zu ändern, während er verschiedene Blätter von einem Stapel auf den anderen schichtete. Auf dem Boden wie auch auf dem einzigen Stuhl, befanden sich ähnliche Stapel, was mich zu der Überzeugung gelangen ließ, dass er sich schon eine ganze Weile seiner Aufgabe gewidmet haben musste. Da ich weder einen Sitz- noch einen Stehplatz ausmachen konnte, lehnte ich mich kurz entschlossen gegen den Türrahmen.

»Macht Ihr noch Überstunden, Kanzler?«

Diese Frage trug mir einen kurzen, finsteren Blick ein, bevor er sich wieder seiner Arbeit zuwandte.

»Wenn ich Zauberer wäre, dann wären das jetzt wohl Überstunden, ja. Aber als Schatzmeister sind das meine *normalen* Arbeitsstunden. Nur zu Eurer Information: Es geht alles recht reibungslos vonstatten. So reibungslos, um genau zu sein, dass ich heute Abend wahrscheinlich relativ früh fertig sein dürfte, so in drei oder vier Stunden.«

»Woran arbeitet Ihr denn?«

»Am nächsten Jahreshaushalt, und die Planung ist schon beinahe abgeschlossen. Das heißt, sofern niemand das Risiko eingehen sollte, sich meiner dauerhaften Ungnade zu versichern, indem er versucht, mich in letzter Minute zu einer Änderung des Zahlenwerks zu bewegen.«

Letzteres wurde begleitet von etwas, das man nur als »bedeutungsvollen Blick« bezeichnen kann.

Ich ignorierte ihn.

Ich meine – zum Teufel aber auch! Ich war bei ihm sowieso schon mies angeschrieben, da konnte mir eine weitere Drohung auch nichts mehr ausmachen.

»Dann ist es ja gut, dass ich Euch noch vor Beendigung Eurer Arbeit erwischt habe«, sagte ich beiläufig. »Ich möchte etwas mit Euch besprechen, das Euer Zahlenwerk mit Sicherheit verändern wird. Um es genau zu sagen: Es geht um eine Neueinstufung meiner Lohngruppe.«

»Kommt überhaupt nicht in Frage!«, explodierte Grimble. »Ihr seid sowieso schon der bestbezahlte Angestellte des ganzen Personals, mich selbst eingeschlossen. Es ist geradezu ein Skandal, dass Ihr Euch auch nur mit dem *Gedanken* an eine Lohnerhöhung tragen könnt!«

»Es geht nicht um eine Lohn*erhöhung*, Kanzler, es geht um eine Lohn*senkung*.«

Das bremste ihn.

»Lohnsenkung?«

»Sagen wir, auf null?«

Er lehnte sich in seinem Stuhl zurück und musterte mich argwöhnisch.

»Es fällt mir schwer zu glauben, dass Ihr und Euer Lehrling bereit wäret, umsonst zu arbeiten. Verzeiht mir, aber ich misstraue aller angeblich edlen Selbstaufopferung aus tiefstem Herzen. Auch wenn ich Habgier nicht mag, ist sie doch ein Antrieb, den ich wenigstens begreife.«

»Vielleicht ist das ja der Grund, weshalb wir bisher immer so gut miteinander ausgekommen sind«, schnurrte ich. »Aber Ihr habt natürlich Recht. Ich habe keineswegs vor, umsonst zu arbeiten. Ich denke daran, den Hof von Possiltum zu verlassen, um mir eine andere Anstellung zu suchen.«

Die Augenbrauen des Kanzlers schossen in die Höhe.

»Wiewohl ich Eurem Plan gewiss nicht widersprechen möchte, muss ich doch zugeben, dass er mich in Erstaunen versetzt. Ich hatte eigentlich den Eindruck, dass Ihr Euch recht wohl in Eurer Stellung, in Eurem ›lauen Job‹, wie es Euer Lehrling wohl auszudrücken beliebt, fühltet. Was um alles in der Welt könnte Euch dazu bewegen, die Annehmlichkeiten des Lebens bei Hofe gegen eine ungewisse Zukunft auf der Straße einzutauschen?«

»Na, eine Bestechung natürlich«, erwiderte ich lächelnd. »Eine Pauschalsumme von eintausend Goldstücken.«

»Ich verstehe«, murmelte Grimble leise. »Und wer bietet Euch diese Bestechungssumme, wenn ich fragen darf?«

Ich richtete den Blick an die Decke.

»Eigentlich hätte ich gehofft, dass *Ihr* das tun würdet.«

Danach gab es zwar noch ein ziemliches Gefeilsche, aber hauptsächlich um die Einzelheiten unserer Abmachung. Grimble wollte Aahz und mich unbedingt von seiner Soldliste gestrichen wissen, obwohl ich den Verdacht hege, dass er weniger flexibel gewesen wäre, wenn er gewusst hätte, dass er nur mit mir allein verhandelte. Es kam zu einigen Beschimpfungen und Prahlereien, aber schließlich zählt ja nur das Endergebnis, und das sah so aus, dass ich meine Gemächer ansteuerte, um tausend Goldstücke reicher für das Versprechen, dass dies das letzte Geld sein sollte, das ich jemals von Grimble erhalten würde. Das war ein weiterer Grund, mich möglichst schnell wieder auf den Weg zu machen.

Leichten Herzens und mit schwerer Börse betrat ich meine Unterkunft.

Erinnern Sie sich noch an das letzte Mal, als ich dies tat?

Als mich ein Dämon dort erwartete? Nun, das passierte jetzt ein weiteres Mal.

Missverstehen Sie mich nicht! Das ist *keineswegs* ein ganz normales Ereignis, das in meinem Leben alle Tage vorkommt. Ein Dämon, der unangekündigt aufkreuzt, ist schon ziemlich selten. Zwei Dämonen dagegen ... na ja, egal, wie man die Sache sehen mochte, auf jeden Fall würde ich diesen Tag in meinem Kalender rot ankreuzen müssen.

Haben Sie jetzt das Gefühl, dass ich versuche, Zeit zu schinden? Stimmt. Sie müssen nämlich wissen, dass ich diesen Dämon, oder genauer, diese Dämonin, kannte. Ihr Name war Massha.

»Hal-löchen, große Nummer! War gerade in der Gegend und dachte mir, ich schnupper mal rein und frag ›wie geht's‹!«

Sie trat vor, um mich zu herzen, und ich beeilte mich, etwas Unbewegliches zwischen uns zu bringen. Vielleicht meinen Sie ja, dass ein Herzen und ein »Wie geht's« nichts besonders Bedrohliches darstellt. Doch Sie kennen Massha nicht!

Ich habe nicht das Geringste gegen Willkommensumarmungen. Ich habe eine andere Dämonenfreundin namens Tanda (ja, ich habe im Augenblick wirklich eine Menge Dämonenfreunde), deren Willkommensumarmungen Höhepunkte in meinem Leben sind. Tanda ist süß kurvig und knuddelig. Schön, sie ist zwar auch eine Mörderin, aber ihre Umarmungen können selbst eine Statue noch zum Leben erwecken.

Massha ihrerseits ist *nicht* süß und knuddelig. Massha ist wuchtig ... und noch einiges mehr. Ich zweifelte keineswegs an der Aufrichtigkeit ihrer Begrüßungsfreude. Ich hatte nur Angst, dass ich, sollte sie mich tatsächlich umarmen, Tage brauchen würde, um mich davon wieder zu erholen ... und dabei musste ich doch schließlich noch einen Fluchtplan entwerfen.

»Äh ... hallo, Massha. Nett, dich wiederzusehen ... so ganz und gar ...«

Als ich Massha das letzte Mal gesehen hatte, war sie als grellbuntes Zirkuszelt verkleidet gewesen – nur war dies bei ihr gar keine Verkleidung. Es entsprach ihrer Art sich so anzuziehen. Diesmal jedoch hatte sie anscheinend alles Überflüssige abgeschüttelt ... zusammen mit ihrer Garderobe und dem letzten verbliebenen Rest an gutem Geschmack. Na gut, sie war nicht völlig nackt. Sie trug immerhin einen Leopardenfellbikini, aber dabei zeigte sie so viel Fleisch wie *vier* nackte Leute. Ein Bikini, ihre üblichen Wagenladungen Schmuck, ein hellgrüner Lippenstift, der sich mit ihrem orangefarbenen Haar biss, und eine Tätowierung auf dem Oberarm: Das war Massha. Stil und Klasse, vom Scheitel bis zur Sohle.

»Was führt dich nach Klah? Arbeitest du denn nicht mehr in Jahk?«, fragte ich und erwähnte dabei die Dimension, in der wir einander begegnet waren.

»Die Jungs werden eben ein Weilchen ohne mich auskommen müssen. Ich bin auf ... einem kleinen Urlaub.«

Da gab es in dieser Gegend anscheinend eine ganze Menge Leute!

»Aber was machst du hier?«

»Für belanglose Plaudereien hast du wohl nicht viel übrig, was? Das mag ich an einem Mann!«

Als Erwiderung auf diese Bemerkung begann meine Haut ein wenig zu kribbeln, aber sie fuhr bereits fort.

»Na ... da ich schon hier bin, habe ich mir gedacht, ich könnte mir euren General Badaxe mal wieder ein bisschen unter die Lupe nehmen, aber das ist nicht der wahre Grund für meinen Besuch. Ich hatte gehofft, dass du und ich ... ein kleines Geschäft machen könnten.«

Vor meinem geistigen Auge spulte sich mein Leben ab. Einen Augenblick lang waren weder Aahz' Verschwinden noch der Auftrag des Königs mein größtes Problem ...

»Ich?«, keuchte ich schließlich.

»Genau, du heißer Fratz. Ich habe 'ne Menge nachgedacht, seit du und dein schuppiger grüner Kumpel durch mein Jagdrevier gewalzt seid, und gestern habe ich mich schließlich entschieden. Ich habe mich entschieden, bei dir eine Stelle als Lehrling anzutreten.«

Kapitel 4

»PFLICHTEN ENTSTEHEN DADURCH,
DASS MAN NICHT BEIZEITEN NEIN SAGT.«
ADAM

»Aber Euer Majestät, er hat mir die andere Hälfte noch vor dem Frühling versprochen, und ...«

»Hab ich nicht.«

»Aber wohl!«

»Lügner!«

»Dieb!«

»Bürger«, sagte ich, »ich kann immer nur eine Seite auf einmal anhören. Also, du da! Erzähl mir, was deiner Erinnerung zufolge abgemacht wurde.«

Genau: Sagte *ich!* Da saß ich nun, auf ebenjenem Thron, dem ich um jeden Preis zu entgehen versucht hatte.

Eigentlich war dieses Königsgeschäft nur halb so wild. Rodrick hatte mich in die Grundvorgänge eingewiesen und mich mit entsprechender Garderobe ausgestattet, und von da an war es ziemlich einfach gewesen. Die Probleme, die mir da vorgetragen wurden, waren nicht sonderlich schwer zu lösen, allerdings waren es ziemlich viele.

Zuerst hatte ich eine Heidenangst, dann machte es einen Heidenspaß, aber inzwischen war es nur noch langweilig. Ich hatte bereits den Überblick verloren, wie viele Fälle ich mir schon angehört hatte, aber inzwischen hatte ich ein Mitgefühl entwickelt für Rodrick und seinen Wunsch, dem Ganzen für eine Weile zu entfliehen.

Bevor das Mittagessen angefahren wurde, fühlte ich mich bereits urlaubsreif. Ich konnte es nicht fassen, wie

Rodrick diesen Blödsinn jahrelang hatte ertragen können.

Sie werden sich vielleicht fragen, wie das Gespräch mit Massha dazu führen konnte, dass ich nun plötzlich doch auf dem Thron saß. Na ja, das frage ich mich selbst manchmal, aber ich will Ihnen berichten, wie es dazu kam, soweit ich mich daran noch erinnern kann.

Es bedarf wohl keiner besonderen Erwähnung, dass ihr Wunsch, mein Lehrling zu werden, mich völlig unvorbereitet traf.

»M ... meine ... aber Massha! Du *hast* doch schon eine Stellung als Hofzauberin. Warum willst du denn da noch bei mir in die Lehre gehen?«

Zur Antwort stieß Massha einen schweren Seufzer aus. Das war ein überwältigender Anblick. Nicht nur, weil es so viel von Massha zu sehen gab, das sich in so viele verschiedene Richtungen gleichzeitig bewegte, sondern weil sie am Schluss auf ihre halbe Größe zusammengesackt schien. Nun war sie keine imposante Figur mehr, sondern nur eine ziemlich erschöpft aussehende, ziemlich dicke Frau.

»Hör mal, Skeeve«, sagte sie mit leiser Stimme, die nicht im Geringsten mit ihrem ansonsten vamphaften Ton verwandt zu sein schien, »wenn wir zusammenarbeiten sollten, müssen wir ehrlich bleiben. Hofzauberin oder nicht, wir wissen beide, dass ich keinerlei Magik beherrsche. Ich bin eine reine Mechanikerin ... ein Trickfreak. Ich hab zwar genug magischen Flittertand auf Lager, um meinen Job zu behalten, aber jede Dumpfbacke mit genügend Zaster in der Brieftasche kann sich den ganzen Krempel im Bazar von Tauf zusammenkaufen.

Versteh mich nicht falsch, ich beschwer mich ja gar nicht. Die alte Massha ist von den Allerbesten ziemlich rumgeschubst worden, aber nie hat jemand mitangehört, wie sie sich beschwert hätte. Bisher war ich zufrieden mit dem, was ich hatte. Es ist ja nur, dass ich dich und deinen Haufen gesehen habe, wie ihr mit *echter* Magik beim Großen Spiel gleich *beide* Stadtstaaten aufs Kreuz gelegt habt – da hab ich erkannt, dass es doch noch ein bisschen mehr gibt als die Tricks aus der Technikkiste. Also, was meinste? Willste mir helfen, 'n bisschen von dem richtigen Kram zu lernen, wegen dem ich schließlich überhaupt erst ins Magikgeschäft eingestiegen bin?«

Ihre Ehrlichkeit war mir mehr als nur ein bisschen peinlich. Ich wollte ihr ja helfen, aber mit Sicherheit konnte ich im Augenblick keinen Lehrling gebrauchen. Ich entschied mich für ausweichen.

»Warum hast du dir überhaupt den Magikerberuf ausgesucht?«

Mit dieser Frage erntete ich ein trauriges Lächeln.

»Du bist wirklich süß zu mir, Skeeve, aber wir wollten doch ehrlich zueinander sein, nicht? Ich meine, guck mich doch bloß mal an! Was soll ich denn sonst tun, um meinen Lebensunterhalt zu verdienen? Soll ich etwa heiraten und mein Dasein als Hausfrau fristen? Wer würde mich denn schon haben wollen? Das sieht doch jeder Blinde sofort, dass ich mehr bin, als er sich einhandeln will ... 'n Haufen mehr. Ich hab mich schon vor langer Zeit damit abgefunden, dass ich so aussehe. Ich hab es akzeptiert und jede Verlegenheit mit lautem Gerede und auffälligem Gehabe überspielt. Da war es doch nur nahe liegend, dass ich mich von der Magik angezogen fühlte, einem Beruf, der schließlich nach lautem Gerede und auffälligem Gehabe verlangt.«

»Na ja, wir prahlen schließlich nicht alle«, entgegnete ich vorsichtig.

»Ich weiß«, lächelte sie. »Du brauchst nicht großartig rumzutönen, weil du schließlich genug auf dem Kasten hast, um auch halten zu können, was du versprichst. Das hat mich schon auf Jahk beeindruckt, und jeder, mit dem ich im Bazar von Tauf darüber gesprochen habe, hat das Gleiche gemeint: ›Skeeve prahlt zwar nicht groß rum, aber leg dich lieber nicht mit ihm an.‹ Deshalb will ich ja auch dich als Lehrer haben. Wie man rumprahlt, weiß ich schon von allein.«

Ehrlichkeit in Kombination mit Schmeichelei, das ist schon ein vernichtender Doppelhaken! Was immer ich vorher von Massha gehalten haben mochte, jetzt fraß ich ihr förmlich aus der Hand. Doch bevor ich mich zu etwas verpflichtete, das ich später vielleicht bereuen würde, beschloss ich, ihr mit ihren eigenen Waffen entgegenzutreten.

»Massha ... wir wollten doch ehrlich zueinander sein, nicht? Na schön, im Augenblick kann ich dich nicht als Lehrling annehmen, und zwar aus zwei Gründen. Der erste Grund ist ganz einfach. So viel verstehe ich auch nicht von Magik. Egal, wie sehr wir unseren Kunden auch das Fell über die Ohren ziehen können, selbst auf Tauf – in Wirklichkeit bin ich noch ein Schüler. Ich lerne das Geschäft selbst gerade erst.«

»Das ist kein Problem, großer Meister«, lachte Massha und gewann etwas von ihrer ursprünglichen Fassung zurück. »So ist die Magik eben, je mehr man lernt, umso mehr gibt es noch zu lernen. Deshalb verbringen die wirklich großen Typen in unserer Branche auch die ganze Zeit damit, zurückgezogen zu leben und zu üben. Aber du kennst wenigstens *etwas* Magik, und das ist schon mehr als ich von mir behaupten kann. Ich bin dankbar für alles, was du mir beibringst.«

»Oh«, sagte ich, ein wenig überrascht, dass mein Geständnis sie nicht umgestimmt hatte. »Na ja, dann ist da aber immer noch der zweite Grund.«

»Nämlich?«

»... dass ich im Moment selbst in ziemlichen Schwierigkeiten stecke. Genau genommen wollte ich gerade heimlich aus dem Königreich abhauen, als du aufgetaucht bist.«

Auf Masshas Stirn erschien eine kleine Falte. »Hmmm ...«, machte sie nachdenklich. »Vielleicht solltest du mir lieber ein paar Einzelheiten über deine Schwierigkeiten erzählen. Manchmal hilft es, sich auszusprechen, und dafür sind Lehrlinge schließlich da.«

»Sind sie das wirklich?«, konterte ich zweifelnd. »Weißt du, ich bin selbst schon zweimal Lehrling gewesen, und ich kann mich nicht erinnern, dass auch nur einer der beiden Magiker, unter denen ich lernte, mich in seine Probleme eingeweiht hätte.«

»Na schön, dann ist eben *Massha* dafür da. Zuhören ist zufälligerweise eines der wenigen Dinge, in denen ich *wirklich* gut bin. Und nun 'raus damit. Was ist denn passiert, dass so 'ne große Nummer wie du heiße Sohlen kriegt?«

Da ich keinen anderen Ausweg mehr sah, erzählte ich ihr vom Auftrag des Königs und von meinem Handel mit Grimble. Sie hatte nicht gelogen. Sie war wirklich eine ausgezeichnete Zuhörerin, die gerade genügend mitfühlende Geräusche von sich gab, um mich während des Berichts zu bestärken, ohne jedoch meine Gedankengänge zu unterbrechen.

Als ich schließlich geendet hatte, seufzte sie und schüttelte den Kopf.

»Du hast Recht, du befindest dich wirklich in einer schlimmen Klemme. Aber ich glaube, da gibt es ein paar Dinge, die du übersehen hast, bevor du deine Entscheidung gefällt hast.«

»Zum Beispiel...?«

»Na ja, zunächst mal hast du schon Recht, ein schlechter König ist schlimmer als ein guter König. Das Problem ist nur, dass ein schlechter König immer noch besser ist als gar keiner. Roddie Fünf zählt auf dich und darauf, dass du morgen seinen Platz einnimmst, und wenn du nicht aufkreuzt, dann gerät das ganze Reich in Panik, weil der König plötzlich verschwunden ist.«

»So habe ich die Sache noch gar nicht betrachtet«, gab ich zu.

»Dann ist da noch die Sache mit Grimble. Wir haben ja alle ein offenes Händchen für ein bisschen zusätzliches Kleingeld, aber wenn es herauskommen sollte, dass Grimble dich ausgerechnet dann dafür bezahlt hat, dass du die Mücke machst, als der König voll auf dich zählte, dann wandert *sein* Kopf auf den Richtblock, und zwar wegen Hochverrats.«

Ich schloss die Augen.

Das entschied die Sache. Es war ja schon schlimm genug, der anonymen Masse wehzutun, aber wenn die Masse plötzlich ein Gesicht bekam, und sei es auch nur das von Grimble, war ich außerstande, jemanden aufgrund meiner eigenen Feigheit einem Hochverratsprozess auszusetzen.

»Du hast Recht«, seufzte ich. »Ich muss doch wohl morgen für den König einspringen.«

»Mit mir als Lehrling?«

»Frag mich das übermorgen noch mal ... sofern ich dann noch am Leben sein sollte. Bis dahin verziehst du dich und sagst Badaxe ›hallo‹. Ich weiß, dass er sich freuen wird, dich wiederzusehen.«

»Majestät?«

Mit einem Ruck kehrte ich in die Gegenwart zurück und musste feststellen, dass die beiden Streithähne mich ansahen, wahrscheinlich in Erwartung meines Urteils.

»Wenn ich den Fall richtig verstanden habe«, versuchte ich Zeit zu schinden, »dann beansprucht ihr beide dieselbe Katze als Besitz. Stimmt das?«

Zwei Köpfe nickten in bereitwilliger Zustimmung.

»Nun, wenn ihr beide euch nicht einigen könnt, scheint es mir nur eine Lösung zu geben. Teilt die Katze entzwei und behaltet jeder eine Hälfte.«

Dieses Urteil war eigentlich dazu gedacht gewesen, sie beide ihren Streit mit einem schnellen Kompromiss beilegen zu lassen. Stattdessen aber bedankten sie sich überschwänglich für meine Weisheit, gaben einander die Hand und gingen fort, vermutlich, um ihre Katze zu tranchieren.

Mir fiel auf, und dies nicht zum ersten Mal an diesem Tag, dass viele der Bürger Possiltums nicht gerade besonders helle zu sein schienen. Was irgendjemand mit einer halben toten Katze (oder, wenn wir schon dabei sind, mit einer ganzen toten Katze) anfangen wollte, überstieg mein Vorstellungsvermögen.

Plötzlich fühlte ich mich sehr müde. Mit einem lässigen Winken rief ich den Herold herbei.

»Wie viele warten noch draußen?«, fragte ich.

»Das waren die Letzten. Wir haben die Prozesslast für heute bewusst klein gehalten, damit Majestät sich auf morgen vorbereiten können.«

»Auf morgen?«

Die Frage rutschte mir so heraus. Eigentlich war es mir ziemlich egal, was morgen passierte. Meine Aufgabe war beendet. Ich hatte den Tag überstanden, und morgen, das war Rodricks Problem.

»Jawohl, morgen ... wenn Eure Braut eintrifft.«

Plötzlich war ich überhaupt nicht mehr müde. Kein bisschen. Ich war hellwach und lauschte angespannt.

»Meine Braut?«, fragte ich vorsichtig.

»Gewiss haben Euer Majestät es nicht vergessen. Sie hat ihre Ankunft eigens auf diesen Tag gelegt, damit sie noch eine Woche für die Hochzeitsvorbereitungen zur Verfügung hat.«

Prozesslast – dass ich nicht lache! *Jetzt* war mir endlich klar, weshalb Rodrick Urlaub gewollt hatte. Und ich wusste auch mit ziemlicher Gewissheit, dass er heute Abend nicht zurückkehren würde, um mich von meinen Pflichten zu entbinden. Heute Abend nicht, und vielleicht niemals.

Kapitel 5

»DAS EINZIGE, WAS NOCH SCHLIMMER IST
ALS EIN ZAUBERER, IST EIN ZAUBERLEHRLING.«
M. MAUS

Ausnahmsweise gelang es mir, meinen Drang, in Panik auszubrechen, zu unterdrücken. Ich musste einfach! Ohne Aahz, der alles hätte zusammenhalten können, bis ich mich beruhigt hätte, konnte ich mir keine Hysterie erlauben.

Stattdessen dachte ich nach ... und dachte nach.

Ich steckte in der Klemme, und wie ich die Sache auch drehte, es würde mir nicht gelingen, alleine und aus eigener Kraft wieder herauszukommen.

Ich dachte an Massha.

Dann dachte ich an Selbstmord.

Dann wieder an Massha.

Fest entschlossen und mit weichen Knien fällte ich meine Entscheidung. Die Frage war: Wie konnte ich Massha ausfindig machen? Die Antwort folgte der Frage auf dem Fuß. Bisher war es nichts als Pein und Qual gewesen, für den König den Ersatzmann zu spielen. Es war langsam an der Zeit, dass die Sache auch *mir selbst* mal was brachte.

»Wache!«

Mit beeindruckender Schnelligkeit erschien plötzlich ein uniformierter Soldat vor dem Thron.

»Jawohl, Euer Majestät?«

»Ruft mir den General Badaxe. Ich wünsche ihn zu sehen.«

»Ähhh ... bitte Euer Majestät um Verzeihung, aber er befindet sich gerade in Gesellschaft einer Dame.«

»Gut. Ich meine, bringt sie beide her.«

»Aber ...«

»Sofort.«

»Jawohl, Euer Majestät!«

Der Wachsoldat verschwand ebenso flink, wie er gekommen war.

Ich versuchte, mein Grinsen zu verbergen. Ich bin noch nie besonders gut mit den Militärs von Possiltum zurechtgekommen. Natürlich mag das auch damit zusammenhängen, dass wir zum ersten Mal miteinander konfrontiert worden waren, als man Aahz und mich angeheuert hatte, um ihren Krieg für sie zu führen. Egal, jedenfalls genügte der Gedanke an einen bedauernswerten Soldaten der Ehrengarde, der dazu gezwungen war, das Stelldichein seines Generals zu unterbrechen, um mich zum Lächeln zu bringen, zum ersten Lächeln seit einigen Tagen.

Aber eine Wache loszuschicken, um die Person, die ich sehen wollte, zu holen, war immer noch besser, als selbst hinter ihr herzujagen. Vielleicht hatte das Königsdasein ja *doch* seine Vorteile.

Zwei Stunden später wartete ich noch immer. In dieser Zeit hatte ich mehr als genug Gelegenheit gehabt, mir über die Vorteile königlicher Befehle so meine Gedanken zu machen. Nachdem ich schon nach Badaxe gesandt hatte, war ich nun auch dazu verpflichtet, ihn im Thronsaal zu erwarten.

Einen Augenblick dachte ich über die grässliche Möglichkeit nach, dass er Massha vielleicht zu einem Ausritt mitgenommen hatte und dass es möglicherweise *Tage* dauern könnte, bis man sie gefunden hatte. Doch nach weiterer Überlegung verwarf ich diesen Gedanken wieder. Im ganzen Reich gab es nicht ein Reittier, Gliep eingeschlossen, das Massha mehr als ein paar Schritte weit hätte tragen können, ohne zusammenzubrechen.

»Es treten ein: General Badaxe ... und eine Freundin.«

Mit diesen Worten trat der Soldat einen Schritt zur Seite. Genau genommen waren es sogar gleich mehrere Schritte.

Ich habe Masshas Fleischmassen bereits beschrieben. Nun, in diesem Punkt stand ihr Hugh Badaxe kaum nach. Was ihm an Hüftschwung fehlte, machte er durch Muskeln wieder wett. An meinem ersten Eindruck von dem General hatte sich nichts geändert: dass er nämlich dadurch seinen Posten bekommen hatte, dass er mit der ganzen Armee gerungen – und gewonnen! – hatte. Natürlich trug er gerade sein offizielles Bärenfell – das saubere –, was ihn noch viel größer erscheinen ließ. Obwohl ich dabei gewesen war, als sie sich zum ersten Mal begegnet waren, hatte ich Massha und Badaxe noch nie Seite an Seite nebeneinander stehen sehen. Es war ein ehrfurchtgebietender Anblick. Zusammen hätten sie eine Parade barbarischer Invasoren darstellen können, die der Dekadenz anheim gefallen waren – wäre da nicht die Axt des Generals gewesen. Diese zweischneidige Streitaxt hing gemütlich an vertrauter Stelle an der rechten Hüfte des Generals, und ihr Glitzern wirkte alles andere als dekorativ. So war er wenigstens ein Barbar, der die Dekadenz nicht bis an seinen Schwertarm herangelassen hatte.

»Euer Majestät.«

Badaxe brachte rumpelnd seinen Gruß hervor, während er mit einer Behändigkeit, die seine Größe Lügen zu strafen schien, auf ein Knie niedersank. Man konnte sich vorstellen, wie der Schädel eines gefallenen Feindes unter diesem herabsinkenden Knie zerbarst. Ich verscheuchte diesen Gedanken sofort wieder.

»Seid gegrüßt, General. Wollt Ihr mich nicht Eurer ... Gefährtin vorstellen?«

»Ich ... aber gewiss, Euer Majestät. Darf ich Euch Massha vorstellen, Hofzauberin von Ta-hoe, meine Freundin und die des Sire Skeeve, des Zauberers an Euer Majestät eigenem Hof hier zu Possiltum.«

»Sehr erfreut, Euer Majestät.«

Mit großem Schreck begriff ich plötzlich, dass Massha sich anschickte, Badaxe nachzueifern, indem sie einen Knicks machte. Selbst wenn ihr ein derartiges Manöver gelingen sollte, würde es genügend Kraftaufwand bedeuten, um unter den anderen anwesenden Höflingen Hohn und Heiterkeit auszulösen ... und irgendwie wollte ich das nicht.

»Äh ... das ist nicht nötig«, erklärte ich hastig. »Es lag nicht in unserer Absicht, hier offiziell und förmlich Hof zu halten, vielmehr stand uns der Sinn nach einer formlosen gesellschaftlichen Begegnung.«

Dies erzeugte ein Raunen in den Reihen der Anwesenden, den General eingeschlossen, der mich mit leiser Verwunderung stirnrunzelnd anblickte. Doch nun hatte ich eine Gesprächslinie festgelegt, und so blieb mir nichts anderes übrig, als weiterzustümpern.

»Genau genommen war dies der einzige Grund für mein Verlangen Euch zu sehen. Ich wünschte die Dame kennen zu lernen, die betörend genug ist, um unseren General von seinem gewohnten Platz an meine Seite fortzulocken.«

»Aber Euer Majestät haben mir doch gestern für heute Urlaub gewährt«, protestierte der General.

»Völlig richtig. Wie ich schon sagte, dies ist nur eine formlose Begegnung. Aber augenscheinlich gibt es hier zu viele Anwesende für eine formlose Unterhaltung. Es ist unser Wunsch, dass der Hof für heute geschlossen und der Saal geräumt wird, auf dass ich ungehindert mit dieser Würdenträgerin sprechen kann.«

Wieder ertönte ein erstauntes Raunen, aber ein königlicher Befehl blieb nun mal ein königlicher Befehl, und so entfernten sich die verschiedenen Höflinge unter vielfachen Verbeugungen und Hofknicksen.

»Ihr auch, General. Ich wünsche, mit Massha allein zu sprechen.«

Badaxe wollte etwas einwenden, doch Massha knuffte ihn mit einem Ellenbogen in die Rippen, der wohl die meisten Männer umgeworfen hätte, in diesem Fall aber gerade heftig genug war, um die Aufmerksamkeit des Generals zu wecken. Sein Gesicht verfinsterte sich, und er furchte die Stirn, machte eine knappe Verbeugung und verließ zusammen mit den anderen den Saal.

»So, so, Ihr also seid eine Freundin unseres Sire Magikers?«, fragte ich, als wir endlich allein waren.

»Ich ... ich habe diese Ehre, Euer Majestät«, erwiderte Massha vorsichtig. »Ich hoffe, es ... geht ihm gut?«

»Tatsächlich steckt er im Augenblick in erheblichen Schwierigkeiten.«

Massha stieß einen gewaltigen Seufzer aus.

»Das habe ich befürchtet. Hat es etwas mit seinem letzten Auftrag zu tun?«

Diese Frage ignorierte ich.

»General Badaxe scheint von Euch recht eingenommen zu sein. Seid Ihr sicher, dass Ihr im Magikgeschäft bleiben wollt? Oder wollt Ihr es nicht lieber mit einem neuen Lebensstil versuchen?«

Massha musterte mich verdrießlich.

»Wie habt Ihr denn das erfahren? Ihr habt doch wohl nicht etwa Euren eigenen Zauberer foltern lassen, oder?«

Ich bemerkte, wie sie an ihren Ringen spielte und daran drehte, und entschied, dass die Zeit der Komödie vorüber war.

»Wartet, Massha! Bevor Ihr irgendetwas unternehmt, muss ich Euch etwas zeigen.«

»Was denn?«

Ich hatte bereits die Augen geschlossen, um meinen Tarnzauber aufzuheben – so schnell wie noch nie in meinem Leben.

»Mich«, sagte ich und öffnete die Augen wieder.

»Da hol mich doch der ... Hast mich ja wirklich sauber aufs Kreuz gelegt, du Wahnsinnskerl!«

»Ach, das war doch bloß ein Tarnzauber«, wehrte ich ab und machte eine wegwerfende Gebärde.

»Nett. Deswegen wärst du beinahe von mir gebraten worden. Warum hast du mir denn nicht gesagt, dass du es warst?«

»Erstens wollte ich sehen, ob mein Tarnzauber wirklich so gut ist, dass er selbst jemanden täuschen kann, der nach ihm Ausschau hält. Es ist das erste Mal, dass ich auch meine Stimme zu ändern versuche und nicht nur mein Aussehen. Und zweitens ... na ja, ich war einfach neugierig zu erfahren, ob du dir die Sache mit deiner Lehre vielleicht nicht doch noch lieber anders überlegen willst.«

»Aber du hättest mich doch bloß zu fragen brauchen ... Ach so, verstehe! Du bist wirklich in Schwierigkeiten, was? Es ist also so schlimm, dass du mich nicht wegen eines alten Versprechens mit hineinreißen wolltest. Das ist nett von dir, Skeeve. Wie ich schon sagte, du ziehst wirklich 'ne Klassenummer ab.«

»Ach, das hätte doch jeder getan«, widersprach ich und versuchte, meine Verlegenheit zu überspielen.

Sie schnaubte laut.

»Wenn du das wirklich glauben würdest, wärst du schon lange nicht mehr am Leben. Aber egal, ob nun Lehrling oder nicht, Freundschaft bleibt Freundschaft. Und nun raus damit. Was ist passiert?«

Auf den Stufen zum Thron sitzend, informierte ich sie über die bevorstehende Hochzeit und über meinen Verdacht hinsichtlich des zeitlich allzu passend eingefädelten Urlaubs des Königs. Ich versuchte, es gelassen und nüchtern zu formulieren, doch gegen Ende meines Berichts bekam meine Stimme einen ziemlich tonlosen Klang.

Als ich fertig war, stieß Massha ein mitfühlendes Pfeifen aus.

»Wenn ihr großen Nummern in Schwierigkeiten geratet, macht ihr aber wirklich keine halben Sachen, wie? Jetzt, wo du mir gesagt hast, was Sache ist, wundere ich mich wirklich, dass du überhaupt noch hier bist.«

Ich schnitt eine Grimasse.

»Manchmal bin ich ja vielleicht ein bisschen langsam, aber man braucht mir immer nur einmal eine Lektion zu erteilen. Wenn ein Tag ohne König schon schlecht für das Reich ist, dann wäre ein völliges Verschwinden des Königs möglicherweise die reinste Katastrophe. Jedenfalls brauche ich jetzt jemanden, der den echten König ausfindig macht und herbeiholt, während ich vom Thron aus weiterbluffe.«

Massha runzelte die Stirn.

»Na ja, ich habe zwar ein kleines Schmuckstück, mit dem ich ihn aufspüren könnte, allerdings nur sofern du irgendwas zur Verfügung hast, das er mal getragen hat ...«

»Du machst wohl Witze! Glaubst du etwa, dass die Hofzauberer in Possiltum immer in solchen Klamotten rumlaufen wie ich im Moment? Alles, was ich anhabe, gehört dem König, und außerdem besitzt er noch zwei weitere Schränke voll.«

»Aber ich verstehe nicht, wieso du ausgerechnet mich brauchst. Wo ist denn dein sonstiger Partner ... wie heißt er noch gleich ... Aahz? Ich würde doch meinen, dass er für einen solchen Job der allererste Ansprechpartner wäre. Kannst du nicht einfach mal zu ihm rüberhüpfen, egal, in welcher Dimension er gerade ist, und ihn für ein Weilchen zurückholen?«

Da mir nichts anderes übrig blieb, entschied ich mich, ihr die ganze Wahrheit zu erzählen, sowohl was Aahz' endgültiges Verschwinden anbelangte, als auch von meiner Unfähigkeit, ohne D-Hüpfer durch die Dimensionen zu springen. Als ich damit fertig war, reagierte Massha mit einem Kopfschütteln.

»Dann bist du also ganz allein hier, regelrecht gestrandet, und wolltest mir trotzdem noch einen Ausweg lassen, ohne mich zur Hilfeleistung zu erpressen? Na gut, mein Herr, meine Hilfe ist Ihnen sicher, und dafür brauchst du mich auch nicht mit einer Lehrstelle zu bestechen. Ich hol dir deinen König schon zurück ... und zwar noch vor der Hochzeit. *Danach* können wir dann über Lehrlinge reden.«

Ich schüttelte den Kopf.

»Das ist zwar richtig gedacht, aber in der falschen Reihenfolge. Ich wollte dich nicht mit einer Lehrstelle bestechen, Massha. Ich habe dir schon einmal gesagt, dass ich nicht viel von Magik verstehe, aber das, was ich kenne, will ich dir gerne beibringen ... ob du nun den König gefunden hast oder nicht. Ich bin mir zwar nicht sicher, ob man so etwas eine Zauberlehre nennen kann, aber wenn es das ist, was du willst, kannst du es haben.«

Sie lächelte – ein Lächeln, das sich äußerst deutlich von ihrer normalen Vampnummer unterschied.

»Wir können uns später noch darüber streiten. Im Augenblick habe ich leider keine Zeit, ich muss nämlich einen König suchen.«

»Einen Augenblick noch! Bevor du gehst ... du kannst doch ziemlich gut mit technischen Geräten umgehen, nicht? Na ja, ich habe einen D-Hüpfer in meinem Quartier. Ich möchte, dass du mir zwei Einstellungen darauf zeigst, die von Tauf und die von Klah. Weißt du, *so* fürchterlich edel bin ich nämlich auch wieder nicht. Wenn mir der Boden hier zu heiß unter den Füßen werden sollte, oder wenn du länger als eine Woche brauchen solltest, um den König aufzuspüren, möchte ich doch ganz gerne einen kleinen Fluchtvorsprung haben. Falls ich nicht mehr hier sein sollte, wenn du zurückkehrst, kannst du deinen ›edlen‹ Skeeve im Gasthaus Zum Gelben Halbmond im Bazar von Tauf suchen.«

Massha schnaubte.

»Du stellst dein Licht schon wieder unter den Scheffel, du heißes Bübchen! Du hast immerhin vor, es zu versuchen, bevor du die Kurve kratzt, und das kann man von den wenigsten Leuten in unserem Gewerbe behaupten. Und ganz nebenbei gehen deine Beweggründe, wie immer du sie auch einschätzen magst, tiefer, als du denkst. Du hast mich gerade um zwei verschiedene Einstellungen gebeten. Für die Flucht brauchst du aber nur eine.«

Kapitel 6

»GUTE INFORMATIONEN SIND SCHWER ZU BEKOMMEN.
NOCH SCHWERER IST ES, MIT IHNEN ETWAS ANZUFANGEN!«
S. HOLMES

Ich war schon vor langer Zeit zu der Ansicht gelangt, dass die Hauptanforderung an Königshäupter die Immunität gegenüber Langeweile ist. Nachdem ich bereits darüber berichtet habe, wie wahrhaft geisttötend es ist, so genannte »Staatspflichten« wahrzunehmen, kann ich nur noch hinzufügen, dass es *noch schlimmer* ist, darauf warten zu müssen, sie wahrnehmen zu können.

Ich hatte es alles andere als eilig, die künftige Braut des Königs kennen zu lernen. Und schon gar nicht stand mir der Sinn danach, sie zu heiraten. Nachdem mir allerdings gemeldet wurde, dass sich ihre Ankunft um einen vollen Tag verzögern würde, und als der folgende Tag sich langsam in den Nachmittag hineinstreckte, wobei ich auf ihren »frühmorgendlichen« Empfang warten musste, ertappte ich mich bei dem Wunsch, dass sie sich doch bitte endlich herbequemen möchte, damit wir uns endlich kennen lernen und die Sache hinter uns bringen konnten.

Alle anderen königlichen Geschäfte ruhten, um dem Empfang der zukünftigen Königin von Possiltum den gehörigen Nachdruck zu verleihen. Das hielt ich allerdings für etwas überflüssig, nachdem ich gesehen hatte, wie die Untertanen die Straßen mit Blumen schmückten und sich in Dreierreihen aufbauten in der Hoffnung, einen Blick auf diese neue Prominenz werfen zu können. Das Warten schien ihrer Stimmung nicht abträglich zu sein, wenngleich die Blumen nach und nach welkten, um jedoch sofort von eifrigen Händen wieder erneuert zu werden. So würde dieser Empfang zumindest der Blumenernte Possiltums für eine Weile empfindliche Einbußen zufügen. Natürlich konnte er sogar *allen* Ernten solche Einbußen zufügen, weil die feiernden Menschen sich unentwegt in den Straßen scharten und nicht die leiseste Lust zu verspüren schienen, auf ihre Felder oder in ihre Handwerksstuben zurückzukehren, auch dann nicht, als immer weitere Verzögerungen bekannt gegeben wurden.

»Haben die Bürger eigentlich nichts Besseres zu tun, als auf den Straßen herumzulungern und sich mit Blumen zu bewerfen?«, knurrte ich und wandte mich vom Fenster ab. »Irgendjemand sollte das Reich während dieser Narretei doch eigentlich in Betrieb halten.«

Wie üblich, nahm es auch diesmal Grimble auf sich, mich zu besänftigen.

»Euer Majestät sind lediglich etwas nervös wegen des bevorstehenden Empfangs. Ich vertraue darauf, dass sich Euer Majestät in Ihrer Weisheit nicht dazu verleiten lassen werden, diese Gereiztheit auf Euer Majestät treue Untertanen zu übertragen?«

»Als sie die Grenze überschritt, wurde mir versichert, dass sie heute Morgen hier eintreffen würde. Morgen! Habt Ihr schon mal einen Morgen gesehen, an dem die Sonne untergeht?«

»Zweifellos wurde sie durch den Zustand der Straßen aufgehalten«, erbot sich General Badaxe zu erklären.

»Ich habe Euer Majestät schon früher darauf aufmerksam gemacht, dass eine Reparatur unserer Straßen längst überfällig ist. In ihrem gegenwärtigen Zustand behindern sie den Reisenden ... und das gilt *auch* für unsere Truppen, sollte unser schönes Land jemals angegriffen werden.«

Grimble bleckte die Zähne.

»Und Seine Majestät hat mir auch immer darin zugestimmt, dass eine Reparatur der Straßen im Augenblick viel zu teuer wäre ... es sei denn, der General wäre gewillt, die Größe seiner Armee deutlich zu verringern, damit wir mit den eingesparten Soldgeldern die Reparaturen bezahlen können?«

Der General lief purpurn an.

»Wenn Ihr die Armee reduziert, Grimble, werdet Ihr schon bald jene Schatzkammer einbüßen, über die Ihr so eifersüchtig wacht.«

»Genug, meine Herren«, beendete ich den Streit und bedeutete ihnen mit einem Winken, zu schweigen. »Wie Ihr beide bereits bemerktet, haben wir dieses Thema schon zahlreiche Male besprochen.«

Man hatte beschlossen, dass der König von Possiltum, anstatt dazusitzen und vor der gesamten Bevölkerung herumzuzappeln, die Ankunft der Braut zurückgezogen, nur in der Gesellschaft seiner Berater abwarten sollte. Wegen des Ansehens des Königs und so. Leider bedeutete dies, dass ich seit dem frühen Morgen mit Grimble und Hugh Badaxe in einem kleinen Raum eingesperrt war. Ihre ständigen Sticheleien und Streitgespräche hatten genügt, um meiner ohnehin schon recht zweifelhaften Stimmung einen nie gekannten üblen Unterton zu verleihen.

»Nun, während wir warten, könntet Ihr mir, jeder für sich, einmal Eure Meinung über meine künftige Braut und ihr Königreich mitteilen.«

»Aber Majestät, das haben wir doch schon getan. Viele Male sogar.«

»Nun, dann tut Ihr es eben noch einmal. Ihr seid doch schließlich meine Berater, oder nicht? Also beratet mich auch gefälligst. General Badaxe, warum fangt Ihr nicht als Erster an?«

Badaxe zuckte die Schultern.

»Seit unserem letzten Beratungsgespräch hat sich die Situation nicht wesentlich verändert. Sackgaß ist ein kleines Reich. Winzig, um genau zu sein, keine eintausend Einwohner. Diese erheben Hoheitsanspruch auf das Sackgaßgebirge, von dem das Königreich seinen Namen hat und das den wichtigsten Teil seiner militärischen Verteidigung bildet. Ihr Anspruch lässt sich hauptsächlich deshalb aufrechterhalten, weil die Berge sehr tückisch sind und es kaum einen Grund gibt, sich dorthin zu wagen. Mindestens fünfundneunzig Prozent der Einwohnerschaft bewohnt das Tal zwischen den Bergen. Sie besitzen keine offizielle Armee, eher eine Miliz, die aber auch ausreicht, da das Tal alleine fünf Pässe zählt, von denen aus selbst ein Kind mit einem Steinhaufen eine ganze Armee abwehren könnte ... und es gibt dort reichlich Steine. Ihre größte Schwachstelle ist die Nahrung. Der Boden dort ist so beschaffen, dass sie nicht einmal ihre winzige Bevölkerung ernähren können, und sie liegen immer noch im Streit mit dem Königreich am anderen Ende des Tals, dem das ganze Tal einst gehört hat, weshalb sie ihre gesamten Nahrungsmittel von uns kaufen müssen ... zu Preisen, die selbst ein großzügig gesinnter Mensch noch außergewöhnlich hoch nennen würde.«

»Angebot und Nachfrage«, lächelte Grimble mit gefletschten Zähnen.

»Einen Augenblick, General!«, unterbrach ich. »Wenn ich das richtig verstehe, dann stellt Sackgaß aufgrund seiner Größe keine militärische Bedrohung für uns dar. Im Gegenteil, es könnte sogar unsere Flanke vor einem Angriff über den Pass schützen. Stimmt das?«

»Korrekt.«

»Was es auch bereits tut.«

»Ebenfalls korrekt.«

Einen Ausweg ahnend, sprach ich eilig weiter.

»Wir können sie nicht angreifen, aber nach allem, was Ihr

sagt, besitzen sie auch gar nichts, was uns interessieren würde. Wozu dann diese ganze Heiraterei und Verbünderei?«

Der General warf Grimble einen vielsagenden Blick zu.

»Weil Sackgaß zwar arm an Bewohnern und Ernteerträgen ist, andererseits aber auf dem größten Vorkommen an Edelmetall auf dem ganzen Kontinent hockt«, erklärte der Kanzler.

»Edelmet... ach so, Gold meint Ihr.«

»Genau. Durch diese Verbindung wird Possiltum zum reichsten Königreich aller Zeiten.«

»Das scheint mir aber kaum ein hinreichender Grund für eine Eheschließung zu sein«, murmelte ich.

»Die Meinung Eurer Majestät zu diesem Thema ist uns wohl bekannt«, nickte Grimble. »Majestät haben sie jedes Mal, wenn die Sprache auf eine mögliche Heirat kam, lang und ausführlich erläutert. Ich bin nur froh, dass Ihr schließlich darin eingewilligt habt, als die Untertanen von Possiltum mit einer Rebellion für den Fall drohten, dass Ihr Euch dem Heiratsvorschlag noch länger widersetzen solltet.«

»Das geschah aber erst, nachdem Ihr das Gerücht verbreitet habt, dass eine solche Verbindung zu Steuersenkungen führen würde, Grimble«, knurrte Badaxe.

»Ich habe nur von *möglichen* Steuersenkungen gesprochen«, berichtigte ihn der Schatzmeister mit Unschuldsmiene. »Kann ich denn etwas dafür, wenn das einfache Volk daraus die falschen Schlüsse zieht?«

Nun, da ich etwas besser im Bilde war, hätte ich auch etwas mehr Sympathie für die missliche Lage des Königs aufbringen können, wenn er nicht mich an seiner Stelle in sie hineinmanövriert hätte.

»Genug über Sackgaß. Nun teilt mir Eure Meinung über meine zukünftige Braut mit.«

Einen Augenblick herrschte betretenes Schweigen.

»Sackgaß hat keine Monarchie im eigentlichen Sinne«, erklärte Grimble vorsichtig. »Das heißt, bis vor kurzem. Es war eher eine Art Stammesstaat, in dem die jeweils Stärksten regierten. Als der letzte ›König‹ starb, gelang es jedoch seiner Tochter Schierlingsfleck irgendwie, den Thron zu besteigen und sich zu behaupten, wodurch sie in gewissem Sinne eine Art Erbfolge institutionalisierte. Es ist allerdings unklar, wie sie dies vollbracht hat.«

»Es heißt, dass sie sich vor dem Tod des Königs der ... Treue aller kampftüchtigen Männer im Königreich versichert hat, wodurch sie dafür sorgte, dass ihr Anspruch auf den Thron nicht angefochten wurde«, warf Badaxe ein.

Ich hob beschwichtigend die Hand.

»Meine Herren, was Ihr mir da mitteilt, das sind Tatsachen. Ich will aber *Meinungen* von Euch hören.«

Diesmal schwiegen beide ziemlich lange.

»Na was ist?« Ich zog eine Grimasse.

»Euer Majestät müssen bedenken«, protestierte Grimble, »dass Ihr von uns verlangt, unsere geheimen Gefühle für eine Frau zu äußern, die schon bald unsere Königin sein wird.«

»Nicht, bevor die Hochzeit stattgefunden hat«, grollte ich. »Im Augenblick bin *ich* noch Euer König. Verstanden?«

»Es fallen einem die Worte ›kaltschnäuzig‹ und ›skrupellos‹ ein«, sagte der General. »Und das ist der Eindruck eines Mannes, dessen Beruf die Blutbäder des Krieges sind!«

»Ich bin überzeugt, dass die Gerüchte, sie hätte ihren Vater ermordet, um die Herrschaft über das Reich an sich zu reißen, übertrieben sind«, wandte Grimble matt ein.

»... aber Euer Majestät wären gut beraten, auf getrennten Schlafgemächern zu bestehen und selbst dann noch einen sehr leichten Schlaf zu pflegen ... und zwar bewaffnet«, schloss der General mit Entschiedenheit.

»Was die getrennten Schlafgemächer betrifft, so dürfte

dies keine Schwierigkeiten bereiten«, warf Grimble lüstern ein. »Es heißt, dass Königin Schierlingsfleck die Tugendhaftigkeit einer Straßenkatze besitzt.«

»Wunderbar«, seufzte ich.

Der Kanzler gewährte mir ein väterliches Lächeln.

»Oh, es besteht kein Zweifel, dass das gesamte Reich, mich selbst eingeschlossen, Euer Majestät wegen des Opfers, das Ihr für Euer Volk zu erbringen bereit seid, zutiefst bewundert.«

Das Problem war, dass nur ich allein wusste, wen der König *tatsächlich* zu opfern bereit war!

Ich musterte Grimbles Lächeln mit halbgeschlossenen Augen und zermarterte mir das Gehirn, wie ich ihm seine hämische Selbstzufriedenheit angesichts meiner misslichen Lage austreiben könnte. Plötzlich fiel mir noch etwas ein.

»Was ich fragen wollte: Weiß einer von Euch, wo unser Hofzauberer sich gegenwärtig aufhält?«

Grimbles Lächeln verschwand so schnell, wie es gekommen war.

»Er ist ... verschwunden, Euer Majestät.«

»Wie? Mal wieder zu einem seiner unseligen Abenteuer ausgezogen?«

Der Kanzler wandte den Blick ab.

»Nein, ich meine er ... er ist fort. Er hat seine Kündigung eingereicht und ist verschwunden.«

»Wem hat er seine Kündigung eingereicht?«, drang ich in ihn. »Wer hat ihm gestattet seinen Posten ausgerechnet jetzt, in meiner schlimmsten Stunde, zu verlassen?«

»Ähhh ... ich habe es ihm gestattet, Euer Majestät.«

»Wie bitte, Grimble? Ich habe Euch nicht verstanden.«

»Ich. Ich habe ihm gesagt, dass er gehen könne.«

Inzwischen war Grimble sichtlich in Schweiß gebadet, was mir nur recht war. Tatsächlich begann nun eine Idee in meinem Geist Form anzunehmen.

»Hmmm ... wie ich Euch kenne, Kanzler, würde ich vermuten, dass hinter dem plötzlichen Verschwinden des Großen Skeeve Geld steckt.«

»Das könnte man«, meinte Grimble ausweichend, »so ähnlich formulieren.«

»Nun, das geht nicht«, sagte ich entschieden. »Ich will ihn zurückhaben ... und zwar noch vor dieser vermaledeiten Eheschließung. Und außerdem – da Ihr es wart, dem ich sein Fortgehen zu verdanken habe, mache ich Euch auch persönlich für seine Rückkehr verantwortlich.«

»A... aber Euer Majestät! Ich wüsste nicht, wo ich anfangen sollte, nach ihm zu suchen. Er kann schon überall sein.«

»Er kann noch nicht sehr weit sein«, warf Badaxe wie beiläufig ein. »Sein Drache und sein Einhorn befinden sich noch immer in den königlichen Stallungen.«

»Ach ja?« Der Kanzler blinzelte erstaunt.

»Ja«, meinte der General lächelnd. »Was Ihr sehr wohl wissen könntet, wenn Ihr jemals den Fuß aus Eurer Wechselstube setzen würdet.«

»Seht Ihr, Grimble«, sagte ich, »die Aufgabe, die ich Euch gestellt habe, sollte also einem Mann von Eurem Einfallsreichtum keine Schwierigkeiten bereiten. Und nun ab mit Euch! Je länger Ihr noch hier verweilt, desto länger wird es dauern, bis Ihr unseren Zauberer auf Abwegen gefunden habt.«

Der Kanzler wollte etwas erwidern, zuckte dann aber mit den Schultern und schritt zur Tür.

»Ach, und noch etwas, Grimble!«, rief ich ihm nach. »Etwas, das Ihr beherzigen solltet. Mir ist ein Gerücht zu Ohren gekommen, demzufolge der Große Skeeve sich in letzter Zeit zum Schabernack für mich ausgegeben hat. Möglicherweise stolziert dieser Schlingel irgendwo mit königlicher Miene umher. Diese Kleinigkeit sollte Euch bei der Suche wertvolle Dienste leisten.«

»Danke, Euer Majestät«, erwiderte der Kanzler verdrossen, nachdem ich ihn solchermaßen an die verwandlerischen Fähigkeiten seines angeblichen Suchopfers erinnert hatte.

Ich war mir nicht ganz sicher, aber ich hatte den Eindruck, dass General Badaxe irgendwo in den Tiefen seines Barts ein Lachen erstickte, als sein Rivale hinausschlurfte.

»Wie steht es mit Euch, General? Meint Ihr nicht, dass Eure Männer dabei behilflich sein könnten, dem Großen Skeeve meinen königlichen Wunsch auszurichten?«

»Das wird nicht nötig sein, Euer Majestät.«

Plötzlich ernst geworden, trat er näher, legte mir eine Hand auf die Schulter und starrte mir in die Augen.

»Sire Zauberer«, sagte er, »der König wünscht Euch zu sprechen.«

Kapitel 7

»GEGEN EINE BEHERZTE FRAU HILFT NUR EINS –
EIN HERZHAFTER DRINK.«
P. MARLOWE

»Ihr wisst schon eine ganze Weile, dass ich ein Kriegsmann bin. Was Ihr aber anscheinend *nicht* wisst, ist, was das bedeutet.«

Inzwischen saßen wir beim Wein, und führten ein weitaus entspannteres Gespräch als vorhin, da ich noch König Rodrick gemimt hatte.

»Kämpfer erkennen Menschen sowohl an ihren Bewegungen und ihrem Verhalten, als auch an ihrem Gesicht. Das ist eine Angewohnheit, die der Beruf mit sich bringt. Nun hattet Ihr zwar das Aussehen und die Stimme des Königs, aber Eure Körperhaltung und Eure Gesten waren die des Großen Skeeve, nicht die Rodricks des Fünften.«

»Aber wenn Ihr wusstet, dass ich ein Betrüger war, warum habt Ihr dann nichts gesagt?«

Der General versteifte sich.

»Der König hat mich in dieser Angelegenheit nicht ins Vertrauen gezogen, und Ihr auch nicht. Ich hätte es als unhöflich empfunden, mich da ungebeten einzumischen.«

»Habt Ihr nicht befürchtet, dass ich an einem Komplott zur Ermordung des Königs und der Machtergreifung teilhaben könnte?«

»Sire Magiker, wenngleich wir einander als Rivalen kennen gelernt haben, ist mein Respekt vor Euch durch unsere längere Bekanntschaft nicht unerheblich gewachsen. Sowohl damals, als Ihr Big Julie und seine Armee dazu überreden konntet, vom Syndikat zu desertieren und sich als ehrliche Bürger Possiltum anzuschließen, wie auch beim Großen Spiel, als ich Seite an Seite mit Euch kämpfte und Ihr Kopf und Kragen riskiertet, um einen bedrohten Kameraden zu retten, habt Ihr Einfallsreichtum, Mut und Ehrgefühl bewiesen. Und wenn ich von Euch auch nicht immer ein Bild in glühendsten Farben zeichne, so reicht meine Geringschätzung doch nicht so weit, dass ich es für möglich hielte, dass Ihr an der Ermordung Eures Arbeitgebers teilhaben würdet.«

»Danke, General.«

»... und außerdem würde nur ein Volltrottel Rodricks Stelle ausgerechnet kurz vor seiner Heirat mit Königin Schierlingsfleck einnehmen wollen.«

Ich zuckte zusammen.

»So viel zu Eurem gewachsenen Respekt.«

»Ich habe von ›Einfallsreichtum, Mut und Ehrgefühl‹ gesprochen, von Intelligenz habe ich nichts gesagt. Also gut, entweder ein Volltrottel oder jemand, der dem Befehl seines Königs Folge leistet.«

»Wie wär's denn mit einer Mischung aus beidem?«, seufzte ich.

»Das hatte ich vermutet«, nickte Badaxe. »Und da wir nun schon offen miteinander reden, darf ich fragen, wo sich der König befindet?«

»Eine gute Frage.«

In wenigen deprimierenden Worten informierte ich ihn, hinsichtlich meiner mir aufgetragenen Pflicht und Rodricks Verschwinden, über den neuesten Stand der Dinge.

»Ich hatte befürchtet, dass etwas Derartiges geschehen würde«, meinte der General, als ich geendet hatte. »Der König hat schon immer verzweifelt nach einem Ausweg aus dieser Situation gesucht, und anscheinend hat er nun einen gefunden. Na ja, es bedarf wohl keiner besonderen Erwähnung, aber wenn ich Euch irgendwie helfen kann, dann sagt es nur.«

»Danke, General. Tatsächlich wollte ich ...«

»... sofern es dem Königreich keinen Schaden zufügt«, berichtigte sich Badaxe. »Wie beispielsweise eine Flucht Eurerseits. Possiltum braucht einen König, und der seid nun mal vorläufig Ihr!«

»Oh. Nun ... wie wäre es, wenn Eure Leute dabei helfen würden, den König zu suchen?«

Badaxe schüttelte den Kopf.

»Das geht nicht. Diesen Auftrag hat Massha bereits. Wenn ich meine Leute hinter ihr herschickte, um sie bei der Suche zu unterstützen, würde sie denken, dass ich nicht an sie glaube.«

Wunderbar! Da hatte ich ja einen tollen Verbündeten – sofern es mir nur gelang, mich an seinen Treueverpflichtungen und Liebesverwicklungen vorbeizumogeln.

Der General musste meinen Gesichtsausdruck bemerkt haben.

»Alles andere will ich gerne tun.«

»Was denn, zum Beispiel?«

»Na ja ... zum Beispiel, Euch beibringen, wie Ihr Euch gegen Eure künftige Braut zur Wehr setzen könnt.«

»Meint Ihr wirklich, dass wir dazu noch genügend Zeit haben werden?«

In diesem Augenblick klopfte es an der Tür.

»Euer Majestät! Die Kutsche der Königin Schierlingsfleck nähert sich dem Palast!«

»Nein«, beantwortete der General meine Frage mit entwaffnender Ehrlichkeit.

Wir schafften es gerade noch rechtzeitig vor dem Gefolge der Königin, die für uns vorgesehenen Plätze zu erreichen.

Der Thron von Possiltum war vorübergehend innerhalb der Palasttore aufgebaut worden, und so gelang es Badaxe und mir nur durch einen höchst unwürdigen Sprint durch die Gänge, unsere jeweilige Stellung einzunehmen, bevor die Tore geöffnet wurden,

»Erinnert mich daran, dass wir später noch einmal über die Effektivität des Frühwarnsystems Eurer Armee ein paar Worte wechseln«, sagte ich zu dem General, als ich auf meinen Platz sank.

»Ich meine, es war der Hofzauberer, der sich über das, wie er glaubte, zu ausgedehnte militärische Spionagenetz beschwerte«, konterte Badaxe. »Vielleicht wollen Euer Majestät ihn nun davon überzeugen, wie wichtig rechtzeitige Aufklärung sein kann.«

Bevor ich mir eine hinreichend höfliche Antwort überlegen konnte, kam der Tross der Königin vor den Stufen zum Stehen.

Das Königreich Sackgaß hatte anscheinend keine Kosten und Mühen gescheut, um die Kutsche der Königin auszustatten. Wenn sie auch nicht aus purem Gold bestand, so waren die Zierleisten und Beschläge derart von diesem Metall durchsetzt, dass es müßig gewesen wäre, den Unterschied ausmachen zu wollen. Insgeheim frohlockte ich darüber, dass Grimble nicht anwesend war, um sich an diesem Anblick zu weiden. Die Vorhänge des Gefährts waren zugezogen, so dass wir zwar ihr reiches Stickwerk bewundern konnten, nicht aber was sich dahinter befand. Acht gleichaussehende Pferde bildeten das Gespann, wenngleich ihr zottiges Fell und ihre gedrungene Statur darauf hinzuweisen schienen, dass das Bergvolk sie normalerweise für weitaus praktischere Zwecke gebrauchte, als dafür, königliche Hoheiten durch die Landschaft zu zerren.

Die Kutsche allerdings war das einzige Dekorative an der ganzen königlichen Prozession.

Die Eskorte bestand aus mindestens zwanzig Gefolgsleuten, die alle beritten waren und noch weitere Pferde mit sich führten, wobei ich nicht sagen konnte, ob diese als Ersatz dienten oder einen Teil der Aussteuer bildeten. Außerdem bestand die Eskorte ausschließlich aus Männern von gleichartigem Aussehen: breitschultrig, schmalhüftig und muskulös. Sie erinnerten mich an Miniaturversionen der beiden Mannschaften, gegen die Aahz und ich beim Großen Spiel hatten antreten müssen, doch im Gegensatz zu jenen Spielern waren diese hier bis an die Zähne bewaffnet. Sie strotzten nur so von Schwertern und Messern, ihre Stiefelspitzen, Gliederpanzer und Schulterscheiden glitzerten und funkelten, so dass ich zu der Überzeugung gelangte, dass ihre Bewaffnung zusammengenommen ebenso viel Wiegen mochte wie die ganze goldene Kutsche, welche sie bewachten. Es waren auch keine hübschen, zierlichen Dekorationsobjekte, wie man sie bei Hofe trug, sondern wohl ausgewogene Feldwaffen, die von den Männern mit jener nachlässigen Leichtigkeit getragen wurden, wie sie Kämpfer ihrem Werkzeug gegenüber zur Schau zu stellen pflegen.

Die Männer selbst trugen recht triste Kittel, die eher dazu geeignet schienen, mit einem Messer zwischen den Zähnen durchs Gebüsch zu kriechen, als eine königliche Eskorte zu kleiden. Dennoch verzogen sie ihre ohnehin breiten und äußerst flachen Gesichtszüge zu einem noch breiteren Grinsen, als sie abwechselnd des Gebäude anstarrten und der Menge zuwinkten, die entschlossen schien, den schon zuvor erwähnten Blumenüberschuss loszuwerden, indem sie die Kutsche darunter begruben. In Badaxes oder Big Julies Augen mochte die Eskorte zwar schlampig und undiszipliniert aussehen, aber ich für meinen Teil wäre nicht scharf darauf gewesen, derjenige sein zu müssen, der versuchte, ihnen irgendetwas abzunehmen – sei es Königin, Kutsche oder Königreich, oder auch nur eine Blume, an der sie Gefallen gefunden hatten.

Zwei Männer im Gefolge schienen beachtenswerte Ausnahmen von der Regel zu sein. Selbst zu Pferde wirkten sie noch um einige Kopflängen größer als die anderen und noch einmal halb so breit. Sie hatten ihre wuchtigen Körper in Kittel gezwängt, die sauber und feierlich aussahen, und schienen unbewaffnet zu sein. Mir fiel allerdings auf, dass sie weder lachten noch winkten und stattdessen stocksteif in ihren Sätteln saßen und die Einzelheiten ihrer Umgebung mit jener gelangweilten, unbeteiligten Miene musterten, die ich für gewöhnlich nur bei Raubtieren beobachtet hatte ... bei sehr großen Raubtieren.

Gerade wollte ich Badaxes Aufmerksamkeit auf das Paar lenken, als die Kutschentür geöffnet wurde. Die Frau, die nun heraustrat, war anscheinend mit den meisten Männern der Eskorte verwandt. Sie besaß den gleichen breiten, stämmigen Körperbau und auch die gleichen Gesichtszüge, nur war bei ihr alles noch viel betonter. Mein erster Eindruck war, dass sie wie die beiden unteren Drittel einer Eichentür aussah, vorausgesetzt, die Tür bestand aus Granit. Ohne zu lächeln musterte sie die Umgebung mit einem vernichtenden Blick, um schließlich kurz zu nicken und herabzusteigen.

»Die Kammerzofe«, murmelte Badaxe.

Ich weiß nicht, ob es beabsichtigt war, in jedem Fall beruhigte mich diese Bemerkung ungemein. Erst später kam mir der Gedanke, dass der General mir diese Information nur zukommen ließ, um mich von dem Gedanken an Flucht abzubringen, der mir auch tatsächlich gekommen war.

Die nächste Gestalt, die nun sichtbar wurde, sah gänzlich anders aus als alle anderen Sackgäßler. Sie war pfeildünn und blass, mit schwarzem, strohigem Haar, das auf ihre Schultern herabhing. Anstelle des nun schon bekannten runden, flachen Gesichts sah sie eher so aus, als hätte man sie an der Nase zum Trocknen aufgehängt. Tatsächlich war sie kein unangenehmer Anblick, und ich vermutete sogar, dass sie jünger war als ich, aber die spitze Nase und die dunklen, glänzend-wachsamen Augen verliehen ihrem Aussehen eine entfernte Ähnlichkeit mit einem Nagetier. Ihr Kleid war ein langärmliges weißes Etwas, das auf einem Bügel wahrscheinlich anziehender gewirkt hätte. Ohne den versammelten Bürgern mehr als nur einen flüchtigen Blick zu schenken, raffte sie das bisschen, was an ihrem Kleid schlaffer Stoff war, sprang von der Kutsche und schritt mit der athletischen, beinbetonten Grazie eines entschlossenen Wildfangs die Stufen zu mir empor.

»Und *das*«, erklärte der General, »ist Königin Schierlingsfleck.«

Irgendwie hatte ich das bereits vermutet, aber nachdem es mir nun bestätigt worden war, trat ich in Aktion. *Diesen* Teil des Geschäfts beherrschte ich wenigstens, nachdem meine Berater mir die Sache immer und immer wieder eingepaukt hatten.

Ich erhob mich und blieb in königlicher Haltung stehen, bis sie den Thron erreicht hatte, dann stimmte ich meine Verbeugung präzise auf ihren Knicks ab ... Monarchen unter sich und so.

Als Nächstes hätte ich sie eigentlich in Possiltum willkommen heißen sollen, doch bevor ich auch nur den Mund aufmachen konnte, entbot sie mir bereits ihren eigenen Gruß.

»Tut mir Leid, dass ich keinen tieferen Knicks machen konnte, aber ich habe nicht das Geringste an unter diesem Fummel. Hier unten im Flachland ist es aber wirklich verdammt heiß, Rod«, sagte sie und gönnte mir dabei ein breites, aber dünnlippiges Lächeln.

»Aaah ...«, sagte ich vorsichtig.

Meine Erwiderung, beziehungsweise das Ausbleiben derselben, ignorierend, lächelte sie und winkte der Menge zu, die diese Geste mit tosendem Beifall quittierte.

»Welcher Idiot hat denn bloß den ganzen Pöbel eingeladen?«, fragte sie, ohne dass ihr Lächeln sich auch nur eine Spur veränderte.

»Aaah ...«, wiederholte ich.

General Badaxe eilte mir zu Hilfe.

»Es haben zwar keine offiziellen Ankündigungen stattgefunden, Euer Majestät, aber anscheinend ist die Tatsache Eurer Ankunft auch bis zum letzten Bewohner dieses Reiches durchgesickert. Wie zu erwarten war, ist das Volk begierig, seine neue Königin zu sehen.«

»So, wie ich aussehe?«, fragte sie und bleckte die Zähne, während sie den Jubelnden auf den Dächern zuwinkte. »Sechs Tage unterwegs bei dieser Hitze und ohne ein Bad oder einen Kleiderwechsel, und anstelle eines diskreten Empfangs kommt das halbe Königreich herbeigelaufen, um mich anzustarren, während ich so aussehe, als hätte man mich hinter der Kutsche hergeschleift. Na gut, jetzt lässt es sich auch nicht mehr ändern. Aber ich will Euch warnen, wenn das noch einmal vorkommen sollte ... General Badaxe, nicht wahr? Hab ich mir gedacht. Nun, wie ich schon sagte, wenn das noch einmal vorkommt, dann werden einige Köpfe rollen ... und das meine ich keineswegs nur bildlich.«

»Willkommen in Possiltum«, brachte ich endlich heraus.

Es war eine erheblich gekürzte Fassung der Rede, die ich eigentlich hatte halten wollen, aber an mehr konnte ich mich unter den gegebenen Umständen nicht mehr erinnern.

»Hallo, Roddie«, erwiderte sie, ohne mich anzusehen, während sie der Menge weiterhin zuwinkte. »Ich werde mich gleich in meine Unterkunft verdrücken. Sei ein Schatz und komm mir die nächste Woche nicht in die Quere ... es gibt so viel zu tun. Und außerdem sieht es ganz danach aus, als würdest du sowieso alle Hände voll zu tun haben mit anderen Dingen.«

»Wieso?«

»Es kommen ein paar kleinere Schwierigkeiten auf dich zu, jedenfalls wenn es nach dem Herrn geht, dem ich unterwegs begegnet bin. Da kommt er übrigens. Tschüss.«

»Aber ...«

Königin Schierlingsfleck war bereits im Innern des Palasts verschwunden wie eine Rauchwolke. Unterdessen bemerkte ich, wie ich mich auf den Mann konzentrierte, der soeben aus der Kutsche gestiegen war und nun die Stufen zu meinem Thron hinaufkam. Mir fiel auf, dass er die gleichen Züge und Gesten eines Wiesels aufwies wie Grimble. Vor allem aber fiel mir auf, dass die beiden breitschultrigen Raubtiere, von denen ich bisher geglaubt hatte, dass sie zur Eskorte der Königin gehörten, plötzlich an seiner Seite erschienen waren und neben ihm emporragten wie ein Paar Bücherstützen ... wie ein Paar bösartiger Bücherstützen.

Ich setzte mich wieder, zum einen weil die nahende Gestalt nicht nach einer königlichen Hoheit aussah, hauptsächlich aber deshalb, weil ich das Gefühl hatte, dass ich während des nun folgenden Gesprächs lieber sitzen bleiben sollte.

Der Mann trat schließlich vor meinen Thron, richtete sich auf und gewährte mir ein eher knappes Kopfnicken anstelle einer Verneigung. Das wirkte immerhin noch einigermaßen höflich, denn seine beiden Begleiter nahmen mich gar nicht erst zur Kenntnis.

»Verzeiht mir, wenn ich ein derart festliches Ereignis störe, Euer Majestät«, begann der Mann, »aber es gibt da gewisse Angelegenheiten, die einer Besprechung bedürfen.«

»Zum Beispiel?«

»Mein Name ist Winkel-kat, und ich vertrete ein ... nun, ein Konsortium von Geschäftsleuten. Ich wünsche mit einem Eurer Hofbeamten hinsichtlich einiger unserer Angestellten zu konferieren, die es verabsäumt haben, sich bei uns wieder zurückzumelden, nachdem sie in dieser Region unsere Interessen vertreten haben.«

Wie ich schon erwähnte, wurde ich immer geübter darin, »Bürokratisch« zu sprechen. Doch die Rede dieses Mannes machte mich völlig perplex.

»Ihr wollt was mit wem über wen?«

Der Mann seufzte und ließ einen Augenblick den Kopf hängen.

»Lasst es mich so ausdrücken«, sagte er schließlich. »Ich bin beim Syndikat und will mit Eurem Magiker Skeeve sprechen. Es geht um unsere Armee, Big Julies Jungs, die irgendwie plötzlich verschwunden ist, nachdem sie sich mit ihm angelegt haben. Versteht Ihr mich jetzt?«

Kapitel 8

»Suche dir deine Freunde mit Sorgfalt.
Deine Feinde finden dich schon von allein!«
Y. Arafat

Schon wenige Tage nach der Ankunft von Königin Schierlingsfleck herrschte im Palast die heitere, entspannte Atmosphäre eines Schlachtfeldes am Abend vor dem Kampf. Das Gefolge der Königin und die Vertreter des Syndikats waren als »königliche Gäste« im Palast untergebracht worden, was mir, ob ich es nun wollte oder nicht, einen Zweifrontenkrieg einbrachte.

Königin Schierlingsfleck stellte kein unmittelbares Problem dar; sie hatte eher etwas von einer Zeitbombe. Da ich ausdrücklichen Befehl hatte, »aus dem Weg zu bleiben«, bekam ich sie nicht oft zu sehen, und selbst General Badaxe gab zu, dass sie, sollte sie mir tatsächlich nach dem Leben trachten, dies wohl erst nach der Hochzeit tun würde, wenn sie offiziell zur Königin von Possiltum gekrönt worden war. Dennoch: Als der Tag der Hochzeit bedrohlich näher kam, wurde mir immer bewusster, dass man dieses Problem bald würde lösen müssen.

Die Vertreter des Syndikats dagegen stellten im Moment ein dringenderes Problem dar. Ich hatte ihnen für eine Weile den Wind aus den Segeln genommen, indem ich ihnen gesagt hatte, dass der Hofzauberer sich gegenwärtig nicht im Palast befände, dass man aber nach ihm geschickt habe; und ihnen anschließend, als Zeichen meines guten Willens, die Gastlichkeit des Palastes angeboten. Sie tranken nicht viel und gingen mir auch nicht mit Fragen über den

Zeitpunkt von »Skeeves Rückkehr« auf den Wecker. Ich hegte jedoch nicht den leisesten Zweifel, dass ihre Geduld irgendwann erschöpft sein würde, und sie sich spätestens dann selbst auf die Suche nach dem Hofzauberer machen würden. Und ich hatte ebenfalls das Gefühl, dass dieses »Irgendwann« schon recht bald sein würde.

Da ich jede nur erdenkliche Hilfe gebrauchen konnte, ließ ich Badaxe einen seiner Männer nach Big Julie schicken. Es gelang uns ohne große Schwierigkeiten, ihn in den Palast zu schmuggeln, und so hielten wir zu dritt Kriegsrat ab. Auf Badaxes Rat hin ließ ich sofort meine Tarnung fallen und brachte unseren Gast auf den neuesten Stand.

»Tut mir Leid«, sagte Julie zur Eröffnung der Beratung, »aber ich wüsste nicht, wie ich euch helfen könnte, versteht ihr, was ich meine?«

Wirklich klasse! So weit also zu Big Julies militärischem Genie!

»Ich würde euch ja gerne helfen«, erklärte er. »Ihr wart ziemlich gut zu mir und den Jungs. Aber ich hab mal für das Syndikat gearbeitet, versteht ihr? Ich weiß, wie die sind. Wenn die einem erst mal auf den Fersen sind, geben sie niemals auf. Das habe ich euch schon mal zu erklären versucht.«

»Ich begreife nicht, wo das Problem liegt«, rumpelte General Badaxe. »Sie sind schließlich nur zu dritt, und ihr Sprecher ist Zivilist vom Scheitel bis zur Sohle. Es wäre doch nicht weiter schwierig, dafür zu sorgen, dass sie niemandem etwas melden ... und zwar nie wieder.«

Big Julie schüttelte den Kopf.

»Du bist ein guter Mann, Hugh, aber du ahnst nicht, mit wem du es hier zu tun hast. Wenn der Suchtrupp des Syndikats verschwindet, dann wissen sie, dass hier was faul ist und setzen die Maschinerie erst richtig in Gang. Die Eintreiber auszuschalten, hält das Syndikat noch lange nicht von einem

Eingriff ab ... es würde sie nicht einmal bremsen. Es würde alles sogar eher beschleunigen!«

Bevor Badaxe etwas erwidern konnte, unterbrach ich das Gespräch mit einigen Fragen.

»Einen Augenblick, Big Julie. Als wir uns das erste Mal trafen, hast du doch die größte Armee dieser Welt angeführt. Stimmt's?«

»Stimmt«, nickte er. »Wir waren ganz schön in Fahrt ... bis wir auf euch stießen.«

»... und wir haben euch nicht mit militärischen Mitteln gebremst. Wir haben euch lediglich die Möglichkeit gegeben, als Soldaten auszusteigen und euch als Bürger von Possiltum zur Ruhe zu setzen. Du und deine Jungs seid niemals im Kampf besiegt worden.«

»Wir waren die Besten«, pflichtete Big Julie mir voller Stolz bei. »Jeder, der sich mit uns anlegte, musste sich mit eingeschlagenem Schädel zurückziehen, aber ohne den dazugehörigen Körper, wenn ihr versteht, was ich meine.«

»Warum habt ihr dann solche Angst vor dem Syndikat? Wenn die irgendwas versuchen sollten, könnten du und deine Jungs sich doch einfach mit General Badaxes Armee zusammentun und ihnen ein paar Lektionen erteilen, oder?«

Der Oberbefehlshaber a. D. seufzte schwer.

»So funktioniert das nicht«, sagte er. »Wenn die wie eine Armee hier reinmarschiert kämen, na schön, dann könnten wir dafür sorgen, dass sie schon bald Fersengeld geben. Aber das werden sie nicht tun. Sie schleusen immer nur ein paar Muskelmänner auf einmal ein, die sich alle wunderbar höflich aufführen, so dass es nicht den geringsten Grund gibt, sie festzunehmen. Aber wenn erst mal genügend von ihnen da sind, fangen sie damit an, euren Bürgern auf die Füße zu treten. Nur Kleinigkeiten, aber ziemlich fiese. Wenn sich jemand bei euch beschwert, dann findet man ihn plötzlich tot auf, zusammen mit dem größten Teil seiner Familie. Schon bald fürchten sich eure Bürger alle mehr vor dem Syndikat als vor euch. Niemand beschwert sich, niemand sagt vor Gericht aus. Wenn das passiert, habt ihr auch kein Königreich mehr. Das Syndikat hat alles fest in der Hand, während ihr verhungert. Eine solche Invasion kann man nicht mit einer Armee bekämpfen. Man kann sie überhaupt nicht bekämpfen!«

Eine Weile saßen wir alle betreten schweigend da und wichen jeder dem Blick des anderen aus, während wir uns das Gehirn nach einer Lösung zermarterten.

»Was ich nicht verstehe«, sagte Badaxe schließlich, »ist: Wenn dieses System, das du beschreibst, so effektiv und unaufhaltsam ist – warum haben sie sich dann überhaupt die Mühe gemacht, eine Armee zu unterhalten?«

»Ich geb's ja nicht gerne zu«, begann Big Julie und verzog das Gesicht, »aber wir waren so eine Art Experiment. Einige der Erbsenzähler beim Syndikat hatten es sich in den Kopf gesetzt, dass eine Armee zwar teurer wäre, dass die Mehrkosten jedoch durch eine schnellere Übernahme des Zielgebiets ausgeglichen würden. Um ganz ehrlich zu sein, ich finde das ganze Experiment war eine Riesenpleite.«

Das haute mich fast vom Stuhl.

»Soll das heißen, dass eure Armee wirtschaftlich gar nicht tragbar war?«

»Bis zu einem gewissen Punkt war sie das schon. Aber danach waren wir einfach zu groß. Es kostet einen Haufen Geld, eine Armee unter Waffen zu halten, und am Ende war es so weit, dass es mehr Geld brauchte, meine Jungs für eine Woche zu bezahlen, als wir aus den Königreichen herausholen konnten, die wir eroberten. Ich glaube, die wollten uns sowieso bald loswerden ... deshalb hat es auch so lange gedauert, bis sie gekommen sind, um nach ihrer Armee zu suchen.«

Ich schüttelte heftig den Kopf.

»Diese Gedankengänge verstehe ich nicht, Big Julie. *Weshalb* haben sie die Suche hinausgezögert?«

»Geld«, sagte er entschieden. »Ich will euch was sagen, nichts lässt die Großen Bosse so sehr die Ohren spitzen und aufmerksam werden, als wenn es um knallhartes Bargeld geht. Ich meine, was Geldgier angeht – die haben diese Burschen erfunden!«

»Hört sich nach Grimble an«, brummte Badaxe. »Gibt es denn niemanden mehr, der etwas nur wegen der guten alten Rache tut?«

»Genug, General«, schnitt ich ihm das Wort ab und beugte mich vor. »Erzähl weiter, Big Julie. Was hat Geld damit zu tun?«

»Na ja, so, wie ich die Sache sehe, hatte das Syndikat damals bereits Geld durch uns verloren, klar? Für mich bedeutet das, dass sie nicht vorhatten, schlechtem Geld gutes hinterherzuwerfen. Ich meine, warum sollte man noch mehr Geld dafür ausgeben, eine Armee ausfindig zu machen, die, wenn man sie schließlich gefunden hat, nur noch mehr Geld kosten würde?«

»Ja, aber jetzt sind sie trotzdem hier.«

»Genau. Und gerade jetzt wird Possiltum plötzlich sehr reich. Mir scheint, die Großen Bosse haben eine Möglichkeit entdeckt, ein paar alte Rechnungen zu begleichen und gleichzeitig noch Gewinn zu machen.«

»Die Hochzeit!«, sagte ich. »Das hätte ich mir denken können. Das bedeutet: Wenn ich die Hochzeit absage, kann ich gleich zwei Probleme auf einmal beseitigen: Königin Schierlingsfleck und das Syndikat!«

Badaxe musterte mich finster.

»Ich dachte, diese Möglichkeit hätten wir bereits ausdiskutiert. Erinnert Ihr Euch noch an Grimble und an die Bürger von Possiltum?«

Ohne nachzudenken hieb ich mit der flachen Hand auf die Tischplatte.

»Würdet Ihr gefälligst Grimble und die Bürger von Possiltum mal vergessen? General, ich bin es leid, in einer engen Schachtel leben zu müssen, und irgendwie werde ich mir den Weg schon freisprengen!«

An dem Gesichtsausdruck meiner Berater erkannte ich, dass ich wohl etwas lauter gesprochen haben musste, als ich eigentlich vorgehabt hatte. Ich strengte mich an, meine Stimmung und meinen Ton zu mildern.

»Hört mal, General ... Hugh«, begann ich vorsichtig. »Ihr mögt ja vielleicht an Befehle gewöhnt sein, aber für mich ist so etwas neu. Ich bin schließlich ein Magiker, erinnert Ihr Euch? Verzeiht mir, wenn ich ein bisschen gereizt reagiere, während ich versuche, eine Lösung für das Problem zu finden, das Euer ... ich meine, *unser* König mir eingebrockt hat. In Ordnung?«

Er nickte knapp, aber seine Miene entspannte sich nicht.

»Nun haben Eure Ausführungen durchaus ihre Pluspunkte«, fuhr ich fort, »aber Ihr habt auch ein paar Kleinigkeiten übersehen. Erstens ist Grimble gar nicht da. Wenn er zurückkommt, *sofern* das überhaupt geschieht, wird er den König im Schlepptau haben, und dann kann Freund Rodrick das Problem für uns lösen ... wenigstens das Problem mit der Königin. Und was die Bürger von Possiltum angeht ... unter uns gesagt bin ich beinahe eher dazu bereit, mich mit ihren Protesten auseinander zu setzen, als mich mit Königin Schierlingsfleck abgeben zu müssen. Wenn man nun die Enttäuschung unseres Volkes darüber, dass alles beim Alten bleibt, dagegen aufwiegt, dass sowohl die Königin als auch das Syndikat sich auf Dauer hier einnisten – zu welchem Schluss gelangt man dann? Wobei wir natürlich immer an das Wohl des Königreichs denken wollen!«

Der General dachte nach und seufzte schließlich schwer.

»Ich war noch nie begeistert von dieser Heirat«, gab er zu.

»Einen Augenblick mal, Jungs!«, sagte Big Julie und hob matt die Hand. »Ganz so einfach ist das nicht. Diese Geldgeschichte hat das Syndikat vielleicht ein bisschen gebremst, aber jetzt, da es schon einmal hier ist, sind da noch ein paar andere Sachen, die es gerne geklärt hätte.«

»Zum Beispiel?«, fragte ich, die Antwort bereits fürchtend.

»Na ja, da sind zum Beispiel meine Jungs und ich. Niemand kann beim Syndikat einfach so kündigen und abhauen, müsst ihr wissen. Die Lohntarife beim Syndikat sind zwar gewaltig, aber die Pensionierungsbestimmungen fasst niemand auch nur mit der Kneifzange an.«

»Ich dachte, sie wollten ihre Armee gar nicht mehr«, knurrte Badaxe.

»Als Armee vielleicht nicht, aber Personal können sie immer gebrauchen. Wahrscheinlich würden sie uns auflösen und an verschiedene Positionen innerhalb ihrer Organisation versetzen.«

»Wärst du denn bereit, wieder für sie zu arbeiten?«

Big Julie rieb sich das Kinn, während er über die Frage des Generals nachdachte.

»Ich müsste erst mit den Jungs darüber sprechen«, meinte er. »Wie ich schon sagte, dieses Königreich ist verdammt gut zu uns gewesen. Es würde mir in der Seele wehtun, wenn ihm nur deswegen etwas zustieße, weil wir hier sind ... vor allem dann, wenn wir im Endeffekt sowieso wieder für sie arbeiten müssten.«

»Nein«, sagte ich knapp.

»Aber ...«

»Ich habe nein gesagt! Big Julie, du hast ein Abkommen

mit Possiltum. Und was noch wichtiger ist, du hast ein Abkommen mit mir. Wir werden dich nicht dem Syndikat ausliefern, bevor wir nicht alles getan haben, um euch zu schützen.«

»Und wie habt Ihr vor, sie vor dem Syndikat zu schützen?«, fragte Badaxe sarkastisch.

»Das weiß ich noch nicht. Ich denke gerade darüber nach. Vielleicht können wir sie bestechen. Ihnen Königin Schierlingsfleck als Geisel anbieten oder so.«

»Sire Magiker!«

»Na schön, na schön, ich sagte doch, dass ich noch darüber nachdenke, nicht? Was noch, Big Julie? Du hast gesagt, dass sie noch mehrere andere Sachen wollten außer Geld.«

»Dich«, erwiderte er geradeheraus. »Das Syndikat wird nicht glücklich sein, bevor es den Großen Skeeve, Hofzauberer von Possiltum, hat.«

»Mich?«, fragte ich kleinlaut.

»Das Syndikat ist nicht dadurch an die Spitze gekommen, dass es die Konkurrenz ignoriert hat. Du hast mit deiner Arbeit ganz schön viel Staub aufgewirbelt, und der größte Coup war es, aus ihrer Sicht, dass du ihre Armee hast verschwinden lassen. Sie wissen, dass du eine große Nummer bist. Groß genug, um eine Bedrohung für sie darzustellen. Sie werden dich neutralisieren wollen. Ich schätze, sie werden versuchen, dich anzuheuern, oder, wenn das nicht klappt, mit dir einen Nichtangriffspakt zu schließen.«

»Und wenn das auch nicht klappt...?«, fragte Badaxe und sprach mir damit aus der Seele.

Big Julie zuckte die Schultern.

»Wenn das auch nicht klappt, werden sie alles versuchen, um dich umzubringen.«

Kapitel 9

»Ich kann mir gar nicht vorstellen,
weshalb man nervös sein sollte,
nur weil man eine königliche Hoheit aufsucht.«
Rumpelstilzchen

»Aber warum muss *ich* denn mitkommen?«, protestierte Badaxe, der neben mir herschritt, während wir auf die Gemächer der Königin zusteuerten.

»Nennt es moralischen Rückhalt«, knurrte ich. »Außerdem will ich einen Zeugen dafür haben, dass ich die Gemächer der Königin betreten habe . . . und wieder herausgekommen bin, falls Ihr versteht, was ich meine.«

»Aber wenn es doch bloß eines unserer Probleme löst . . .«

». . . dann ist das immerhin ein Problem weniger für uns. Pst! Wir sind da.«

Ich hatte wieder meine Rodricktarnung angelegt. In Gegenwart des Generals genügte dies, um die Ehrengarde vor den Gemächern der Königin bei unserem Anblick strammstehen zu lassen. Ich ignorierte sie und hämmerte gegen die Tür, obwohl ich einen Augenblick lang darüber nachdachte, dass ich vor gar nicht allzu langer Zeit noch gemeint hatte, dass das größte Problem eines Königs die Langeweile sei!

»Verdammt noch mal!«, gellte eine schrille Stimme im Zimmer. »Könnt Ihr Wachen eigentlich *nichts* richtig machen! Ich habe doch ausdrücklich befohlen, dass ich nicht gestört werden will!«

Einer der Posten rollte verzweifelt mit den Augen. Ich gewährte ihm ein mitfühlendes Lächeln, dann blickte ich Badaxe mit hochgezogener Augenbraue an.

»König Rodrick der Fünfte wünscht eine Audienz bei Königin Schierlingsfleck!«, bellte er.

»Das lässt sich wahrscheinlich einrichten«, lautete die Antwort. »Wie wär's gleich morgen früh?«

»Jetzt«, sagte ich.

Es war nicht sonderlich laut, aber es musste wohl deutlich zu hören gewesen sein. Wenige Herzschläge später sprang die Tür auf und enthüllte Königin Schierlingsfleck ... und das meine ich ganz wörtlich. Ich kann ihre Kleidung leider nicht beschreiben, weil sie keine anhatte. Nicht einen einzigen Fetzen!

»Roddie!«, zwitscherte sie und ignorierte die Wachen und Badaxe, die angesichts ihrer Nacktheit Stielaugen bekamen. »Komm doch rein. Was um alles in der Welt machst du hier?«

»Wartet auf mich«, wandte ich mich an Badaxe im befehlendsten Ton, dessen ich fähig war.

»Ge ... gewiss, Euer Majestät!«, erwiderte er und riss seinen Blick von der Königin los, um strammzustehen.

Damit betrat ich das Lager der Königin.

»Na, was hast du für mich?« Sie schloss die Tür und lehnte sich dagegen. Durch diese Bewegung zeigte sie deutlich auf mich, obwohl sie die Hände hinter dem Rücken hielt.

»Wie bitte?«

»Die Audienz«, erklärte sie. »Du wolltest sie, jetzt hast du sie. Was ist los?«

Irgendwie empfand ich diese Frage unter den gegebenen Umständen als etwas peinlich.

»Ich ... äh ... ich meine ... könntest du dir vielleicht etwas anziehen? Ich empfinde deine Kleidung, beziehungsweise deren Nichtvorhandensein, als ziemlich ablenkend.«

»Na schön. Aber es ist *wirklich* tierisch heiß hier drin.«

Sie huschte durchs Zimmer und holte ein winziges Etwas,

in das sie zwar hineinschlüpfte, ohne es jedoch völlig zu schließen.

»Gleich nach der Hochzeit«, verkündete sie, »will ich, dass das Fenster vergrößert wird. Oder, noch besser, dass die ganze Wand rausgerissen wird. Irgendwas, Hauptsache, hier kann ein bisschen gelüftet werden.«

Sie ließ sich in einen Sessel fallen und winkelte die Beine an. Das verminderte meine Verlegenheit zwar, aber nicht wesentlich.

»Ähh ... eigentlich bin ich gerade deswegen gekommen.«

»Wegen des Fensters?« Sie runzelte die Stirn.

»Nein. Wegen der Hochzeit.«

Daraufhin runzelte sie die Stirn noch etwas mehr.

»Ich dachte, wir hätten uns darauf geeinigt, dass ich sämtliche Hochzeitsvorbereitungen in die Hand nehme. Na schön, wenn du irgendwelche besonderen Änderungswünsche haben solltest, es ist noch nicht zu spät, um ...«

»Das ist es nicht«, unterbrach ich sie hastig. »Es ist ... nun, mir ist zu Ohren gekommen, dass die hohen Preise, die Possiltum deinem Reich für Nahrungsmittellieferungen abverlangt, dich zu dieser Hochzeit bewegt haben. Da ich nicht wünsche, dass du unter einem solchen Druck eine Bindung eingehen musst, habe ich beschlossen, unsere Preise zu halbieren, wodurch die Notwendigkeit unserer Hochzeit hinfällig wird.«

»Ach, Roddie, sei doch nicht albern. Das ist doch nicht der Grund, weshalb ich dich heirate!«

Anstatt empört zu reagieren, schien die Königin von meinem Vorschlag amüsiert zu sein.

»Nicht?«

»Natürlich nicht. Sackgaß ist so reich, dass wir eure Jahresernte auch zum doppelten Preis aufkaufen könnten, wenn wir wollten, ohne dass es unser Budget auch nur im Geringsten schmälern würde.«

Mir sank das Herz in die Hosentasche.

»Dann *willst* du diese Heirat wirklich. Du wirst also nicht aus politischen Gründen dazu gezwungen?«

Die Königin lächelte mich mit blitzenden Zähnen kurz an.

»Natürlich gibt es politische Gründe dafür. Ich meine, wir sind schließlich Könige, nicht wahr? Ich bin überzeugt davon, dass du ein recht netter Bursche bist, aber ich kann so viele nette Burschen haben, wie ich will, *ohne* sie heiraten zu müssen. Königliche Hoheiten heiraten keine Leute, sondern Machtblöcke.«

In dem was sie sagte, schien ein Hoffnungsschimmer aufzuleuchten, und ich stürzte mich mit voller Kraft darauf.

»... was uns zum zweiten Grund führt, weshalb wir die Hochzeit absagen sollten«, sagte ich großspurig.

Das Lächeln der Königin erstarb.

»Was soll das heißen?«, fragte sie in scharfem Ton.

Als Antwort hob ich meinen Tarnzauber auf.

»Weil ich gar keine königliche Hoheit bin. Weil ich zu den Leuten gehöre.«

»Ach so, das«, meinte die Königin achselzuckend. »Kein Problem. Das habe ich schon die ganze Zeit gewusst.«

»Das hast du gewusst?«, keuchte ich.

»Na klar. Du warst verlegen ... zweimal. Einmal, als ich im Palast eintraf, und dann gerade eben noch einmal, als ich im Evakostüm die Tür öffnete. Könige sind nicht verlegen. Das liegt ihnen im Blut. Ich wusste die ganze Zeit, dass du nicht Rodrick bist. Ich vermute, du bist der Große Skeeve, der Hofzauberer, nicht wahr? Der die Gestaltwandlung beherrscht?«

»Na ja, es ist eher ein Tarnungszauber und keine Gestaltwandlung, aber abgesehen davon hast du Recht.«

Wenn ich an Badaxe und an Königin Schierlingsfleck dachte, begann ich mich zu fragen, ob überhaupt irgendjemand auf meinen Tarnzauber hereingefallen war.

Die Königin erhob sich aus ihrem Sessel und begann im Zimmer auf und ab zu schreiten, ohne ihre Blöße zu beachten, die bei jeder Bewegung aus ihrer Umhüllung hervorlugte.

»Die Tatsache, dass du nicht der König bist, verändert meine Lage nicht, sie verbessert sie höchstens noch. Solange du deine Verkleidung gut genug aufrechterhalten kannst, um den Pöbel zu täuschen, heirate ich gleich zwei Machtblöcke statt einen.«

»Zwei Machtblöcke«, wiederholte ich tonlos.

»Ja. Als König von Possiltum beherrscht du den ersten Block, auf den ich es abgesehen hatte: Land und Leute. Sackgaß ist nicht groß genug, um einen Angriffskrieg führen zu können, aber indem wir die Kräfte der beiden Königreiche vereinen, werden wir unschlagbar. Mit deinen Armeen und meinem Kapital im Hintergrund kann ich so weit ausholen, wie ich möchte, und das ist *sehr* weit, das kann ich dir sagen. Es gibt nichts Besseres, als in einem Tal aufzuwachsen, in dem man immer nur die gegenüberliegende Seite des Tals zu sehen bekommt, um den eigenen Appetit auf neue und ungewöhnliche Gegenden anzuheizen.«

»Die meisten Leute geben sich mit Reisen zufrieden«, entgegnete ich. »Man braucht ein Land doch nicht zu erobern, wenn man es kennen lernen möchte.«

»Süß«, höhnte Königin Schierlingsfleck. »Naiv, aber süß. Sagen wir doch einfach, dass ich nicht die meisten Leute bin, in Ordnung? Was nun die zweite Machtbasis angeht, so bist das du samt deiner Magik. Das ist ein Bonus, mit dem ich nicht gerechnet hatte, aber ich bin sicher, dass ich meine Pläne entsprechend ausweiten kann, um ihn zu meinem Vorteil miteinzubeziehen, wenn man mir ein, zwei Tage Zeit dazu lässt.«

Ich hatte einmal geglaubt, dass ich vor Massha Angst hätte. Jetzt im Nachhinein merkte ich, dass Massha mich nur leicht in Verlegenheit gebracht hatte. Bei diesem Gespräch mit Königin Schierlingsfleck erfuhr ich, was Angst wirklich bedeutet! Sie war nicht nur eine Mörderin, wie Badaxe vermutet hatte. Sie war das absolute Chaos, das nur darauf wartete, auf die Welt losgelassen zu werden. Das Einzige, was zwischen ihr und den für die Verwirklichung ihrer Träume erforderlichen Hilfsmitteln stand, war ich. Ich, und vielleicht ...

»Was ist mit König Rodrick?«, platzte es aus mir heraus. »Wenn er wieder auftauchen sollte, dann gelten wieder die ursprünglichen Heiratsvereinbarungen.«

»Soll das heißen, dass er noch am Leben, ist?«, rief sie und hob eine schmale Augenbraue, während sie mich ansah. »Ich habe dich wohl überschätzt, Skeeve. Wenn er noch lebt, könnte er tatsächlich zum Problem werden. Aber keine Sorge. Ich werde meiner Eskorte auftragen, ihn sofort umzubringen, sobald sie ihn sehen, sofern er vor der Hochzeit auftauchen sollte. Danach wäre es ein Leichtes, ihn zum Hochstapler zu erklären und offiziell hinrichten zu lassen.«

Wunderbar. Dank meiner großen Klappe würde Massha in eine Falle laufen, wenn sie versuchen sollte, mit dem König zusammen ins Schloss zurückzukehren. Wenn Königin Schierlingsflecks Männer ihn dabei bemerkten ...

»Einen Augenblick mal!«, rief ich. »Wenn ich als König getarnt herumlaufe, was soll denn dann deine Männer davon abhalten, aus Versehen mich zu ermorden?«

»Hmm. Gut, dass dir das noch rechtzeitig eingefallen ist. Na schön! Wir werden Folgendes tun.«

Sie verschwand in ihrer Garderobe und tauchte mit einem purpurnen Band wieder auf.

»Trag das immer, wenn du dich außerhalb deiner Gemächer bewegst«, wies sie mich an und drückte es mir in die Hand. »Ich werde meine Männer wissen lassen, dass du der Mann bist, den ich heiraten will, und nicht ihr Zielobjekt.«

Ich stand mit dem Band in der Hand da.

»Gehen Euer Majestät nicht vielleicht von einer etwas gewagten Vermutung aus?«

»Was soll das heißen?«, fragte sie mit gefurchter Stirn.

»Dass ich dich vielleicht gar nicht heiraten will, zum Beispiel?«

»Aber natürlich willst du das«, lächelte sie. »Den Thron von Possiltum hast du doch schon. Wenn du mich heiratest, kommst du nicht nur an meine Schatzkammer, du wirst auch dein anderes Problem los.«

»Mein anderes Problem?«

»Das Syndikat, Dummchen. Weißt du noch! Ich bin doch zusammen mit seinen Vertretern hier eingetroffen. Mit meinem Geld kannst du dich von ihnen freikaufen. Die vergessen alles, solange die Bezahlung stimmt. Ist es da nicht besser, mein Mann zu sein, als den Rest deines Lebens vor der Rache des Syndikats *und* vor der meinen davonlaufen zu müssen?«

Darauf hätte ich zwar eine Antwort gewusst, aber in einem Anfall von Intelligenz behielt ich sie lieber für mich. Stattdessen verabschiedete ich mich von ihr und ging.

»Eurem Gesichtsausdruck entnehme ich«, bemerkte Badaxe trocken, »dass Eure Unterredung mit der Königin nicht eben ein Bombenerfolg war.«

»Erspart mir bitte jedes ›Das-habe-ich-doch-gleich-gesagt‹, General«, fuhr ich ihn an. »Wir haben etwas zu erledigen.«

Ich warf schnell einen Blick den Gang rauf und runter und zerschnitt mein purpurnes Band an der Klinge seiner Streitaxt.

»Haltet Ausschau nach Massha und dem König«, wies ich ihn an. »Wenn Ihr sie seht, sorgt dafür, dass Rodrick das hier trägt. Das wird ihm den Zugang zum Palast erheblich erleichtern.«

»Aber wo wollt Ihr denn hin?«

Ich gewährte ihm ein freudloses Lächeln.

»Mit den Vertretern des Syndikats sprechen. Königin Schierlingsfleck war so huldvoll, mir zu sagen, wie ich mit ihnen umspringen soll.«

Kapitel 10

»Wenn man in Verhandlungen eintritt,
ist überlegene Feuerkraft ein unschätzbarer Vorteil.«
G. Patton

Man hatte die Vertreter des Syndikats in einem der weniger häufig besuchten Winkel des Palastes untergebracht. Theoretisch sollte sie dies vom Zentrum der Geschehnisse fern halten, bis Badaxe und ich uns überlegt hatten, was wir mit ihnen machen wollten. Das bedeutete, dass ich nun, da ich bereit war, mich ihnen zu stellen, einen fürchterlich langen Weg zurücklegen musste, um ans Ziel zu gelangen.

Als ich endlich die richtige Tür erreichte, war ich derart aus der Puste, dass ich schon Zweifel hegte, ob ich überhaupt noch dazu in der Lage war, mich selbst anzukündigen. Dennoch hatte sich während des Marsches in mir eine ziemliche Wut gegen das Syndikat aufgestaut. Ich meine, für wen hielten die sich eigentlich, einfach hier aufzukreuzen und mein Leben auf diese Weise durcheinander zu bringen? Außerdem hatte mich Königin Schierlingsfleck zu sehr enerviert, als dass ich etwas gegen sie zu unternehmen imstande gewesen wäre, so dass mir nun als einzige Zielscheibe meiner Frustration das Syndikat blieb.

Dies im Sinn, holte ich tief Luft und klopfte an die Tür.

Ich hätte mir gar keine Sorgen darüber machen zu brauchen, ob ich dazu fähig war, meine Ankunft anzukündigen. Zwischen dem zweiten und dem dritten Klopfen ging die Tür einen Spalt auf. Mein dritter Schlag traf die Tür, bevor ich ihn abbremsen konnte, doch sie rührte sich nicht mehr.

»He, Winkel-kat! Das ist der König!«

»Dann lass ihn gefälligst rein, du Idiot!«

Die Tür wurde weit aufgerissen und gab den Blick auf einen von Winkel-kats massigen Leibwächtern frei, dann ging sie noch weiter auf, damit ich an ihm vorbeischlüpfen konnte.

»Tretet ein, Euer Majestät«, sagte der Vertreter des Syndikats und eilte mir entgegen, um mich zu begrüßen. »Trinkt doch einen Schluck mit uns ... Blödmann! Hol dem König was zu trinken!«

Letzteres war an den zweiten massigen Muskelmann gerichtet, der sich nun vom Bett erhob, auf dem er sich herumgefläzt hatte. Mit selbstbewusster Miene hob er das Bett mit einer Hand hoch, setzte es wieder ab, hob als Nächstes die Matratze hoch und holte eine kleine, flache Flasche darunter hervor.

Ich überlegte kurz, ob es dies war, was Big Julie gemeint hatte, als er von der Gepflogenheit des Syndikats berichtet hatte, »auf Matratzenhorchdienst« zu gehen. Irgendwie hatte dieser Ausdruck vor meinem geistigen Auge immer ganz andere Bilder entstehen lassen ... Bilder, die irgendwie mit Frauen zu tun hatten.

Winkel-kat nahm dem Leibwächter die Flasche aus der Hand, öffnete den Verschluss und bot sie mir an, während er unablässig lächelte.

»Gehe ich recht in der Annahme, dass Euer Majestät Besuch ein Hinweis darauf ist, dass es Neuigkeiten hinsichtlich des Verbleibs des Hofzauberers Eurer Majestät gibt?

Vielleicht sogar eine Nachricht, wann wohl mit seiner Rückkehr zu rechnen ist?«

Ich nahm die Flasche an und überprüfte dabei verstohlen die Position der Leibwächter, bevor ich auf seine Frage antwortete. Einer lehnte an der Zimmertür, während der andere neben dem Bett stand.

»Ich kann sogar noch Besseres bieten. Der Große Skeeve ...«

Ich schloss die Augen und hob meinen Tarnzauber auf.

»... ist hier.«

Die Leibwächter zuckten merklich zusammen, als sie meine Verwandlung bemerkten, doch Winkel-kat wirkte völlig ungerührt, nur seine Augen verengten sich eine Spur, und sein Lächeln wurde etwas verspannter.

»Ich verstehe. Das vereinfacht die Dinge ein wenig. Jungs, gebt dem Großen Skeeve hier einen Stuhl. Wir haben einige geschäftliche Dinge zu besprechen.«

Sein Tonfall war gar nicht angenehm, und auch die Leibwächter lächelten nicht, als sie auf mich zukamen.

Erinnern Sie sich noch, wie Rupert mich so leicht aus der Fassung gebracht hat? Nun, er hatte mich überrumpelt und war mir an magischer Praxis um gute dreihundert Jahre voraus gewesen. Irgendwie war ich von der Reaktion der Leibwächter nicht sonderlich überrascht ... Im Gegenteil: Ich hatte sogar damit gerechnet und meine Kräfte im Hinblick auf ebendiesen Moment gesammelt.

Mit einer theatralischen Geste und der noch viel wichtigeren Konzentration meiner mentalen Energien riss ich die Männer von den Beinen und ließ sie durch die Luft wirbeln. Herrje, ich hatte nichts dagegen, eine neue Idee, die Einsatzmöglichkeiten der Levitation betreffend, zu klauen ... selbst wenn sie von Rupert stammte. Allerdings legte ich, jedenfalls was meine Arbeit betraf, durchaus auch Wert auf Originalität, und so ließ ich die beiden nicht mit dem Schädel auf den Boden prallen, sondern schlug sie vielmehr gegen die Decke, wo ich sie dann auch schweben ließ.

»Nein, danke«, sagte ich so gelassen ich konnte. »Ich stehe lieber.«

Winkel-kat musterte seine hilflosen Beschützer und warf mir schließlich einen harten Blick zu.

»Vielleicht ist die Sache doch nicht ganz so einfach, wie ich dachte«, gab er zu. »Sagen Sie mal, Sie besitzen doch ein Einhorn, nicht wahr?«

»Das ist richtig«, bestätigte ich, von dem plötzlichen Themenwechsel etwas überrascht.

»Ich nehme nicht an, dass es Sie sonderlich in Angst und Schrecken versetzen würde, wenn Sie eines Morgens aufwachten und es in Ihrem Bett wiederfänden ... nicht das ganze natürlich, nur den Kopf?«

»Ob mir das Angst machen würde? Nein, nicht besonders. Ich bin mir sogar ziemlich sicher, dass mich das derart in Rage versetzen würde, dass ich mit den Spielereien aufhören und endlich zur Sache kommen würde.«

Der Syndikatssprecher seufzte schwer.

»Na gut, damit wäre die Sache also erledigt. Wenn wir kein Geschäft miteinander machen können, müssen wir es wohl auf die harte Tour versuchen. Sie können die Jungs jetzt wieder runterlassen. Wir reisen morgen früh ab.«

Diesmal war es an mir zu lächeln.

»Nicht so hastig. Wer hat denn gesagt, dass ich kein Geschäft machen will?«

Zum ersten Mal, seit ich ihm begegnet war, wirkte Winkelkat erschüttert.

»Aber ... ich dachte ... wenn Sie doch fähig sind ...«

»Man sollte nie für andere mitdenken, Winkel-kat. Bei Geschäftsleuten ist das eine unkluge Angewohnheit. Ich mag es nur nicht, wenn man mich herumschubst, das ist alles. Und nun haben wir, wie Sie vorhin schon so richtig bemerkten, geschäftliche Dinge zu besprechen.«

Er warf einen nervösen Blick an die Decke.

»Äh ... könnten Sie die Jungs vielleicht vorher runterlassen? So wirkt es ein bisschen störend.«

»Aber natürlich.«

Ich schloss die Augen und hob den Zauber auf.

Nun muss ich, anders als beim Tarnzauber, nicht unbedingt die Augen schließen, um einen Levitationszauber aufzuheben. Ich wollte bloß nicht das Ergebnis mit ansehen müssen.

Der Raum bebte, als zwei laute Aufpralle ertönten. Ich konnte deutlich hören, wie das Bett die Form von Brennholz annahm.

Vorsichtig öffnete ich ein Auge.

Einer der Leibwächter war bewusstlos. Der andere wälzte sich am Boden und stöhnte matt.

»Sie sind unten«, bemerkte ich überflüssigerweise.

Winkel-kat ignorierte mich.

»Große böse Leibwächter! Wartet nur ab, bis die Großen Bosse erfahren, wie wirkungsvoll dämliche Muskelpakete gegenüber Magik sind!«

Er machte eine Pause, um dem Stöhnenden einen Tritt in die Seite zu verpassen.

»Stöhn gefälligst leiser! *Mister* Skeeve und ich wollen uns unterhalten!«

Nachdem ich bereits ein Abenteuer überstanden hatte, in dessen Verlauf ich mir die Armee einer großen Organisation zum Feind gemacht hatte, war ich nicht sonderlich erpicht darauf, meine ohnehin ständig wachsende Liste persönlicher Feinde auch noch durch einen kompletten Berufsstand von Schlägern zu erweitern.

»War nicht persönlich gemeint«, rief ich dem Leibwächter zu, der noch bei Bewusstsein war. »Da! Trink einen Schluck!«

Ich levitierte die Flasche zu ihm hinüber, und er fing sie mit einem schwachen Stöhnen auf, das ich als »Danke« zu interpretieren beschloss.

»Sie sagten etwas von einem Geschäft?«, fragte Winkel-kat und wandte sich wieder mir zu.

»Genau. Wenn ich die Lage richtig einschätze, dann will

das Syndikat drei Dinge: Es will Big Julies Armee zurück, mich selbst tot oder als Angestellten in seinem Sold, und es trachtet nach dem neuen Geld, das nach der Hochzeit in Possiltum einströmt.«

Der Syndikatssprecher legte den Kopf schräg.

»Das ist zwar etwas drastischer ausgedrückt, als ich es selbst formuliert hätte, aber Sie scheinen im Prinzip verstanden zu haben, welches Anliegen meine Klienten haben. Mein Kompliment Ihrer knappen und präzisen Zusammenfassung.«

»Hier ist noch eine knappe und präzise Zusammenfassung, die dazugehört: Hände weg von Big Julie und seiner Mannschaft; er steht unter meinem Schutz. Das gilt auch für Possiltum, mein Revier. Haltet euch da raus, sonst kommt euch das weitaus teurer zu stehen und kostet euch mehr, als es euch jemals einbringen wird. Was meine Dienste anbelangt, so steht mir nicht der Sinn danach, Angestellter des Syndikats zu werden. Ein gelegentlicher Kontrakt zu einem vorher vereinbarten Honorar wäre zwar nicht ausgeschlossen, aber eine regelrechte Anstellung ist nicht drin.«

Der Syndikatssprecher war wieder in seinem Element. Seine Miene war wie versteinert und völlig reglos.

»Das hört sich aber nicht nach einem besonders guten Geschäft an.«

»Nicht?«

Rasch ging ich im Geiste noch einmal die Bedingungen durch.

»Ach so! Entschuldigen Sie! Ich habe versäumt, Ihnen einen weiteren wichtigen Bestandteil meines Angebots mitzuteilen. Ich erwarte von Ihren Auftraggebern nicht, dass sie ohne jede Gegenleistung von ihren Zielen Abstand nehmen. Was mir vorschwebt, ist ein Tausch: eine Armee und möglicherweise ein Königreich gegen die Möglichkeit, eine komplette Welt auszubeuten.«

Winkel-kat hob die Augenbrauen.

»Sie wollen uns eine ganze Welt anbieten? Einfach so? Sire Magiker, ich glaube, Ihr spielt nicht gerade sehr vorsichtig.«

»Ich habe nicht gesagt, dass ich Ihnen eine Welt anbiete, ich biete Ihnen den *Zugang* zu einer Welt. Brandneues Gebiet mit reichlich Handel und Leuten, die man ausbeuten kann. Eines der reichsten im ganzen Universum.«

Der Sprecher furchte die Stirn.

»Eine andere Welt? Und ich soll mich wohl auf Ihr Wort verlassen, dass sie reich ist, und dass Sie uns Zugang zu ihr verschaffen können?«

»Das wäre nett, aber ich würde nicht einmal in meinen naivsten Augenblicken daran glauben, dass Sie auf ein solches Angebot ohne jede Prüfung eingehen würden. Nein, ich bin bereit, Sie zu einer kleinen Besichtigungsreise auf diese Welt mitzunehmen, damit Sie sich selbst einen Einblick verschaffen können.«

»Einen Moment!« Winkel-kat hob die Hand. »Das liegt derart weit außerhalb meiner Handlungsvollmachten, dass ich selbst dann noch, wenn mir das, was ich dort sähe, gefallen sollte, kein Abkommen darüber schließen könnte. Für eine solche Entscheidung muss ich schon einen der Großen Bosse herbringen.«

Das war ja noch besser, als ich zu hoffen gewagt hatte. Bis er einen höheren Chargen aus der Syndikatshierarchie hierher geschafft hatte, würde ich mich um einige meiner anderen Probleme kümmern können.

»Schön. Dann gehen Sie und holen Sie ihn. Ich werde das Angebot bis zu Ihrer Rückkehr aufrechterhalten.«

Der Sprecher gönnte mir ein schmallippiges Lächeln, wie es für ihn typisch war.

»Warten wird nicht nötig sein«, meinte er. »Mein unmittelbarer Vorgesetzter steht für derlei Notfälle stets auf Abruf bereit.«

Bevor ich etwas entgegnen konnte, öffnete er seine Gürtelschnalle und rieb daran, während er halblaut etwas vor sich hin murmelte.

Ein plötzlicher Lichtblitz, und schon erschien ein alter Mann mit haarigen Wangen im Raum. Er blickte sich um, erspähte die beiden am Boden liegenden Leibwächter und fuhr sich in übertriebenem Entsetzen mit den Händen ans Gesicht.

»Gnade!«, keuchte er mit einer Stimme, die so heiser war, dass ich ihn kaum verstehen konnte.

»Winkel-kat, du böser, böser Junge! Du hättest mich früher rufen sollen, als es Ärger gegeben hat. Ach, die armen, armen Jungen!«

Die Miene des Syndikatssprechers war wieder völlig ausdruckslos und steinern, als er sich zu mir umwandte.

»Skeeve, Hofzauberer von Possiltum, ich möchte Ihnen Don Bruce vorstellen, den Guten Paten des Syndikats.«

Kapitel 11

»Ich will dir was sagen:
Ich werde dir das Geschäft ein wenig versüssen ...«
Mephistopheles

»Oh! Das ist ja einfach *wunderbar!* Wer hätte das gedacht ... eine andere Dimension, sagen Sie?«

»Richtig«, entgegnete ich beiläufig. »Sie heißt Tauf.«

Natürlich war ich völlig Don Bruces Meinung. Der Bazar von Tauf war wirklich etwas Besonderes, und jedes Mal, wenn ich ihn besuchte, war ich aufs Neue beeindruckt. Er bestand aus einem unglaublichen Wirrwarr von Zelten und Ausstellungsständen, die sich so weit in alle Richtungen erstreckten, wie das Auge reichte, voll gepackt mit genügend magischen Geräten und Wesen, um Phantasie und geistige Gesundheit auf eine harte Probe zu stellen. Er war der Hauptknotenpunkt des interdimensionalen Handels. Hier gab es alles, was Geld oder Kredit ermöglichen konnten.

Diesmal war jedoch ich das erfahrenste Mitglied der Expedition. So gerne ich auch herumgestreunt wäre und in den Waren gestöbert hätte, war es doch wichtiger, dass ich gelangweilt und welterfahren tat ... oder außerwelterfahren, je nachdem.

Don Bruce führte die Parade an, mit großen Kulleraugen wie ein Bauernbursche bei seinem ersten Stadtbesuch, während Winkel-kat, seine beiden Leibwächter und ich selbst ihm folgten. Die Leibwächter schienen mehr Gefallen daran zu finden, sich um mich zu drängen, als ihre Vorgesetzten zu beschützen, aber schließlich hatten sie ja auch einige üble Erfahrungen mit Magik machen müssen.

»Die Leute hier sehen aber ziemlich komisch aus«, flüsterte der eine mir zu. »Weißt du, irgendwie wie Ausländer.«

»Es sind auch Ausländer, das heißt, vielmehr seid *ihr* welche«, sagte ich. »Ihr befindet euch in ihrer Heimat und weitab von zu Hause. Das hier sind Täufler.«

»Teufel?«, wiederholte der Mann und blickte ein bisschen verwirrt aus der Wäsche. »Soll das heißen, dass wir hier von Teufeln umzingelt sind?«

Während es beruhigend für mich war, die Schläger des Syndikats in Angst und Schrecken vor etwas zu erblicken, an das ich selbst mich schon gewöhnt hatte, fiel mir dabei auch ein, dass das Geschäft, das ich mit ihnen abschließen wollte, möglicherweise den Bach hinuntergehen würde, falls sie *allzu sehr* verschreckt wurden.

»Sieh mal ... wie heißt du eigentlich?«

»Guido«, vertraute mir der Mann an. »Und das da ist mein Vetter Nunzio.«

»Schön. Also sieh mal, Guido, lass dich von diesen Komikern hier nicht ins Bockshorn jagen. Das sind ganz normale Händler wie andere auch. Nur weil sie ein bisschen komisch aussehen, heißt das noch lange nicht, dass sie nicht auch die Hosen gestrichen voll haben können.«

»Wirst wohl Recht haben. Übrigens, ich wollte mich noch für den Drink im Palast bedanken.«

»Keine Ursache«, winkte ich ab. »Das war ja wohl das Mindeste, was ich tun konnte, nachdem ich euch gegen die Zimmerdecke geknallt hatte. Das war übrigens wirklich nicht persönlich gemeint. Ich wollte euch beide nicht schlecht dastehen lassen, ich wollte vielmehr selbst gut dastehen ... wenn du den Unterschied verstehst.«

Guido furchte ein wenig die Stirn.

»Ich ... glaube schon. Ja! Jetzt hab ich's! Na, es hat jedenfalls funktioniert. Du hast echt gut dagestanden. Ich möchte dir wirklich nicht ins Gehege kommen, und Nunzio auch nicht. Wenn wir dir irgendwann mal einen Gefallen tun können ... du weißt schon, irgendjemanden für dich ein bisschen verbiegen oder so ... na ja, dann sag einfach Bescheid.«

»He, was ist denn das?«

Ich blickte in die Richtung, in die Don Bruce gerade zeigte, und sah einen Verkaufsstand voller kurzer, bemalter Stäbe, die alle in der Luft schwebten.

»Ich nehme an, der verkauft Zauberstäbe«, riet ich.

»Oh! So einen will ich haben. Aber geht bloß nicht irgendwo ohne mich hin!«

Die Leibwächter zögerten einen Augenblick, dann folgten sie Don Bruce, als dieser sich in die Kaufverhandlungen mit dem Besitzer des Stands stürzte, der seinen neuen Kunden etwas verwundert anstarrte.

»Zieht der sich immer so an?«, fragte ich Winkel-kat. »Sie wissen schon, so ganz in Hellpurpur?«

Der Syndikatssprecher blickte mich mit hochgezogener Augenbraue an.

»Tragen Sie immer Grün, wenn Sie andere Dimensionen bereisen?«

Nur um ganz sicherzugehen, hatte ich mir eine andere Tarnung zugelegt, bevor ich diese Mannschaft auf Tauf begleitete.

Mir war eingefallen, dass es im Falle eines erfolgreichen Geschäftsabschlusses nicht gerade ratsam wäre, im Bazar als derjenige bekannt zu werden, der in dieser Dimension das organisierte Verbrechen eingeführt hatte.

Leider war mir das aber erst kurz vor unserer Abreise eingefallen, so dass ich nicht viel Zeit gehabt hatte, mich zu entscheiden, für wen ich mich ausgeben sollte. Alle meine Freunde waren fort, sowie Massha, Ganzfix, Garkin ... in meiner Verzweiflung entschied ich mich für Rupert ... Ich meine, *dem* war ich ohnehin noch ein, zwei Nackenschläge schuldig. Folglich stolzierte ich gerade als schuppiger grüner Perverser ... Verzeihung, Perfekter über den Bazar.

»Dafür habe ich meine Gründe«, erklärte ich herablassend.

»Nun, die hat Don Bruce auch«, knurrte Winkel-kat. »Und wenn Sie nichts dagegen haben, hätte ich Ihnen noch einige Fragen über diesen Ort hier zu stellen. Wenn wir hier einrücken, wird es da keine Sprachschwierigkeiten geben? Ich kann kein Wort von dem verstehen, was diese Missgeburten von sich geben.«

»Schauen Sie selbst«, sagte ich und zeigte nach vorn.

Don Bruce und der Täuflerhändler waren gerade eifrig beim Feilschen und hatten anscheinend nicht die geringsten Schwierigkeiten, einander zu verstehen, so sehr sie sich auch uneins waren.

»Kein Täufler, der sein Pulver wert ist, lässt sich durch eine Kleinigkeit wie Sprache von einem Geschäft abhalten.«

»He, ihr! Schaut mal, was ich hier habe!«

Wir drehten uns um und sahen, wie Don Bruce auf uns zukam und stolz mit einem kleinen Stab herumfuchtelte, der die gleiche Farbe wie seine Kleidung hatte.

»Das ist ein Zauberstab!«, rief er. »Ich habe ihn für einen Appel und ein Ei bekommen.«

»Einen Appel, ein Ei und ein wenig Gold, würde ich wetten«, bemerkte Winkel-kat trocken.

»Was kann er denn?«

»Was er kann?« Don Bruce grinste. »Schau mal!«

Er schwenkte den Stab mit grandioser Gebärde durch die Luft, und eine kleine Wolke aus glitzerndem Staub rieselte Funken sprühend zu Boden.

»Ist das alles?« Winkel-kat schnitt eine Grimasse.

Don Bruce musterte den Stab mit gerunzelter Stirn.

»Komisch. Als der Bursche da hinten mir das Ding vorführte, hat er damit einen Regenbogen gezaubert.«

Er richtete den Stab auf den Boden und schüttelte ihn ... worauf sich drei Klingen mitten in der Luft materialisierten und vor unseren Füßen in den Boden sausten.

»Vorsicht!«, warnte Winkel-kat und sprang mit einem Satz außer Reichweite. »Du solltest lieber mal die Gebrauchsanweisung für das Ding lesen.«

»Ich brauche keine Gebrauchsanweisung«, widersprach Don Bruce stur. »Ich bin ein Guter Pate, ich weiß schon, was ich tue.«

Während er sprach, unterstrich er seine Worte mit einem weiteren Stabwedeln, worauf einer der Leibwächter nur haarscharf einem Flammenstoß entging.

»... aber das kann warten«, schloss Don Bruce und steckte den Stab in seinen Hosenbund. »Wir haben ein Geschäft zu besprechen.«

»Ja, wir waren gerade ...«, fing Winkel-kat an.

»Maul halten! Ich spreche gerade mit Skeeve!«

Die Autorität hinter Don Bruces plötzlichem Befehl und Winkel-kats hastiger Gehorsam ließen mich eilig mein Urteil über den Syndikatsboss revidieren. Ob er nun merkwürdig war oder nicht, auf jeden Fall stellte er eine Macht dar, mit der man rechnen musste.

»Nun, Mister Skeeve, wie sieht es hier in der Gegend mit Polizei aus?«

»Es gibt keine.«

Winkel-kats Augenbrauen schossen in die Höhe.

»Wie sorgen die denn dann für die Einhaltung der Gesetze?«, warf er verdutzt ein.

»Soweit ich das beurteilen kann, gibt es auch keine Gesetze.«

»Ha, wie gefällt dir das, Winkel-kat?«, lachte Don Bruce. »Keine Polizei, keine Gesetze, keine Rechtsanwälte. Wenn du hier geboren worden wärst, würdest du ziemlich in der Patsche sitzen!«

Ich wollte gerade fragen, was ein Rechtsanwalt ist, doch der Pate rettete mich vor der Preisgabe meiner Unwissenheit, indem er sich auf die nächste Frage stürzte.

»Wie steht's mit Politikern?«

»Null.«

»Gewerkschaften?«

»Null.«

»Buchmacher?«

»Haufenweise«, gab ich zu. »Dies hier ist die Hauptstadt des Glücksspiels aller Dimensionen. Soweit ich das beurteilen kann, arbeiten sie aber alle unabhängig voneinander. Es gibt keine zentrale Organisation.«

Don Bruce rieb sich entzückt die Hände.

»Hast du das gehört, Winkel-kat? Das ist aber wirklich eine Pfundswelt, die Mister Skeeve uns da anbietet!«

»Er bietet sie uns nicht an«, berichtigte Winkel-kat ihn. »Er bietet uns lediglich den *Zugang* zu ihr an.«

»Stimmt«, warf ich schnell ein. »Um die Ausbeutung muss sich Ihre Organisation schon selber kümmern. Aber wenn ihr Jungs glaubt, dass ihr die Sache nicht in den Griff kriegt ...«

»Die kriegen wir schon in den Griff. Eine solche Sache? Das reinste Kinderspiel.«

Guido und Nunzio tauschten nervöse Blicke, sagten aber nichts, während Don Bruce fortfuhr.

»Wenn ich die Sache richtig verstehe, verlangen Sie als Gegenleistung, dass wir die Finger von Big Julie und Possiltum lassen, stimmt's?«

Bis drei kann ich wirklich gut zählen.

»Und von mir«, fügte ich hinzu. »Keine Pläne zur ›Abrechnung mit dem Burschen, der unsere Armee zu Kleinholz zerschlagen hat‹, keine ›Entweder-für-das-Syndikatarbeiten-oder-marsch-in-den-Tod‹-Drohung. Ich operiere unabhängig, und so möchte ich es auch weiterhin halten.«

»Klar, klar«, winkte Don Bruce ab. »Jetzt, da wir gesehen haben, wie Sie operieren, gibt es keinen Grund, weshalb wir nicht aus demselben Napf essen sollten. Wir sind Ihnen allenfalls noch einen Gefallen schuldig, weil Sie unserer Organisation ein neues Bestätigungsfeld erschlossen haben.«

Irgendwie beruhigte mich das.

»Äh ... ich will Ihnen was sagen. Ich will keine Anerkennung dafür ... weder innerhalb des Syndikats noch außerhalb. Im Augenblick wissen nur wir, dass ich dabei meine Finger im Spiel habe. Und so soll es auch bleiben, ja?«

»Wie Sie wollen«, meinte Don Bruce achselzuckend. »Ich werde den Großen Bossen einfach melden, dass Sie für uns ein paar Nummern zu groß sind und dass wir Sie deshalb in Ruhe lassen. Wenn sich unsere Wege kreuzen sollten, dann gehen wir entweder weiter, wenn Sie einverstanden sind, oder wir ziehen uns zurück. In Ordnung?«

»In Ordnung. Genau das will ich auch.«

»Abgemacht?«

»Abgemacht.«

Feierlich gaben wir uns die Hand.

»Also schön«, sagte ich. »Hier haben Sie, was Sie brauchen, um zwischen hier und zu Hause hin und her zu reisen.«

Ich fischte den D-Hüpfer aus meinem Ärmel.

»Das hier ist die Einstellung für ihre Heimat. Und das hier ist die für hier. Wenn Sie damit reisen wollen, müssen Sie diesen Knopf hier betätigen.«

»Was ist denn mit den anderen Einstellungen?«, wollte Winkel-kat wissen.

»Erinnern Sie sich an den Zauberstab?«, konterte ich.

»Ohne Anleitung könnten Sie mit diesem Ding verschollen gehen. Und damit meine ich: *richtig* verschollen!«

»Kommt, Jungs«, sagte Don Bruce und stellte den Hüpfer ein. »Wir müssen schnell nach Hause. Hier gibt es eine ganze Welt zu erobern, also sollten wir uns auf die Socken machen, bevor jemand anders uns zuvorkommt. Mister Skeeve, es war mir ein Vergnügen, mit Ihnen Geschäfte zu machen.«

Eine Sekunde später waren sie fort.

Ich hätte eigentlich frohlocken müssen, nachdem ich einen ganzen Stoß Probleme vom Horizont verscheucht hatte. Doch das tat ich nicht.

Don Bruces letzte Bemerkung über Welteroberungen erinnerte mich an die Pläne der Königin Schierlingsfleck. Nun, da das Syndikat ausgeschaltet war, hatte ich weitere Probleme, die es zu lösen galt. Sobald ich wieder im Palast war, müsste ich …

Da traf es mich wie ein Schlag.

Die Syndikatsvertreter hatten den D-Hüpfer mitgenommen, als sie verschwunden waren. Das Ding war meine einzige Möglichkeit, nach Klah zurückzukehren! Ich war im Bazar gestrandet, ohne in meine eigene Dimension zurückzukönnen!

Kapitel 12

»Ich erfinde die Story,
während ich sie erlebe.«
I. Jones

Aber ich geriet nicht in Panik. Wozu auch?

Klar, ich saß ein wenig in der Klemme, aber wenn es in irgendeiner der Dimensionen einen Ort gab, wo ich auf sichere Hilfe rechnen konnte, dann war das hier im Bazar. Hier konnte man für Geld und dank Aahz' Training alles bekommen. Ich hatte umsichtigerweise meine Börse vor unserer Abreise aus Klah mit Geld aufgefüllt.

Aahz!

Plötzlich fiel mir ein, dass ich schon seit Tagen nicht mehr an meinen alten Mentor gedacht hatte. Die Krisen, die kurz nach seinem Verschwinden aufgetreten waren, hatten meinen Geist derartig beschäftigt, dass ich weder Zeit noch Kraft gehabt hatte, um über ihn nachzugrübeln. Abgesehen davon, dass ich gelegentlich seine Abwesenheit hatte erklären müssen, spielte Aahz in meinem gegenwärtigen Leben überhaupt keine Rolle. Ich kam auch ohne seine Hilfe zurecht.

Na ja ...

Gut. *Einige* Dinge hatte ich auch ohne ihn hingekriegt ... die Sache mit dem Syndikat zum Beispiel. Natürlich hatte mir die Ausbildung, die er mir früher hatte zuteil werden lassen, zu einer gewissen Selbstsicherheit vor dem Feind verholfen – etwas, für das es in diesen Tagen großen Bedarf gab.

»Mach dir nichts vor, Jungchen«, sagte ich bei mir in meiner besten Imitation von Aahz. »Du schuldest deinem alten Ausbilder eine ganze Menge.«

In der Tat. Eine ganze Menge. Zum Beispiel, dass ich, sein Wunderschüler, ihm keine Schande machte ... etwa dadurch, dass ich eine Sache nur zur Hälfte erledigte.

Mit neuer Entschiedenheit ging ich in Gedanken meine Situation durch. Zuerst einmal musste ich nach Klah zurück ... oder sollte ich hier nach einer Lösung suchen?

Anstatt meine Zeit mit Unentschlossenheit zu vergeuden, ging ich mit mir selbst einen Kompromiss ein. Ich stellte dem nächstbesten Händler ein paar gezielte Fragen und machte mich auf den Weg, während ich die Augen nach etwas offen hielt, das mir helfen würde, das Problem der Königin Schierlingsfleck zu lösen.

Dieser Bazarbesuch unterschied sich wesentlich von meinen früheren. Früher hatte ich mir immer mehr Zeit gewünscht, um die Auslagen bestaunen zu können, während ich mich beeilen musste, mit Aahz Schritt zu halten. Diesmal war ich es selbst, der mich drängte und Stand um Stand nach kurzem Überfliegen mit einem knappen »ganz interessant, aber keine Lösung für mein jetztiges Problem« abhakte. Mit der Last der Krisenverantwortung, die auf meinen Schultern ruhte, hatten sich anscheinend auch die Prioritäten geändert.

Natürlich wusste ich nicht, wonach ich eigentlich Ausschau hielt. Ich wusste nur, dass Zaubertrickstäbe und Sofortgewitter nicht dazugehörten. Aus purer Verzweiflung entschied ich mich für Logik.

Um eine Lösung zu finden, musste ich das Problem durchleuchten. Das Problem war, dass Königin Schierlingsfleck mich anstelle von König Rodrick heiraten würde. Abhaken! Massha war damit beschäftigt, Rodrick zurückzubringen, und ich konnte ihr dabei nicht helfen. Ich musste einfach daran glauben, dass sie es schaffen würde. Das eigentliche Problem war Königin Schierlingsfleck.

Ob sie nun mich heiratete oder König Rodrick – auf jeden Fall war sie entschlossen, die militärische Stärke Possiltums für einen Angriffskrieg zu nutzen. Sollte ihr Ehemann, wer immer es auch sein mochte, sich dem widersetzen, würde er sich wahrscheinlich dem Tod gegenübersehen.

Die Königin zu töten wäre eine Lösung, aber irgendwie scheute ich vor kaltblütigem Mord doch zurück ... vor heißblütigem Mord übrigens auch. Nein. Was ich brauchte, das war etwas, mit dem man sie erschrecken konnte. Durch und durch erschrecken.

Die Antwort schritt an mir vorbei, ohne dass ich sie erkannte. Zum Glück schritt sie recht langsam vorbei, so dass ich mich nur umzudrehen und einige wenige Schritte hinter ihr herzulaufen brauchte, um sie wieder einzuholen.

Antworten haben oft viele verschiedene Formen und Gesichter. Diese hier besaß die Gestalt eines Täuflers, der ein kleines Tablett trug, das ihm an einem Riemen vom Hals hing.

»Was du da gerade gesagt hast – ist das wahr?«

Der Täufler musterte mich.

»Ich habe gesagt: ›Ringe. Passend für alle Größen. Einmal angelegt, niemals abgenommen.‹«

»Genau. Stimmt das auch?«

»Natürlich. Jeder meiner Ringe ist verzaubert. Wenn du einen ansteckst, passt er sich so an, dass er niemals wieder abgeht, nicht einmal dann, wenn du es willst.«

»Großartig. Ich nehme zwei Stück.«

»... weil es wirklich tragisch wäre, einen Ring von solchem Wert zu verlieren. Von denen hat jeder einen königlichen Preis ...«

Ich rollte die Augen.

»Hör mal«, unterbrach ich ihn, »ich weiß ja, dass es im Bazar üblich ist, zu feilschen, aber ich habe es eilig. Wie viel für zwei? Niedrigster Preis?«

Er überlegte einen Augenblick, dann nannte er eine Summe. Meine Ausbildung meldete sich zu Wort, und ich bot ihm ein Zehntel davon.

»He! Du hast doch gesagt, kein Feilschen!«, protestierte er. »Was glaubst du eigentlich, wer du bist?«

Na ja, einen Versuch war es immerhin wert. Massha zufolge besaß ich im Bazar schließlich schon einen gewissen Ruf.

»Ich glaube, dass ich der Große Skeeve bin, wenn du schon fragst.«

»... und das Kamel, auf dem du hierher geritten bist«, höhnte der Händler. »Jedes Kind weiß doch, dass der Große Skeeve kein Perverser ist.«

Die Tarnung! Die hatte ich schon völlig vergessen. Mit einem mentalen Wink stellte ich mein ursprüngliches Aussehen wieder her.

»Nein, ich bin ein Klahd«, lächelte ich. »Und nur zu deiner Information: Es heißt *Perfekter*!«

»Soll das heißen, dass du wirklich ... nein, du musst es einfach sein! Niemand sonst würde freiwillig aussehen wollen wie ein Klahd ... oder Perverse in Schutz nehmen ... Entschuldigung, ich meinte Perfekter.«

»Da dieser Punkt nun geklärt wäre«, gähnte ich, »wie viel sollen die beiden also kosten?«

»Hier«, sagte er und schob mir den Bauchladen entgegen. »Such sie dir aus, mit den besten Empfehlungen des Hauses. Ich hab einen Haufen Scheine gewonnen, als ich beim Großen Spiel auf deine Mannschaft gesetzt habe. Ich bitte dich nur um Erlaubnis, verkünden zu dürfen, dass du meine Waren verwendest.«

Ich traf meine Wahl mit einem Gefühl großer Befriedigung, und machte mich wieder auf den Weg. Es war nett, einen Ruf zu besitzen, aber noch schöner, ihn sich auch verdient zu haben. Die beiden kleinen Spielzeuge in meiner

Tasche würden mir helfen, mich aus dem Possiltum-Dilemma zu befreien ... sofern ich rechtzeitig zurückkam ... und sofern Massha den König gefunden hatte.

Diese ernüchternden Gedanken brachten mich schleunigst wieder auf den Teppich zurück. Für Selbstbeweihräucherung war erst nach der Schlacht Zeit, nicht vorher. Schlachtpläne und Siege sind nicht dasselbe, wie ich nur zu gut hatte erfahren müssen.

Erneut von Panik ergriffen, steigerte ich mein Schritttempo, bis ich schon fast rannte, als ich schließlich mein Ziel erreichte: das Gasthaus zum Gelben Halbmond.

Ich stürzte durch die Tür des führenden Schnellimbisses im Bazar und bemerkte, dass keine Kunden anwesend waren, außer einem Troll, der kauend in der Ecke an einem Tisch saß.

Klasse!

Ich hatte gehofft, dass Gus, der Besitzer, ein Wasserspeier, dort sein würde, aber so musste ich mich mit dem Troll begnügen.

»Skeeve!«, rief der Troll. »He, das ist aber eine Überraschung! Was führt dich denn in den Bazar?«

»Später, Chumly. Im Augenblick brauche ich jemanden, der mich nach Klah bringt. Bist du gerade sehr beschäftigt?«

Der Troll rückte seine halbverspeiste Mahlzeit beiseite und hob die Augenbraue über einem misslungenen Mondauge.

»Will ja nicht zu empfindlich oder förmlich sein«, meinte er, »aber was ist denn nur mit ›Hallo, Chumly, wie geht es dir?‹ passiert?«

»Tut mir Leid. Ich hab's ein wenig eilig. Könnten wir nicht einfach ...«

»Skeeve! Wie steht's denn, Süßer?«

Ein besonders kurviges Bündel grünhaariger Schönheit war aus der Damentoilette getreten.

»Oh. Hallo Tanda. Was ist nun, Chumly?«

Tandas Willkommenslächeln verschwand und wich einem verblüfften Stirnrunzeln.

»Oh. Hallo Tanda?«, wiederholte sie und schoss dem Troll einen Blick zu. »Fällt dir etwas an dieser ziemlich unterkühlten Begrüßung auf, großer Bruder?«

»Meine war auch so komisch«, vertraute der Troll ihr an. »Wenn man mich so fragt, würde ich vermuten, dass unser junger Freund hier entweder seine Manieren völlig vergessen, oder sich in Schwierigkeiten gebracht hat.«

Ihre Blicke trafen sich, und sie nickten.

»Schwierigkeiten«, sagten sie im Chor.

»Klasse«, sagte ich und verzog das Gesicht. »Na schön, ich stecke in der Klemme, ja. Aber ich bitte euch nicht, euch da mit hineinziehen zu lassen. Ich glaube sogar, dass ich die Sache inzwischen halbwegs im Griff habe. Ich möchte nur, dass du mich nach Klah bringst.«

Bruder und Schwester traten an meine Seite.

»Klar doch«, lächelte Chumly. »Aber du hast doch nichts dagegen, wenn wir mitkommen, oder?«

»Aber ich habe euch doch gar nicht gebeten ...«

»Wann hättest du uns jemals um Hilfe bitten müssen, Süßer?«, tadelte Tanda und legte einen Arm um meine Hüfte. »Wir sind doch schließlich deine Freunde, hast du das vergessen?«

»Aber ich glaube, ich habe die Sache bereits im Griff ...«

»... In diesem Fall kann es ja nicht schaden, uns dabeizuhaben«, beharrte der Troll.

»Es sei denn, es sollte etwas schief laufen«, warf Tanda ein. »In diesem Fall könnten wir dir vielleicht zur Hand gehen.«

»... Und wenn wir es zu dritt nicht schaffen sollten, dann sind wir immer noch da, um dir aus der Patsche zu helfen«, beendete Chumly die Ausführungen.

Ich hätte es eigentlich besser wissen sollen, anstatt zu versuchen, mich mit den beiden anzulegen, wenn sie sich einig waren.

»Aber ... wenn ... na schön, danke«, stieß ich hervor. »Damit habe ich wirklich nicht gerechnet. Ich meine, ihr wisst ja nicht einmal, um welche Schwierigkeiten es geht.«

»Das kannst du uns später immer noch erzählen«, sagte Tanda streng und begann schon mit ihrem Zauber, der uns durch die Dimensionen katapultieren sollte. »Wo ist übrigens Aahz?«

»Das ist ein Teil des Problems«, seufzte ich.

Und da waren wir auch schon wieder zurück!

Nicht einfach nur in Klah, sondern sogar in meiner eigenen Unterkunft im Palast. Wie der Zufall es so wollte, waren wir nicht allein. Eines Tages werde ich vielleicht Zeit dafür finden, zu entscheiden, ob das ein glücklicher oder ein unglücklicher Zufall war.

Der König lag an Händen und Füßen gefesselt auf meinem Bett, während Massha und Grimble jeder einen Kelch Wein und anscheinend auch jeder die Gesellschaft des anderen genossen. So sah es jedenfalls aus, als wir eintrafen. Als jedoch Massha und Tanda einander erblickt hatten, änderte sich die Stimmung rapide.

»Flittchen!«, zischte mein neuer Zauberlehrling.

»Talentlose Mechanikerin!«, schoss Tanda zurück.

»Steht diese Missgeburt da etwa auf unserer Soldliste?«, unterbrach Grimble sie und starrte Chumly an.

»Typisch Erbsenzähler!«, höhnte der Troll abfällig.

Ich versuchte, das Gezänk zu schlichten.

»Wenn wir doch ...«

Das erregte Grimbles Aufmerksamkeit, die er nun auf mich richtete.

»Ihr!«, keuchte er. »Aber wenn Ihr Skeeve seid, wer ist dann ...«

»König Rodrick von Possiltum«, erklärte ich und wies mit einem Kopfnicken auf die gefesselte Gestalt auf dem Bett. »Und jetzt, da jeder jeden kennt, könntet ihr vielleicht alle mal die Klappe halten, während ich euch erzähle, wie unser nächster Schritt aussieht?«

Kapitel 13

»MAN MUSS DIE EHE, DIE JA EIN WAGNIS FÜRS LEBEN IST, MIT SORGFALT UND UMSICHT ANGEHEN.«
HEINRICH VIII.

Die Hochzeit verlief ohne den geringsten Zwischenfall.

Ich weiß gar nicht, weshalb ich mir Sorgen gemacht hatte. Es gab keine Unterbrechungen, niemand vergaß auch nur eine Zeile, keiner protestierte oder hustete auch nur zur Unzeit. Wie bereits erwähnt, hatte Königin Schierlingsfleck die Planung bis ins letzte Detail selbst übernommen ... bis auf ein paar Überraschungen, die wir für uns behalten hatten.

Deshalb machte ich mir Sorgen! Meine Gefährten und ich wussten, dass die königliche Hochzeit, so bunt und übertrieben sie auch sein mochte, nur das Vorspiel für das Hauptereignis des Tages war. Außerdem war da noch der Druck, zu wissen, dass ich meinen Mitverschwörern nicht *alle* meine Pläne anvertraut hatte. Das war anscheinend ebenfalls eine schlechte Angewohnheit, die ich von Aahz hatte.

Grimble und Badaxe befanden sich an der üblichen Stelle neben dem Thron wie zwei schlecht angepasste Buchstützen, während Chumly, Tanda, Massha und ich dank meines Tarnzaubers und Badaxes Einfluss als General am Fuße des Throns als Leibwachen aufgebaut waren. Alles war bereit ... sofern wir nur die Zeit dafür bekamen!

Als Würdenträger um Würdenträger vortrat, um Glückwünsche und Geschenke zu überbringen, hatte mein Geist nichts zu tun, außer darüber nachzudenken, wie viele Dinge in meinem kleinen Plan alle schief gehen konnten. Ich hatte ziemlich viel riskiert, und wenn es nicht klappen sollte, würden eine Menge Leute darunter zu leiden haben, angefangen beim König und den Untertanen von Possiltum.

Je länger ich darüber nachdachte, desto unruhiger wurde ich, bis ich mich dabei ertappte, wie ich mir nicht mehr wünschte, dass die Würdenträger sich beeilen mochten, sondern vielmehr, dass sie ewig brauchen würden, um diesen kurzen Augenblick des Friedens zu erhalten.

Natürlich hatte ich kaum damit begonnen, zu hoffen, dass die Dinge so bleiben würden, wie sie waren, als es damit auch schon vorbei war. Gerade entfernte sich der letzte Gratulant, und die Königin erhob sich, als Grimble und Badaxe ihre gewöhnten Plätze verließen und vor den Thron traten.

»Bevor du gehst, meine Liebe«, sagte Rodrick, »möchten unsere Gefolgsleute dir noch ihre Glückwünsche entbieten.«

Königin Schierlingsfleck runzelte ein wenig die Stirn, nahm ihrem Platz aber ein.

»Der Kanzler steht bereit, um Ihre Majestäten in jederlei Hinsicht zu unterstützen«, begann Grimble. »Selbstverständlich müssen wir auch trotz des neuen Reichtums jede unnötige Ausgabe vermeiden. Wie stets, bin ich auch jetzt bereit, ein leuchtendes Beispiel der Sparsamkeit zu geben, und so bin ich zu dem Schluss gelangt, dass es eine tadelnswerte und unnötige Ausgabe dargestellt hätte, für Ihre Majestäten ein Geschenk zu beschaffen, welches meiner Hochschätzung Ihrer Majestäten gerecht geworden wäre, weshalb ich ...«

»Ja, ja, Grimble«, unterbrach ihn der König. »Wir verstehen und schätzen Eure Selbstaufgabe. General Badaxe?«

Grimble zögerte, überließ dann jedoch den Platz seinem Rivalen.

»Ich hin ein Kämpfer und kein Redner«, erklärte General Badaxe abrupt. »Die Armee steht bereit, das Königreich und den Thron von Possiltum zu schützen. Und was mich selbst betrifft ... dies ist mein Geschenk.«

Er nahm die Axt vom Gürtel und legte sie auf die Stufen vor dem Thron.

Ob er nun seine Lieblingswaffe oder seine persönliche Treue darbot – auf jeden Fall empfand ich die Geste als unbeschreiblich vielsagend.

»Danke, General Badaxe«, sagte Königin Schierlingsfleck von oben herab. »Ich glaube, ich kann jetzt wohl ...«

»Meine Liebe«, unterbrach der König sie sanft, »es gibt *noch* einen Gefolgsmann.«

Und dann war ich an der Reihe.

Ich nahm meinen ganzen Mut zusammen, hob meine Tarnung auf und trat vor den Thron.

»Eurer Majestäten, der Große Skeeve wünscht Euch zu diesem glücklichen Ereignis alles Gute.«

Die Königin war keine Närrin. Einen Herzschlag lang riss sie die Augen auf, um sie schließlich auf den König zu richten. Man konnte ihre Gedanken beinahe hören: »Wenn das da der Zauberer ist, dann ist der Mann, den ich gerade geheiratet habe ...«

»Sehr richtig, Euer Majestät. Wie Ihr schon bei einem früheren Gespräch zu bemerken beliebtet: ›Königliche Hoheiten heiraten königliche Hoheiten.‹«

Während es hübsch dramatisch gewesen wäre, diesen Augenblick noch länger auszukosten, bemerkte ich jedoch, dass sich die Augen der Königin nachdenklich verengten, also beeilte ich mich, fortzufahren.

»Bevor Ihr jedoch einen Entschluss fasst, wie Ihr Eure Freude kundtun wollt«, warnte ich, »sollte ich vielleicht *mein* Geschenk erläutern.«

Nun richtete sich ihr nachdenklicher Blick auf mich. Ich selbst tat meine eigene Freude durch intensives Schwitzen kund.

»Mein Geschenk sind die Trauringe, welche nun von König und Königin getragen werden. Ich hoffe, dass sie Euch zusagen, weil sie sich nämlich nicht mehr entfernen lassen.«

Königin Schierlingsfleck machte einen kurzen Versuch, ihren Ring abzustreifen, dann richtete sie die Augen erneut auf mich. Diesmal war ihr Blick nicht mehr nachdenklich.

»So wie das Schicksal des Königreichs Possiltum mit dem des Thrones verbunden ist, so sind Eurer beider Schicksale nun auch miteinander verbunden. Durch die Macht eines Zaubers, der von solcher Schlichtheit ist, dass er nicht gebrochen oder zerstört werden kann, ist es nun gegeben, dass, wenn einer von Euch stirbt, dies dem anderen ebenfalls widerfährt.«

Das mochte die Königin gar nicht, und selbst der König runzelte leicht die Stirn, als dächte er über etwas nach, das ihm zuvor noch nicht in den Sinn gekommen war. Das war für mich das Zeichen, ihm die Dinge zu erläutern ... zu erklären, dass die Ringe noch eine weitere Bedeutung hatten, die ich ihm vorher nicht mitgeteilt hatte.

»Dies soll keineswegs ein einseitiges Geschenk sein, denn so, wie die Königin Schierlingsfleck nun für die Gesundheit und das Wohlergehen ihres Königs Sorge tragen muss, so muss König Rodrick seinerseits seine Königin vor allen Gefahren beschützen ... vor *allen* Gefahren.«

Nun sprang der König mit blitzenden Augen auf.

»Was soll das bedeuten, Sire Magiker?«

So geübt ich auch inzwischen im Hofjargon war, gab es doch Dinge, die man, wie ich meinte, am besten in der Umgangssprache ausdrückte.

»Es soll bedeuten, dass, wenn Ihr oder sonst irgendjemand sie umbringen sollte, sagen wir, auf Euren Befehl hin, dass Ihr dann ein toter Mann seid. Und jetzt SETZT EUCH GEFÄLLIGST UND HÖRT MIR ZU!«

Die ganze Wut und Verzweiflung, die sich seit dem Augenblick, da ich gemerkt hatte, wie der König mich hatte hereinlegen wollen, in mir aufgestaut hatten, ohne dass ich die Zeit gehabt hätte, ihnen Ausdruck zu verleihen, brachen nun aus mir hervor. Es funktionierte. Der König sank auf seinen Platz zurück, bleich und ein wenig erschüttert.

Ich war jedoch noch nicht fertig. Ich hatte eine Menge durchmachen müssen, und einige wenige Worte genügten nicht, um meinen seelischen Frieden zurückzuerlangen.

»Seit ich diesen Auftrag angenommen habe, habe ich nichts anderes zu hören bekommen als, wie skrupellos und ehrgeizig Königin Schierlingsfleck doch sei. Nun, dem mag wohl so sein, ABER SIE HAT SICH AUCH NICHT GERADE EIN LIEBCHEN EINGEHANDELT! Im Augenblick, *König* Rodrick, empfinde ich mehr Respekt für sie als für *Euch.* Immerhin hat *sie* ihr Königreich nicht mitten in einer Krise im Stich gelassen.«

Ich begann, vor dem Thron auf und ab zu schreiten, während ich mich für mein Thema immer mehr erwärmte.

»Alle reden über ›unsere Verpflichtung gegenüber dem Thron‹. Das ist der entscheidende Punkt im täglichen Leben der Gemeinen. Was jedoch nie erwähnt wird, ist die ›Verpflichtung des Throns gegenüber dem Volk‹.«

Ich machte eine Pause und zeigte auf den König.

»Ich habe eine Weile auf diesem Stuhl gesessen. Es ist sehr lustig, den Leuten ihr Leben vorzuschreiben. Die Macht wirkt berauschend, und ihre Vorteile sind gewaltig! Diese ganzen Verneigungen und Kratzfüße, ganz zu schweigen von einem Riesenberg Garderobe. Aber trotzdem, es ist ein Job wie jeder andere, und wie bei jedem anderen Job muss man auch hierbei manchmal Dinge tun, die einem nicht gefallen. Badaxe schließlich inspiziert seine Truppen auch nicht einfach nur und lässt sie paradieren, er muss sie vielmehr auch ausbilden und in die Schlacht führen ... Ihr wisst schon, nach dem Motto ›Ich könnte da draußen auf dem Schlachtfeld den Tod finden‹ und so. Grimble wiederum verbringt ungewöhnlich viel Zeit damit, über seinen Zahlen zu brüten, damit er das Privileg besitzen darf, neben Euch zu stehen.«

Jeder Job hat seine Vor- und Nachteile, und wenn die Nachteile überwiegen, dann nimmt man eben seinen Mut zusammen und kündigt ... es sei denn, man heißt König Rodrick. Denn dann dankt man nicht etwa ab, um jemand anderem die Vor- und Nachteile anzubieten, nein, man halst sie einem anderen auf, der den Job in Eurem Namen ausüben soll, um sich selbst durchs Hintertürchen zu verdrücken. Vielleicht nehmen ja die Leute dort, wo Ihr aufgewachsen seid, ihre Jobs immer auf solche Art und Weise wahr, aber ich finde, dass sich jeder kleine Bauer für ein derartiges Verhalten schämen würde.«

Ich baute mich vor ihnen auf, die Fäuste herausfordernd in die Hüften gestemmt.

»Nun, ich habe meinen Job erledigt. Das Königreich ist vor der unmittelbaren Bedrohung gerettet worden. Mit einem bisschen Glück werdet Ihr beide lernen, zusammenzuarbeiten. Ich vertraue darauf, dass König Rodrick den Ehrgeiz der Königin schon zu dämpfen verstehen wird. Ich hoffe nur, dass es Königin Schierlingsfleck gelingt, dem König mit ihrem feurigen Wesen zu etwas mehr Rückgrat und Mut zu verhelfen.«

Diesmal war es Königin Schierlingsfleck, die auf die Beine sprang.

»Willst du dir das von ihm bieten lassen, Roddie? *Du* bist schließlich der König. Niemand darf einen König ungestraft so herumschubsen!«

»Wachen!«, sagte Rodrick mit erstickter Stimme. »Nehmt diesen Burschen fest!«

Es hatte geklappt! König und Königin waren nun gegen

einen gemeinsamen Gegner vereint ... gegen mich! Nun musste ich es nur noch überleben.

Ein weiterer Stoß mentaler Energie, und meine Gefährten standen enttarnt da – ganz die Gestalten, die sie wirklich waren.

Königin Schierlingsfleck, die nicht an meinen Verkehr mit Dämonen gewöhnt war, plumpste mit leisem Keuchen wieder auf ihren Platz zurück. Der König runzelte böse die Stirn als er den wahren Grund für die Gegenwart meiner Freunde begriff.

»Eure Majestäten«, sagte Badaxe und trat vor. »Ich habe einen Eid geleistet, den Thron zu beschützen, und würde willig mein Leben für Eure Verteidigung geben. Doch sehe ich hier keine physische Bedrohung. Im Gegenteil, mir scheint sogar, dass sowohl Thron als auch Königreich gestärkt würden, wenn die Worte des Großen Skeeve Beachtung fänden und man ihnen Folge leistete.«

»Ich bin kein Kämpfer«, sagte Grimble und schloss sich Badaxe an, »deshalb nehme ich hier nur eine passive Pflicht wahr. Ich muss jedoch hinzufügen, dass auch ich der Meinung bin, dass vieles für die Worte des Sire Magikers spricht und dass sie ins Stammbuch eines *jeden* Herrschers geschrieben werden müssten.«

Seine Augen verengten sich, als er sich mir zuwandte.

»Ich lehne es jedoch ab, dass sie von einem Untertanen des Hofes ausgesprochen werden dürfen. Eine unserer obersten Pflichten ist es, dem Thron Respekt zu zollen, und zwar in Wort *und* Tat.«

»In diesem Punkt sind wir einer Meinung, Grimble«, nickte Badaxe und richtete nun auch als einer von vielen seinen finsteren Blick auf mich.

»So seltsam es vielleicht klingen mag«, sagte ich, »stimme auch ich dem zu. Aus diesem Grund reiche ich hiermit meinen Rücktritt als Hofzauberer von Possiltum ein. Das

Reich ist nun militärisch und finanziell abgesichert, und so gibt es meiner Meinung nach keine Rechtfertigung mehr dafür, sich mit den hohen Ausgaben für einen voll angestellten Magiker zu belasten … schon gar nicht für einen Magiker, der den Thron beleidigt hat. Es ist nicht erforderlich, über eine Ablösesumme zu beraten. Die Belohnung des Königs für meinen letzten Auftrag genügt, zusammen mit den Geldern, die ich bereits vom Schatzkanzleramt bezogen habe, um meine Bedürfnisse zu befriedigen. Ich werde also einfach meine Sachen zusammenpacken und gehen.«

Ich sah, wie Grimble leicht erblasste, als er begriff, dass ich ihm sein Bestechungsgeld nicht zurückgeben würde. Doch ich vertraute auf seine Fähigkeit, alles unter einem Stapel mit Zahlen versehener Papiere zu verbergen.

Mit einem leisen Nicken in Richtung Thron hieß ich meinem Gefolge mit den Augen, sich um mich zu scharen, und schritt davon.

Alles war gelaufen wie am Schnürchen. Ich hätte es mir nicht besser wünschen können. Deshalb war ich auch überrascht, dass ich in Schweiß gebadet war und am ganzen Leib zitterte wie Espenlaub, als ich schließlich meine Unterkunft erreicht hatte.

Kapitel 14

»MANCHE ABSCHIEDE FALLEN
EINEM LEICHTER ALS ANDERE.«
A. CAPONE

»Und wo willst du jetzt hin?«, fragte Tanda.

Zusammen mit Chumly war sie mir beim Packen behilflich. Wir waren uns alle einig, dass es nun, da ich mir sowohl den Zorn des Königs als auch den der Königin zugezogen hatte, das Ratsamste war, wenn ich so schnell wie möglich abreiste. Massha war nicht da, sie wollte nach Gliep und Butterblume sehen und sich von Badaxe verabschieden.

»Das weiß ich auch nicht so recht«, gab ich zu. »Ich habe es ernst gemeint, als ich sagte, dass ich für eine Weile genügend Geld zusammengespart habe. Wahrscheinlich vergrabe ich mich irgendwo und arbeite eine Weile an meiner Magik ... vielleicht in dem Gasthof, den Aahz und ich als Heimatbasis benutzt haben.«

»He, warum kommst du nicht mit meiner kleinen Schwester und mir mit?«, schlug Chumly vor. »Wir operieren meistens vom Bazar von Tauf aus. Unter magischen Gesichtspunkten wäre es für dich auch nicht das Schlechteste, dort die Nase in den Wind zu halten.«

Blitzartig fiel mir ein, dass das Syndikat inzwischen angefangen haben musste, den Bazar umzukrempeln. Mir fiel aber auch ein, dass ich in der Hektik der Hochzeitsvorbereitungen nicht dazu gekommen war, Tanda und Chumly über diesen Teil meines Abenteuers zu informieren. Nachdem es mir wieder eingefallen war, zögerte ich, meine Verantwortung für das einzugestehen, was da nach ihrer Rückkehr auf sie zukommen würde.

»Ich weiß nicht, Chumly«, wich ich aus. »Ihr beide habt nicht viel Gepäck. Aber ich habe so viel Zeug, dass es wohl besser wäre, wenn ich mich irgendwo dauerhaft niederlasse.«

Das war zwar ein ziemlich schwacher Einwand, aber der Troll schien ihn zu akzeptieren ... vielleicht weil er den Berg von Ausrüstungsmaterial sehen konnte, den wir beim Versuch, meine Unterkunft zu räumen, gerade anhäuften.

»Na ja, überleg's dir. Wir würden uns freuen, dich bei uns zu haben. Bist kein schlechter Kumpel, wenn es mal Ärger gibt.«

»Haha!«, lachte Tanda zustimmend. »Wo hast du übrigens diese Ringe hergehabt?«

»Ich habe sie im Bazar von einem Straßenhändler gekauft.«

»Auf Tauf?«, fragte Chumly stirnrunzelnd. »Zwei verzauberte Ringe, das muss deine Ersparnisse aber ganz schön angegriffen haben. Bist du sicher, dass du noch genug Geld hast?«

Jetzt war ich an der Reihe, zu lachen.

»Erstens sind sie überhaupt nicht verzaubert, das war nur ein Bluff! Ich habe Ihre Königlichen Majestäten nur an der Nase herumgeführt. Die Ringe sind einfach nur Glitzertand ... und außerdem habe ich sie umsonst bekommen.«

»Umsonst?«

Nun war Tanda an der Reihe, die Stirn zu runzeln.

»Auf dem Bazar kriegt niemand was umsonst.«

»Nein, ehrlich. Sie waren umsonst ... na ja, der Händler hat sich von mir die Erlaubnis geben lassen, zu verbreiten, dass ich seine Waren kaufe, aber das ist doch dasselbe wie umsonst, nicht wahr? Ich meine, ich habe ihm kein Geld dafür gezahlt.«

Während ich sprach, war ich mir plötzlich meines »guten Geschäfts« nicht mehr ganz so sicher. Eine meiner ersten Lektionen über Täufler hatte gelautet: »Wenn du glaubst, mit einem Täufler ein gutes Geschäft gemacht zu haben, dann zähl erst mal deine Finger, dann deine Glieder, dann deine Verwandtschaft ...«

»Die Erlaubnis, deinen Namen zu benutzen?«, wiederholte Tanda. »Für zwei lausige Ringe? Keine Gewinnbeteiligung und nichts? Hat Aahz dir denn nie etwas über Konzessionen beigebracht?«

Plötzlich ertönte ein leises *Bampf* mitten aus der Luft.

»Missbraucht da etwa jemand gerade meinen Namen?«

Es war Aahz, komplett bis zur letzten grünen Schuppe, und er kam so beiläufig herein, als wäre er nur eben mal kurz Pinkeln gewesen.

Ich war der erste von uns dreien, der sich von seiner Überraschung erholte. Na ja, wenigstens fand ich als Erster meine Stimme wieder.

»Aahz!«

»Hallo, Jungchen! Hast du mich vermisst?«

»Aber Aahz!«

Ich wusste nicht, ob ich lachen oder weinen sollte. In Wirklichkeit wollte ich ihn ganz fest umarmen und nie wieder loslassen. Natürlich würde ich nun, da er wieder zurück war, so etwas nie tun. Ich meine, unsere Beziehung hatte noch nie sonderlich viel mit Gefühlsäußerungen zu tun gehabt.

»Was ist denn mit euch los?«, wollte mein Ausbilder wissen. »Ihr benehmt euch ja, als hättet ihr nicht damit gerechnet, mich jemals wiederzusehen.«

»Wir ... Aahz! Ich ...«

»Das haben wir auch nicht«, erklärte Tanda ohne Umschweife und bewahrte mich so davor, mich noch mehr zum Narren zu machen.

»Was meine kleine Schwester meint«, warf Chumly ein, »ist, dass wir geglaubt haben, dass dein Neffe Rupert nicht die Absicht hatte, dich von Perv wieder fortgehen zu lassen.«

Aahz schnaubte verächtlich.

»Rupert? Dieser Emporkömmling? Den nehmt ihr doch wohl nicht ernst, oder?«

»Na ja, wenn du deine Kräfte noch hättest, würden wir das wohl nicht«, meinte Tanda, »aber so, wie die Dinge stehen ...«

»Rupert?«, wiederholte Aahz. »Ihr beide kennt mich doch schon eine Weile, nicht wahr? Dann müsste es doch langsam in eure Schädel gedrungen sein, dass mich niemand gegen meinen Willen festhalten kann.«

Irgendwie kamen mir die Worte bekannt vor. Aber ich war so froh, Aahz zurückzuhaben, dass ich in diesem Augenblick buchstäblich allem zugestimmt hätte.

»Ja!«, rief ich eifrig und glockenhell. »Das ist schließlich Aahz! Den schubst *niemand* rum!«

»Seht ihr!«, grinste mein Ausbilder. »So sehr es mir auch widerstrebt, einem bloßen Lehrling zustimmen zu müssen, weiß das Kind doch, wovon es redet ... diesmal wenigstens.«

Chumly und Tanda musterten einander mit dem seltsamen Blick, den Geschwister zu benutzen pflegen, um sich miteinander ohne Worte zu verständigen.

»Weißt du, großer Bruder«, sagte Tanda, »diese ›Gesellschaft für gegenseitige Bewunderung‹ geht mir ziemlich auf den Nerv. Was meinst du dazu?«

»Eigentlich«, erwiderte der Troll, »hab ich da nicht sonderlich viel Gegenseitigkeit raushören können. Irgendwie ist bei mir der Ausdruck ›bloßer Lehrling‹ hängen geblieben.«

»Ach, nun macht mal halblang, ihr beiden«, winkte Aahz

ab. »Machen wir uns doch nichts vor, hm? Ich meine, wir mögen das Kind ja alle, aber wir wissen auch, dass er Ärger anzieht wie ein Magnet. Ich bin noch nie jemandem begegnet, auf den man so sehr aufpassen musste wie auf ihn. Ach ja, apropos ...«

Er richtete seine gelben Augen mit dem für ihn so typischen spekulierenden Blick auf mich.

»... ich stelle fest, dass ihr beide hier seid ... *und* ich habe ganz deutlich meinen Namen gehört, als ich hier eintraf. Was ich jetzt brauche, das sind weniger freundschaftliche Hallorufe sondern vielmehr eine schnelle Information darüber, aus was für einer Patsche wir den Großen Skeeve diesmal wieder herausholen müssen.«

Ich machte mich schon auf eine schnelle, aber lautstarke Lektion in Sachen »Konzessionen« gefasst, doch der Troll überraschte mich.

»Keine Patsche«, sagte er und lehnte sich gelassen zurück. »Die kleine Schwester und ich sind nur mal auf eine Stippvisite vorbeigekommen. Genau genommen wollten wir gerade wieder weg.«

»Ach ja?« Mein Ausbilder klang gleichzeitig überrascht und misstrauisch. »Nur zu Besuch? Gar kein Ärger?«

»Na ja, ein *bisschen* Ärger hat es schon gegeben«, gab Tanda zu. »Es hatte mit dem König zu tun ...«

»Wusste ich's doch!«, kicherte Aahz und rieb sich die Hände.

»... aber Skeeve hat die Sache ganz allein wieder eingerenkt«, beendete sie ihren Satz. »Im Augenblick gibt es überhaupt keine Probleme.«

»Oh.«

Merkwürdigerweise wirkte Aahz ein bisschen enttäuscht.

»Na schön, dann bin ich euch wohl ein wenig Dank schuldig. Ich weiß es wirklich zu schätzen, dass ihr beide auf Skeeve aufgepasst habt, während ich weg war. Er kann ...«

»Ich glaube, du hörst nicht richtig zu, Aahz«, meinte Chumly und richtete seinen Blick an die Decke. »*Skeeve* hat die Schwierigkeiten aus dem Weg geräumt. Wir haben nur zugeschaut.«

»Oh, wir wären schon eingesprungen, wenn es heikel geworden wäre«, ergänzte Tanda. »Du weißt schon, Aahz, so wie wir es für dich ja auch immer tun. Aber es stellte sich heraus, dass wir gar nicht gebraucht wurden. Dein ›bloßer Lehrling‹ war der Sache mehr als gewachsen.«

»Er hat die Geschichte ziemlich elegant abgewickelt, weißt du«, fügte der Troll hinzu. »Tatsächlich müsste ich angestrengt nachdenken, bis mir eine üble Situation einfiele, die genauso glatt und ohne Umstände gemeistert worden wäre.«

»Na schön, na schön.« Aahz schnitt eine Grimasse. »Ich hab's begriffen. Die Einzelheiten könnt ihr für später aufheben. Im Augenblick müssen der Junge und ich ein paar wichtige Dinge besprechen ... und damit meine ich *wichtige* Dinge!«

»Zum Beispiel?«, fragte ich stirnrunzelnd.

»Na ja, ich habe eine Menge nachgedacht, und schätze, es ist langsam an der Zeit, dass wir Possiltum verlassen und weiterziehen.«

»Äh, Aahz?«, wandte ich ein.

»Ich weiß, ich weiß«, winkte er ab. »Du meinst, du brauchst noch etwas Übung. Das stimmt auch, aber du bist auch schon ziemlich weit gekommen. Diese Probleme, die du da gerade gelöst hast, beweisen das nur. Du bist jetzt so weit, dass du ...«

»Aahz?«

»Gut, gut. Ich weiß, du hast hier Freunde und Verpflichtungen, aber irgendwann musst du auch mal flügge werden. Du musst einfach auf meine Urteilskraft und meine Erfahrung vertrauen, und ich weiß nun einmal, wann die Zeit reif ist, um zu ...«

»Ich habe bereits gekündigt!«

Aahz brach mitten im Satz ab und starrte mich an.

»Du hast was?«, stammelte er.

»Gekündigt«, nickte ich und deutete auf den Haufen Ausrüstung, den wir bereits zusammengepackt hatten. Er musterte ihn einen Augenblick, als traue er seinen Augen nicht.

»Oh«, sagte er schließlich. »Oh, na ja, in dem Fall springe ich wohl mal eben rüber zu Grimble, um mit ihm deine Ablösesumme zu besprechen. Der Kerl ist zwar ein ziemlicher Geizkragen, aber wenn ich ihm keine fünfhundert aus dem Ärmel schütteln kann, dann wüsste ich das aber.«

»Ich weiß es schon«, erwiderte ich vorsichtig.

Aahz rollte die Augen.

»Hör zu, Junge. Das hier ist *mein* Spezialgebiet, erinnerst du dich? Wenn du mit zu niedrigen Forderungen in Verhandlungen hineingehst, dann ziehen sie dir das Fell über die Ohren. Du musst ...«

»Ich habe bereits tausend rausgeschlagen!«

Diesmal hielt Aahz' »Starre« eine Weile länger vor, und er blickte mich auch nicht mehr an.

»Tausend?«, fragte er endlich. »In Gold?«

»Plus einem ziemlich üppigen Bonus vom König selbst«, warf Tanda hilfsbereit ein.

»Wir haben die ganze Zeit versucht, es dir zu sagen, Aahz, alter Junge«, lächelte Chumly. »Unser Skeeve hier hat auch ohne deine Hilfe prima Arbeit geleistet.«

»Verstehe.« Aahz wandte sich ab und starrte schweigend aus dem Fenster.

Ich gebe zu, dass ich ein bisschen enttäuscht war. Ich meine, vielleicht hatte ich nicht gerade Meisterarbeit geleistet, aber ein *bisschen* Lob wäre doch ganz nett gewesen.

Wie mein Ausbilder sich benahm, hätte man glauben können, dass er ...

Da begriff ich plötzlich. Es überrollte mich wie ein Streitwagen auf Abwegen. Aahz war eifersüchtig! Und was noch schlimmer war, er war verletzt!

Plötzlich sah ich alles kristallklar. Bisher hatte mich Aahz' arrogante Selbstsicherheit immer geblendet, doch nun teilten sich die Schleier.

Aahz' Flucht aus Perv war nicht halb so einfach gewesen, wie er getan hatte. Es hatte eine Keilerei gegeben – eine körperliche, eine verbale oder eine magische –, einige verletzte Gefühle und ein paar heftige Versprechungen, die gemacht oder gebrochen worden waren. Er hatte sich seinen Weg zurück nach Klah mit einem einzigen Gedanken im Sinn freigekämpft: Sein *Lieblings*lehrling war in Schwierigkeiten. Doch wie hatte man ihn empfangen? Nicht nur, dass ich gar nicht in Schwierigkeiten steckte, es sah sogar danach aus, als wäre ich ohne ihn besser zurechtgekommen!

Tanda und Chumly waren immer noch zugange und plapperten munter vor sich hin, wie großartig ich doch wäre. Wenngleich ich ihre Bemühungen zu schätzen wusste, wünschte ich mir doch verzweifelt, dass ich ihnen irgendwie klar machen könnte, dass sie damit nur noch tiefer in Aahz' Wunde wühlten.

»Ähhh ... Aahz?«, meldete ich mich wieder. »Wenn du mal eine Minute Zeit hättest? Da gibt es nämlich doch noch ein paar Sachen, über die ich gerne deinen Rat einholen würde.«

»Ach ja? Was denn?«, kam seine erstickte Antwort. »Wie es sich anhört, brauchst du doch niemanden der dir hilft, und schon gar keinen Lehrer ohne eigene Kräfte.«

Tanda begriff sofort. Sie stellte das Piesacken auf der Stelle ein und gab Chumly verzweifelt ein Signal. Doch der Troll war selbst einfühlsam genug, und er reagierte, indem er mir einen flehenden Blick zuwarf.

Es lag also bei mir. Wunderbar!

»Nun, zum Beispiel ... äh.«

In dem Moment platzte Massha ins Zimmer.

»Unten ist alles bereit, heißer Junge, und ... oh! Hallo, Grünschuppe! Dachte, du wärst für alle Zeiten verduftet.«

Aahz wirbelte mit weit aufgerissenen Augen herum.

»Massha?«, stotterte er. »Was machst du denn hier?«

»Hat dir der Held des Tages es denn nicht erzählt?«, lächelte sie und klimperte mit ihren gewaltigen Wimpern. »Ich bin sein neuer Lehrling.«

»Lehrling?«, wiederholte Aahz, und das alte Feuer kroch wieder in ihm hoch.

»Äh ... das ist auch eines von den Dingen, über die ich mit dir reden wollte«, meinte ich und lächelte schüchtern.

»Lehrling?«, wiederholte er erneut, als hätte er mich überhört. »Kind, wir beide müssen uns unterhalten ... und zwar sofort!«

»Na klar, Aahz. Sobald ich ...«

»SOFORT!«

Ja, wirklich: Aahz war wieder da!

»Äh, entschuldigt uns mal 'ne Weile, Leute. Aahz und ich müssen eben mal ...«

Zum zweiten Mal ertönte ein *Bampf* im Zimmer.

Diesmal war es wesentlich lauter, was dadurch zu erklären ist, dass es einige Wesen mehr waren, als beim ersten Mal, die da plötzlich auftauchten. Genau genommen standen nun vier Täufler im Raum ... und sie sahen gar nicht glücklich aus.

»Wir suchen den Großen Skeeve!«, bollerte einer von ihnen.

Mir rutschte das Herz in die Hosentasche. Konnten die

denn so schnell von meiner Verbindung zum Syndikat Wind bekommen haben?

»Wer sucht ihn?«

Aahz schob seine Körpermassen gelassen zwischen mich und die Eindringlinge. Tanda und Chumly waren ebenfalls aufgesprungen, und Massha rückte beiseite, um eine freie Schusslinie zu bekommen. Klasse! Jetzt brauchte ich den Tag nur noch damit zu krönen, dass ich meine Freunde den Ärger auslöffeln ließ, den ich mir selbst eingebrockt hatte.

»Wir vertreten die Händler im Bazar von Tauf und ersuchen um eine Audienz beim Großen Skeeve.«

»In welcher Angelegenheit?«, wollte mein Ausbilder wissen.

Der Täufler fixierte ihn mit einem eisigen Blick.

»Wir suchen den Großen Skeeve und keine eitle Plauderei mit einem Perversen.«

»Nun, zufällig ist dieser Per*fekter* aber der Manager des Großen Skeeve, und dieser vergeudet seine Zeit nicht mit Täuflern, es sei denn, dass sie vorher meine Einwilligung eingeholt hätten.«

Beinahe hätte ich etwas gesagt, aber ich überlegte es mir dann doch anders. Sorgen hin, Sorgen her, dies war nicht der Moment, Aahz die Gesprächsführung zu entreißen.

Der Täufler zögerte, dann zuckte er die Achseln.

»Im Bazar gibt es ein neues Problem«, erläuterte er. »Eine Gruppe organisierter Verbrecher hat sich Zutritt zu unserer Dimension verschafft und droht nun, den normalen Geschäftsablauf zu stören, wenn wir ihnen nicht einen Teil unserer Gewinne abtreten.«

Tanda und Chumly wechselten einen Blick, während Massha mich mit einer hochgezogenen Augenbraue musterte. Ich für meinen Teil betrachtete mit größter Aufmerksamkeit die Zimmerdecke. Nur Aahz blieb unbeeindruckt.

»Pech! Und was hat das mit dem Großen Skeeve zu tun?«, wollte er wissen.

Da ich wusste, wie die Antwort lauten würde, überlegte ich, ob ich kämpfen oder davonlaufen sollte.

»Ist das nicht offensichtlich?« Der Täufler legte die Stirn in Falten. »Wir wünschen, seine Dienste in Anspruch zu nehmen, um uns gegen diese Bedrohung zur Wehr zu setzen. Wie wir die Sache sehen, ist er der einzig verfügbare Magiker, der der Sache gewachsen ist.«

Das haute mich vom Sockel. Von allen merkwürdigen Wendungen, die die Sache hätte nehmen können, war diese mit Abstand die ‚unerwartetste und die ... na ja, bizarrste!

»Verstehe«, murmelte Aahz mit einem bösartigen Funkeln in den Augen. »Ihr seid euch ja wohl der Tatsache bewusst, dass die Zeit des Großen Skeeve kostbar ist und dass eine solche Aufgabe nach einer angemessenen Bezahlung verlangt?«

Da klingelten bei mir sämtliche Alarmglocken.

»Äh ... Aahz?«

»Halt's Maul, K ... ich meine, übt Euch etwas in Geduld, Meister Skeeve. Die Angelegenheit wird gleich geregelt sein.«

Ich konnte es nicht mitansehen.

Daher schritt ich ans Fenster und starrte hinaus. Über meine Schulter hinweg, konnte ich mit anhören, wie Aahz astronomische Summen nannte und begriff, dass es wohl doch noch einen Ausweg geben könnte. Wenn Aahz habgierig genug war und der Täufler geizig genug ...

»Abgemacht!«, sagte der Sprecher in diesem Moment.

»... natürlich ist das nur der Vorschuss«, hakte Aahz nach. »Die vollständige Bezahlung erfolgt erst, nachdem der Auftrag erledigt wurde.«

»Abgemacht!«, sagte der Sprecher.

»... und das ist natürlich nur die Entlohnung. Die Spesen werden getrennt abgerechnet und bezahlt.«

»Abgemacht! Der Vorschuss erwartet euch bei eurer Ankunft. Noch etwas?«

Über die Großzügigkeit des Täuflers war Aahz so baff, dass ihm keine weiteren Daumenschrauben mehr einfielen, mit denen er noch größere Summen aus ihm hätte herausquetschen können.

Mit einem erneuten *Bampf* war die Delegation wieder verschwunden.

»Na, wie war das?«, krähte Aahz. »Endlich habe ich mal einem Täufler das Fell über die Ohren gezogen!«

»Wie hieß das noch, was du immer zu sagen pflegst, wenn jemand meint, er hätte ein gutes Geschäft mit einem Täufler gemacht?«, fragte ihn Tanda zuckersüß.

»Später!«, antwortete mein Mentor barsch. »Jetzt müssen wir erst mal unsere Sachen packen und rüber in den Bazar hüpfen, um den Gegner auszukundschaften.«

»Wir wissen bereits, wer der Gegner ist.«

»Wie bitte, Junge?«

Ich drehte mich zu ihm um.

»Der Gegner ist das Syndikat. Erinnerst du dich? Die Verbrecherorganisation, die Big Julies Armee finanziert hat?«

Aahz musterte mich eindringlich, und dabei überzog ein düsterer Ausdruck sein Gesicht.

»Und wo hast du diese kleine Information her, wenn ich fragen darf?«

Ich hielt seinem Blick stand.

»Das ist die andere kleine Sache, in der ich deinen Rat einholen wollte.«

Kapitel 15

»Im Kampf mit dem organisierten Verbrechen hilft nur Glück oder Magik.«

Frater V.·. D.·.

»Jetzt wollen wir noch mal überprüfen, ob ich auch alles richtig verstanden habe«, knurrte Aahz und schritt vor unseren besorgten Blicken auf und ab. »Wir müssen also das Syndikat daran hindern, den Bazar zu übernehmen, ohne dass sie merken dürfen, dass wir gegen sie arbeiten, und ohne dass die Täufler merken, dass wir das Syndikat überhaupt erst auf den Bazar losgelassen haben. Stimmt's?«

»Du schaffst das schon, Aahz«, bestätigte ich ihm eifrig.

Diesmal bedurfte es keines falschen Enthusiasmus meinerseits. Während ich in weniger kniffligen Angelegenheiten im Alleingang ganz saubere Arbeit geleistet hatte, war ich doch nur zu bereit, in Sachen geplanter Raffiniertheit Ehre zu geben, wem Ehre gebührt, und meinen Meister anzuerkennen. Vielleicht gab es irgendwo dort draußen in den zahllosen Dimensionen ja jemanden, der noch besser als Aahz darin war, sich auf die krumme Tour aus Schwierigkeiten herauszumanövrieren, aber wenn dem so sein sollte, dann bin ich ihm jedenfalls bisher noch nicht begegnet.

»Natürlich schaffe ich das«, erwiderte mein Ausbilder mit zuversichtlichem Augenzwinkern. »Ich möchte nur, dass alle zugeben, dass es nicht gerade leicht sein wird. Dieses ganze Gerede über den Großen Skeeve hat mich ein bisschen verunsichert.«

»Ein bisschen?« Tanda feixte.

»Ich schätze, das ist schon in Ordnung«, sagte Chumly

und knuffte seine Schwester mit dem Ellenbogen. »Ich habe schon viel davon gehört, wie gut Aahz sein kann, wenn er sich erst mal richtig ins Zeug legt. Ich für meinen Teil brenne richtig darauf, zuzuschauen, wie er diese ziemlich haarige Sache ganz allein in den Griff kriegt.«

Aahz' Schultern sackten ein Stück ab als er leise seufzte.

»Hoppla! Halt! Vielleicht habe ich mich in meiner Begeisterung ein wenig missverständlich ausgedrückt. Was ich *eigentlich* sagen wollte, ist, dass mein schleimiger, aber wendiger Verstand zwar einen *Plan* entwickeln kann, um diese Nummer abzuziehen. Aber die Ausführung dieses Plans hängt natürlich von den Fähigkeiten und dem guten Willen meiner geschätzten Kollegen ab. Ist es so besser, Chumly?«

»Durchaus«, nickte der Troll.

»Da wir das nun erledigt hätten«, unterbrach Gus uns ungeduldig, »wäre es mir lieb, wenn wir endlich weitermachen könnten. Das hier ist schließlich *mein* Geschäft, müsst ihr wissen, und je länger ich den Laden geschlossen halte, umso mehr Geld büße ich dabei ein.«

Für diejenigen unter Ihnen, die die vorigen Erklärungen überlesen haben sollten: Gus ist ein Wasserspeier. Und er ist außerdem der Inhaber des Gasthauses zum Gelben Halbmond, dem führenden Schnellimbiss im Bazar, unserem gegenwärtigen Hauptquartier. Wie Chumly und Tanda, hat auch er mir schon aus so mancher Klemme geholfen, und sobald er von unserer momentanen Krise hörte, hatte er spontan seine Hilfe angeboten. Doch wie jeder, der im Bazar seinen Lebensunterhalt verdient, wirft er gewohnheitsgemäß immer auch ein Auge auf die Kasse. Da er seinen Laden geschlossen hatte, damit wir eine Operationsbasis für den kommenden Feldzug zur Verfügung hatten, wurmten ihn instinktiv die dadurch entgangenen Profite ein wenig.

Da hatte ich eine Idee.

»Immer mit der Ruhe, Gus«, beschwichtigte ich ihn.

»Nenn uns deinen Tagesumsatz, schlag einen vernünftigen Profit drauf, dann werden wir dich entsprechend bezahlen, wenn diese Sache ausgestanden ist.«

»Was?«, kreischte mein Mentor und verlor für einen Augenblick jede Selbstbeherrschung. »Bist du verrückt geworden, Bürschchen? Wer soll denn das bezahlen, he?«

»Die Händler von Tauf«, erwiderte ich gelassen. »Wir verfügen schließlich über ein Spesenkonto, erinnerst du dich? Ich finde, es ist durchaus vertretbar, ein Haus zu mieten, während wir einen Auftrag durchführen, meinst du nicht auch?«

»Oh. Stimmt. Entschuldigung, Gus, du weißt schon – angeborene Reflexe.«

Aahz' Verwirrung war nur von kurzer Dauer. Dann verengten sich seine Augen wieder nachdenklich.

»Wenn wir euch alle auf die Spesenliste setzen, dann fällt euer Lohn unter den Posten ›Beraterhonorare‹ und kratzt nicht mal unseren eigenen Gewinn an. Das gefällt mir.«

»Bevor du dich allzu sehr hinreißen lässt«, warf Tanda schnell ein, »ich glaube, mein großer Bruder und ich würden lieber auf Anteilbasis arbeiten als gegen Pauschalhonorar.«

»Aber Süße«, blinzelte Massha, »du kennst doch seinen Plan noch gar nicht. Wieso glaubst du, dass eine Gewinnbeteiligung dir mehr einbringen wird als eine Pauschale? ... Ich meine, so von Frau zu Frau?«

»Von Frau zu Frau«, erwiderte Tanda zwinkernd, »du hast noch nie mit Aahz zusammengearbeitet. Ich dagegen schon, und wenn er auch nicht gerade der beste Mannschaftskamerad sein mag, habe ich ein unerschütterliches Vertrauen in seine Gewinnspannen.«

»Da wir schon beim Thema sind«, meldete sich Aahz und musterte Massha mit hartem Blick. »Wir haben tatsächlich noch nie zusammengearbeitet, also wollen wir lieber gleich zu Anfang die Regeln festlegen. Ich habe nämlich meinen eigenen Stil, musst du wissen, und da bleibt nicht viel Zeit für Artigkeiten wie ›bitte‹ und ›danke‹ übrig. Solange du tust, was man dir sagt und wenn man es dir sagt, kommen wir gut miteinander aus. Korrekt?«

»Falsch!«

Meine Erwiderung platzte heraus, bevor Massha ihre eigene Antwort formulieren konnte. Irgendwie nahm ich unterbewusst wahr, dass es im Zimmer plötzlich sehr still geworden war, aber der größte Teil meiner Aufmerksamkeit richtete sich auf Aahz, der nun langsam den Kopf zu mir herüberdrehte, bis sein Blick auf den meinen traf.

»Jetzt hör mal gut zu, Kind ...«, begann er in gefährlichem Ton.

»Jetzt hör *du* mal gut zu, Aahz!«, explodierte ich. »Ich mag ja *dein* Lehrling sein, aber Massha ist *meiner.* Wenn sie unsere Abmachung aufkündigen und bei dir anheuern will, soll mir das durchaus recht sein, wunderbar. Aber bevor sie das getan hat, ist sie *meine* Schülerin und untersteht somit *meiner* Verantwortung. Wenn du meinst, dass sie eine Hilfe sein kann, dann schlägst du mir das vor und *ich* entscheide, ob sie dazu fähig ist oder nicht. Es gibt eine Lektion, die du mir immer wieder eingehämmert hast, o du mein Mentor, ob du das nun wolltest oder nicht: Niemand tritt dem eigenen Lehrling auf die Füße außer man selbst ... *niemand!* Wenn du mir diese Lektion eigentlich nicht beibringen wolltest, dann solltest du vielleicht das nächste Mal, wenn du dir einen Lehrling nimmst, ein bisschen vorsichtiger sein, was du selbst ihm für ein Beispiel gibst.«

»Ich verstehe«, murmelte Aahz leise. »Du wächst wohl langsam aus deinen Kinderschuhen, was, Junge?«

»Eigentlich nicht. Ich bin mir immer noch schmerzlich bewusst, was ich alles noch *nicht* weiß, vielen Dank! Aber das hier ist mein Auftrag, zumindest ist er in meinem Namen angenommen worden, und ich will mein Bestes geben ... so unzulänglich das auch sein mag. Und bei dieser Aufgabe brauche ich deine Hilfe, Aahz ... ach herrje, ich werde deine Hilfe wahrscheinlich immer brauchen. Du bist mein Lehrer, und ich habe noch eine Menge zu lernen. Aber ich werde auch nicht gleich tot vom Stuhl fallen, wenn ich es nicht tue. Wenn der Preis deiner Hilfe darin besteht, dass ich meinen Auftrag und meine Schülerin an dich abgeben muss, dann vergiss es. Dann muss ich es eben ohne dich versuchen.«

»Die werden dir das Hirn aus dem Schädel klopfen.«

»Kann sein. Ich habe ja nicht gesagt, dass ich auch gewinnen werde, sondern nur, dass ich mein Bestes geben werde. *Du* bist es, der das Beste aus mir herausholt, Aahz. Du zwingst mich zu Sachen, die mir Angst einjagen, aber bisher habe ich mich immer irgendwie durchgewurstelt. Ich brauche deine Hilfe zwar, aber nicht *unbedingt*. Selbst wenn du es mir gegenüber nicht zugeben willst, solltest du es zumindest dir selbst gegenüber zugeben.«

Damit verstummten wir beide.

Was mich betraf, so wusste ich nichts mehr zu sagen. Bisher hatten mich meine Wut und Aahz' Reaktionen angetrieben. Doch plötzlich reagierte mein Mentor nicht mehr. Stattdessen starrte er mich mit ausdruckslosen gelben Augen an und sagte kein einziges Wort.

Es war mehr als nur zermürbend. Wenn Aahz eine Eigenschaft besaß, auf die ich stets hatte zählen können, so war es seine Ausdrucksfähigkeit. Ob es aus Mimik, Gestik, Grunzen oder verbalen Explosionen bestand – stets ließ mein Ausbilder jeden in seiner unmittelbaren Nähe wissen, was er über irgendein Ereignis oder über irgendeine Äußerung dachte oder wie er gefühlsmäßig dazu stand. Im Augenblick jedoch war ich mir nicht sicher, ob er gleich explodieren oder einfach nur auf und davon gehen würde.

Ich begann, erste Reue zu empfinden, weil ich diese Konfrontation herbeigeführt hatte. Doch dann wurde ich hart. Was ich gesagt hatte, war richtig gewesen und musste gesagt werden. Mir kam der Gedanke, dass ich Aahz durch diese Auseinandersetzung möglicherweise verlieren würde. Meine Entschlossenheit geriet ins Wanken. Recht hin, Recht her, ich hätte es besser formulieren können ... sanfter. Ich hätte mir wenigstens einen anderen Zeitpunkt auswählen können und die Sache nicht ausgerechnet dann anzetteln müssen, wenn alle unsere Freunde anwesend waren und zuhörten. Vielleicht ...

Aahz wandte sich abrupt ab und drehte sich zu Tanda und Chumly um.

»*Jetzt* glaube ich euch beiden«, erklärte er. »Das Kind hier hat den Schlamassel auf Klah wohl *wirklich* ganz allein hingebogen, wie?«

»Das haben wir dir doch die ganze Zeit zu sagen versucht, alter Knabe«, blinzelte der Troll. »Dein Lehrling wird erwachsen, und wir haben den Eindruck, dass er in letzter Zeit mehr als fähig dazu ist, allein auf beiden Beinen zu stehen.«

»Ja, das habe ich gemerkt.«

Er musterte mich wieder, und diesmal waren seine Augen keineswegs ausdruckslos. Ich konnte ihren Ausdruck zwar nicht entziffern, aber wenigstens besaßen sie nun einen.

»Kind ... Skeeve«, sagte er. »Wenn ich mich jemals gefragt habe, warum ich mir die Mühe gemacht habe, dich unter meine Fittiche zu nehmen, dann hast du mir jetzt die Antwort darauf gegeben. Danke.«

»Äh ... Danke. Ich meine, bitte. Nein, ich meine ...«

Wie stets mochte ich mich auch diesmal angesichts des Unerwarteten nicht sofort festlegen. An Aahz' Standpauken und Tiraden hatte ich mich schon gewöhnt, aber wie ich *hiermit* umgehen sollte, wusste ich nicht. Zum Glück kam mir nun mein Maskottchen zu Hilfe.

»Gliep?«, fragte es und steckte den Kopf durch die Tür.

»... aber wenn du jemals irgendwas, das ich dich gelehrt habe, diesem Drachen beibringen solltest«, brüllte mein Ausbilder, »dann gehen wir beide für ein paar Runden in den Ring. Haben wir uns verstanden, Lehrling?«

»Ja, Aahz.«

In Wirklichkeit hatte ich ihn nicht verstanden. Aber dies schien mir nicht der richtige Zeitpunkt zu sein, ihn um Aufklärung zu bitten.

»Raus mit dir, Gliep!«, befahl ich. »Geh und spiel mit Butterblume oder so.«

»Gliep!« Der Kopf meines Drachen verschwand ebenso schnell, wie er erschienen war.

»He, sag mal, heißer Junge«, vernahm ich Massha gedehnt. »Ich weiß es ja zu schätzen, dass du für mich einstehst, aber ich bin trotzdem 'n bisschen neugierig, was der Große Grüne da für 'n Plan auf Lager hat.«

»Stimmt!« Ich nickte, froh, mich nicht länger auf dem Schleudersitz zu befinden. »Entschuldigung, Aahz, ich wollte dich nicht unterbrechen. Was hast du für einen Plan?«

»Nun, als Erstes«, erläuterte Aahz und nahm seine gewohnte Position im Mittelpunkt der Aufmerksamkeit wieder ein, »möchte ich Gus eine Frage stellen. Was hat das Syndikat denn bisher unternommen, um hier die Oberhand zu gewinnen?«

»Nach allem, was ich höre«, erwiderte der Wasserspeier, »knöpfen die sich einen Händler nach dem anderen vor und versuchen, ihm eine Art ›Versicherung‹ anzudrehen. Ihr wisst schon, so nach dem Motto: ›Zahl uns soundso viel von deinen Einnahmen, dann passiert deinem Geschäft nichts.‹ Wenn jemand nicht gleich unterschreibt, bieten sie ihm eine kleine Vorstellung, was alles passieren könnte: wenn zum Beispiel ›aus Versehen‹ Ware kaputtgeht oder sich ein paar

Gorillas draußen aufbauen und die Kunden belästigen. Bisher waren sie ziemlich erfolgreich. Täufler lassen sich nicht gerne Geschäfte entgehen.«

»Gut«, grinste mein Ausbilder, wobei er jeden einzelnen seiner zahlreichen spitzen Zähne zeigte. »Dann können wir sie schlagen.«

»Wie denn?«

Wenn ich eins gelernt hatte, so die Kunst, Aahz die richtigen Stichworte im richtigen Moment zu liefern.

»Ganz einfach. Stellt euch doch mal folgende Frage: Wenn ihr ein Täufler wärt und dem Syndikat etwas dafür zahlen würdet, dass es euer Geschäft beschützt, die Sache aber trotzdem schief ginge, was würdet ihr dann tun?«

»Auf diese Frage weiß ich eine Antwort«, meldete sich Massha. »Ich würde entweder besseren Schutz verlangen, lautstark mein Geld zurückfordern oder beides.«

»Das verstehe ich nicht«, warf ich stirnrunzelnd ein. »Was soll denn einem vom Syndikat beschützten Geschäft passieren?«

»Wir«, grinste Aahz.

»Was unser Chefstratege sagen will«, erklärte Chumly, »ist, dass Angriff die beste Verteidigung ist. Nicht gerade fürchterlich originell, aber trotzdem effektiv.«

»Da hast du verdammt Recht, und ob das effektiv ist«, rief mein Mentor. »Anstatt uns gegen das Syndikat zu verteidigen, werden wir hier im Bazar eine Verbrechenswelle auslösen. Dann werden wir mal sehen, wie gut sich das Syndikat gegen *uns* verteidigen kann!«

Kapitel 16

»ES IST IMMER LEICHTER,
ETWAS ZU ZERSTÖREN ALS ETWAS AUFZUBAUEN.«
GENERAL, ARMEE UND EPOCHE NACH BELIEBEN

»He, Guido! Wie geht's?«

Der große Leibwächter wirbelte herum und musterte die Menge, um auszumachen, wer ihn gerufen hatte. Als er mich erblickte, hellte sich seine Miene auf.

»Mister Skeeve!«

»Hätte ja nie gedacht, dass ich dich hier treffe!«, log ich.

Aus Gus' Beschreibung wusste ich, dass Guido und sein Vetter Nunzio zum Bazarkontingent des Syndikats gehörten. Diese »zufällige Begegnung« war das Resultat einer beinahe halbtägigen Recherche, bei der wir auch allerlei Gerüchten nachgegangen waren.

»Was machst du denn hier?«, fragte er vertraulich. »Kaufst wohl ein paar Kleinigkeiten ein, mit denen du den Leuten in Possiltum eins überbraten kannst, wie?«

»Mache nur ein bisschen Urlaub. Diese neue Königin und ich kommen nicht besonders gut miteinander zurecht. Ich dachte mir, dass sich der Staub vielleicht ein bisschen legt, wenn ich für eine Weile verschwinde.«

»Schade. Wenn du beim Einkaufen wärst, hätte ich dir ein paar ›Sonderangebote‹ beschaffen können, wenn du verstehst, was ich meine.«

»Dann haut ihr Jungs hier tatsächlich rein?«, fragte ich bewundernd. »Wie läuft's denn? Irgendwelche Probleme?«

»Nö«, prahlte der Leibwächter und plusterte sich auf. »Du hast Recht gehabt. Diese Täufler sind wirklich Händler wie überall. Man braucht ihnen bloß ein bisschen auf die Füße zu treten, dann sind sie sofort auf deiner Seite.«

»Sag bloß, du erledigst das hier ganz allein! Ich meine, ich weiß ja, dass du gut bist, aber ...«

»Machst du Witze? Ich bin jetzt Manager ... na ja, wenigstens Bandenchef. Nunzio und ich haben jeder ein Dutzend Männer hier, die wir rumscheuchen können, weil wir uns im Bazar so gut auskennen. Nicht schlecht, was?«

»Soll das heißen, dass du diese ganze Operation leitest?«

»Das ist Winkel-kats Aufgabe. Ich und Nunzio, wir erstatten ihm Meldung, aber wir sind es, die den Jungs die Befehle erteilen.«

Ich blickte mich erwartungsvoll um.

»Ist deine Mannschaft hier? Ich würde sie gerne mal kennen lernen.«

»Nö. Diesen Distrikt haben wir schon vor ein paar Tagen durchkämmt. Ich bin gerade unterwegs zu ihnen, um ihnen die Tagesbefehle zu überbringen. Heute knöpfen wir uns den Distrikt mit den Viehgehegen vor.«

»Und Nunzios Truppe?«

»Die befindet sich ungefähr drei Stunden westlich von hier. Weißt du, dieser Bazar hier ist wirklich riesig!«

Ich setzte mein enttäuschtestes Gesicht auf.

»Schade, ich hätte zu gern mal ein paar von den Burschen getroffen, die die *richtige* Arbeit machen.«

»Ich will dir was sagen!«, rief Guido. »Warum kommst du nicht irgendwann mal in Fat's Spaghettipinte? Da hängen wir immer nun. Wenn wir mal nicht da sind, können die dir sagen, wo du uns finden kannst.«

»Das werde ich machen. Na schön, arbeite nicht zu viel ... und sei vorsichtig. Diese Jungs können gemeiner sein, als sie aussehen.«

»Kinderspiel!«, lachte er und ging weiter.

Ich winkte noch immer fröhlich der verschwindenden

Gestalt hinterher, als der Rest meiner eigenen »Bande« sich aus der Menge löste und sich um mich scharte.

»Habt ihr alles mitbekommen?«, fragte ich aus dem Mundwinkel.

»Zwei Trupps, davon einer nicht in dieser Gegend. Winkel-kat überwacht die Sache und sackt folglich auch die Kohle ein«, wiederholte Tanda. »Diese Gegend ist sowohl sauber als auch unter ihrem Schutz.«

»Fat's Spaghettipinte ist ihr Hauptquartier, und dort finden wir auch Winkel-kat«, beendete Chumly ihre Ausführungen. »Noch was?«

»Ja«, grinste Aahz. »Skeeve ist eingeladen, vorbeizuschauen, wann er Lust hat, und wenn er das tut, werden sie ihm auch verraten, welcher Trupp wann in welchem Gebiet arbeitet. Saubere Arbeit.«

»Glück«, gestand ich ohne jede Verlegenheit. »Gut, fangen wir an?«

»Klar«, nickte Aahz. »Genau nach Plan, Tanda und Chumly sind ein Team, Gus, du gehst mit mir. Skeeve und Massha, ihr beginnt hier. Wir bewegen uns alle in verschiedene Richtungen und gehen in unterschiedlichen Rhythmen vor, damit wir kein erkennbares Muster hinterlassen. In Ordnung?«

»Eine Sache noch«, sagte ich. »Achtet auf eure Tarnung. Ich weiß nicht genau, auf welche Entfernung ich den Zauber aufrechterhalten kann. Wenn eure Tarnung anfangen sollte, dünner zu werden, dann ändert die Richtung, damit ihr euch wieder in meiner Nähe befindet.«

»Wir treffen uns im Gelben Halbmond«, schloss Gus. »Und achtet auf Rückendeckung. So viel Erste-Hilfe-Zeug hab ich nämlich nicht auf Lager.«

»Gute Idee«, lobte ich. »Also gut, genug geredet. Verteilen wir uns und bereiten wir dem Syndikat mal ordentliche Kopfschmerzen.«

Die beiden anderen Gruppen waren bereits in der Menge untergetaucht, bevor ich mich überhaupt zu Massha umdrehen konnte.

»Na, hast du etwas entdeckt, wo wir es mal versuchen sollten?«

»Weißt du, langsam klingst du schon wie der Troll.«

Das klang ein wenig abrupter als es sonst Masshas Art war. Ich studierte sie eingehend.

»Hast du irgendwelche Sorgen?«

»Bin wohl bloß ein bisschen nervös«, gestand sie. »Ist dir schon mal aufgefallen, dass dieser Plan einen dicken Pferdefuß hat? Dass wir ihn nur durchführen können, indem wir nicht nur das Syndikat sondern auch den ganzen Bazar gegen uns aufbringen?«

»Ja, das ist mir aufgefallen.«

»Jagt dir das keine Angst ein?«

»Doch, tut es.«

»Hm, und wie gehst du damit um?«

»Indem ich so wenig wie möglich darüber nachdenke«, antwortete ich knapp. »Hör mal, Lehrling, abgesehen davon, dass wir gelegentlich einmal bei Hofe ein paar Tricks vorführen, um die Massen zu unterhalten, ist dieser unser Beruf auch ziemlich gefährlich. Wenn wir erst mal damit anfangen, über alles nachzugrübeln, was in der Zukunft schief gehen könnte, bewegen wir uns irgendwann entweder überhaupt nicht mehr vom Fleck, oder wir stolpern kopfüber in die Gegenwart hinein, weil wir uns nicht auf das konzentrieren, was wir *jetzt* zu tun haben. Ich versuche zwar, mir der möglichen Gefahren einer Situation bewusst zu werden, aber ich mache mir keine Gedanken über irgendwelche Schwierigkeiten, bis sie schließlich eintreten. Das ist zwar eine etwas wackelige Taktik, aber bisher hat sie noch immer funktioniert.«

»Wenn du meinst.« Sie seufzte. »Na schön, dann mach mich mal zurecht, damit wir anfangen können.«

Mit meiner geistigen Kraft veränderte ich ihr Aussehen. Anstelle einer massigen Frau war sie nun ein massiger Mann ... in gewissem Sinne. Ich hatte in letzter Zeit ein wenig mit Farben experimentiert, und so verfärbte ich sie purpurn und gab ihr rötliche Koteletten, die ihre Arme entlang bis zu den Fingerknöcheln hinabwuchsen. Dazu ein paar krallenähnliche Hörner an den Ohrspitzen und eine grobkörnige, ledrige Haut für Gesicht und Hände, und schon hatten wir ein Wesen, mit dem *ich* mich lieber nicht angelegt hätte.

»Interessant«, meinte Massha und schnitt eine Grimasse als sie begutachtete, was sie von sich erkennen konnte. »Hast du das selbst erfunden, oder gibt es etwa irgendeine fiese Dimension, in der ich noch nicht gewesen bin?«

»Das ist meine eigene Kreation«, gab ich zu. »Den Ruf, den du dir hier aufbauen wirst, wünsche ich keiner Dimension, die ich kenne. Sagen wir, du bist ein Wersdas aus Wer.«

»Wer?«

»Genau.«

Sie rollte verzweifelt die Augen.

»Heißer Junge, tu mir einen Gefallen und bring mir bloß Magik bei, ja? Behalt deinen Sinn für Humor für dich. Ich habe schon genug Feinde.«

»Wir brauchen immer noch ein Ziel«, sagte ich ein wenig pikiert.

»Wie wär's denn mit dem dort? Das sieht mir ziemlich zerstörbar aus.«

Ich blickte in die angezeigte Richtung und nickte.

»Gut genug. Zähl bis zwanzig. Wenn sie kein Schutzgeld bezahlt haben, komme ich wieder raus. Wenn ich bis dahin jedoch nicht wieder erschienen bin, sind sie Freiwild. Dann gib dein Schlimmstes.«

»Weißt du«, lächelte sie und rieb sich die Hände, »das könnte direkt Spaß machen.«

»Vergiss bloß nicht, dass *ich* da drin bin, bevor du beschließt, wie dein ›Schlimmstes‹ heute aussehen soll.«

Der Laden, den sie ausgesucht hatte, war ein kleines, dreiwandiges Zelt mit einer gestreiften Spitze. Darin befanden sich Regale, die mit verkorkten Flaschen aller Größen und Farben voll gestopft waren. Als ich eintrat, bemerkte ich, dass jede Flasche etwas anderes enthielt – rauchige Dinger, die herumwaberten, als wären sie lebendig.

»Kann ich Ihnen helfen, mein Herrrr?«, fragte der Besitzer und verzog das Gesicht zu dem, was er sicherlich für ein gewinnendes Lächeln hielt.

»Ich schau mich nur um«, gähnte ich. »Genau genommen will ich mich nur mal von dem Gerede entspannen. Alles und jeder redet nur noch über diesen Haufen Schlägertypen, die Versicherungen verkaufen.«

Die Miene des Täuflers verfinsterte sich, und er spuckte aus dem Eingang hinaus ins Freie.

»Versicherung! Erpressung nenne ich das! Die haben zwei meiner Schätze vernichtet, bevor ich sie aufhalten konnte, um ihre Dienste in Anspruch zu nehmen. Das war ein schwarzer Tag, als die im Bazar aufgetaucht sind.«

»Ja, ja. Glaub mir, das habe ich alles schon mal gehört.«

Nachdem ich also festgestellt hatte, dass dieser Laden tatsächlich unter dem Schutz des Syndikats stand, begann ich, mich den Auslagen zu widmen.

Mit gespielter Gleichgültigkeit nahm ich eine kleine Flasche auf, kaum größer als eine Handbreit, und musterte den Inhalt. Ich sah undeutliche Bewegungen und ein mattes Glitzern.

»Vorsicht!«, warnte der Besitzer. »Wenn man einen Djinn erst einmal freigelassen hat, kann man ihn nur noch beherrschen, indem man ihn beim Namen ruft.«

»Einen Djinn?«

Der Täufler betrachtete mich berechnend. Da ich nicht die Schmutzarbeit zu machen brauchte, war ich nicht getarnt und sah aus wie ... na ja, wie ich eben.

»Ich glaube, in Klah nennt man sie Flaschengeister.«

»Oh. Du hast ja eine ziemlich große Sammlung hier.«

Der Täufler schwoll unter meinem Lob regelrecht an.

»Junger Herrrr, lassen Sie sich nicht von der kleinen Auswahl meines armseligen Geschäfts täuschen. Sie sind äußerst selten. Ich habe höchstpersönlich alle Dimensionen bis an ihren äußersten Rand durchkämmt ... unter großen persönlichen Unkosten, wie ich vielleicht hinzufügen darf ... um diese wenigen Exemplare ausfindig zu machen, die es wert sind ...«

Ich fragte mich gerade, wann Massha wohl endlich einzutreten gedachte. Doch da kam sie schon. Und wie sie kam! Direkt durch eine Zeltwand.

Mit einem beinahe melodischen Ton kippte das Regal an dieser Wand um und ließ seine Flaschen zu Boden poltern. Die freigelassenen Djinns stoben in einer Wolke in die Höhe und strömten durch die offene Zeltseite, wobei sie vor unmenschlichem Jubel kreischten.

Der Täufler war verständlicherweise ziemlich erregt.

»Du Idiot!«, gellte er. »Was machst du da?«

»Ziemlich wacklige Regale«, dröhnte Massha mit dunkler Reibeisenstimme.

»Wacklige Regale?«

»Klar doch. Ich meine, ich hab doch bloß ...«

Sie schubste eines der beiden verbliebenen Regale, das zuvorkommenderweise direkt in das andere kippte.

Diesmal machten sich die Djinns nicht einmal mehr die Mühe, den Ausgang zu benutzen. Sie schossen gen Himmel und nahmen dabei gleich die Zeltspitze mit, während sie der Freiheit entgegenkreischten.

»Meine Ware! Mein Zelt! Wer soll das bezahlen?«

»Das heißt Wersdas, und ich bezahle bestimmt nicht«, konterte Massha. »Ich hab gar kein Geld.«

»Kein Geld?«, keuchte der Besitzer.

»Nein. Ich bin bloß reingekommen, um mich vor dem Regen unterzustellen.«

»Regen? Regen? Aber es regnet doch gar nicht!«

»Nicht?« Mein Lehrling blinzelte. »Na gut, dann: Auf Wiedersehen.«

Damit stapfte sie davon, wobei sie noch ein weiteres Loch in die Zeltwand riss.

Der Täufler versank in den zerschepperten Überresten seiner Ware und legte die Hände vors Gesicht.

»Ich bin ruiniert!«, stöhnte er. »Ruiniert!«

»Entschuldige die Frage«, begann ich. »Aber warum hast du sie denn nicht beim Namen gerufen und wieder eingefangen?«

»Sie beim Namen rufen? Ich kann mir doch nicht den Namen eines jeden Djinns merken, den ich auf Lager habe. Ich muss sie immer erst nachschlagen, wenn ich einen verkaufe.«

»Na ja, dieses Problem hast du ja jetzt nicht mehr.«

Das brachte ihn wieder auf Touren.

»Ruiniert!«, wiederholte er überflüssigerweise. »Was soll ich jetzt nur tun?«

»Ich weiß gar nicht, weshalb du dich so aufregst«, meinte ich. »Hast du nicht gerade erzählt, dass du versichert wärst?«

»Versichert?«

Der Täufler hob langsam den Kopf.

»Aber ja. Du bezahlst doch gerade dafür, dass solche Sachen nicht passieren, nicht wahr? Na, und nun ist es eben doch geschehen. Ich finde, dass, wer immer deinen Laden nun beschützen mag, dir eine Erklärung schuldet, ganz zu schweigen von einigem Geld.«

»Das stimmt!« Nun lächelte der Besitzer wieder. »Eher Letzteres als Ersteres, aber du hast recht!«

Jetzt hatte ich ihn endlich so weit. Nun bedurfte es nur noch des Gnadenstoßes.

»Ich will dir was sagen. Nur damit dir nicht der ganze Tag völlig versaut ist, werde ich den hier nehmen. Nun brauchst du deinen Laden nicht mehr wegen eines einzigen Djinns geöffnet lassen.«

Ich schnippte ihm die kleinste Münze zu, die ich in der Tasche hatte. Seiner Herkunft treu, zog er bereits eine verächtliche Grimasse, als er sie aus der Luft fing.

»Das ist doch nicht dein Ernst«, sagte er. »Das hier? Für einen Djinn? Das deckt doch nicht mal die Kosten für die Flasche!«

»Guter Mann, nun mach aber mal einen Punkt!«, widersprach ich. »Wir sind schließlich beide Männer von Welt ... oder von Dimension. Wir wissen doch beide, dass das ein klarer Profit ist.«

»Ein Profit?« Er runzelte die Stirn.

»Natürlich«, sagte ich und zeigte auf die Glasscherben am Boden. »Da kann doch niemand mehr feststellen, wie viele Flaschen gerade zu Bruch gegangen sind. Ich weiß genau, dass du diese hier einfach auf die Liste der verloren gegangenen Ware setzen und die volle Versicherungssumme einstreichen wirst, *zusätzlich* zu dem Geld, das ich dir gerade gegeben habe. Wenn man's genau nimmt, könntest du wahrscheinlich sogar fünf oder sechs Flaschen mehr auf die Liste setzen, wenn dir nach etwas mehr Geld zumute wäre.«

»Das stimmt«, murmelte der Täufler nachdenklich. »He, vielen Dank! Die Sache könnte sich anscheinend doch noch zum Guten wenden!«

»Keine Ursache«, entgegnete ich achselzuckend und musterte die kleine Flasche in meiner Hand. »Und nun, da wir uns über den Preis einig sind, könntest du vielleicht so freundlich sein, den Namen meines Djinns nachzuschlagen?«

»Das brauche ich nicht. Der da ist noch so neu, dass ich ihn behalten habe. Er heißt Kalvin.«

»Kalvin?«

»He, lach nicht! Das ist der neueste Schrei in Sachen Djinns!«

Kapitel 17

»SELBST DIE BESTEN PLÄNE GEHEN MANCHMAL SCHIEF.«
W. KOJOTE

»Und wie geht's Ihnen sonst, davon abgesehen?«

»Davon abgesehen?«, wiederholte Winkel-kat ungläubig. »Davon abgesehen? Davon abgesehen geht's uns dreckig. Dieses ganze Projekt ist eine einzige Katastrophe.«

»He, das ist aber hart«, sagte ich und bemühte mich um Mitgefühl.

Inzwischen war ich schon fast so etwas wie eine feste Einrichtung von Fat's Spaghettipinte geworden. Jeden Abend kam ich vorbei, um die Fortschritte der Truppe abzuklopfen ... sowohl der fremden als auch meiner.

Es war nett, die Wirksamkeit unserer eigenen Aktivitäten am Gejammer der Gegner ablesen zu können. Es war sogar noch netter, den nächsten Schritt dadurch planen zu können, dass man die Gegenmaßnahmen bereits im Diskussionsstadium erfuhr.

»Ich versteh das immer noch nicht«, protestierte Guido und schlang eine weitere riesige Gabelladung Spaghetti hinunter. »Am Anfang ging alles wunderbar glatt. Nicht die geringsten Schwierigkeiten. Und plötzlich – PENG! trifft die Scheiße auf den Ventilator, wenn ihr wisst, was ich meine?«

»Und ob! Sieht ganz so aus, als wollte uns jemand aus dem Geschäft drängen.«

Das war Vetter Nunzio. Lange hatte ich geglaubt, dass er stumm war. Doch nachdem er sich an meine Gegenwart gewöhnt hatte, taute er ein wenig auf. In Wirklichkeit war Nunzio bloß schüchtern, eine Tatsache, die von seiner quäkenden Piepsstimme noch verstärkt wurde, die nicht eben zu einem Muskelpaket passte.

»Ich hatte Sie ja gewarnt, dass diese Täufler ganz schön fies werden können«, sagte ich, um das Gespräch von der Möglichkeit eines organisierten Widerstands abzulenken. »Und wenn die Händler schon heimtückisch sind, haben die einheimischen Kriminellen logischerweise noch mehr auf der Pfanne. Nicht wahr, Guido?«

»Das stimmt.« Der Schläger nickte heftig, worauf ihm einige Spaghetti aus dem Mund fielen. »Ehrliche Bürger legen wir Kriminelle in jeder Hinsicht aufs Kreuz. He, hab ich euch eigentlich mal die Geschichte erzählt, als Nunzio und ich ...«

»Halt's Maul, Blödmann!«, fauchte Winkel-kat. »Falls es dir noch nicht aufgefallen sein sollte: *Wir* zahlen die Zeche für diese Lokalamateure! *Uns* reißt man finanziell in Stücke, und es ist die Aufgabe eurer Jungs, den Gegner zu erwischen und es ihm heimzuzahlen ... und zwar handfest!«

»Die haben Angst vor uns«, meinte Guido stur. »Wenn wir irgendwo sind, sind sie weg. Wenn wir sie nicht mal aufspüren können, dann *können* sie doch gar, nicht so viel Schaden anrichten.«

»Weißt du, Guido, denken war noch nie deine Stärke«, knurrte Winkel-kat. »Ich will es dir mal ganz langsam und geduldig erklären. Bisher haben wir sechsmal so viel blechen müssen, wie wir eingenommen haben. Wenn du unsere Gehälter und die Spesen noch dazurechnest, dämmert es dir vielleicht, weshalb die Großen Bosse so sauer sind.«

»Aber wir haben doch noch gar nicht so lange abkassiert. Wenn wir unseren Kundenstamm erst mal erweitert haben ...«

»Dann müssen wir genauso viel *mehr* blechen«, beendete

Winkel-kat Guidos Satz grimmig. »Komm mir bloß nicht mit diesem ›Die-Menge-macht's‹ – Quatsch! Entweder trägt sich eine Operation selbst und fährt *von Anfang an* Gewinn ein, oder sie steckt in Schwierigkeiten. Und wir stecken derart tief in Schwierigkeiten, dass wir auch keine Luft bekämen, selbst wenn wir mit dem Scheitel atmen könnten. Um nicht zu sagen, wir stecken bis über beide Ohren in der Scheiße.«

»Vielleicht sollten wir noch ein paar Jungs von zu Hause kommen lassen ...«, fing Nunzio an.

Winkel-kat hieb mit der Handfläche auf den Tisch und schnitt seinem Untergebenen das Wort ab.

»Keine weiteren Ausgabenerhöhungen mehr!«, schrie er. »Ich habe auch so schon genug Ärger, den Großen Bossen unsere Gewinn- und Verlustrechnung unterzujubeln, als dass ich auch noch Lust hätte die Fixkosten zu erhöhen. Wir kriegen nicht nur keine weitere Unterstützung mehr, wir werden auch unsere Ausgaben reduzieren, und zwar meine ich damit *sofort.* Sagt den Jungs ... he, weshalb grinsen Sie denn so?«

Damit war ich gemeint.

»Och, nichts«, antwortete ich mit Unschuldsmiene. »Es ist nur, dass sie sich einen Augenblick angehört haben wie jemand, den ich in Klah kenne ... ein Bursche namens Grimble.«

»J. R. Grimble?« Winkel-kat blinzelte mich an.

Jetzt war es an mir, überrascht zu sein.

»Aber ja doch! Er ist Kanzler und Schatzmeister in Possiltum. Wieso, kennen Sie ihn etwa?«

»Klar. Wir sind zusammen auf die Schule gegangen. Schatzmeister, wie? Nicht schlecht. Wenn ich gewusst hätte, dass er am Hof von Possiltum arbeitet, wäre ich noch ein bisschen geblieben und hätte ›hallo‹ gesagt.«

Irgendwie behagte mir der Gedanke, dass Winkel-kat und

Grimble sich kannten, nicht besonders. Es war zwar nicht sehr wahrscheinlich, dass die beiden sich zusammensetzen und ihre Aufzeichnungen vergleichen würden, und selbst wenn dies geschehen sollte, würde Grimble nicht allzu viel über meine taktische Vorgehensweise wissen. Dennoch war es eine unliebsame Erinnerung daran, dass ich hier ein sehr riskantes Spiel mit sehr gefährlichen Leuten spielte.

»Ich glaube trotzdem noch immer, dass da draußen irgendeine Bande am Werk ist«, knurrte Nunzio. »Da läuft viel zu viel ab für einen Haufen unabhängiger Leute.«

»Zur Hälfte hast du Recht«, berichtigte Winkel-kat ihn. »Da draußen läuft viel zu viel ab, als dass es eine Bande sein könnte. Keiner hat so viele Sachen auf einmal laufen ... nicht einmal wir!«

»Das verstehe ich nicht, Winkel-kat«, sagte ich mit ehrlicher Neugier.

Der Syndikatsmann gönnte mir ein väterliches Lächeln.

»Natürlich. Als Magiker verstehen Sie nicht sehr viel vom organisierten Verbrechen. Ich will's Ihnen erklären. Wenn das Syndikat sich entschließt, irgendwo einzurücken, dann konzentrieren wir uns immer nur auf ein Gebiet auf einmal ... Sie wissen schon, Schutzgelder abkassieren oder Wettbüros und so. Wenn wir unsere Anstrengungen auf eine Sache konzentrieren, erreichen wir damit eine schnellere Sättigung und Marktpräsenz.«

»Das leuchtet mir ein«, nickte ich, weil ich nicht zugeben wollte, dass ich schon wieder kein Wort verstanden hatte.

»Und nun schauen Sie sich mal an, was hier los ist. Wir bekommen alle möglichen Meldungen und Beschwerden: Vandalismus, Ladendiebstahl, bewaffneter Überfall, sogar ein paar Fälle von Brandstiftung. Das ist ein viel zu großes Durcheinander, um die Arbeit einer einzelnen Gruppe zu sein. Wir haben es hier mit einem Haufen Unabhängiger zu tun, und wenn wir an ein paar von denen ein Exempel statuieren können, werden die anderen schon darauf kommen, dass sie anderswo ein leichteres Spiel haben als bei uns.«

In gewissem Sinne war ich froh, das zu hören. Ich schuldete Aahz einen weiteren anerkennenden Schulterschlag. Er war es, der entschieden hatte, dass unsere Anstrengungen zu begrenzt seien. Um unsere »Verbrechenswelle« zu vergrößern, hatte er die zweifelhafte Praktik des »Versicherungsbetrugs« in Tauf eingeführt ... und die Täufler lernten schnell.

Zu geringer Warenumsatz? Selber alles zerschlagen und eine Vandalismusmeldung einreichen! Will keiner den Laden kaufen, nicht einmal bei günstigem Rabatt? Ganz einfach: Laden abfackeln und die volle Summe abkassieren. Noch besser: Soll die Profitspanne ein bisschen nach oben hin korrigiert werden? Ein paar Lieferscheine und Rechnungen türken und »gestohlene Ware« anmelden. Alles Profit, null Verlust.

Die Täufler waren entzückt. Auf diese Weise konnten sie gleichzeitig Geld scheffeln und dem Syndikat auf die Füße treten. Kein Wunder, dass Winkel-kats Tisch schon bald unter wahren Bergen von Protestbriefen und Schadensmeldungen fast zusammenbrach.

Es war phantastisch ... bis auf diese Geschichte mit dem Exempel, das sie an jedem statuieren wollten, den sie in die Finger bekamen. Ich nahm mir vor, die Gruppe zu warnen, noch mehr Vorsicht walten zu lassen.

»Wenn es keine Bande ist und sie nicht gegen uns arbeiten«, brummte Nunzio missmutig, »warum passiert dann alles nur in *unseren* Abschnitten? Mein Papi hat mich gelehrt, Zufällen zu misstrauen. Er ist an einem gestorben.«

»Woher willst du wissen, dass es nur in unseren Abschnitten passiert?«, konterte Winkel-kat. »Vielleicht haben wir uns einfach nur einen schlechten Teil des Bazars ausgesucht, um anzufangen. Vielleicht ist der ganze Bazar ein mieses

Gebiet. Vielleicht hätten wir misstrauisch werden sollen, als Skeeve hier uns sagte, dass es keine Polizei, gibt. Wenn sich so viel Geld ohne Polizeischutz im Umlauf befindet, muss es ja einfach Kriminelle anlocken.«

»Und was sollen wir tun?«, knurrte Guido, nahm seine Serviette aus dem Kragen und warf sie auf den Tisch. »Meine Jungs können schließlich nicht an zwei Stellen zugleich sein. Wir können nicht gleichzeitig unsere jetzigen Kunden bewachen *und* auch noch neue Abschlüsse tätigen.«

»Das stimmt«, musste Winkel-kat zugeben. »Deshalb machen wir auch Folgendes. Erstens, teilen wir die Mannschaften auf. Zwei Drittel der Jungs patrouillieren durch die Gebiete, die unter unserem Schutz stehen. Die anderen suchen nach neuen Kunden, *aber* – wir nehmen nicht einfach jeden! Wir stellen Nachforschungen an und erkundigen uns. Wir erkundigen uns, wie viel Ärger es in einem neuen Abschnitt oder in einem neuen Laden schon gibt, *bevor* wir jemanden als Kunden akzeptieren. Dann wissen wir, wer ein großes Risiko darstellt, und wenn wir ihn trotzdem annehmen, muss er eben doppelt so hohe Prämien zahlen. *Capito?«*

Beide, Guido und Nunzio, dachten nach, und es war offensichtlich, dass es ihnen schwer fiel.

»Ich weiß nicht«, quiekte Nunzio schließlich. »Irgendwie klingt der Plan ziemlich komisch.«

»Verbrechen rentiert sich nicht – sofern der Staat es in die Hand nimmt«, murmelte ich hilfreich.

»Was war das?«, bellte Winkel-kat.

»Och, nur etwas, was mein Lehrer mir mal gesagt hat.« Ich zuckte mit den Schultern.

»He, Skeeve hat Recht!«, rief Guido.

»Du willst damit sagen, dass wir Polizisten und Versicherungsgutachter werden sollen.«

»Na ja, ich würde es zwar nicht ganz so ausdrücken ...«

»Nix ›na ja‹. Das läuft nicht!«

»Warum nicht?«

»Komm, Winkel-kat! Wir sind doch die Bösen! Verbrecher, weißt du noch? Wie sieht denn das aus, wenn sich das im Syndikat rumspricht, dass wir plötzlich zu Polizisten geworden sind?«

»Die werden meinen, dass wir wertvolle Angestellte sind, die hart arbeiten, um ihre Investitionen zu beschützen.«

»Ach ja?« Guido furchte zweifelnd die Stirn.

»Außerdem ist es ja nur für eine Weile«, beruhigte ihn Winkel-kat. »Und nicht nur das, die ganze Aktion ist sowieso nur eine Tarnung für das, was wir *in Wirklichkeit* tun werden.«

»Was denn?«, fragte ich geradeheraus.

Winkel-kat warf einen schnellen Blick durchs Restaurant, dann beugte er sich vor und senkte die Stimme.

»Na ja, eigentlich wollte ich nichts verraten, aber wissen Sie noch, dass ich Ihnen erklärt habe, dass das Syndikat sich immer auf ein Gebiet allein spezialisiert? Ich glaube, wir haben uns hier in Tauf einfach nur das falsche Arbeitsfeld ausgesucht. Vielleicht hätten wir es nicht mit dem Schutzgeldgeschäft versuchen sollen.«

»Sie wollen also die Gebiete wechseln?«, fragte ich drängend.

»Genau.« Winkel-kat lächelte. »Wir lassen die Schutzgeldsache eine Weile auf Sparflamme laufen und knöpfen uns in der Zwischenzeit mal die Buchmacher vor.«

»Na, das klingt schon besser!«, krähte Guido. »Im Wettgeschäft lässt sich immer Geld scheffeln.«

»Nicht so laut, du Idiot! Das soll ein Geheimnis bleiben!«

»Wer soll uns denn schon hören?«, protestierte Guido.

»Wie wär's denn mit denen da?«

Winkel-kat zeigte mit dem Daumen auf einen Tisch, an

dem gewaltige Wesen saßen und sich abwechselnd voll stopften und lauthals lachten.

»Die da? Das sind die Hutt Brüder. Die kommen etwa einmal die Woche hierher. Die sind viel zu sehr mit ihren eigenen Spielen beschäftigt, um sich für uns zu interessieren.«

»Mit ihren eigenen Spielen? Sind das etwa Spieler?«

»Nee ... na ja, Darwin vielleicht. Der ist der Anführer der Meute. Aber der setzt nur auf Geschäfte.«

»Welcher ist es?«

»Der dünnste. Ich hab gehört, dass seine Verlobte ihn auf Diät gesetzt hat. Das macht ihn zwar gemein, aber für uns ist er keine Gefahr.«

Winkel-kat wandte sich wieder unserem Tisch zu.

»Na ja, redet trotzdem nicht so laut. Wie ist das, Skeeve? Das Glücksspiel, meine ich. Sie sind doch schon früher mal im Bazar gewesen. Kennen Sie irgendwelche Buchmacher, die wir uns krallen können?«

»Hm, der Einzige, den ich kenne, ist der Giek«, sagte ich. »Der ist 'ne ziemlich große Nummer. Aber wenn ihr den ausnehmen wollt, dann sagt ihm bitte nicht, dass ich es war, der ihn euch empfohlen hat.«

Winkel-kat gönnte mir ein Augenzwinkern.

»Das geht schon klar. Aber wenn wir was bei ihm absahnen, kriegen Sie auch einen Anteil. Sie wissen schon, eine Art Finderlohn. Wir vergessen unsere Freunde nicht.«

»Danke schön«, quälte ich mir heraus und fühlte mich dabei ziemlich schuldig. »Na, ich mach mich mal wieder auf den Weg. Komm, Gliep.«

»Gliep!«, wiederholte mein Drache und hob beim Klang seines Namens den Kopf aus einer Badewanne voll Spaghetti.

Fats hatte sich auf Anhieb in mein Maskottchen verliebt, was, wie ich argwöhnte, auf Glieps neu entwickeltem Fassungsvermögen für das madenähnliche Zeug beruhte, das nur spärlich von blutroter Sauce verdeckt wurde und mit dem die Pinte ihren Hauptumsatz machte.

Ich hatte mich nie zu dem Wagnis durchringen können, Spaghetti zu probieren, aber mein Drache liebte sie. Da ich von einigen sehr zweifelhaften kulinarischen Leckerbissen (lebenden wie toten) wusste, welche zu Glieps Vorlieben zählten, war sein Appetit kein sonderlich großer Anreiz, meinen Nahrungshorizont um dieses Gericht zu erweitern. Aber wenn ich Gliep mitbrachte, war ich bei Fats immer willkommen, auch wenn mein Drache langsam ein Watscheln an den Tag legte, das an den Besitzer des Etablissements erinnerte.

»Sagen Sie mal, Skeeve, wo lassen Sie Ihren Drachen eigentlich tagsüber?«

Ich warf einen Blick über die Schulter und entdeckte Winkel-kat, der mein Haustier mit zusammengekniffenen, nachdenklichen Augen studierte.

»Meistens nehme ich ihn mit, aber manchmal lasse ich ihn auch bei einem Drachensitter. Warum?«

»Mir fällt gerade so eine ›Schadensmeldung‹ ein, die wir neulich bezahlen mussten ... bezahlen mussten? Verdammt, wir löhnen immer noch dafür! Na ja, jedenfalls ist da so ein Bursche, der Drachen verkauft, nur dass er nun schon seit über einer Woche keinen mehr losgeworden ist. Meistens verkauft er um die drei Stück am Tag. Jetzt sagt er, dass er uns schließlich dafür bezahlt hätte, damit seinem Geschäft nichts zustößt, und meint, dass wir für seine Umsatzeinbußen aufkommen müssten ... und weißt du, die Dinger sind wirklich fürchterlich *teuer!*«

»Ich weiß«, stimmte ich ihm zu. »Aber was hat das mit Gliep zu tun?«

»Wahrscheinlich gar nichts. Es ist nur, dass dieser Typ Stein und Bein schwört, dass kurz bevor alles schief lief, irgend so ein kleiner Drache bei ihm vorbeikam und mit seinen Drachen gesprochen hat. Und jetzt weigern sie sich, zu brüllen oder Feuer zu speien oder sonst was. Das Einzige, was sie noch tun, ist schlafen und rumbalgen ... und wer will schon einen Drachen kaufen, der bloß rumbalgt, frage ich dich?«

»Mit seinen Drachen gesprochen?«, fragte ich beunruhigt.

Aus irgendeinem Grund hatte ich plötzlich das Bild vor Augen, wie Gliep sich mit Big Julies Drachen angelegt hatte, einem Tier, das ihn wie einen Winzling erscheinen ließ – und wie er gewonnen hatte.

»Na ja ... die haben nicht so richtig miteinander gesprochen, sie haben sich mehr zusammengedrängt und einander murmelnde, schwatzende Geräusche zugeworfen. Der Drache hat den Kerl nicht rangelassen, bis alles vorüber war. Das Einzige, worin er sich ganz sicher war, das war, dass dieser kleine Drache, der ihm, wie er meint, das Geschäft versaut hat, irgendwas wie ›Piep‹ oder so gesagt hat, und zwar mehrmals.«

»Piep?«, fragte ich.

»Gliep!«, antwortete mein Drache.

Winkel-kat starrte ihn erneut an.

»Ach, komm, Winkel-kat!«, sagte Guido und verpasste seinem Vorgesetzten einen herzhaften Schlag. »Sprechende Drachen? Da hat dir wohl jemand einen Bären aufgebunden. Klingt mir eher danach, als hätte er sich eine Lieferung schlechter Drachenware andrehen lassen und wollte sich jetzt an uns schadlos halten. Sag ihm, er soll die Fliege machen.«

»So einfach ist das nicht«, grollte Winkel-kat, »aber du hast wahrscheinlich Recht. Ich meine, Drachen sehen alle ziemlich gleich aus.«

»Das stimmt allerdings«, rief ich und hastete dem nächstgelegenen Ausgang entgegen. »Komm schon, Piep ... ich meine, Gliep!«

Vielleicht hatte ich Winkel-kats Argwohn ja eingelullt, aber ich selbst hatte noch einen eigenen Vorrat davon, als wir zum Gelben Halbmond zurückkehrten.

»Pack aus, Gliep! Hast du irgendwas getan, um jemandem das Drachengeschäft zu vermiesen?«

»Gliep?«, wiederholte mein Maskottchen in genau dem gleichen Ton, den ich auch draufhabe, wenn ich versuche, unschuldig zu klingen.

»Aha! Na schön, halt dich von jetzt an da raus. Ich glaube, wir haben die Sache auch so im Griff, ohne dass du uns noch in die Schusslinie gerätst.«

»Gliep.«

Diesmal klang die Antwort schon wesentlich kleinlauter, und ich erkannte, dass er sichtlich zusammensackte.

»Nun schmoll nicht. Ich will nur nicht, dass dir etwas zustößt.«

Plötzlich bemerkte ich, dass die Passanten uns anstarrten. So seltsam der Bazar auch sein mochte, nehme ich doch an, dass sie es nicht gewohnt waren, jemanden die Straße entlanggehen zu sehen, der sich mit einem Drachen zankte.

»Beeilen wir uns«, drängte ich und verfiel in Trab. »Ich weiß zwar nicht, was wir dagegen unternehmen können, dass sich das Syndikat jetzt auf die Buchmacher stürzt, aber ich bin sicher, dass Aahz sich schon was ausdenken wird.«

Kapitel 18

»Das Leben kann profitabel sein,
sofern man die Gewinnchancen kennt.«
Dr. J. Holliday

Das Sportstadion, in dem wir uns befanden, war deutlich kleiner als jenes in Jahk, wo wir am Großen Spiel teilgenommen hatten, aber nicht minder laut.

Mag sein, dass die Akustik auch dadurch beeinflusst wurde, dass es sich um ein Hallen- und kein Freistadion handelte, doch selbst in den nur halb gefüllten Rängen herrschte ein derartiges Getöse, dass ich kaum meine eigenen Gedanken hören konnte.

Und dann war da noch der Geruch. Dieselben Wände, die die Akustik verstärkten, taten ihrerseits nicht das Geringste zur Verbesserung der Belüftung. Selbst die wenigen tausend Wesen aus allen möglichen Dimensionen, die hier auf engstem Raum zusammengepfercht waren, gaben derartige Körperausdünstungen von sich, dass sich mir der Magen umzudrehen drohte ... vielleicht lag es aber auch nur an meinen Nerven.

»Kannst du mir die Quoten noch mal erklären?«

»Nicht jetzt«, fauchte der Giek, der nervös an seinem Programm herumzupfte.

»Ich bin zu sehr damit beschäftigt, mir Sorgen zu machen.«

»Ich werd's mal versuchen, heißer Knabe«, erbot sich Massha an meiner anderen Seite. »Vielleicht kann ich es mit weniger Fachvokabular ausdrücken als unser Freund hier.«

»Das wäre mir sehr lieb«, gab ich zu.

Diese Äußerung trug mir einen finsteren Blick des Gieks ein, doch Massha war bereits in Schwung.

»Zunächst mal musst du dir darüber im Klaren sein, dass Buchmacher meistens nicht mit ihrem eigenen Geld wetten. Sie fungieren als Agenten oder Zwischenhändler für Leute, die bei derselben Veranstaltung auf verschiedene Seiten setzen. Im Idealfall gleichen sich die Einsätze der beiden Seiten aus, so dass der Buchmacher kein eigenes Geld im Spiel zu haben braucht.«

»Woran verdient er denn dann?«

»Manchmal verlangt er einen Anteil, manchmal ... aber das ist ein anderes Thema. Wir wollten ja über Quoten sprechen, nicht wahr?«

»Schätze, schon«, erwiderte ich achselzuckend.

»Nun habe ich gerade den Idealfall geschildert. Dabei geht man davon aus, dass beide Mannschaften oder Kämpfer, oder wer auch immer, gleich stark sind. Dann setzen manche Leute auf die eine Seite und manche auf die andere, im Endeffekt gleicht sich aber alles wieder aus. Das ist ein Gleichstand oder ein 1:1.«

Sie verlagerte ihr Körpergewicht ein wenig und ignorierte die zornigen Blicke der übrigen Zuschauer, als die gesamte Sitzreihe dadurch ins Wanken geriet.

»Aber angenommen, es wäre anders. Was, wenn wir es nicht mit einem ausgeglichenen Kampf zu tun haben, wenn eine Seite einen Vorteil hat ... sagen wir, wenn Badaxe gegen König Rodrick kämpfen würde?«

»Das ist doch einfach«, lächelte ich. »Dann würde niemand auf den König setzen.«

»Genau«, nickte Massha.

»Dann würde alles nur auf eine Seite setzen, und die Buchmacher müssten alle Wetten mit ihrem eigenen Geld ausgleichen ... Wetten, bei denen sie sehr wahrscheinlich verlieren würden.«

»Dann nehmen sie eben keine Wetten an.«

»Falsch. Sie manipulieren die Sache so, dass doch noch Leute auf den König setzen.«

Ich sah sie mit hochgezogener Augenbraue an.

»Das könnten sie ja gern versuchen, aber ich würde mein Geld bestimmt nicht so leicht wegwerfen. Ich würde trotzdem auf Badaxe setzen.«

»So?« Massha lächelte. »Was wäre denn, wenn du, um auf Badaxe ein Goldstück zu gewinnen, nicht nur eins, sondern zehn setzen müsstest?«

»Hm ...«

»Ich will's ein wenig komplizierter machen. Was wäre denn, wenn du für ein Goldstück, das du auf den König setzt, im Falle seines Sieges nicht nur ein Goldstück zurückgewinnen würdest, sondern hundert?«

»Ich ... hm ... dann würde ich es vielleicht doch mit dem König riskieren«, entgegnete ich zögernd. »Es gibt ja immerhin die Möglichkeit, dass er doch noch Glück hat. Und wenn ich dann verliere, bin ich bloß um ein Goldstück ärmer.«

»... und auf *diese* Weise benutzen die Buchmacher die Quoten, um sich selbst abzusichern. Wie sie allerdings ausrechnen, wie viele Einsätze sie auf den König zur Quote X benötigen, um die Wetten, die sie auf Badaxe zur Quote Y anbieten, abzudecken, das ist mir auch schleierhaft.«

Ich musterte den Täufler neben mir mit neu erwachten Respekt.

»He, Giek! Ich wusste gar nicht, wie kompliziert dein Beruf ist!«

Der Täufler taute ein wenig auf. Im Grunde sind sie genauso anfällig für Schmeichelei wie alle anderen auch.

»Genau genommen ist es sogar noch viel komplizierter«, gestand er voller Bescheidenheit. »Man muss nämlich immer mehrere Wettkämpfe auf einmal im Auge behalten und die langfristigen Einsätze einer Veranstaltung dazu verwenden, um die kurzfristigen einer anderen auszubezahlen. Und dann sind da noch die Nebenwetten, zum Beispiel, wer in welchem Spielabschnitt beim Großen Spiel wie viele Punkte machen wird. Es ist nicht einfach, aber wenn man auf Zack ist, kann man davon leben.«

»Und wie stehen die Chancen heute Abend?«

Der Täufler schnitt eine Grimasse.

»Lausig. Das ist so einer von diesen Badaxe-gegen-den-König-Kämpfe, wenn ich euer Beispiel richtig mitbekommen habe. In diesem Fall entspricht die Mannschaft mit den roten Hosen Badaxe. Die sind noch ein paar Nummern heißer als ein Zehn-Dollar-Laser und haben die letzten fünfzehn Spiele gewonnen. Die schwachen Schwestern ... in eurem Beispiel der König ... tragen weiße Hosen und haben schon seit zwei Jahren kein einziges Spiel mehr gewonnen. Als das Syndikat seine Einsätze gemacht hat, standen die Chancen ungefähr zweihundert zu eins gegen die Weißen.«

Ich stieß einen leisen Pfiff aus.

»Oho! Zweihundert Goldstücke für den Einsatz von einem! Hast du auch daran gedacht, Überraschung zu heucheln, als sie ihr Geld bei dir eingezahlt haben?«

»Die brauchte ich gar nicht erst zu heucheln«, meinte der Giek mit zusammengepressten Lippen. »Nicht bei der Summe, mit der sie aufgekreuzt sind. Da ich ja vorgewarnt war, habe ich zwar damit gerechnet, dass sie sich nicht mit Kleckerkram abgeben würden, aber trotzdem ...«

Er schüttelte den Kopf und verfiel in Schweigen.

Eigentlich hatte ich nicht besonders gründlich über die Bedeutung der Quoten nachgedacht, doch das holte ich jetzt nach. Wenn man für den Einsatz eines Goldstücks zweihundert zurückbekam, dann würde eine Wette von tausend zweihunderttausend einbringen! Und zehntausend würden ...

»Wie hoch war denn ihr Einsatz?«, fragte ich besorgt.

»So groß, dass ich, wenn ich verlieren sollte, den Rest meines Lebens für das Syndikat werde arbeiten müssen, um es abzubezahlen ... und Täuflerleben sind nicht gerade kurz ...«

»Einen Augenblick mal! Hat Aahz dir denn nicht gesagt, dass wir dich für einen eventuellen Verlust aus unserer Spesenkasse entschädigen werden?«

»Doch, das hat er«, sagte der Täufler. »Und er hat mich auch darauf hingewiesen, dass ihr, wenn ihr schon meine Verluste deckt, dafür auch sämtliche Gewinne einstreicht, wenn alles laufen sollte, wie geplant. Da habe ich mich lieber dazu entschlossen, das Risiko allein zu tragen und auch die Gewinne selbst einzusacken.«

Massha beugte sich vor und starrte ihn erstaunt an.

»Bist du so zuversichtlich oder nur so habgierig?«

»Eher Letzteres«, gestand der Giek.

»Und außerdem habe ich mir ziemlich die Finger verbrannt, als ich beim Großen Spiel gegen Skeeve gesetzt habe. Ich schätze, es ist nur vernünftig, wenn man wenigstens einmal auf den Spieler setzt, der gerade eine Glückssträhne zu haben scheint.«

Ich schüttelte verwundert den Kopf.

»Hast du denn keine Angst, zu verlieren?«

»Na ja, ich habe mir durchaus überlegt, dass möglicherweise ich es bin und nicht das Syndikat, der hier reingelegt werden soll. Deswegen sitze ich auch neben dir. Wenn sich die Sache als faul herausstellen sollte ...«

»Du bist ein bisschen arg klein, um hier wüste Drohungen auszustoßen, Giek«, warnte ihn Massha.

»... und du bist ein bisschen arg groß, um schnell abzuhauen, falls ich zu dem Schluss gelangen sollte, dass man mich reingelegt hat«, schoss der Täufler zurück.

»Hört auf, ihr beiden!«, befahl ich. »Das ist sowieso eine rein theoretische Debatte. Es wird keine Probleme geben ...

und wenn doch, dann werde ich darüber genauso überrascht sein wie du, Giek.«

»Noch überraschter, will ich hoffen«, warf der Täufler abfällig ein. »Schließlich rechne ich sowieso damit, dass die ganze Sache nach hinten losgeht, weißt du das nicht mehr?«

»Aber Aahz hat mir glaubhaft versichert, dass an der Sache gedreht wurde.«

»Offensichtlich. Sonst würde das Syndikat nicht so hohe Einsätze wagen. Die Frage ist nur, welcher Dreh klappt – ihrer oder eurer?«

In diesem Augenblick geriet die gegenüberliegende Seite der Arena in Bewegung: Das Syndikat war eingetroffen, und zwar mit voller Mannschaft. Winkel-kat war da, von Guido und Nunzio eingerahmt, begleitet von den restlichen Mitgliedern der beiden Trupps, die man zurzeit für den Bazar abgestellt hatte. Wenn man sie so zusammen sah, wie sie sich als Gruppe bewegten, dann gaben sie, im Gegensatz dazu, wenn sie sich allein bei Fats voll stopften, durchaus ein beeindruckendes Bild ab. Offensichtlich teilten auch andere meine Ansicht. Obwohl sie zu spät gekommen waren, machte ihnen niemand die besten Sitzplätze streitig, als sie sich in die erste Reihe drängten. Tatsächlich gab es einen erheblichen Auflauf, als sich zahlreiche Zuschauer von den begehrten Plätzen erhoben und davonstürzten.

Für mich war es immer noch eine derart neue Erfahrung, im Bazar auf Wesen zu treffen, die ich kannte, dass ich aufsprang und ihnen zuwinkte, bevor ich plötzlich begriff, was ich da eigentlich tat.

Dann fiel es mir ein! Wenn sie mich neben dem Giek sitzen sahen und eine große Wette verlieren sollten, dann würden sie möglicherweise zwei und zwei zusammenzählen und fünf erhalten!

Ich hörte auf zu winken und sank wieder auf meinen Platz, doch es war bereits zu spät. Guido hatte meine Aktion bemerkt und stieß Winkel-kat den Ellenbogen in die Rippen, um ihn auf mich aufmerksam zu machen. Unsere Blicke trafen sich, und er nickte zum Gruß, bevor er sich wieder daran machte, die Menge zu mustern.

Verlegen und kleinlaut wandte ich mich dem Giek zu, um mich bei ihm zu entschuldigen – doch der hatte sich in ein Wesen mit bleicher Hautfarbe und haarigen Ohren verwandelt, das nicht die leiseste Ähnlichkeit mehr mit dem Täufler hatte, der vorhin noch neben mir saß!

Beinahe ... *beinahe!*... hätte ich mich umgesehen, um den Giek zu suchen. Doch dann betrieb ich ein bisschen Kopfrechnung und begriff was los war.

Ein Tarnzauber!

Ich hatte mich schon so sehr daran gewöhnt, die Leute mit meinem eigenen Zauber hinters Licht zu führen, dass ich sofort darauf hereinfiel, sobald ein anderer den gleichen Zauber bei sich anwandte.

»Bist noch ziemlich neu in der Intrigenbranche, wie?«, bemerkte er trocken.

Zum Glück blieb es mir erspart, mir darauf eine passende Antwort einfallen zu lassen, denn nun kamen die beiden Mannschaften ins Stadion. In der ganzen Hektik unserer Vorbereitung des Gegenangriffes hatte man mich nicht so recht informiert, worauf das Syndikat eigentlich gesetzt hatte. Ich wusste nur, dass hier zwei Ringermannschaften gegeneinander antraten. Niemand hatte mir verraten, wie die Kämpfer aussehen würden, und so war ich davon ausgegangen, dass das ganze Spektakel in etwa so ablaufen würde, wie ich es von den Veranstaltungen in Klah gewohnt war. Ich hätte es besser wissen müssen.

Die beiden Mannschaften bestanden aus Wesen, die mir kaum bis zur Hüfte reichten. Ich meine, sie waren wirklich *winzig!* Sie sahen aus wie Kinder ... sofern man daran gewöhnt ist, vierarmige Kinder um sich zu haben.

»Was sind das denn für welche?«, fragte ich.

»Das sind die beiden Mannschaften«, erklärte der Giek hilfreich.

»Ich meine, *was* sind das für welche? Wo kommen die her?«

»Ach so. Das sind Tus.«

»Und auf die setzt man? Ich meine, ich hab ja schon von Zwergenringkämpfen gehört, aber das hier ist doch lächerlich!«

»Nun mach's nicht gleich nieder«, beschwichtigte mich der Täufler achselzuckend. »In der Ringerszene sind die ziemlich weit oben. Solche Mannschaften sind übrigens der beliebteste Exportartikel ihrer Dimension. Überall nennt man sie die Schrecklichen Tus. Sie sind wesentlich gefährlicher, als man aufgrund ihrer Größe annehmen sollte.«

»Das ist doch wohl ein Witz, oder?«

»Wenn du wirklich mal eine Schau sehen willst, dann solltest du dir ihren anderen Exportschlager ansehen. Das ist eine Tanztruppe, die immer auf Tournee geht. Sie heißt die Tu Tours.«

Massha legte mir eine schwere Hand auf die Schulter.

»Heißer Fratz, erinnerst du dich noch an unsere Abmachung über meinen Unterricht?«

»Später, Massha. Der Wettkampf fängt gerade an.«

Genau genommen war er schon fast zu Ende. Er war verdammt kurz, wenn Sie diesen Ausdruck entschuldigen möchten.

Der Kämpfer der favorisierten Rothosentruppe schlenderte einfach nach vorne und nahm seinen weißhosigen Rivalen in die Zange. Obwohl die Zange ein bisschen so aussah, als wollte jemand mit einem völlig verhedderten Bindfaden ein Paket zusammenschnüren, machte es bei der

Rothose den Eindruck, als sei es schrecklich einfach. Alle Versuche seines Gegners, sich zu befreien, waren vergebens, und so war der Kampf schnell beendet.

»Na, das wär's«, sagte der Giek. »War mir eine Freude, mit dir Geschäfte zu machen, Skeeve. Schau ruhig mal wieder bei mir rein, wenn du was Gutes weißt.«

»Willst du denn gar nicht die Wetteinsätze kassieren gehen?«

Der Täufler zuckte die Achseln.

»Das hat keine Eile. Außerdem scheinen deine Spielkameraden gerade beschäftigt zu sein.«

Ich folgte seinem Finger mit den Augen und sah, wie Winkel-kat gerade in die Mannschaftskabinen stürmte, dicht gefolgt von Guido und Nunzio. Keiner von ihnen wirkte besonders glücklich, was unter den gegebenen Umständen durchaus verständlich war.

»Hoppla, das ist ja mein Stichwort. Wir treffen uns im Gelben Halbmond wieder, Massha.«

Mit diesen Worten schoss ich davon, um die zornigen Syndikatsleute abzufangen.

Kapitel 19

»Es wird Zeit, dass man diesen Burschen mal beibringt, ihre Vorgesetzten zu respektieren.«

Capt. Queeg,
U. S. S. Caine

Beinahe hätte ich sie verfehlt. Nicht etwa, weil ich so langsam gewesen wäre, oh nein, Es ist nur, dass sie wirklich ziemlich viel Dampf drauf hatten.

»Hallo, Jungs!«, rief ich, als Winkel-kat gerade die Faust hob, um gegen die Kabinentür zu hämmern. »Wollt ihr auch den Siegern gratulieren?«

Drei Augenpaare richteten ihre stechenden Blicke auf mich, als meine »Freunde« sich zu mir umdrehten.

»Gratulieren!«, schnaubte Guido. »Denen werd ich zeigen, was gratulieren heißt!«

»Einen Moment mal«, unterbrach uns Winkel-kat. »Was meinen Sie mit ›auch‹?«

»Na ja, *ich* bin jedenfalls deshalb hier. Ich habe gerade beim Spiel eine hübsch fette Wette gewonnen.«

»Wie fett?«

»Na ja, fett für meine Verhältnisse«, erläuterte ich. »Ich bekomme fünfzig Goldstücke ausgezahlt.«

»Fünfzig«, schnaubte Guido. »Weißt du, wie viel *wir* bei diesem Fiasko verloren haben?«

»Verloren?« Ich legte die Stirn in Falten. »Wusstet ihr denn nicht, dass die Roten die Favoriten waren?«

»Natürlich wussten wir das«, bellte Winkel-kat. »Deshalb wollten wir auch ordentlich absahnen, wenn sie verlieren.«

»Aber wieso haben Sie denn gedacht, dass sie ... Ach so!

War es das, was Sie meinten, als Sie sagten, Sie würden ins Wettgeschäft einsteigen?«

»Genau. Das rote Team sollte eigentlich in der dritten Runde stilvoll abschmieren. Wir haben ihnen genug dafür gezahlt ... mehr als genug sogar!«

Er klang so sehr nach Grimble, dass ich mir eine Spur billigen Hohn nicht verkneifen konnte.

»Dem Ergebnis nach zu urteilen scheint es mir eher, als hätten Sie ihnen doch ein *bisschen* weniger als genug gezahlt.«

»Das ist gar nicht komisch! Anstatt unsere Verluste wieder wettzumachen, müssen wir den Großen Bossen jetzt noch weitere, neue melden.«

»Ach, kommen Sie, Winkel-kat«, lächelte ich. »Was wird das schon kosten, einen Schaukampf zu deichseln?«

»Nicht viel«, gab er zu. »Aber wenn man die Investitionsgelder mitrechnet, die wir gerade verloren haben, dann summiert sich das immerhin auf ...«

»Investitionsgelder?«

»Er meint die Wette«, erklärte Guido.

»Ach so. Na ja, das ist wohl das Risiko, wenn man den Rahm abschöpfen will.«

Ein böses Lächeln huschte über Winkel-kats Gesicht.

»Oh, wir werden schon noch Rahm abschöpfen, keine Bange«, sagte er. »Es wird langsam Zeit, dass die Einheimischen in diesem Bazar begreifen, was es heißt, sich mit dem Syndikat anzulegen.«

Damit nickte er Guido zu, der daraufhin die Kabinentür öffnete.

Alle acht Ringer teilten sich den gleichen Raum, und als wir eintraten, hoben sie erwartungsvoll die Köpfe. Das ist richtig: ich habe »wir« gesagt. Ich schloss mich der Prozession an, und niemand wandte etwas dagegen ein.

»Habt ihr Komiker da draußen nicht etwas vergessen?«,

fragte Winkel-kat zur Begrüßung. »Zum Beispiel, wer eigentlich gewinnen sollte?«

Die verschiedenen Mannschaftsmitglieder sahen sich an. Dann meinte der kleinste des roten Teams achselzuckend:

»Na und? Wir haben es uns eben anders überlegt.«

»Ja«, pflichtete sein Mannschaftskamerad ihm bei. »Wir haben entschieden, dass es schlecht für unser Image wäre, zu verlieren ... vor allem gegen diese Stoppelhopser da.«

Das ließ die weiße Mannschaft aufspringen.

»Stoppelhopser?«, brüllten sie im Chor. »Ihr habt uns doch bloß überrumpelt. Uns hat man gesagt, wir sollten es bis zur dritten Runde gemütlich angehen lassen.«

»Noch ein bisschen gemütlicher, und ihr wärt wahrscheinlich eingeschlafen. Das sollte eigentlich ein Ringkampf werden und kein Tanzturnier.«

Winkel-kat schritt zwischen die beiden Parteien.

»Ihr gebt also alle zu, dass ihr unsere ursprünglichen Anweisungen richtig verstanden habt?«

»He, lass uns in Ruhe, ja? Ihr kriegt euer stinkendes Geld schon zurück, also wozu der ganze Aufruhr?«

»Selbst wenn ihr uns das ganze Geld zurückzahlen würdet«, sagte Winkel-kat sanft, »wäre da immer noch die Sache mit dem Geld, das wir beim Wetten verloren haben. Ich nehme nicht an, dass einer von euch über große Eigenmittel verfügt?«

»Na klar«, lachte einer der Roten. »Wir machen das hier ja auch nur zum Spaß.«

»Dacht ich's mir doch. Guido, Nunzio. Stellt mal fest, wie ihr mit diesen Herren abrechnen könnt. Und lasst euch Zeit dabei. Ich möchte, dass sie es richtig *spüren*, verstanden?«

»Ich weiß ja nicht, Winkel-kat«, maulte Guido. »Die sind so schrecklich klein. Ich glaube nicht, dass wir das allzu sehr in die Länge ziehen können.«

»Na, versucht es eben, so gut ihr könnt. Skeeve? Würden Sie mit mir hinausgehen? Ich glaube nicht, dass Sie das mit ansehen möchten.«

Da hatte er allerdings Recht. Obwohl ich in den letzten Jahren manche Keilerei mitgemacht hatte, hieß das noch lange nicht, dass ich sie auch genossen hatte ... oder dass ich gerne dabei zusah.

Die Tür hatte sich kaum hinter uns geschlossen, als im Innern der Kabine schon dumpfe Aufprall- und Berstgeräusche ertönten. Es tat schon bei bloßem Zuhören weh, aber wenigstens dauerte es nicht lang.

»Ich hatte ihnen doch gesagt, sie sollten sich Zeit lassen«, stutzte Winkel-kat und lauschte stirnrunzelnd in die Stille. »Na ja, wird wohl gut sein ...«

Die Tür ging auf und einer der Ringer der roten Mannschaft erschien.

»Wenn du hier draußen noch irgendwelche weiteren Lektionen herumstehen hast, dann schick sie ruhig rein. Die beiden hier haben uns leider gar nicht viel beigebracht.«

Er schloss die Tür wieder, doch nicht bevor wir einen kurzen Blick auf die beiden bewusstlos am Boden liegenden Leibwächter geworfen hatten. Na ja, Guido zumindest lag am Boden. Nunzio stand irgendwie in der Ecke auf dem Kopf.

»Zähe kleine Burschen«, bemerkte ich gelassen. »Das müssen die vier Arme sein. Meinen Sie, Sie könnten sie irgendwie für das Syndikat einstellen?«

Winkel-kat war sichtlich erschüttert, erholte sich aber rasch.

»Sie wollen also die harte Tour kennen lernen. Schön, das können sie haben von mir aus.«

»Sie wollen doch wohl nicht etwa alleine dort hineingehen, oder?«, fragte ich, ernsthaft besorgt.

Er ließ mir einen vernichtenden Blick zukommen.

»Wohl kaum.«

Dann steckte er die Finger in den Mund und stieß einen lauten Pfiff aus. Zumindest sah es so aus, denn *hören* konnte ich davon kein bisschen.

Bevor ich ihn fragen konnte, was er da tat, kamen mit donnerndem Fußgetrappel zwei Dutzend Syndikatsleute zur Verstärkung herbeigeeilt.

Ein hübscher Trick. Ich schätze, der Pfiff war zu hoch für meine Ohren gewesen, als dass ich ihn hören konnte … oder zu tief.

»Sie haben sich Guido und Nunzio gekauft«, schrie Winkel-kat, bevor die schweren Jungs völlig zum Stillstand gekommen waren. »Zeigt ihnen mal, wer hier das Sagen hat. Mir nach!«

Er riss die Tür auf und stürzte in die Umkleidekabine, die Meute dicht auf den Fersen.

Ich bin mir nicht sicher, ob Winkel-kat jemals selbst an einem Kampf teilgenommen hatte, und schon gar nicht, ob er je eine Gruppe im Kampf geführt hatte. Ganz sicher bin ich mir allerdings, dass er es nie wieder versucht hat.

Die Schmerzensschreie, die aus dem Raum hervordrangen, ließen mich zur Tat schreiten: Ich ging ein Stück den Gang entlang, um etwas abseits vom Getümmel zu warten. Es stellte sich jedoch heraus, dass meine Vorsicht unbegründet war. Die Wand brach nicht auseinander, und weder die Decke noch das Gebäude stürzten ein. Allerdings platzte an einigen Stellen der Putz ab, und einmal rammte jemand ein Loch in die Wand – und zwar mit dem Kopf.

Mir fiel ein, dass die Kampfsportfans draußen in der Arena eigentlich hierher nach unten kommen müssten, wenn sie etwas für ihr Geld sehen wollten. Doch dann kam ich zu dem Schluss, dass es wohl besser sei, wenn dies nicht geschähe. Die Umkleidekabine war so schon voll gepackt genug ... was übrigens auch nicht der schlechteste Grund war, lieber im Gang zu warten.

Schließlich verstummte das Schlachtgetöse, und zurück blieb eine unheilvolle Stille. Ich erinnerte mich daran, dass ich volles Vertrauen in den Ausgang des Handgemenges hatte. Als das Schweigen immer länger dauerte, musste ich mich immer öfter daran erinnern.

Endlich ging die Tür auf, und vier Tus kamen lachend und plaudernd heraus.

»Wirklich lieblich!«, rief ich. »Ihr braucht euch nicht zu beeilen, nein, nein. Ich kann ja auch den ganzen Tag hier draußen um euch zittern.«

Einer der Roten kam auf mich zugerannt, umarmte mich und gab mir einen Kuss.

»Tut mir Leid, Süßer. Wir hatten so viel Spaß, dass wir dich ganz vergessen haben.«

»Äh ... könntet ihr nicht erst mal etwas wegen dieser Tarnung unternehmen, bevor du mich noch mal küsst?«

»Hoppla. Tut mir Leid!«

Der größere Kämpfer der Roten schloss die Augen, und schon waren die Tus verschwunden. An ihrer Stelle standen nun Aahz, Gus, Tanda und Chumly. Aus diesem Grund hatte ich mir auch keine Sorgen gemacht ... jedenfalls nicht sehr.

»Saubere Arbeit, Gus«, sagte ich anerkennend. »Aber ich meine immer noch, dass ich die Tarnung getrost selbst hätte übernehmen können.«

»Hast du schon mal einen Tu gesehen?«, fragte Aahz mich herausfordernd.

»Hm ... nein.«

»Gus aber. Und deshalb hat er auch die Tarnung übernommen. Ende der Diskussion.«

»Ich hatte mal eine Sekretärin namens Äthylia«, erklärte

der Wasserspeier und ignorierte Aahz' Befehl. »Sie war ein großer Fan von Ringkämpfen.«

»Genug!«, beharrte Aahz und hob die Hand. »Ich bin dafür, dass wir jetzt in den Gelben Halbmond gehen, um ein bisschen zu feiern. Ich glaube, für eine Nacht haben wir das Syndikat erst mal ausgeschaltet.

»Oh ja«, grinste Tanda. »Das wird sie lehren, sich nicht mit jemandem anzulegen, der doppelt so groß ist wie sie.«

»Aber du bist doch genauso groß wie sie«, wandte ich stirnrunzelnd ein.

»Ich weiß«, meinte sie augenzwinkernd. »Darum geht es ja gerade.«

»Sag mal, Aahz, bist du dir da ganz sicher?«, unterbrach Chumly. »Ich meine, wir haben sie zwar ordentlich vermöbelt, aber ob sie das bis zum Morgen außer Gefecht setzt?«

»Nur, wenn sie Glück haben«, erwiderte mein Ausbilder grinsend. »Vergiss nicht: Wenn sie erst einmal aufgewacht sind, müssen sie ihren Vorgesetzten Meldung machen.«

»Meinst du, die werden versuchen, ihre Verluste durch eine neue Wette auszugleichen?«, fragte ich.

»Das will ich stark hoffen«, sagte Aahz, und sein Grinsen wurde immer breiter. »Das nächste große Wettereignis ist das Einhornrennen, und das schaffen wir mit links.«

»Meinst du etwa Butterblume? Den kannst du nicht ins Rennen schicken. Er ist doch ein Kriegseinhorn.«

»Ich weiß. Denk mal drüber nach.«

Kapitel 20

»Rechne dir aus, was der Feind wohl als Allerletztes tun würde – und dann rechne damit, dass er genau das tun wird!«
Richelieu

Nach dem letzten missglückten Versuch, die Buchmacher von Tauf in den Schwitzkasten zu nehmen, unternahm das Syndikat erst einmal nichts mehr. Tatsächlich blieb es eine ganze Weile völlig ruhig ... zu ruhig, wie Aahz meinte.

»Das gefällt mir nicht«, erklärte er und starrte aus dem Vorderfenster des Gelben Halbmonds. »Die führen irgendwas im Schilde. Das hab ich in den Knochen.«

»Fats meint, dass sie sich schon fast eine Woche nicht mehr haben blicken lassen«, warf ich ein. »Vielleicht haben sie ja aufgegeben.«

»Ganz bestimmt nicht. Sie müssen es wenigstens noch einmal versuchen, und sei es nur, um ihr Gesicht zu wahren. Und anstatt uns darauf vorzubereiten, sitzen wir hier auf unseren Hintern rum.«

Er hatte Recht: Seit Tagen hatte unsere Truppe fast nichts anderes mehr getan als bei Gus herumgehangen und darauf gewartet, dass irgendeine Information eintraf. Unsere Kundschaftermissionen hatten nichts ergeben, so dass uns kaum etwas anderes übrig blieb, als uns auf das übliche Klatsch- und Tratschsystem des Bazars zu verlassen, das uns vor irgendwelchen Aktivitäten des Syndikats hoffentlich warnen würde.

»Nun sei doch vernünftig, Aahz«, protestierte Chumly. »Ohne Informationen können wir weder Pläne schmieden noch uns irgendwie anders vorbereiten. Du hast selbst gesagt, dass Handeln ohne Information vergebliche Liebesmüh ist, nicht wahr? Weil es die Truppe nervös macht.«

Aahz schritt zu dem hingeflätzten Troll hinüber.

»Nun fang bloß nicht an, mir meine eigenen Zitate um die Ohren zu hauen! Du bist doch derjenige, der ständig alles in Frage stellt, was ich sage. Wenn alle mit mir übereinstimmen, nutzen wir unsere gesamten geistigen Fähigkeiten gar nicht voll aus!«

»Du meinst also, wir sollten Pläne schmieden«, warf ich ein.

»Richtig«, lächelte mein Ausbilder. »Wir können genauso gut jetzt damit anfangen. Wenn wir keine harten Tatsachen zur Verfügung haben, müssen wir uns eben mit Mutmaßungen begnügen. Also, an welchen Punkten ist der Bazar am geeignetsten für ein Eingreifen des Syndikats? Tanda, hast du gesehen, wie ... Tanda?«

Sie riss ihren Blick vom Fenster los und widmete sich dem Gespräch.

»Wie bitte, Aahz? Entschuldige. Ich habe gerade diesen Klahd beobachtet, der ganz in helles Purpur gekleidet die Straße entlangkommt.«

»Purpur?!«

Massha und ich riefen es wie aus einem Munde.

Ich wollte gerade mit ihr um die Wette ans Fenster stürzen, als ich es mir doch noch anders überlegte. Was, wenn ich gewonnen hätte? Ich hatte keine Lust zwischen dem Fenster und ihren Fleischmassen zerquetscht zu werden, wenn sie später eintraf. So ließ ich ihr Zeit, sich ans Fenster zu stellen, um dann hinter ihr herzuschleichen.

»Das ist er tatsächlich«, erklärte ich laut und bestätigte damit meine unausgesprochenen Vermutungen. »Das ist Don Bruce. Nun, jetzt wissen wir, was das Syndikat die ganze Zeit getan hat. Sie haben die schweren Geschütze aufgefahren. Die Frage lautet: Was tut er hier im Bazar? Wenn wir das wissen, können wir auch unseren nächsten Schachzug planen.«

»Die Frage sollte eigentlich lauten, was er hier vorm Gelben Halbmond zu suchen hat«, bemerkte Gus, der neben meinem Ellenbogen stand, trocken. »Und ich glaube auch, dass wir das gleich erfahren werden.«

Tatsächlich kam Don Bruce geradewegs auf das Gebäude zu, von dem aus wir ihn beobachteten. Bei seinem Gang hatte ich etwa eine Minute gebraucht, um sein Ziel auszumachen.

»Na schön, jetzt wissen wir, wer er ist und dass er hierher kommt. Also hören wir gefälligst damit auf, ihn anzustarren wie ein Haufen Touristen.«

Aahz war wieder in seine vertraute Rolle des Anführers geschlüpft. Dennoch bemerkte ich, dass er genauso sehr zögerte, sich vom Fenster loszureißen, wie wir alle.

»Alles hinsetzen und ganz natürlich benehmen. Skeeve, wenn er reinkommt, rede ich mit ihm, ist das klar?«

»Das funktioniert nicht, Aahz«, sagte ich und setzte mich auf einen Stuhl. »Er ist es gewohnt, mit mir direkt zu verhandeln. Wenn wir versuchen, einen Mittelsmann dazwischenzuschalten, wird er misstrauisch werden. Aber setz dich zu mir an den Tisch hier, denn in dieser Sache werde ich deinen Rat brauchen.«

Als Don Bruce die Tür öffnete, saßen wir alle: Aahz und ich an einem Tisch, Massha und Gus sowie Chumly und Tanda jeweils an einem anderen. Mir fiel auf, dass etwa ein Drittel des Raumes freigeblieben war, weil wir uns an nah beieinander stehende Tische gesetzt hatten, was möglicherweise etwas verdächtig wirken konnte. Außerdem bemerkte ich, dass wir uns instinktiv wieder in Zweiergruppen aufgeteilt hatten. Doch beides ließ sich nun nicht mehr ändern, dazu war es bereits zu spät.

»Hallo«, rief Don Bruce, der mich sofort entdeckt hatte.

»Ein Glück, dass ich Sie gefunden habe. Der Bazar ist ja wirklich eine feine Sache, um herumzuschlendern, aber wenn man jemanden oder etwas sucht, ist er die reinste Hölle.«

»Sie haben nach mir gesucht?«

Das war nicht gerade die beste Nachricht des Tages. Trotz seiner affektierten Ausdrucksweise hegte ich einen gesunden Respekt für Don Bruce. Nach dem zu urteilen, was ich bisher so vom Syndikat mitbekommen hatte, war es ein ziemlich wilder Haufen, und ich dachte mir, dass niemand darin ein solch hohe Position einnehmen würde wie Don Bruce, wenn sich unter seiner weichen Schale nicht ein wirklich steinharter Kerl verbarg. Freundliche Begrüßung hin, freundliche Begrüßung her, ich spürte, wie die Krallen der nackten Furcht meinen Magen zu umklammern begannen.

»Das ist richtig. Ich *muss* Sie einfach sprechen, verstehen Sie? Ich dachte allerdings, dass das unter vier Augen geschehen könnte.«

Mit Don Bruce allein zu sein war im Augenblick das Letzte, was ich mir wünschte.

»Das ist schon in Ordnung«, sagte ich schleppend. »Das sind meine Freunde. Jedes Geschäft mit Ihrer ... Organisation betrifft uns alle ... ich meine, kann in ihrer Gegenwart besprochen werden.«

»Oh, na gut.«

Der Syndikatsboss ließ sich in einen Stuhl an meinem Tisch sinken.

»Ich wollte nicht unhöflich sein, und ich möchte Sie auch wirklich alle gerne kennen lernen. Es ist nur, dass wir zunächst ein paar sehr dringende Dinge besprechen müssen.«

»Schießen Sie los«, sagte ich und wünschte mir schon im selben Augenblick, dass ich einen etwas anderen Ausdruck benutzt hätte.

»Nun, Sie wissen ja, dass wir versuchen, uns hier zu etablieren, und Sie wissen auch, dass wir bisher nicht sehr erfolgreich gewesen sind ... nein, streiten Sie es nicht ab. Es stimmt einfach. Winkel-kat hat Sie in seinen Berichten oft erwähnt, deshalb weiß ich auch, wie gut Sie im Bilde sind.«

»Ich habe Winkel-kat in letzter Zeit nicht mehr gesehen, aber ich weiß, dass er sich bei dieser Sache große Mühe gegeben hat.«

»Das stimmt«, meldete sich auch Aahz zu Wort. »Nach allem, was Skeeve hier erzählt hat, ist Winkel-kat ein guter Mann. Wenn er die Sache nicht hinkriegt, dann können Sie genauso gut einpacken und nach Hause gehen.«

»Ein Idiot ist er!«, brüllte Don Bruce, und einen Augenblick lang konnten wir die Stahlfaust im Seidenhandschuh erkennen. »Der Grund, weshalb Sie ihn in letzter Zeit nicht gesehen haben, ist der, dass ich ihn von der Operation abgezogen habe. Er meinte nämlich auch, dass wir aufgeben sollten.«

»Dann geben Sie also nicht auf?«, fragte ich verschreckt.

»Das kann ich nicht. Ach, wenn Sie wüssten, was ich im Rat alles durchgemacht habe! Ich habe dieses Projekt Tauf in den höchsten Tönen angepriesen und davon geschwärmt, was es dem Syndikat alles einbringen könnte. Wenn wir uns jetzt zurückziehen, wäre es dasselbe, als würde ich zugeben, nicht den blassesten Schimmer von unserem Geschäft zu haben. Nein, mein Herr! Nennen Sie es von mir aus Familienehre oder dummen Stolz, wir bleiben jedenfalls hier!«

Mir sank das Herz in die Hosentasche.

»Aber wenn die Operation doch nur Verluste einbringt ...«, begann ich zaghaft, doch er schnitt mir mit einer Geste das Wort ab.

»Das hat sie bisher getan ... aber das wird bald vorbei sein. Sehen Sie, ich habe nämlich rausbekommen, was hier schief gelaufen ist.«

»Das haben Sie? Wie denn? Ich meine, das ist doch Ihr erster Besuch hier, seit das Projekt in Angriff genommen wurde.«

Ich begann ein wenig zu schwitzen. Don Bruce musterte mich mit einem öligen Reptilienlächeln, das mir überhaupt nicht gefiel.

»Ich habe es aus den Berichten herausgelesen«, erklärte er. »Es war so deutlich zu sehen wie die Nase in Ihrem Gesicht. Deshalb weiß ich auch, dass Winkel-kat ein Idiot ist. Das Problem hockte direkt vor seiner Nase, und er hat es nicht erkannt. Das Problem sind Sie.«

Mein Schweiß wurde eiskalt. Aus dem Augenwinkel sah ich, wie Tanda sich mit den Fingern durchs Haar strich und dabei einen ihrer versteckten Giftpfeile hervorholte, während Massha an ihren Ringen zu spielen begann. Chumly und Gus wechselten einen Blick und rückten ein wenig auf ihren Stühlen zurecht. Von unserer gesamten Mannschaft schien sich nur Aahz keinerlei Sorgen zu machen.

»Da müssen Sie sich schon ein bisschen deutlicher ausdrücken, damit wir anderen auch mitkommen«, meinte er gedehnt. »Wieso glauben Sie denn, dass Skeeve hier das Problem sein soll?«

»Gehen wir doch mal die Tatsachen durch«, forderte Don Bruce ihn auf und spreizte die Finger, um die Tatsachen daran abzuzählen.

»Er war die ganze Zeit dabei, als meine Jungs Ärger bekamen.« Er kennt den Bazar besser als meine Jungs; er versteht genug von Magik, um mit Sachen klarzukommen, denen meine Jungs nicht gewachsen sind; und jetzt stelle ich sogar fest, dass er hier einen Haufen Freunde und Kontakte hat.«

»Na und?«, fragte mein Ausbilder leise.

»Na und? Ist das nicht offensichtlich? Das Problem bei der

Operation ist, dass er von Anfang an für uns hätte arbeiten müssen.«

Inzwischen hatte ich mich so weit erholt, dass ich bereit war meine Verteidigung in Angriff zu nehmen.

»Aber nur weil ich ... wie bitte?«

»Genau. Deshalb bin ich hier. Ich weiß ja, dass Sie früher schon gesagt haben, dass Sie nicht ausschließlich für das Syndikat arbeiten wollen. Deshalb will ich Ihnen ein neues Geschäft vorschlagen. Ich will, dass Sie die Operation des Syndikats hier im Bazar leiten ... und dafür bezahle ich auch Spitzen-Dollar-Preise.«

»Wie viel ist das in Gold?«

Aahz hatte sich vorgebeugt.

»Einen Augenblick mal! Moment! Stopp!«, unterbrach ich. »Das kann doch unmöglich Ihr Ernst sein! Ich habe weder die Zeit noch das Know-how, um daraus ein gewinnbringendes Unternehmen zu machen.«

»Es muss auch gar keinen Gewinn bringen«, wandte Don Bruce ein. »Auf null zu kommen wäre schon ganz schön, aber es genügt sogar, wenn wir das Geld bloß etwas weniger schnell verlieren. Alles reicht aus, was den Rat dazu bringt, sich bei unseren Monatstreffen auf etwas anderes zu stürzen. Das könnten Sie bequem in Ihrer Freizeit erledigen.«

Ich wollte etwas sagen, doch Aahz legte mir wie beiläufig eine Hand auf die Schulter. Diese Warnung kannte ich. Wenn ich versuchen sollte, ihn zu unterbrechen oder zu berichtigen, würde sich sein Griff verstärken, bis mir die Knochen krachten.

»Mal sehen, ob ich das richtig verstanden habe«, sagte er und zeigte dabei sämtliche Zähne. »Sie wollen zwar, dass mein Mann hier Ihre Operation leitet, aber es ist Ihnen egal, wenn dabei kein Profit rausspringt?«

»Stimmt.«

»Natürlich müssten Sie angesichts der gegenwärtig etwas wackligen Lage sein Honorar garantieren können.«

Don Bruce schürzte die Lippen.

»Wie viel kostet er?«

»Eine Menge«, vertraute Aahz ihm an. »Aber weniger als die Gesamtkosten für das Personal, das Sie zurzeit hier unterhalten.«

»Okay. Das ist er wert.«

»Aahz ...«, begann ich, doch der Griff auf meiner Schulter wurde kräftiger.

»... *und* es geht Ihnen weniger um den Ruf des Syndikats hier auf Tauf als vielmehr darum, wie der Rat mit Ihnen umspringt, stimmt das?«

»Hm ... ja, man kann es wohl so ausdrücken.«

»... so dass er völlig freie Hand hätte, die Operation so zu leiten, wie er es für richtig hält? Ohne dass ihm irgendwelches Personal aufgezwungen wird? Oder etwaige Handlungsrichtlinien?«

»Nein. Ich müsste ihm wenigstens zwei Leibwächter zuweisen. Jeder, der eine Operation des Syndikats leitet, muss mindestens zwei Jungs aus der Familie dabeihaben, damit ihm nichts passiert.«

Aahz' Gesicht verzog sich zu einer Grimasse.

»Aber er hat doch bereits ...«

»Wie wär's mit Guido und Nunzio?«, brachte ich zwischen zusammengepressten Zähnen hervor.

Sofort löste sich der Griff auf meiner Schulter.

»Diese Verlierertypen?« Don Bruce runzelte die Stirn. »Eigentlich wollte ich mir die beiden nach dieser Katastrophe einmal gründlich vornehmen, aber wenn Sie sie haben wollen, gehören Sie Ihnen.«

»... aber da *Sie* es sind, der auf ihrer Einstellung besteht, geht ihr Sold nicht von unserem Honorar ab. Ist das klar?«, fragte Aahz mit fester Stimme.

Ich lehnte mich zurück und massierte verstohlen meine Schulter, während ich versuchte, die entsetzten Blicke zu ignorieren, die meine Freunde gerade miteinander austauschten. Ich wusste zwar nicht genau, worauf Aahz hinauswollte, aber ich war inzwischen zu besonnen, um mich ihm in den Weg zu stellen, wenn er erst einmal Geld gewittert hatte.

Ich konnte nur die Daumen drücken und hoffen, dass er auch wusste, was er da tat ... ausnahmsweise.

Kapitel 21

»Stayin' alive! Stayin' alive!«
V. Dracula

Die Vertreter der Bazarhändler sahen nicht sehr glücklich aus, aber das tun Täufler ja nie, wenn sie sich von Geld trennen müssen.

»Danke, meine Herren«, strahlte Aahz und rieb sich entzückt die Hände bei dem gewaltigen Haufen Gold, der auf dem Tisch lag.

»Seid ihr auch sicher, dass das Syndikat weg ist?«, fragte der Sprecher und musterte mit bedauerndem Blick das ganze Gold.

»Ganz sicher. Wir haben ihr Schreckensregiment zerschlagen und sie verjagt.«

Der Täufler nickte.

»Gut. Da die Sache nun erledigt wäre, gehen wir jetzt wohl besser.«

»... natürlich«, meint Aahz gähnend, »gibt es keinerlei Garantie, dass sie nicht morgen wieder zurückkommen.«

Das ließ die Delegation wie angewurzelt stehen bleiben.

»Was? Aber ihr habt doch gesagt ...«

»Meine Herren, machen wir uns doch nichts vor. Im Augenblick ist das Einzige, was zwischen dem Syndikat und dem Bazar steht, der Große Skeeve hier, und wenn er erst einmal wieder fortgeht ...«

Die Täufler sahen sich an.

»Du hast wohl nicht zufällig vor, zu bleiben?«, fragte einer von ihnen hoffnungsvoll.

Ich gönnte ihm ein herablassendes Lächeln.

»Das würde ich gerne, aber ihr wisst ja selbst, wie das ist. Die Unkosten sind erheblich, und ich muss eben umherreisen, um meinen Lebensunterhalt zu bestreiten.«

»Aber bei deinem Ruf werden die Klienten doch von alleine zu dir kommen. Was du eigentlich brauchst, ist doch vielmehr ein ständiger Aufenthaltsort, damit man dich auch finden kann.«

»Das stimmt schon«, lächelte Aahz. »Aber um es einmal unverblümt zu sagen: Warum sollten wir euch umsonst geben, wofür andere Dimensionen gerne bezahlen würden? Ich meine, wenn es irgendjemanden gibt, der das versteht, dann doch wohl ihr Täufler.«

»Jetzt kommen wir der Sache schon näher«, seufzte der Hauptsprecher und zog einen Stuhl heran. »Also gut. Wie viel?«

»Wie viel?«, wiederholte Aahz.

»Fang bloß nicht mit so was an!«, fauchte der Täufler. »Eine Unschuldsmiene bei einem Perversen, das sieht ziemlich lächerlich aus. Sag uns lediglich, wie hoch das Pauschalhonorar sein muss, damit der Große Skeeve als fest ansässiger Magiker im Bazar bleibt.«

Aahz zwinkerte mir zu.

»Ich bin sicher, dass ihr seine Honorarforderung für vernünftig halten werdet«, antwortete er. »Na ja, vernünftig, wenn man bedenkt, was ihr als Gegenleistung für euer Geld erhaltet. Natürlich bezieht sich die Summe, an die ich denke, nur darauf, dass er den Bazar zur Heimatbasis seiner Operationen macht. Sollten irgendwelche besonderen Schwierigkeiten auftreten, müssten wir das jeweilige Honorar separat aushandeln.«

»Natürlich«, stimmte der Täufler mit schmerzverzerrtem Gesicht zu.

Ich lehnte mich zurück, um den Lauf der Dinge geduldig

zu verfolgen. Es würde eine Weile dauern, aber ich war sehr zuversichtlich, was das Endergebnis betraf. Ich wusste aber auch, dass, egal, an welche Summe Aahz zuerst gedacht haben mochte, diese sich im selben Augenblick verdoppelt hatte, als der Täufler seinen »Perverser«-Witz gerissen hatte. Als Perfekter reagiert Aahz sehr empfindlich darauf, wie man ihn anredet ... und diesmal würde ich ihm bestimmt nicht widersprechen.

»Das liebe ich!«, krähte Aahz. »Jetzt bekommen wir nicht nur ein festes Gehalt sowohl vom Syndikat als auch von den Täuflern, wir brauchen sogar nicht mal einen Handschlag dafür zu tun! Das ist ja noch besser als die Regelung, die wir in Possiltum hatten.«

»Ein tolles Geschäft, Aahz.«

»Und wie findest du diesen Schuppen hier? Das ist ja wohl etwas ganz anderes als die Bruchbude, die Garkin und du ›Zuhause‹ genannt habt, als wir uns zum ersten Mal begegnet sind.«

Aahz und ich waren damit beschäftigt, unser neues Heim zu begutachten, das uns im Rahmen einer Sonderklausel von den Bazarhändlern zur Verfügung gestellt worden war. Es war riesig, verglichen mit dem königlichen Palast zu Possiltum. Das Interessante daran war, dass es von außen nicht größer aussah als ein ganz normaler Bazarladen.

»Natürlich war es auch ein Geniestreich, einen lebenslangen Rabatt auf sämtliche Bazarwaren herauszuschlagen, auch wenn ich mich jetzt selbst dafür lobe.«

»Ja, Aahz. Ein Geniestreich.«

Mein Ausbilder unterbrach sein Glucksen und die Lobeshymnen auf sich selbst und blickte mich fragend an.

»Ist irgendwas, Skeeve? Du wirkst ein bisschen bedrückt.«

»Ach, eigentlich ist nichts.«

»Komm schon, raus damit!«, drängte er. »Du solltest eigentlich himmelhoch jauchzen, anstatt eine Flappe zu ziehen, als hättest du gerade erfahren, dass dein Drache sich irgendeine tödliche Krankheit zugezogen hat oder so.«

»Na ja, da sind schon ein paar Sachen«, gab ich unwillig zu. »Erstens habe ich ein schlechtes Gefühl bei den Abmachungen, die du da gerade für uns ausgehandelt hast.«

»Also einen Moment mal!«, knurrte mein Mentor. »Wir haben die ganze Sache vorher besprochen, bevor wir mit den Händlern verhandelt haben, und du hast gesagt, dass es dir nichts ausmacht, wenn wir ein bisschen bescheißen.«

»Tut es auch nicht. Im Gegenteil, ich bin sogar froh, dass sowohl das Syndikat als auch die Täufler zur Abwechslung mal mit ihren eigenen Waffen geschlagen wurden.«

»Was ist denn dann daran verkehrt? Ich habe dir doch alles besorgt, was du dir nur wünschen konntest.«

»Genau das ist auch verkehrt daran.«

Mein Ausbilder schüttelte heftig den Kopf, wie um seinen Blick zu klären.

»Ich muss zugeben, dass diesmal *ich* es bin, der *dir* nicht folgen kann. Könntest du das vielleicht mal ganz langsam wiederholen?«

»Komm schon, Aahz! Du weißt genau, wovon ich spreche. Du hast mir zu mehr Geld verholfen, als ich jemals in meinem ganzen Leben ausgeben kann, zu einem schönen Haus ... und nicht etwa irgendwo, nein, sogar im Bazar ... zu regelmäßiger Arbeit, wann immer ich welche haben will ... kurzum, zu allem, was ich nicht nur zum Überleben brauche, sondern um zu Wohlstand zu gelangen. Alles.«

»Na und?«

»Na und? Hast du das vielleicht alles nur getan, damit du wieder weggehen kannst? Ist das der Grund?«

Ich hatte insgeheim gehofft, dass Aahz mich nun auslachen und mir sagen würde, dass ich närrisch sei. Stattdessen wandte er jedoch den Blick ab und schwieg.

»Ich habe daran gedacht«, sagte er schließlich. »In letzter Zeit hast du dich ganz wacker geschlagen, und diese jüngste Abmachung sorgt dafür, wie du schon selbst bemerkt hast, dass du nicht verhungern musst. Die Wahrheit sieht nämlich so aus, dass du mich gar nicht mehr brauchst.«

»Aber Aahz!«

»Fang bloß nicht mit ›aber Aahz‹ an! Ich wiederhole nur, was du mir zu Beginn dieses Abenteuers an den Kopf geworfen hast. Du brauchst mich nicht. Ich habe lange darüber nachgedacht, und ich muss sagen, du hast Recht. Ich dachte, du wolltest immer, dass ich das auch mal selbst ausspreche.«

»Vielleicht habe ich aber nicht gerne Recht«, sagte ich flehend. »Vielleicht habe ich mir ja gewünscht, dass ich dich *doch* viel mehr brauche und dass alles noch viel länger so weiterläuft wie bisher!«

»Das ist der Preis des Erwachsenwerdens, Kind«, seufzte Aahz. »Dann muss man sich der Wirklichkeit stellen, ob es einem nun passt oder nicht. Du hast es getan, und ich meine, es wird Zeit, dass ich es auch tue. Deshalb werde ich auch bleiben.«

»Aber du brauchst doch überhaupt nicht ... was?«

Das Gesicht meines Ausbilders verzog sich zu einem seiner breiten Grinsen.

»In diesem Fall sieht die Wirklichkeit, der ich mich gestellt habe, so aus, dass ich, seit ich dich als Lehrling angenommen habe, mehr Spaß gehabt habe als vorher in Jahrhunderten. Ich weiß ja nicht so recht, was dir als Nächstes widerfahren wird, aber ich möchte es nicht um alles Gold auf Tauf verpassen, dabei zu sein.«

»Das ist ja großartig!«

»... Natürlich kann ich dir immer noch eine Menge beibringen, so wie ich auch von dir noch eine Menge lernen kann.«

»Von mir?«

Ich blinzelte verständnislos.

»Hm, ja. Ich lerne schon eine ganze Weile von dir, Junge. Ich habe mich bisher bloß nicht getraut, es zuzugeben. Du hast eine Art, mit Leuten umzugehen, die dir Respekt einbringt, selbst bei solchen, die dich nicht mögen. Das ist mir nicht immer gelungen. Viele Leute haben Angst vor mir, aber nicht jeder respektiert mich. Deshalb habe ich deine Methoden studiert, und deshalb habe ich auch vor, es weiterhin zu tun.«

»Das ist ja ... hm ... interessant, Aahz. Aber warum erzählst du mir das ausgerechnet jetzt?«

»Weil ich nur unter einer Bedingung hier bleiben werde: dass du aufwachst und die Tatsache akzeptierst, dass du in unserer Beziehung ein gleichwertiger Partner bist. Kein Gefasel mehr über einen Lehrlingsstatus, oder so. Das geht mir zu sehr auf die Nerven.«

»Hm, klar, Aahz ... ich ...«

»Abgemacht?«

»Abgemacht!«

Feierlich reichten wir uns die Hände, und ich erinnerte mich daran, dass er mir diese schlichte Geste damals verweigert hatte, als er mich zum Lehrling nahm. Ein gleichberechtigter Partner!

Juchhe!

»Also, was war die zweite Sache?«

»Hm, wie bitte?«

»Wenn ich mich recht erinnere, hast du gesagt, dass dich ein paar Dinge stören. Was denn noch?«

»Na ja ... dieses Haus.«

»Was ist denn an diesem Haus verkehrt?«, explodierte Aahz, der wieder behände in seine alten Verhaltensmuster geschlüpft war. »Es ist genug Platz da für uns *und* unsere Freunde *und* deine Leibwächter *und* für Butterblume *und* für Gliep und überhaupt für jeden, der hier vorbeikommen sollte.«

»Das ist wahr.«

»Darüber hinaus haben wir es umsonst bekommen. Das war ein gutes Geschäft.«

»Sag das noch mal, Aahz.«

»Ich sagte: Das war ein gutes ... oh!«

»Mit den Täuflern, nicht wahr?«

»Ach, komm schon, Skeeve! Es ist doch bloß ein Haus. Was sollte denn daran faul sein?«

»Um deinen eigenen Ausdruck zu gebrauchen: ›Der Verstand gerät ins Wanken.‹ Ich habe versucht, den Haken herauszufinden, und ich möchte, dass du mich anhörst und überprüfst, ob ich alles richtig und logisch beisammenhabe.«

»Na schön.«

»Also. Täufler sind Experten des Dimensionsreisens. Wenn ich die Sache richtig verstehe, dann bringen sie diese Häuser, die innen größer sind als außen, dadurch zustande, dass sie die Dimensionen ein kleines bisschen verschieben. Das heißt, wenn wir die Dimensionen einmal nummerieren würden und Tauf die Nummer eins bekäme, dann wäre unsere Tür in Dimension eins und der Rest des Hauses in Dimension eins komma vier oder so ähnlich.«

»Hm, *darüber* habe ich wirklich noch nicht nachgedacht«, gestand Aahz. »Die Täufler sind ziemlich mundfaul, was diese Sache angeht. Aber es leuchtet durchaus ein, ja. Es wäre ein ziemlich hartes Spiel, nach außen hin den von Armut gestraften Ladenbesitzer zu mimen, wenn man gleich hinter sich einen solchen Bau hat. Wenn ich daran gedacht hätte, wäre mir auch klar geworden, dass ein Täufler ja auch einen geheimen Ort braucht, um seinen Reichtum zu verstecken.«

»Man hat uns also im Prinzip eine eigene Dimension gegeben«, fuhr ich fort. »Eine unregistrierte Dimension ganz für uns allein. Und das sogar völlig umsonst.«

»Das ist richtig«, nickte Aahz, aber nun hatte seine Stimme einen zweifelnden Unterton.

»Was ich mich nun frage, ist, zu wie vielen dieser abgetrennten Dimensionen die Täufler Zutritt haben und warum ausgerechnet diese hier leer steht. Was gibt es in dieser Dimension?«

»Unser Haus?«, fragte mein Ausbilder probehalber.

»Und was noch?«, drängte ich. »Mir ist aufgefallen, dass es keine Fenster hat. Was liegt hinter unserer Hintertür, dass die Täufler es so bereitwillig herausgerückt haben?«

»Hintertür?«

Ich zog den Wandteppich beiseite, um die Tür zu enthüllen, die mir bei unserem ersten Inspektionsgang aufgefallen war. Sie war aus schwerem Holz und mit seltsamen Symbolen bemalt. Außerdem war sie mit massiven Holzbohlen versperrt, sowie mit mehreren kleineren, aber nicht minder wirkungsvoll aussehenden Schlössern versehen.

»Ich wollte es ja die ganze Zeit erwähnen, aber du hast immer nur gemeint, ich soll die Klappe halten.«

»Das hab ich wirklich, nicht wahr?«

Wir starrten die Tür mehrere Minuten schweigend an.

»Ich will dir was sagen«, meinte Aahz leise. »Heben wir uns die Untersuchung für einen anderen Tag auf ...«

»Einverstanden«, stimmte ich ohne Zögern zu.

»... und bevor wir sie durchgeführt haben, wollen wir sie auch den anderen gegenüber nicht erwähnen ...«

»Ganz in meinem Sinne.«

»... ach, und ... Partner?«

»Ja, Aahz?«

»Wenn jemand an diese Tür klopfen sollte, dann geh nicht dran, bis ich bei dir bin.«

Unsere Blicke trafen sich, und ich ließ den Wandteppich wieder an seinen Platz zurückfallen.

ROBERT ASPRIN

Ein Dämon macht noch keinen Sommer

Kapitel 1

»EINEN GEWISSEN RUF ZU HABEN, IST JA SCHÖN UND GUT – ABER IRGENDWANN WIRD ER ZUR PLAGE!«
D. JUAN

Es ist sündhaft und befriedigend zugleich, etwas zu tun, von dem man ganz genau weiß, dass man es eigentlich nicht darf. In ungefähr diesem Gemütszustand befand ich mich gerade, als ich mich, mein Frühstück unter dem Arm, einem bestimmten unscheinbaren Zelt im Bazar von Tauf näherte ... schuldbewusst, aber selbstzufrieden.

»Entschuldigung, junger Herrrr!«

Ich drehte mich um und erblickte einen alten Täufler, der verzweifelt herumfuchtelnd auf mich zukam. Normalerweise wäre ich einer solchen Begegnung aus dem Weg gegangen, weil Täufler einem nämlich ständig irgendetwas verkaufen wollen, und ich gerade nicht zum Kaufen aufgelegt war, aber da ich keine Eile hatte, beschloss ich, mir anzuhören, was er zu sagen hatte.

»Ich bin froh, dass ich Euch noch rechtzeitig eingeholt habe«, keuchte er. »Für gewöhnlich mische ich mich ja nicht in anderer Leute Dinge ein, aber – wollt Ihr wirklich dort hineingehen?«

»Warum nicht? Ich war gerade dabei ...«

»Wisst Ihr, wer hier wohnt?«

»Na ja, eigentlich dachte ich ...«

»Das ist die Wohnung des Großen Skeeve!«

Irgendetwas an diesem aufdringlichen Kerl irritierte mich. Vielleicht lag es daran, dass er mich nie aussprechen ließ. Jedenfalls beschloss ich, erst mal auf ihn einzugehen.

»Der Große Skeeve?«

»Habt Ihr etwa noch nie von ihm gehört?« Der Täufler wirkte ehrlich schockiert. »Das ist der wohl mächtigste Zauberer im ganzen Bazar!«

Meine Meinung von dem aufdringlichen Kerl schlug einen Salto, aber das Spiel war zu lustig, um jetzt schon damit aufzuhören.

»Ich habe noch nie allzu viel von Zauberern gehalten«, entgegnete ich mit geheuchelter Beiläufigkeit. »Ich musste meistens feststellen, dass ihre Kräfte stark überschätzt wurden.«

Der Alte rollte empört die Augen.

»Das mag ja in der Mehrzahl der Fälle stimmen, aber nicht, was den Großen Skeeve betrifft! Wusstet Ihr, dass er Verkehr mit Dämonen pflegt und sich einen Drachen hält?«

Ich gewährte ihm die Gunst des Lächelns eines Manns von Welt.

»Na und? Tauf ist ein Knotenpunkt der Dimensionen. Dimensionsreisende oder, wie Ihr sie nennt, Dämonen, sind hier doch nichts Besonderes. Als Täufler bestreitet Ihr Euren Lebensunterhalt hauptsächlich aus dem Handel mit Dämonen. Und was den Drachen angeht – nicht weit von hier gibt es einen Stand, der an jeden Drachen verkauft, der sie sich leisten kann.«

»Nein, nein! Ihr versteht mich nicht! Natürlich geben wir uns alle mit Dämonen ab, wenn es ums Geschäft geht. Der Unterschied ist nur der, dass dieser Skeeve sich mit ihnen sogar *anfreundet.* Einer seiner ständigen Hausgäste ist ein Perverser, und ich kenne keinen einzigen Täufler, der so tief gesunken wäre und sich zu so etwas herablassen würde. Und außerdem habe ich gehört, dass er Beziehungen zur Unterwelt hat.«

Das Spiel wurde langsam lästig. Alle Pluspunkte, die der

Täufler durch sein Lob des Großen Skeeve bei mir gesammelt hatte, hatte er mit seinen Bemerkungen über Dämonen gründlich verspielt.

»Nun gut, vielen Dank für Eure Fürsorge«, sagte ich und reichte ihm die Hand. »Ich verspreche Euch, dass ich alles berücksichtigen werde, was Ihr mir da erzählt habt. Wie war noch Euer Name?«

Der Täufler grabschte nach meiner Hand und begann sie heftig zu kneten.

»Ich bin Aliman, stets zu Diensten«, sagte er mit gewinnendem Lächeln. »Wenn Ihr Euch wirklich einmal erkenntlich zeigen wollt, dann behaltet doch bitte meinen Namen im Gedächtnis. Solltet Ihr jemals einen *seriösen* Zauberer benötigen, so habe ich einen Neffen, der sich gerade in diesem Beruf ausgebildet hat. Ich bin sicher, dass wir Euch einen Rabatt einräumen können. Sagt mir nur noch, wie *Ihr* heißt, damit ich ihm Bescheid geben kann, die Augen offen zu halten.«

Ich verstärkte meinen Griff ein wenig und gewährte ihm mein breitestes Lächeln. »Nun, meine Freunde nennen mich Skeeve.«

»Ich werde es ihm ganz gewiss aus ... SKEEVE?«

Die Augen des Täuflers weiteten sich, und seine Gesichtsfarbe wechselte von einem zarten Rosa in Rot über.

»Genau«, sagte ich und hielt seine Hand weiterhin fest. »Oh, und nur dass Ihr's wisst: Dämonen aus Perv heißen Perfekter und nicht Perverse ... und außerdem ist er kein Gast meines Hauses, sondern mein Partner.«

Der Täufler kämpfte inzwischen verzweifelt darum, seine Hand wieder freizubekommen.

»Na, wie viel Kunden habt Ihr schon mit Eurem Gerede, was für ein schrecklicher Bursche ich sei, vor meinem Geschäft verscheucht?«

Der Täufler riss sich los und verschwand in der Menge,

einen unverständlichen Schrei des Entsetzens ausstoßend. Kurz gesagt: Aliman rannte davon. Alles klar?

Ich sah ihm mit einer gewissen hämischen Befriedigung nach. Glauben Sie nicht, dass ich richtig böse gewesen wäre. Wir hatten buchstäblich mehr Geld, als wir im Augenblick überhaupt gebrauchen konnten, so dass ich ihm seine Kunden nicht missgönnte. Aber ich hatte mir nie Gedanken darüber gemacht, wie gewaltig unser Unternehmen von außen betrachtet aussehen musste. Wenn man bedachte, unter welch dubiosen Umständen ich angefangen hatte, konnte man mit Fug und Recht behaupten, dass ich mir in den letzten paar Jahren einen ganz hübschen Ruf geschaffen hatte.

Es war mir ernst damit gewesen, als ich Aliman gesagt hatte, dass ich kein allzu großes Vertrauen in Zauberer setzte. Mein eigener Ruf war, vorsichtig ausgedrückt, stark übertrieben, und wenn man mich schon als mächtigen Magiker hochstilisierte, mussten meine anderen Kollegen mir einfach suspekt vorkommen, und zwar nicht zu knapp. Nachdem ich einige Jahre hinter die Kulissen des Magikgeschäfts geblickt hatte, fragte ich mich mittlerweile, ob es überhaupt *irgendeinen* Magiker gab, der auch nur annähernd so gut war, wie die Leute glaubten.

Ich war so sehr in diese Gedanken vertieft, als ich in unser bescheidenes Zelt trat, dass ich völlig vergaß, dass ich eigentlich hätte hineinschleichen müssen. Doch daran wurde ich beinahe sofort wieder erinnert.

Die Erinnerung hatte die Gestalt eines riesigen Mannes, der sich mir plötzlich in den Weg stellte. »Boss«, sagte er mit einer quäkenden Piepsstimme, die bei einem derart hünenhaften Körperbau immer wieder aufs Neue überraschte, »du solltest wirklich nicht immer allein rausgehen. Wie oft müssen wir dir denn noch sagen ...«

»Ist schon in Ordnung, Nunzio«, sagte ich und versuchte

dabei, an ihm vorbeizuschlüpfen. »Bin nur mal eben rausgehuscht, um Frühstück zu besorgen. Magst du einen Teigkringel?«

Doch Nunzio ließ sich nicht überzeugen und fuhr unbeirrt mit seiner Kritik fort.

»Wie können wir deine Leibwächter sein, wenn du dich ständig bei jeder sich bietenden Gelegenheit hinausschleichst? Weißt du, was Don Bruce mit uns anstellt, wenn dir etwas zustoßen sollte?«

»Ach, komm schon, Nunzio! Du weißt doch, wie das hier im Bazar ist. Wenn die Täufler mich mit einem Leibwächter sehen, dann schießen die Preise sofort atemberaubend in die Höhe. Außerdem mag ich es, ab und zu auch mal ein bisschen allein herumzuschlendern.«

»Die höheren Preise kannst du dir leisten. Was du dir nicht leisten kannst ist, dich zur Zielscheibe für jede Knalltüte zu machen, die den Großen Skeeve umnieten will, um selbst 'ne große Nummer zu werden.«

Ich wollte etwas entgegnen, doch dann fiel mir blitzartig wieder mein Gespräch mit Aliman ein. Nunzio hatte Recht. Einen Ruf zu haben war eine zweischneidige Sache. Wenn irgendjemand die Gerüchte, die im Bazar kursierten, für bare Münze nahm und mir immer noch eins auswischen wollte, dann würde er derart schwere Geschütze auffahren, dass meine Überlebenschance wirklich gleich null war.

»Nunzio«, sagte ich schleppend, »du magst ja wirklich Recht haben, aber mal ganz ehrlich – was könnten du und Guido gegen einen magischen Angriff schon ausrichten?«

»Nicht das Geringste«, erwiderte er ruhig. »Aber höchstwahrscheinlich würden die Angreifer als Erstes versuchen, deine Leibwächter aus dem Weg zu räumen, und das würde dir vielleicht genügend Zeit lassen, abzuhauen oder sie selbst auszuschalten, bevor sie einen zweiten Angriff starten können.«

Er sagte das so leichthin, aber mich erschütterte das doch ganz schön. Mir war nie der Gedanke gekommen, dass Leibwächter Verbrauchsmaterial sind, und mich erstaunte, mit welcher Selbstverständlichkeit sie die Gefahren ihres Berufs akzeptieren.

»Ich werde versuchen, mir das für die Zukunft zu merken«, sagte ich mit einer gewissen Demut. »Darüber hinaus schulde ich dir und Guido wohl eine Entschuldigung. Wo ist Guido überhaupt?«

»Der ist oben und zankt sich gerade mit Seiner Erlaucht«, grinste Nunzio. »Genau genommen wollte ich dich gerade holen, um die Sache aufzuklären, als ich plötzlich feststellte, dass du wieder abgehauen bist.«

»Warum hast du das nicht gleich gesagt?«

»Wozu? Das hat keine Eile. Die werden sich so lange streiten, bis du da bist. Ich hielt es für wichtiger, dich davon zu überzeugen, dass du nicht immer allein ausgehen sollst.«

Ich unterdrückte ein Stöhnen, hatte es aber schon lange aufgegeben, mich mit Nunzio über Prioritäten zu streiten.

»Na schön, danke für den Rat, aber ich gehe jetzt wohl besser mal nach oben, bevor die beiden sich noch gegenseitig umbringen.«

Mit diesen Worten schritt ich über den Hof zu der Prunktreppe, die nach oben zu unseren Büros führte ...

Hof? Prunktreppe?

Was war denn aus dem bescheidenen Zelt geworden, in das ich noch vor einer Minute hineingegangen war? Eine berechtigte Frage.

Nun ... Ich habe doch gesagt, dass ich ein Zauberer bin, nicht wahr? Unser kleiner Stand im Bazar ist von innen größer als von außen. Und zwar wesentlich größer. Ich habe schon in königlichen Palästen gewohnt, die nicht annähernd so groß waren wie unser »bescheidenes Zelt«. Allerdings kann ich den Ruhm für dieses spezielle Wunder leider nicht für mich beanspruchen, außer dass es meine Arbeit gewesen ist, die uns als Lohn unsere gegenwärtige Residenz eingebracht hat. Wir wohnen hier mietfrei auf Kosten der Händlervereinigung von Tauf, als Teil einer Bezahlung für einen kleinen Job, den wir vor einer Weile für sie erledigt haben. So bin ich auch an meine Leibwächter gekommen ... aber das ist eine andere Geschichte.

Händlervereinigung von Tauf?, fragen Sie. Na schön, dann will ich die Sache für die Nichteingeweihten noch einmal kurz durchgehen. Die Dimension, in der ich gegenwärtig lebe, heißt Tauf und ist die Heimat der gerissensten Händler und Geschäftsleute aller bekannten Dimensionen. Vielleicht haben Sie ja schon mal von ihnen gehört. In meiner eigenen Heimatdimension nannte man sie Teufel, aber inzwischen habe ich gelernt, dass die richtige Aussprache »Täufler« ist. Egal, jedenfalls haben mein Partner und ich die Täufler bei ihrem eigenen Spiel geschlagen – will sagen, ihnen beim Feilschen das Fell über die Ohren gezogen, und das Ergebnis ist dieses bombastische Heim. Aber erzählen Sie es bitte nicht weiter, ja? Das könnte ihren Ruf zerstören und mich wiederum eine hübsche Stange Geld kosten. Sie wissen nämlich noch gar nicht, dass sie reingelegt worden sind.

Schön, wo war ich stehen geblieben? Ach ja: auf dem Weg zu den Büros. Normalerweise pflegte ich nach dem Hinausschleichen an den Stallungen eine Pause einzulegen, um mein Frühstück mit Gliep zu teilen, aber angesichts einer solchen Krise beschloss ich, den Annehmlichkeiten der Gesellschaft meines Maskottchens zu entsagen und mich an die Arbeit zu machen. Ja, ja, Gliep. Das ist der Drache, von dem Aliman gesprochen hatte ... aber *diese* Geschichte werde ich jetzt nicht in verkürzter Form wiedergeben. Dazu ist sie einfach zu kompliziert.

Schon lange bevor ich die Büroräume erreicht hatte,

konnte ich ihre Stimmen hören, wie sie ihr »Lieblingslied« sangen. Der Text wurde ab und an verändert, aber die Melodie kannte ich auswendig:

»Inkompetenter Stümper!«

»Wen nennst du da einen unkompletten Stümper?«

»Ich sehe mich berichtigt. Du bist tatsächlich ein *kompletter* Stümper!«

»Pass bloß auf, was du sagst! Auch wenn du der Partner vom Boss bist – noch ein Wort, und ich werde ...«

»Was wirst du? Wenn du zum Hieb ansetzt, verscheucht das keine Fliege von der Wand.«

»Ach jaaa?«

Es schien, als sei ich wirklich in allerletzter Minute gekommen. Ich atmete tief durch und schlenderte gelassen in das Zentrum des Gemetzels.

»Hallo, Jungs.« Ich versuchte so zu tun, als wüsste ich nicht das Geringste von dem, was hier gerade vor sich ging. »Mag einer von euch einen Teigkringel?«

»Nein, ich will keinen Teigkringel!«, erwiderte einer der Streithähne verächtlich. »Ich will bloß etwas brauchbare Unterstützung.«

»... und wenn du gerade dabei bist, könntest du gleich mal dafür sorgen, mir ein bisschen Respekt zu verschaffen!«, konterte der andere.

Letzterer Kommentar kam von Guido, dem älteren meiner beiden Leibwächter. Wenn das überhaupt geht, so ist er noch größer und fieser als sein Vetter Nunzio.

Die erste Bemerkung stammte dagegen von Aahz. Aahz ist mein Partner. Er ist außerdem ein Dämon, ein Perfekter, um genau zu sein, und auch wenn er ein Stückchen kleiner als ich sein mag, ist er mühelos doppelt so fies wie meine beiden Leibwächter zusammen.

Meine Strategie hatte insofern funktioniert, als ich den Ärger der beiden jetzt auf mich umgelenkt hatte. Nun, da ich bemerkte, welch verheerendes Potential jeder von ihnen allein schon besaß – ganz zu schweigen davon, wenn sie ihre Kräfte zusammentaten –, begann ich an meiner Strategie ernsthaft zu zweifeln.

»Wo liegt denn das Problem?«

»Das Problem«, fauchte Aahz, »liegt darin, dass dein Ass von einem Leibwächter uns gerade ein paar Klienten gekostet hat.«

Mir rutschte das Herz in die Hosentasche. Ich habe ja schon erwähnt, dass Aahz und ich mehr Geld haben, als wir überhaupt ausgeben können, aber alte Gewohnheiten sind schwer abzulegen. Wenn es um Geld geht, ist Aahz das geizigste Wesen, dem ich jemals begegnet bin, und das heißt hier, im Bazar von Tauf, schon einiges! Wenn Guido uns tatsächlich einen potentiellen Kunden gekostet haben sollte, würden wir das noch eine ganze Weile zu hören bekommen.

»Immer mit der Ruhe, Partner«, beschwichtigte ich ihn, mehr um Zeit zu schinden als aus irgendeinem anderen Grund. »Ich bin schließlich gerade erst gekommen, verstehst du? Kannst du mir vielleicht mal ein paar Einzelheiten mitteilen?«

Aahz gönnte Guido einen weiteren finsteren Blick.

»Da gibt es nicht sehr viel mitzuteilen«, sagte er. »Ich war gerade beim Frühstück ...«

»Er will sagen, dass er sich gerade wieder einen hinter die Binde gekippt hat«, übersetzte Guido verächtlich.

»... als dieser Matschkopf hier plötzlich rumbrüllt, dass unten am Empfang Klienten warten. Ich rufe runter, dass ich gleich komme und beende schnell meine Mahlzeit.«

»Er hat sie mindestens eine halbe Stunde warten lassen. Man kann doch nicht erwarten, dass Kunden so lange ...«

»Guido, könntest du die Kommentare mal eine Runde lang für dich behalten? Bitte?«, unterbrach ich, bevor Aahz sich auf ihn stürzen konnte. »Ich versuche immer noch, mir wenigstens ein ungefähres Bild davon zu machen, was passiert ist, verstehst du? Gut, Aahz. Was wolltest du sagen?«

Aahz atmete tief durch und setzte seinen Bericht fort.

»Na ja, jedenfalls komme ich unten an, aber weit und breit sind keine Kunden zu sehen. Man sollte doch eigentlich erwarten, dass dein Mann hier dazu in der Lage gewesen wäre, sie ein bisschen aufzuhalten oder wenigstens so vernünftig wäre, nach Verstärkung zu rufen, wenn sie ungeduldig geworden sind.«

»Komm schon, Aahz! Guido ist schließlich Leibwächter und keine Empfangsdame. Wenn irgendwelche Kunden es leid waren, auf dich warten zu müssen und gegangen sind, dann weiß ich nicht, warum du jetzt versuchst, ihm die Sache in die Schuhe zu schieben ...«

»Einen Augenblick mal, Boss. Darum geht es doch gar nicht. Sie sind nämlich nicht weggegangen.«

»Wie war das?«

»Ich habe sie unten im Empfangssaal allein gelassen. Und plötzlich schreit das Großmaul hier Zeter und Mordio, weil ich die Kunden hätte entwischen lassen. Dabei sind sie überhaupt nicht rausgegangen! Wie du schon sagtest, ich bin als Leibwächter hier. Wie ich die Sache sehe, latschen hier jetzt gerade in diesem Moment ein paar Leute zu viel durchs Gelände, und alles, was dieser Penner hier fertig bringt, ist, rumzuschreien, wer daran schuld ist.«

»Ich weiß schon, wer daran schuld ist«, knurrte Aahz. »Es gibt nur zwei Ausgänge aus dem Empfangsraum, und an mir sind sie jedenfalls nicht vorbeigekommen.«

»Na, an *mir* sind sie jedenfalls auch nicht vorbeigeschlüpft!«, konterte Guido.

Plötzlich wurde mir ziemlich flau in der Magengegend. »Aahz«, sagte ich sanft.

»Wenn du dir einbildest, ich wüsste nicht, ob ...«

»AAHZ!«

Mein Schrei ließ ihn abrupt verstummen. Er wandte sich, eine wütende Erwiderung auf den Lippen, zu mir um, da bemerkte er meinen Gesichtsausdruck.

»Was ist, Skeeve? Du siehst aus, als ...«

»Dieser Raum hat mehr als zwei Ausgänge.«

In benommenem Schweigen starrten wir einander einige Augenblicke an, dann jagten wir in Richtung Empfangsraum davon, dicht gefolgt von Guido.

Der Raum, den wir zum Empfang bestimmt hatten, war einer der größten, und er war der einzige große Raum, der vom Haupteingang aus mühelos zugänglich war. Er war derart üppig eingerichtet, dass er selbst jene Besucher noch zu beeindrucken vermochte, die von den Wundern des Bazars völlig verwöhnt waren und hohe Ansprüche an das Heimatbüro eines erfolgreichen Magikers stellten. Die Sache hatte nur einen einzigen Haken, und genau darauf konzentrierten wir uns, als wir in den Raum hineinstürzten.

Die einzige Dekoration, die wir von den vorherigen Bewohnern übernommen hatten, war ein reich verzierter Wandteppich an der Nordwand. Meistens bin ich ja schneller als Aahz, aber diesmal war er als Erster am Ziel und schlug den Vorhang mit einem Arm beiseite, um die dahinter liegende Tür freizulegen.

Unsere schlimmsten Befürchtungen wurden bestätigt: Die Tür war aufgesperrt und stand sperrangelweit offen.

Kapitel 2

»ERFOLG IST OFT EINE FRAGE DES RICHTIGEN PARTNERS.«
S. LAUREL

»Was ist denn das?«, fragte Guido, unser verblüfftes Schweigen ausnutzend.

»Eine Tür«, antwortete ich.

»Eine offene Tür, um genau zu sein«, ergänzte Aahz.

»Das sehe ich selbst!«, brüllte der Leibwächter. »Ich meine, was macht die hier?«

»Also, wenn sie einfach nur so auf der Straße rumstände, würde sie doch wohl ziemlich dämlich aussehen, nicht?«, schoss Aahz zurück.

Guido lief purpurn an. Wie gesagt, die beiden haben ein absolutes Talent, einander zur Weißglut zu bringen.

»Hört mal, ich habe lediglich gefragt...«

»Guido, könntest du mal ein paar Minuten still sein, bis wir entschieden haben, was zu tun ist? Dann werden wir dir alles erklären, das verspreche ich dir.«

Mein Hirn lief Amok bei dem Versuch, das Problem zu durchdenken, und wenn Aahz und Guido einander jetzt weiterhin an die Gurgel gingen, würde das meiner Konzentration nicht eben förderlich sein.

»Ich glaube, Partner«, sagte Aahz nachdenklich, »als Erstes sollten wir die Tür schließen, damit wir nicht... unterbrochen werden, wenn wir versuchen, die Sache zu überdenken.«

Anstelle einer Antwort schob ich vorsichtig einen Zeh vor und schloss die Tür. Aahz rammte hastig zwei der Bolzen in ihre Position, um die Tür zu sichern.

Als das erledigt war, lehnten wir uns dagegen und blickten einander schweigend an.

»Nun? Was meinst du?«, fragte ich schließlich.

»Ich bin dafür, sie zu versiegeln und die ganze Sache zu vergessen.«

»Hältst du das für eine sichere Lösung?«

»Das weiß ich auch nicht so recht. Hab nicht genug Informationen zur Verfügung.«

Wir wandten uns mit nachdenklichen Blicken an Guido.

»Sag mal, Guido, könntest du uns vielleicht etwas mehr über diese Kunden erzählen, die heute Morgen gekommen sind?«

»Nein.« Guido verschränkte die Arme. »Ihr seid es doch, die auf ›Auskunft gegen Auskunft‹ bestehen, nicht? Na, ich sage euch jedenfalls nichts mehr, bis mir nicht irgendeiner was über diese Tür da erzählt hat. Ich meine, ich soll hier deinen Leibwächter spielen, und kein Aas macht sich die Mühe, mir mitzuteilen, dass es hier noch einen weiteren Eingang gibt.«

Aahz bleckte die Zähne und wollte sich auf ihn stürzen, aber ich packte ihn an der Schulter.

»Er hat Recht, Partner. Wenn wir seine Hilfe haben wollen, sind wir ihm auch eine Erklärung schuldig.«

Unsere Blicke hefteten sich eine Weile aneinander, dann wich er achselzuckend zurück.

»Eigentlich ist die Sache ganz einfach, Guido ...«

»Das wäre aber wirklich das erste Mal«, knurrte der Leibwächter.

Mit einem Satz hechtete Aahz durch den Raum und packte Guido am Kragen.

»Eine Erklärung willst du haben? Dann HALT DIE SCHNAUZE UND LASS IHN ERKLÄREN!«

Nun ist Guido wahrhaftig kein Fliegengewicht, und an

Tapferkeit hat es ihm nie gemangelt. Aber wenn Aahz sauer wird, gibt es weit und breit nichts Vergleichbares.

»N – na schön! Tut mir Leid! Mach weiter, Boss, ich höre.«

Aahz löste seinen Griff und kehrte an seinen Platz vor der Tür zurück, wobei er mir verstohlen zuzwinkerte.

»Es ist Folgendes passiert«, begann ich und unterdrückte ein Lächeln. »Aahz und ich haben diese Tür bereits entdeckt, als wir hier eingezogen sind. Sie hat uns nicht besonders gefallen, also haben wir beschlossen, sie in Ruhe zu lassen. Das ist schon alles.«

»Das ist schon alles??!! Eine Hintertür, von der selbst du zugibst, dass sie gefährlich aussieht, und alles, was ihr tut, ist, sie zu ignorieren? Und als wenn das noch nicht schlimm genug wäre, macht ihr euch nicht mal die Mühe, es euren Leibwächtern mitzuteilen? Von allen hirnrissigen, unglaub ...«

Aahz räusperte sich geräuschvoll, worauf Guido seine Beherrschung zurückgewann ... und zwar schleunigst.

»Äähh ... ich meinte eigentlich ... na gut. Ist vorbei und vergessen. Aber jetzt, da die Sache raus ist, könntet ihr mich ja auch ganz aufklären. Was gibt's denn überhaupt hinter dieser Tür da?«

»Das wissen wir nicht«, gestand ich.

»DAS WISST IHR NICHT?«, kreischte Guido.

»Was wir wissen«, unterbrach Aahz ihn hastig, »ist, was *nicht* dahinter liegt. Dahinter liegt nämlich keine Dimension, die wir kennen.«

Guido blinzelte fassungslos und schüttelte schließlich den Kopf. »Das kapiere ich nicht. Könntet ihr mir das noch mal erklären ... ich meine, richtig schön langsam?«

»Ich werd's versuchen«, erbot ich mich. »Schau mal, Guido, über die Dimensionen weißt du ja schon ein wenig Bescheid, nicht? Dass wir hier in der Dimension Tauf leben, in einer völlig anderen Welt als unserer eigenen Heimatdimension Klah, nicht? Na gut, und die Leute hier, die Täufler, sind Meister der Dimensionsreisen, und zwar sind sie so gut, dass sie ihre Häuser über die Dimensionsgrenzen hinweg bauen können. Deshalb ist dieser Schuppen auch von innen größer als von außen. Die Eingangstür ist in Tauf, aber der Rest des Hauses ist in einer anderen Dimension. Das heißt – wenn wir durch diese Tür gehen, durch diese Hintertür, die wir dir gerade gezeigt haben, dann kommen wir in eine andere Welt ... in eine, über die wir nichts wissen. Deshalb war es uns auch lieber, die Tür verriegelt zu lassen, als unsere Nase in irgendeine völlig unbekannte Welt zu stecken.«

»Ich finde trotzdem, dass ihr der Sache hättet nachgehen müssen«, beharrte der Leibwächter störrisch.

»Denk doch mal nach«, warf Aahz ein. »Du hast bisher nur zwei Dimensionen kennen gelernt. Skeeve hier hat etwa ein Dutzend besucht. Ich selbst war in ungefähr hundert. Die Täufler hier im Bazar jedoch kennen über tausend verschiedene Dimensionen.«

»Na und?«

»Na, da sind wir eben auf den Gedanken gekommen, dass sie uns dieses Haus gegeben haben, weil es in eine Dimension führt, die *sie* nicht haben wollen ... ›nicht haben wollen‹ in dem Sinne, dass sie sich davor zu Tode fürchten. Aber du hast selbst gesehen, was für Risiken die Täufler eingehen, wenn es um ihren Profit geht. Hast *du* vielleicht Lust, eine Welt zu erkunden, vor der selbst die sich fürchten?«

»Ich verstehe, was du meinst.«

»Und abgesehen davon«, schloss Aahz seine Ausführungen triumphierend ab, »brauchst du dir die Tür nur mal anzusehen. Die hat mehr Schlösser und Bolzen als drei normale Banktresore zusammen.«

»*Irgendjemand* hat sie jedenfalls geöffnet«, bemerkte Guido spitz.

Das nahm Aahz den Wind aus den Segeln. Zum Trotz warf er der Tür einen nervösen Blick zu.

»Na ja ... ein geschickter Dieb, der von innen mit einem Dietrich darangeht ...«

»Ein paar dieser Schlösser sind nicht mit einem Dietrich geöffnet worden, Aahz.«

Ich hatte die Diskussion genutzt, um ein bisschen herumzuschnüffeln, und nun hielt ich eine meiner Entdeckungen zur näheren Inspektion in die Höhe. Es war ein Vorhängeschloss, dessen Metallbolzen abgerissen worden war. Auf dem Boden lagen mehrere von der Sorte, ganz so, als sei jemand der Arbeit mit dem Dietrich überdrüssig geworden und hätte sie einfach mit den Händen abgerissen.

Guido schürzte die Lippen. »Mann, das ist aber ein starkes Stück! Wer kann denn so was?«

»Genau darauf wollten wir doch die ganze Zeit hinaus«, sagte Aahz hastig. »Und wenn du nun nichts mehr dagegen hast – was waren das für Kunden?«

»Es waren drei ... zwei Männer und eine Frau ... sahen einigermaßen jung aus, aber nicht besonders außergewöhnlich. Klahds, allem Anschein nach. Jetzt, da ich darüber nachdenke, fällt mir auf, dass sie ein bisschen nervös waren, aber ich dachte, das wäre nur, weil sie einen Zauberer aufgesucht hatten.«

»Na, jetzt sind sie jedenfalls auf der anderen Seite der Tür.« Aahz hob eines der unversehrten Schlösser auf und hängte es mit einem Klicken wieder ein. »Ich glaube kaum, dass sie Schlösser aufkriegen oder kaputtmachen können, an die sie gar nicht drankommen. Sie sind dahinter, was ihr Problem ist – und sie sind selbst schuld, wenn ich das mal hinzufügen darf, während wir auf dieser Seite sind. Ende des Rätsels. Ende des Problems.«

»Glaubst du wirklich, Aahz?«

»Verlass dich nur auf mich.«

Irgendwie schlug diese Floskel einige Saiten in meiner Erinnerung an, und zwar nicht gerade die angenehmsten. Ich wollte schon mit Aahz darüber sprechen, als Nunzio den Kopf durch die Tür steckte.

»He, Boss. Du hast Besuch.«

»Siehst du?«, rief mein Partner strahlend. »Ich hab dir doch gleich gesagt, dass es nur noch besser kommen kann! Es ist noch nicht einmal Mittag, und schon haben wir weitere Kunden.«

»Genau genommen«, erklärte Nunzio, »ist es eine Delegation von Täuflern. Ich glaube, der Hausbesitzer ist auch dabei.«

»Der Hausbesitzer?«, wiederholte Aahz mit hohler Stimme.

»Siehst du, wie sehr sich alles gebessert hat?«, stichelte ich und feixte angewidert. »Und dabei ist es noch nicht einmal Mittag.«

»Soll ich sie abwimmeln, Boss?«, schlug Guido vor.

»Ich glaube, du solltest sie lieber empfangen«, riet Nunzio. »Sie scheinen irgendwie böse zu sein. Es geht darum, dass wir angeblich irgendwelche Flüchtlinge beherbergen sollen.«

Aahz und ich tauschten wissende Blicke aus, was nur zu natürlich war, da es nichts mehr zu sagen gab. Mit einem vagen Wink, der eher ein nervöses Zucken war, bedeutete ich Nunzio, die Besucher einzulassen.

Wie erwartet, war es dieselbe Viererdelegation der Handelskammer von Tauf, die uns damals angeheuert hatte, um für den Bazar zu arbeiten, angeführt von unserem alten Gegner Hay-ner. Das letzte Mal, als wir mit ihm verhandelten, hatte er in der Klemme gesteckt, was wir auch rücksichtslos ausgenutzt hatten. Obwohl er in unsere Bedingungen eingewilligt hatte, hegte ich doch den Verdacht, dass es gegen seinen Täuflerstolz gegangen war, eine derart großzügige Vereinbarung zu treffen und dass er seitdem nur darauf gelauert hatte, es uns eines Tages heimzuzahlen. Dem Lächeln zufolge, das er zur Schau trug, als er in den Empfangsraum trat, war er wohl sehr zuversichtlich, dass dieser Tag nun endlich gekommen sei.

»Aaaah, Meister Skeeve«, sagte er. »Wie nett von dir, uns auch ohne Voranmeldung sofort zu empfangen. Ich weiß, wie beschäftigt du bist, deshalb will ich auch gleich zur Sache kommen. Ich glaube, dass sich hier einige Individuen aufhalten, mit denen zu sprechen unserer Organisation ein *allerdringlichstes* Anliegen ist. Wenn du vielleicht die Güte hättest, sie herbeirufen zu lassen, werden wir deine Zeit nicht länger in Anspruch nehmen.«

»Einen Augenblick mal, Hay-ner«, warf Aahz ein, bevor ich etwas erwidern konnte. »Wieso glaubt ihr, dass die Leute, nach denen ihr sucht, hier bei uns sind?«

»Weil sie vor weniger als einer Stunde gesehen wurden, wie sie euer Zelt betraten, und seitdem sind sie nicht wieder herausgekommen«, erwiderte das größte Mitglied von Hay-ners Unterstützungsmannschaft.

Mir fiel auf, dass er, anders als Hay-ner, nicht lächelte. Genau genommen sah er sogar regelrecht wütend aus.

»Er muss die Leute meinen, die vorhin reinkamen«, warf Nunzio hilfsbereit ein. »Du weißt schon, Boss, die beiden Typen mit der Schnalle.«

Aahz rollte in hilfloser Verzweiflung die Augen, und ausnahmsweise neigte ich dazu, ihm zuzustimmen.

»Ähhh, Nunzio«, sagte ich und starrte zur Decke empor, »warum wartest du nicht mit Guido draußen, während wir uns um die Sache hier kümmern?«

Die beiden Leibwächter trotteten hinaus, wobei Guido seinem Vetter einen derart finsteren Blick zuwarf, dass ich den Verdacht hegte, dass er mir mit einem allerstrengsten Anpfiff wohl zuvorkommen würde. Was Mitarbeiter angeht, die vor den Gegnern mehr ausplaudern, als sie sollen, ist das Syndikat ebenso unduldsam wie es Magiker sein können.

»Nun, da wir festgestellt haben, dass wir alle wissen, von wem die Rede ist und dass diese Personen sich hier aufhalten«, meinte Hay-ner händereibend, »braucht ihr sie nur noch zu rufen, damit wir die Angelegenheit ein für alle Mal aus der Welt schaffen.«

»Nicht so hastig«, warf ich ein. »Erstens hat keiner von uns beiden die Leute bisher gesehen, nach denen ihr sucht, weil sie zweitens gar nicht hier sind. Sie sind uns durch die Hintertür entwischt, bevor wir sie empfangen konnten.«

»Irgendwie habe ich das Gefühl, dass euch unser Wort wahrscheinlich nicht so ganz genügen wird«, fügte Aahz hinzu, »also durchsucht das Haus so gründlich ihr wollt.«

Das Lächeln des Täuflers wurde immer breiter, und ich bemerkte, wie mir plötzlich der kalte Schweiß auf die Stirn trat.

»Das wird nicht nötig sein. Seht mal, ob ich euch glaube oder nicht, ist nicht weiter wichtig. Selbst wenn wir eine Hausdurchsuchung durchführen würden, bin ich überzeugt davon, dass ihr besser Dinge verstecken könnt, als wir sie aufspüren können. Alles, was zählt, ist die Tatsache, dass wir festgestellt haben, dass sie hier hereingekommen sind, was *euch* zu den Verantwortlichen macht.«

Ich wusste zwar nicht so recht, was hier genau gespielt wurde, aber ich war mir ganz sicher, dass es mir immer weniger gefiel.

»Einen Augenblick mal, Hay-ner«, fing ich an. »Was soll das heißen, dass wir die Verantwortlichen sind? Verantwortlich wofür?«

»Na, für die Flüchtlinge natürlich. Wisst ihr das denn nicht mehr? Als wir darin eingewilligt haben, euch dieses Objekt mietfrei zu überlassen, sind wir übereingekommen, dass ihr die volle Verantwortung dafür tragt, wenn irgendein

Mitglied dieses Haushalts gegen die Regeln des Bazars verstößt und entweder in eine andere Dimension verschwindet oder sich sonst wie weigert, sich einer Anklage zu stellen. Das ist eine Standardklausel in jedem Mietvertrag im Bazar.«

»Aahz«, sagte ich gereizt, »du hast die Verträge ausgehandelt. Gab es da tatsächlich eine solche Klausel?«

»Die gab es«, gestand er. »Aber ich dachte damals nur an Tanda und Chumly ... und zu denen stehen wir jederzeit. Auch zu Massha. Ich bin nie auf den Gedanken gekommen, dass sie behaupten würden, jeder, der durch unsere Tür spaziert, sei ein Mitglied unseres Haushalts. Ich weiß gar nicht, wie sie beweisen wollen, dass ...«

»Wir brauchen gar nicht zu beweisen, dass sie zu eurem Haushalt gehören«, lächelte Hay-ner. »Ihr müsst vielmehr beweisen, dass sie es nicht tun.«

»Das ist doch hirnrissig!«, explodierte Aahz. »Wie können wir beweisen ...«

»Gib's auf, Aahz. Wir können es nicht beweisen. Darum geht es ja gerade. Na schön, Hay-ner, du hast uns in der Hand. Was haben diese Typen angestellt, wofür wir die Verantwortung übernehmen müssen, und welche Möglichkeiten haben wir? Ich dachte immer, einer der größten Pluspunkte des Bazars sei es, dass es hier keine Regeln und Gesetze gibt.«

»Es gibt auch nicht viele«, belehrte mich der Täufler. »Aber die wenigen, die es gibt, werden rigoros durchgesetzt. Bei all dem Gefeilsche hier im Bazar mag der Begriff ›Betrug‹ vielleicht ein bisschen albern klingen, aber für uns ist das eine sehr ernste Angelegenheit. Wir sind zwar stolz darauf, dass wir immer harte Geschäftsverhandlungen führen, aber wenn man sich erst einmal einig geworden ist, bekommt jeder auch das, was abgemacht wurde. Kann sein, dass bei der Warenbeschreibung mal das eine oder andere Detail ausgelassen wurde, aber alles, was ausdrücklich *gesagt* wurde, stimmt auch. Das ist unser Ruf, und der zukünftige Erfolg des Bazars hängt davon ab, dass dieser Ruf gnadenlos bewahrt wird. Wenn ein Händler oder Verkäufer etwas verkauft, das magisch sein soll, und es sich herausstellt, dass es überhaupt keine Kräfte hat, ist das Betrug ... und wenn man es zulässt, die Betrüger ungestraft ziehen zu lassen, dann könnte das das Ende des Bazars, wie wir ihn kennen, bedeuten.«

»Eigentlich«, wandte ich trocken ein, »wollte ich nur dagegen protestieren, dass ihr sie zu unseren Freunden erklärt, aber ich will darüber hinwegsehen. Du hast dich allerdings über unsere Möglichkeiten ausgeschwiegen.«

Hay-ner zuckte die Schultern. »Es gibt eigentlich nur drei. Ihr könnt das Geld zurückbezahlen, das sie genommen haben, zuzüglich einer fünfundzwanzigprozentigen Strafe, in eine Verbannung aus dem Bazar einwilligen, oder ihr könnt eure Freun ... äh, ich meine die Flüchtigen dazu bewegen, in den Bazar zurückzukehren, um die Angelegenheit selber wieder in Ordnung zu bringen.«

»Ich verstehe ... Na gut. Ihr habt gesagt, war ihr zu sagen hattet. Nun lasst uns bitte allein, damit mein Partner und ich uns in der Sache beraten können.«

Aahz begleitete sie vorsichtshalber hinaus, während ich ins Grübeln verfiel, was wir tun sollten. Als er zurückgekehrt war, saßen wir über eine Stunde schweigend da, bevor einer von uns das Wort ergriff.

»Nun«, sagte ich schließlich, »was meinst du dazu?«

»Verbannung aus dem Bazar kommt nicht in Frage!«, knurrte Aahz. »Das würde nicht nur unseren Ruf ruinieren, ich bin auch nicht gewillt, wegen einer solch idiotischen Sache aus dem Bazar gejagt zu werden und auch noch unser Zuhause zu verlieren.«

»Einverstanden«, stimmte ich ihm grimmig zu. »Obwohl mir scheint, dass Hay-ner in diesem Punkt nur blufft. Er will uns ebenso sehr im Bazar halten, wie wir bleiben wollen. Schließlich war er es ja, der uns angeheuert hat, weißt du noch? Ich glaube, er erwartet, dass wir klein beigeben und zahlen. Auf diese Weise bekommt er etwas von der Summe zurück, die wir aus ihm herausgequetscht haben. Irgendwie stinkt mir der Gedanke, dieser Art von Druck nachgeben zu müssen.«

Aahz nickte. »Mir auch.«

Einige Minuten lang herrschte wieder Schweigen.

»Also gut«, sagte Aahz schließlich. »Wer spricht es als Erster aus?«

»Wir müssen sie verfolgen.« Ich seufzte.

»Das stimmt nur zur Hälfte«, korrigierte mich Aahz. »*Ich* muss sie verfolgen. Partner oder nicht, hierbei geht es um eine völlig neue Dimension, und das ist für jemanden mit deinem gegenwärtigen magischen Können viel zu gefährlich.«

»Mit *meinem* Können? Was ist denn mit dir? Du hast doch überhaupt keine Kräfte mehr! Wenn es für mich schon zu gefährlich ist, was soll dich denn dann noch schützen?«

»Meine Erfahrung«, erklärte er großspurig. »Ich bin so was gewohnt und du nicht. Ende der Diskussion.«

»Nichts da, ›Ende der Diskussion‹! Wie willst du mich denn davon abhalten, dir zu folgen?«

»Das ist ganz leicht«, grinste Aahz. »Guck mal, wer da hinten in der Ecke steht!«

Ich drehte mich zu der Ecke um, in die er zeigte – und danach fehlt mir für eine ganze Weile jede Erinnerung.

Kapitel 3

»Zuverlässige Informationen sind eine unabdingbare Voraussetzung für das Gelingen eines Unternehmens.«

C. Kolumbus

»He! Heißer Fratz! Wach auf! Bist du in Ordnung?« Wenn ich eine ändere Art von Leben führen würde, wären diese Worte von einer üppigen Vision weiblicher Schönheit geäußert worden. Doch so war es Massha, die sie aussprach.

Diese Äußerung war das Erste, was durch den Nebel in mein Bewusstsein drang, als ich versuchte, wieder zu mir zu kommen. Ich bin morgens nie der Fröhlichste, selbst dann nicht, wenn ich aus freien Stücken in aller Ruhe aufwachen kann. Wenn mich jemand aber dazu zwingt, wach zu werden, dann kann ich dafür garantieren, dass meine Laune nicht die beste sein wird.

Doch so benommen ich auch war, an der Tatsache, dass Massha mich gerade wachrüttelte, gab es keinen Zweifel. Selbst mit unscharfem Blick waren ihre Formen unverkennbar. Stellen Sie sich mal, wenn Ihnen danach sein sollte, die größte, fetteste Frau vor, die Ihnen jemals begegnet ist. Wenn Sie nun dieses Bild in sämtliche Richtungen um fünfzig Prozent ausdehnen, obendrauf grellorangefarbenes Haar, falsche Wimpern und purpurnen Lippenstift geben und dazu einen Handkarren voll schrillbunter Juwelen und Schmuckstücke ... verstehen Sie, was ich meine? Massha könnte ich selbst in finsterster Nacht auf eine Meile Entfernung noch erkennen – und zwar mit verbundenen Augen.

»Natürlich bin ich in Ordnung, *Lehrling!*«, fauchte ich.

»Hast du nicht irgendwelche Lektionen, die du durcharbeiten musst, oder so?«

»Bist du *sicher?«*, hakte sie gnadenlos nach.

»Ja, ich bin sicher. Warum fragst du? Kann man denn nicht mal in Ruhe ein Nickerchen machen, ohne gleich deswegen angemacht zu werden?«

»Es ist ja nur, dass du normalerweise deine Nickerchen nicht gerade mitten auf dem Fußboden des Empfangsraums machst.«

Das erregte schließlich meine Aufmerksamkeit, und ich zwang mich dazu, wieder klar zu sehen. Sie hatte Recht! Aus irgendeinem Grund lag ich der Länge nach auf dem Fußboden. Was um alles in der Welt hatte mich denn dazu bringen können ...

Da fiel mir alles wieder ein! Aahz! Die Expedition in die neue Dimension!

Ich schoss kerzengerade hoch – und bereute es sofort. Ein stechender Kopfschmerz attackierte mich mit der Intensität eines Eispickels, und mein Magen schlug einen Purzelbaum, um mit der Anmut eines Klumpens zu lange gekochten Haferschleims rücklings aufzuschlagen.

Massha hielt mich an den Schultern fest, als ich gerade wieder umkippen wollte.

»Na, na, ganz ruhig, Große Nummer! Sieht mir ganz danach aus, als hätten du und ich unterschiedliche Vorstellungen davon, was ›in Ordnung sein‹ heißt.«

Ich ignorierte sie und befühlte vorsichtig meinen Hinterkopf, um eine große, empfindliche Wölbung hinter dem Ohr zu entdecken. Wenn ich noch etwaige Zweifel hinsichtlich dessen gehabt haben sollte, was geschehen war, so verflogen sie nunmehr gänzlich.

»Dieser verdammte Perverse!«, entfuhr es mir, und ich zuckte zusammen, als die Schallwelle meiner eigenen Stimme eine Woge des Schmerzes mit sich brachte. »Er muss mich bewusstlos geschlagen haben und abgehauen sein.«

»Meinst du etwa Aahz? Den Dunklen, Grünen, Schuppigen persönlich? Das kapiere ich nicht. Warum sollte dir denn dein eigener Partner eins über die Rübe hauen?«

»Damit er ohne mich durch die Tür kommt. Ich habe ihm sehr deutlich klar gemacht, dass ich bei diesem Abenteuer nicht allein zurückgelassen werden will.«

»Tür? Was für eine Tür?«, fragte Massha stirnrunzelnd. »Ich weiß ja, dass ihr beiden so eure kleinen Geheimnisse habt, Chef, aber ich finde, du solltest mich mal ein bisschen aufklären, damit ich wenigstens ungefähr weiß, was hier los ist.«

So knapp ich konnte, brachte ich sie auf den neuesten Stand, was die Ereignisse des Tages betraf, und ich erklärte ihr auch, weshalb Aahz und ich nichts von unserer Entdeckung der mysteriösen Hintertür verraten hatten. Da sie selbst eine altgediente Dimensionsreisende war, begriff sie weitaus schneller als Guido und Nunzio, wie gefährlich eine nicht kartographierte Dimension war.

»Was ich nicht verstehe, ist: Wenn er dich schon nicht dabeihaben wollte, warum hat er denn dann nicht jemand anders zur Unterstützung mitgenommen?«

»Wen denn?«, fragte ich und verzog das Gesicht zu einer Grimasse. »Wir haben doch schon deutlich klar gemacht, dass du *mein* Lehrling bist, und dass er dir keine Befehle gibt, ohne dass ich Sie vorher absegne. Von Guido und Nunzio ist er nie besonders beeindruckt gewesen. Tanda und Chumly sind in eigenen Aufträgen unterwegs und kommen erst in einigen Tagen zurück. Selbst Gus gönnt sich im Moment einen wohlverdienten Urlaub mit Berfertt. Außerdem weiß er nur zu genau, dass es einigen Ärger geben würde, wenn er versuchen sollte, eine Mannschaft zusammenzustellen, ohne mich mit einzubeziehen. Wenn so was passiert, lege ich mich schließlich nicht einfach kommentarlos aufs Ohr und schlafe ein!«

»Sei mir nicht böse, aber genau das hast du gerade getan«, bemerkte mein Lehrling trocken, »obwohl ich zugeben muss, dass er es dir gewissermaßen aufgezwungen hat.«

Mit diesen Worten schob sie ihre Hände in meine Achselhöhlen und hob mich auf, um mich wieder sanft auf die Beine zu stellen.

»So, und jetzt? Was nun? Ich nehme an, dass du vorhast, mit gebleckten Zähnen hinter ihm herzujagen. Hast du was dagegen, wenn ich mitkomme? Oder bist du wild entschlossen, dich genauso dämlich zu verhalten wie er?«

Tatsächlich hatte ich ebendies vorgehabt. Doch der unverhüllte Sarkasmus in ihrer Stimme und meine noch etwas unbeholfenen Beine ließen mich zögern.

»Nein«, sagte ich vorsichtig. »Es genügt, wenn einer von uns da draußen herumstolpert ... genau genommen ist das sogar einer zu viel, je nachdem, wie man das sieht. Ich meine zwar immer noch, dass ich hätte mitgehen sollen, aber nun hat Aahz sein Blatt ausgereizt, so dass es auch seine Sache ist, es zu Ende zu spielen. Meine Aufgabe ist es, auf den Laden aufzupassen, bis er wieder zurück ist.«

Massha blickte mich mit hochgezogener Augenbraue an.

»Das klingt vernünftig«, meinte sie, »auch wenn ich zugeben muss, dass es mich ein bisschen erstaunt, so etwas aus deinem Mund zu hören.«

»Ich bin jetzt ein Geschäftsmann mit gewissen Verpflichtungen«, erwiderte ich achselzuckend. »Ich kann es mir nicht mehr leisten, wie ein unbesonnenes Kind einfach loszupreschen. Außerdem habe ich volles Vertrauen in die Fähigkeiten meines Partners, die Sache in den Griff zu bekommen.«

Das waren mutige Worte, und sie waren sogar ehrlich gemeint. Zwei Tage später jedoch war dieser »Geschäftsmann mit gewissen Verpflichtungen« drauf und dran, *besonnen* loszupreschen. Guido und Nunzio stellten ihre Klagen darüber ein, dass ich immer allein davonschlich ... vor allem deswegen, weil ich das Haus überhaupt nicht mehr verließ! Tatsächlich verbrachte ich die meisten Stunden, in denen ich wach war, und alle, in denen ich schlief (wenngleich ich zugebe, dass ich nicht sonderlich viel schlief), im Empfangsraum in der vagen Hoffnung, Aahz nach seiner triumphalen Wiederkehr begrüßen zu können.

Leider wurden meine Mühen nicht belohnt.

Ich versuchte mein Bestes, meine Sorgen vor den anderen zu verbergen, doch das hätte ich mir sparen können. Als die Stunden verstrichen, wuchs die Sorge meines Gefolges so sehr, dass ich den größten Teil meiner Zeit damit verbrachte, ihnen zu versichern: »Nein, er ist noch nicht zurück. Wenn er wiederkommt, sage ich Bescheid.« Selbst Guido, der eigentlich noch nie besonders gut mit Aahz ausgekommen war, kam mindestens einmal in der Stunde vorbei, um sich vom mangelnden Fortschritt der Dinge zu überzeugen.

Endlich rief ich, um meine eigenen Nerven zu beruhigen, alle zu einer Lagebesprechung im Empfangsraum zusammen.

»Ich möchte nur eins wissen, nämlich wie lange wir hier noch rumsitzen wollen, bis wir endlich zugeben, dass was schief gelaufen ist«, knurrte Guido schon zum fünften Mal.

»Wie lange, glaubst du, braucht man wohl, um einen Flüchtling in einer fremden Dimension aufzuspüren?«, schoss ich zurück. »Wie lange würdest du in Klah dafür brauchen, Guido? Wir müssen ihm einfach etwas Zeit lassen.«

»Wie viel Zeit?«, konterte er. »Es sind immerhin schon zwei Tage vergangen ...«

»Tanda und Chumly müssen jetzt bald zurück sein«, unterbrach Massha. »Meinst du, die sitzen untätig rum und drehen Däumchen, wenn sie erfahren, dass Aahz ganz allein da draußen ist?«

»Ich dachte, *du* wärst diejenige, die fand, es sei eine dämliche Idee, ihm zu folgen?«

»Das finde ich auch immer noch. Aber soll ich dir mal erzählen, was ich erst vom Nichtstun halte?«

Bevor ich etwas erwidern konnte, klopfte es leise an der Tür ... und zwar an der Hintertür!

»Seht ihr!«, krähte ich triumphierend. »Ich hab euch doch gesagt, dass er wiederkommt!«

»Das Klopfen klingt aber gar nicht nach Aahz«, bemerkte Guido misstrauisch.

»Warum sollte er überhaupt klopfen?«, fügte Massha hinzu. »Schließlich haben wir die Tür nicht mehr abgeschlossen, seit er fort ist.«

In meiner Erleichterung und Begeisterung verhallten ihre Bemerkungen ungehört. Blitzartig war ich zur Tür geschossen und riss sie auf, während ich die Begrüßungsformel aussprach, die ich nun schon zwei Tage einstudiert hatte.

»Wird aber auch langsam Zeit, Part ...«

Das Wort blieb mir im Hals stecken.

Das Wesen draußen vor der Tür war nicht Aahz, es hatte noch nicht einmal die leiseste Ähnlichkeit mit ihm. Aber noch überraschender war die Tatsache, dass ich die Person wiedererkannte!

Wir waren einander nie wirklich begegnet ... hatten uns jedenfalls nicht vorgestellt. Aber kurz nachdem ich Aahz kennen gelernt hatte, waren wir von einem wütenden Mob aufgeknüpft worden, weil ich mich für sie ausgegeben hatte. Außerdem hatte ich sie in der Menge gesehen, als ich mich erfolgreich um den Posten eines Hofmagikers in Possiltum beworben hatte.

Was ich nie aus nächster Nähe hatte begutachten können, war ihr strahlender Teint, der von sonnengüldenem Haar umrahmt wurde, die leichtfüßige Anmut ihrer Körperhaltung, und die ...

»Das ist doch der Große Skeeve, nicht wahr? Hinter dem aufgesperrten Mund?«

Ihre Stimme klang so melodisch, dass ich einige Augenblicke brauchte, um zu begreifen, was sie da gesagt hatte und dass sie eine Antwort erwartete.

»Äääh ... ja. Ich meine, stets zu Diensten.«

»Freut mich, dir endlich einmal von Angesicht zu Angesicht gegenüberzustehen«, sagte sie forsch und warf Guido und Massha einen nervösen Blick zu. »Ich suche schon eine ganze Weile nach einem entsprechenden Vorwand, und ich glaube, jetzt habe ich ihn. Ich habe eine Nachricht für dich ... Sie betrifft deinen Lehrling.«

Ich hatte noch immer Probleme, mich auf das zu konzentrieren, was sie sagte. Nicht nur, dass ihre Stimme betörend war, sie war auch mit Sicherheit die wunderschönste Frau, die ich je kennen gelernt hatte ... na ja, das wunderschönste Mädchen, um es genau zu sagen. Sie konnte kaum älter sein als ich. Und was noch wichtiger war – sie schien mich zu mögen. Das heißt, sie lächelte weiterhin zögernd und hielt ihre tiefblauen Augen auf mich geheftet. Nun hatte ich zwar den Respekt meiner Kollegen und der Wesen im Bazar errungen, die meinen Ruf kannten, doch noch nie von jemandem, der so aussah wie ...

Dann drangen ihre Worte endlich in mein Bewusstsein.

»Mein Lehrling?«

Ich warf Massha unwillkürlich einen Blick zu, bis ich das Missverständnis begriff.

»Ach so, du meinst Aahz. Der ist nicht mehr mein Lehrling sondern mein Partner. Bitte, komm rein. Wir sprachen gerade über ihn.«

Ich stellte mich neben die Tür und bat sie mit einer großartigen, ausholenden Gebärde einzutreten. So etwas hatte ich noch nie zuvor versucht, aber als ich am Hof von Possiltum gearbeitet hatte, hatte ich dergleichen oft beobachtet, und es hatte mich sehr beeindruckt.

»Ähhh – Boss? Könnte ich mal einen Augenblick mit dir sprechen?«

»Später, Guido.«

Ich wiederholte die Geste, und das Mädchen reagierte mit einem flüchtigen Lächeln, das den ganzen Raum heller erscheinen ließ.

»Danke für die Einladung«, sagte sie. »Aber ich fürchte, ich muss sie mir für später aufheben. Ich kann wirklich nicht bleiben. Genau genommen dürfte ich überhaupt nicht hier sein. Ich dachte nur, dass irgendjemand dir mitteilen müsste, dass dein Freun ... Aahz heißt er, ja? Na ja, jedenfalls sitzt dein Freund im Gefängnis.«

Das brachte mich rasend schnell wieder auf den Boden der Tatsachen zurück.

»Aahz? Im Gefängnis? Weswegen denn?«

»Wegen Mord.«

»MORD!«, kreischte ich und gab jeden Versuch auf, weltmännisch zu erscheinen.

»Mich brauchst du deswegen nicht anzuschreien! Ach, ich hab ja gewusst, dass ich nicht hätte kommen sollen! Hör mal, ich weiß, dass er es nicht getan hat. Deshalb wollte ich dich auch darüber informieren, was passiert ist. Wenn du nicht irgendetwas unternimmst, wird man ihn hinrichten ... und da drüben verstehen sie was davon, wie man Dämonen hinrichtet.«

Ich wirbelte herum und wandte mich an meine Gefolgsleute.

»Massha! Hol deinen Schmuckkoffer! Guido, Nunzio! Macht euch bereit. Wir werden unseren Nachbarn einen kleinen Besuch abstatten.«

Ich versuchte meine Stimme ruhig und fest klingen zu lassen, doch irgendwie stieß ich die Worte etwas hektischer hervor, als ich es geplant hatte.

»Nicht so schnell, Boss«, sagte Guido. »Da ist etwas, was du erst noch wissen solltest.«

»Später. Ich will, dass ihr ...«

»JETZT, Boss! Es ist wichtig!«

»WAS DENN?«

Es bedarf wohl keiner besonderen Erwähnung, dass ich nicht gerade zu längeren Diskussionen aufgelegt war.

»Das ist eine von denen.«

»Wie bitte?«

»Eine von den dreien, die durch die Hintertür abgehauen sind und die dein Partner gerade jagt. Das ist die Schnalle.«

Wie vom Schlag getroffen wandte ich mich wieder dem Mädchen zu, um mir diese Aussage bestätigen zu lassen – doch der Türrahmen war leer. Meine geheimnisvolle Besucherin war ebenso schnell verschwunden, wie sie erschienen war.

»Das könnte auch eine Falle sein, weißt du«, meinte Massha nachdenklich.

»Sie hat Recht«, bestätigte Guido nickend. »Das kannst du jemandem glauben, der selbst schon oft genug auf der Flucht gewesen ist. Wenn man vor dem Gesetz flieht, und es gibt nur ein paar Leute, die einen aufspüren könnten, ist man wirklich versucht, dieses Verbindungsstück auszuschalten. Wir wissen nur, dass sie behauptet, dein Partner stecke in Schwierigkeiten.«

»Um sich auszurechnen, dass die Täufler höchstwahrscheinlich dich und Aahz anheuern würden, um sie zu verfolgen, braucht man kein Geistesriese zu sein. Immerhin wussten sie ja, in wessen Haus sie ihren Ausbruch durchführten«, fügte Massha hinzu.

Guido stand auf und schritt im Raum auf und ab.

»Richtig«, sagte er. »Angenommen, *die* haben Aahz. Gibt es eine bessere Taktik als dir ein Märchen aufzutischen, dass dein Partner in der Klemme sitzt, damit du kopfüber in die Falle rennst, die sie für dich aufgestellt haben? Die ganze Sache stinkt, Boss. Ich verstehe zwar nichts von fremden Dimensionen, aber von Verbrechern verstehe ich was. Sobald du durch diese Tür da gehst, bist du eine prima Zielscheibe.«

»*Noch* was?«

Selbst in meinen eigenen Ohren klang meine Stimme frostig, doch ausnahmsweise machte mir das nichts aus.

Guido und Massha tauschten Blicke aus und nickten schließlich stumm.

»Na schön. Vielleicht habt ihr ja Recht, und ich weiß eure Sorge um mein Wohlergehen durchaus zu schätzen. ABER ...«

Meine Stimme wurde zu einem tödlichen Zischen.

»... was, wenn ihr Unrecht habt? Was, wenn unser Flüchtling die Wahrheit sagt? Ihr seid mir alle die ganze Zeit auf die Nerven gegangen, weil ich nichts unternommen habe, um Aahz zu helfen. Glaubt ihr etwa wirklich, dass ich einfach hier rumsitzen werde, während mein Partner UND Freund wegen eines Verbrechens umgebracht wird, das er gar nicht begangen hat ... nur weil eine leise Chance besteht, dass es für mich *vielleicht* gefährlich werden könnte?«

Mit größter Mühe zwang ich mich wieder zu einem normalen Tonfall.

»In zehn Minuten werde ich durch diese Tür da gehen, um Aahz zu suchen ... und wenn ich dabei in eine Falle laufen sollte, dann muss es eine verdammt gute sein. Nun, will irgendeiner von euch mitkommen, oder soll ich die Sache allein in die Hand nehmen?«

Kapitel 4

»DAS UNVORHERSEHBARE HÄLT SICH AN
KEINE REGIEANWEISUNGEN.«
A. HITCHCOCK

Tatsächlich dauerte es über eine Stunde, bis wir endlich fertig zum Aufbruch waren, obwohl es mir sehr viel länger vorkam. Doch selbst ich musste zugeben, dass es nicht nur töricht gewesen wäre, dieses Abenteuer nicht sorgfältig vorzubereiten, sondern der reine Selbstmord!

Wir beschlossen, Nunzio in unserem Hauptquartier zurückzulassen, damit er Tanda und Chumly nach ihrer Rückkehr informieren konnte, was geschehen war. Es bedarf wohl keiner besonderen Erwähnung, dass er über diesen Auftrag nicht eben erbaut war.

»Aber ich bin doch dein Leibwächter!«, widersprach er. »Wie soll ich dich bewachen, wenn ich hier zurückbleibe, während du an vorderster Front kämpfst?«

»Indem du dafür sorgst, dass unsere Ersatztruppen alle Informationen erhalten, die sie brauchen, um uns zu folgen«, erwiderte ich.

So ungern ich mich auch mit Nunzio stritt, würde ich mich immer noch lieber mit einem Dutzend Jungs vom Syndikat prügeln, als Tanda und Chumly erklären zu müssen, weshalb ich sie von dieser Rettungsexpedition ausgeschlossen hatte.

»Wir könnten ja auch eine Nachricht zurücklassen.«

»Nein.«

»Wir könnten ...«

»NEIN! Ich will, dass du *hier* bleibst. Ist das deutlich genug?«

Der Leibwächter seufzte schwer. »Na gut, Boss. Dann hänge ich eben hier rum, bis sie kommen. Dann können wir drei ...«

»Nein!«, wiederholte ich. »Dann kommen Tanda und Chumly nach. Du bleibst hier.«

»Aber Boss ...«

»Denn wenn Hay-ner und seine Truppe hier wieder aufkreuzen, muss jemand da sein, um ihnen zu sagen, dass wir an der Arbeit sind und uns nicht einfach klammheimlich verdrückt haben. Nur mal angenommen, wir schaffen es und kommen zurück, dann werden wir den Ausgang brauchen, und du wirst dafür sorgen, dass er frei bleibt. Das würde uns gerade noch fehlen, dass unsere Gastgeber uns hier einen neuen Mieter reinsetzen ... womöglich jemanden, der die Tür hier zumauern lässt, während wir noch auf der anderen Seite sind.«

Darüber dachte Nunzio schweigend nach.

»Und wenn ihr nicht zurückkommen solltet?«, fragte er schließlich.

»Darüber möchte ich lieber nicht nachdenken«, seufzte ich. »Aber vergiss nicht – so leicht bringt uns keiner um. Wenigstens einer von uns wird es schon zurück schaffen.«

Zum Glück traf Guido nun ein und lenkte mich von diesem unangenehmen Gedanken ab.

»Alles klar zum Aufbruch, Boss.«

Trotz der verzweifelten Situation und des grässlichen Zeitdrucks ertappte ich mich dabei, wie ich ihn fassungslos anstarrte.

»Was ist das denn?«, quetschte ich schließlich hervor.

Guido trug einen dunklen Mantel, einen breitkrempigen Hut und eine Sonnenbrille.

»Das? Das ist meine Arbeitskleidung«, erklärte er stolz. »Die ist sowohl praktisch als auch dekorativ.«

»Was ist die?«

»Ich meine, so was schüchtert die Leute nicht nur ein, dieser Trenchcoat hat auch noch 'n Haufen kleiner Taschen, verstehst du? Da bewahre ich mein Schwermetall drin auf.«

»Aber ...«

»Hallo, Heißmatz! Hübsche Ausrüstung, Guido.«

»Danke! Ich hab sie dem Boss gerade erklärt.«

Massha war in *ihre* Arbeitsgarderobe gekleidet ... oder sollte ich besser sagen »entkleidet«? Ein kleines Westchen versuchte, ihren massigen Oberkörper möglichst vollständig zu bedecken, während ein noch kleineres Höschen im Begriff war, seinen Kampf trotz aller Anstrengung zu verlieren.

»Ähhh ... Massha?«, sagte ich vorsichtig. »Das wollte ich dich immer schon mal gefragt haben: Warum trägst du ... äh ... eigentlich ... nicht mehr?«

»Ich kleide mich gerne luftig, wenn wir uns in heiße Situationen begeben«, erwiderte sie augenzwinkernd. »Verstehst du, wenn die Sache brenzlig wird, dann werde ich immer ein bisschen nervös ... und das Einzige, was noch schlimmer ist, als eine fette Mieze dabeizuhaben, ist, eine *verschwitzte* fette Mieze dabeizuhaben.«

»Ich find's sexy«, meldete sich Guido zu Wort. »Erinnert mich an das Zeug, das die Schnalle von meinem Alten immer anhatte.«

»Na, vielen Dank auch, Bösewicht! Muss schon sagen, dein alter Herr hatte 'n ziemlich guten Geschmack ... nicht dass ich ihn mal abgeschmeckt hätte.«

Ich musterte die beiden nachdenklich, während sie über Masshas Witz lachten. Jegliche Hoffnung, sich unbemerkt in diese unbekannte Dimension einzuschleichen, schwand merklich. Guido und Massha zogen jeder für sich schon eine Menge Aufmerksamkeit auf sich, aber beide zusammen waren sie ungefähr so unauffällig wie eine Zirkusparade und ein Truppenmanöver, die sich dieselbe Straße teilten. Dann kam mir der Gedanke, dass wir ja gar nicht wussten, was uns erwartete, dass sie vielleicht wunderbar in diese fremde Welt passen würden, während *ich* es war, der auffiel wie ein bunter Hund. Ein furchterregender Gedanke. Wenn dort jeder so aussah ...

Ich zwang mich, an etwas anderes zu denken. Es hatte keinen Zweck, mir selbst noch mehr Angst zu machen als ich ohnehin schon hatte, bevor ich genügend Informationen besaß, um diese Vermutungen hinreichend abzustützen. Schlimmer war vielmehr, dass meine beiden Helfer Angst hatten. Sie gaben sich zwar alle Mühe, es zu verbergen, doch dabei verfiel jeder von ihnen in altbekannte Verhaltensmuster. Guido spielte seine »Zäher-Ganove«-Nummer voll aus, während Massha sich mal wieder bis zum Exzess als »Vamp« ausgab. Das Wichtigste aber war, dass sie – verängstigt oder nicht – bereit waren, mir zu helfen und dabei möglicherweise den Tod zu finden. Es hätte richtig rührend sein können, wäre da nicht die Tatsache gewesen, dass sie darauf zählten, dass ich sie anführte. Das bedeutete, dass ich gelassen und zuversichtlich bleiben musste ... egal wie verängstigt ich auch sein mochte.

Erst später fiel mir ein, dass *ich* möglicherweise in die Rolle des Anführers geschlüpft war, um mich dahinter verstecken zu können, falls die Sache brenzlig werden sollte. Das ließ mich kurz darüber nachdenken, ob überhaupt *irgendjemand* jemals wirklich wusste, was er eigentlich tat, ob er sich wirklich zuversichtlich fühlte – oder ob das Leben nur aus einem Haufen von Rollenspielen bestand.

»Gut. Sind wir fertig?«, fragte ich und ließ meine umherstreunenden Gedanken mit einem Achselzucken von mir abgleiten. »Massha? Hast du deinen Schmuck?«

»Das meiste habe ich am Leib, und der Rest ist hier drin«, sagte sie und betätschelte ihre Gürteltasche.

Obwohl ich gelegentlich ein paar gehässige Bemerkungen über Masshas Schmuck zu machen pflege, war er doch von zweifachem Nutzen. Masshas Klunker sind nämlich in Wirklichkeit eine vielseitige Sammlung magischer Tricks, die sie sich im Laufe der Zeit zugelegt hat. Wie vielseitig sie sind? Nun, bevor sie sich bei mir als Lehrling bewarb, um echte Magik zu lernen, hatte sie sich ausschließlich mit Hilfe ihrer technischen »Kräfte« einen bequemen Posten als Stadtzauberin von Ta-hoe in der Dimension Jahk verschafft und ihn auch halten können. Wenngleich ich Aahz darin zustimmte, dass echte Magik der mechanischen schon deswegen überlegen ist, weil sie nicht so oft kaputtgeht (was ich am eigenen Leib hatte erfahren dürfen), hatte ich doch keineswegs etwas dagegen, ihr Arsenal als Rückendeckung dabei zu wissen.

»Erinnerst du dich noch an den Spürring, mit dem du damals den König aufgespürt hast? Hast du vielleicht noch einen davon in deiner Tasche?«

»Nee, ich hab nur den einen«, sagte sie und wackelte mit dem entsprechenden Finger.

Ich stieß einen leisen Fluch aus und fällte die erste von, wie ich befürchtete, sehr vielen unangenehmen Entscheidungen auf dieser Reise.

»Gib ihn Nunzio. Tanda und Chumly werden ihn brauchen, um uns zu finden.«

»Aber wie sollen wir denn deinen Partner aufspüren, wenn wir ihn zurücklassen?«

»Wir werden uns irgendetwas ausdenken müssen, aber wir können es uns nicht leisten, unsere Kräfte aufzusplittern. Sonst befreien wir Aahz womöglich und irren trotzdem da draußen herum auf der Suche nach der anderen Hälfte unserer Rettungsmannschaft.«

»Wenn du meinst, Heiße Nummer«, stimmte sie mir widerwillig zu und gab den Ring ab. »Ich hoffe nur, dass du auch weißt, was du tust.«

»Das hoffe ich auch, Massha, das hoffe ich auch. Also gut, Leute, dann wollen wir mal nachsehen, wie unser Hinterhof *tatsächlich* aussieht.«

Von der anderen Seite sah unser Heim weitaus beeindruckender aus als von der Bazarseite. Es hatte wirklich das Aussehen eines Schlosses ... eines ziemlich düsteren, hoch oben einsam auf einem Hügel. Allerdings studierte ich es nicht allzu genau, sondern gerade aufmerksam genug, um es auf der Rückreise wiederzuerkennen. Wie zu erwarten war, konzentrierte sich mein Interesse vor allem auf die neue Dimension selbst.

»Ziemlich finster, nicht?«

Guidos Bemerkung war eher eine Feststellung als eine Frage, und er hatte leider Recht.

Wo immer wir auch sein mochten, die Beleuchtung ließ jedenfalls einiges zu wünschen übrig. Zuerst dachte ich ja, es sei Nacht, was mich ziemlich wunderte, weil alle Dimensionen, die ich bisher besucht hatte, nach demselben Tag-und-Nacht-Prinzip funktionierten. Dann gewöhnten sich meine Augen an das düstere Licht, und ich stellte fest, dass der Himmel einfach nur dicht verhangen war ... und zwar in einem solchen Ausmaß, dass kein Licht mehr durch die Wolken hindurchdrang, was den Tag der Nacht ziemlich ähnlich machte.

Abgesehen von dem, was ich erkennen konnte, schien diese Dimension mit den anderen, die ich bereits besucht hatte, ziemlich viel gemeinsam zu haben: Bäume, Unterholz und ein Weg, der zum Schloss führte oder von ihm fort, je nachdem, in welche Richtung man blickte. Ich glaube, es war Tanda, die gerne zu sagen pflegte: »Wenn du eine Dimension gesehen hast, kennst du auch alle anderen.« Chumly, ihr Bruder, meinte, dass der Grund für diese geologische Ähnlichkeit darin zu suchen sei, dass alle Dimensionen, durch die wir reisten, verschiedene Wirklichkeiten waren, die auf demselben Grundprinzip basierten. Das leuchtete mir irgendwie nicht so ganz ein. »Sie sind also alle gleich, weil alle ein und dieselbe sind? Ach, komm, Chumly!« Doch seine Einwände hatten bei mir immer das Gefühl hinterlassen, einen Vortrag in irgendeiner fremden Sprache gehalten zu bekommen, so dass ich solchen Diskussionen in letzter Zeit lieber aus dem Weg gegangen bin.

»Und jetzt, Heißmatz? Was machen wir nun?«

Zur Abwechslung wusste ich sogar mal eine Antwort auf diese enervierende Frage.

»Dieser Weg muss ja irgendwo hinführen. Schon seine bloße Existenz ist ein Hinweis darauf, dass wir in dieser Dimension nicht allein sind.«

»Ich dachte, das wüssten wir bereits«, versetzte Guido halblaut. »Deshalb sind wir schließlich hier.«

Ich schenkte ihm meinen finstersten Blick.

»Ich glaube mich erinnern zu können, dass da doch eine *klitzekleine* Debatte stattgefunden hat, ob man uns angelogen hat, dass Aahz in Gefangenschaft geraten ist, oder nicht. Wenn es hier eine Straße gibt, dann ist es ziemlich unwahrscheinlich, dass mein Partner oder die Leute, hinter denen er hergejagt ist, sie gebaut haben. Das bedeutet, dass wir es mit Eingeborenen zu tun bekommen werden ... möglicherweise mit ziemlich feindseligen.«

»Stimmt«, warf Massha schnell ein. »Nun schluck mal deine Kommentare runter, Guido. Ich will nämlich hören, was für einen Plan wir haben, und ich mag es nicht, durch Kleinigkeiten aufgehalten zu werden.«

Der Leibwächter legte seine Stirn in Falten, blieb aber stumm.

»Gut. Wir müssen also diesem Weg folgen und feststellen, wohin er führt. Haltet euch dicht am Straßenrand, und macht euch bereit, euch sofort in Luft aufzulösen, falls ihr jemanden hören solltet. Wir wissen nicht, wie die Einheimischen hier aussehen, und bevor ich kein Arbeitsmodell habe, ist es zwecklos zu versuchen, uns zu tarnen.«

Mit diesem allgemeinen Marschbefehl setzten wir uns im Dunkeln in Bewegung und verhielten uns möglichst leise, um niemanden auf uns aufmerksam zu machen. Bald darauf gelangten wir an einen Entscheidungspunkt: Der Weg mündete in einen anderen, viel größeren, und meine Gehilfen blickten mich erwartungsvoll an. Achselzuckend fällte ich eine Entscheidung, die ohnehin nur willkürlich sein konnte, und führte sie die neue Straße entlang nach rechts. Während wir weitergingen, dachte ich mit einiger Verärgerung darüber nach, dass Massha und Guido, obwohl sie beide wussten, dass ich das Gebiet ebenso wenig kannte wie sie, es mir überlassen hatten, den Weg auszusuchen.

Mein Gedankengang wurde durch Stimmen unterbrochen, die uns entgegenkamen. Die beiden anderen nahmen sie ebenfalls wahr, und so verschmolzen wir ohne ein weiteres Wort und ohne jedes Signal mit dem Unterholz. Ich kauerte mich nieder und spähte angestrengt auf die Straße, ganz gespannt darauf, endlich die hiesigen Lebensformen kennen zu lernen.

Ich brauchte nicht lange zu warten. Zwei Gestalten erschienen, anscheinend ein junges Pärchen, das sich im Gehen unterhielt und lachte. Sie erschienen mir ziemlich normal, was eine Erleichterung war, wenn ich die Formen bedachte, die ich in einigen der anderen Dimensionen hatte imitieren müssen. Sie waren humanoid genug, um als Klahds durchzugehen ... oder als Jahks, um genau zu sein, denn sie waren ein bisschen blass. Ihre Kleidung war der meinen nicht unähnlich, höchstens etwas bunter. Als ich all dies mit einem Blick festgestellt hatte, beschloss ich, meinen ersten Versuch zu machen, an Informationen heranzukommen. Ich meine, nach all meinen Befürchtungen waren sie doch die reinste Enttäuschung, warum sollte ich es also nicht riskieren? Verglichen mit einigen anderen Lebewesen, mit denen ich in der Vergangenheit zu tun bekommen hatte, erschien mir dies wie ein Kinderspiel.

Ich gab den anderen ein Signal, sich nicht vom Fleck zu rühren, und trat hinter dem Pärchen auf den Weg.

»Entschuldigung!«, rief ich. »Ich bin neu hier und könnte ein bisschen Hilfe gebrauchen. Könntet ihr mir wohl sagen, wie ich zur nächsten Stadt komme?«

Dolmetschanhänger gehörten zur Standardausrüstung eines Dimensionsreisenden, und da ich gerade einen trug, brauchte ich nicht zu befürchten, man könnte mich nicht verstehen.

Das Pärchen drehte sich zu mir um, und das Erste, was mir auffiel, waren ihre Augen. Das »Weiße« ihrer Augen glühte dunkelrot, was mir einen Schauer den Rücken hinunterjagte. Mir fiel ein, dass ich die Einheimischen vielleicht doch ein wenig genauer hätte studieren können, bevor ich versuchte, mich als einer der ihren auszugeben. Aber mir wurde schnell bewusst, dass ich mich bereits auf diese Vorgehensweise eingelassen hatte und mir nun so oder so den Weg freibluffen musste. Schließlich wurde mir auch noch klar, dass ich ein lebensmüder Idiot war und dass ich nur hoffen konnte, dass Massha und Guido ihre Unterstützungswaffen bereitmachten, um mich vor den Folgen meiner eigenen Ungeduld zu bewahren.

Merkwürdigerweise schien das Pärchen jedoch nichts Ungewöhnliches an mir zu entdecken.

»Die nächste Stadt? Das ist Blut. Ist nicht weit von hier, wir kommen gerade von da. Dort gibt es ein ziemlich wildes Nachtleben, falls du auf so was stehst.«

Irgendwas an seinem Mund störte mich, doch ich konnte nicht genauer hinschauen, ohne den Blickkontakt zu unterbrechen, also fuhr ich, von der Tatsache, akzeptiert worden zu sein, beschwingt mit dem Gespräch fort.

»Eigentlich bin ich nicht so fürs Nachtleben zu haben. Ich versuche gerade, einen alten Freund zu finden, den ich verloren habe. Gibt es in Blut eine Post oder eine Polizeistation, wo ich nachfragen könnte?«

»Etwas noch viel Besseres«, lachte der Mann. »Du musst nur mit dem Verschicker sprechen. Der weiß alles über jeden. Das dritte Warenhaus nach dem Stadteingang links. Er hat die gesamte zweite Etage in ein Büro verwandelt. Wenn der dir nicht weiterhelfen kann, dann kann es niemand.«

So wichtig die Information auch war, schenkte ich ihr doch nur meine halbe Aufmerksamkeit. Als der Mann gelacht hatte, hatte ich seinen Mund besser erkennen können. Seine Zähne waren ...

»Schau dir mal seine Zähne an!«, keuchte das Mädchen plötzlich.

»Meine Zähne?« Ich zuckte zusammen und bemerkte erschrocken, dass sie mich mit unverhohlenem Erstaunen anstarrte.

In der Zwischenzeit war ihr Begleiter merklich blasser geworden und wich ein Stück zurück.

»Du ... du bist ... Woher kommst du?«

Ich versuchte mein Bestes, ein natürliches Verhalten an den Tag zu legen, um herauszubekommen, was hier los war, und so trat ich einen Schritt vor, um unseren vorherigen Gesprächsabstand wiederherzustellen.

»Vom Schloss dort hinten auf dem Hügel. Ich wollte gerade ...«

»VOM SCHLOSS!?!«

Blitzartig wirbelte das Paar herum und floh vor mir die Straße entlang.

»Monster!! Hilfe!! MONSTER!!!«

Ich selbst wirbelte ebenfalls herum und warf einen Blick hinter mich, um festzustellen, was ihnen einen solchen Schrecken eingejagt hatte. Doch als ich die leere Straße vor mir sah, begann es mir langsam zu dämmern. Die hatten Angst vor *mir*! Monster?

Von allen Reaktionen, mit denen ich bei unserem Empfang in diesem neuen Land gerechnet hatte, war dies die unwahrscheinlichste, die ich mir nicht einmal in meinen kühnsten Träumen vorgestellt hätte.

Ich? Ein Monster?

»Ich glaube, Große Nummer, wir haben Probleme«, bemerkte Massha, als sie zusammen mit Guido aus dem Gehölz an meine Seite trat.

»Ach nein! Wenn mich nicht alles täuscht, hatten die Angst vor mir.«

Sie seufzte schwer und schüttelte den Kopf.

»Das habe ich nicht gemeint. Hast du ihre Zähne gesehen?«

»Seine Zähne, ja«, sagte ich. »Die Eckzähne waren lang und spitz. Ziemlich komisch, nicht?«

»Überhaupt nicht komisch, Heißmatz. Denk mal drüber nach. Ich gehe jede Wette ein, dass du dich da gerade mit zwei Vampiren unterhalten hast.«

Kapitel 5

»WER WILL DENN SCHON EWIG LEBEN?«
GRAF DRACULA

»Vampire«, sagte ich vorsichtig.

»Klar. Passt auch alles ins Bild«, meinte Massha und nickte dabei. »Die bleiche Haut, die spitzen Fänge, die rot geäderten Augen, und die Art, wie sie sich in Fledermäuse verwandelt haben ...«

»In Fledermäuse verwandelt?«

»Das hast du nicht mitbekommen, Boss«, warf Guido erklärend ein. »Du hast gerade hinter dich geschaut. War wirklich die unglaublichste Sache, die ich je gesehen habe. Gerade rannten sie noch um ihr Leben – und plötzlich flattern sie davon in die Dunkelheit. Sind eigentlich alle anderen Dimensionen so?«

»Vampire ...«

Eigentlich war ich gar nicht sonderlich schockiert. Wenn ich bedachte, in was für Abenteuer Aahz und ich in so genannten »erforschten und für sicher befundenen« Dimensionen geraten waren, war es nur natürlich, hier etwas ziemlich Außergewöhnliches vorzufinden. Ich war sogar eher ein wenig erleichtert. Der Schleier war gelüftet – und es war alles gar nicht so schrecklich schlimm! Das heißt, es hätte schlimmer kommen können. (Wenn ich in Aahz' Gesellschaft irgendetwas gelernt hatte, so die Fähigkeit einzusehen, dass alles immer noch schlimmer hätte kommen können!) Die gegenwärtige Konversation war nichts als ein raffinierter Schachzug, um mein Bemühen zu kaschieren, diese neu gewonnene Information zu verdauen und zu beschließen, was damit anzufangen war.

»Vampire sind in allen Dimensionen sehr selten«, erklärte mein Lehrling und sprang mir zur Seite, um Guidos Frage zu beantworten. »Und außerdem sind sie überall ziemlich gefürchtet. Ich begreife nur nicht, weshalb die beiden sich vor Skeeve so geängstigt haben.«

»Und außerdem«, warf ich nachdenklich ein, »ist da noch die Frage, ob wir wirklich mit Sicherheit davon ausgehen können, dass diese ganze Dimension von Wesen bevölkert ist wie diesen beiden, die wir gerade kennen gelernt haben. Ich weiß zwar, dass das ziemlich unwahrscheinlich ist, aber möglicherweise sind wir ausgerechnet den beiden einzigen Vampiren begegnet, die es hier überhaupt gibt.«

»Ich weiß ja nicht, Großmann. Die haben sich so benommen, als wären sie hier zu Hause, und sie haben mit Sicherheit nicht damit gerechnet, dass du irgendwas an *ihrem* Aussehen merkwürdig finden könntest. Ich schätze eher, dass die hier die Norm sind und wir die Ausnahme.«

»Wie auch immer«, fällte ich schließlich meine Entscheidung. »Jedenfalls sind es die beiden einzigen Exemplare, mit denen wir arbeiten können, also werden wir uns so lange daran halten, bis wir eines Besseren belehrt werden.«

»Und was sollen wir gegen einen Haufen Vampire unternehmen?«

Als Leibwächter schien Guido sich Sorgen wegen unserer Einschätzung der Lage zu machen.

»Ganz ruhig bleiben!«, meinte ich lächelnd. »Als Erstes ist jetzt der gute alte Tarnzauber an der Reihe. Hier und da ein bisschen Kosmetik, und schon kann man uns nicht mehr von den Einheimischen unterscheiden. Dann können wir durch eine ganze Vampirstadt spazieren, ohne aufzufallen.«

Mit diesen Worten schloss ich die Augen und machte mich ans Werk. Wie ich meinem Gefolge schon erklärt hatte, würde das eine Kleinigkeit sein: das normale Aussehen beibehalten, nur die Haut ein wenig bleicher färben, längere Fangzähne und ein künstliches Rotfärben der Augen – fertig.

»Gut«, sagte ich und öffnete wieder die Augen. »Und was liegt als Nächstes an?«

»Ich mag dir ja nicht deine eigenen Worte um die Ohren hauen, Heißmatz«, erwiderte Massha gedehnt, »aber hast du nicht gerade irgendwas davon gesagt, dass wir erst mal eine Tarnung durchführen, bevor wir weitergehen?«

»Natürlich. Deshalb habe ich doch auch gerade ... Moment mal! Soll das heißen, dass wir immer noch genauso aussehen wie vorher?«

Eines der Probleme beim Verhängen eines Tarnzaubers besteht darin, dass ich als Ausführender die Wirkung nicht selbst erkennen kann. Das heißt: Ich sehe die Leute immer so, wie sie sind, ob ich nun den Zauber verhängt habe oder nicht. Ich hatte mich schon so an meinen Zauber gewöhnt, dass mir überhaupt nicht der Gedanke gekommen war, er könne nicht funktionieren.

Massha und Guido wechselten Blicke, die alles andere als gelassen waren.

»Hmmm ... vielleicht hast du's bloß vergessen.«

»Versuch's noch mal.«

»Genau! Und vergiss diesmal nicht ...«

»Einen Augenblick, ihr zwei!«, sagte ich in meinem autoritärsten Ton. »Aus eurer Reaktion schließe ich, dass die Antwort ›ja‹ lautet. Das heißt, der Zauber hat nicht funktioniert. Also beruhigt euch mal ein wenig und lasst mich nachdenken. In Ordnung?«

Zur Abwechslung hörten sie mal auf mich und verfielen in ein respektvolles Schweigen. Am liebsten hätte ich mir eine Minute gegönnt, um meinen Triumph auszukosten, aber dafür machte mir das Problem zu sehr zu schaffen.

Der Tarnzauber war einer der ersten Zauber, die ich gelernt hatte, und bisher war er eines meiner besten und zuverlässigsten Werkzeuge gewesen. Wenn er nicht funktionierte, war irgendetwas fürchterlich faul. Nun wusste ich allerdings genau, dass mein Wissen um den Zauber beim Durchschreiten der Tür nicht beeinträchtigt worden war, was wiederum bedeutete, wenn irgendwo etwas nicht stimmte, es wohl ...

»He, Heißer Junge! Überprüf doch mal die Kraftlinien!«

Offenbar waren mein Lehrling und ich zur gleichen Zeit zu der gleichen Schlussfolgerung gelangt. Ein kurzes Überprüfen des Himmels über unseren Köpfen und der Umgebung bestätigte mir meine schlimmsten Befürchtungen. Zuerst nahm ich an, dass es hier überhaupt keine Kraftlinien gebe, doch dann merkte ich, dass sie zwar da waren, aber so schwach, dass ich fast meine ganzen Kraftreserven darauf verwenden musste, sie auch nur auszumachen.

»Was sind das, Kraftlinien?«, wollte Guido wissen.

Massha seufzte ungeduldig.

»Wenn du schon bei unserer Truppe bist, Bösewicht, solltest du dir auch ein paar Kenntnisse über das Magikgeschäft aneignen ... oder zumindest den Fachjargon. Kraftlinien sind unsichtbare Energieströme, die durch den Boden und die Luft fließen. Das ist die Kraftquelle, mit deren Hilfe wir unsere Kaninchen-aus-dem-Zylinder-Nummern ziehen. Das bedeutet, dass wir in einem Land wie diesem hier, wo die Kraftlinien entweder gar nicht existieren oder nur sehr schwach sind ...«

»... keinen Saft in der Strippe haben«, beendete der Leibwächter ihren Satz. »He, Boss! Wenn das stimmt, was sie sagt, wieso konnten diese beiden Typen gerade dann trotzdem ihren Fledermaustrick abziehen?«

»Weil sie *sehr* sehr gut in Sachen Magik sind. Mit so wenig so viel zu leisten, das bedeutet, dass sie kein bisschen auslassen, wenn sie die Kraftlinien anzapfen. Kurz gesagt, sie sind wesentlich besser als Massha und ich, was das Magikspiel angeht.«

»Das leuchtet ein«, stimmte mir Massha nickend zu. »In sämtlichen Dimensionen, in denen ich gewesen bin, waren die Vampire, wenn es welche gab, mit die größten Magiker überhaupt. Wenn das hier alles ist, womit sie üben können, verstehe ich auch, wieso sie Amok laufen, wenn sie mal in eine Dimension kommen, in der die Kraftlinien reichlich und mächtig strömen.«

Ich rieb mir die Stirn und versuchte verzweifelt, gleichzeitig zu denken und den Kopfschmerz abzuwehren, der gerade auf mich zuzukommen schien. Genau nach Plan wurde alles plötzlich immer schlimmer!

»Du hast wahrscheinlich nichts in deiner Schmucksammlung, mit dem wir uns tarnen könnten, wie?«

Trotz unserer misslichen Lage stieß Massha ein leises Lachen aus.

»Denk doch mal nach, Große Nummer! Wenn ich etwas hätte, mit dem ich Tarnzauber bewerkstelligen könnte, würde ich dann vielleicht so rumlaufen?«

»Also müssen wir es mit einer Welt voller Riesenmagiker aufnehmen, während unser eigener Feuerschutz an Munitionsmangel krankt«, fasste Guido die Situation zusammen.

»Na gut, dann wird's eben ein bisschen heikler als erwartet. Vergesst nicht, dass mein Partner in den letzten Jahren auch ohne sämtliche magischen Kräfte ganz gut zurechtgekommen ist.«

»Dein Partner sitzt auch bloß gerade wegen Mord im Knast«, versetzte Guido spitz. »Deshalb sind wir überhaupt hier, oder hast du das schon vergessen?«

»Außerdem«, fuhr ich fort und ignorierte seine Bemerkung (noch so eine Kleinigkeit, die ich von Aahz gelernt hatte), »haben wir nie vorgehabt, es ›mit einer ganzen Welt aufzunehmen‹. Wir wollen lediglich ein kurzes, knappes Stoßtruppunternehmen durchführen, uns Aahz schnappen und zurückkehren, wobei wir so wenig Kontakt zu den Einheimischen herstellen wollen wie möglich. All das bedeutet lediglich, dass wir ein bisschen vorsichtiger sein müssen, sonst nichts.«

»Und was ist mit dem Trio, das wir eigentlich jagen und einfangen wollten?«

Ich dachte kurz an die Blondine, die uns vor Aahz' Missgeschick gewarnt hatte.

»Das gehört bereits zum vorsichtigeren Taktieren«, verkündete ich feierlich. »Falls ... ich meine, *falls* wir Aahz aus dem Gefängnis befreien können, kehren wir sofort nach Hause zurück und freuen uns über unser Glück. Na schön, dann ... müssen wir die Täufler eben auszahlen. Das ist ... ein geringer Preis, für ... für ...«

Ich merkte, dass mein Gefolge mich leicht entsetzt anschaute. Ich merkte außerdem, dass meine Worte immer langsamer und schmerzlicher geworden waren, als ich das Thema der Auszahlung der Täufler berührte.

Ich räusperte mich und versuchte es noch einmal.

»Ahem! Sagen wir mal, dass wir eine neue Lagebesprechung machen, wenn wir Aahz erst mal haben. In Ordnung?«

Meine Helfer wirkten zwar immer noch nicht völlig überzeugt, aber ich hielt es für das Beste, das Thema zu wechseln.

»Und was unsere Gegner angeht, so sollten wir zunächst mal unser Wissen über Vampire miteinander vergleichen, damit wir feststellen können, womit wir zu rechnen haben. Also, wir wissen, dass sie sich in Fledermäuse oder Katzen verwandeln können ...«

»... oder auch einfach in eine Nebelwolke«, warf Massha ein.

»Blut trinken die«, meinte Guido grimmig.

»Sie mögen kein helles Licht und keine Kreuze ...«

»... und können dadurch getötet werden, dass man ihnen einen Pflock durchs Herz treibt oder ...«

»Blut trinken die.«

»Genug, genug! Ja, gut, sie trinken Blut. Zufrieden, Guido?«

Langsam ging mir der ständige Pessimismus meines Leibwächters ziemlich auf die Nerven. Ich meine, wir waren alle nicht sonderlich erbaut von der Entwicklung der Dinge, aber es hatte schließlich auch keinen Zweck, sich immer nur auf die negativen Seiten zu konzentrieren.

»Tut mir Leid, Boss. Schätze, in meinem Beruf sieht man nach 'ner Weile schon rein gewohnheitsmäßig immer schwarz.«

»Knoblauch!«, rief Massha plötzlich.

»Wie?«

»Ich sagte ›Knoblauch‹«, wiederholte sie. »Vampire mögen keinen Knoblauch!«

»Das stimmt! Wie steht's Guido? Hast du vielleicht etwas Knoblauch dabei?«

Der Leibwächter wirkte richtig verlegen.

»Kann das Zeug nicht ausstehen«, gestand er. »Die anderen Jungs vom Syndikat haben mich immer deswegen angemacht, aber ich kriege Ausschlag davon.«

Wunderbar! Wir hatten wahrscheinlich das einzige Syndikatsmitglied bei uns, das allergisch gegen Knoblauch war! Noch eine brillante Idee, die sich in Rauch auflöste.

»Na gut«, sagte ich mit schwerem Seufzen. »Jetzt wissen wir wenigstens, mit wem wir es zu tun haben.«

»Ähhh ... sag mal, Heißmatz?«, warf Massha leise ein. »Mal ohne Quatsch: Übernehmen wir uns da nicht ein bisschen? Ich meine, der Bösewicht hier kann uns zwar rein physisch ein bisschen Rückendeckung geben, aber ich bin mir nicht sicher, dass mein Schmuck uns magisch genug Schutz bietet.«

»Ich weiß diesen Vertrauensbeweis ja wirklich zu schätzen.« Guido lächelte traurig. »Aber ich glaube nicht, dass meine Schießeisen uns viel gegen Vampire nützen. Wenn der Boss magikmäßig abgetakelt ist ...«

»Nun schieb mich mal nicht so hastig aufs Altenteil! Meine Magik mag zwar nicht gerade auf Hochtouren laufen, aber wenn die Sache knifflig werden sollte, kann ich immer noch ein bis zwei Nummern abziehen.«

Massha runzelte die Stirn. »Aber die Kraftlinien ...«

»Bisher habe ich bei deinem Unterricht eine Kleinigkeit ausgelassen, Lehrling«, gestand ich mit selbstzufriedenem Feixen. »Es war auch nicht wirklich nötig, weil es auf Tauf ja mehr als genug Energie gibt ... ich hab's mir sogar selbst ziemlich abgewöhnt. Na ja, jedenfalls geht es darum, dass man nicht unbedingt immer die Kraftlinien anzapfen muss, um Magik durchführen zu können. Man kann die Energie auch innerlich speichern wie eine Batterie, so dass welche da ist, wenn man sie braucht. Während ihr euch unterhalten habt, habe ich mich aufgeladen, so dass ich bei Bedarf durchaus ein bisschen magische Tarnung herstellen kann. Natürlich nichts Langfristiges wie einen Dauertarnzauber, und ich muss auch mit meinen Kräften haushalten, weil es hinterher immer eine Weile dauert, bis ich mich wieder aufgeladen habe, aber auf jeden Fall sind wir nicht nur von deinem Schmuck allein abhängig.«

Ich hatte eigentlich erwartet, dass meine Mitarbeiter ein wenig erfreuter reagieren würden, wenn sie hörten, dass ich doch nicht völlig hilflos war. Doch stattdessen sahen sie nur betreten drein. Sie wechselten Blicke miteinander, sahen in den Himmel und schließlich auf den Erdboden.

»Hmmmm ... soll das heißen, dass wir weitermachen?«, fragte Guido schließlich.

»Genau«, bestätigte ich. »Ich hätte höchstwahrscheinlich sogar dann noch weitergemacht, wenn ich überhaupt keine Kräfte mehr gehabt hätte. Mein Partner sitzt irgendwo dort draußen in der Patsche, und ich werde wenigstens *versuchen*, ihm zu helfen. Für euch würde ich genau das Gleiche tun, aber im Augenblick reden wir über Aahz. Er hat mir öfter das Leben gerettet, als ich aufzählen mag. Ich kann einfach nicht ...«

Ich nahm mich zusammen und fing noch einmal an.

»Hört mal«, sagte ich diesmal etwas beherrschter. »Ich gebe zwar zu, dass wir nicht mit dieser Vampirgeschichte gerechnet haben, als wir loszogen, und diese Beschränkung unserer Magik ist Grund genug, sich die Sache noch mal zu überlegen. Wenn einer von euch oder ihr alle beide lieber nach Hause zurückkehren wollt, dann könnt ihr das von mir aus ohne Gewissensbisse tun. Der einzige Grund, weshalb ich weitermache, ist der, dass ich mich eben kenne. Was immer vor mir liegen mag – es kann mit Sicherheit nicht so schlimm sein wie das, was ich durchmachen würde, wenn ich Aahz sterben ließe, ohne mein Bestes zu versuchen, um ihn wieder rauszuhauen. Aber das gilt eben nur für mich. Wenn ihr wollt, dann geht ruhig zurück.«

»Nun reg dich doch nicht gleich so auf, Heißmatz«, tadelte Massha mich sanft. »Ich weiß zwar immer noch nicht, ob ich dir 'ne große Hilfe sein kann, aber mitkommen werde ich auf jeden Fall. Ich hätte wahrscheinlich genau das gleiche Problem, wenn dir etwas zustoßen sollte und ich nicht dabei wäre und wenigstens versuchen würde, es zu verhindern. Schließlich bin ich *dein* Lehrling, nicht wahr?«

»Die Leibwächterei ist ja nichts Besonderes, aber es ist nun mal alles, was ich kann«, meinte Guido düster. »Ich habe die Aufgabe, deinen Leib zu bewachen, also gehe ich mit, wo immer er auch hingehen mag. Ich bin nur nicht gerade aus dem Häuschen, was unsere Überlebenschancen angeht, falls du verstehst, was ich meine.«

»Dann wäre die Sache also geklärt«, sagte ich entschieden. »Also gut. So, wie ich das sehe, ist unsere nächste Station Blut.«

»Blut«, wiederholte Massha sorgfältig.

»Genau. Ich will mir diesen Verschickerburschen mal vorknöpfen und rausfinden, was er zu sagen hat. Ich meine, Stadt bleibt Stadt, und wir haben schon öfter fremde Städte besucht. Was wir im Augenblick wirklich brauchen, sind Informationen, und die nächstgelegene Informationsquelle ist Blut.«

»Der Verschicker«, sagte Massha ohne sonderliche Begeisterung.

»Blut«, wiederholte Guido und klang dabei noch unerfreuter.

Mir kam der Gedanke, dass meine Gehilfen zwar wild entschlossen waren, während dieser Unternehmung zu mir zu halten, wenn ich jedoch begeisterte Unterstützung suchte, die aus tiefstem Herzen kam, würde ich mich wohl an die Einheimischen wenden müssen – eine Aussicht, in die ich keine allzu große Hoffnungen setzte.

Kapitel 6

»Agenten sind Vampire mit Telephon!«
unbekannter Redakteur

Erinnern Sie sich noch daran, wie ich sagte, dass eine Stadt wie die andere ist? Schön, dann vergessen Sie's am besten wieder. Obwohl ich schon einen Haufen Dimensionen besucht und zahlreiche Städte kennen gelernt hatte, musste ich doch zugeben, dass Blut selbst in meinen Augen ein wenig seltsam aussah.

Alles schien mit tödlicher Kompromisslosigkeit in Schwarz gehalten zu sein. (Vielleicht ist der Ausdruck »mit tödlicher Kompromisslosigkeit« nicht gerade glücklich gewählt. Wie dem auch sei, jedenfalls trifft es die Sache ziemlich genau.) Und wenn ich sage »alles«, dann meine ich wirklich absolut *alles!* Pflastersteine, Mauern, Dachziegel, alles folgte demselben phantasielosen Farbschema. Vielleicht hätten die Schwarztöne selbst nicht halb so unheilvoll und düster gewirkt, wäre da nicht auch noch überall, wo man auch hinsah, diese architektonische Ornamentik gewesen: Steinerne Drachen und Schlangen verzierten jedes Gesims und jede Mauerkante, zusammen mit den unvermeidlichen Wasserspeiern und natürlich Fledermäusen. Und damit meine ich nicht einfach nur irgendwelche »Fledermäuse« sondern *»FLEDERMÄUSE«!!!* Große Fledermäuse, kleine Fledermäuse, Fledermäuse mit halb gespreizten Flügeln, Fledermäuse mit gänzlich ausgebreiteten Flügeln ... eben *FLEDERMÄUSE!!!* Das Einzige, was ihnen gemeinsam war (außer der schwarzen Farbe), waren ihre Münder voller nadelspitzer Zähne ... ein Anblick, der wenig dazu beitrug, meine ohnehin schon nervöse Mannschaft zu beruhigen. Ich spürte, wie die Spannung wuchs, als wir unter den Nasen dieser wilden Ziergestalten dahinschritten. Fast erwartete man, dass die steinernen Figuren jeden Augenblick zum Leben erwachen und sich auf einen stürzen würden, um sich ein oder zwei Literchen Blut als Abendmahlzeit zu genehmigen.

»Richtig heiteres Örtchen, was?«, fragte Massha und musterte dabei die Dachgiebel.

»Ich will mich ja nicht beschweren, Boss«, log Guido frech, »aber ich habe schon Friedhöfe erlebt, die weitaus gemütlicher waren.«

»Wollt ihr wohl endlich die Klappe halten!«, raunzte ich so gut ich konnte durch meine zusammengekniffenen Lippen. »Denkt an unsere Tarnung.«

Ich hatte meinen Tarnzauber bereits aktiviert, als wir in die Stadt gekommen waren, doch um magische Energie zu sparen, hatte ich lediglich unsere Augen rot eingefärbt. Wenn irgendjemand auf der Straße – und es gab hier Leute zuhauf – unsere Zähne bemerken sollte, würde die Bombe ein für alle Mal platzen. Obwohl – vielleicht auch nicht. Wir wussten immer noch nicht, weshalb das Pärchen, dem wir auf der Straße begegnet waren, vor mir solche Angst gehabt hatte, aber ich wollte den Erfolg unserer Mission nicht auf der vagen Hoffnung aufbauen, dass die ganze Stadt vor uns davonjagen würde, wenn wir unsere Tarnung aufhoben.

Zum Glück hatte ich unsere Garderobe magisch unberührt lassen können. Verglichen mit den Vampiren auf der Straße nahmen wir uns eher etwas schäbig aus. Obwohl die meisten recht jung aussahen, kaum älter als ich, gab es Exemplare jeder Größe und Gestalt, und sie waren in die buntesten und schreiendsten Kleidungsstücke gehüllt, die zu sehen ich jemals das Unglück hatte, während sie einander etwas zuriefen, aus den Gaststätten entlang der Straße hervortraten oder in ihnen verschwanden.

Inzwischen war es Nacht. Die Wolken hatten sich so weit verzogen, dass sie den sternübersäten Himmel freigaben, und die Vampire schienen, ihrem Ruf getreu, das Nachtleben zu genießen.

»Wenn jeder hier ein Vampir ist«, sagte Guido, meine Mahnung missachtend, »woher kriegen die denn dann die Leute, denen sie Blut aussaugen können?«

»Soweit ich das sehe«, erwiderte Massha, die ebenfalls meinen Schweigebefehl ignorierte, »kaufen sie es in Flaschen.«

Sie deutete auf eine Gruppe von Vampiren, die auf einer niedrigen Mauer saßen und fröhlich eine Flasche mit einer roten Flüssigkeit herumreichten. Obwohl wir ja wussten, wo wir uns befanden, hatte ich unterbewusst einfach angenommen, dass sie Wein tranken. Mit der logisch unausweichlichen Feststellung konfrontiert, dass das Zeug, das sie da zu sich nahmen, nicht gekeltert, sondern allenfalls punktiert worden war, machte mein Magen eine Rolle seitwärts und schwenkte nach rechts in die Tiefe.

»Wenn ihr beide mit der Besichtigung der Sehenswürdigkeiten fertig seid«, zischte ich, »dann wollen wir möglichst schnell diesen Verschickertyp aufsuchen, bevor uns noch einer auf ein Glas einlädt.«

Damit führte ich meine etwas eingeschüchterten Gehilfen weiter, wobei wir den feiernden Vampiren zunickten und -winkten. Tatsächlich schienen sie alle eine Menge Spaß zu haben, und ich wäre fast versucht gewesen, mich zu ihnen zu gesellen, wäre da nicht die Dringlichkeit unserer Mission gewesen ... und natürlich auch die Tatsache, dass es eben *doch* Vampire waren.

Den Anweisungen folgend, die mir das Pärchen auf der Straße vor seiner panikartigen Flucht gegeben hatte, fanden wir mühelos das Büro des Verschickers. Massha und ich ließen Guido draußen Schmiere stehen und schritten mutig die Stufen hinauf ins Büro.

So seltsam die Stadt Blut auch aussah, war ich dadurch keinesfalls auf das vorbereitet, was wir in diesem Raum vorfanden.

Die Wände waren mit Hunderten von Glasbildern übersät, Bildern, die bewegliche, lebendige Dinger zeigten oder Szenen von unbeschreiblicher Gewalttätigkeit gegenüber offensichtlich hilflosen Opfern. Der Gesamteffekt war weder entspannend noch angenehm ... mit Sicherheit war das nichts, was ich bei mir zu Hause gerne an der Wand hängen hätte.

Die Bilder fesselten meine Aufmerksamkeit jedoch in solchem Ausmaß, dass ich beinahe den Verschicker übersah, bis er sich schließlich von seinem Schreibtisch erhob. »Erheben« ist vielleicht nicht das richtige Wort dafür, denn tatsächlich hopste er von seinem Stuhl herunter, der ohnehin schon recht hoch war, und durch ein Sitzkissen noch um einiges erhöht wurde.

Er kam breit lächelnd auf uns zu, die Hand zum Gruß vorgestreckt.

»Hallo ihr ich heiße Vilhelm euer Problem ist mein Problem nehmt nicht Platz stehende Probleme löse ich umsonst für sitzende Probleme berechne ich angemessene Honorare nur ein paar Prozent Provision was kann ich für euch tun?«

Das alles kam als einziger Satz heraus, er sprach ohne Punkt und Komma. Allerdings ergriff er meine Hand, pumpte sie zwei Mal, wiederholte das Gleiche bei Massha, griff wieder nach meiner Hand ... und all das, bevor er noch zu Ende gesprochen hatte.

Alles in allem war das ziemlich überwältigend. Ich bekam einen flüchtigen Eindruck von einem kurzen, stämmigen

Burschen mit dicklichen rosa Wangen und einem ziemlich ausgeprägten nervösen Tick. Ich hatte mir mit Absicht vorher keine Gedanken darüber gemacht, wie der Verschicker wohl aussehen würde, aber ein Putten-Vampir hätte wahrscheinlich ohnehin meine Vorstellungskraft gesprengt.

»Ich ... ähhhh ... woher weißt du, dass ich ein Problem habe?«

Das trug mir ein erneutes Händequetschen und ein Augenzwinkern ein.

»Niemand kommt hierher, wenn er kein Problem hat«, sagte er und ging endlich zu einer etwas langsameren Sprechweise über. »Ich meine, ich könnte immer ein bisschen Hilfe gebrauchen, aber meint ihr, es käme mal jemand vorbei, um mich zu unterstützen? Nicht die Bohne. Anscheinend kriege ich immer nur dann andere Gesichter aus Fleisch und Blut zu sehen, wenn es für mich Arbeit bedeutet. Beweist mir doch das Gegenteil ... bitte! Sagt mir, dass ihr gekommen seid, um den Laden für eine Stunde oder so zu übernehmen, damit ich mal eben hinaushuschen kann, um einen Happen zu trinken.«

»Na ja, eigentlich hätten wir schon ein Problem, und man hat uns gesagt ...«

»Siehst du! Was habe ich gesagt? Also gut. Was habt ihr? Ein stehendes oder ein sitzendes Problem? Stehende Probleme behandle ich um ...?

Schon war er wieder in Fahrt. In dem verzweifelten Versuch, unseren Besuch möglichst kurz zu halten, unterbrach ich seine Tirade.

»Wir suchen nach einem Freund, der ...«

»Kein weiteres Wort! Ein Freund! Eine Sekunde!«

Damit sprang er wieder in seinen Stuhl, grabschte nach einem merkwürdig aussehenden Gerät auf seinem Schreibtisch, fummelte kurz daran herum und begann dann, hineinzusprechen.

»Ja, Darwin? Hier Vilhelm. Ich brauche ... klar ...«

Er lehnte sich zurück und schob das Gerät seitlich neben seinen Kopf, um nach einem weiteren zu greifen.

»Hier ist Vilhelm. Ist Kay da? ... Na gut, dann sag ihr Bescheid, wenn sie fertig ist ...«

Das zweite Gerät glitt unter dasselbe Ohr wie das erste, und er griff nach einem dritten.

»Ich weiß zwar, dass ich das nicht fragen sollte«, flüsterte ich Massha zu, »aber was macht er da?«

»Das sind Telephone«, erwiderte sie leise, während gerade ein viertes Gerät ins Spiel gebracht wurde. »Man spricht in das eine Ende hinein und der andere am anderen Ende, egal wer es ist, kann einen verstehen und antworten. Das ist besser, als in der ganzen Stadt rumzurennen, um eine Antwort zu bekommen.«

Inzwischen hatte der Vampir schon so viele Instrumente von Schultern und Armen herabhängen, dass er so aussah, als würde er gerade in einem Nest von lauter Schlangen angegriffen. Doch schien er damit ganz gut zurechtzukommen, denn er sprach immer abwechselnd in eines von diesen Geräten und hielt auf diese Weise mehrere Gespräche in Gang. Er sah aus wie ein Jongleur, der mit einem Korb voller Bälle jongliert.

»He, das ist aber toll!«, rief ich. »Meinst du, wir könnten uns ein paar von den Dingern für unser Haus im Bazar anschaffen?«

»Glaub mir, die machen mehr Ärger, als du annimmst«, meinte Massha. »In null Komma nix verbringst du deine ganze Zeit am Telephon und redest mit Leuten, ohne noch irgendwas Vernünftiges zustande zu bringen. Außerdem, seitdem sie die Firma verstaatlicht haben ...«

»Ich glaube, ich hab's!«, verkündete Vilhelm und sprang wieder auf den Boden hinunter. »Einen Freund habe ich mit Sicherheit für euch, aber wenn ich ehrlich bin, ist er nichts

Halbes und nichts Ganzes. Ich kriege aber noch zwei Rückrufe, also wollen wir erst mal sehen, was die anzubieten haben, bevor ihr euch endgültig festlegt, okay?«

»Ähhhh ... ich glaube, hier liegt ein Missverständnis vor«, sagte ich verzweifelt und versuchte, den Wahnsinn zu bremsen, bevor er noch größere Ausmaße annahm. »Ich suche nicht nach einem *neuen* Freund. Ich versuche vielmehr, einen Freund ausfindig zu machen, den ich bereits habe und der sich möglicherweise hier in der Stadt aufhält.«

Er blinzelte mehrmals, während sich diese Nachricht setzte. Mit einer unwillkürlichen Bewegung wollte er schon nach seinen Telephonen greifen, doch dann winkte er ihnen angeekelt ab.

»Zum Teufel damit«, seufzte er. »Wenn die irgendwas auftreiben, kann ich sie immer noch an jemand anderen mit Profit verscheuern. Also gut, fangen wir noch mal von vorne an. Du suchst nach einer bestimmten Person. Ein Stadtbewohner oder ein Durchreisender? Es wäre *durchaus* eine Hilfe, wenn du mir ein paar Grundinformationen geben könntest, weißt du?«

Er wirkte ein bisschen verärgert, und ich hätte gerne irgendetwas gesagt oder getan, was ihn aufgeheitert hätte. Doch bevor mir etwas Passendes einfiel, mischte sich mein Lehrling in das Gespräch ein.

»Hast ja 'ne Mordsapparatur hier, Schnelldenker. Darf ich mal fragen, was du eigentlich machst?«

Wie stets erwies sich Masshas Menschenkenntnis als weitaus besser als meine. Die Miene des kleinen Vampirs hellte sich merklich auf, als er das Kompliment vernahm, und sein Brustkorb schwoll an, während er mit seinem Bericht begann.

»Nun, die Berufsbezeichnung lautete ursprünglich Verschicker ... ihr wisst schon, wie in ›Verschicker von Albträumen‹. Aber wie bei jedem anderen Job stellte sich irgendwann heraus, dass 'ne Menge Sachen dazu gehören, die eigentlich nicht in der Beschreibung der Tätigkeitsmerkmale berücksichtigt werden. Jetzt ist es eine Art Kombination von Verschicker, Reiseagent, Fundbüro und Meldestelle für vermisste Personen.«

»Albträume?«, fragte ich, unfähig, mich zu beherrschen.

»Klar. Alles, was aus der Dimension Vorhölle kommt, ob Träume oder echte Sachen, kommt hier durch. Wo kommst du denn her, dass du das nicht weißt?«

Verständlicherweise war ich nicht sonderlich wild darauf, das Gespräch mit einer Schilderung unseres Herkunftsortes fortzusetzen.

»Ähhh, kannst du uns wirklich helfen, unseren Freund zu finden? Er ist neu in der Stadt, genau wie wir.«

»Ach ja, richtig. Ihr sucht ja nach jemandem. Tut mir Leid, ich lasse mich immer ein bisschen hinreißen, wenn ich über meine Arbeit spreche. Neu in der Stadt, hm? Dürfte nicht so schwer sein, ihn zu orten. So viele Besucher bekommen wir auch wieder nicht.«

»Möglicherweise sitzt er im Gefängnis«, platzte Massha heraus, bevor ich begriff, was sie sagen wollte.

»Im Gefängnis?« Der Vampir furchte die Stirn. »Der einzige Auswärtige, der gerade im Gefängnis sitzt ... He! Jetzt erkenne ich dich erst! Deine Augen haben mich einen Augenblick in die Irre geführt. Du bist doch Skeeve, nicht?«

Ich war völlig verdutzt.

»Schirm 97B!«, erklärte er stolz und zeigte mit einer vagen Geste über seine Schulter. »Da gibt es jemanden, ungefähr ein Dutzend Dimensionen von hier, 'n Typ mit einem Hotdog-Stand, in dessen Albträumen du eine Hauptrolle spielst. Du, ein Drache und ein Perverser. Gehe ich recht in der Annahme, dass unser gegenwärtiger Gefängnisinsasse kein anderer als dein Faktotum Aahz ist?«

»Um genau zu sein, es heißt Perfekter und nicht Perverser … aber davon abgesehen hast du Recht. Das ist mein Partner, den ihr hier eingesperrt habt, und wir wollen ihn raushaben.«

Wahrscheinlich redete ich zu viel, aber in einer Dimension wiedererkannt zu werden, von deren Existenz ich bis vor kurzem noch nicht einmal etwas geahnt hatte, das haute mich einfach um. Und außerdem schien der Verschicker auf seine Entdeckung überhaupt nicht feindselig zu reagieren, eher neugierig.

»So, so. Skeeve höchstpersönlich. Hätte nie gedacht, dass ich dich mal kennen lerne. Irgendwann musst du mir mal erzählen, was du diesem armen Kerl angetan hast, dass er dich in seiner Albtraum-Hitparade auf den ersten Platz setzt.«

»Was ist mit Aahz?«, fragte ich ungeduldig.

»Du weißt, dass er unter Mordanklage steht?«

»Das habe ich gehört, glaube es aber nicht. Er ist ja so manches, aber kein Mörder.«

»Gibt aber 'ne Menge Beweise«, meinte Vilhelm achselzuckend. »Aber sag mal – was hat denn diese Vampirverkleidung zu bedeuten? Du bist doch ebenso wenig ein Vampir wie ich ein Klahd bin.«

»Das ist eine lange Geschichte. Sagen wir mal, das schien hier die ortsübliche Uniform zu sein.«

»Vertu dich nicht«, grinste der Verschicker. »Nehmt euch 'nen Stuhl … kostenlos natürlich. Ich habe Zeit und 'ne Menge Fragen über die anderen Dimensionen. Vielleicht können wir ein paar Informationen austauschen.«

Kapitel 7

»Ach, ist das alles aufregend ...«
Nero

»Ich verstehe wirklich nicht, wie du dieses Zeug trinken kannst«, bemerkte ich und musterte Vilhelms Kelch, der randvoll mit Blut gefüllt war.

»Merkwürdig«, erwiderte er lächelnd. »Ich wollte gerade dasselbe sagen. Ich meine, du weißt doch, was W. C. Fields über Wasser gesagt hat!«

»Nein, was denn?«

»Damit ich die Sache auch wirklich richtig kapiere«, unterbrach Guido, bevor ich eine Antwort bekam. »Du sagst also, dass ihr Vampirburschen den Leuten gar nicht wirklich das Blut aussaugt?«

»Och, ein paar von uns tun das schon«, meinte der Verschicker achselzuckend. »Aber das ist ein anerzogener Geschmack, so wie bei Steak und Tatar. Manche Leute behaupten, das sei ein Leckerbissen, aber ich selbst hab das Zeug nie leiden können. Ich kann darauf prima verzichten und halte mich lieber an die billige Haushaltsware.«

Zu diesem Zeitpunkt lümmelten wir alle drei im Büro des Verschickers herum, nippten an unseren jeweiligen Getränken und unterhielten uns prächtig miteinander. Wir hatten Guido von der Türwache abgerufen, und ich hatte unsere Tarnung aufgehoben, um mit meinen Energiereserven hauszuhalten.

Der Verschicker hatte mit seinen Telephonen gespielt und in eines nach dem anderen etwas hineingerufen. Dann hatte er sie alle niedergelegt und verkündet, dass er sie jetzt »im Griff« habe, was mir merkwürdig vorkam, da es das erste Mal seit einer halben Stunde war, dass er keinen der Apparate in der Hand hielt.

Vilhelm selbst stellte sich als unschätzbare Informationsquelle heraus und hatte, wie schon angekündigt, eine schier unersättliche Neugier, was alles Außerweltliche betraf.

»Wie erklärst du dir dann die ganzen Vampirlegenden in den anderen Dimensionen?«, fragte Massha skeptisch.

Der Verschicker schnitt eine Grimasse.

»Zunächst einmal musst du wissen, mit wem du es dabei eigentlich zu tun hast. Die meisten Typen, die außerhalb der Vorhölle auf ausgedehnte Reisen gehen, gehören zum Geldadel. Wir sprechen von den gelangweilten Reichen ... und das sind meistens ausgebrannte Leute, die nur noch auf Sensationen aus sind. Arbeitstiere wie ich können es sich gar nicht leisten, ihre Stellung so lange zu verlassen. Herrje, ich kann mir ja kaum meine zwei Wochen Urlaub pro Jahr erlauben. Jedenfalls gibt es weitaus mehr von uns in den Dimensionen, als ihr glaubt. Es ist nur, dass die Vernünftigen unter ihnen damit zufrieden sind, nicht weiter aufzufallen und sich unter die Einheimischen mengen. Ihnen genügt das Blut des einheimischen Viehs, wie hier zu Hause auch.

Die Probleme machen die anderen. Wie bei allen Touristengruppen gibt es auch unter ihnen ein paar, die meinen, nur weil sie in einer anderen Welt oder Stadt sind, würden für sie keine Regeln und Gesetze mehr gelten ... und das betrifft auch Manieren und guten Geschmack. Das sind diejenigen, die die Einheimischen verrückt machen und den Ruf der ›blutsaugenden Ungeheuer‹ verbreiten. Aber falls ihr euch dadurch besser fühlt – ihr Menschen habt hier, in der Dimension Vorhölle, auch nicht gerade den allerbesten Ruf.«

Das erregte meine Aufmerksamkeit.

»Könntest du das mal erklären, Vilhelm? Was können die Einheimischen hier denn für Probleme mit uns haben?«

Der Verschicker lachte.

»Dieselben, die ihr mit uns Vampiren habt. Auch wenn Menschen ebenso wenig die Todesursache Nummer eins für Vampire sind wie Vampire für Menschen, ist der Tod durch einen Menschen doch einer der sensationellsten und stets am besten publizierte hier.«

»Ist das der Grund, weshalb die ersten Einheimischen, die wir getroffen haben, davongejagt sind wie Fledermäuse, die aus der Hölle fliehen ... wenn ich das mal so ausdrücken darf?«, fragte Massha.

»Du hast es erfasst. Ich schätze, ihr werdet feststellen, dass die Einwohner von Blut genauso auf euch reagieren dürften, wie ihr in eurer Heimatdimension auf Vampire reagieren würdet.«

»Besonders viel Angst scheinst du vor uns aber nicht zu haben«, meinte Guido misstrauisch.

»Einer der wenigen Vorteile dieses Jobs. Wenn man ein paar Jahre lang die anderen Dimensionen beobachtet hat, wird man ziemlich hochnäsig, was Dämonen angeht. Soweit ich das beurteilen kann, sind die meisten von denen auch nicht schlimmer als einige der Leute, die hier so rumlaufen.«

Das war zwar alles recht interessant, aber langsam wurde ich wegen unserer Mission doch ein wenig nervös.

»Da du ja jetzt weißt, dass wir keine Bösewichter sind und auch keine Vampirjagd veranstalten ... was kannst du uns über die Klemme sagen, in der Aahz jetzt steckt? Kannst du uns da irgendwie helfen?«

»Ich weiß nicht«, meinte der Verschicker und rieb sich nachdenklich das Kinn. »Bis ich erfuhr, wer er ist, hätte ich Stein und Bein geschworen, dass er schuldig ist. Es gibt wirklich schrecklich viele Beweise, die gegen ihn sprechen.«

»Zum Beispiel?«, hakte ich nach.

»Na ja, man hat ihn mit einem Pflock und einem Hammer in der Hand erwischt, und es gibt zwei Zeugen, die erklären, dass sie gesehen haben, wie er einen unserer Bürger getötet und seine Asche in alle vier Winde verstreut hat.«

»Einen Augenblick mal! Soll das heißen, ihr habt überhaupt kein *Corpus Delicti?«*, fragte Guido und richtete sich in seinem Sessel auf. »Tut mir Leid, wenn ich dich unterbreche, Boss, aber im Augenblick spielst du auf meinem Heimfeld. Davon verstehe ich ein bisschen was. Ich meine, man kann schließlich nicht wegen Mordes vor Gericht gestellt werden, wenn es überhaupt keine Leiche gibt, verstehst du?«

»Vielleicht dort, wo ihr herkommt«, berichtigte Vilhelm ihn, »aber bei Vampiren ist das ein bisschen anders. Wenn wir eine Leiche *hätten* oder auch nur einen Haufen Staub, könnten wir denjenigen in null Komma nix wiederbeleben. Das Problem taucht erst auf, wenn es *keinen* Leichnam gibt ... wenn ein Vampir zu Staub geworden ist und man diesen Staub überall verteilt hat. Dann kann man ihn nicht wiederherstellen.«

»Aber wenn es doch gar keine Leiche gibt, woher wollt ihr denn dann wissen, ob das Opfer überhaupt tot ist?«, wollte ich wissen.

»Das genau ist der Haken bei der ganzen Sache«, stimmte Vilhelm mir zu. »In diesem Fall gibt es allerdings zwei Augenzeugen.«

»Zwei gleich, eh?«, murmelte Massha nachdenklich. »Hast du zufällig auch eine Beschreibung dieser beiden Spanner für uns parat?«

»Hab sie selbst gesehen. Es waren Außenweltler, genau wie ihr. Ein junges Mädchen, Typ blond und unschuldig. Und ein ziemlich dürrer Bursche. Eigentlich war sie es, die uns die Geschichte verkauft hat. Ich glaube, dem Kerl hätte niemand geglaubt, selbst dann nicht, wenn er erzählt hätte, dass Werwölfe ziemlich pelzige Gesellen sind.«

Mein Mut sank. Ich hätte wirklich viel darum gegeben, glauben zu können, dass das Mädchen, das uns gewarnt hatte, eine unschuldige Unbeteiligte war. Und jetzt sah es so aus, als wenn ...

»Kommt dir die Beschreibung nicht bekannt vor, Heißmatz? Glaubst du jetzt immer noch, dass Guido und ich nicht ganz richtig waren, als wir gesagt haben, das hier könnte 'ne Falle sein? Hört sich ganz danach an, als hätten sie erst deinen Partner eingeseift und wären dann zurückgekommen, um dich auch noch zu holen und die Sache perfekt zu machen.«

Ich wich ihrem Blick aus und starrte die Bildschirme an der Wand an.

»Dafür könnte es auch noch eine andere Erklärung geben, weißt du.«

Mein Lehrling lachte lauthals.

»Wenn es die gibt, würde ich sie für mein Leben gern mal hören. Ach, komm schon, Große Nummer, man kann die Sache drehen und wenden, wie man will – sie stinkt! Wenn sie die alte Schuppe so schnell in die Bredouille bringen konnten, bin ich mal gespannt, was für eine Falle sie dir gestellt haben, gerade jetzt, da sie genug Zeit hatten, sich etwas auszudenken, *bevor* du hinterhergekommen bist.«

Mir fiel ein, dass ich als Lehrling nie so vorlaut gewesen war. Mir fiel außerdem ein, dass ich nun verstand, weshalb Aahz die seltenen Male, da ich es gewagt hatte, eine eigene Meinung zu äußern, immer so wütend reagiert hatte ... besonders die noch selteneren Male, wenn ich Recht gehabt hatte.

»Ich glaube, ich habe irgendwo den Anschluss verpasst«, meinte Vilhelm stirnrunzelnd. »Wenn ich das richtig verstehe, kennt ihr die Zeugen?«

Massha machte sich daran, den Verschicker auf den neuesten Stand der Dinge zu bringen, während Guido das Thema gelegentlich durch ein Knurren kommentierte. Ausnahmsweise war ich einmal froh, dass sie das Wort ergriffen hatte. Das gab mir die Möglichkeit, meine verworrenen Gedanken zu ordnen und zu versuchen, einen Plan zu entwickeln. Als sie fertig waren, musste ich feststellen, dass ich auf beiden Gebieten noch ziemlich viel zu tun hatte.

»Ich gebe zu, in diesem neuen Licht betrachtet, sieht die ganze Sache tatsächlich ein bisschen verdächtig aus«, meinte der Vampir nachdenklich.

»Ein *bisschen* verdächtig!«, schnaubte Massha. »Die Geschichte ist ja noch fauler als ein lächelnder Täufler!«

»Ich will dir was sagen«, fing Guido an. »Gebt uns nur ein paar Minuten allein mit diesen Zeugen, dann werden wir ihnen die Wahrheit schon aus den Textilien schütteln.«

»Ich fürchte, das wird ein bisschen schwierig«, meinte der Verschicker und richtete seinen Blick gegen die Decke. »Ihr müsst wissen, dass sie schon eine ganze Weile fort sind. Sie sind sofort nach der Verhandlung verschwunden.«

»Nach der Verhandlung?«, fragte ich und gab den Versuch auf, meine Gedanken zu sammeln. »Soll das heißen, der Prozess hat bereits stattgefunden?«

Der Vampir nickte.

»Genau. Es bedarf wohl keiner weiteren Erklärung dafür, dass man euren Freund schuldig gesprochen hat.«

»Wieso habe ich nur das unbestimmte Gefühl, dass er als Ersttäter keine Bewährung bekommen hat?«, knurrte Guido halblaut.

»Um genau zu sein, er soll Ende der Woche hingerichtet werden«, gab Vilhelm zu.

Da schoss ich von meinem Stuhl hoch und begann, im Zimmer auf und ab zu gehen.

»Wir müssen irgendetwas unternehmen«, sagte ich hilflos. »Wie ist es, Vilhelm? Kannst du uns irgendwie helfen? Gibt es vielleicht eine Möglichkeit, das Urteil rückgängig zu machen oder wenigstens die Hinrichtung zu verschieben?«

»Ich fürchte, nein. Leumundszeugen würden überhaupt nichts ändern, und was neues Beweismaterial angeht, so würde euer Wort lediglich gegen das der anderen Zeugen stehen ... und dabei habt ihr schon zugegeben, dass der Angeklagte euer Freund ist. Versteht mich nicht falsch, *ich* glaube euch schon, aber es gibt auch Leute, die argwöhnen würden, dass ihr alles Mögliche erfinden würdet, nur um euren Partner freizubekommen.«

»Aber könntest du uns denn nicht wenigstens *persönlich* helfen?«

»Nein, das kann ich nicht«, sagte der Vampir und wandte den Blick ab. »Ihr scheint wirklich nette Leute zu sein, und euer Freund ist höchstwahrscheinlich das Salz der Erde, aber ich muss noch etwas länger hier leben und mit den Leuten hier zurechtkommen. Wenn ich für einen Außenseiter Partei gegen die Rechtsprechung der Stadt ergreife, dann geht meine ganze Karriere den Bach runter, ob ich nun Recht habe oder nicht. Das ist nicht gerade schön, und es gefällt mir ja selbst auch nicht, aber so ist das nun mal.«

»Wir könnten dafür sorgen, dass es dir noch sehr viel weniger gefällt!«, sagte Guido finster und fuhr mit der Hand in seinen Mantel.

»Aufhören, Guido!«, befahl ich. »Vergessen wir bitte nicht, wie sehr uns Vilhelm bisher schon geholfen hat! Das ist viel mehr, als wir erwartet haben, nachdem wir in diese Dimension gekommen sind, also fang nicht an, uns den einzigen Freund, den wir hier vor Ort haben, zum Feind zu machen, ist das klar?«

Der Leibwächter sank in seinen Sessel zurück und murmelte etwas, was ich lieber nicht versuchte zu verstehen, aber er holte seine Hand leer aus dem Mantel hervor und behielt sie in meinem Blickfeld.

»Was wollen wir jetzt tun, Heißer Junge?«, seufzte Massha.

»Das Einzige, was mir dazu einfällt, ist, diese Zeugen aufzuspüren, bevor die Hinrichtung stattgefunden hat«, sagte ich. »Ich weiß bloß nicht, wie wir sie suchen sollen, ohne dass uns dabei die halbe Stadt auf den Kopf steigt.«

»Was wir wirklich brauchen, ist ein Bluthund«, knurrte Guido.

»He, das ist gar keine schlechte Idee!«, rief Vilhelm und erwachte zu neuem Leben. »Vielleicht kann ich euch ja doch noch helfen!«

»Du hast einen Bluthund?«, fragte der Leibwächter und hob eine Augenbraue.

»Etwas viel Besseres«, erklärte der Vampir. »Weiß gar nicht, warum ich nicht schon eher darauf gekommen bin. Die Leute, mit denen ihr euch in Verbindung setzen müsst, sind die Kläffer.«

Ich musterte ihn eindringlich, um festzustellen, ob das eine Art Witz sein sollte.

»Die Kläffer?«, wiederholte ich schließlich.

»Na ja, so nennen wir in Blut sie hinter ihrem Rücken. Tatsächlich ist das ein Ehepaar von Werwölfen, die einen gewaltigen Werbefeldzug durchführen, um Sympathien für die Menschen zu gewinnen.«

»Werwölfe«, sagte ich vorsichtig.

»Klar. Hier in der Dimension Vorhölle gibt es alle möglichen Leutchen. Na, wenn irgendjemand in dieser Dimension dazu bereit sein dürfte, für euch seine Haut zu Markte zu tragen, dann sind sie es. Die ziehen ihre Sache ab und scheren sich nicht darum, was die anderen Einheimischen davon halten. Außerdem sind Werwölfe einfach nicht zu überbieten, wenn es darum geht, eine Fährte aufzuspüren.«

»Werwölfe.«

Vilhelm blickt mich mit schräg gelegtem Kopf neugierig an. »Bilde ich mir das nur ein, Skeeve, oder hast du das gerade schon mal gesagt?«

»Darüber hinaus«, Massha lächelte süß, »wird er es wahrscheinlich noch mal sagen. So was zu wiederholen lohnt sich nämlich.«

»Werwölfe«, wiederholte ich also, nur um meinen Lehrling nicht hängen zu lassen.

»Boss«, fing Guido an, »ich mag's ja gar nicht sagen, aber von Werwölfen hat niemand was erzählt, als wir ...«

»Gut«, unterbrach ich ihn brüsk. »Du magst es nicht sagen, und ich mag es nicht hören. Da wir also einer Meinung sind, können wir die Sache einfach vergessen und ...«

»Aber Boss! Wir können uns doch nicht mit Werwölfen zusammentun!«

»Guido, das haben wir doch gerade erst durchgekaut. Wir sind nicht nur in der Klemme, sondern außerdem auch noch in einer fremden Dimension. Wir können es uns gar nicht erlauben, wählerisch zu sein, was unsere Verbündeten angeht.«

»Du verstehst mich nicht, Boss. Ich bin allergisch gegen die!« Ich ließ mich auf einen Stuhl sinken und verbarg mein Gesicht in den Händen.

»Ich dachte, du wärst allergisch gegen Knoblauch«, stieß ich zwischen meinen Fingern hervor.

»Das auch«, sagte der Leibwächter. »Aber vor allem bin ich allergisch gegen pelzige Dinge wie Kätzchen oder Pelzmäntel oder ...«

»... Werwölfe«, beendete Massha den Satz für ihn. »Mal ehrlich, Bösewicht, langsam frage ich mich, wie du die ganzen Jahre effektiv hast arbeiten können.«

»Ach, komm! So oft hat man mit denen schließlich auch

nicht zu tun, oder?«, verteidigte sich Guido. »Wie oft bist *du* denn schon von was Pelzigem angegriffen worden?«

»Nicht so oft, wie ich es gerne gehabt hätte«, entfuhr es Massha.

»Genug, ihr beiden!«, befahl ich und hob den Kopf. »Guido, bist du eigentlich schon jemals einem Werwolf begegnet?«

»Hm, eigentlich nicht. Aber ...«

»Dann werden wir so lange, bis wir es ganz genau wissen, einfach davon ausgehen, dass du *nicht* allergisch gegen sie bist, ja? Vilhelm, wo genau können wir deine Kläffer finden?«

Kapitel 8

»ALS ERSTES WOLLEN WIR MAL FESTLEGEN,
WER HIER FÜHRT.«
F. ASTAIRE

»Boss, wo, zum Teufel, *ist* denn dieses Pahkipsie?«

Ich begann mich zu fragen, ob eigentlich alle Leibwächter den größten Teil ihrer Zeit damit verbringen, sich zu beschweren, oder ob ich einfach nur Glück gehabt hatte.

»Hör mal, Guido. Du bist dabei gewesen und hast dieselben Informationen erhalten wie ich auch. Wenn Vilhelm Recht hat, dann muss es ein paar Meilen weiter an der Straße liegen.«

»...›eine ziemlich tote Schlafzimmergemeinde, nur für Leute geeignet, die von dem hektischen Lebensstil der Großstadt überfordert werden‹«, zitierte Massha und imitierte ziemlich genau die Stimme des Vampirs.

Guido kicherte.

»Wieso habe ich nur das komische Gefühl, dass du mit Vilhelm nicht besonders warm geworden bist, Massha?« Ich unterdrückte ein Grinsen.

»Vielleicht, weil das bisher der einzige Typ war, bei dem sie keine Annäherungsversuche gemacht hat?«, schlug Guido vor.

Massha gewährte ihm den Anblick der ganzen Länge ihrer Zunge und ihrer gekreuzten Augen, bevor sie ihm eine Antwort gab.

»Och, Vilhelm ist schon in Ordnung«, meinte sie. »Und auch irgendwie süß ... jedenfalls sein Scheitel. Und er hat auch zugegeben, dass Vampire im Allgemeinen das Stadtleben und Partys lieben, während Werwölfe die Zurück-zur-Natur-Atmosphäre des Landlebens bevorzugen. Ich mag nur einfach diese Zweiteilung nicht, das ist alles. Ich bin nämlich auf einem Bauernhof aufgewachsen, müsst ihr wissen. Ländliche Frühstücksgewohnheiten haben eine ganze Menge mit meiner jetzigen Panoramafigur zu tun. Und außerdem sagt mir irgendeine innere Stimme, dass man einem lächelnden Vampir nicht trauen sollte ... zumindest nicht zu sehr.«

Ich wollte schon die Tatsache erwähnen, dass ich selbst auch auf einem Hof groß geworden war, behielt diese Information aber doch lieber für mich. Meiner Figur hatte die ländliche Ernährung ganz offensichtlich nicht geschadet, und ich wollte meinen Lehrling dieser Entschuldigung nicht berauben.

»Wenn er uns hätte schaden wollen, hätte er uns nur zu verpfeifen brauchen, als wir noch in der Stadt waren«, versetzte ich. »Nehmen wir die Dinge doch lieber einfach so, wie sie sind, und gehen davon aus, dass er wirklich so nett war, wie er sich gegeben hat ... um unseres Seelenfriedens willen.«

Ich wünschte, ich wäre wirklich so zuversichtlich gewesen, wie ich mich anhörte. Wir waren ziemlich weit draußen in der Walachei, und wenn Vilhelm uns in die Irre hatte leiten wollen, so hätte er sich keine bessere Richtung dafür aussuchen können.

»Na ja, mir wäre jedenfalls wesentlich wohler, wenn wir nicht verfolgt würden«, grollte Guido.

Ich blieb wie angewurzelt stehen. Massha tat das Gleiche. Der Leibwächter schaffte es, in uns hineinzustolpern, bevor er sich bremsen konnte.

»Was ist denn, Boss? Stimmt irgendwas nicht?«

»Einen Augenblick lang dachte ich schon, du hättest gesagt, dass wir verfolgt werden.«

»Ja. Seitdem wir den Verschicker verlassen haben. Warum hast ... soll das heißen, dass du das nicht gemerkt hast?«

Ich widerstand dem Drang, ihn zu erwürgen.

»Nein, Guido, das habe ich nicht gewusst. Verstehst du, mein Leibwächter hat es mir nämlich nicht gesagt. Der war viel zu sehr damit beschäftigt, sich über den Weg zu beschweren, um noch Zeit dafür zu haben, mir so etwas Banales mitzuteilen wie die Tatsache, dass wir verfolgt werden.«

Guido wich einige Schritte zurück.

»He! Komm schon, Boss! Nun sei doch nicht so! Ich dachte, du wüsstest das. Ehrlich! Wer immer das ist, der uns da verfolgt, auf jeden Fall ist er keine Größe, denn den kann doch jeder Idiot ausmachen ... Ich meine ...«

»Red nur weiter, Bösewicht«, ermunterte Massha ihn. »Du redest dich immer tiefer in die Scheiße hinein, falls es dir noch nicht aufgefallen sein sollte.«

Mit einer gewaltigen Anstrengung gewann ich meine Selbstbeherrschung zurück.

»Wie dem auch sei«, sagte ich. »Ich nehme nicht an, dass du eine Ahnung hast, wer es ist?«

»Nö. Es ist bloß einer. Es sei denn ...«

Er verstummte und sah plötzlich ziemlich beunruhigt aus.

»Raus damit, Guido! Es sei denn ...?«

»Na ja, manchmal, wenn man jemanden *wirklich* trickreich beschatten Will, dann schiebt man einen trotteligen Blödian vor, damit der eigentliche Scharfschütze nicht auffällt. Darüber habe ich noch gar nicht nachgedacht. Dieser Truthahn hinter uns könnte auch nur 'n Lockvogel sein, wenn du verstehst, was ich meine.«

»Ich dachte, als Lockvögel benutzt man Hühner und keine Truthähne?«, knurrte Massha.

»Schön, wenn dem so sein sollte, dann sind *wir* die Hühner auf der Stange, wenn dich das beruhigt.«

»Könntet ihr beide mal kurz ruhig sein, damit ich nachdenken kann?«, fragte ich, ihrer Zankereien inzwischen überdrüssig geworden.

»Na ja, vielleicht ist es auch gar nicht so schlimm«, meinte Guido mit zweifelndem Unterton. »Ich bin ziemlich sicher, dass ich die Unterstützungsmannschaft schon bemerkt hätte, wenn es wirklich eine gegeben sollte.«

»Aber klar doch!«, höhnte Massha. »Wir kommen ja auch bloß aus einer Stadt voller Vampire, die sich jederzeit in Nebel verwandeln können, wenn sie wollen. Klar, dass du sie schon bemerkt hättest.«

»Pass bloß auf! Der Boss kann mir ja meinetwegen den Kopf abreißen, wenn er will, aber von dir brauche ich mir so was nicht gefallen zu lassen. Du hast schließlich nicht mal den Truthahn bemerkt, oder?«

»Der einzige Truthahn, den ich hier sehen kann, der bist ...«

»Genug!«, befahl ich, nachdem ich trotz ihrer mangelnden Kooperationsbereitschaft zu einer Entscheidung gelangt war. »Wir müssen jetzt genau feststellen, wer uns da beschattet und was sie von uns wollen. Dieser Ort hier ist auch nicht schlechter als andere, deshalb meine ich, wir sollten uns in die Büsche schlagen und warten, bis unser Beschatter uns eingeholt hat ... Nein, Massha. Ich bleibe mit Guido hier. Du übernimmst die andere Straßenseite.«

Dieser Teil meines Plans beruhte weniger auf militärisch-taktischen Erwägungen, sondern war eher ein Versuch, zu retten, was von meinen Nerven noch übrig geblieben war. Ich hatte mir überlegt, dass die einzige Möglichkeit, die beiden zum Schweigen zu bringen, darin bestand, sie voneinander zu trennen.

»Tut mir Leid, Boss«, flüsterte Guido, als wir Seite an Seite ins Gestrüpp krochen. »Ich vergesse immer wieder, dass du ja nicht so viel von Verbrechen verstehst wie die Jungs, mit denen ich sonst immer zu tun hatte.«

Na ja, ich hatte mal wieder nur zur Hälfte Recht gehabt. Massha auf der gegenüberliegenden Straßenseite verhielt sich nun ruhig, aber solange er einen Gesprächspartner zur Verfügung hatte, würde Guido nicht aufhören, seine Gedanken und Ansichten zu verbreiten. Langsam begann ich zu verstehen, weshalb Don Bruce immer darauf bestand, als Einziger das Wort zu haben, wenn die Leibwächter dabei waren. Untergebene dazu zu ermutigen, sich wie Gleichgestellte zu äußern, hatte zweifellos seine Nachteile.

»Würdest du wohl endlich den Mund halten?«, versuchte ich es erneut. »Das hier soll nämlich eigentlich mal ein Überfall werden.«

»Keine Sorge, Boss. Das wird noch eine Weile dauern, bis die uns eingeholt haben, und bevor es so weit ist, werde ich sie schon hören ...«

»Bist du das, Skeeve?«

Die Stimme kam aus der Dunkelheit, ein Stück den Weg entlang.

Ich betrachtete Guido mit meinem finstersten Blick, was er mit einem bedauernden Schulterzucken quittierte, das mir nicht sonderlich ernst gemeint vorkam.

Dann dämmerte mir, wo ich diese Stimme schon einmal gehört hatte.

»Hier«, antwortete ich und richtete mich aus meiner Kauerstellung auf, um auf die Straße zu treten. »Wir haben auf dich gewartet. Ich glaube, es ist langsam Zeit für ein kleines Gespräch.«

Abgesehen davon, dass ich so meine Verlegenheit darüber, entdeckt worden zu sein, überspielte, war dies seit langer Zeit wohl meine beste Untertreibung. Das letzte Mal, als ich diese Person gesehen hatte, hatte sie mich gewarnt, dass Aahz gefangen genommen worden war.

»Gut.« Sie trat vor, um sich zu mir zu gesellen. »Deshalb bin ich dir auch gefolgt. Ich hatte gehofft, dass wir ...«

Sie brach abrupt ab, als Guido und Massha sich aus den Büschen erhoben und zu uns stießen.

»Ach, sieh mal einer an, wer da ist!«, sagte Massha mit einem ihrer unangenehmeren Lächeln.

»Wenn das nicht das kleine Vögelchen ist, das den Vampiren ein Ständchen gebracht hat!«, bemerkte Guido finster und im gleichen drohenden Tonfall wie mein Lehrling.

Das Mädchen gewährte ihnen einen vernichtenden Blick, dann sah sie mir wieder ins Gesicht.

»Ich hatte gehofft, dass wir uns allein unterhalten könnten. Ich habe viel zu sagen, aber nicht sehr viel Zeit. Es ginge schneller, wenn wir nicht unterbrochen würden.«

»Keine Chance, Liebchen«, knurrte Guido. »Solange du hier in der Gegend rumschwirrst, lasse ich den Boss ganz bestimmt nicht aus den Augen!«

»... ganz abgesehen davon, dass *ich* dir auch noch ein paar Kleinigkeiten zu erzählen hätte«, fügte Massha hinzu. »Zum Beispiel, was ich von Leuten halte, die der Meinung sind, dass man es mit der Wahrheit nicht so genau zu nehmen braucht.«

Das Mädchen ließ den Blick nicht von mir ab. Trotz all ihrer Kühnheit glaubte ich, in ihrem tiefsten Innern einen flehenden Hilferuf wahrzunehmen.

»Bitte«, sagte sie leise.

In meinem Kopf fand ein kleines Scharmützel statt, und wie immer unterlag die Vernunft.

»Also gut.«

»WAS?! Aber Boss, ich bitte dich! Du kannst dich ihr unmöglich allein ausliefern! Wenn ihre Kumpel hier irgendwo rumhängen sollten ...«

»Heißmatz, und wenn ich mich auf dich setzen muss, du wirst auf keinen Fall ...«

»Hört mal zu!«, sagte ich und riss meinen Blick von dem Mädchen los, um mich meinem meuternden Gefolge zu stellen. »Wir werden nur ein paar Schritte den Weg dort entlanggehen, also auf jeden Fall in Sichtweite bleiben. Wenn irgendetwas passieren sollte, könnt ihr sofort eingreifen, bevor es wirklich kritisch wird.«

»Aber ...«

»... und ihr könnt unmöglich glauben, dass *sie* mich anspringen könnte! Ich meine, es ist doch völlig offensichtlich, dass sie keine versteckten Waffen bei sich hat.«

Das war eine unbestreitbare Tatsache. Sie hatte sich seit unserer letzten Begegnung umgezogen, wahrscheinlich um sich besser an die exotische Kleidung anzupassen, die von den partyliebenden Vampiren bevorzugt wurde. Sie trug das, was man hier wohl als »Panzerturm«, bezeichnet, es ließ ihren Mittelteil und ihren Nabel auf entzückende Weise frei, während der an den Seiten geschlitzte, offene Rock (sofern man diese zwei Stoffstücke als solchen bezeichnen konnte) ihre Beine bis zu den Hüften zeigte. Wenn sie eine Waffe dabeihatte, musste sie sie entweder verschluckt haben, oder ...

Ich konzentrierte meine Gedanken wieder auf das Streitgespräch.

»Tatsache ist, dass sie nicht vor einer Zuhörerschar reden will, ich aber die Chance habe, eine Schilderung der Geschehnisse von einer anderen Warte aus zu hören. Wollen wir vielleicht immer weiter nach Informationen graben, während Aahz' Leben an einem seidenen Faden hängt?«

Meine Truppe verfiel in Schweigen und tauschte Blicke aus, wobei jeder darauf wartete, dass der andere die nächste Explosion riskierte.

»Also gut«, meinte Massha schließlich. »Aber pass auf dich auf, Heißer Junge. Vergiss nicht, dass man Gift auch in hübsche Behälter füllen kann.«

Und so zog ich mich unter den wachsamen Blicken meiner Gehilfen einige Schritte zurück, um zum ersten Mal allein mit ...

»Sag mal, wie heißt du eigentlich?«

»Hm? Ach so. Ich bin Luanna. Übrigens danke, dass du zu mir gehalten hast. Das ist eine ziemlich übel aussehende Mannschaft, mit der du da zusammen bist. Ich habe zwar schon vorher gehört, dass du eine Gefolgschaft hast, aber ich wusste nicht, wie fies die sind.«

»Och, die sind ganz in Ordnung, wenn man sie erst einmal näher kennt. Wenn man Tag für Tag mit ihnen zusammenarbeitet, stellt man fest ... herrje, keiner von uns ist wirklich so gefährlich oder unschlagbar, wie die Öffentlichkeit immer behauptet.«

Ich spürte plötzlich ihren Blick auf mir. Der Ausdruck ihrer Augen war seltsam ... eine Art bitteres Halblächeln.

»Ich habe zwar immer gehört, dass *wirklich* mächtige Leute oft das, was sie tun, untertreiben, da sie es nicht nötig haben, anzugeben. Bis gerade eben habe ich das allerdings nicht glauben wollen.«

Ich wusste nicht, was ich darauf antworten sollte. Ich meine, mein Ruf war inzwischen so groß, dass ich mich langsam daran gewöhnte, erkannt zu werden und im Bazar ein Gesprächsthema zu sein, aber was sie mir da offenbarte, war weder Furcht noch Neid. Meine eigenen Freunde und ich versteckten Lob und Bewunderung meistens hinter unserem derben Humor und Neckereien. Mit der unverfälschten Form konfrontiert, war ich unsicher, wie ich reagieren sollte.

»Ähhh, worüber wolltest du eigentlich mit mir sprechen?«

Ihre Miene verdüsterte sich, und sie senkte den Blick.

»Das ist alles so peinlich. Bitte sei geduldig mit mir, Skeeve ... darf ich dich Skeeve nennen? Ich habe nicht viel Erfahrung darin, ›Entschuldigung‹ zu sagen … ach, ich habe überhaupt nicht viel Erfahrung mit Leuten. Nur mit Partnern und Tauben. Jetzt, wo ich hier bin, weiß ich gar nicht, was ich sagen soll.«

»Warum fangen wir nicht mit dem Anfang an?« Ich wollte ihr die Unsicherheit nehmen. »Hast du die Täufler im Bazar wirklich beschwindelt?«

Luanna nickte langsam, ohne mich anzusehen.

»Das machen wir immer so, Matt und ich. Leute beschwindeln und dann davonlaufen. Obwohl ich manchmal glaube, dass wir im Davonlaufen besser sind. Wenn wir besser darin wären, Leute anzuschmieren, würden wir wahrscheinlich nicht so viel Übung im Davonlaufen bekommen.«

Ihre Worte hieben auf mich ein wie Schläge mit einem gepolsterten Hammer. Ich hatte mir so sehnsüchtig gewünscht, von ihr zu hören, dass sie unschuldig sei und dass alles nur ein einziges großes Missverständnis war. Ich meine, sie war so schön und so süß, ich hätte mein Leben darauf verwettet, dass sie unschuldig war, und nun gab sie ihre Schuld offen zu.

»Aber warum?«, brachte ich schließlich hervor. »Ich meine, wie bist du überhaupt dazu gekommen, Leute übers Ohr zu hauen?«

Sie zuckte hilflos mit ihren schönen Schultern.

»Ich weiß es nicht. Als Matt es mir das erste Mal erklärt hat, hielt ich es für eine gute Idee. Ich sehnte mich danach, vom Hof wegzukommen, aber außer Landarbeit konnte ich nichts, um mich zu ernähren … bis Matt mir erklärte, wie leicht es ist, Leuten Geld aus der Tasche zu locken, wenn man auf ihre Habgier setzt. ›Versprich ihnen etwas für nichts‹, sagte er, ›oder für so wenig, dass sie glauben, *sie* würden *dich* übers Ohr hauen.‹ Als er es so darstellte, schien es nicht so übel zu sein. Es ging mehr darum, schlau genug zu sein, Leute auszutricksen, die glaubten, einen ausnutzen zu können.«

»... indem ihr ihnen magische Gegenstände verkauft habt, die gar nicht magisch waren«, beendete ich ihre Geschichte. »Sag mal, warum habt ihr euch denn nicht lieber gleich auf den Handel mit wirklich magischen Sachen konzentriert?«

Sie hob ruckartig ihren Kopf, und ich nahm ein kurzes Aufflackern in ihren traurigen Augen wahr.

»Wir beherrschen keine Magik, also mussten wir sie vortäuschen. Das kannst du wahrscheinlich nicht verstehen, weil du der echte Magiker Nummer eins bist. Das wusste ich schon, als ich dich in Possiltum zum ersten Mal gesehen habe. Wir wollten uns die Stelle als Hofzauberer erschwindeln, bis du plötzlich aufgetaucht bist und der Krone ein bisschen echte Magik vorgeführt hast. Selbst Matt musste zugeben, dass wir dagegen ein paar Klassen zu schlecht waren, und so haben wir uns wieder verzogen, bevor irgendjemand uns dazu auffordern konnte, vorzuführen, was wir konnten. Ich glaube, das war auch der Augenblick, als ich ...«

Sie brach ab und warf mir einen erschrockenen Blick zu, als hätte sie beinahe etwas gesagt, was sie nicht hätte sagen dürfen.

»Red nur weiter«, ermunterte ich sie, inzwischen neugierig geworden.

»Ach, nichts«, sagte sie hastig. »Jetzt bist du an der Reihe. Da ich dir meine Geschichte erzählt habe, hast du vielleicht nichts dagegen, mir zu erzählen, wie du Magiker geworden bist.«

Das verblüffte mich etwas. Wie sie, war auch ich auf einem Bauernhof aufgewachsen. Ich war allerdings davongelaufen, um mein Glück als Meisterdieb zu suchen, und nur weil ich durch Zufall meinen alten Lehrer Garkin und später Aahz getroffen hatte, schlug ich die Magikerlaufbahn ein. Im Nachhinein betrachtet waren meine Motive nicht wesentlich edler gewesen als ihre, aber das wollte ich nicht gerade jetzt zugeben müssen. Es gefiel mir irgendwie, wie sie mich anschaute, während sie sich der Illusion hingab, dass ich ein ganz besonders edler und ungewöhnlicher Mensch sei.

»Das ist eine zu lange Geschichte, um sie jetzt zu erzählen«, sagte ich brüsk. »Da sind noch ein paar weitere Fragen, auf die ich von dir gerne eine Antwort hätte. Wieso habt ihr unser Haus in Tauf als Fluchtweg gewählt?«

»Oh, das war Vics Idee. Wir haben uns mit ihm zusammengetan, kurz bevor wir unsere Bauernfängernummer im Bazar abgezogen haben. Als alles danach aussah, dass die Sache in die Hose gehen würde, sagte er, dass er eine abgelegene Dimension kenne, die niemand überwachen würde. Matt und ich wussten nicht mal, dass es dein Haus war, bis dein Portier fragte, ob wir dich sprechen wollten. Matt hatte so viel Angst davor, sich mit dir anlegen zu müssen, dass er die ganze Sache am liebsten sofort abgebrochen und einen neuen Fluchtweg gesucht hätte, aber Vic zeigte uns die Tür, und da sah alles so leicht aus, dass wir einfach mitgegangen sind.«

»Natürlich seid ihr nie auf den Gedanken gekommen, dass man uns den Auftrag geben würde, euch zurückzubringen.«

»Das kannst du aber glauben, dass wir auf diesen Gedanken gekommen sind! Ich meine, wir haben nur nicht geglaubt, dass du es wirklich tun *musstest.* Wir haben erwartet, dass du so wütend auf uns werden würdest, dass wir dich in die Sache hineingezogen haben, dass du von allein hinter uns herkommen würdest. Vic sagte immer wieder, dass wir uns keine Sorgen machen sollten, dass er, falls du uns hier in der Dimension Vorhölle aufspüren solltest, es so einrichten könnte, dass du nicht fähig wärst, uns zurückzubringen. Ich wusste nicht, dass er dir eine Falle gestellt hatte, bis er deinen Partner hineingelockt hat.«

Ich versuchte, mich dadurch trösten zu lassen, aber es gelang mir nicht.

»Mir fällt auf, dass du immer noch mitgemacht hast, selbst als du feststelltest, dass man Aahz aufs Kreuz gelegt hatte.«

»Nun ... ich wollte zwar nicht, aber Vic meinte, wenn ihr beide wirklich so gut wärt, wie alle behaupten, dann würde dein Partner schon von alleine aus dem Gefängnis freikommen. Wir dachten uns, dass die ganze Dimension ihn dann als Flüchtling jagen würde, so dass er viel zu sehr damit beschäftigt wäre, nach Hause zu fliehen, um sich noch um uns zu kümmern.«

Langsam war ich *richtig* begierig, diesen Vic kennen zu lernen. Mir fiel auch ein, dass wir von allen möglichen Problemen, die unser wachsender Ruhm uns einbringen konnte, mit diesem nie gerechnet hatten.

»Und du hast ihm geglaubt?«

Luanna zog eine Schnute und zuckte die Schultern.

»Na ja ... es heißt ja, dass du einige ziemlich unglaubliche Dinge beherrschst, und ich möchte auch nicht, dass du glaubst, ich würde an deinen Fähigkeiten zweifeln, aber ich habe mir doch immerhin genug Sorgen gemacht, um zurückzuschleichen und dir mitzuteilen, was geschehen war ... für alle Fälle.«

Es war beinahe komisch, dass sie sich nun dafür entschuldigte, uns gewarnt zu haben. Aber auch nur beinahe. Im Geist ging ich immer wieder durch, was wohl geschehen wäre, wenn sie *tatsächlich* voll und ganz an mich geglaubt hätte.

»Ich schätze, dass dann nur noch eine Frage übrig bleibt, nämlich wer der Einwohner dieser Dimension ist, den Aahz umgebracht haben soll.«

»Hat dir das denn niemand gesagt?« Sie blinzelte erstaunt. »Das war Vic. Er stammt aus dieser Dimension ... du weißt schon, ein Vampir. Jedenfalls hält er sich versteckt, bis die Sache auf die eine oder andere Weise erledigt ist. Ich glaube, nicht einmal Matt weiß, wo er steckt. Vampire sind auch sonst schon ziemlich misstrauisch, und nachdem ich das erste Mal hinausgeschlichen bin, traut er nicht einmal mehr uns richtig. Er kommt nur noch ab und zu mal vorbei, um nachzusehen, wie wir zurechtkommen.«

Nun *wusste* ich, dass ich Freund Vic kennen lernen wollte. Wenn ich Glück hatte, würde ich ihn noch vor Aahz erreichen.

»Gut, ich danke dir, dass du mir das Problem geschildert hast. Wenn du jetzt mit uns zurück nach Blut kommst, um den Behörden alles zu erklären, kennt meine Dankbarkeit keine Grenzen.«

Luanna zuckte zusammen, als hätte ich sie mit einer Nadel gestochen.

»Einen Moment mal! Wer hat denn was davon gesagt, dass ich zu den Behörden gehen werde? Das kann ich nicht! Das würde doch bedeuten, dass ich *meine* Partner verraten würde. Ich will zwar nicht, dass dir oder deinen Freunden etwas zustößt, aber ich kann nicht meine eigenen opfern, um deine zu retten.«

Ein ehrlicher Gauner ist etwas äußerst Widersinniges und Nervtötendes. Aahz hatte mich oft genug darauf hingewiesen, wenn mich irgendwelche ethischen Erwägungen daran hinderten, bei einem seiner Unternehmen mitzumachen, und nun fing ich an zu verstehen, wovon er damals gesprochen hatte.

»Aber warum bist du dann hier?«

»Ich wollte dich warnen. Vic hat sich überlegt, dass du möglicherweise hierher kommen würdest, um deinen Partner zu befreien, und er stellt dir gerade irgendeine Falle, falls du tatsächlich kommen solltest. Ich dachte mir, dass du, wenn er Recht hat, wissen solltest, dass du in Gefahr bist. Ich dachte mir, dass du wahrscheinlich den Verschicker aufsuchen würdest, deshalb habe ich dort auf dich gewartet und bin dir gefolgt, als du schließlich erschienen bist. Ich wollte dich lediglich warnen, das ist alles. Das, und ...«

Wieder senkte sie den Blick und die Stimme, bis ich sie kaum noch verstand.

»... dass ich dich wiedersehen wollte. Ich weiß ja, dass es albern ist, aber ...«

So schmeichelhaft das auch war, blieb ich diesmal jedoch unbeeindruckt.

»Na klar doch«, unterbrach ich sie. »Du bist so sehr an mir interessiert, dass du es zulässt, dass mein Partner wegen Mordes eingesperrt wird, nur damit du zusehen kannst, wie ich meine Nummer abziehe.«

»Das habe ich doch schon erklärt!«, widersprach sie heftig und trat vor, um mir die Hand auf den Arm zu legen.

Ich starrte die Hand so lange an, bis sie sie wieder zurückzog.

»Gut«, sagte sie kleinlaut. »Ich sehe schon, dass ich wohl nichts mehr dazu sagen kann. Aber, Skeeve? Versprichst du mir, dass du mir nicht folgen wirst, wenn ich wieder gehe? Weder du noch deine Freunde? Ich bin ein großes Risiko eingegangen, um dich zu finden. Bitte sorge nicht dafür, dass ich es bereuen muss.«

Ich starrte sie einen Augenblick lang an, dann wandte ich mich ab und nickte.

»Ich weiß, dass du von mir enttäuscht bist, Skeeve«, ertönte ihre Stimme. »Aber ich kann nicht gegen meine Partner arbeiten. Hast du nicht auch schon manchmal etwas tun müssen, was dir nicht gefallen hat, um deinen Partner zu unterstützen?«

Das saß ... schmerzlich!

»Ja, das habe ich«, sagte ich abgehackt. »Es tut mir Leid, Luanna. Es ist nur, dass ich mich um Aahz sorge, das ist alles. Ich mache dir einen Vorschlag. Nur um zu beweisen, dass ich nicht böse auf dich bin: Könnte ich ein Pfand von dir haben?

Irgendetwas, das mich an dich erinnert, bis wir uns wiedersehen?«

Sie zögerte, dann zog sie irgendwo aus ihrer Kleidung ein hauchdünnes Seidentuch hervor. Sie trat näher, steckte es mir in meinen Kittel, stellte sich auf die Zehenspitzen und gab mir einen sanften Kuss.

»Es ist nett, dass du mich darum bittest«, sagte sie. »Selbst wenn ich dir überhaupt nichts bedeuten mag, ist es trotzdem nett, dass du mich darum bittest.«

Damit machte sie kehrt und lief den Weg entlang in die Dunkelheit davon.

Ich starrte ihr nach.

»Lässt du sie etwa laufen!?«

Plötzlich war Massha an meiner Seite, neben ihr Guido.

»Komm, Boss, wir müssen sie einfangen. Sie hat den Entlassungsschein für deinen Partner, damit er nicht hingerichtet wird. Wo rennt sie denn hin?«

»Sie trifft sich mit ihrem Verbrechenspartner«, erwiderte ich. »Inklusive einem erstaunlich quicklebendigen Typen namens Vic ... erstaunlich deshalb, weil das der Bursche ist, den Aahz umgebracht haben soll.«

»Dann können wir sie gleich alle auf einmal einsacken. Saubere Arbeit, Heißmatz. Gut, folgen wir ihr also und ...«

»Nein!«

»Warum nicht?«

»Weil ich es ihr versprochen habe.«

Tödliches Schweigen, während meine Gehilfen diese Information verdauten.

»Dann kann sie also davonlaufen, und Grünschuppe muss sterben, wie?«

»Du verkaufst deinen Partner an eine Schürze? Das muss ja 'n mächtig toller Kuss gewesen sein!«

Ich drehte mich langsam zu ihnen um. So wütend sie auch waren, verstummten sie doch auf der Stelle.

»Jetzt hört mir mal gut zu«, sagte ich langsam. »Denn ich werde mich nicht noch mal wiederholen. Wenn wir versuchen sollten, ihr zu folgen, und sie uns dabei bemerkt, wird sie uns eine Irrjagd liefern, und wir kriegen die anderen nie … wir brauchen aber diesen so genannten Leichnam. Ich glaube kaum, dass ihre Aussage allein das Urteil zu Fall bringen wird.«

»Aber Boss, wenn wir sie laufen lassen …«

»Dann werden wir sie finden«, sagte ich. »Wenn wir uns dem Mädchen nicht an die Fersen heften, wird sie schnurgerade zu ihren Partnern laufen.«

»Aber wie sollen wir …«

Als Antwort zog ich Luannas Tuch aus meinem Kittel.

»Sie war so freundlich, uns etwas an die Hand zu geben, mit dem wir ihre Fährte aufspüren können, sobald wir den dafür erforderlichen Werwolf haben.«

Guido verpasste mir einen Schlag auf den Rücken, der mich beinahe taumeln ließ.

»Absolute Spitze, Boss!«, krähte er. »Einen Augenblick lang hatte ich schon am Amen in der Kirche gezweifelt. Ich dachte wirklich, das Hühnchen hätte dich bis über beide Ohren eingeseift.«

Ich hob den Blick und sah, wie Massha mich misstrauisch musterte.

»Das war *wirklich* 'n ganz schöner Kuss, Heißmatz«, sagte sie. »Wenn ich es nicht besser wüsste, würde ich glatt annehmen, dass die junge Dame ziemlich verknallt in dich ist … und dass du das gerade hübsch ausgenutzt hast.«

Ich wandte die Augen ab und merkte, wie ich plötzlich zu Boden starrte.

»Wie mir eine weise Frau einmal sagte«, erwiderte ich, »muss man manchmal etwas tun, was einem nicht gefällt, um dem eigenen Partner zu helfen … Und jetzt gehen wir und suchen diese Kläffer.«

Kapitel 9

»Ein schlagkräftiger Partner ist
die beste Lebensversicherung.«
T. Hill

Die Kläffer erwiesen sich als weitaus angenehmer als ich zu hoffen gewagt hatte, was ein Glück war, weil meine Werwolftarnungen zu den wackligsten gehörten, die ich jemals hervorgebracht hatte. Guido war tatsächlich, wie befürchtet, allergisch gegen Werwölfe (er fing schon dreißig Meter vor ihrem Haus an zu niesen) und wartete draußen, doch selbst zwei Tarnungen aufrechtzuerhalten erwies sich in dieser energiearmen Dimension als sehr anstrengend und kräftezehrend. Ich versuchte, dies dadurch auszugleichen, dass ich mit minimalsten äußeren Veränderungen operierte, doch es gelang mir nur, unsere Tarnung dadurch unglaublich unwirksam zu machen, auch wenn meine Gehilfen mir versicherten, sie sei völlig in Ordnung. Egal, was Ihnen jemand sagen sollte, glauben Sie mir – ein Spitzohr macht noch keinen Wolf.

Vielleicht fragen Sie sich jetzt, weshalb ich mich überhaupt mit einer Tarnung abgeplagt habe? Nun, ehrlich gesagt, wurden wir langsam ein bisschen nervös. Jeder, mit dem wir in dieser Dimension bisher gesprochen hatten oder von dem die Rede gewesen war, war so *schrecklich nett!* Wir lauerten nur darauf, dass sich endlich der Haken an der Geschichte zeigen würde. Unsere ganzen Gespräche und Diskussionen über mögliche Fallen hatten uns derart aus dem Konzept gebracht, dass wir inzwischen felsenfest davon überzeugt waren, dass irgendwann unterwegs ein Riesenverrat auf uns zukommen würde. Die einzige Frage, die uns noch beschäftigte, war, wann und durch wen.

Dies im Hinterkopf, hielten wir es für das Beste, uns als Werwölfe auszugeben, bis wir genau wussten, ob die Kläffer den Menschen tatsächlich so wohlgesinnt waren, wie Vilhelm behauptet hatte. Theoretisch hätten wir dann, wenn sich herausstellen sollte, dass sie es nicht waren, eine Chance gehabt, unerkannt aus der Sache wieder rauszukommen. Die einzige Schwierigkeit bei diesem Plan bestand darin, dass ich mein Lebtag noch keinen Werwolf gesehen hatte, so dass ich nicht nur unter den erschwerten Bedingungen des Energiemangels arbeiten musste, sondern auch noch unsicher war, wie das Ergebnis meiner Tarnung wirklich auszusehen hatte. Und es stellte sich heraus, dass meine Mannschaft es trotz ihrer weisen Ratschläge auch nicht wusste.

Da wir schon dabei sind, Fragen aus dem Publikum zu beantworten: Vielleicht möchten Sie nun einwenden, woher ich denn wissen wollte, dass unsere Tarnungen effektiv waren, wenn doch weder ich noch meine Assistenten jemals einen Werwolf gesehen hatten. Ganz einfach. Ich gelangte zu diesem Schluss, nachdem ich den ersten Blick auf echte Werwölfe geworfen hatte. Und außerdem haben die Kläffer es mir erzählt. Habe ich nicht gesagt, dass es großartige Leute waren? Natürlich ließen sie uns erst ein Weilchen schwitzen, bevor sie zugaben, dass sie die ganze Zeit gewusst hatten, dass wir nur erbärmlich verkleidete Menschen waren, aber das halte ich eher ihrem etwas zweifelhaften Sinn für Humor zugute. Massha dagegen behauptete stur, es sei der pure Sadismus gewesen. Andererseits war sie es auch, die erst einen Knochen auffuttern musste, bevor unsere Gastgeber sich zu dem Scherz bekannten.

Aber ich war ja beim Thema Kläffer. Die Sache war insofern interessant, als ich noch nie zuvor ein Team von Eheleuten in Aktion erlebt hatte (meine Eltern zählen nicht). Das Einzige, was dem einigermaßen nahe kam, war das Geschwisterpaar Tanda und Chumly, aber die verbrachten die meiste Gesprächszeit damit, einander eins auszuwischen. Die Kläffer schienen sich mit der Rollenverteilung »verrückter Partner/vernünftiger Partner« abzuwechseln. Zwar fragten sie mich nie nach meinem Urteil, aber ich fand, dass sie viel besser verrückt spielen konnte als er. Er war so gut darin, den Vernünftigen zu spielen, dass es jedes Mal völlig überraschend kam, wenn er in die Verrücktenrolle wechselte.

»Wirklich, meine Liebe«, sagte Idnew gerade zu Massha, »willst du dir nicht statt dieser albernen Tarnung etwas Bequemeres anlegen? Eine Werwölfin mit nur zwei Brüsten sieht wirklich reichlich lächerlich aus.«

»Idnew«, sagte ihr Mann streng, »du bringst unsere Gäste in Verlegenheit! Nicht jeder mag so frei über seinen Körper reden wie du.«

»Das ist die Künstlerin in mir«, erwiderte sie. »Und außerdem, Drahcir, wer hatte denn den Einfall, sie den Knochen aufessen zu lassen? Noch dazu einen alten! Wenn du beim Einkaufen ein bisschen gewissenhafter wärst, anstatt ständig minderwertige Ware einzukaufen ...«

»Och, mach dir mal über mich keine Gedanken, Hübschhaariger«, unterbrach Massha elegant und schlüpfte in ihre Vamprolle. »Ich habe keine Probleme damit, über meinen Körper zu reden, solange wir auch genauso viel Zeit dafür haben, über deinen zu sprechen. Ich habe es immer gemocht, wenn meine Männer viele Gesichtshaare hatten, wenn du verstehst, worauf ich hinauswill.«

Ich bemerkte, wie Idnew kurz die Ohren anlegte, bevor sie sie wieder aufstellte. Obwohl das möglicherweise nicht mehr als ein nervöses Zucken gewesen sein mochte, dachte ich mir, dass es vielleicht nicht eben die klügste Taktik war, irgendwelche Eifersüchteleien zu provozieren, wenn wir von den beiden Hilfe erbitten wollten.

»Sagt mal«, warf ich hastig ein, um das Gespräch von Masshas offensichtlicher Bewunderung für Drahcir abzuwenden, »weshalb habt ihr eigentlich eine Kampagne für verbesserte Beziehungen zwischen Menschen und Werwölfen in die Wege geleitet?«

»Nun, da haben viele Faktoren mitgespielt«, erklärte Drahcir und verfiel in seinen Dozententon, mit dem ich binnen kürzester Zeit bereits vertraut geworden war. »Ich glaube, man sollte stets im Auge behalten, dass das schlechte Image der Menschen stark übertrieben wird. Es gibt nämlich tatsächlich nur sehr wenig Beweismaterial über menschliches Fehlverhalten. Werwölfe vergessen sehr leicht, dass wir unter entsprechenden Umständen selbst zu Menschen werden. Die meisten von ihnen genieren sich deswegen oder fürchten sich davor und halten sich so lange versteckt, bis die Phase vorüber ist, aber das tun Idnew und ich nicht. Im Gegenteil, wir nutzen die Gelegenheit sogar meistens dazu, umherzugehen und die Öffentlichkeit an den Anblick harmloser Menschen in ihrer Mitte zu gewöhnen. Aber ganz unter uns gesagt, bin ich der Meinung, dass Idnew es vor allem deswegen liebt, weil es die Leute zu Tode erschreckt, plötzlich vor einem Menschen zu stehen, wenn sie es am wenigsten erwarten. Falls es dir noch nicht aufgefallen sein sollte, meine Frau hat eine stark exhibitionistische Neigung. Was mich betrifft, so sehe ich darin lediglich eine gute Sache, die viel zu lange vernachlässigt worden ist.«

»Ein weiterer Faktor, den mein Mann zu erwähnen vergessen hat«, stichelte Idnew, »ist die Tatsache, dass man damit einen Haufen Geld machen kann.«

»Tatsächlich?«, fragte ich.

Meine Zusammenarbeit mit Aahz hatte mich zwar darauf gedrillt, Gewinnchancen zu wittern, wo andere keine wahrnahmen, aber in diesem Fall war mir eine solche bisher völlig entgangen.

»Es gibt ... hmm ... bestimmte Einnahmequellen bei unserer Kampagne«, sagte Drahcir verlegen und warf seiner Frau einen finsteren Blick zu. »T-Shirts, Aufkleber, Bleiminiaturen, Fanclubgebühren, Grußkarten und Kalender, um nur ein paar zu nennen. Es ist zwar ein schmutziges Geschäft, aber irgendjemand muss es ja machen. Bevor meine Frau dir jedoch ein falsches Bild von mir vermittelt, möchte ich doch darauf hinweisen, dass ich diese Sache deshalb unterstütze, weil ich *wirklich* an sie glaube. Es gibt viele verschiedene Möglichkeiten, Geld zu verdienen.«

»... und du kennst sie alle, nicht wahr, Liebster?«, warf Idnew lächelnd ein.

»Wirklich?«, unterbrach ich begierig. »Würde es dir etwas ausmachen, mal ein paar aufzuzählen? Darf ich mir Notizen machen?«

»Bevor du dich völlig vergisst, Große Nummer«, mahnte Massha, »denk bitte daran, weshalb wir hierher gekommen sind.«

»Oh! Ja, natürlich! Danke, Massha. Einen Augenblick habe ich ... na klar!«

Ich brauchte ein paar Sekunden, um meine Gedanken wieder zu ordnen. Während Aahz' Training mich zwar aus einer Menge kniffliger Situationen gerettet und meinen Lebensstandard ganz allgemein deutlich verbessert hat, hat es leider auch einige unangenehme Nebenwirkungen gezeigt.

Nachdem ich mich wieder gesammelt und zu meinem eigentlichen Thema zurückgefunden hatte, informierte ich die Werwölfe schnell über unser jüngstes Problem. Dabei blieb ich, was die Einzelheiten anging, ziemlich allgemein, teils weil ich es langsam leid war, immer wieder dieselbe Geschichte erzählen zu müssen, teils aber auch, weil ich

Luannas Rolle bei der Verursachung unseres Dilemmas nicht gerne auswalzen wollte. Dennoch schienen die Kläffer von der Geschichte ziemlich fasziniert zu sein und hörten mir gespannt zu, bis ich fertig war.

»Junge, Junge, da sitzt ihr aber wirklich in der Patsche«, meinte Idnew schließlich. »Wenn wir euch irgendwie helfen können …«

»Das können wir nicht«, sagte Drahcir entschieden. »Du hinkst bereits hinter deinen Terminen her, Idnew, und ich habe in diesem Monat noch drei weitere Auftritte … ganz zu schweigen von der ganzen Post, die sich an den letzten beiden Wochenenden, als ich weg war, angesammelt hat und die beantwortet werden muss.«

»Drahcir …«, sagte Idnew gedehnt.

»Schau mich nicht so an, Liebes«, entgegnete ihr Mann, bevor sie auch nur ein weiteres Wort einwenden konnte, »und du brauchst auch gar nicht den Kopf so schräg zu legen, sonst schiebt dir noch jemand ein Grammophon drunter. Vergiss bitte nicht, dass *du* diejenige bist, die immer darauf hinweist dass wir unserer Arbeit mehr Zeit widmen müssen.«

»Damit habe ich gemeint, dass wir deine Auftritte etwas einschränken sollten«, wandte Idnew ein. »Und außerdem ist das hier wichtig.«

»Das sind unsere Termine auch. Ich habe genauso viel Mitgefühl mit ihnen wie du, aber wir können uns durch die Probleme einer kleinen Gruppe nicht von unserer Arbeit an der großen, übergeordneten Sache ablenken lassen.«

»Aber *du* bestehst doch immer darauf, dass die Termine nicht so wichtig sind wie …«

Plötzlich brach sie ab und richtete ihre Ohren auf ihren Mann.

»Einen Augenblick mal! Jedes Mal, wenn du von der ›großen, übergeordneten Sache‹ und ›großen Werbefeldzügen‹

sprichst ... sag mal, ist auf unserem Konto wieder mal Ebbe?«

Drahcir wandte den Blick ab und scharrte verlegen mit den Füßen.

»Nun, eigentlich wollte ich es dir ja schon längst sagen, aber ich dachte, es würde dich von der Arbeit ablenken ...«

»Also gut, raus damit!«, knurrte seine Frau, und ihre Nackenhaare sträubten sich. »Worin hast du unser Geld denn jetzt schon wieder investiert?«

Plötzlich fühlte ich mich ziemlich unbehaglich. Unsere kleine Besprechung schien in einen Familienkrach auszuarten, bei dem ich, wie ich meinte, nichts zu suchen hatte. Offensichtlich ging es Massha nicht anders.

»Na gut, wenn ihr uns nicht helfen könnt, dann war's das wohl«, sagte sie und erhob sich. »Kein Problem. Ein Gefallen ist kein Gefallen, wenn man erst zu ihm gezwungen werden muss. Komm, Heißmatz, wir vergeuden nur unsere und ihre Zeit.«

Wenngleich ich ihr teilweise Recht gab, zwang mich meine Verzweiflung dazu, wenigstens noch *einen* weiteren Versuch zu unternehmen.

»Nicht so schnell, Massha. Drahcir hat Recht. Zeit ist Geld. Vielleicht könnten wir über irgendeine Art Honorar verhandeln, um ihnen die Zeit zu vergüten, die sie für uns aufwenden müssten. Dann wäre es kein Gefallen mehr, sondern ein Geschäft. Ich meine, wir brauchen *wirklich* ihre Hilfe! Die Wahrscheinlichkeit, dass wir diesen Vic aufstöbern, ist ziemlich gering.«

Aahz wäre glatt in Ohnmacht gefallen, wenn er hätte mit anhören müssen, wie ich schon *vor* den Honorarverhandlungen zugab, wie sehr wir auf Hilfe angewiesen waren, doch diese Reaktion war nichts im Vergleich dazu, wie der Kläffer mein Angebot aufnahm.

»Was hast du gesagt?«, verlangte Drahcir zu wissen und sprang mit angelegten Ohren auf alle viere.

»Ich habe gesagt, dass ihr uns vielleicht helfen würdet, wenn wir euch dafür bezahlen«, wiederholte ich und wich ein Stück zurück »Ich wollte dich nicht beleidigen ...«

»Mit Geld kann man Drahcir nie beleidigen«, fauchte seine Frau. »Er meinte: Was hast du da über Vic gesagt?«

»Habe ich ihn tatsächlich noch gar nicht erwähnt?«, fragte ich stirnrunzelnd. »Das ist der Vampir, den Aahz angeblich ...«

Plötzlich erscholl zwischen den Balken über unseren Köpfen ein lautes Flattern, als würde jemand mit großem Lärm eine Zeitung schütteln, um eine Katze vom Tisch zu scheuchen. Es funktionierte auch ... nicht mit der Katze (ich glaube nicht, dass die Werwölfe eine besaßen), sondern mit Massha und mir. Mein Lehrling stürzte zu Boden, den Kopf mit beiden Händen bedeckend, während ich, der ich mehr als sie an plötzliche Gefahren gewöhnt war, anmutiger und geschmeidiger unter den Kaffeetisch hechtete.

Als wir uns von unseren panischen ... Entschuldigung, von unseren taktisch klugen Defensivmanövern erholt hatten, war nichts mehr zu sehen außer den undeutlichen Umrissen eines Etwas mit riesigen Schwingen, das gerade durch die Vordertür verschwand.

»Das überlasse ich jetzt völlig dir, meine Liebe«, sagte Drahcir entschlossen, der trotz der plötzlichen Aktivität unbeweglich dastand.

»Komm schon, Liebster!«, bat seine Frau. »Du kannst doch viel besser erklären als ich. Du bist es doch, der mir dabei helfen soll, wenn es darum geht, mit Leuten zu sprechen.«

»Das ist eine Fähigkeit, die ich bei diesen ganzen Auftritten verfeinert habe, die du so kritisierst«, erwiderte er steif.

»Würde mir vielleicht *irgendjemand* erklären, was hier los ist?«, fragte ich in einem Ton, der wesentlich lauter ausfiel als es sonst der Fall ist, wenn ich bei Leuten zu Gast bin.

Bevor ich eine Antwort bekam, sprang die Tür auf und zerschmetterte den letzten Rest dessen, was von meinem Nevenkostüm noch übrig geblieben war.

»He, Boss! Hast du gesehen wa – wa – was ...«

»Raus, Guido!«, befahl ich, froh darüber, jemanden anbrüllen zu können, ohne mich deswegen schuldig zu fühlen. »Putz dir die Nase ... *mir* geht's gut, danke! Nett, dass du nachfragst.«

Bis mein Leibwächter wieder hinausgetaumelt war, das Gesicht zur Hälfte in einem Taschentuch vergraben, hatte ich den größten Teil meiner Fassung zurückgewonnen.

»Entschuldigt die Unterbrechung«, sagte ich so lässig ich konnte, »aber mein Kollege wirft wirklich eine interessante Frage auf. Was *war* das?«

»Angst?«, fragte Massha.

Anscheinend hatte sie sich etwas eher gefasst als ich. Ich schloss die Augen und dachte einmal mehr über den höchst zweifelhaften Wert frecher Lehrlinge nach.

»*Das«*, meinte Drahcir großspurig und gerade noch rechtzeitig, um mich daran zu hindern, meinen Lehrling zu erwürgen, »war Vic ... einer der verrückten Künstlerfreunde meiner Frau, der unangemeldet hier reinplatzte, um eine ganze Weile zu bleiben. *Und,* wenn ich nicht irre, der Verbrecher, der deinen Partner reingelegt hat und nach dem ihr sucht.«

»Er war gar kein richtiger Freund von mir«, warf Idnew kleinlaut ein. »Nur der Freund eines Freundes, wenn man's genau nimmt. Verrückte Künstler halten meistens zusammen und tauschen Adressen von Leuten aus, wo man mal reinplatzen und bleiben kann. Er war nur so ein Fall für die Wohlfahrt, der ein bisschen Pech gehabt hat ...«

»... der nun gerade munter zu seinem Komplizen zurückfliegt und ihm die Nachricht überbringt, dass wir ihm auf den Fersen sind«, schloss ich mit einer Grimasse.

»Müsste das nicht eigentlich zu ›sei*nen*‹ Komplizen heißen, also im Plural steh'n?«, fragte Massha leise.

Ich ignorierte sie.

»Ach, Drahcir«, sagte Idnew, »jetzt müssen wir ihnen aber wirklich helfen. Anders können wir das nicht wieder gutmachen, ausgerechnet der Person Unterschlupf gewährt zu haben, nach der sie suchen.«

»Vielleicht darf ich mal darauf hinweisen«, antwortete ihr Gatte, »dass wir diese Leute kaum kennen. Wir schulden ihnen keinerlei Erklärungen und schon gar keine Hilfe. Außerdem musst du noch an deinen Termin denken und ...«

»Drahcir!«, unterbrach ihn Idnew. »In unserer Hütte könnte es wirklich ziemlich einsam werden, wenn ich Tag und Nacht nur noch auf meinen Termin hinarbeitete, wenn du verstehst, was ich meine.«

»Also Liebes!«, sagte Drahcir und gesellte sich an die Seite seiner Frau. »Bevor du dich aufregst, hör mir erst mal zu. Ich habe über die Sache nachgedacht und glaube, dass wir diesen Leuten doch noch helfen können, ohne unsere eigene Arbeitsplanung über den Haufen zu werfen. Ich meine, wir haben ja noch einen Freund ... ein Stückchen weiter im Norden ... der im Augenblick nichts zu tun hat und den Auftrag gebrauchen könnte. Ich bin sicher, dass er dazu bereit wäre, ihnen als Fährtenleser zu dienen, und zwar zu einem Bruchteil des Honorars, das wir dafür verlangen würden.«

Es war offensichtlich, dass er in den vagen Andeutungen sprach, welche Partner oft benutzten, um dem anderen selbst vor den Ohren Fremder ungestört auf den Zahn zu fühlen, denn ich hatte nicht die leiseste Ahnung, worauf er hinauswollte, während Idnew sofort darauf ansprang.

»Oh, Drahcir!«, rief sie aufgeregt, und von ihrem Zorn war nichts mehr zu bemerken. »Das ist ja perfekt! Und er wird Massha geradezu *lieben!*«

»Das beantwortet allerdings noch nicht die Frage, ob wir ihn rechtzeitig hierher bringen können«, warnte ihr Mann. »Und natürlich beanspruche ich einen gewissen Prozentsatz als Finderlohn ...«

»WAS!«, rief ich.

»Der Meinung bin ich auch«, sagte Idnew entschieden. »Ein Finderlohn ist etwas völlig ...«

»Nein!«, drängte ich. »Was hast du damit gemeint, dass nicht mehr genügend Zeit bleiben könnte? Ich dachte, die Hinrichtung wäre erst Ende der Woche?«

»Das stimmt schon«, meinte Drahcir. »Aber Ende der Woche ist morgen. Dein Freund soll um Mitternacht hingerichtet werden.«

»Komm, Massha«, befahl ich und schritt zur Tür. »Wir kehren nach Blut zurück.«

»Wozu?«, wollte sie wissen. »Was sollen wir denn ohne einen Spürhund machen?«

»Wir haben versucht, die Angelegenheit auf die freundliche Tour zu regeln«, erwiderte ich grimmig. »Jetzt werden wir andere Saiten aufziehen. Du wolltest doch Action, Lehrling, nicht wahr? Hast du nicht Lust, mir bei einer kleinen Gefangenenbefreiung zur Hand zu gehen?«

Kapitel 10

»Was ist denn gegen ein kleines Verbrechen, so ab und an, einzuwenden?«
A. Capone

»Aber ich sag's dir, Boss, Gefangenenbefreiung ist eine miese Taktik. Und wenn du, wie im Moment, auf der Magikschiene nur mit halber Kraft fahren kannst, könnte alles Mögliche schief gehen ...«

»Bevor wir uns jetzt aufgeregt in das hineinsteigern, was alles schief gehen könnte, Guido«, sagte ich und versuchte so, dem Gespräch wenigstens *etwas* Konstruktives abzugewinnen, »solltest du mir lieber sagen, wie schwierig es ist, jemanden aus einem Gefängnis zu befreien. Oder hast du auch noch nie bei einer Gefangenenbefreiung mitgemacht?«

»Natürlich habe ich schon bei Gefangenenbefreiungen mitgemacht«, erklärte der Leibwächter und warf sich voll Stolz in die Brust. »Ich war sogar bei *drei* Gefangenenbefreiungen als Komplize dabei. Für was für einen Syndikatsmann hältst du mich eigentlich?«

Mit heldenhafter Anstrengung widerstand ich der Versuchung, ihm auf diese Frage eine passende Antwort zu geben.

»Na gut. Wie wär's denn dann mit ein paar Hinweisen? Das hier ist meine erste Gefangenenbefreiung, und da möchte ich möglichst wenig falsch machen.«

Ich machte mich auf einen langatmigen Vortrag gefasst, doch Guido reagierte lediglich, indem er etwas betreten dreinsah.

»Ähhh ... genau genommen, Boss, glaube ich kaum, dass du die Pläne, nach denen ich damals gearbeitet habe, gerne nachahmen würdest. Weißt du, alle drei Versuche waren nämlich 'ne mächtige Pleite. Keiner von denen hat funktioniert, und zweimal wurde der Typ, den wir befreien wollten, dabei getötet. Deshalb weiß ich ja auch so gut, dass Gefangenenbefreiungen eine miese Taktik sind, wenn du verstehst, was ich meine.«

»Oh, wunderbar! Einfach klasse! Sag mal, *Herr* Leibwächter, hast du mit deinen ganzen Allergien und deinem Null-zu-drei-Rekord in Sachen Gefangenenbefreiungen eigentlich überhaupt mal *irgendwas* beim Syndikat gemacht, was funktioniert hat?«

Eine Hand legte sich sanft von hinten auf meine Schulter.

»He! Immer mit der Ruhe, Große Nummer!«, sagte Massha leise. »Ich weiß ja, dass du dir Sorgen um deinen Partner machst, aber lass es nicht an Guido aus ... und auch nicht an mir, wenn wir schon mal dabei sind. Wir sind vielleicht nicht gerade 'ne Superschau, aber wir sind hier, um dir so behilflich zu sein, wie wir können, obwohl wir viel lieber wieder zu Hause im Bazar wären. Du bist auch so schon gebeutelt genug, da brauchst du dir nicht noch zusätzlich Zwistigkeiten mit deinen Verbündeten einzuhandeln.«

Ich wollte sie schon anfahren, riss mich aber im letzten Augenblick zusammen. Stattdessen sog ich die Luft tief ein und ließ sie ganz langsam wieder entweichen. Massha hatte natürlich Recht. Meine Nerven waren bis zum Zerreißen gespannt ... was mir auch ganz recht geschah, da ich meinen eigenen Rat missachtet hatte.

Wir hatten beim Verschicker Unterschlupf gefunden, dem einzigen Ort in der Stadt, der mir als Operationsbasis einfiel, und sobald wir dort eingetroffen waren, hatte ich darauf bestanden, dass Massha und Guido sich schlafen legten. Seit wir die Tür zur Dimension Vorhölle durchschritten hatten, waren wir ununterbrochen auf den Beinen gewesen, und ich überlegte mir, dass meine Leute so ausgeruht wie möglich sein sollten, wenn wir versuchten, Aahz rauszuhauen. Natürlich hatte ich, nachdem ich sie endlich davon überzeugt hatte, dass es nötig war sich zu erholen, meinen eigenen Ratschlag sofort wieder in den Wind geschlagen und war aufgeblieben, um die Lage zu durchdenken.

Die rationale Erklärung, die ich mir für dieses wahnwitzige Verhalten einredete, lautete, dass ich etwas Zeit brauchte, um ungestört meine Batterien wieder aufzuladen, damit das bisschen Magik, das mir zur Verfügung stehen würde, wenigstens optimal genutzt werden konnte. Tatsächlich verbrachte ich die Zeit jedoch damit, mir Sorgen zu machen. Obwohl ich selbst seit meiner Zusammenarbeit mit Aahz an zahlreichen kriminellen Aktivitäten teilgenommen hatte, waren diese alle entweder von Aahz oder von Tanda geplant worden. Dies war das erste Mal, dass ich mich als Chef einer Operation versuchen musste, und das Risiko war sehr hoch. Nicht nur Aahz', auch Masshas und Guidos Zukunft hingen von dem Erfolg meines Debüts ab, und mein Selbstvertrauen befand sich gegenwärtig auf einem solch niedrigen Stand wie nie zuvor. Nach langen Überlegungen hatte ich mich mühsam dazu durchgerungen, über meinen eigenen Schatten zu springen und Guidos Erfahrung in Anspruch zu nehmen, weshalb es mich auch so hart getroffen hatte, erfahren zu müssen, dass er noch weniger von erfolgreichen Gefangenenbefreiungen verstand als ich.

»Entschuldigung, Guido«, sagte ich und versuchte, meinen Gedanken eine neue Gestalt zu geben. »Ich schätze, ich bin wohl doch müder, als ich dachte. Ich wollte dich nicht zur Schnecke machen.«

»Keine Bange, Boss«, grinste der Leibwächter. »Ich hab damit schon gerechnet. Alle großen Operationschefs, mit denen ich gearbeitet habe, werden ein bisschen zappelig, wenn's aufs Ganze geht. Dass du langsam etwas gereizt wirst, ist eigentlich das beste Zeichen, das ich bisher bei dieser Unternehmung bemerkt habe. Deshalb war ich selbst ja auch so nervös. Ich war mir nicht sicher, ob du die Geschichte nicht vielleicht auf die leichte Schulter nimmst oder ob du zu blöd bist, zu erkennen, wie unsere Chancen tatsächlich stehen. Jetzt, wo du ganz normal und der Lage entsprechend reagierst, sehe ich schon weitaus weniger schwarz, was den Ausgang der Sache angeht.«

Klasse! Jetzt, da ich am Ende meiner Kräfte war, meinte unser ewiger Pessimist, alles liefe wie geschmiert!

»Also gut«, sagte ich und rieb mir über die Stirn. »Wir haben nicht besonders viele Informationen, und das, was wir wissen, klingt reichlich mies. Vilhelms Aussagen zufolge hält man Aahz in der ausbruchsichersten Zelle fest, die sie haben, nämlich im obersten Stockwerk des höchsten Turms der ganzen Stadt. Wenn wir ihn von innen befreien wollen, müssen wir jeden Wärter entweder an der Nase herumführen oder unschädlich machen, und zwar sowohl auf dem Weg nach oben als auch hinterher auf dem Rückweg. Für mich heißt das, dass wir ihn nur von außen befreien können.«

Meine Gehilfen nickten eifrig, und sie wirkten so begeistert, als hätte ich soeben das Ei des Kolumbus entdeckt.

»Da meine Kräfte aber gerade Ebbe haben, bezweifle ich, dass ich so weit hinauflevitieren *und* in die Zelle einbrechen kann. Massha, gibt es irgendwas unter deinen Schmuckstücken, das als Seil und Kletterhaken dienen könnte?«

»N– nein«, sagte sie zögernd, was mich überraschte, denn normalerweise hatte sie das Inventar ihrer hübschen Niedlichkeiten immer auswendig im Kopf.

»Ich habe ein Seil gesehen, das innen hinter der Tür hängt«, warf Guido ein.

»Ich habe es auch bemerkt«, sagte ich, »aber das ist nicht einmal annähernd lang genug. Wir müssen also mit Hilfe meiner Kräfte irgendwie zu der Zelle hinaufkommen und uns dann etwas überlegen, wie wir einbrechen können.«

»Hmmm ... das brauchst du nicht, Große Nummer«, seufzte Massha. »Ich habe etwas, das wir benutzen können.«

»Was denn?«

»Der Gürtel, den ich trage und an dem meine ganze Ausrüstung hängt, ist ein Levitationsgürtel. Die Bedienungselemente sind zwar nicht fürchterlich zuverlässig, aber bis zur Turmspitze sollte er uns eigentlich befördern können.«

Ich musterte meinen Lehrling mit hochgezogener Augenbraue.

»Einen Moment mal, Massha. Warum hast du das denn nicht erwähnt, als ich danach gefragt habe?«

Sie wandte hastig den Blick ab.

»Du hast nicht nach einem Gürtel gefragt, nur nach einem Seil und einem Kletterhaken.«

»Seit wann muss ich dir präzise Fragen stellen ... oder überhaupt irgendwelche Fragen, wenn wir schon dabei sind, damit du deinen Senf dazugibst?«

»Also gut«, seufzte sie. »Wenn du es unbedingt wissen willst, ich hatte gehofft, dass wir eine andere Möglichkeit finden würden, und den Gürtel nicht benutzen müssten.«

»Warum?«

»Weil es mir peinlich ist.«

»Wieso?«

»Es macht mich verlegen. Ich sehe albern aus, wenn ich in der Luft rumschwebe. Für dünne Typen wie dich und Guido ist das ja in Ordnung, aber ich sehe dabei aus wie ein Zeppelin. Das Einzige, was mir dann noch fehlt, ist eine eintätowierte Reklame, und das Bild ist perfekt.«

Ich schloss die Augen und versuchte daran zu denken, dass ich übermüdet war und das nicht an meinen Freunden auslassen sollte. Die Tatsache, dass Massha sich Gedanken über ihr Aussehen machte, während ich mir das Gehirn zermarterte, wie ich uns alle lebendig aus diesem Schlamassel herausboxen konnte, war nicht entnervend – sie war … *schmeichelhaft!* Das war's! Sie war sich meiner Fähigkeit, uns aus dieser Krise hinauszumanövrieren, so sicher, dass sie noch Zeit hatte, sich um ihre äußere Erscheinung zu sorgen! Natürlich brachte die Möglichkeit, dass ich diesem Vertrauen nicht gerecht werden könnte, neue Sorgen und Verunsicherungen mit sich. Wunderbar!

»Bist du in Ordnung, Boss?«

»Hmmm? Ja, klar doch, Guido, völlig in Ordnung. Also: Massha schwebt zum Fenster hinauf, somit sind wir beide frei und können …«

»Halt, halt, Heißmatz!«, unterbrach Massha und hob eine Hand. »Ich glaube, ich sollte dir diesen Gürtel etwas gründlicher erklären. Ich habe ihn beim Ausverkauf auf einem Wühltisch erstanden, und die Steuerung ist überhaupt nicht so, wie sie sein sollte.«

»Wieso?«

»Na ja, die Aufwärtssteuerung funktioniert zwar, aber die Höhenregelung ist ziemlich wacklig, so dass man nie sicher sein kann, wie viel Gewicht man nach oben bewegen kann und wie hoch es fliegen wird. Das wirkliche Problem ist allerdings die Abwärtssteuerung. Es gibt keine Schubbremse, das heißt, das Ding ist immer nur entweder an oder aus.«

Technischer Jargon war zwar noch nie meine Stärke, aber vom Fliegen verstand ich etwas, so dass ich ihr beinahe folgen konnte.

»Mal sehen, ob ich das richtig verstanden habe«, resümierte ich. »Wenn man nach oben fliegt, weiß man nicht genau, mit welchem Schub, und wenn man landet …«

»… dann nur ziemlich unsanft«, beendete sie meinen Satz. »Im Prinzip stürzt man einfach in die Tiefe, egal, in welcher Höhe man sich gerade befindet.«

»Ich verstehe ja nicht viel von diesem magischen Kram«,

bemerkte Guido trocken, »aber besonders gut hört sich das nicht an. Warum benutzt du so 'n Gerät überhaupt?«

»Tu ich ja gar nicht ... jedenfalls nicht zum Fliegen«, erwiderte Massha. »Ich hab doch gesagt, dass ich dann ziemlich albern aussehe, nicht wahr? Ich benutze das Ding lediglich als Ausrüstungsgürtel ... du weißt schon, wie Batman. Ich meine, er ist ganz hübsch, und Gürtel für meine Größe zu finden ist gar nicht so einfach.«

»Wie dem auch sei«, sagte ich und unterbrach ihr Gespräch über Mode für Mollige. »Heute Nacht werden wir ihn jedenfalls dazu benutzen, zur Zelle hinaufzufliegen, auch wenn wir irgendeine Art Ballastsystem dafür konstruieren müssen. Jetzt sollten wir uns nur noch etwas ausdenken, wie wir das Zellenfenster aufbekommen. Und einen Fluchtplan brauchen wir auch. Guido, mir fällt gerade ein, dass du uns vielleicht doch noch das eine oder andere über Gefangenenbefreiungen beibringen kannst, auch wenn deine Versuche nicht erfolgreich verlaufen sind. Ich meine, negative Beispiele können manchmal ebenso lehrreich sein wie positive. Also dann sag mir mal, was deiner Meinung nach falsch gemacht wurde, als ihr früher solche Befreiungen geplant habt.«

Die Stirn des Leibwächters furchte sich bei der ungewohnten Anstrengung des Nachdenkens.

»Ich weiß nicht, Boss. Wir konnten planen, so viel wir wollten, irgendwie kam immer irgendwas dazwischen, mit dem wir nicht gerechnet hatten. Wenn ich sagen müsste, was die Hauptursache dafür war, dass wir Mist gebaut haben, dann war es wohl genau das ... zu viel Planung. Ich meine, nach wochenlangen Vorträgen und Übungssitzungen wird man irgendwann ein bisschen zu zuversichtlich, und wenn dann was schief geht, erwischt es einen völlig unvorbereitet, wenn du verstehst, was ich meine.«

So nervös wir auch waren, mussten Massha und ich dennoch lachen.

»Na, über dieses Problem brauchen wir uns wenigstens keine Sorgen zu machen«, meinte ich. »Wir haben *immer* nur ganz wenig Zeit zur Planung, und diesmal müssen wir alles innerhalb weniger Stunden zusammenhaben.«

»Wenn ihr noch Stunden braucht, schafft ihr es nie«, sagte Vilhelm, der gerade rechtzeitig in den Raum getreten war, um meine letzte Bemerkung mitzubekommen.

»Was soll denn das schon wieder heißen?« Massha legte die Stirn in Falten.

»Sagt mal, seid ihr Typen *wirklich* ganz sauber?«, fragte der Vampir, meinen Lehrling völlig ignorierend. »Mir fällt ein, dass ich eigentlich nur euer Wort habe ... dass Vic noch lebt und so. Wenn ihr meine Gutmütigkeit nur ausnutzen wollt, um irgendeine krumme Tour zu versuchen ...«

»Er lebt ganz bestimmt«, versicherte ich ihm. »Ich habe ihn selbst gesehen, nachdem wir das letzte Mal hier waren ... aber du hast die Frage nicht beantwortet. Was hast du damit gemeint? Was soll passieren, wenn wir noch Stunden brauchen um die Gefangenenbefreiung zu planen?«

Der Verschicker zuckte die Schultern.

»Ich nehme an, ihr wisst schon, was ihr tut, und wahrscheinlich sollte ich lieber den Mund halten, aber ich mache mir langsam Sorgen. Ich meine, die Sonne geht gerade unter, und wenn ihr noch vor der Hinrichtung zuschlagen wollt, dann sollte das möglichst bald geschehen.«

»Wie meinst du das?«, fragte ich stirnrunzelnd. »Die Hinrichtung soll doch erst um Mitternacht stattfinden. Ich hatte eigentlich angenommen, dass wir abwarten können, bis es dunkel geworden ist und in der Stadt alles etwas ruhiger zugeht.«

»Du machst wohl Witze, wie?«, fragte der Vampir erschrocken und riss die Augenbrauen bis zum Haaransatz hoch. »Das ist, wenn ... ach so, jetzt kapiere ich das erst! Du denkst immer noch in den Zeitplänen anderer Dimensionen. Du musst ... hmmm, vielleicht solltest du dich lieber erst mal hinsetzen, Skeeve.«

»Lass schon hören«, forderte ich ihn auf und rieb mir erneut die Stirn. »Was habe ich denn jetzt schon wieder übersehen? Auch ohne Augenbinde und letzte Zigarette würde ich die Nachricht lieber im Stehen entgegennehmen.«

»Na gut, du darfst nicht vergessen, dass das hier eine Vampirstadt ist. Sonnenuntergang ist für uns das, was Sonnenaufgang für euch ist. Dann geht's hier erst richtig los! Das ist nicht die Zeit, zu der man sich zur Ruhe legt. Das bedeutet ...«

»... dass Mitternacht die absolute Stoßzeit ist, und je länger wir jetzt warten, umso mehr Leute werden auf der Straße sein«, fuhr ich fort und versuchte dabei, ein Stöhnen zu unterdrücken.

Nachdem man mich auf das Grundversäumnis aufmerksam gemacht hatte, war ich durchaus fähig, den Rest selbst zu überblicken ... mit allen entsetzlichen Konsequenzen. Um meiner eigenen Panik Herr zu werden, wandte ich mich an meine Gehilfen.

»Also gut, Leute, es geht los. Guido, du nimmst das Seil mit, das wir entdeckt haben. Vielleicht brauchen wir es, bevor wir mit der Sache fertig sind.«

Der Leibwächter weitete erstaunt die Augen.

»Soll das heißen, dass wir uns jetzt sofort an die Arbeit machen? Aber Boss! Wir haben doch überhaupt keinen Plan ...«

»Na, na, Guido!«, sagte ich und zeigte ihm ein Lächeln, das beinahe normal war. »Du warst es doch, der meinte, dass übermäßige Planung zum Problem werden kann. Na, wenn du Recht haben solltest, dann dürfte das die erfolgreichste Gefangenenbefreiung aller Zeiten werden!«

Kapitel 11

»NETT HIER! DAS GEFÄNGNIS SIEHT ZIEMLICH SICHER AUS.«
DIE PANZERKNACKER

In einem Punkt hatte Vilhelm Recht. Die Straßen waren nicht halb so bevölkert wie lange nach Sonnenuntergang, als wir sie das erste Mal durchschritten hatten. Nur hier und da liefen ein paar verirrte Wesen umher, die irgendwelche Waren ablieferten oder die Gehsteige vor ihren Läden vor dem Öffnen fegten. Abgesehen von dem Mangel an Licht sah die Stadt wie jede andere aus, die sich auf ihr Tagewerk vorbereitet ... abgesehen auch von den roten Augen ihrer Bewohner.

Wir bewegten uns im Schutz des wenig vorhandenen Lichts durch die Straßen ...

Das stimmt schon: Ich habe wirklich »im Schutz des Lichts« gesagt. Ich gebe mir meistens Mühe, ein und denselben Fehler höchstens ein Dutzend Mal hintereinander zu machen. In jeder anderen Dimension hätten wir den »Schutz der Dunkelheit« gesucht; um nicht bemerkt oder erkannt zu werden. Hier suchten wir dagegen den »Schutz des Lichts«. Lachen Sie nicht. Es funktionierte.

Jedenfalls schritten wir durch die Straßen von Blut, während ich damit beschäftigt war, mir einen geeigneten Fluchtweg auszudenken, Darüber, wie wir Aahz aus dem Gefängnis bekamen, würde ich mir schon noch Gedanken machen, wenn es so weit war. Im Augenblick machte ich mir Sorgen darüber, was wir tun sollten, wenn wir ihn erst einmal hatten ... eine ziemlich kühne Voraussetzung, ich weiß, aber ich hatte so wenig Optimismus, dass ich mich an das letzte bisschen mit Händen und Füßen klammerte.

Wir drei sahen hinlänglich wie Vampire aus, um einer oberflächlichen Kontrolle standzuhalten. Aber es war unmöglich, meinen grünschuppigen Partner ohne einen Tarnzauber als Einheimischen auszugeben, und ich mochte nicht darauf setzen, dass ich nach Aahz' Befreiung noch genügend magische Energie für einen solchen übrig haben würde. Deshalb reckte ich ständig den Hals, um in Seitenstraßen und Gassen hineinzuspähen in der Hoffnung, eine wenig benutzte Route ausfindig zu machen, entlang derer wir unseren flüchtenden Kollegen aus der Stadt schaffen konnten, ohne gleich die halbe Einwohnerschaft am Hals zu haben. Als wir endlich am Ziel ankamen, war ich einigermaßen sicher, dass ich uns auf dem Weg, den wir gekommen waren, zum Verschicker würde zurückbringen können; *absolut* sicher war ich mir dagegen, dass ich uns, sollten wir die Seitenwege nehmen, hoffnungslos in die Irre führen würde.

»So, Boss, da sind wir. Meinst du, wir können es knacken?«

Ich glaube nicht, dass Guido wirklich eine Antwort erwartete. Er wollte lediglich das Schweigen brechen, das uns befallen hatte, als wir stehen blieben und unser Ziel musterten.

Das Stadtgebäude war ein imposanter Bau, mit dicken Steinmauern und einem Eckturm, der hoch in die Finsternis emporragte, so dass man seine Spitze kaum erkennen konnte. Es sah so aus, als könnten wir nicht einmal mit einer Kanone eine Delle hineinschlagen ... selbst wenn wir eine zur Verfügung gehabt hätten, was ja ohnehin nicht der Fall war. Ich war die Zelte des Bazars und den ziemlich brüchigen Baustil von Klah gewöhnt. Während mich die Bauten hier in Blut nach und nach zu beeindrucken begonnen hatten, flößte dieses Gebäude mir nahezu Angst ein. Ich hatte schon ganze Berge gesehen, die wesentlich baufälliger gewesen waren!

»Na, eins ist jedenfalls sicher«, begann ich beinahe flüsternd.

»Was denn?«

»Das Ding wird auch nicht schwächer, selbst wenn wir es noch lange anstarren.«

Keiner meiner Gehilfen lachte über meinen Witz, aber das tat ich ja schließlich auch nicht.

Ich schüttelte eine böse Vorahnung ab und wandte mich an meine Gefolge.

»Also gut, Guido. Du bleibst hier unten und stehst Schmiere. Massha? Glaubst du, dein Gürtel kann zwei von uns levitieren? Wird Zeit, dass wir uns endlich nach oben begeben und uns mal diese ausbruchsichere Zelle anschauen.«

Mein Lehrling fuhr sich mit der Zunge über die Lippen und zuckte die Schultern.

»Ich weiß nicht, Heißer Junge. Ich hab dich ja gewarnt, dass die Steuerung nicht richtig funktioniert. Das Ding kann uns genauso gut in den Weltraum katapultieren.«

Ich klopfte ihr, wie ich hoffte, Zuversicht spendend auf die Schulter.

»Na, versuch's mal, dann werden wir es schon merken.«

Sie nickte, umfasste meinen Brustkorb mit einem Arm und spielte mit der anderen Hand an den Edelsteinen auf ihrer Gürtelschnalle.

Ein Lichtergefunkel – doch weiter nichts.

»Nicht genug Saft«, murmelte sie.

»Dann dreh das Ding schon auf«, drängte ich.

Auch wenn Vampire das Licht größtenteils meiden – wir waren inzwischen so hell erleuchtet wie ein Weihnachtsbaum und würden zwangsläufig Aufmerksamkeit erregen, wenn wir noch lange am Boden blieben.

»Dann drück uns mal die Daumen«, sagte sie grimmig und befingerte erneut die Edelsteine.

Das Licht wurde stärker, und wir schossen schnell in die Höhe ... zu schnell.

»Vorsicht, Boss!«, schrie Guido und griff nach meinen Beinen, als sie an ihm vorbeisausten.

Das bremste unseren Auftrieb ... na ja, fast wenigstens. Anstatt in die Nacht emporzujagen, schwebten wir nun langsam, kaum merklich immer höher.

»Das war's, Große Nummer!«, rief Massha und legte nun beide Arme um mich. »Allerdings ein bisschen mehr Ballast, als ich einkalkuliert hatte.«

Ich überlegte kurz, ob ich Guido befehlen sollte, loszulassen, entschied mich aber dagegen. Wenn der Leibwächter seinen Griff lösen sollte, würden wir mit Sicherheit unsere vorherige Beschleunigung wieder aufnehmen ... und wenn auch viele Leute im Bazar von meinem meteorhaften Aufstieg gesprochen hatten, wollte ich diesen Ausdruck doch lieber im Bereich des Metaphorischen belassen. Außerdem war da noch die Kleinigkeit, dass wir inzwischen bereits eine Höhe erreicht hatten, die einen Sturz in die Tiefe gefährlich erscheinen ließ. Und dann war da noch Guidos verzweifelter Griff um meine Beine.

»Sag's nicht, lass mich lieber raten«, rief ich ihm zu. »Höhenangst hast du auch, stimmt's?«

Der Ausblick auf Blut, das sich unter uns erstreckte, war wahrhaft atemberaubend. Wirklich! Mein Leben war dieser Tage derart angefüllt mit Krisen und Gefahren, dass eine Kleinigkeit wie das Herabschauen auf Gebäude aus großer Höhe mir kaum noch etwas ausmachte, doch selbst mir blieb der Atem weg angesichts der Nähe dieser steilen Mauern, die mit schauerlichen Wesen verziert waren. Doch erst als ich seine Fingernägel spürte, die sich in meine Waden krallten, kam ich auf den Gedanken, dass so etwas einen alten Haudegen wie Guido aus der Fassung bringen könnte.

»Merkt man das?«, fragte er nervös.

Dabei ließ ich es bewenden. Ich war damit beschäftigt, den Turm zu studieren, der aus dieser Höhe weitaus überschaubarer war. Dieser Teil hier oben sah fast noch stärker aus als der Gebäudeteil weiter unten. Eine Einzelheit erregte jedoch meine besondere Aufmerksamkeit. Der obere Teil des Turms, in dem ich Aahz' Zelle vermutete, hatte die Form eines großen Drachenkopfs. Das Fenster, mit dem ich gerechnet hatte, war in Wirklichkeit das Maul des Drachen, dessen Zähne als Gitterstäbe dienten.

Angesichts der Fülle steinerner Tiergestalten an und auf den Gebäuden der Stadt hätte ich eigentlich mit etwas Derartigem rechnen müssen, dennoch war es eine Überraschung ... allerdings eine angenehme. Ich hatte erwartet, Eisenstäbe überwinden zu müssen, steinerne Zähne waren möglicherweise leichter zu bewältigen. Wenn Aahz sich von innen daranmachte und wir von außen, konnten wir vielleicht den Mörtel lockern und dann ...

Plötzlich bemerkte ich, dass wir uns jeden Augenblick mit der Zelle auf gleicher Höhe befinden mussten ... und dass wir wenige Augenblicke später daran vorbeigeflogen sein würden! Wenn wir nicht irgendetwas unternahmen – und zwar schnell –, würden wir mit Aahz allenfalls ein paar kurze Worte wechseln können, bevor wir für immer auseinander gingen. Angesichts dieses Zeitdrucks suchte ich nach einer Lösung für dieses Problem.

Die Mauer war zu weit entfernt, um sie packen zu können, und es gab andererseits keine Möglichkeit, unser Gewicht zu vergrößern, es sei denn ...

Als Aahz mir das Fliegen beigebracht hat, hat er das Ganze als »Umkehrung der Schwerkraft« bezeichnet. Das sollte besagen, dass man seine Energie dabei nicht darauf verwendet, sich auf den Beinen zu halten, sondern stattdessen mit aller Gedankenkraft gegen den Boden drückt und sich dann in die Luft erhebt. Ich konzentrierte mich also auf mein Reservoir magischer Energie und benutzte einen kleinen Teil davon, um einen *umgekehrten Flug* zu versuchen. Anstatt Druck nach oben zu geben, drückte ich nach unten!

Na schön, ich war verzweifelt. Wenn ich in einer Krise stecke, dann versuche ich einfach alles, egal wie blöd es auch sein mag. Zum Glück funktionierte diese blöde Idee!

Unser Auftrieb wurde gebremst, bis ich auf Augenhöhe vor dem Drachenmaul der Zelle schwebte.

Ich versuchte, mir meine Erleichterung nicht anmerken zu lassen, und sprach deshalb sehr laut:

»He, Aahz! Wie sind denn hier die Besuchszeiten?«

Zunächst erhielt ich keine Antwort und fühlte schon jähe Panik in mir hochsteigen bei dem Gedanken, wir könnten hier in hundert Fuß Höhe mitten in der Luft vor einer leeren Zelle schweben. Doch dann erschien das unverwechselbare Konterfei meines Partners in der Fensteröffnung.

»Skeeve?«, fragte er in zweifelndem Tonfall. »Skeeve! Was machst du denn da draußen?«

»Och, wir waren gerade in der Nähe, und da haben wir uns gedacht, schauen wir doch mal vorbei«, antwortete ich im beiläufigsten Ton, dessen ich fähig war. »Wir haben gehört, dass du einige Schwierigkeiten hast, und da dachten wir, wir hauen dich lieber raus, bevor es wirklich brenzlig wird.«

»Wer ist wir?«, wollte mein Partner wissen, dann musterte er meine Gehilfen. »Oh, Gott, nein! *Die* beiden? Wo sind denn Tanda und Chumly? Komm, Skeeve! Ich brauch eine Rettungsmannschaft, und was schleppst du mir an? Eine Zirkusnummer!«

»Mehr konnte ich in der kurzen Zeit nicht auf die Beine stellen«, schoss ich leicht verärgert zurück. »Tanda und Chumly sind von ihren eigenen Ausflügen noch nicht zurück, aber ich habe ihnen eine Nachricht hinterlassen, damit sie nachkommen können, sobald sie wieder da sind. Natürlich weiß ich nicht so recht, wie viel sie uns wirklich nützen können. Falls du dich fragen solltest, warum mein Lehrling mich tragen muss und ich nicht frei fliege – diese Dimension verfügt über außergewöhnlich wenige Kraftlinien, die man anzapfen könnte. Ich finde, ich habe eigentlich eine Menge Glück gehabt, dass ich ›*die* beiden‹ mitbringen konnte anstatt eine ganze Mannschaft richtiger Magiker, die zu stolz sind, technische Geräte zu verwenden. *Diesen* beiden habe ich es immerhin zu verdanken, dass ich es überhaupt bis hierher geschafft habe. Also, willst du jetzt unsere Hilfe, oder möchtest du lieber warten, bis das nächste Team vorbeischwebt? Ich meine, du hast doch keine Eile, oder?«

»Nun reg dich nicht gleich so auf, Partner«, sagte Aahz besänftigend. »Du hast mich nur ein bisschen überrascht, das ist alles. Schön, dann verrat mir jetzt mal, wie du mich hier rauskriegen willst.«

Das brachte mich wieder auf den Boden zurück ... oder zumindest so nahe heran, wie dies, mitten in der Luft, eben möglich war.

»Äh ... eigentlich hatte ich gehofft, dass *du* ein paar Ideen zur Lösung dieses Problems haben würdest, Aahz. Meistens bist du doch ziemlich gut darin, dir was auszudenken, wenn wir in der Klemme stecken.«

»Eins möchte ich gerne mal wissen«, knurrte Guido und drehte sich ein Stück im Wind. »Wenn dein Partner so 'ne schlaue Nummer ist, wieso hat er sich denn dann bisher nicht alleine hier rausholen können, na?«

Ich wollte meinen Leibwächter gerade zurechtweisen, als seine Worte in mein Bewusstsein drangen. Das war wirklich eine gute Frage! Aahz war stark ... ich meine STARK! Normalerweise hätte er die steinernen Zähne ganz allein aus eigener Kraft aus der Fensteröffnung reißen können. Was *hinderte* ihn denn nur daran?

»Och, ich hab hier so viel Spaß, dass ich es gar nicht über mich bringe, wieder wegzugehen«, bellte Aahz zur Antwort. »Ich bin hier drin, weil ich nicht rauskann, deshalb! Und wenn einer von euch irgendeinen Vorschlag zu machen hat, wie ihr mich hier rausholen könnt, dann wäre das jetzt eine prima Gelegenheit, sie uns anderen mitzuteilen.«

»Einen Augenblick mal, Aahz«, sagte ich. »*Warum* kannst du nicht hier raus ... und wie haben sie dich überhaupt gefangen nehmen können?«

»Ich bin reingelegt worden«, versetzte mein Partner, doch mir fiel auf, dass seine Stimme diesmal schon ein wenig kleinlauter klang.

»Das wissen wir bereits«, drängte ich. »Ich möchte aber gerne erfahren, weshalb du nicht ein paar Leuten die Köpfe eingeschlagen hast und zurück nach Hause gejagt bis. Bisher hast du dich doch auch nicht gerade durch Respekt gegenüber den örtlichen Behörden ausgezeichnet.«

»Man hat mir Drogen gegeben«, gestand er angewidert. »Sie haben mir irgendwas in meinen Drink getan, und plötzlich wachte ich auf, einen Pflock und einen Hammer in den Händen und im Zimmer nichts als Beamte. Was immer das für ein Zeug war, auf jeden Fall war ich während der ganzen Verhandlung noch völlig im Tran ... ich meine, ich konnte nicht mal gerade gehen, ganz zu schweigen davon, mich vernünftig zu verteidigen, und danach war ich dann plötzlich *hier!*«

»Der alte Tropfentrick!«, schnaubte Massha, was unser gesamtes Leiberbauwerk erschütterte. »Ich bin nur erstaunt, dass ein dimensionserfahrener Bursche sich mit einer derart abgedroschenen Nummer einsacken lässt.«

»Ja, das hat mich selbst überrascht!«, gestand Aahz. »Ich meine, dieser Gag ist doch so alt, dass kein Aas mehr damit rechnet, dass ihn wirklich noch mal jemand anwenden könnte, nicht?«

»Nur wenn man damit rechnet, dass der Typ, den man umhauen will, bloß 'ne große Schnauze, aber nichts in der Rübe hat«, meldete sich Guido zu Wort.

»Ach, ja?«, fauchte mein Partner, bereit, den alten Rivalitätskampf auf der Stelle aufzunehmen. »Na schön, wenn ich erst mal hier raus bin, können wir beide ja kurz vor die Tür ...«

»Hört auf, ihr beiden!«, befahl ich. »Im Augenblick ist unser Hauptproblem, uns *alle* hier rauszuholen, bevor der Ballon platzt ... das war nicht persönlich gemeint, Massha. Und jetzt raus damit, Aahz. Was ist denn an dieser Zelle so Besonderes, dass du hier nicht rauskannst?«

Mein Partner stieß einen schweren Seufzer aus.

»Schau sie dir doch noch mal an, Skeeve. Ich meine, *richtig!*«

Das tat ich. Für mich sah sie immer noch gleich aus: ein Turmzimmer in Gestalt eines Drachenkopfs.

»Schön. Und?«

»Und denk mal daran, wo wir hier sind. Dieses Ding ist gebaut worden, um *Vampir*verbrecher zu verwahren. Wesen mit übermenschlicher Kraft, weißt du, die sich in Nebel verwandeln können.«

Mein Blick wanderte zurück zum Drachenkopf.

»Ich verstehe nicht, was du meinst«, gestand ich. »Wie kann eine steinerne Zelle ein derartiges Wesen einsperren?«

»Das ist es ja gerade!« Aahz schnitt eine schmerzverzerrte Grimasse. »Eine Zelle aus einfachem Stein kann das auch nicht. Aber dieses Ding hier ist *lebendig.* Wenn jemand versucht auszubrechen, verschlingt sie ihn. Wenn er versucht, sich in Nebel aufzulösen, inhaliert sie ihn.«

»Du meinst ...«

»Jetzt bist du endlich im Bilde.«

Trotz seiner offensichtlichen Deprimiertheit ließ er sein zahniges Lächeln aufblitzen.

Durch diese Enthüllung ziemlich verblüfft, musterte ich erneut die Turmzelle. Als hätte er auf sein Stichwort gewartet, öffnete der Drachenkopf die Augen und blickte mich an.

Kapitel 12

»Unmögliches zu erledigen braucht es nur
den richtigen Mann.«
Sisyphos

Zu jedermanns Erstaunen, besonders aber zu meinem, empfand ich die Enthüllung über die wahre Natur von Aahz' Gefängnis überhaupt nicht als entmutigend. Im Gegenteil, ich war eher doppelt froh. Nicht nur, dass ich sofort eine Idee hatte, wie wir dem Problem beikommen konnten, ich war sogar vor meinem so klugen, erfahrenen Partner auf die Lösung gekommen ... und zwar ein ordentliches Stück früher als er, denn schließlich hatte er schon seit Tagen Zeit gehabt, über seine missliche Lage nachzudenken, während ich gerade eben erst davon erfahren hatte. Natürlich war er wahrscheinlich nur nicht dazu in der Lage, diese einfache Lösung zu erkennen.

»Was grinst du so?«, wollte er wissen. »Wenn daran irgendetwas komisch sein soll, dann ist es mir jedenfalls bisher entgangen.«

Im Gegensatz zu meinem eigenen freundlichen Wesen pflegt Aahz seinen Sorgen dadurch Ausdruck zu verleihen, dass er wütend wird. Genau genommen verleiht er beinahe sämtlichen Gefühlen dadurch Ausdruck. Na ja, wenigstens ist er in dieser Hinsicht berechenbar.

»Sag mal«, fragte ich und musterte den Drachenkopf, »du meinst, dieses Ding hier lebt. Wie lebendig ist es genau?«

»Was soll das heißen, ›wie lebendig ist es genau?‹«, knurrte Aahz. »Lebendig genug, um mich zu verschlingen, wenn ihm danach sein sollte. Mir reicht das an Lebendigkeit.«

»Ich meine, kann es auch hören und sehen?«

»Wen kümmert das schon?«, fragte mein Partner mit jener betörenden Mischung aus Charme und Neugier, die ihn so liebenswert macht. »Ich hatte eigentlich nicht vor, es zu einem Rendezvous auszuführen.«

Ich betrachtete das Tier gedankenverloren.

»Ich frage mich nur, ob es mich verstehen kann ... sagen wir mal, wenn ich beispielsweise sagte, dass es die hässlichste Gebäudeverzierung ist, die ich bisher in der ganzen Stadt gesehen habe?«

Der Kopf des Drachen belohnte mich dadurch, dass er die Augen zu einem bösartigen Funkeln verengte.

»Ich glaube, es kann dich verstehen, Boss«, sagte Guido beunruhigt und verstärkte seinen Griff. »Es sieht mir nicht so aus als hätte es diese Äußerung sonderlich gemocht.«

»Na klasse!«, grollte Aahz. »Weißt du was, Partner? Ich will dir was sagen: Warum kommst *du* nicht hier rein und setzt dich an meiner Stelle auf die Zunge dieses Dings, bevor du es zur Weißglut bringst?«

»Das war doch nur ein Test.« Ich lächelte. »Ehrlich gesagt, das ist das unglaublichste Ding, das ich jemals gesehen habe, seit ich mit dem Dimensionsreisen begonnen habe. Vorhin das habe ich nur gesagt, um seine Reaktion zu testen.«

Der Drache hörte auf, mich wütend anzusehen, wirkte aber immer noch ein wenig misstrauisch und wachsam.

»Na schön, aber dann tu mir einen Gefallen und such dir einen anderen Reaktionstest aus, ja?«, bellte mein Partner. »Aus irgendeinem unerfindlichen Grund bin ich dieser Tage eine Spur nervös, und jedes Mal, wenn dieses Ding sich bewegt, werde ich um Jahrhunderte älter.«

Ich ignorierte sein Knurren und schüttelte eines meiner Beine.

»He, Guido! Hörst du auch gut zu, da unten?«

Er verstärkte seinen Griff erneut.

»Natürlich höre ich zu, du kleines ... ich meine, klar doch, Boss. Gibt ja auch sonst nicht besonders viel zu tun, während wir hier rumhängen, wenn du verstehst, was ich meine. Und hör endlich auf, mit deinen Beinen rumzuzappeln, ja ... bitte?«

Ich fand seinen Versprecher hochinteressant, doch dies war nicht der geeignete Moment, um der Sache auf den Grund zu gehen.

»Gut, dann hör mir jetzt aufmerksam zu«, sagte ich. »Ich will, dass du Folgendes tust. Ich will, dass du eine Hand von mir löst und mir das Seil hochreichst ...«

»Kommt nicht in Frage, Boss! Hast du dir mal angeschaut, wie tief es da runtergeht? Ich lasse dich nicht los, egal was du ...«

»... denn wenn du das nicht tun solltest«, fuhr ich fort und ignorierte diese Unterbrechung, »werde ich so lange hier herumzappeln, bis entweder du den Halt verlierst oder bis Massha mich loslässt. So oder so wirst du dann in die Tiefe stürzen. Verstehst du, worauf ich hinauswill? Würdest du jetzt mal ausnahmsweise einem Befehl gehorchen, ohne haufenweise Widerworte zu geben? Wir haben nicht viel Zeit, um diese Sache abzuziehen.«

Unter mir herrschte betroffenes Schweigen, als Guido mein Ultimatum überdachte und die Möglichkeiten gegeneinander abwog.

»Was abziehen?«, fragte Aahz. »Warum sagt mir denn keiner was? Wenn dein toller Meisterplan von dieser erbärmlichen Pappfigur von einem Leibwächter abhängen sollte, kannst du lieber gleich aufgeben. Ich hab dir doch schon immer gesagt, dass der Kerl ein viel zu großer Hasenfuß ist, um überhaupt zu irgendwas nutze zu ...«

»Wer ist hier ein Hasenfuß?«, brüllte Guido. »Hör mal, Großmaul, sobald wir dich hier rausgeholt haben, werden wir beide diese Sache klären, und zwar ein für alle ...«

»Erst müssen wir ihn allerdings rausgeholt haben, Guido«, unterbrach ich ihn. »Das Seil.«

»Klar doch, Boss. Ein Seil, nach oben zu übergeben. Jawohl. Wollen doch mal sehen, wer hier ein Hasenfuß ist. Die letzte, Person, die mich so genannt hat, war meine Mamma, und als ich mit der fertig war ...«

Unser ganzes Gebilde begann bedrohlich zu wackeln, als er einhändig seinen Mantel nach dem Seil durchsuchte. Einen Augenblick befürchtete ich schon, dass er wütend genug sein könnte, um mit beiden Händen danach zu suchen, nur um die Sache zu beschleunigen ...

»Ganz ruhig, Guido!«, warnte ich. »Wir können ...«

»Da ist es, Boss!«, sagte er und schleuderte das Seil derart heftig in die Höhe, dass es mir beinahe ins Gesicht klatschte. »Ich hoffe, du kannst es zum Aufhängen benutzen, als Strick für diesen Sohn einer ...«

»Aufhängen genügt nicht!«, höhnte Aahz. »Um mich um die Ecke zu bringen, braucht man schon etwas mehr als ein Stück Seil.«

»Na klar. Dazu braucht man ein kleines Mädchen mit blauen Augen und ein Mixgetränk«, schnauzte mein Leibwächter zurück. »Wenn du dir einbildest dass ich dir *das* durchgehen lasse ...«

Ich zwang mich, sie zu ignorieren. Obwohl die Versuchung groß war, Luanna in Schutz zu nehmen, gab es im Augenblick Dringenderes zu tun.

So vorsichtig wie möglich schlang ich ein Ende des Seils um Masshas Hüfte. Diese Aktion brauchte mehrere Anläufe und kostete mich sehr viel mehr Seil als mir lieb war, doch endlich gelang es mir, das herabhängende Ende zu packen und sicher zu verknoten.

»Was soll denn das, Heißmatz?«, fragte Massha gelassen. Sie war die Einzige in unserer Gruppe, die während des ganzen Unternehmens die Ruhe bewahrt hatte.

»Nun, mit etwas Glück werden wir gleich mit dem Abstieg beginnen ... zusammen mit Aahz«, erklärte ich. »Ich weiß zwar, dass du kräftig bist, aber ich glaube nicht, dass deine Hände stark genug sind, um uns unterwegs alle drei gleichzeitig festzuhalten. Das hier soll nur sicherstellen, dass wir niemanden verlieren, *nachdem* wir die Zelle hinter uns gelassen haben.«

»Apropos«, rief Aahz mir zu. »Ich warte immer noch darauf, dass du endlich die Güte hast, mir mitzuteilen, wie du mich aus diesem Ding hier rausholen willst. Man könnte beinahe sagen, dass ich mein Leben darum gäbe, es zu erfahren.«

Da war er nicht der Einzige. Der Drachenkopf beobachtete jede meiner Bewegungen mit zusammengekniffenen Augen. Ich war mir zwar nicht sicher, wie viel Stolz und Pflichtbewusstsein er in seine Aufgabe investierte, aber es war offensichtlich, dass das Vieh uns nicht gerade durch Kooperationsbereitschaft unterstützen würde.

Alles war so weit vorbereitet, und ich beschloss, meine Trumpfkarte auszuspielen.

»Eigentlich ist es nichts Besonderes«, sagte ich lächelnd zu meinem Partner. »Sprich einfach nur mit mir.«

Es kommt nicht oft vor, dass ich meinen alten Ausbilder völlig überrumple ... Zwar kann ich ihn einigermaßen regelmäßig auf die Palme bringen, aber totale Verblüffung ist ziemlich selten. Dies war eine jener solchen Gelegenheiten.

»WAS soll ich?«, schrie Aahz laut.

»Vertrau mir, Aahz«, beharrte ich. »Ich weiß schon, was ich tue. Sprich einfach nur mit mir. Erzähl mir eine Geschichte. Wie hast du Garkin kennen gelernt?«

»Ach, das!«, sagte er und rollte vielsagend mit den Augen. »Na ja, wir waren auf derselben langweiligen Cocktailparty, weißt du ... du weißt schon, eine von diesen grässlichen Veranstaltungen, bei denen die Masse einen gegen die Wand drückt und man sich mit irgendjemandem unterhalten muss, den es gegen einen gespült hat, nicht wahr? Jedenfalls war er gerade dabei, so ein kleines Hühnchen mit seiner Magik zu beeindrucken, die einen damals allerdings nicht gerade vom Hocker riss ... ich will dir was sagen, Partner – wenn du jemals deprimiert sein solltest, weil du im Magikgeschäft keine Fortschritte machst, dann erinnere mich mal daran, dass ich dir erzähle, wie dein alter Lehrer Garkin war, als ich ihn kennen lernte. Na ja, aus Respekt gegenüber der Kunst musste ich einfach rübergehen und ihnen zeigen, wie *echte* Magik aussieht ... nicht dass ich selbst mich für die Ziege interessiert hätte, nein, nein ...«

Ich spürte, wie Guido an meinem Hosenbein zerrte.

»Sag mal, Boss«, klagte er, »was soll denn das? Ich dachte, wir hätten es eilig?«

»Dafür haben wir Zeit«, flüsterte ich zurück.

»*Wofür?«,* grollte er. »Boss, wenn wir uns nicht bald an die Arbeit machen ...«

»Wir sind bereits an der Arbeit«, antwortete ich. »Und nun achte auf das, was er erzählt.«

Ich hatte schon befürchtet, dass unsere Zwischenbemerkungen Aahz ablenken könnten, doch da hätte ich mir keine Sorgen zu machen brauchen. Wie immer, wenn er eine Sprechrolle übernehmen konnte, war mein Partner auch diesmal nicht so leicht zu bremsen ...

»... da waren wir nun, nur wir drei allerdings, und du darfst nicht vergessen, dass unsere Kleider in diesem Augenblick fünf Stockwerke von uns entfernt waren ...«

»Was geht hier vor, Heißmatz?«, zischte Massha mir zu. »Ich weiß doch genau, dass du diese Geschichte schon mal gehört hast. Herrje, ich hab sie ja selbst schon viermal zu hören bekommen!«

»Behalt den Drachen im Auge«, riet ich ihr. »Und mach dich darauf gefasst, schnell zu reagieren.«

Ich war damit beschäftigt, Aahz' Geschichte zu kommentieren und die ungeduldigen Fragen meiner Gehilfen so gut es ging abzuwimmeln, aber meine wirkliche Aufmerksamkeit galt dem Drachenkopf. Meine Strategie funktionierte bereits. Aahz' monotone Schilderung vergangener Triumphe zeigten schon erste Wirkungen.

Die Augen des Drachen wurden ganz eindeutig glasig.

»... natürlich *musste* ich sie nach der ganzen Geschichte einfach mit nach Hause nehmen. Das war doch wirklich das Mindeste, was ich für das arme Ding unter diesen Umständen tun konnte.«

Aahz erreichte bereits das Ende seiner Geschichte! Ich musste ihn noch eine kleine Weile in Fahrt halten.

»War das die Party, auf der du Tanda kennen gelernt hast?«, fragte ich und gab ihm damit ein neues Stichwort.

»Tanda? Nein. Das ist eine völlig andere Geschichte. Die habe ich bei einer Halsabschneidepartie Drachenpoker drüben beim Giek kennen gelernt. Wir hatten einen richtigen Blödmann in der Mangel, so einen Typ, der doch glatt einen kaputten Leichendreier zu einem Einhornflush hochreizt und dann sehen will, verstehst du? Na ja, damals war bei mir gerade ein bisschen Ebbe in der Kasse, also ...«

Guido wurde schon wieder unruhig.

»Boss, wie lange müssen wir noch ...«

»Nicht mehr lange«, schnitt ich ihm das Wort ab. »Halt das Seil fest. Wir hauen gleich ab.«

»... nun hatte ich gerade eine Hexenflöte ... oder waren es Elfen? Nein, Hexen. Das weiß ich noch, weil Tanda nämlich die ganzen Elfen eingesackt hatte. Natürlich wussten wir das in dem Moment noch nicht, erst am Ende der Runde. Jedenfalls hat der Giek kaum eröffnet, da drückte ich ihn bis ans Limit, und Tanda ...«

Das war's. Ich hätte es gleich wissen müssen, dass eine ziemlich detaillierte Beschreibung einer Partie Drachenpoker die Sache schon schaukeln würde.

Ohne jede Vorwarnung begann der Drache zu gähnen ... lang und breit.

Aahz brach seine Erzählung ab – an sich schon eine unerhörte Begebenheit! – und blinzelte erstaunt.

»Schnell, Aahz! Spring!«

So verblüfft er auch war, an den Reflexen meines Partners war nichts auszusetzen. Blitzartig schoss er aus dem Drachenmaul und hechtete durch die Luft, während er gleichzeitig nach dem Seil griff.

Sobald sich sein Griff um unser Rettungsseil schloss, geschahen mehrere Dinge auf einmal.

Durch das zusätzliche Gewicht, das nun an Masshas Levitationsgürtel zerrte, sank unsere Formation mit beunruhigender Geschwindigkeit in die Tiefe ... mein Lehrling verlor mich aus seinem Griff, was mir einige kleinere Schürfwunden eintrug, als ich wie wild nach dem Seil griff, fast zu spät, um dem Rat Folge zu leisten, den ich den anderen so großzügig immer wieder erteilt hatte ... und der Drache schloss sein Maul.

Ich blickte ihn noch einmal ganz kurz an, bevor wir außer Sichtweite sanken, und ich glaube ehrlich, dass er nicht einmal bemerkt hatte, dass wir fort waren. Seine Augenlider waren auf Halbmast, und die Augen selbst schielten vor Langeweile. Aahz' Geschichten neigen dazu, selbst auf weniger intelligente Wesen eine derartige Wirkung zu haben. Ich hatte dieses Phänomen lediglich einer praktischen Verwendung zugeführt.

»Ich muss die Steuerung verändern, Heißmatz!«, rief Massha, was mir unsere gegenwärtige Situation wieder ins Bewusstsein rief.

Mit furchterregender Geschwindigkeit jagten wir auf den Boden zu.

Mir fielen die defekten Steuerungselemente wieder ein, von deren Gnade unser Leben abhing.

»Nein! Warte, Massha! Ich will versuchen ...«

Unter Aufbietung meiner allerletzten Kraftreserven versuchte ich, unsere gesamte Mannschaft zu levitieren. Unter gewöhnlichen Umständen konnte ich drei Leute ohne jede Anstrengung levitieren und vier oder fünf auch noch ziemlich mühelos. Hier in der Dimension Vorhölle gelang es mir gerade, unseren Sturz so weit abzubremsen, dass wir halbwegs langsam in die Tiefe glitten.

»Was war denn das da oben, Partner?«, rief Aahz mir zu. »Woher hast du gewusst, dass das Ding gähnen würde?«

»Sagen wir, ich habe es erraten«, grunzte ich, immer noch damit beschäftigt, uns vor dem Absturz zu bewahren. »Ich erklär's dir später.«

»Pass auf, wo wir aufsetzen!«, warnte Guido.

Ich riskierte einen Blick nach unten.

Unsere Operation hatte länger gedauert, als ich erwartet hatte. Der Gehsteig unter uns war überfüllt mit Vampiren, die hin und her schlenderten, als Bluts legendäres Nachtleben in Aktion trat.

»Ich glaube kaum, dass wir uns da durchbluffen können«, bemerkte Aahz ruhig. »Kannst du uns vielleicht irgendwie um die Ecke in die Seitenstraße da steuern? Da scheinen weniger Leute rumzulaufen.«

Bevor ich etwas erwidern konnte, jagte ein Wesen mit ledrigen Flügeln an uns vorbei.

»GEFANGENENAUSBRUCH!«, schrie das Ding und schoss um die Ecke. »Der Mörder ist frei! GEFANGENENAUSBRUCH!«

Kapitel 13

»Hab noch nie so viele verdammte Indianer
auf einem Haufen gesehen!«
Gen. A. Custer

Das Alarmgeschrei hatte eine interessante Wirkung auf die Menge unter uns: Nachdem sie kurz emporgeblickt und gesehen hatten, dass wir im Begriff waren, in ihre Mitte hinabzuschweben, machten sämtliche Vampire wie auf Befehl abrupt kehrt und rannten davon. Sekunden später war die Straße wie leer gefegt.

»Was ist denn da los?«, rief ich Aahz zu. Ich wagte es nicht, unser Glück zu fassen.

»Keine Ahnung!«, brüllte mein Partner zurück. »Schätze, die Normalbürger hier wollen nichts mit einem entflohenen Mörder zu tun haben. Wir sollten lieber schleunigst abhauen, bevor sie dahinter kommen, dass wir so ziemlich in der Minderheit sind.«

Das brauchte mir niemand zweimal zu sagen. Unsere Flucht stand zwar, wie das jüngste Ereignis gezeigt hatte, unter einem ganz passablen Stern, aber ich wollte lieber nicht ausprobieren, wie lange diese Glückssträhne anhalten würde. Ich nahm meinen magischen Bremsschub zurück, und wir schwebten rasch auf das Straßenpflaster zu.

»Was war denn das für ein Wesen, das uns da gerade verpfiffen hat?«, fragte Massha und spähte in die Dunkelheit, in die unser mysteriöser Saboteur gerade entschwunden war.

»Ich glaube, das war dieser Vic«, antwortete Guido unter mir. »Als er bei den Kläffern an mir vorbeigezischt ist, habe ich ihn mir gründlich anschauen können.«

»Wirklich?«, fragte ich, halb zu mir selbst, und drehte mich herum, um dem verschwundenen Übeltäter hinterherzusehen. »Noch so ein Gefallen, für den wir uns revanchieren sollten.«

»Später!«, befahl Aahz und setzte endlich unten auf. »Im Augenblick müssen wir vor allem erst mal hier rauskommen.«

Eine Sekunde später stand Guido neben ihm. Ich selbst musste ein Stück in die Tiefe springen, weil wir durch den mangelnden Ballast nun nicht mehr an Höhe verloren.

»Spring schon, Massha!«, rief ich. »Stell den Saft ab. Ist nicht sehr tief.«

»Das versuche ich doch schon die ganze Zeit!«, knurrte sie und fummelte dabei an ihrer Gürtelschnalle. »Das verdammte Ding funktioniert mal wieder nicht!«

Die Gürteleinstellung hatte sich verändert. Da ich das Seil in der Hand hielt, merkte ich, dass es keinen Auftrieb mehr hatte. Doch leider verlor Massha auch nicht an Höhe. Stattdessen schwebte sie in ungefähr fünfzehn Fuß Höhe in der Luft.

»He, Boss! Wir kriegen Gesellschaft!«

Ich folgte dem Blick meines Leibwächters. Zu unserer Linken rottete sich gerade eine Meute zusammen, und sie sah nicht eben freundlich aus. Natürlich ließ sich das nur schwer genauer feststellen, aber ich gewann den untrüglichen Eindruck, dass ihre Augen roter glühten als sonst, und ich schaffte es einfach nicht, mich davon zu überzeugen, dass dies ein gutes Zeichen sei.

»Maaasssshhhhaaa!«, nörgelte ich, und meine Stimme wurde unkontrollierbar laut, als ich an dem Seil zerrte.

»Es klemmt!«, jammerte sie. »Geh schon, mach dich aus dem Staub, Heißmatz. Hat doch keinen Sinn, dass sie uns gleich alle auf einmal erwischen.«

»Wir können dich doch nicht einfach hier zurücklassen!«, widersprach ich.

»Für Diskussionen ist jetzt keine Zeit«, knurrte Aahz. »Guido! Geh vor uns her und mach uns den Weg frei. Wir können es uns nicht erlauben, voneinander getrennt zu werden. Also gut, los jetzt!«

Damit riss er mir das Seil aus der Hand und setzte sich in Bewegung, die Straße entlang, von der Menge fort, während Guido unsere Vorhut bildete und Massha über Aahz' Kopf schwebte wie ein bunter Ballon. Ausnahmsweise hatte ich nichts dagegen, dass er meinem Leibwächter Befehle erteilte. Ich war nämlich viel zu sehr damit beschäftigt, hinter meiner Gruppe herzusprinten.

Wenn der uns beobachtende Mob irgendwelche Schwierigkeiten gehabt haben sollte, sich zu entscheiden, was er tun sollte, so wurde dieses Problem durch unsere Flucht schnell gelöst. Mit Geheul stürmte die Meute die Straße entlang hinter uns her.

Wenn ich sage »mit Geheul«, so ist das keineswegs nur bildlich gemeint: Im Laufen verwandelten sich einige der Vampire in große, blutrünstig aussehende Hunde, andere in Fledermäuse, vermutlich um sich während der Verfolgung schneller fortbewegen zu können. Obwohl Aahz und ich schon öfter von einem Mob verfolgt worden waren, war dies das erste Verfolgerrudel, das uns bellend auf den Fersen war. Ich muss gestehen, dass ich auf dieses Erlebnis getrost hätte verzichten können.

»Wohin laufen wir, Aahz?«, keuchte ich.

»Weg von ihnen!«, rief er zurück.

»Ich meine, später«, hakte ich nach. »Zu unserem Versteck geht es in die andere Richtung.«

»Wir können erst untertauchen, wenn wir unseren Fanclub abgeschüttelt haben«, beharrte mein Partner. »Und nun halt die Klappe und renn!«

Ich hegte zwar gewisse Zweifel, dass es uns wirklich gelingen würde, unsere Verfolger abzuhängen während Massha über unseren Köpfen schwebte und damit jederzeit unsere Position verriet, aber ich befolgte Aahz' Rat und rannte den Gehsteig entlang, was das Zeug hielt. Denn wenn ich Aahz auf diese offensichtliche Tatsache aufmerksam machte, würde er möglicherweise einfach das Seil fahren lassen, um Massha ihrem eigenen Schicksal zu überlassen. Und die einzige Alternative zum Davonlaufen hätte darin bestanden, stehen zu bleiben und sich dem Mob zu stellen. Alles in allem fand ich, dass das Davonlaufen bei weitem die *bessere* Idee war.

Guido machte uns erstaunlich gut den Weg frei. Ich hatte meinen Leibwächter noch nie wirklich in Aktion erlebt, aber sein ständiges Gejammer und seine Allergieprobleme während unseres jetzigen Abenteuers hatten dazu geführt, dass ich seine Nützlichkeit schon fast völlig in Frage gestellt hatte. Doch weit gefehlt.

Die Vampire, denen wir auf der Flucht begegneten, hatten die Alarmrufe noch nicht vernommen und waren auf den Taifun, der plötzlich unter ihnen wütete, natürlich nicht vorbereitet. Guido schien nicht einmal anzuhalten, während er in ein Opfer nach dem anderen hineindonnerte, doch was immer er auch mit ihnen anstellen mochte, auf jeden Fall verfehlte es seine Wirkung nicht. Niemand von den zu Boden Gestürzten versuchte, Aahz oder mir Schwierigkeiten zu machen ... ja sie bewegten sich nicht einmal mehr.

»Fluss ahoi, Boss!«, rief er uns über die Schulter zu.

»Wie bitte?«, schnaufte ich und merkte zum ersten Mal, wie viel ich während meines luxuriösen Aufenthalts im Bazar an Kondition eingebüßt hatte.

»Ein Fluss!«, wiederholte er. »Die Straße, auf der wir sind, endet ein paar Blocks weiter direkt am Fluss. Ich kann's von hier aus erkennen. Wir müssen die Richtung wechseln, sonst drängt man uns am Ufer zusammen.«

Ich fragte mich, ob es nicht vielleicht eine gute Idee wäre, einfach in den Fluss zu springen und etwas Wasser zwischen uns und die Vampire zu bringen, da ich mich entfernt an eine Legende erinnern konnte, derzufolge so etwas Vampire aufhalten sollte. Doch dann fiel mir ein, dass mein Leibwächter wahrscheinlich nicht schwimmen konnte.

»Nach rechts!«, schrie Aahz. »Dorthin! In die Seitenstraße!«

Guido schoss in die befohlene Richtung davon, während mein Partner und ich in etwa fünfzehn Fuß Abstand hinter ihm herhetzten. Wir hatten einen kleinen Vorsprung vor unseren Verfolgern, obwohl wir immer noch ungefähr einen Block hinter uns ihr Geschrei und Gekläff hören konnten, und zum ersten Mal seit unserem Start hegte ich die Hoffnung, dass wir sie vielleicht doch noch abhängen würden, jetzt, da wir außer Sichtweite waren ...

»Vorsicht ...«

Ein plötzlicher Schrei von oben – da krachte Massha auch schon auf den Boden und gelangte somit zu dem zweifelhaften Ruhm, die erste Person zu sein, die vor meinen Augen auf dem Trockenen einen Bauchplatscher machte. Ich bin mir zwar sicher, dass der Boden nicht wirklich zu beben begann, aber der Aufprall war heftig genug, um diesen Eindruck zu erwecken. Plötzlich schoss mir ein Schuldgefühl durchs Bewusstsein, weil ich nicht etwa als Erstes an das Wohl meines Lehrlings gedacht hatte, sondern ganz ungeniert heilfroh darüber gewesen war, dass sie nicht auf einem von uns gelandet war.

»Ich glaube, die Steuerungselemente haben sich wieder gelöst«, sagte Aahz überflüssigerweise.

»Bist du in Ordnung, Massha?«, fragte ich und kniete neben ihr nieder.

»Wa – ha ...«, lautete die recht gezwungene Antwort.

»Natürlich ist sie nicht in Ordnung!«, fauchte Aahz und

riss die Pflichten eines Dolmetschers an sich. »Wenn's weiter nichts sein sollte, so hat es ihr auf jeden Fall die Sprache verschlagen.«

Wie schlimm sie sich auch tatsächlich verletzt haben mochte – Massha machte jedenfalls nicht einmal den Versuch, wieder aufzustehen. Ich hätte ihr ja gerne ein paar Minuten Erholungspause gegönnt, aber schon wurde der Lärm unserer Verfolger immer lauter.

»Kannst du sie tragen, Aahz?«

»Nicht mal wenn ich in Topform wäre«, gestand mein Partner und musterte Masshas gewaltige Fleischmassen. »Und du? Hast du genug Saft übrig, um sie zu levitieren?«

Ich schüttelte energisch den Kopf.

»Hab alles während unseres Schwebemanövers vor dem Gefängnis aufgebraucht.«

»He, Boss!«, zischte Guido und trat hinter uns aus dem Schatten. »Die Seitenstraße ist blockiert. Das hier ist der einzige Ausgang.«

Das war's. Selbst wenn wir Massha wieder auf die Beine bekommen sollten, würde das bedeuten, dass wir wieder umkehren mussten, direkt in die Höhle des Löwen. Nun hatten wir unser Rennen hinter uns ... und würden es auf ziemlich spektakuläre Weise verlieren.

Die anderen wussten das auch.

»Na ja, war nett, mit dir zusammenzuarbeiten, Guido«, seufzte Aahz. »Ich weiß ja, dass ich dir manches Mal auf die Füße getreten bin, aber wenn's brenzlig wird, bist du ein guter Mann in der Truppe. Hast wirklich saubere Straßenarbeit geleistet, uns den Weg bis hierher freizuhauen. Tut mir Leid, die Sache mit der letzten Richtungsanweisung.«

»Macht nichts«, meinte mein Leibwächter achselzuckend. »Hast eben versucht, was du konntest. Wenn ich allein operiert hätte, hätte ich auch diese Seitenstraße genommen. Boss, ich hab dich ja gewarnt, dass ich ein ziemlicher

Stümper bin, was Gefangenenbefreiungen angeht. Ich muss allerdings zugeben, dass ich eine Weile geglaubt habe, wir würden es schaffen.«

»Es war so oder so eine ziemlich brenzlige Sache.« Ich grinste. »Wenigstens kannst du diesmal nicht behaupten, dass die Aktion an einem Übermaß an Planung gescheitert ist.«

Aahz schlug mir auf die Schulter.

»Nun, Partner?«, fragte er. »Irgendwelche Ideen, wie wir dieses Blatt spielen sollen? Versuchen wir, friedlich aufzugeben, oder gehen wir kämpfend unter?«

Ich bezweifelte, dass die Menge uns die Wahl lassen würde. Die Verfolger hatten die Seitenstraße schon fast erreicht und hörten sich nicht so an, als hätten sie viel für Gespräche übrig.

»NICHT DA LANG! SIE LAUFEN ZUM GEFÄNGNIS ZURÜCK!«

Dieser unerwartete Ruf erscholl von der Hauptstraße ganz in unserer Nähe.

Ich konnte es zwar nicht fassen, aber der Mob glaubte es anscheinend. Man hörte Flüche und laute Befehle, aber da sie sehr schnell immer leiser wurden, war es offensichtlich, dass die Menge kehrtgemacht hatte und nun denselben Weg zurücklief, den sie gekommen war.

»Was war das?«, brachte Massha hervor. Endlich gehorchte ihr ihre Stimme wieder.

Ich bedeutete ihr, still zu sein und blickte Aahz mit hochgezogener Augenbraue an, um ihm stumm dieselbe Frage zu stellen.

Er antwortete mit einem ebenso stummen Kopfschütteln.

Keiner von uns wusste genau, was hier vor sich ging, aber wir hatten beide das sichere Gefühl, dass diese willkommene Einmischung weder ein Zufall noch ein Versehen sein konnte. Irgendjemand hatte uns voller Absicht die Meute vom Hals geschafft. Doch bevor wir auf unser Glück anstoßen konnten, wollten wir erst noch wissen, wer das getan hatte und warum.

Da erschienen zwei Gestalten in der Straßenmündung.

»Ihr könnt rauskommen«, rief uns die eine von beiden zu. »Tut uns Leid, dass wir uns eingemischt haben, aber die Sache sah so spaßig aus, da *mussten* wir einfach mitspielen.«

Diese Stimme hätte ich überall wiedererkannt, selbst wenn ich die Gestalt und die unverkennbare Figur ihres Bruders nicht gesehen hätte.

»Tanda! Chumly!«, schrie ich und winkte ihnen zu, um unsere Position bekannt zu geben. »Ich hatte mich schon gefragt, wann ihr endlich auftauchen würdet!« Das Troll-Geschwisterpaar eilte herbei. So locker sie auch zu necken verstanden, kenne ich doch niemanden, den ich in Zeiten der Gefahr lieber an meiner Seite wissen würde.

»Bist du in Ordnung?«, fragte Tanda und beugte sich vor, um Massha auf die Beine zu helfen.

»Ich hatte ja noch nie sonderlich viel Würde«, erwiderte mein Lehrling, »und das bisschen, das vorhanden war, ist jetzt auch zum Teufel. Abgesehen davon geht's mir gut. Langsam begreife ich, weshalb ihr großen Nummern was gegen technische Magik habt.«

Chumly ergriff meine Hand und presste sie herzlich.

»Nun sei mal nicht so herb zu deinen kleinen Geräten, Mädchen«, meinte er. »Dieser Ring, den du uns zurückgelassen hast, war genau die Fahrkarte, die wir brauchten, um rechtzeitig bei der neuesten unserer ununterbrochenen Reihe von haarscharfen Fluchtaktionen aufzutauchen. Bis auf den üblichen Mist beim Endspiel, den ihr gebaut habt, sieht es so aus, als wärt ihr auch ganz gut ohne uns ausgekommen. Es sind alle anwesend, einschließlich Aahz, der erstaunlich gut aussieht, so kurz nach einer intimen Begegnung mit der Katastrophe. Mir scheint, was jetzt noch fehlt, ist ein schneller Rückzug und eine langsame Feier ... wie?«

»Das trifft den Nagel so ziemlich auf den Kopf«, stimmte ich ihm zu. »Ist aber wirklich wunderbar, dass ihr bei unserem Abgang dabei seid. Apropos, könnt ihr das Schloss von hier aus wiederfinden? Ich bin ein bisschen durcheinander ...«

»Einen Moment mal!«, unterbrach Aahz mich. »Bevor wir uns damit aufhalten, einander stundenlang zu gratulieren – haben wir da nicht noch ein paar Kleinigkeiten übersehen?«

Die Mitglieder der Gruppe sahen sich an.

»Was denn, zum Beispiel?«, fragte Tanda schließlich.

»Zum Beispiel die Tatsache, dass ich immer noch wegen Mordes gesucht werde«, bellte mein Partner. »Und dann sind da noch die drei Flüchtlinge, die wir wieder nach Tauf zurückbringen sollen.«

»Ach, komm schon, Aahz!«, tadelte der Troll und knuffte ihn spielerisch in die Rippen. »Bei dem Ruf, den du sowieso schon hast? Was macht dir denn da noch ein kleiner Mordsteckbrief aus?«

»Ich war es nicht«, erwiderte Aahz störrisch. »Ich habe diesen Vic nicht nur nicht umgebracht, den hat keiner umgebracht. Der läuft immer noch irgendwo rum und lacht sich über uns ins Fäustchen. Ich gebe ja gerne zu, dass mein Ruf nicht eben makellos ist, aber dass ich mir so eine Bauerntölpelnummer gefallen lasse, gehört nicht dazu ... oder dass mich jemand zum Narren halten könnte!«

»Natürlich hat das Geld, das du für die Schulden der Gauner zuzüglich der Strafen berappen müsstest, nicht das Mindeste damit zu tun, wie, Aahz?«, meinte Chumly und zwinkerte mit dem größeren seiner ungleichen Augen.

»Na ja, schon ...«, gab mein Partner zu. »Ist es nicht schön, wenn wir gleich zwei unangenehme Sachen auf einmal erledigen können?«

»Vielleicht könnten wir uns ja darauf einigen, dass wir uns nur diesen Vic kaufen und die anderen laufen lassen«, murmelte ich.

»Was war das, Partner?«

»Och, nichts, Aahz«, seufzte ich. »Es ist nur, dass ... nichts weiter. Kommt schon, Leute. Wenn wir auf die Jagd gehen wollen, müssen wir das ein bisschen planen, und ich finde, wir sollten das nicht hier im Freien tun.«

Kapitel 14

»GANZ RUHIG, JULIA. ES TUT BESTIMMT NICHT WEH.«
ROMEO

Zum Glück hatte Masshas erhabene Lage während unserer Flucht ihr einen ausgezeichneten Überblick über unsere Umgebung verschafft, so dass wir uns zum Verschicker zurückschleichen konnten, ohne von der aufgebrachten Menge bemerkt zu werden. Nun, da die Stärke unserer Truppe angewachsen war, fiel Vilhelms Begrüßung schon merklich kühler aus.

»Langsam fange ich an, zu glauben, was alle erzählen«, klagte der kleine Vampir. »Sobald man einen einzigen Dämon einlässt, wimmelt es binnen kürzester Zeit nur so von ihnen. Als ich mich dazu entschieden habe, euch aufzunehmen anstatt euch zu verpfeifen, hatte ich allerdings nicht vor, mein Büro zu einem Treffpunkt für Außenweltler zu machen.«

»Ach, komm schon, Vilhelm«, sagte ich und versuchte, einen Fuß in die Tür zu stellen. »Wir können doch sonst nirgendwohin in der Stadt. *So viele* sind wir nun auch wieder nicht.«

»Wir können ja auch einfach draußen auf der Straße warten, bis die Ordnungskräfte vorbeikommen«, meinte Aahz. »Ich glaube, es würde keiner besonders großen Überredungskünste bedürfen, um sie davon zu überzeugen, dass der Typ hier entflohenen Strafgefangenen Unterschlupf gewährt.«

»Hör auf, Grünschuppe«, befahl Massha und blies sich

dabei zu doppeltem Leibesumfang auf. »Vilhelm war bisher immer sehr nett zu uns, und ich werde es nicht zulassen, dass ihm irgendjemand droht, nicht einmal du. Vergiss bloß nicht, dass du dir immer noch im Turm den Hintern abfrieren würdest, wenn er nicht gewesen wäre. Entweder hilft er uns freiwillig ohne Druck, oder wir suchen uns was anderes.«

Aahz wich vor ihrem heiligen Zorn zurück.

»Lässt du das zu, dass dein Lehrling in diesem Ton mit mir spricht?«, fuhr er mich an.

»Nur, wenn sie Recht hat«, meinte ich achselzuckend.

»Sag mal, Aahz«, mischte sich Chumly ein. »Könntest du dein übles Benehmen vielleicht mal für ein paar Minuten auf Eis legen? Wir brauchen uns in dieser Dimension wirklich nicht noch einen Feind anzulachen, und was mich angeht, so würde ich diesem Herrn lieber erst meinen Dank sagen, bevor er uns rausschmeißt.«

Wenn er im Dienst ist, trägt Chumly den Namen Großer Mampf und zieht eine Neandertalernummer ab, um die ihn die meisten Barbaren im Bazar beneiden. In seiner Freizeit jedoch hat uns sein Charme schon aus mancher Klemme geholfen ... aus beinahe ebenso vielen Klemmen, wie sie uns Aahz' Gepolter eingetragen hatte.

»Na schön, kommt schon rein«, grollte der Verschicker. »Aus freien Stücken, ohne Zwang und so weiter. Hab noch nie jemanden im Stich lassen können, der in Schwierigkeiten steckte. Schätze, das ist auch der Grund, weshalb ich selbst nie in andere Dimensionen gereist bin. Die würden mir dort bei lebendigem Leib das Fell über die Ohren ziehen.«

»Danke, Vilhelm«, sagte ich und schlüpfte an ihm vorbei ins Büro, bevor er es sich anders überlegen konnte. »Du musst meinen Partner entschuldigen. Er ist wirklich nicht immer so. Aber als Todeskandidat ist ihm der Sinn für Humor ein wenig abhanden gekommen.«

»Ich bin wohl selbst ein bisschen gereizt und nervös«, gestand der Vampir. »So merkwürdig es klingen mag, aber ich habe mir Sorgen um euch gemacht ... und diese Stromlippe von eurem Freund, der mir in der Zwischenzeit Gesellschaft geleistet hat, war auch keine große Hilfe.«

Ich zählte schnell unsere Truppe durch.

»Einen Moment mal«, meinte ich stirnrunzelnd. »Wer hat hier auf uns gewartet?«

Nun war Vilhelm an der Reihe, erstaunt dreinzublicken.

»Hat nicht einer von euch nach einem Werwolf geschickt? Er sagte, er gehöre zu euch.«

»Aaah! Aber das tue isch ja auch! Meine Freunde, sie kennen misch zwar biser noch nischt, aber isch wärde ihre Rettung sein, nein?«

Damit stürzte sich ein zottiger Bettvorleger auf mich. Na ja, wenigstens hielt ich ihn dafür, als er sich vom Boden erhob und in meine Arme warf, mit der Begeisterung eines Welpen ... eines äußerst großen Welpen.

»Was ist denn *das?!*«, rief Aahz, und seine Augen verengten sich gefährlich. »Skeeve, kann ich dich denn nicht mal ein paar Tage allein lassen, ohne dass du sämtliche Straßenköter der jeweiligen Dimension anschleppst?«

»Das« war einer der struppigsten Werwölfe, den ich je gesehen hatte ... wobei mir natürlich klar war, dass ich bisher erst zwei kennen gelernt hatte. Dieser hatte dunkle buschige Augenbrauen (wenn man so etwas bei einem Werwolf für möglich hält) und trug eine weiße Schlägermütze, die an der Seite mit einem Ahornblatt verziert war. Seine Barthaare waren sorgfältig zu einem Kaiser-Wilhelm-Bart zurechtgestutzt, und von seinem Kinn hing ein Gebilde herab, das durchaus als Ziegenbart bezeichnet werden konnte. Wenn man ihn so Stück für Stück betrachtete, wirkte er eigentlich sehr gepflegt. Nur der Gesamteindruck war reichlich struppig. Vielleicht war es sein Schielen ...

»Ehrlich, Aahz!«, protestierte ich und versuchte, mich zu befreien. »Ich habe ihn noch nie im Leben gesehen!«

»Oh, abärr isch bitte um Verzei'ung!«, mischte sich das Vieh ein und ließ mich los, so dass ich beinahe zu Boden gestürzt wäre.

»Isch bin ja so dumm, isch vergesse misch vorzustellen! So! Isch bin ein extraordinärer Künstler, aber isch bin auch därr beste Fährtenlesär im ganzen Land. Meine Freunde, die Kläffer, sie 'aben mir erzählt von eurem Pro-blemm und isch bin 'erbeigeeilt wie därr Wind, um eusch zu 'elfen, nein? Isch bin Pepe Le Garou und stehe eusch zu Dienstänn!«

Bei diesen Worten vollführte er einen Kratzfuß, dem ich glatt, wäre ich nicht so verblüfft gewesen, applaudiert hätte. Nun begriff ich, warum die Kläffer gekichert hatten als sie uns mitteilten, dass sie jemanden kennen würden, der uns helfen könnte.

»Boss«, sagte Guido mit erstickter Stimme, die Hand über Mund und Nase gelegt. »Kann ich draußen warten?«

Tanda blickte ihn mit hochgezogener Augenbraue an.

»Allergieprobleme? Hier, versuch's mal damit. Das sollte eigentlich im Gepäck keines Dimensionsreisenden fehlen.«

Sie holte ein kleines Fläschchen hervor und warf es meinem Leibwächter zu. »Schmier dir was davon auf die Oberlippe, direkt unter die Nase.«

»He, danke schön!«, sagte Guido erleichtert und leistete ihren Anweisungen Folge. »Was ist denn das?«

»Eine Anti-Allergiekrem.« Sie zuckte die Schultern. »Auf Knoblauchbasis, glaube ich.«

»WAS?«, schrie mein Leibwächter und ließ die Flasche fallen.

Tanda schenkte ihm eines ihrer verschmitzten Grinsen.

»War doch nur Spaß. Nunzio hat sich Sorgen um dich

gemacht und uns deine Allergien aufgezählt ... und zwar alle.«

Ihr Bruder klopfte ihr leicht auf den Hintern.

»Asche auf dein Haupt, kleine Schwester!«, sagte er und musste dennoch lächeln. »Wenn du damit fertig bist, dich bei Guido zu entschuldigen, solltest du bei unserem Gastgeber vielleicht dasselbe tun. Ich fürchte, mit deiner letzten Bemerkung hast du ihn fast an den Rand des Herzinfarkts gebracht.«

Das war natürlich genau das, was ich jetzt brauchte, so ganz allein gelassen in einer fremden Dimension: einen nervösen Vampir, einen melodramatischen Werwolf und Teamkameraden, die der Meinung waren, dass es jetzt an der Zeit wäre, sich gegenseitig Streiche zu spielen!

»Ähhhh ... sagt mir, Monsieur Pepe«, sagte ich, meine anderen Probleme ignorierend und mich dem Werwolf zuwendend. »Meint Ihr, Ihr könntet ...«

»Non, non!«, unterbrach er mich. »Es 'eißt nur einfach Pepe. Ah!«

»Pepe«, wiederholte ich gehorsam.

»So ist es rischtig«, strahlte er, offenkundig von meiner Fähigkeit entzückt, einfache Sätze zu lernen. »Nun bevor wir uns ... wie sagt man, ans Geschäft machänn, würdest du mir da die Ehre erteilänn, misch deinänn Kollegänn vorzustellänn?«

»Oh. Entschuldigung«, sagte ich. »Das ist mein Partner Aahz. Er ist ...«

»Aber natürlich! Därr berühmte Aahz! Isch wollte ihn schon immärr mal kennen lernänn.«

Wenn es überhaupt irgendetwas gibt, das Aahz aus der Reserve locken kann, dann Schmeicheleien ... und auf diesem Gebiet schien Pepe ein Experte zu sein.

»Du hast von mir gehört?«, blinzelte mein Partner. »Ich

meine ... was denn genau? Es waren ja so viele Abenteuer im Laufe der Jahre ...«

»Erinnerst du disch nischt an Piere? Seit isch Welpe war, 'at ärrr mir von deinem Kampf mit Isstvan erzählt.«

»Piere? Du kennst Piere?«

»Ob isch ihn känne? Abärr ärr ist mein Onkle!«

»Kein Scheiß! He, Tanda! Hast du das gehört? Pepe hier ist Pieres Neffe. Na warte, wenn ich das Gus erzähle!« Ich zog mich aus dem Gespräch zurück, nachdem man mich über der Wiedersehensfreude anscheinend völlig vergessen hatte.

»Sag mal, Skeeve«, sagte Vilhelm und tauchte plötzlich neben mir auf. »Das sieht mir ganz danach aus, als könnte es länger dauern. Soll ich den Wein holen?«

Das ließ mich aufhorchen.

»Wein? Du hast Wein da?«

»Hab welchen gekauft, nachdem ihr hier wart«, gestand der Vampir grinsend. »Dachte mir, er könnte ganz nützlich sein, wenn ihr das nächste Mal vorbeischaut. Kann ja sein, dass ich ein bisschen rumjammere, aber sich mit euch zu unterhalten macht wesentlich mehr Spaß, als immer nur in die Röhren zu glotzen.«

»Na, dann hol ihn raus ... aber ich kriege das erste Glas! Wenn du nicht gerade wahre Unmengen davon haben solltest, wird nicht viel übrig bleiben, wenn mein Partner ihn erst mal in seinen Klauen hat.«

Ich drehte mich wieder zu den anderen um und konnte gerade noch mit ansehen, wie Pepe meinem Lehrling die Hand küsste.

»Fürschte disch nischt, meine kleine Blume«, sagte er. »'ier 'ast du jemandänn, därr nischt nur deine Schön'eit wahr'aftisch zu schätzen weiß, sondärrn auch ihre ... wie soll isch sagänn? Ihre Quantität?«

»Du bist ja wirklich ganz süß!«, kicherte Massha. »Aber ich

hab mich eigentlich noch nie besonders für Techtelmechtel mit anderen Gattungen interessiert, wenn du verstehst, was ich meine.«

Ich machte Aahz auf mich aufmerksam und zog ihn von der Gruppe fort.

»Könntest du hier für eine Weile übernehmen, Partner?«, fragte ich. »Ich habe die Sache von Anfang an ununterbrochen geleitet und könnte etwas Zeit für mich gebrauchen, um meine Batterien aufzuladen, bevor wir wieder Dampf machen.«

»Kein Problem«, nickte er und legte mir die Hand auf die Schulter. »Ich glaube nicht, dass wir vor Sonnenaufgang aufbrechen werden ... und, Skeeve? Ich hatte noch keine Gelegenheit, es dir zu sagen, aber danke fürs Raushauen!«

»Keine Ursache.« Ich grinste schwach. »Erzähl mir bloß nicht, dass du das für mich nicht auch tun würdest.«

»Ich weiß nicht«, versetzte er. »Bisher hast du mir ja noch nie gleich zu Beginn eines Abenteuers von hinten eins über die Rübe gehauen.«

»Na, dann habe ich *das* immerhin noch gut bei dir.«

In diesem Augenblick erschien Vilhelm mit dem Wein, und Aahz hastete davon, um sich wieder der Gruppe anzuschließen.

Es gelang mir, einen Becher Wein zu ergattern, dann zog ich mich in eine stille Ecke zurück, während die Party langsam in Schwung kam. Pepe schien sich gut in die Mannschaft einzufügen, und wenn es nur als Witzbold und Partyheld war. Irgendwie fühlte ich mich ein bisschen abseits. Ich nippte an meinem Wein, starrte mit unbestimmtem Ziel in die Ferne und ließ meine Gedanken schweifen.

»Was ist denn los, Süßer?«

»Hm? Ach so. Hallo, Tanda. Nichts Besonderes. Bin nur ein bisschen müde, das ist alles.«

»Hast du etwas dagegen, wenn ich mich zu dir setze?«,

fragte sie und ließ sich auf den Boden plumpsen, bevor ich etwas erwidern konnte. »So. Erzählst du mir jetzt alles? Wer ist sie?«

Ich drehte den Kopf zu ihr um und blickte sie direkt an.

»Wie bitte?«

Sie hielt den Blick abgewandt und ließ einen Finger um den Rand ihres Bechers kreisen.

»Hör mal«, sagte sie, »wenn du nicht darüber sprechen willst, dann sag es ruhig ... es geht mich ja auch eigentlich nichts an. Aber versuch wenigstens nicht, mir oder gar dir selbst vorzumachen, dass nichts los ist. Ich kenne dich schon lange, und meistens merke ich, wenn etwas an dir nagt. Wenn ich die Symptome einigermaßen richtig deute, dann geht es diesmal um ein Mädchen.«

Seit ich Tanda kennen gelernt hatte, war ich in sie verliebt gewesen. Doch nun merkte ich, wie sehr ich im Moment jemanden brauchte, mit dem ich mich unterhalten konnte. Ich meine, für Guido und Massha war ich eine Autoritätsperson, und Aahz würde ich mich erst dann offenbaren, wenn ich sicher sein konnte, dass er das Problem ernst nehmen und nicht einfach darüber lachen würde. Und was Chumly betraf ... wie sollte man mit einem Troll über Frauen sprechen?

»Na gut, du hast mich ertappt«, sagte ich und blickte wieder in meinen Weinbecher. »Es ist ein Mädchen.«

»Das dachte ich mir«, lächelte Tanda. »Wo hast du sie denn versteckt? Sag mal, ist sie schön und feinfühlig?«

»All das und noch viel mehr«, nickte ich und nahm einen weiteren Schluck aus dem Becher. »Darüber hinaus ist sie auch noch auf der anderen Seite.«

»Oh!«, machte Tanda und richtete sich ein Stück auf. »Das solltest du mir wohl besser ausführlich erklären.«

Ich berichtete ihr von meiner Begegnung mit Luanna. Ich versuchte, alles möglichst unvoreingenommen und sachlich darzustellen, aber selbst ich merkte, dass meine Stimme weniger beherrscht klang, als mir lieb war.

Tanda blieb einige Augenblicke schweigend sitzen, nachdem ich geendet hatte, das Kinn auf die Knie gelegt.

»Na«, sagte sie schließlich. »Nach dem, was du da erzählst, war sie bestenfalls eine Mittäterin. Vielleicht können wir sie laufen lassen, wenn wir erst mal alle eingefangen haben.«

»Klar.«

Meine Stimme war ausdruckslos. Tanda und ich wussten beide ganz genau, dass Aahz, wenn er erst einmal wieder auf seinem hohen Ross saß, völlig unberechenbar war, und man nicht vorhersagen konnte, wie barmherzig oder gemein er auf irgendetwas reagieren würde.

»Na ja, eine Chance gibt es schon«, beharrte sie. »Aahz hat schon immer eine Schwäche für dich gehabt. Wenn du dich für sie einsetzt und wenn sie bereit ist, ihren Partnern den Laufpass zu geben ...«

»Klar, und wenn ein Tisch Flügel hätte, könnten wir auf ihm zurück zum Bazar fliegen.« Ich schnitt eine Grimasse. »Nein, Tanda. Erstens wird sie ihre Partner nicht einfach aufgeben, nur weil sie in einer Klemme stecken. Das weiß ich genau. Und wenn ich sie zwinge, sich zwischen mir und ihnen zu entscheiden, dann könnte ich nie sicher sein, dass sie wirklich mich will, oder ob sie das nur tut, um ihre Haut zu retten.«

Tanda stand auf.

»Nun werd mal nicht so weise, dass es schon wieder dämlich ist, Skeeve«, sagte sie sanft, bevor sie wieder ging. »Vergiss nicht, dass Luanna dich schon zweimal ihren Partnern vorgezogen hat. Beide Male hat sie ihr Leben und ihre Fluchtchancen aufs Spiel gesetzt, um dir eine Warnung zu überbringen. Vielleicht fehlt nur noch eins, was du ihr bisher nicht gemacht hast – das Angebot, ein neues Leben mit einem neuen Partner zu beginnen. Sei nicht so stolz oder so unsicher, dass du eine echte Bewunderin lieber den Wölfen zum Fraß vorwerfen würdest, als das Risiko einzugehen, einen Fehler zu machen. Wenn du das nämlich tätest, würde ich dich, glaube ich, nicht mehr besonders mögen ... und ich denke, du dich wohl auch nicht.«

Ich dachte über Tandas Rat nach, als sie gegangen war. Die Sache hatte noch einen weiteren Haken, den zu erwähnen ich einfach nicht fertig gebracht hatte. Egal, wie Luanna für mich empfinden mochte ... wie würden sich ihre Gefühle verändern, wenn sie erfuhr, dass ich ihr Tuch dazu verwendet hatte ... ihr Pfand der Zuneigung, um damit eine Jagdmeute auf ihre Fährte zu hetzen?

Kapitel 15

»Jeder braucht einen Manager,
wenn er weiterkommen will.«
Lady Macbeth

»Wo bleibt er denn nun?«, fragte Aahz bestimmt zum hundertsten Mal ... in den letzten fünf Minuten.

Die Sonne war schon vor Stunden aufgegangen, zumindest stand sie so hoch am Himmel, wie das in dieser Dimension möglich war. Ob der ständig verhangene Himmel tagsüber das Ergebnis von Magik oder das Produkt eines seltsamen meteorologischen Systems war, blieb mir unklar, doch steuerte dieser Zustand nichts dazu bei, die düstere Atmosphäre zu mildern, die wie ein Leichentuch über der Stadt Blut lag.

Unsere ganze Mannschaft wartete ungeduldig darauf, endlich loslegen zu können, doch Aahz war der Einzige, der sich daran ergötzte, seinen Gefühlen derart häufig Luft zu machen ... und zwar ziemlich laut. Natürlich war es immerhin auch möglich, dass er so viel Lärm darum machte, um wie immer alle anderen an die Wand zu spielen.

»Immer mit der Ruhe, Partner«, sagte ich besänftigend und strengte mich an, ihn meine Nervosität nicht spüren zu lassen. »So viele Geschäfte gibt es in dieser Dimension eben nicht, die den ganzen Tag über offen haben.«

»Was kann man schon erwarten, wenn man mit einem Haufen Vampire zusammenarbeiten muss!«, raunzte er. »Mir gefällt diese Idee immer noch nicht. Irgendwie sind nicht magische Tarnungen unnatürlich, finde ich.«

Ich seufzte innerlich und lehnte mich zurück, die Füße

auf einen Stuhl gelegt, um zu warten. Dieser Streit hatte begonnen, kurz nachdem Vilhelm zu seinen Einkäufen aufgebrochen war, und ich war es leid, die Sache immer und immer wieder durchkauen zu müssen.

»Sei doch vernünftig, Aahz«, sagte Tanda und nahm mir damit die Arbeit ab. »Du weißt doch, dass wir nicht einfach so in der Gegend herumspazieren können ... schon gar nicht, da die halbe Stadt nach dir sucht. Wir brauchen nun mal Verkleidungen, und ohne eine anständige Kraftquelle kann Skeeve uns nicht alle auf einmal tarnen. Außerdem hat diese Art der Tarnung nichts mit technischer Magik zu tun. Wir werden überhaupt keine Magik benutzen.«

»Das sagen alle, die ganze Zeit«, knurrte mein Partner. »Wir verändern einfach nur unser Aussehen, ohne dabei irgendwelchen Zauber zu benutzen. Das klingt mir aber verdammt nach technischer Magik. Wisst ihr, wie sehr das unserem Ruf schadet, wenn sich das im Bazar herumspricht? Vor allem seit der größte Teil unserer Konkurrenz nur darauf wartet, den Namen des Großen Skeeve mit Schmutz zu bespritzen? Vergesst nicht, dass man sich jetzt schon beschwert, dass unsere Preise zu hoch wären, und wenn das hier rauskommen sollte ...«

Da dämmerte es mir. Endlich begriff ich, was an Aahz so nagte. Eigentlich hätte ich mir ja denken können, dass es etwas mit Geld zu tun haben musste.

»Aber Aahz«, meldete ich mich zu Wort, »unsere Honorare sind *wirklich* überhöht. Das sage ich schon seit Monaten. Ich meine, es ist ja nicht so, als würden wir das Geld dringend brauchen ...«

»... und ich sage dir schon seit Monaten, dass das die einzige Methode ist, um die Habenichtse davon abzuhalten, dir deine ganze Übungszeit zu stehlen«, schoss er wütend zurück. »Vergiss nicht, dass dein Name ›der Große Skeeve‹

lautet und nicht ›das Rote Kreuz‹. Du bist nicht bei der Wohlfahrt.«

Nun befanden wir uns auf vertrautem Boden. Anders als bei der Tarnungs- und Verkleidungsdebatte war dies ein Thema, dessen ich niemals müde wurde.

»Ich rede nicht von Wohlfahrt«, sagte ich. »Ich spreche davon, für eine Dienstleistung einen fairen Preis zu verlangen.«

»Einen fairen Preis?«, mein Partner lachte und rollte mit den Augen. »Meinst du vielleicht so was wie die Abmachung mit diesem ... wie hieß er noch? Hat er dir mal davon erzählt, Tanda? Also pass auf, das war so: Wir fangen für diesen Täufler so einen dämlichen Vogel ein, ja, und mein Partner verlangt dafür ein Pauschalhonorar. Nicht etwa einen Anteil, o nein, eine Pauschale. Und wie hoch ist diese Pauschale? Hundert Goldstücke, vielleicht? Tausend? Nein. ZEHN. Zehn lausige Goldstücke. Und eine halbe Stunde später verkauft der Täufler diesen ›armen kleinen Vogel‹ für über hunderttausend! Ist doch wirklich nett zu wissen, dass wir nicht bei der Wohlfahrt sind, wie?«

»Komm schon, Aahz«, widersprach ich. In meinem Innern wand sich alles. »Das waren bloß fünf Minuten Arbeit. Woher sollte ich denn wissen, dass dieser dämliche Vogel ausgerechnet auf der Liste bedrohter Arten stand? Selbst *du* dachtest, es sei ein gutes Geschäft gewesen, bis wir später den Endverkaufspreis erfahren haben. Und außerdem – wenn ich einen Gewinnanteil verlangt hätte und der Täufler hätte sich an das Gesetz gehalten und das Ding nie verkauft, dann hätten wir nicht einmal zehn Goldstücke an der Sache verdient.«

»Ich habe die Einzelheiten der Geschichte noch nie von eurer Warte aus gehört«, sagte Tanda, »aber was ich so in den Straßen des Bazars mitbekommen habe, waren alle ziemlich beeindruckt davon. Die meisten Leute meinten, dass es wirklich ein Meisterstück der Imagepflege und Reklame war, dass der größte Magiker im Bazar der Öffentlichkeit für einen Bruchteil seines gewöhnlichen Honrorars zu einer Rarität verholfen hat. Das zeigt, dass er noch mehr ist als nur ein kaltherziger Geschäftemacher ... dass er wirklich etwas für Leute übrig hat.«

»Was ist denn daran verkehrt, ein kaltherziger Geschäftemacher zu sein?«, schnaubte Aahz. »Wie war denn das mit dem anderen Kerl? Jetzt hält ihn jeder für einen Verbrecher, und er schluchzt, er schluchzt, sage ich dir, den ganzen Weg bis zur Bank! Der hat sich doch von dem Gewinn dieses Verkaufs allein schon zur Ruhe setzen können!«

»Wenn mich mein Kindermädchen nicht schrecklich beschummelt hat, als sie mir das Rechnen beibrachte«, unterbrach Chumly ihn, »dann schätze ich, dass euer Kontostand den Gewinn dieses Burschen bequem in die Tasche stecken kann – samt dem Spielraum für ein ordentliches Trinkgeld. Gibt es eigentlich irgendeinen bestimmten Grund dafür, dass du so wild darauf bist, Gold zu hamstern, Aahz? Hast du vielleicht vor, dich zur Ruhe zu setzen?«

»Nein, ich will mich nicht zur Ruhe setzen«, bellte mein Partner. »Und außerdem begreift ihr überhaupt nicht, worum es eigentlich geht. Es geht nämlich gar nichts ums Geld.«

»Nicht?«

Ich glaube, alle horchten plötzlich auf, als er das sagte, selbst Pepe, der Aahz ja noch nicht so lange kannte wie wir.

»Natürlich nicht. Gold kann man sich immer noch wiederbeschaffen. Was sich nicht ersetzen lässt, ist Zeit. Wir wissen alle, dass Skeeve hier noch reichlich viel zu lernen hat, was Magik anbelangt. Was ihr anderen anscheinend ständig vergesst, ist, wie kurz seine Lebensspanne ist ... vielleicht gerade mal hundert Jahre, wenn er Glück hat. Ich versuche nur, ihm möglichst viel Zeit fürs Lernen zu verschaffen ...

und das bedeutet, dass ich dafür sorgen muss, dass er seine Zeit nicht in erster Linie mit irgendwelchen Groschenabenteuern verplempert. Die können wir getrost den kleineren Nummern überlassen. Mein Partner sollte sich nicht von seinen Studien rühren, es sei denn, es geht um etwas *wirklich* Spektakuläres. Um etwas, das sich auf seinen Ruf und seine Karriere günstig auswirkt.«

Langes Schweigen, während wir seine Worte verdauten, ich vor allem. Seit Aahz mich als gleichberechtigten Partner akzeptiert hatte, anstatt mich weiter als Lehrling zu behandeln, hatte ich des Öfteren vergessen, welch wichtige Rolle er doch als mein Lehrer und Manager spielte. Wenn ich die Sache nun rückblickend betrachtete, musste ich erkennen, dass er seine alte Arbeit nie wirklich aufgegeben hatte, er war nur noch gerissener geworden. Ich hätte nicht gedacht, dass so etwas überhaupt möglich war.

»Und wie ist das mit diesem Groschenabenteuer hier?«, brach Tanda schließlich das Schweigen. »Du weißt schon – deine Haut retten zu müssen? Ist das nicht ein bisschen simpel für eine derartige Legende, wie du sie gerade aufzubauen versuchst?«

Der Sarkasmus in ihrer Stimme war unverkennbar, doch das beeindruckte Aahz nicht im Geringsten.

»Wenn du dich mal ein bisschen umhörst, wirst du merken, dass ich ihn auf diesem Ausflug gar nicht dabeihaben wollte. Im Gegenteil, ich habe ihn sogar bewusstlos geschlagen, damit er nicht darin verwickelt würde. Ein Magiker der Spitzenklasse sollte sich nicht dazu herablassen müssen, die Rechnungen einzutreiben, vor allem dann nicht, wenn der Preis dafür unverhältnismäßig hoch ist.«

»Na, mir klingt das alles ein bisschen zu kaltschnäuzig, Aahz«, warf Chumly ein. »Wenn man die Sache mal logisch weiterdenkt, dann geht unser junger Freund hier nur an die Arbeit, wenn die Gefahr astronomische Ausmaße annimmt, und außerdem gilt: Wenn es seine Karriere hinreichend fördert, ist dafür kein Risiko zu groß. Das klingt mir nach einer perfekten Methode, wie man nicht nur seinen Partner, sondern auch noch seinen Freund loswird. Wie der Giek immer sagt: Wenn du ständig die Wahrscheinlichkeit streifst, wird sie dich eines Tages einholen.«

Mein Partner wirbelte herum, um dem Troll Auge in Auge gegenüberzustehen.

»Natürlich wird es gefährlich«, knurrte er. »Der Magikerberuf ist nichts für Memmen, und wenn er an die Spitze will, dann muss er absolut feinfühlig und gemein sein. Das lässt sich nicht vermeiden, aber ich kann wenigstens dafür sorgen, dass er darauf vorbereitet ist. Warum, glaubt ihr wohl, war ich so dagegen, dass er Leibwächter bekommt? Wenn er anfängt, sich darauf zu verlassen, dass andere für ihn und auf ihn aufpassen, dann verliert er seine eigene Gewieftheit. *Dann* ist er nämlich erst richtig in Gefahr, in irgendeine Falle zu laufen.«

Das brachte nun Guido an die Front.

»Also, ich will doch mal sehen, ob ich das richtig kapiert habe«, begann er. »Du willst also nicht, dass ich und mein Vetter Nunzio dabei sind, damit der Boss hier sich selbst um jeden Ärger kümmern kann, ja? Also das ist völlig meschugge, wenn du verstehst, was ich meine. Nun hör mir mal zu, denn diesmal weiß ich wirklich genau, wovon ich rede. Je höher jemand die Leiter emporsteigt, umso mehr Leute kommen, um ihn zu jagen. Selbst wenn diese Größen gar nichts machen, gibt es trotzdem Leute, die auf sie schießen, einfach weil sie Macht und Ansehen haben und weil es immer jemanden gibt, der meint, er könne sie ihnen abjagen. Also ich habe ein paar von den Großen Burschen gesehen, die versucht haben, sich genauso zu verhalten, wie du das gerade vorgeschlagen hast ... die haben die ganze Zeit so viel Angst, dass sie nichts und niemandem mehr trauen. Der Einzige, auf den sie zählen können, sind sie selbst, und alle anderen sind verdächtig. Dazu gehören völlig Fremde genauso wie ihre eigenen Leibwächter, ihre Freunde *und* ihre Partner. Denk mal 'n Augenblick drüber nach.«

Er lehnte sich zurück und ließ seinen Blick durchs Zimmer schweifen, um sich jetzt an alle zu wenden.

»Solche Leute werden nicht alt. Sie trauen niemandem, also haben sie auch niemanden. Man kann einfach nicht alles selbst machen, und früher oder später gucken sie gerade mal in die falsche Richtung oder schlafen, wenn sie wach bleiben sollten, und schon ist alles vorbei. Also ich habe schon eine ganze Menge Jobs als Leibwächter gehabt, und das waren eben alles bloß Jobs, wenn ihr versteht, was ich meine. Der Boss hier ist anders, und das ist kein leeres Geschwätz. Er ist der beste Mann, dem ich je in meinem Leben begegnet bin, weil er nämlich Leute mag und keine Angst hat, es auch zu zeigen. Und was noch wichtiger ist – er hat keine Angst, Kopf und Kragen zu riskieren, um jemandem zu helfen, auch wenn es *nicht* unbedingt in seinem Interesse ist. Ich arbeite doppelt so angestrengt für ihn, weil ich nicht will, dass ihm irgendwas passiert ... selbst wenn das bedeutet, dass ich auf so komische, abartige Reisen mitmuss wie diese hier, dann ist das eben so. Jeder, der ihm was antun will, muss erst an mir vorbei ... und das bedeutet, dass ich auch gegen jeden von euch kämpfen werde, falls einer versuchen sollte, ihn zu irgendwas zu machen, was er nicht ist und nicht sein will.«

Massha unterbrach ihn, indem sie laut applaudierte.

»Bravo, Guido!«, sagte sie. »Ich glaube, Grünschuppe, dein Problem ist, dass deine Vorstellungen von Erfolg sich nur mit deinen eigenen decken, wir haben etwas andere. Wir möchten alle, dass Skeeve es gut hat, aber wir mögen ihn so, wie er ist. Wir vertrauen seiner Vernunft, und werden ihn immer unterstützen, wenn er sich im Laufe seiner Entwicklung zu irgendwelchen Schritten entschließt ... ohne dass wir versuchen, ihn zu etwas zu zwingen oder ihn dazu zu überlisten, einen bestimmten Weg einzuschlagen.«

Aahz gab vor diesem Ansturm des Protests nicht nur nach, er schien sogar ein wenig in sich zusammenzusacken.

»Ich mag ihn doch auch«, murmelte er. »Schließlich kenne ich ihn schon länger als jeder von euch, habt ihr das vergessen? Er macht seine Sache ganz gut, aber er könnte noch so viel besser sein! Wie kann er einen Weg wählen, wenn er ihn überhaupt nicht erkennt? Ich versuche lediglich, dafür zu sorgen, dass er größer wird als ich ... als *wir* es für uns jemals erträumen könnten. Was ist denn daran verkehrt?«

Trotz meiner Irritation darüber, dass hier über mein Leben diskutiert wurde, als wäre ich überhaupt nicht anwesend, war ich sehr gerührt, sowohl von der Verteidigung durch meine Freunde, aber auch – und vor allem – von Aahz.

»Weißt du, Partner«, sagte ich sanft, »einen Augenblick lang hast du gerade geklungen wie mein Vater. Er wollte, dass ich der Beste würde ... oder, genauer, dass ich besser würde, als er es war. Meine Mutter sagte mir immer, das wäre, weil er mich liebte, aber für mich hörte es sich damals so an, als würde er immer nur an mir herumnörgeln. Vielleicht hatte sie ja Recht ... heute bin ich eher bereit, ihr zu glauben als damals, aber ich bin ja inzwischen auch älter geworden. Jedenfalls musste ich versuchen, Leuten zu sagen, dass ich sie liebte, auch wenn mir die Worte nicht über die Lippen wollten ... und ich bin auch wütend auf mich selbst geworden, wenn sie es nicht erkannten, obwohl ich doch versuchte, es ihnen zu zeigen.

Aahz, ich weiß deine Besorgnis zu schätzen, und ich brauche deine Anleitung. Du hast Recht, es gibt Wege und

Möglichkeiten, die ich im Augenblick noch nicht einmal verstehen kann. Aber andererseits muss ich mir meinen Weg auch selbst aussuchen können. Ich will irgendwann mal besser werden, als ich es heute bin, aber nicht unbedingt der Allerbeste. Ich meine, Guido hat Recht, an der Spitze zu stehen heißt auch, einen hohen Preis dafür zahlen zu müssen, und ich möchte vorher erst lange und angestrengt darüber nachdenken können, ob ich überhaupt bereit bin, ihn zu zahlen ... selbst wenn ich davon überzeugt wäre, dass ich es könnte, was im Moment nicht der Fall ist. Ich *weiß* aber: Wenn es bedeuten sollte, dass ich das Vertrauen, das ich in dich und in alle anderen in diesem Raum setze, aufgeben müsste, wäre es mir lieber, ein Groschen-und-Kleingeld-Zauberer zu werden. Denn *diesen* Preis würde ich niemals freiwillig zahlen.«

Wieder senkte sich das Schweigen über uns, während jeder seinen eigenen Gedanken nachhing, bis plötzlich der Werwolf in unsere Mitte hüpfte.

»Abärr was ist dänn das?«, fragte er. »Das kann doch unmöglisch die große Mannschaft von Aahz und Skeeve sein, die doch bei jedärr Gefahr noch lachen kann?«

»Weißt du, Pepe«, sagte Aahz drohend, »du hast wirklich eine große Zukunft als Jagdtrophäe vor dir.«

»Als Trophäe?« Der Werwolf blinzelte verständnislos. »Abärr isch bin doch noch ... olàlà, jetzt begreife isch! Du machst ein Witz, eh? Guut! Das klingt schon bessärr!«

»... und was das Lachen im Antlitz der Gefahr betrifft«, warf ich ein, entschlossen, meinen Teil der Legende aufrechtzuerhalten, »so besteht die einzige Gefahr, die ich hier im Moment sehe, in der Langeweile. Wo bleibt dieser Vilhelm eigentlich?«

»Ich weiß ja, dass du und Aahz einander mögt, Skeeve«, gähnte Chumly, »aber du musst *unbedingt* mehr Zeit in anderer Gesellschaft verbringen. Du hörst dich langsam schon so an wie er. Vielleicht kannst du ja das nächste Mal mitkommen, wenn ich einen neuen Auftrag habe.«

»Nur über meine Leiche«, sagte mein Partner. »Und außerdem – was soll er schon von einem Troll lernen, was ich ihm nicht selbst beibringen könnte?«

»Ich könnte ihm beibringen, keine Vögel für Täufler einzufangen und dafür nur zehn Goldstücke zu verlangen«, sagte der Troll grinsend und zwinkerte dabei seiner Schwester zu. »Das scheint mir ein Teil seiner Ausbildung zu sein, den du vernachlässigt hast.«

»Ach ja, sag an!«, explodierte mein Partner. »Du willst ihm also etwas über Honorarvorstellungen beibringen, ja? Wie war denn das damals, als du deine Schwester darangesetzt hast, einen Elefanten zu klauen, ohne dir vorher die Mühe zu machen, nachzuprüfen, ob ...«

Und schon waren sie wieder in Fahrt. Während ich zuhörte, ertappte ich mich bei dem Gedanken, dass es zwar ganz nett war zu wissen, wie viel meine Freunde für mich empfanden, dass es aber andererseits weitaus gemütlicher war, wenn es ihnen gelang, dies hinter einer Maske von Neckereien zu verbergen. Meistens ist es schwieriger, schonungslose Ehrlichkeit zu ertragen als freundliches Gelächter.

Kapitel 16

»Sind wir hier vielleicht auf einem Maskenball?«
G. v. Thurn und Taxis

Als Vilhelm mit unseren Verkleidungen zurückgekehrt war, hatte sich die Lage weitgehend normalisiert – was auch ganz gut war, denn die Prozedur des Maskierens erwies sich als ziemlich strapaziös und stellte unseren Humor auf eine harte Probe.

Bis ich mich mit Aahz zusammengetan hatte, hatte ich keine Gelegenheit gehabt, mich für jemand anderen als mich selbst auszugeben. Folglich hatte ich auch nicht die leiseste Ahnung, wie lange es dauern kann, sein Äußeres ohne Magik zu verändern. Als wir schließlich fertig waren, hatte ich einen gewaltigen Respekt gegenüber den Fertigkeiten entwickelt, die ich bereits erlernt hatte, ganz zu schweigen von einer wirklich intensiven Sehnsucht nach einer anderen Dimension ... nach irgendeiner Dimension, die über eine mächtige Kraftlinie verfügte, mit der sich arbeiten ließ.

Tanda war uns eine große Hilfe, sie brachte ihre Erfahrungen aus der Mördergilde mit ins Spiel und übernahm es, uns in unsere neuen Rollen einzuweisen.

»Guido, mehr Haltung!«, befahl sie, Empörung in der Stimme. »Du hast ja einen Gang wie ein Gangster!«

»Aber ich bin doch ein Gangster!«, fauchte mein Leibwächter. »Und außerdem – was gibt es an meinem Gang auszusetzen? Schließlich habe ich uns damit bis zum Gefängnis gebracht, oder?«

»Ja, aber da hat auch nicht die halbe Stadt nach dir Ausschau gehalten«, versetzte Tanda. »Und außerdem konntest du dir damals deinen Weg selbst aussuchen. Wir wissen nicht, wo sich unsere Gegner versteckt halten. Auf dieser Jagd müssen wir uns durch ganze Massen von Leuten bewegen, und da bringt's dein Gang einfach nicht. Neunzig Prozent einer Verkleidung bestehen darin, sich so zu bewegen wie der Typ, für den man sich ausgibt. Im Augenblick bewegst du dich genau so, als hättest du es auf eine Prügelei abgesehen.«

»Versuch einfach, dich wie Don Bruce zu bewegen«, schlug ich vor. »Der ist schließlich auch ein Gangster.«

Das trug mir zwar einen giftigen Blick ein, aber immerhin versuchte mein Leibwächter, meinen Instruktionen Folge zu leisten, indem er von den Fußballen aus emporfederte und herumwatschelte.

»Schon besser«, sagte Tanda und überließ Guido sich selbst, der nun mit finsterer Miene im Raum auf und ab ging.

»Wie kommen wir zu Rande?«

»Lausig«, vertraute sie mir an. »Wir brauchen viel länger, als wir eigentlich dürften. Ich wünschte, es gäbe hier mehr Spiegel ... ach, was sage ich! Schon ein einziger wäre wunderbar!«

Erst als wir damit begonnen hatten, uns auf unsere Aktion vorzubereiten, bemerkten wir, dass der Verschicker überhaupt keinen Spiegel besaß. Er behauptete, dass Spiegel bei Vampiren nicht sehr beliebt und eher unnötig waren. So hatten wir die undankbare Aufgabe, gegenseitig unsere Verkleidungen zu überprüfen, was schon anstrengend genug gewesen wäre, wenn es dabei um weniger empfindliche Gemüter gegangen wäre.

»Wie sehen meine Zähne aus?«, fragte Massha, streckte mir den Kopf entgegen und öffnete den Mund.

Es war als würde man in die Tiefen einer unterirdischen Höhle starren.

»Ähhh ... die linke Seite ist in Ordnung, aber rechts fehlen noch ein paar. Warte mal einen Moment, dann helfe ich dir.«

Die Zähne erwiesen sich als besonderes Problem. Wir hatten gehofft, einige der Gummifänge auftreiben zu können, die in den Kuriositätenläden des Bazars so häufig angeboten werden. Leider führte kein Geschäft in Blut solche falschen Zähne. Das Einzige, was dem einigermaßen nahe käme, meinte Vilhelm, waren menschliche Gummizähne, die man auf Vampirzähne aufsetzen konnte. Der Vampir versicherte uns, dass sie in dieser Dimension als ziemlich furchterregend galten. Angesichts dieses Mangels gingen wir dazu über, unsere sämtlichen Zähne mit Ausnahme der Eckzähne zu schwärzen, um auf diese Weise ein halbwegs vampirisches Aussehen zu bekommen. Als wir es ausprobierten, war die Wirkung gar nicht schlecht, aber es dann tatsächlich durchzuführen, erwies sich als ungeheuer kompliziert. Wenn man nämlich die eigenen Zähne ohne Spiegel schwärzen wollte, stellte es sich als ziemlich schwierig heraus, die richtigen Zähne zu erwischen, und wenn man einen Freund zu Hilfe rief, dann musste man sich sehr schnell damit auseinander setzen, dass es diesem besagten Freund geradezu ein Bedürfnis war, einem die Zunge anstelle der Zähne zu schwärzen.

»Ich mag diesen Mantel nicht«, erklärte Guido und packte mich am Arm. »Ich will wieder meinen Trenchcoat anziehen.«

»Vampire tragen aber keine Trenchcoats«, sagte ich entschieden. »Und außerdem steht dir der Mantel ausgezeichnet. Du siehst darin ... ich weiß gar nicht, freundlich, aber trotzdem bedrohlich aus.«

»Ach ja?«, erwiderte er zweifelnd und reckte den Hals, um sich selbst zu begutachten.

»Deine Sorgen möchte ich haben!«, platzte Massha heraus. »Schau dir bloß mal an, was ich hier tragen muss! Diesen Fetzen würde ich liebend gern gegen deinen Mantel tauschen!«

Wie Ihnen vielleicht aufgefallen sein mag, hatte das Team eine Menge Schwierigkeiten, sich mit seiner Verkleidung abzufinden. Vor allem Massha rebellierte gegen ihre Kostümierung.

Nachdem sie bei unserer Flucht wie ein Ballon über unseren Köpfen durch die Luft geschwebt war, hatten wir befürchtet, dass man sie als Erste wiedererkennen könnte. Deshalb färbten wir ihr grellorangefarbenes Haar nicht nur um, wir bestanden auch darauf, dass ihr neues Kostüm so viel von ihr verdeckte wie nur möglich. Zu diesem Zwecke hatte Vilhelm ein Kleid aufgetrieben, das er als »Zelt« bezeichnete – was allerdings nicht gerade dazu angetan war, meinen Lehrling dafür zu begeistern.

»Also wirklich, Große Nummer!«, sagte sie und drängte mich in eine Zimmerecke. »Genügt es denn nicht, dass die halbe Stadt mich als Luftschiff erleben durfte? Jetzt sag mir bloß, dass ich auch noch als *Zelt* herumlaufen muss!«

»Ehrlich, Massha«, warf Vilhelm ein, »dieser Kleidungsstil ist hier in Blut ziemlich beliebt. Solche Kleider werden von vielen Damen getragen, die ... ein bisschen ... na ja ...«

»Dick?!«

Drohend baute sie sich vor dem kleinen Vampir auf.

»Ist das etwa das Wort, nach dem du gesucht hast, du Wicht?«

»Nun sei doch mal realistisch, meine Liebe«, mischte sich Tanda ein, um zu retten, was noch zu retten war. »Du hast doch wirklich ein bisschen viel des Guten auf dem Leib. Glaub mir, wenn es irgendeine Gelegenheit gibt, bei der man sich über seine eigene Figur keine Illusionen machen sollte, dann beim Verkleiden. Dieses Gerät macht dich jedenfalls schlanker.«

»Versuch doch bitte nicht, einen Narren zum Narren zu halten, Süße«, seufzte Massha. »Aber was diese Kostümierungssache angeht, hast du durchaus Recht. Das Ding ist bloß so *schäbig!* Erst bin ich ein Luftschiff, und jetzt muss ich als Gefechtszelt in der Gegend rumrennen.«

»Also in *dem* Punkt gebe ich dir Recht«, nickte Tanda. »Darauf kann man sich bei einem Mann wirklich verlassen, dass er ein fürchterlich tristes Gewand anschleppt. Ich will dir was sagen: Ich habe noch ein Tuch, das ich eigentlich als Gürtel benutzen wollte, vielleicht könntest du es als Halstuch tragen.«

Ich fürchtete schon, dass dieser letzte Witz eine neue Explosion auslösen würde, doch Massha nahm es als hilfreichen Vorschlag, und so machten sich die beiden auf die Suche nach weiteren Verzierungen.

»Hast du mal eine Minute Zeit, Partner?«

Aahz' Tonfall verriet mir, dass der Augenblick, vor dem mir bereits gegraut hatte, jetzt gekommen war.

Chumly brauchte sich überhaupt keine Sorgen um eine Verkleidung zu machen, da Trolle in dieser Dimension alles andere als selten waren. Tanda bestand darauf, dass sie schon hinlänglich wie ein Vampir aussah, um mit einem Minimum an Veränderung auszukommen. Ich war zwar noch keinem Vampir mit grünem Haar begegnet, aber sie behauptete, welche gesehen zu haben, und so gab ich, wie immer, angesichts ihrer größeren Erfahrung in solchen Dingen nach. Ich selbst stand ebenfalls auf der Liste der Teammitglieder, die nur einer geringen Tarnung bedurften, weil alle sich darin einig waren, dass niemand in Blut mich lange genug gesehen hatte, um sich mein Aussehen einzuprägen. Obwohl ich nicht eben entzückt davon war, so unscheinbar auszusehen, nahm ich es ergeben hin ... vor allem als ich mitbekam, was Guido und Massha durchmachen mussten. Die Probleme mit diesen beiden herausragenden Mitgliedern der Truppe habe ich bereits geschildert: lästig, aber nicht unlösbar. Doch da war noch Aahz …

»Stimmt etwas nicht?«, fragte ich mit Unschuldsmiene.

»Darauf kannst du deinen Drachen verwetten, dass was nicht stimmt!«, fauchte mein Partner. »Und versuch bloß nicht, bei mir den Unschuldigen zu spielen! Das hat schon früher nicht funktioniert, als du noch mein Lehrling warst, und wird ganz bestimmt auch jetzt nicht funktionieren!«

Aahz' Verkleidung hatte einige sehr knifflige Probleme aufgeworfen. Er war nicht nur das am meisten gesuchte Mitglied unserer Truppe, er war auch mit Abstand das auffälligste. Nach der Gerichtsverhandlung und seinem Gefängnisaufenthalt erschien es zweifelhaft, dass es in ganz Blut auch nur einen einzigen Einwohner gab, der ihn nicht auf Anhieb wiedererkennen würde. Ich meine, schließlich laufen ja in keiner Dimension sonderlich viele grüne schuppige Dämonen herum … mit Ausnahme seiner Heimatdimension Perv. Deshalb wurde auch – beinahe einstimmig – beschlossen, dass wir nicht nur die Hautfarbe meines Partners mit Schminke verändern mussten, sondern auch sein Geschlecht.

»Hat es zufällig etwas mit deiner Verkleidung zu tun?«, fragte ich und versuchte dabei, eine steinerne Miene aufzusetzen.

»Ja, zufällig hat es etwas mit meiner Verkleidung zu tun«, äffte er mich nach. »Und eins will ich dir sagen: Partner oder nicht Partner, wenn du dieses Grinsen rauslassen solltest, dann blas ich dir eigenhändig die Lichter aus. Kapiert?«

Mit großer Mühe beherrschte ich mich und biss mir auf die Unterlippe.

»Also wirklich«, sagte er, beinahe flehend, »nichts gegen einen guten Witz, aber du glaubst doch wohl nicht im Ernst, dass ich mich in *dieser* Aufmachung in der Öffentlichkeit zeigen werde?«

Abgesehen von der schon erwähnten Schminke hatte Aahz' Tarnung nach einem Kleid und einer Perücke verlangt. Aufgrund seiner gewaltigen Kopfgröße (ein Problem, das Vilhelm klugerweise so weit heruntergespielt hatte, wie es eben ging) war die Perückenauswahl verständlicherweise klein gewesen. Tatsächlich hatte es in seiner Größe nur ein Modell namens »Lady Go-Go Diva« gegeben, eine hochgesteckte blonde Perücke im Wabenstil mit einem langen Pferdeschwanz, der ihm bis zu den Kniekehlen herabhing. Tatsächlich erwies sich dieser Pferdeschwanz insgeheim als Segen, denn das dunkelblaue Kleid, das Vilhelm für meinen Partner aufgetrieben hatte, besaß einen außerordentlich weiten Ausschnitt, so dass das Haar, das wir ihm über die Schultern drapierten, verbarg, wie viele Probleme wir damit hatten, genug Material aufzutreiben, um damit seinen Busen auszustopfen.

»Wie mein weiser alter Mentor mir mal in einer ähnlichen Lage sagte«, meinte ich altklug, »was macht es schon, was die Leute von dir denken? Sie sollen dich ja sowieso nicht für dich halten. Das ist doch der ganze Witz bei einer Verkleidung.«

»Aber diese Aufmachung ist einfach demütigend!«

»Genau meine Worte, als jemand, dessen Namen ich durchaus zu nennen imstande wäre, es für erforderlich hielt, dass ich mich als Mädchen verkleide, weißt du noch?«

»Aber dir bereitet die Sache offensichtlich auch noch Vergnügen, oder?«, fragte er finster, misstrauisch lauernd.

»Na ja, es gibt auch noch andere Möglichkeiten«, gab ich zu.

»Das klingt schon besser!«, grinste er und griff nach seiner Perücke.

»Du könntest zum Beispiel hier bleiben ...«

Seine Hand bremste kurz vor dem Ziel ab.

»... oder wir könnten die ganze Sache vergessen und stattdessen das Bußgeld zahlen.«

Die Hand wich zurück, als die Schultern meines Partners niedergeschlagen heruntersackten. Ich empfand keinen Triumph. Eher hatte ich fast gehofft, die Sache würde ihm peinlich genug sein, um in meinen Vorschlag, das Projekt aufzugeben, einzuwilligen. Aber ich hätte es besser wissen sollen. Wenn es um Geld geht, dann genügt Peinlichkeit allein nicht, um Aahz von seinen Plänen abzubringen ... ob ihm die Sache nun selbst peinlich sein mag oder einem anderen.

»Also gut, Leute«, rief ich und verbarg dabei meine Enttäuschung. »Alles fertig?«

»Vergesst die Sonnenbrillen nicht!«, ermahnte uns Tanda.

Das war der letzte Kniff bei unseren Verkleidungen. Um zu verbergen, dass unsere Augen nicht rot waren, hatte sich jeder von uns eine Sonnenbrille zugelegt. Wenn ich mir das Endergebnis anschaute, musste ich zugeben, dass wir, von Tanda und Chumly einmal abgesehen, nicht mehr aussahen wie wir selbst. *Wie* wir genau aussahen, vermochte ich zwar nicht zu sagen, aber auf jeden Fall nicht wie *wir!*

»Na schön«, stimmte auch Aahz ein. Er hatte sein Unbehagen anscheinend inzwischen überwunden. »Kennt jeder seinen Marschbefehl? Vilhelm? Bist du sicher, dass du uns auf diesem Ding im Auge behalten kannst?«

»Kein Problem«, nickte der kleine Vampir. »Wenn hier mal wenig los ist, benutze ich diese Anlage, um in der Stadt ein bisschen in die Fenster zu lugen. Die Straßen zu beobachten ist noch wesentlich leichter.«

»Denk dran, auf unser Signal zu achten«, sagte ich zu ihm. »Wenn wir diesen Vic erwischt haben, brauchen wir schleunigst ein paar zuverlässige Ortsansässige als Zeugen.«

»Na ja«, grinste Aahz böse, »*so* fürchterlich zu beeilen brauchst du dich damit auch wieder nicht. Ich hätte nichts dagegen, mit ihm eine Weile alleine zu sein, bevor wir ihn den Behörden übergeben.«

Mein Herz setzte einen Schlag lang aus. Aahz klang so, als würde er bei dieser Hatz seiner Rache durchaus freien Lauf lassen wollen, und ich war mir gar nicht sicher, dass er sich dabei nur auf Vic allein konzentrieren würde.

Ich glaube, Tanda bemerkte meine Unruhe.

»Nun mach mal halblang, Aahz«, sagte sie ruhig. »Ich hab ja nichts dagegen, dir mal aus der Klemme zu helfen, aber wenn es darum gehen sollte, aus reiner Rachsucht ein Übermaß an Gewalt anzuwenden, bin ich nicht mit dabei. Das ist stillos.«

»Seit wann machst denn du dir Gedanken zu übermäßiger Gewaltanwendung?«, knurrte Aahz, doch dann zuckte er mit den Schultern. »Na gut. Aber vielleicht haben wir Glück. Vielleicht widersetzt er sich ja einer Festnahme.«

Ich machte mir zwar immer noch Sorgen, wusste aber andererseits, dass dies schon das Äußerste an Selbstherrschung war, was ich von meinem Partner erwarten konnte.

»Da diese Sache nun geklärt ist«, sagte ich und holte Luannas Tuch hervor, »Pepe, nimm mal diese Witterung auf.«

»Bezaubärrnd«, lächelte er und drückte seine Nase in das Tuch. »Eine junge Dame, nischt wahr? Wenn därr Körper so gut ist wie dieses Aroma, dann wärrde isch ihr folgen bis ans Ende därr Welt, ob ihr misch begleitet odärr nischt.«

Ich widerstand dem Verlangen, ihm das Tuch um den Hals zu wickeln und zuzuziehen.

»Also gut, Leute«, sagte ich, nahm das Tuch wieder an mich und verstaute es mit, wie ich hoffte, lässiger Gebärde, in meinem Kittel. »Dann wollen wir mal ausziehen, um einen Verbrechervampir zu fangen.«

Kapitel 17

»Irgendwo muss hier doch eine Fährte sein!«
Lederstrumpf

Es war wenige Stunden vor Sonnenuntergang, als wir uns endlich auf den Weg machten, eine unangenehme Erinnerung daran, wie lange wir für unsere Verkleidung nunmehr gebraucht hatten. Wir waren übereingekommen, Pepe nicht alle auf einmal zu folgen, um keine Aufmerksamkeit zu erregen. Stattdessen bewegten wir uns einzeln oder in kleinen Gruppen auf beiden Seiten der Straße, ganz bewusst in unterschiedlichem Schritttempo. Wer schneller ging, blieb gelegentlich stehen, um die Schaufensterauslagen zu betrachten, so dass unsere Gruppe zusammenblieb, ohne dass es auffiel. Tanda hatte darauf hingewiesen, dass ein solches Vorgehen nicht nur die Chancen verringern würde, dass man uns entdeckte, es würde auch wenigstens einem Teil unserer Gruppe die Flucht ermöglichen, sollte man den anderen doch entlarven ... ein wahrhaft tröstlicher Gedanke.

Obwohl Luanna behauptet hatte, vor dem Büro des Verschickers auf uns gewartet zu haben, war das schon so lange her, dass ich eigentlich damit rechnete, dass sich ihre Spur inzwischen verflüchtigt hatte oder dass sie wengistens von denen der vielen anderen Leute, die inzwischen hier vorbeigekommen waren, überlagert worden war. Deshalb war ich einigermaßen erstaunt, als der Werwolf uns beinahe sofort signalisierte, dass er die Fährte aufgenommen hatte und sich äußerst zuversichtlich auf den

Weg machte. Entweder war ihre Spur intensiver, als ich gedacht hatte, oder ich hatte Pepes Fähigkeiten sträflich unterschätzt.

Die Fährte schlang sich die mit Kopfsteinpflaster besetzten Straßen entlang, und wir folgten ihr so schnell wir konnten, ohne unsere Rolle als lässige Spaziergänger, die einander nicht kannten, aufzugeben. Eine Weile stellte unsere Gruppe die Mehrzahl der sich auf den Straßen befindlichen Wesen dar, was mich an der Effektivität unserer List zweifeln ließ, doch schon bald kamen immer mehr Vampire hervor, um sich ihrem geliebten Nachtleben zu widmen, so dass wir nicht mehr so stark auffielen.

Ich befand mich in Begleitung von Chumly, doch der Troll war merkwürdig still, während wir so dahinschritten. Zuerst dachte ich, es läge daran, dass er sich einfach nur darauf konzentrierte, den Werwolf nicht aus den Augen zu verlieren, doch im Laufe der Zeit empfand ich sein Schweigen als ziemlich beunruhigend. Ich hatte Chumly stets als eines der vernünftigeren, gelasseneren Mitglieder unserer bunt gemischten Truppe respektiert, und nun gewann ich den beunruhigenden Eindruck, dass er nicht mit ganzem Herzen hinter dieser Unternehmung stand.

»Hast du irgendwelche Sorgen, Chumly?«, fragte ich schließlich.

»Hm? Ach so. Nein, eigentlich nicht, Skeeve. Ich habe nur nachgedacht.«

»Worüber denn?«

Der Troll seufzte leise.

»Ich habe gerade über unseren Gegenspieler, diesen Vic, nachgedacht. Weißt du, nach allem, was wir von ihm gehört haben, scheint er ziemlich gerissen und einfallsreich und von äußerst hinterhältiger Art zu sein.«

Das verblüffte mich etwas. Bisher hatte ich unseren Vampirgegner für alles Mögliche gehalten, von einem Quälgeist bis zu einem Todesengel. Seine Methoden zu studieren, war mir noch nie in den Sinn gekommen.

»Wie kommst du darauf?«

Der Troll schürzte die Lippen, während er Ordnung in seine Gedanken brachte.

»Überleg doch mal, was er bisher alles erreicht hat. Seit wir ihn kennen, ist er auf der Flucht ... erst vor den Täuflern und dann vor Aahz, der nun bestimmt kein Stümper ist, wenn es darum geht, Leute zu jagen, auf die er es abgesehen hat. Gehen wir vorläufig nur mal davon aus, dass Vic tatsächlich der Kopf der Gruppe ist. Dann war er so geistesgegenwärtig, die Tatsache, dass er in deinem Wartezimmer allein gelassen wurde, auszunutzen, um durch die Hintertür zu entkommen. Das hätte er nicht im Voraus planen können, selbst wenn er von der Tür gewusst hätte. Wahrscheinlich hatte er etwas ganz anderes vor und hat seinen Plan ad hoc geändert.«

Wir blieben einen Augenblick stehen, um eine kleine Gruppe von Vampiren vor uns über die Kreuzung zu lassen.

»Nun hätte das in den allermeisten Fällen für eine Flucht durchaus genügt, aber sie haben sich einen Fluchtweg gewählt, der dich und Aahz für ihr Entkommen verantwortlich machte, was dazu führte, dass dein Partner ihre Spur aufnahm«, fuhr Chumly fort. »Obwohl er nichts von euch kannte als euren Ruf, hat Vic nicht nur völlig korrekt gefolgert, dass man ihn verfolgen würde, er hat es sogar geschafft Aahz' Schwäche zu entdecken und sie auszunutzen, um ihn nachhaltig in die Klemme zu manövrieren. Was ebenfalls keine einfache Aufgabe war, vor allem, wenn man bedenkt, dass er dazu auch noch seine beiden Komplizen überzeugen und sie in ihre Rollen einweisen musste.«

All dies trug nicht gerade zu meinem Seelenfrieden bei.

Ich hatte ohnehin schon genug Schwierigkeiten, mich dazu zu zwingen, daran zu glauben, dass wir tatsächlich einen Vampir jagten, ein Wesen, dem ich normalerweise um jeden Preis aus dem Weg gegangen wäre, um mich auch noch mit dem Gedanken abzuplagen, dass er schlau und einfallsreich war. Doch ich hatte gelernt, dass es die denkbar schlechteste Vorbereitung ist, die unangenehmen Aspekte eines Abenteuers zu vernachlässigen.

»Red weiter«, drängte ich.

»Nun«, seufzte der Troll, »als ihr bei den Kläffern auf sein Versteck gestoßen seid, ist er nicht etwa in Panik geraten. Er wollte so viel von euren Plänen in Erfahrung bringen wie möglich und gleichzeitig die Gelegenheit dazu nutzen, euch aus erster Hand zu beurteilen. Dann hat er seine Flucht so arrangiert, dass ihr alle völlig überrascht wart.«

Ich verdaute diese unangenehme Ergänzung der rapide anwachsenden Sammlung von Unannehmlichkeiten. »Meinst du wirklich, dass er mich abschätzen wollte?«

»Daran hege ich nicht den leisesten Zweifel. Er hat nicht nur deine Fähigkeiten und deine Entschlossenheit zu handeln eingeschätzt, er hat sogar erraten, was du unternehmen würdest, und zwar aufgrund seiner Beobachtung, so dass er da war, um Alarm zu schlagen, als ihr Aahz aus dem Gefängnis befreit habt ... ein besonders kühner Schachzug, wenn man bedenkt, dass er dabei immerhin Gefahr lief, erkannt zu werden, was die ganze Geschichte mit dem Mord hätte auffliegen lassen können.«

»Kühn oder verzweifelt«, meinte ich nachdenklich. »Deshalb hat er wahrscheinlich auch gewartet, bis wir Aahz tatsächlich befreit hatten und auf dem Weg nach unten waren, bis er Alarm schlug. Wenn wir unerkannt entkommen wären, wäre seine Intrige wertlos geworden, so dass er eigentlich zu diesem Zeitpunkt gar kein wirkliches Risiko mehr einging.«

»Wie du meinst«, sagte der Troll achselzuckend. »Was bleibt, ist das Endergebnis, dass wir es hier mit einer reichlich harten Nuss zu tun haben. Wir können nur raten, was er tun wird, wenn wir ihn diesmal erwischen sollten.«

»Wenn er sein Niveau hält, könnte die Sache ziemlich brenzlig werden.«

Chumly warf mir einen Blick von der Seite zu.

»Eigentlich dachte ich eher daran, dass es brenzlig für deine Herzensdame werden könnte ... sofern es ihm gelungen sein sollte, die Gefühle, die du für sie hegst, zu bemerken.«

Ich wollte schon protestieren, als mich die Bedeutung seiner Theorie wie ein Faustschlag traf und meine Verlegenheit der Sorge wich.

»Ist das wirklich derart offensichtlich? Meinst du, er konnte es bemerken? Dann hat er Luanna möglicherweise schon etwas angetan, nur weil sie Kontakt mit uns aufgenommen hat.«

»Wer dich kennt, kann es dir förmlich vom Gesicht ablesen«, meinte Chumly kopfschüttelnd. »Aber für jemanden, der dich zum ersten Mal sieht ... ich weiß es einfach nicht. Wahrscheinlicher ist, dass er es aus den Informationen schlussfolgert, die du zur Verfügung hattest – zum Beispiel, wie er heißt. Solches Wissen muss ja von irgendwoher gekommen sein, obwohl es auch noch eine kleine Chance gibt, dass er bei deinem gegenwärtigen Ruf annimmt, dass du es dir mit irgendwelchen magischen Mitteln beschafft hast.«

Ich hörte ihm kaum noch zu. Mein Verstand konzentrierte sich vielmehr auf die Möglichkeit, dass Luanna vielleicht etwas zugestoßen sein könnte und dass ich selbst die indirekte Ursache dafür sein konnte. Eine Woge der Schuldgefühle stieg in mir hoch und wollte mich ertränken, als ich plötzlich eine Hand auf meiner Schulter spürte.

»Nun schalt nicht ab, Skeeve«, sagte Chumly gerade und

schüttelte mich leicht. »Erstens werden wir dich bald brauchen. Zweitens: Selbst wenn Vic sich ausgerechnet haben sollte, dass du sie liebst, wird er ihr, wie ich glaube, bisher noch nichts angetan haben. Er wird sie höchstens später als Trumpfkarte gegen uns ausspielen wollen.«

Ich sog hörbar die Luft ein.

»... und er ist ein solcher Bastard, dass er das auch tun wird«, sagte ich. »Ich weiß nicht, was ich tun kann, weder für uns noch für sie, aber ich werde mein Möglichstes versuchen. Danke, Chumly.«

Der Troll musterte mich eindringlich.

»Eigentlich habe ich ihn gar nicht für einen solchen Widerling gehalten«, warf er ein. »Eher für einen schlauen, wendigen Burschen, der bis über beide Ohren in Schwierigkeiten geraten ist und nun versucht, sich so gut es geht den Weg mit Improvisationen wieder freizuschaufeln. Ehrlich gesagt, Skeeve, alter Junge, erinnert er mich in manchen Punkten an dich. Du solltest mal darüber nachdenken, wenn du versuchst, seine möglichen Aktionen zu berechnen und wie man ihnen begegnen kann.«

Ich versuchte erneut, gelassen abzuwägen, was er mir sagte, doch ich war unfähig, über etwas anderes nachzudenken als darüber, was der Ausgang dieser Jagd für Konsequenzen für Luanna haben würde. Es fiel mir schon schwer genug, zu akzeptieren, dass wir Luanna und ihre Begleiter den Behörden würden ausliefern müssen, damit sie für ihre Vergehen einstanden, aber der Gedanke, sie in physische Gefahr zu bringen, war mir unerträglich.

Ich hielt Ausschau nach Aahz, wild entschlossen, dieser Hatz ein für alle Mal ein Ende zu machen. Zu meiner Überraschung hatte sich der Rest der Gruppe jedoch vor uns an einer Ecke versammelt, und mein Partner winkte uns gerade, wir sollten uns ihnen anschließen.

»Was ist denn da los?«, fragte ich mehr mich selbst.

»Ich würde vermuten«, meinte Chumly, »dass wir am Ziel sind.«

Eine kalte Woge der Furcht durchflutete mich, und ich eilte zum Treffpunkt, dicht gefolgt von Chumly.

»Wir haben Glück«, erklärte Aahz, als ich eintraf. »Guido sagt, dass er gesehen hat, wie Vic das Gebäude betreten hat, kurz bevor wir hier ankamen. Ich schätze, dass sie alle drei da drin sind.«

»Aahz, ich ... ich will, dass wir die Sache sofort abblasen«, platzte ich heraus, und mir war schmerzlich bewusst, wie schwach sich das anhörte.

»Ach ja?«, erwiderte mein Partner und sah mich mit hochgezogener Augenbraue an. »Gibt es dafür irgendeinen besonderen Grund?«

Ich fuhr mir mit der Zunge über die Lippe und spürte, dass die Blicke der ganzen Gruppe auf mir ruhten.

»Nur einer: Ich liebe ein Mitglied der Flüchtlingsgruppe ... das Mädchen.«

»Ach ja? Als wenn mir das sonderlich neu wäre!«, feixte Aahz und zwinkerte mir zu.

»Du hast es gewusst?«

»Wir haben es alle gewusst. Wir haben sogar gerade eben noch darüber diskutiert. Vergiss nicht, wir kennen dich alle ... und ich kenne dich wahrscheinlich am besten. Die Sache ist so gut wie beschlossen, wir werden dein Liebchen laufen lassen. Nimm's als Geschenk von uns für dich. Die beiden anderen gehören uns.«

Noch vor fünf Minuten hätte mich diese Mitteilung in einen Glückstaumel versetzt. Doch nun schien sie alles nur noch komplizierter zu machen.

»Aber Chumly hat gerade gemeint, dass sie ihr möglicherweise etwas antun, wenn sie herausbekommen, dass sie uns geholfen hat«, erklärte ich voller Verzweiflung. »Können wir sie denn nicht einfach alle laufen lassen?«

»Keine Chance, Partner«, sagte Aahz mit fester Stimme. »Abgesehen von unseren ursprünglichen Gründen, die dagegen sprechen, hast du gerade selbst noch einen weiteren Grund hinzugefügt. Deine Freundin könnte in Schwierigkeiten stecken, und die einzige Möglichkeit, sicherzugehen, dass ihr nichts passiert, besteht darin, ihre Partner zu beseitigen ... und zwar schnell.«

»Glaub ihm, Skeeve«, mahnte Tanda. »Es mag zwar nicht gerade besonders schön sein, aber es ist die beste Methode.«

»Wirklich, Boss«, meldete sich Guido jetzt leise zu Wort. »Wenn wir die Sache nicht hier und jetzt geradebiegen, kannst du nie sicher sein, dass ihr nichts passiert ist, wenn du verstehst, was ich meine.«

Das leuchtete mir fast ein, dennoch blieb ich beunruhigt. »Ich weiß ja nicht, Aahz ...«

»Ich aber!«, fauchte mein Partner. »Und je länger wir hier rumstehen, desto größer werden die Chancen, dass sie entweder abhauen oder uns eine Falle stellen. Wenn du immer noch unentschlossen bist, dann bleib hier unten ... eigentlich sowieso keine schlechte Idee. Massha, du bleibst mit ihm hier unten für den Fall, dass sie versuchen sollten, hier rauszukommen. Und haltet die Augen nach den Zeugen offen, die Vilhelm uns schicken soll. Tanda, du, Chumly und Guido, ihr kommt mit mir. Das ist eine Angelegenheit für erfahrene alte Hasen. Pepe, deine Hilfe in Ehren, aber dieser Kampf hier geht dich ja eigentlich nicht unbedingt etwas an.«

»Abärr natürlisch!« Der Werwolf grinste. »Außerdem bin isch ein Lieb'abärr und kein Kämpfärr. Also isch warte 'ier unten und schau mir an das Finale, eh?«

»Aber Aahz ...«

»Ehrlich, Partner, hier unten bist du uns eine viel größere Hilfe. Das ist nicht deine Art von Kampf, und wir brauchen jemanden, der sich um die Zeugen kümmert. So was kannst du gut.«

»Ich wollte dich fragen, ob du Vilhelm eigentlich schon das Signal gegeben hast?«

»Das Signal?«, blinzelte Aahz. »Wir wär's denn hiermit als Signal?«

Mit diesen Worten riss er sich die Perücke vom Kopf und warf sie auf den Boden, um dann mit seinem Kleid dasselbe zu tun.

»Da sagst du was!«, krähte Guido.

Blitzartig hatte er seinen Mantel heruntergerissen und schlüpfte bereits in seinen inzwischen wohl vertrauten Trenchcoat.

»Wo kommt der denn her?«, wollte ich wissen.

»Den hatte ich die ganze Zeit dabei«, erwiderte mein Leibwächter selbstzufrieden. »Das wäre mir sonst so vorgekommen, als hätte ich einen alten Freund zurückgelassen.«

»Na, wenn du und dein alter Freund endlich fertig seid«, murmelte Tanda, »dann sollten wir uns lieber mal an die Arbeit machen.«

»Dich juckt es wohl in den Fingern?«, fragte Aahz grinsend.

»Nein. Mir steht eher der Sinn danach, endlich von der Straße zu verschwinden«, meinte sie. »Seit ihr Jungs die Flagge gehisst habt, ziehen wir nämlich eine ganze Menge Zuschauer an.«

Tatsächlich hatten die Vampire auf der Straße alles stehen und liegen lassen, um sich zu kleinen Gruppen zu formieren, miteinander zu flüstern und auf uns zu zeigen.

»Ähhh ... wir sollten die Sache besser schnell hinter uns bringen«, sagte Aahz und warf einen nervösen Blick in die Runde. »Also los, Jungs! Ran an die Buletten!«

»Ran an die was?«, fragte ich, doch da verschwanden sie auch schon im Gebäudeinnern.

Ich bemerkte, dass sie sich viel schneller bewegten als gewöhnlich. Ich bemerkte aber auch, dass Massha, Pepe und ich die Einzigen von uns waren, die sich noch auf der Straße befanden ... und nun begann die Menge, mit Fingern auf uns zu zeigen!

Kapitel 18

»Ich bin schliesslich nicht den ganzen Weg hierher gekommen, um dann den Kampf einfach bloss auszusitzen.«
Rambo

»Was ist denn eigentlich los?«

Ich drehte mich um und stellte fest, dass einer der Vampire sich von seinen Freunden gelöst hatte und zu uns herübergekommen war. Er hatte mich direkt angesprochen.

»Keine Ahnung«, mischte sich Massha ein. »Gerade ist ein Haufen Außenweltler in das Gebäude da eingedrungen, und zwar mit blutunterlaufenen Augen. Ich möchte zu gern sehen, was als Nächstes passiert.«

»Wahnsinn!«, hauchte der Vampir und starrte auf den Bau. »Hab noch nie so viele Außenweltler auf einem Haufen gesehen, höchstens im Kintopp. Der eine von ihnen, war das nicht Aahz, der entflohene Mörder?«

Ich wollte wirklich nicht, dass dieser Typ sich unserer kleinen Gruppe anschloss. Während unsere Tarnung bei oberflächlicher Betrachtung anscheinend zu wirken schien, war ich mir doch ziemlich sicher, dass eine genauere Untersuchung nicht nur ergeben würde, dass Massha und ich ebenfalls Außenweltler waren, sondern auch, dass wir es zu verbergen suchten.

»Vielleicht hast du Recht«, sagte ich, einer Eingebung folgend. »Wenn dem wirklich so sein sollte, dann ist es gut, dass du gekommen bist. Wir werden jede nur erdenkliche Hilfe brauchen können.«

»Hilfe? Hilfe wobei?«

»Na, um den Mörder einzufangen, natürlich. Wir können ihn doch unmöglich wieder entkommen lassen. Ich finde, es ist unsere Pflicht, ihn selbst festzunehmen oder ihn wenigstens so lange aufzuhalten, bis die Behörden jemanden schicken.«

»Wir? Du meinst, ihr drei? Ihr wollt ganz allein einen Mörder aufhalten?«

»Vier, jetzt, wo du auch noch da bist.«

Der Vampir begann, zurückzuweichen.

»Ähhhh ... eigentlich muss ich zu meinen Freunden zurück. Wir sind unterwegs zu einer Party. Tut mir Leid, dass ich euch nicht helfen kann, aber ich werde rumerzählen, dass ihr noch Freiwillige sucht, in Ordnung?«

»Ja, und danke auch!«, rief ich, als würde ich ihm glauben. »Wir werden hier an dieser Stelle warten.«

Als ich geendet hatte, war er auch schon in der Menge verschwunden. Fall erledigt.

»Nette Arbeit, mein Freund«, murmelte Pepe. »Er will siech nicht, wie sagt man, mit reinziehen lassänn, nein?«

»Genau«, sagte ich, den Blick wieder auf das Gebäude heftend. »Und ehrlich gesagt bin ich selbst auch nicht so fürchterlich erpicht darauf. Was meinst du, Massha? Ist verdammt still da drin.«

»Kann man wohl sagen«, pflichtete mir mein Lehrling bei. »Ich versuche gerade, rauszukriegen, ob das ein gutes oder ein schlechtes Zeichen ist. Noch zehn Minuten, dann gehe ich rein um selbst nachzusehen.«

Ich nickte, wenngleich ich bezweifelte, dass sie es bemerkte. Wir starrten beide wie gebannt auf das Haus und prägten uns dabei jede Einzelheit ein.

Es war ein vierstöckiges Gebäude ... das wäre es jedenfalls gewesen, hätte es da nicht noch diese geschwungene Spitze gegeben, die aus dem Dach emporragte und selbst noch einmal halb so hoch war wie der ganze Bau. Es sah so aus, als hätte, der Erbauer das Haus in letzter Minute noch ausschmücken wollen, damit es genauso hoch oder noch höher als die Nachbargebäude erschien. Der Anzahl der Fenster im Hauptbau nach zu urteilen, musste es sich um ein Appartementhaus, ein Hotel oder etwas Ähnliches handeln. Kurzum, es sah so aus als hätte es eine Menge Zimmer. Ich ertappte mich bei der Überlegung, wie unsere Einsatztruppe ihr Ziel ausfindig machen sollte, ohne jede einzelne Tür einzutreten ... eine Vorgehensweise, die ich Aahz durchaus zutraute.

Gerade wollte ich Massha von meinen Befürchtungen berichten, als im Innern des Gebäudes ein lautes Krachen ertönte.

»Was war denn das?«, fragte ich, an niemand bestimmten gewandt.

»Hat sich angehört wie ein lautes Krachen«, erklärte mein Lehrling hilfsbereit.

Ich zwang mich dazu, mich daran zu erinnern, dass niemand von uns hier draußen mehr darüber wissen konnte, was im Innern des Hauses vor sich ging, als ich selbst.

Nach dem Krachen wurde es wieder ruhig. Ich versuchte, mir einzureden, dass das Geräusch vielleicht gar nichts mit unserem Stoßtrupp zu tun hatte, aber ich glaubte nicht eine Minute daran. Die Menge tuschelte erregt und versuchte angestrengt, in die vielen verschiedenen Fenster hineinzublicken. Die Leute schienen zuversichtlich zu sein, dass bald irgendetwas geschehen würde, viel zuversichtlicher als ich, doch waren sie als Bewohner dieser Stadt ja vielleicht an solche nächtlichen Wachen eher gewöhnt als ich.

Plötzlich erschien Tanda im Hauseingang.

»Sind sie hier rausgekommen?«, rief sie uns fragend zu.

»Hier ist niemand rausgekommen oder reingegangen, seit ihr verschwunden seid«, erwiderte ich.

Sie fluchte und machte sich daran, wieder im Gebäude zu verschwinden.

»Was ist denn passiert?«, rief ich voller Verzweiflung.

»Einen haben wir festgenagelt, aber Vic ist uns entkommen. Er läuft irgendwo im Gebäude herum, und er hat das Mädchen dabei.«

Dann war sie auch schon wieder verschwunden, bevor ich weitere Fragen stellen konnte.

Wunderbar!

»Aufregent, ist es nischt?«, meinte Pepe. »Isch sage dir, eine solsche 'etzjagd könnte isch mirr stundenlang anse'en.«

»Ich aber nicht!«, fuhr ich ihn an. »Mir reicht es, hier als Linienrichter rumhängen zu müssen. Massha? Ich gehe rein. Willst du mitkommen?«

»Ich weiß nicht, Heißmatz. Ich würde schon ganz gerne, aber irgendjemand sollte diesen Fluchtweg schon versperren.«

»Prima. Dann wartest du hier, während ich ...«

Ich drehte mich um, und wollte soeben das Gebäude betreten, da rannte ich geradewegs in Vilhelm hinein.

»Was machst du denn hier?«, fragte ich, obwohl es mir im Grunde völlig egal war.

Der Verschicker schüttelte den Kopf, um ihn wieder klar zu bekommen. Da er der Kleinere war, hatte ihm der Zusammenprall schlimmer zugesetzt als mir.

»Ich bin mit den Zeugen hier, hast du das vergessen? Ich sollte doch welche mitbringen.«

»Du solltest sie eigentlich nur *schicken*. Na, egal, wo sind sie denn?«

»Hier«, sagte er und deutete auf eine trübe Gruppe von Vampiren, die hinter ihm standen. »Das sind Kirby und Paul, Richard und Adele und Scott ... einige der geachtetsten Bürger der Stadt. Wenn du die überzeugen kannst, stehen euch alle Wege offen.«

Während ich die Gruppe musterte, begriff ich plötzlich, wie Aahz in der Todeszelle hatte landen können. Wenn die Jury auch nur annähernd aus Exemplaren wie diesen hier bestanden hatte, dann hätten sie wahrscheinlich ihre eigene Mutter wegen verkehrswidriger Straßenüberquerung aufgehängt. Wenngleich mir der Gedanke, sie überhaupt von irgendetwas überzeugen zu müssen, gar nicht behagte, stellte ich fest, dass ich heilfroh darüber war, dass ich mit ihnen nicht auf gewöhnlicher Basis verhandeln musste.

»Schön, wir sind also da«, sagte der Vampir namens Kirby. »Und was genau sollen wir hier nun bezeugen? Wenn das mal wieder eine von deinen Wahnwitznummern sein sollte, Vilhelm ...«

Ich unterbrach ihn einfach, indem ich die Sonnenbrille abnahm und meine Augen weit öffnete, um das Weiße zu zeigen. Der schlechte Ruf, den Menschen in dieser Dimension genossen, genügte, um ihre ungeteilte Aufmerksamkeit auf mich zu ziehen.

»Vielleicht erinnert ihr euch noch an einen gewissen Mordprozess, der vor gar nicht langer Zeit hier stattgefunden hat?«, fragte ich und versuchte dabei, die Zahnschwärze mit der Zunge abzureiben. »Nun, der überführte Mörder, der aus dem Gefängnis ist, ist mein Partner und befindet sich in dem Gebäude da. Er und ein paar unserer Freunde sind gerade dabei, euch einen erstaunlich quicklebendigen Leichnam vorzuführen ... genau genommen den Burschen, den mein Partner angeblich ermordet haben soll. Ich schätze, das wird doch wohl genügen, um euch von seiner Unschuld zu überzeugen?«

Obwohl die Vampire von meiner Gegenwart überrascht waren, erholten sie sich doch recht schnell wieder von ihrem Schock. Wie ich schon sagte, es waren wirklich harte Burschen, die man nicht lange beeindrucken konnte.

»Und wie lange soll das dauern?«, fragte Kirby ungeduldig. »Schließlich opfere ich dafür meinen Schlaf, und davon bekomme ich auch so schon nicht besonders viel.«

Das war eine gute Frage, und da ich keine Antwort darauf wusste, versuchte ich, Zeit zu schinden.

»Du schläfst nachts? Ich dachte ...«

»Ich bin eine Tageule«, winkte der Vampir ab. »Es ist leichter, mein Arbeitspensum zu bewältigen, wenn das Telephon nicht alle fünf Minuten klingelt ... und das bedeutet, dass ich besser so lange warte, bis alles schläft. Aber wir kommen vom Thema ab. Auf jeden Fall ist meine Zeit kostbar, und das gilt auch für meine Kollegen hier. Wenn du glauben solltest, dass wir hier einfach nur herumstehen werden, bis ...«

Plötzlich erscholl ein Schrei aus der Menge, und als wir uns umdrehten, stellten wir fest, dass alle aufgeregt miteinander sprachen und zum Dach emporzeigten.

Dort war eine Gestalt zum Vorschein gekommen und kämpfte sich über die steile Schräge, ein zappelndes Mädchen mit einer Hand hinter sich herziehend.

Vic!

Das war das erste Mal, dass ich meinen Widersacher genauer betrachten konnte, und ich war einigermaßen überrascht. Er war jünger, als ich erwartet hatte, kaum älter als ich, und anstelle eines finsteren Umhangs trug er einen weißen Rollkragenpullover und eine Sonnenbrille. Mir fiel plötzlich ein, dass eine Sonnenbrille, die es mir ermöglichte, mich unbemerkt unter Vampiren zu bewegen, es umgekehrt einem Vampir erlauben würde, unter Menschen unerkannt zu bleiben.

Der Vampir blieb plötzlich stehen, als Tanda ihm den Weg blockierte. Wie durch Magik war sie plötzlich an der Dachkante erschienen. Er wollte umkehren, doch da entdeckte er Aahz, Guido und Chumly, die hinter ihm ins Freie getreten waren und ihm den Rückweg versperrten.

»Ich glaube, meine Damen, meine Herren, dass dies dort oben der flüchtige Leichnam ist, mit dem die ganze Sache angefangen hat«, hörte ich mich selbst sagen. »Wenn ihr noch einen Augenblick eurer Zeit opfern könntet, werden *meine* Kollegen ihn schon bald festgenommen haben, auf dass ihr ihn nach Belieben verhören könnt.«

»Da sei dir mal nicht so sicher, Heißmatz!«, warnte Massha. »Schau!«

Nachdem man ihm seine eigentlichen Fluchtwege abgeschnitten hatte, kletterte Vic nun die Dachschräge selbst empor, Luanna fest im Griff. Ich musste zwar seine Kraft bewundern, verstand aber nicht, was er mit diesem Manöver bezweckte. Es war doch offensichtlich, dass er entlarvt worden war, warum gab er dann nicht einfach auf?

Die Antwort kam wenige Augenblicke später. Als er die Dachspitze erreicht hatte, vollzog der Vampir eine grausige Verwandlung: Noch bevor der Stoßtrupp ihn erreichen konnte, beugte er sich vor und bekam riesige Fledermausflügel, die aus seinem Rücken wuchsen und sich ausbreiteten. Da sein Plan durchkreuzt worden war, versuchte er es nun auf diese Art.

Sofort holten Tanda und Guido Projektilwaffen hervor und riefen ihm etwas zu. Ich war zwar zu weit entfernt, um die Worte genau zu verstehen, aber es war mir klar, dass sie ihm drohten, ihn abzuschießen, wenn er versuchen sollte, durch die Luft zu entkommen.

»Vielleicht bekommen wir ja doch noch einen Mordfall«, murmelte Kirby und blickte mit zusammengekniffenen Augen zu dem Drama empor, das sich gerade auf dem Dach abspielte.

»Mord?«, rief ich und drehte mich zu ihm um. »Wie kann man so was Mord nennen, wenn sie doch versuchen, vor *eurer* Justiz zu fliehen?«

»Das habe ich gar nicht gemeint«, erwiderte der Vampir,

ohne den Blick vom Geschehen abzuwenden. »Sieh doch selbst.«

Ich sah ... und mir blieb das Herz stehen.

Aahz hatte versucht, das Steildach emporzuklettern, um sich näher an Vic und seine Geisel heranzuarbeiten. Vic musste ihn bemerkt haben, denn nun hielt er Luanna über den Dachrand, während er zornig mit einem Finger auf meinen Partner zeigte. Die Drohung war unmissverständlich.

»Weißt du, es sind Leute wie ärr, die den Vampiren einen schlechten Ruf eintragen, eh?«, meinte Pepe und knuffte mich in die Seite.

Ich ignorierte ihn, wie benommen vor Wut und Verzweiflung angesichts dieser Situation. Doch ein weitaus herzhafterer Rippenstoß von Massha unterbrach meine Gedanken.

»He, Heißmatz. Siehst du, was ich sehe?«

Ich riss meinen Blick von dem Kampf auf dem Dach los und richtete die Augen kurz auf meinen Lehrling. Massha stand reglos da, die Stirn vor Konzentration gefurcht, die Augen geschlossen.

Es dauerte einige Augenblicke, bis ich begriff, was sie da tat, dann schloss ich mich ihr an.

Das war es! Eine Kraftlinie! Eine große, starke, wunderschöne, wunderbare Kraftlinie.

Ich hatte mich schon so daran gewöhnt, keine magische Energie mehr zur Verfügung zu haben, dass ich mir nicht einmal die Mühe gemacht hatte, das nachzuprüfen.

Ich öffnete mich der Energie und genoss sie einen flüchtigen Augenblick, um sie dann zu kanalisieren.

»Entschuldige mich«, sagte ich lächelnd und reichte Kirby meine Sonnenbrille. »Es wird langsam Zeit, dass ich hier direkt eingreife.«

Mit diesen Worten ließ ich meinen Geist ausfahren, drückte gegen den Boden und schoss in die Höhe, mit Kurs auf den in die Enge getriebenen Vampir auf dem Dach.

Kapitel 19

»ALSO GUT, KLEINER, DAS HIER IST EINE SACHE
GANZ ALLEIN ZWISCHEN UNS BEIDEN.«
GOLIATH

Ich hatte gehofft, mich Vic unbemerkt nähern zu können, doch als ich emporflog, stieß die Menge einen gewaltigen Schrei aus, der die Aufmerksamkeit der Kämpfenden auf dem Dach auf mich lenkte. Klasse! Wenn ich mal unauffällig sein wollte, wurde ich sofort berüchtigt!

Als ich auf gleicher Höhe mit dem Vampir war, hielt ich mich in sicherem Abstand.

»Packt die Ballermänner weg«, rief ich Tanda und Guido zu. »Durch die Luft entkommt er jetzt nicht mehr.«

Sie blickten zwar ein wenig rebellisch drein, befolgten jedoch meinen Befehl.

»Was soll denn jetzt diese Peter-Pan-Nummer, Partner?«, rief Aahz mir zu, »Hast du gerade Frühlingsgefühle, oder endlich eine Kraftlinie aufgestöbert?«

»Beides.« Ich winkte ihm zu und richtete meine Aufmerksamkeit auf Vic.

Obwohl seine Augen von einer Sonnenbrille verdeckt waren, spürte ich, wie mich sein hasserfüllter Blick bis auf die Knochen durchbohrte.

»Warum einigen wir uns nicht auf unentschieden?«, sagte ich in einem, wie ich hoffte, ruhigen, besänftigenden Ton. »Es ist aus. Wir haben dich eingekesselt.«

Einen Augenblick schien er zu schwanken. Dann schleuderte er Luanna ohne jede Vorwarnung gegen Aahz.

»Warum lasst ihr mich nicht alle einfach in Ruhe?«, schrie er und schwang sich vom Dach.

Aahz schaffte es irgendwie, das stürzende Mädchen zu packen, doch verlor er dabei den Halt und fiel rücklings mit ihr die Dachschräge hinab, wobei er den Aufprall mit seinem Körper abfing.

Ich zögerte, hin und her gerissen zwischen dem Impuls, mich von Luannas Wohlergehen zu überzeugen und die Verfolgung Vics aufzunehmen.

»Los, hol ihn dir schon!«, rief mein Partner. »Wir sind in Ordnung.«

Mehr Ansporn brauchte ich nicht. Ich wirbelte herum und jagte dem fliehenden Vampir nach.

Was nun folgte, war eine der interessanteren Erfahrungen in meiner beschränkten magischen Karriere. Wie ich bereits erwähnte, ist meine Form des magischen Fliegens in Wirklichkeit kein richtiges Fliegen, eher eine kontrollierte Eigenlevitation. Das machte aus einer begeisterten Verfolgungsjagd durch die Luft eine echte Herausforderung für meine Fähigkeiten. Wie um ein Gleichgewicht zu diesem Problem zu schaffen, konnte Vic jedoch auch nicht richtig fliegen – jedenfalls schien er nie mit den Flügeln zu schlagen. Stattdessen genügte es ihm anscheinend, im Gleitflug dahinzuschweben und gelegentlich einen Aufwind auszunutzen. Das zwang ihn, unentwegt Kreise zu fliegen und immer wieder fast denselben Abschnitt zu durchqueren. Das war mir ganz recht, da ich mich nicht allzu weit von der energiespendenden Kraftlinie entfernen wollte, nun da ich endlich eine entdeckt hatte. Der Gedanke, in fünfzig Fuß Höhe plötzlich keine magische Kraft mehr zu besitzen, behagte mir nicht im Mindesten.

Jedenfalls entwickelten wir schon bald einen merkwürdigen Flugstil, wobei Vic durch kreisförmige Bahnen zu fliehen versuchte, während ich mich abmühte, ihn durch vertikale und horizontale Flugmanöver abzufangen. Es bedarf wohl keiner besonderen Erwähnung, dass dieser Konflikt nicht eben schnell gelöst wurde. Sobald ich ein Manöver entwickelt hatte, das mir beim nächsten Mal ein Abfangen des Vampirs ermöglicht hätte, erkannte Vic die Gefahr, in der er sich plötzlich befand, und änderte sein Bewegungsmuster, so dass ich erst seinen neuen Kurs berechnen musste.

Die Menge genoss es in vollen Zügen.

Sie juchzte und schrie, und ihre ermutigenden Schreie klangen abwechselnd laut und leise, je nachdem, welche Flughöhe wir gerade hielten. Es ließ sich allerdings unmöglich feststellen, wem sie eigentlich zujubelten, obgleich ich eine Weile glaubte, dass ich es sei, was angesichts der Begeisterung, die sie bei meinem ersten Eingriff ins Getümmel geäußert hatten, auch nahe liegend war. Doch dann fiel mir auf, dass die Menge inzwischen erheblich größer geworden war als zu Anfang, da ich mich eingeschaltet hatte, und mir wurde klar, dass viele der Zuschauer gar nicht dabei gewesen waren. Für diese sah es wahrscheinlich so aus als würde einer der ihren von einem Ungeheuer aus anderen Dimension durch die Luft gejagt.

Dieser Gedanke war so beunruhigend, dass ich einen Teil meiner Aufmerksamkeit darauf konzentrierte, die umliegenden Dächer im Auge zu behalten, für den Fall, dass dort vielleicht ein Heckenschütze lauern mochte, um seinem Landsmann zu Hilfe zu eilen. Das erwies sich als die klügste Entscheidung, die ich bisher getroffen hatte.

Als ich gerade über die Schulter sah, prallte ich mit voller Wucht gegen Vic, der soeben seine Flugbahn zum zweiten Mal durchflog. Wahrscheinlich hätte dieser Scheinangriff seinen Zweck erfüllt, wenn ich ihn gesehen hätte, doch so prallten wir mit Höchstgeschwindigkeit ineinander, und der Zusammenstoß betäubte uns beide für einen Augenblick. Es gelang mir jedoch, den Rollkragen des Vampirs zu ergreifen, während wir zehn Fuß in die Tiefe stürzten, bevor ich meine Levitationskraft so ausweitete, dass sie unser beider Gewicht tragen konnte.

»Was ist denn los mit dir?«, fragte ich und versuchte, ihn zu schütteln, was allerdings nur dazu führte, dass wir in der Luft hin und her pendelten. »Weglaufen nützt doch nichts.«

Da bemerkte ich, dass Vic weinte.

Irgendwie erschien mir dies fürchterlich unfair. Ich meine, wie soll man denn auf einen Bösewicht noch wütend sein, wenn er anfängt zu weinen? Na schön, bin ich eben ein Weichspüler. Aber das Weinen machte wirklich einen Unterschied.

»Ich kann nicht gegen euch alle kämpfen!«, schluchzte er, und die Tränen strömten ihm über die Wangen. »Wenn ich etwas von Magik verstünde, könnte ich vielleicht einen von euch mit hopsgehen lassen ... aber um mich umzubringen, musst du dich trotzdem verdammt anstrengen!«

Damit riss er sich von mir los und schoss wieder davon.

Seine Worte verblüfften mich derart, dass ich ihn beinahe hätte entkommen lassen. Glücklicherweise war ich geistesgegenwärtig genug, ihm etwas nachzurufen.

»He, Blödmann! Kein Mensch versucht, dich umzubringen!«

»Na klar«, rief er zurück. »Du bist ja auch bloß zum Spaß hier oben!«

Er nahm langsam wieder Kurs auf die Straße, und ich wusste, dass ich nur noch einen einzigen Versuch hatte.

»Hör mal! Würdest du aufhören, abzuhauen, wenn ich aufhörte, dir nachzujagen? Ich glaube, hier liegt ein gewaltiges Missverständnis vor.«

Er warf einen Blick hinter sich und stellte fest, dass ich mich noch immer am Ort unseres Zusammenstoßes befand.

Er änderte seinen Kurs geringfügig, breitete die Schwingen aus und landete auf einem geschnitzten Wasserspeier, der direkt aus einer Gebäudewand, hervorragte.

»Warum willst du mit mir sprechen?«, rief er und wischte sich mit der Hand über das Gesicht. »Ich dachte, ich könnte ohnehin nichts sagen, was dich umstimmen würde.«

»Du würdest staunen!«, schrie ich zurück. »Sag mal, hättest du was dagegen, wenn ich auf der Mauerkante neben dir landete? Ich komme mir ziemlich albern vor, hier einfach so herumzuhängen.«

Er musterte die Kante, auf die ich zeigte, und ich sah, wie seine Flügel nervös zuckten.

»Komm schon!«, hakte ich nach. »Ich wäre weiter von dir entfernt als vorhin, als wir diese Hetzjagd vom Dach aus begonnen haben. Du könntest immer noch mühelos davonschießen, wenn ich irgendein krummes Ding versuchen sollte.«

Er zögerte, dann nickte er zustimmend.

So langsam wie möglich, um ihn nicht zu beunruhigen, manövrierte ich mich auf meinen neuen Sitzplatz. Ehrlich gesagt war ich heilfroh, wieder etwas festen Boden unter den Füßen zu haben. Selbst wenn man dabei Magik einsetzt, kann einen das Fliegen doch ganz schön viel Kraft kosten, und ich war erleichtert über die Verschnaufpause. Nun, da ich näher gekommen war, konnte ich erkennen, dass Vic selbst auch ganz schön keuchte. Anscheinend war seine Art des Fliegens auch nicht gerade ein Zuckerschlecken.

»Also gut«, begann ich in ziemlich lässigem Plauderton, »dann fangen wir doch gleich mal mit dem Nächstliegenden an. Wer behauptet denn, dass wir dich umbringen wollen?«

»Matt sagt das«, erwiderte der Vampir. »Der hat mir von dir und deinem Hausdämon erzählt. Um ehrlich zu sein, ich hatte noch nie von euch gehört, bis Matt mir erklärte, in wessen Haus wir da geraten waren.«

»Matt?« Ich runzelte die Stirn.

Dann fiel es mir wieder ein. Natürlich! Das dritte Mitglied der Flüchtlingsgruppe. Luannas alter Schwindelpartner, den niemand auch nur im Geringsten beachtet hatte. In meinem Kopf begann eine Idee zu keimen.

»Und der behauptet, dass wir dich töten wollen?«

»Genau. Er sagt, dass niemand dem Großen Skeeve in die Quere kommen oder ihn zum Narren halten darf, ohne dabei zu sterben ... und dein Haus als Fluchtpunkt zu benutzen, gehört ganz eindeutig zu diesen Vergehen.«

Schon wieder die Sache mit meinem Ruf. Langsam fing ich an zu begreifen, warum so viele Magiker es vorzogen, als Einsiedler zu leben.

»Das ist doch verrückt, Vic«, sagte ich. »Wenn ich versuchte, jeden umzubringen, der mich mal zum Narren gehalten hat, würde ich bis über beide Ohren in Leichen stehen.«

»Ach ja?«, schoss er zurück. »Na, wenn du nicht vorhast, mich umzubringen, warum hast du mir dann deinen Hausdämon auf den Hals gehetzt?«

Trotz meines Vorsatzes, die Angelegenheit gütlich zu regeln, wurde ich doch langsam etwas gereizt.

»Also erstens ist er nicht mein Hausdämon, sondern mein Partner, und sein Name ist Aahz. Zweitens habe ich ihn dir nicht auf den Hals gehetzt. Er hat mich bewusstlos geschlagen und ist selbst aus freien Stücken hinter dir hergejagt. Drittens und letztens hatte er es nie darauf abgesehen, dir den Garaus zu machen. Er wollte dich und deine Begleiter lediglich zurück nach Tauf bringen, damit wir nicht die Leute auszahlen müssen, die ihr übers Ohr gehauen habt. Kapierst du, was ich sage, oder rede ich zu schnell für dich?«

»Aber ich habe doch überhaupt niemanden übers Ohr gehauen!«, protestierte der Vampir. »Die beiden haben mir einen Job angeboten, bei dem ich ihnen behilflich sein sollte, magische Talismane zu verkaufen. Ich wusste gar nicht, dass die Dinger unecht waren, bis Matt erzählte, dass die Kunden wütend seien und wir fliehen mussten. Ich schlug vor, uns hier zu verstecken, weil dies der einzige Ort ist, den ich außer dem Bazar noch kenne.«

»Na klar«, meinte ich und studierte dabei den Himmel. »Als Nächstes wirst du wahrscheinlich noch behaupten, dass du meinen Partner nicht in den Knast gebracht und auch keinen Alarm geschlagen hast, als wir versucht haben, ihn wieder zu befreien.«

Vic ließ Flügel und Kopf hängen.

»Das kann ich nicht leugnen ... aber ich hatte schließlich auch Angst! Ich habe den Dämon ins Gefängnis gebracht, weil es die einzige Methode war, ihn für eine Weile loszuwerden, die mir einfiel. Ich habe wirklich geglaubt, dass er sich selbst befreien könnte, und als ich dich bei den Kläffern sah, wusste ich, dass er entkommen würde. Alarm geschlagen habe ich, weil ich hoffte, dass man euch festnehmen und lange genug festhalten würde, um uns den nötigen Vorsprung zu verschaffen. Im Nachhinein waren das wohl alles ziemlich fiese Manöver, aber was würdest *du* denn tun, wenn dir eine Meute Killerdämonen auf den Fersen wäre?«

Das war nun eine Sprache, die ich verstand. Chumlys Satz über die Ähnlichkeit zwischen Vic und mir hallte mir in den Ohren. Ich hatte selbst schon in einigen ziemlich haarigen Situationen improvisieren müssen.

»Einen Augenblick mal!«, grollte ich. »Da wir schon von Killerdämonen reden – was war denn das vorhin, als du Luanna über die Gebäudekante gehalten hast?«

»Das war doch nur ein Bluff«, meinte der Vampir achselzuckend. »Deine Freunde haben gedroht, mich abzuschießen, wenn ich versuchen sollte, davonzufliegen, und das war das einzige Abschreckungsmittel, das mir in den Sinn kam. Ich würde nie jemandem absichtlich wehtun ... schon gar nicht Luanna. Sie ist wirklich lieb. Deshalb habe ich ja auch versucht, ihr zur Flucht zu verhelfen, nachdem sie Matt erwischt hatten.«

Das brachte mich auf eine Frage, die mich schon seit dem Beginn dieser wilden Verfolgungsjagd beschäftigt hatte.

»Wenn ich das mal fragen darf, warum hast du dich denn nicht einfach in Nebel verwandelt und bist davongeschwebt? Dann hätten wir dich doch nie gekriegt.«

Vic stieß ein kurzes, bitteres Lachen aus.

»Weiß du, wie schwer es ist, sich in Nebel zu verwandeln? Na ja, du bist ein Zauberer, vielleicht weißt du es doch nicht. Jedenfalls kannst du ruhig die Wahrheit erfahren. Was Magik anbelangt, habe ich nicht sehr viel drauf ... genau genommen bin ich als Vampir eine ziemliche Niete. Ich kann mich ja noch nicht einmal richtig in eine Fledermaus verwandeln! Diese Flügel hier sind das Beste, was ich zustande bringe. Deshalb war ich auch im Bazar, weil ich dort ein neues Leben anfangen wollte. Lieber bin ich auf irgendeinem anderen Gebiet erstklassig als ein drittklassiger Vampir. Ich meine, ich mag ja nicht mal Blut!«

»Du solltest mal meinen Leibwächter kennen lernen.« Ich musste plötzlich grinsen. »Das ist ein Gangster, der gegen Knoblauch allergisch ist.«

»Knoblauch? Ich liebe Knoblauch.«

Ich sperrte den Mund auf und hätte ihm beinahe Guidos Posten angeboten, doch dann schloss ich ihn hastig wieder. Wenn dieser Bursche auch nur halb so verzweifelt war, wie er sich anhörte, würde er mein Angebot wahrscheinlich sogar annehmen, und was würde ich dann machen? Das hätte uns in unserer Manege gerade noch gefehlt, ein magikarmer Vampir!

»Nun«, sagte ich stattdessen, »damit wären meine Fragen wohl alle beantwortet, bis auf eine. Jetzt, wo du weißt, dass wir dich nicht umbringen wollen, bist du da bereit, nicht länger wegzurennen und dich der Situation zu stellen?«

Der Vampir nagte nachdenklich an seiner Unterlippe.

»Bist du sicher, dass die Sache glimpflich ausgeht?«

»Das kann ich erst genau sagen, wenn ich mit meinem Partner gesprochen habe«, gab ich zu, »aber ich glaube schon, dass sich die Sache hinbiegen lässt. Das Hauptproblem besteht darin, seine Mordanklage wieder loszuwerden ... und ich schätze, das haben wir bereits geschafft. Und was dich angeht, so könnte man dir allenfalls falsche Anschuldigung anlasten, aber in dieser Sache wird Aahz auf keinen Fall juristisch Druck ausüben können.«

»Warum nicht?«

Ich gewährte ihm mein breitestes Grinsen.

»Weil wir dich, wenn er es täte, nicht nach Tauf zurückbringen könnten, um dich dort wegen der Betrugsanklage auszuliefern. Glaub mir, wenn er die Wahl hat zwischen Rache und Sparen, dann kannst du dich darauf verlassen, dass Aahz stets Milde walten lässt.«

Darüber dachte Vic eine Weile nach. Schließlich zuckte er die Schultern.

»Mit peinlichen Situationen bin ich vertraut, und ich glaube, diese Betrugsgeschichte könnte ich schon irgendwie wieder geradebiegen. Komm schon, Skeeve. Bringen wir die Sache hinter uns.«

Nachdem wir also einen Waffenstillstand, so unbeständig er auch sein mochte, geschlossen hatten, schwebten wir in die Tiefe, um uns der Menge zu stellen.

Kapitel 20

»ENDE GUT, ALLES GUT!?«
M. ENDE

»Aber Skeeve ...«

PENG!

»... ich habe es dir doch schon einmal gesagt ...«

PENG! PENG!

»... ich könnte Matt niemals verlassen ...«

PENG! PENG!

»... er ist doch mein Partner!«

PENG! PENG!

»Aber Lu ...«

PENG!

»... entschuldige mich kurz. HE, PARTNER! KÖNNTEST DU MAL FÜR EINE MINUTE DIESES HÄMMERN EINSTELLEN? ICH VERSUCHE HIER NÄMLICH GERADE EIN GESPRÄCH ZU FÜHREN!«

»Auf gar keinen Fall«, knurrte Aahz mit seinem Mund voll Nägeln. »Ich werde diese Tür ein für alle Mal schließen, bevor wieder irgendwas passiert. Aber weißt du was? Ich werde versuchen, leise zu hämmern.«

Wenn Sie daraus schließen, dass wir uns wieder in unserem Heim in Tauf befanden, dann haben Sie völlig Recht. Nach einigen langen, anstrengenden Gesprächen mit den Einwohnern von Blut und nach einem herzlichen Abschied von Vilhelm und Pepe war unsere ganze Mannschaft, die drei Gefangenen eingeschlossen, zum Schloss zurückgekehrt und hatte ohne weitere Vorkommnisse die Tür durchschritten.

Ich hatte gehofft, ein paar Augenblicke mit Luanna allein sein zu können, doch das Einzige, was ich nach mehreren Anläufen schließlich zustande gebracht hatte, war dieses Gespräch im Empfangsraum unter den wachsamen Blicken von Aahz und Matt.

Matt hatte sich übrigens als durch und durch unangenehmer Typ mit Spitznase, Akne, fliehender Stirn und den Anfängen eines Bierbauchs entpuppt. Mir wollte einfach nicht einleuchten, was Luanna an ihm finden mochte.

»Aber das war doch, als du noch glaubtest, er stecke in der Klemme«, setzte ich das Gespräch fort. »Aahz und ich haben bereits zugesagt, ihn *und* Vic zu verteidigen, wenn sie vor die Handelskammer zitiert werden. Es ist überhaupt nicht nötig, dass du auch noch für ihn einstehst.«

»Ich verstehe dich nicht, Skeeve«, meinte Luanna kopfschüttelnd. »Wenn ich Matt schon nicht verlassen wollte, als es ihm schlecht ging, warum sollte ich es dann jetzt tun, da alles danach aussieht, als würden sich die Dinge endlich wieder zum Besseren wenden? Ich weiß ja, dass du ihn nicht magst, aber zu mir war er bisher immer gut ... und ich bin ihm immer noch einiges schuldig, weil er mich von dem Bauernhof weggeholt hat.«

»Aber wir machen dir doch ein gutes Angebot«, versuchte ich es einmal mehr voller Verzweiflung. »Du kannst hier bleiben und für Aahz und mich arbeiten, und wenn du daran Interesse haben solltest, könnten wir dir sogar etwas echte Magik beibringen, damit du es nicht nötig hast ...«

Sie bremste mich, indem sie mir einfach die Hand auf den Mund legte.

»Ich weiß ja, dass es ein gutes Angebot ist, Skeeve, und es ist lieb von dir, es überhaupt auszusprechen. Aber vorläufig bin ich damit zufrieden, bei Matt zu bleiben. Vielleicht nehme ich es irgendwann in ferner Zukunft ja mal an, wenn ich dir im Gegenzug ein bisschen mehr bieten kann … sofern dein Angebot dann noch bestehen sollte.«

»Na schön«, seufzte ich. »Wenn du das wirklich willst …«

»He! Nimm's nicht so schwer, Kumpel!«, lachte Matt und schlug mir mit der Hand auf die Schulter. »Manchmal gewinnt man, und manchmal verliert man eben. Diesmal hast du eben verloren. Kein Grund zur miesen Laune. Vielleicht hast du ja bei der Nächsten mehr Glück. Wir sind doch beide Männer von Welt und wissen, dass eine Schnalle wie die andere ist.«

»Matt, *Kumpel«,* sagte ich durch zusammengepresste Zähne hindurch, »nimm die Hand von meiner Schulter, sonst fehlt ihr nämlich gleich ein Körper!«

Wie gesagt, schon auf unserer kurzen Reise aus der Dimension Limbo zurück nach Hause war ich von Matt derart angewidert gewesen, dass ich mir nicht einmal mehr die Mühe machte, höflich zu sein oder meine Abneigung gegen ihn zu verbergen. Er ging mir mehr auf die Nerven als jeder, der mir bisher in meinem Leben begegnet war. Wenn dieser Kerl ein erfolgreicher Trickbetrüger war, der das Vertrauen wildfremder Kunden gewinnen konnte, dann war ich eine Maikönigin!

»Matt macht doch nur Spaß«, sagte Luanna besänftigend und stellte sich zwischen uns.

»Ich aber nicht!«, fauchte ich. »Vergiss nicht – wenn dir dieser Dreckskerl mal zum Hals heraushängen sollte, bist du hier jederzeit willkommen.«

»Och, ich glaube, wir werden noch ein ganzes Weilchen zusammenhängen«, meinte Matt höhnisch geifernd und klopfte Luanna leicht aufs Hinterteil. »Wenn ihr großen Nummern euch für uns einsetzt, sollten wir diese Betrugsanklage eigentlich abwimmeln können … und selbst wenn wir verlieren – wen stört's? Dann muss ich ihnen lediglich ihre schäbigen zwanzig Goldstücke zurückzahlen.«

Aah' Hämmern hörte abrupt auf ... vielleicht war es aber auch mein Herz.

Ich versuchte vergebens, mir einzureden, dass ich ihn nicht richtig verstanden hatte.

»Zwanzig Goldstücke?«, fragte ich schleppend.

»Klar. Hier im Bazar haben sie uns viel schneller erwischt, als ich erwartet hatte. Nicht mal für meine Maßstäbe war das hier ein fetter Fischzug. Ich kann es immer noch nicht begreifen, dass ihr großen Nummern euch wegen läppischer zwanzig Goldstücke die Mühe gemacht habt, uns wieder hierher zu schleppen. Diese Prinzipiennummer muss doch mehr bedeuten, als ich bisher immer gedacht habe.«

»Hmmm ... kann ich dich mal kurz sprechen, Partner?«, sagte Aahz und legte den Hammer beiseite.

»Das wollte ich dich auch gerade fragen«, gab ich zu und schritt in den gegenüberliegenden Teil des Raums.

Als wir allein waren, starrten wir einander an, ohne dass einer von uns als Erster das Wort ergreifen mochte.

»Du bist nie dazu gekommen, Hay-ner danach zu fragen, um welche Summe es eigentlich ging, was?«, seufzte Aahz zerstreut.

»Das war der finanzielle Teil der Verhandlungen, und ich dachte, den hättest du bereits erledigt«, murmelte ich. »Lustig, dass wir beide die ganze Zeit dagestanden und jedes Wort mitbekommen haben, ohne dass uns dieses Versäumnis aufgefallen ist.«

»Sehr lustig, ja. Ich sterbe fast vor Lachen.« Mein Partner schnitt eine Grimasse.

»Warte erst mal, wie du lachen wirst, wenn sich die Sache herumsprechen sollte«, warnte ich. »Ich bin dafür, dass wir ihnen das Geld geben, um sich freizukaufen. Das gefällt mir zwar gar nicht, aber ich sehe keine andere Möglichkeit um zu verhindern, dass die Geschichte publik wird.«

»Einverstanden.« Aahz nickte. »Aber lass mich die Sache

in die Hand nehmen. Wenn Matt, diese Ratte, Wind davon bekommt, dass die ganze Geschichte nur ein Irrtum unsererseits war, dann presst er uns wahrscheinlich bis auf den letzten Blutstropfen aus.«

»In Ordnung«, stimmte ich ihm zu.

Mit diesen Worten machten wir, die beiden begehrtesten, höchst bezahlten Magier im Bazar, kehrt, um uns unseren Schützlingen zu widmen, einmal mehr daran erinnert, weshalb Bescheidenheit den wahren Kern der Größe ausmacht.

ROBERT ASPRIN

Ein Dämon mit beschränkter Haftung

Kapitel 1

»MAN MUSS AUCH MAL VERLIEREN KÖNNEN.«
VERBAND DER BÖRSENMAKLER

»GEHE MIT!«

»Erhöhe.«

»Erhöhe nochmals.«

»Wen willst du damit bluffen? Du hast doch elf zu nichts!«

»Versuch's doch!«

»Also gut! Erhöhe dein Limit.«

»Gehe mit.«

»Gehe mit.«

»Elf zu nichts knallt dein Limit zurück.«

»Passe.«

»Gehe mit.«

Für jene von Ihnen, die dieses Buch vorne anfangen (Seien Sie gesegnet! Ich hasse es, wenn Leser schummeln, indem sie vorblättern!), mag dies ein wenig verwirrend sein. Das Obige ist der Dialog bei einer Partie Drachenpoker. Es gilt als das komplizierteste Kartenspiel, das jemals erfunden wurde ... und hier im Bazar von Tauf sollte man es eigentlich wissen.

Der Bazar ist das größte Einkaufslabyrinth und Handelsplatz aller Dimensionen, weshalb hier natürlich haufenweise Dimensionsreisende (Dämonen) durchkommen. Außer den vielen Geschäften und Verkaufsständen und Restaurants (die der Ausdehnung und der Vielfalt des Bazars eigentlich nicht gerecht werden) lebt hier auch eine blühende Spielergemeinde. Die Spieler sind ständig auf der Suche nach neuen Spielen, vor allem nach solchen, bei denen es ums Wetten geht, und je komplizierter, umso besser. Die dem zugrunde liegende Philosophie lautet, dass sich ein kompliziertes Spiel leichter von Leuten gewinnen lässt, die ihre ganze Zeit seinem Studium widmen, als von den Touristen, die nur wenig Erfahrung damit haben oder das Spiel erst erlernen. Wenn mir jedenfalls ein Täuflerbuchmacher erzählt, dass Drachenpoker das komplizierteste aller Kartenspiele ist, bin ich geneigt, ihm das zu glauben.

»Passe.«

»Gehe mit.«

»Also gut, Mr. Skeeve der Raspler. Wollen doch mal sehen, ob du das hier übertrumpfen kannst! Volle Drachenhand!«

Mit einer ausholenden Gebärde, die schon an Herausforderung grenzte, deckte er seine Kellerkarten auf. Eigentlich hatte ich gehofft, dass er aussteigen würde. Dieses Individuum (ich glaube, der Bursche hieß Grunk) war glatte zwei Köpfe größer als ich und besaß glitzernde rote Augen, Fangzähne, die beinahe so lang waren wie mein Unterarm, und einen üblen Charakter. Er hatte die Angewohnheit, sich mit wütendem Gebrüll zu verständigen, und die Tatsache, dass er schon länger am Verlieren war, besänftigte ihn nicht im Geringsten.

»Nun? Komm schon! Was hast du?«

Ich deckte meine vier Kellerkarten auf und legte sie neben die fünf bereits aufgedeckten, dann lehnte ich mich zurück und lächelte.

»Das ist alles?«, sagte Grunk, streckte den Hals vor und musterte finster meine Karten. »Aber das ist doch nur ...«

»Einen Augenblick mal«, mischte sich der Spieler zu seiner Linken ein. »Es ist Dienstag. Das macht seine Einhörner wild.«

»Aber es ist ein Monat mit einem ›M‹!«, wandte ein anderer ein. »Deshalb hat sein Oger nur die halbe Punktzahl!«

»Schon, aber wir haben eine gerade Anzahl von Spielern ...«

Ich habe Ihnen ja gesagt, dass es ein kompliziertes Spiel ist. Jene von Ihnen, die mich von meinen früheren Abenteuern (unverschämter Angeber!) noch kennen, fragen sich vielleicht, wie ausgerechnet ich um alles in der Welt ein derartig komplexes System begreife. Die Antwort darauf ist ganz einfach: Ich begreife es gar nicht! Ich mache einfach nur meinen Einsatz, dann decke ich die Karten auf und lasse die anderen Spieler ausrechnen, wer gewonnen hat.

Vielleicht fragen Sie sich, was ich bei einer solchen Halsabschneiderpartie Drachenpoker zu suchen hatte, wenn ich doch noch nicht einmal die Regeln kannte. Nun, darauf weiß ich wirklich eine vernünftige Antwort. Ausnahmsweise vergnügte ich mich nämlich mal ganz allein.

Denn seit Don Bruce, der Gute Pate des Syndikats, mich angeheuert hatte, um die Interessen des Syndikats im Bazar wahrzunehmen, und seit ich mit meinen beiden mir zugeteilten Leibwächtern Guido und Nunzio zusammenlebte, hatte ich kaum jemals einen Augenblick für mich selbst. An diesem Wochenende jedoch waren die zwei Wachhunde fort, um der Zentrale des Syndikats ihren Jahresbericht abzuliefern, so dass ich mich schon um mich selbst kümmern musste. Natürlich hatten sie mir das feierliche Versprechen abgerungen, vorsichtig zu sein, bevor sie gingen. Und ebenso natürlich zog ich sofort nach ihrem Verschwinden hinaus, um das genaue Gegenteil zu tun.

Ganz unabhängig von unserem Anteil an den Einnahmen des Syndikats im Bazar blühte und gedieh auch unser Magikgeschäft, so dass Geld kein Problem war. Aus der Bargeldkasse klaute ich ein paar tausend in Gold und wollte gerade auf Tour gehen, als ich die Einladung bekam, an einer der

Drachenpokerpartien des Gieks in seinem Club teilzunehmen, im Gleiche Chancen.

Wie gesagt, weiß ich überhaupt nichts über Drachenpoker mit Ausnahme der Tatsache, dass man gegen Ende einer Runde fünf Karten mit dem Gesicht nach oben und vier Karten mit dem Gesicht nach unten hält. Jedes Mal, wenn ich meinen Partner Aahz dazu bewegen wollte, mir mehr über dieses Spiel beizubringen, hatte er mir einen Vortrag darüber gehalten, dass man »nur Spiele spielen sollte, die man auch kennt« und dass ich »nicht auch noch Ausschau nach Ärger« halten solle. Da ich jedoch ohnehin schon nach Ärger Ausschau hielt, war die Möglichkeit, sowohl meinen beiden Leibwächtern als auch meinem Partner auf diese Weise eins auszuwischen, allzu verlockend. Ich meine, ich dachte mir, dass ich schlimmstenfalls ein paar tausend in Gold verlieren könnte, sonst nichts.

»Ihr habt alle eine Sache übersehen. Das ist jetzt die dreiundvierzigste Runde, und Skeeve sitzt auf seinem Stuhl mit dem Gesicht nach Norden!«

Ich nahm das Stöhnen und die Ausdrücke des Angewidertseins, die ich hier wohl besser nicht wiedergebe, als Hinweis und sackte den Topf ein.

»Hör mal, Giek«, sagte Grunk, und seine roten Augen glitzerten mich unter halb gesenkten Lidern an. »Bist du *sicher*, dass dieser Bursche Skeeve hier keine Magik verwendet?«

»Garantiert nicht«, erwiderte der Täufler, der gerade die Karten einsammelte und für die nächste Runde mischte. »Alle Spiele hier im Gleiche Chancen, bei denen ich Gastgeber bin, werden auf Magik *und* Telepathie überwacht.«

»Na ja, normalerweise spiele ich ja mit Magikern nicht Karten, und ich habe gehört, dass Skeeve in dieser Hinsicht verdammt gut sein soll. Vielleicht ist er ja so gut, dass du ihm einfach nicht auf die Schliche kommst.«

Langsam wurde ich ein bisschen nervös. Ich meine, ich benutzte doch gar keine Magik ... und selbst wenn ich es getan hätte, hätte ich immer noch nicht gewusst, wie ich ein Kartenspiel manipulieren sollte. Das Problem bestand darin, dass Grunk so aussah, als wäre er durchaus dazu in der Lage, mir die Arme abzureißen, wenn er zu dem Glauben gelangen sollte, dass ich betrog. Ich zermarterte mir mein Gehirn darüber, wie ich ihn irgendwie vom Gegenteil überzeugen konnte, ohne zugleich allen am Tisch zu offenbaren, wie wenig ich eigentlich von Magik verstand.

»Immer mit der Ruhe, Grunk. Skeeve ist ein guter Spieler, das ist alles. Nur weil er gewinnt, heißt das noch lange nicht, dass er betrügt.« Pidge versuchte mir beizustehen. Er war der einzige Spieler außer mir, der ebenfalls von menschlicher Herkunft war. Ich warf ihm ein dankbares Lächeln zu.

»Ich habe nichts dagegen, wenn jemand gewinnt«, verteidigte Grunk sich murrend, »aber der Kerl gewinnt schon die ganze Nacht.«

»Ich habe um einiges mehr verloren als du«, warf Pidge ein, »und jammere auch nicht. Ich sage es dir, Skeeve ist einfach *gut.* Ich habe schon mit dem Kind gespielt, ich sollte es wohl wissen.«

»Mit dem Kind? Gegen den hast du gespielt?« Grunk war sichtlich beeindruckt.

»Ja, und er hat mir die Hosen ausgezogen«, gab Pidge schiefmäulig zu. »Ich würde allerdings sagen, dass Skeeve gut genug wäre, um ihm eine Menge Spaß für sein Geld zu bieten.«

»Meine Herren? Sind wir hier, um uns zu unterhalten oder um Karten zu spielen?«, unterbrach der Giek und klopfte dabei vielsagend auf das Spiel.

»Ich höre auf«, sagte Pidge und erhob sich. »Ich weiß schon, wenn die anderen eine Nummer zu groß für mich sind – auch wenn ich erst am Boden liegen muss, bevor ich es zugebe. Steht mein Kredit noch bei dir, Giek?«

»Bei mir schon, wenn niemand etwas dagegen einwendet.«

Grunk ließ die Faust auf den Tisch krachen, worauf einige meiner Chipsstapel umfielen.

»Was für ein Kredit?«, wollte er wissen. »Ich dachte, das hier wäre ein reines Bargeldspiel! Niemand hat etwas von Wechseln gesagt.«

»Pidge ist eine Ausnahme«, erklärte der Giek. »Er hat seine Spielschulden bisher immer beglichen. Außerdem brauchst du dir da gar keine Sorgen zu machen, Grunk. Du kriegst doch nicht einmal dein *eigenes* Geld mehr zurück.«

»Schon. Aber ich habe es beim Spiel gegen jemanden verloren, der Wechsel setzt anstatt Bargeld. Ich finde ...«

»Ich werde für seine Schuld haften«, sagte ich großspurig. »Damit ist es eine Sache zwischen ihm und mir, es ist also kein anderer am Tisch beteiligt. In Ordnung, Giek?«

»In Ordnung. Und nun halt den Mund und spiele, Grunk. Oder sollen wir dich ausschließen?«

Das Monster knurrte ein wenig halblaut vor sich hin, lehnte sich aber schließlich zurück und warf einen weiteren Chip auf den Tisch, um an der nächsten Partie teilzunehmen.

»Danke, Mr. Skeeve«, sagte Pidge. »Und machen Sie sich keine Sorgen. Wie der Giek schon sagt, ich zahle meine Schulden immer zurück.«

Ich zwinkerte ihm zu und winkte vage, bereits mitten in der nächsten Runde und vergeblich damit beschäftigt, die Regeln des Spiels zu begreifen.

Wenn meine großspurige Geste vielleicht ein wenig impulsiv erscheinen mag, so sollte man doch nicht vergessen, dass ich ihm die ganze Nacht beim Spielen zugesehen und genau wusste, wie viel er verloren hatte. Selbst wenn alles nur Wechsel ohne reale Gegenleistung gewesen wären, hätte ich sie doch mühelos aus meinem Gewinn bestreiten und dennoch einen Profit davontragen können.

Grunk hatte nämlich Recht. Ich hatte tatsächlich schon die ganze Nacht über beständig gewonnen, was angesichts meiner Unwissenheit um das Spiel umso überraschender war. Allerdings war ich schon ziemlich früh auf ein System gekommen, das sehr gut zu funktionieren schien: Ich hatte auf die Spieler gesetzt und nicht auf die Karten. Bei meiner letzten Hand hatte ich nicht darauf gesetzt, dass ich die besseren Karten hatte, sondern vielmehr darauf, dass Grunk die schlechteren besaß. Die ganze Nacht über war er vom Unglück verfolgt gewesen und setzte wie wild, um seine Verluste wieder auszugleichen.

Meinem System folgend, stieg ich die nächsten beiden Runden aus, um dafür bei der dritten hart zuzuschlagen. Die meisten anderen Spieler gaben lieber auf, als meine Urteilskraft in Frage zu stellen. Grunk hielt bis zum bitteren Ende in der Hoffnung durch, dass ich bluffte. Es stellte sich heraus, dass dem auch so war (ich hatte kein besonders starkes Blatt), dass sein Blatt aber dafür noch schwächer war. Wieder purzelte ein Stapel Chips zu meinem Schatz.

»Das reicht mir«, sagte Grunk und schob dem Giek seine verbliebenen Chips zu. »Zahl mich aus.«

»Mich auch.«

»Hätte schon vor einer Stunde gehen sollen. Dann hätte ich mir ein paar hundert schenken können.«

Als die Spielrunde sich auflöste, war der Giek plötzlich damit beschäftigt, Chips wieder in Bargeld umzutauschen.

Nachdem er seinen Anteil an der Bank erhalten hatte, blieb Grunk noch ein paar Minuten da. Jetzt, da wir keine Spielgegner mehr waren, wirkte er überraschend freundlich.

»Weißt du, Skeeve«, sagte er und schlug mir eine schwere

Hand auf die Schulter, »ist schon sehr lange her, dass ich beim Drachenpoker so schlimm ausgenommen wurde. Vielleicht hatte Pidge Recht. Das hier ist doch wirklich unter Niveau für dich. Du solltest mal eine Partie mit dem Kind riskieren.«

»Ich habe nur Glück gehabt.«

»Nein, ich meine es ernst. Wenn ich wüsste, wo ich ihn erreichen kann, würde ich das Spiel sogar selbst organisieren.«

»Das darfst du gar nicht«, warf einer der anderen Spieler ein, der gerade zur Tür ging. »Sobald sich diese Partie hier herumgesprochen hat, wird das Kind dich schon von allein aufsuchen.«

»Allerdings«, lachte Grunk, über die Schulter gewandt. »Wirklich, Skeeve. Wenn es zu dieser Begegnung kommen sollte, dann vergiss nicht, mich zu benachrichtigen. Das ist ein Spiel, bei dem ich wirklich gerne zusehen würde.«

»Klar doch, Grunk«, sagte ich. »Du sollst es als einer der Ersten erfahren. Bis später.«

Tatsächlich arbeitete mein Gehirn auf Hochtouren, während ich mich verabschiedete. Die Geschichte geriet langsam außer Kontrolle. Ich hatte es lediglich auf eine wilde Nacht abgesehen gehabt, um die Sache danach für beendet zu erklären, ohne dass jemand davon erfuhr. Wenn die anderen Spieler jetzt jedoch anfangen sollten, im ganzen Bazar die Geschichte herumzuplappern, dann bestand keinerlei Hoffnung, dass ich mein abendliches Abenteuer geheim halten konnte ... schon gar nicht vor Aahz! Das Einzige, was noch schlimmer sein könnte, wäre, dass irgendein wild gewordener Spieler hinter mir herjagte, um Revanche zu fordern.

»Sag mal, Giek«, sagte ich und versuchte, möglichst uninteressiert zu klingen. »Wer ist denn dieses ›Kind‹, von dem ihr alle ständig redet?«

Beinahe wäre dem Täufler die Säule Chips aus der Hand gefallen, die er gerade zählte. Er starrte mich lange an, dann zuckte er die Achseln.

»Weißt du, Skeeve, manchmal weiß ich nicht, ob du mich veralberst oder ob du es ernst meinst. Ich vergesse ständig, dass du trotz deines Erfolges ja immer noch neu im Bazar bist ... und ganz besonders im Glücksspiel.«

»Klasse. Wer ist das ›Kind‹?«

»Das Kind ist gegenwärtig der König der Drachenpokerszene. Sein Markenzeichen besteht darin, dass er bei jedem Eröffnungseinsatz ein Pfefferminzbonbon mitsetzt ... behauptet, es würde ihm Glück bringen. Deshalb nennt man ihn auch das ›Pfefferminz-Kind‹. Ich rate dir allerdings, dich von ihm fern zu halten. Heute Abend hattest du zwar eine Glückssträhne, aber das Kind ist der beste Spieler, den es gibt. In einem Spiel von Mann zu Mann zieht er dir glatt das Fell über die Ohren.«

»Das habe ich auch gehört.« Ich lachte. »War bloß neugierig. Wirklich. Sag mir, was ich dir noch schulde, dann gehe ich.«

Der Giek zeigte auf die Münzstapel auf dem Tisch.

»Was du mir noch schuldig bist?«, fragte er. »Als ich die anderen ausgezahlt habe, habe ich meinen Anteil auch schon genommen. Der Rest gehört dir.«

Ich sah das Geld an und musste schwer schlucken. Zum ersten Mal konnte ich verstehen, weshalb manche Leute auf das Glücksspiel so versessen waren. Auf dem Tisch lasteten glatte Zwanzigtausend in Gold. Alles gehörte nun mir. In einer einzigen Nacht beim Kartenspiel gewonnen!

»Äh ... Giek? Könntest du vielleicht meinen Gewinn für mich aufbewahren? Ich bin nicht sonderlich wild darauf, mit so viel Gold am Leib durch die Gegend zu spazieren. Ich kann ja später noch mit meinen Leibwächtern kommen, um es zu holen.«

»Wie du willst«, meinte der Giek achselzuckend. »Allerdings kann ich mir kaum vorstellen, dass irgendjemand im Bazar den Nerv hätte, dich zu überfallen, nicht bei deinem Ruhm. Aber trotzdem, du könntest ja auf einen Fremden stoßen ...«

»Prima«, sagte ich und schritt auf die Tür zu. »Dann werde ich mich mal ...«

»Einen Augenblick! Hast du da nicht etwas vergessen?«

»Was denn?«

»Pidges Pfand. Warte einen Augenblick, ich hole es.«

Er verschwand, bevor ich protestieren konnte, also lehnte ich mich gegen die Wand, um zu warten. Ich hatte das Pfand schon ganz vergessen, doch der Giek war ein Spieler und gehorchte den ungeschriebenen Gesetzen des Spiels weitaus genauer, als die meisten Leute dem Zivilrecht. Ich würde ihm einfach den Gefallen tun müssen und ...

»Hier ist das Pfand, Skeeve«, verkündete der Täufler. »Markie, das ist Skeeve.«

Ich starrte ihn einfach nur fassungslos an, es hatte mir die Sprache verschlagen. Genau genommen blickte ich auf das kleine, blondschopfige Gör, das er an der Hand führte. Ein Mädchen. Höchstens neun oder zehn Jahre alt.

Ich spürte eine mir nur allzu vertraute Flauheit im Magen, die bedeutete, dass ich in Schwierigkeiten steckte ...

Kapitel 2

»KINDER? WER HAT WAS VON KINDERN GESAGT?«
CONAN

Das kleine Mädchen blickte mich aus Augen an, die von Vertrauen und Liebe nur so glühten. Sie reichte mir kaum bis zur Hüfte und hatte jenes gesunde, kräftige Strahlen an sich, das junge Mädchen eigentlich alle haben sollten, das sie aber nur selten wirklich aufweisen. Mit ihrer kleinen Kappe und dem dazu passenden Pullover sah sie so sehr wie eine übergroße Puppe aus, dass ich mich schon fragte, ob sie wohl »Mama« sagen würde, wenn man sie erst auf den Kopf stellte und dann wieder aufrichtete.

Sie war so unglaublich süß, dass jeder, der auch nur die Spur eines väterlichen Instinkts besaß, sich auf Anhieb in sie verlieben musste. Glücklicherweise hatte mein Partner mich gut ausgebildet; alle Instinkte, die ich hatte, waren ziemlich materiell ausgerichtet, sprich: auf Geldangelegenheiten fixiert.

»Was ist das denn?«, wollte ich wissen.

»Das ist ein kleines Mädchen«, erwiderte der Giek. »Hast du denn noch nie eins gesehen?«

Einen Augenblick lang glaubte ich, er wolle sich mit mir einen Scherz erlauben. Doch dann erinnerte ich mich an einige meiner frühesten Gespräche mit Aahz und beherrschte meinen Zorn.

»Ich sehe, dass das ein kleines Mädchen ist, Giek«, sagte ich bedächtig. »Was ich damit eigentlich wirklich fragen wollte ist: a) Wer ist sie?, b) Was hat sie hier zu suchen? und

c) Was hat das hier mit Pidges Pfand zu tun? Hab ich mich klar genug ausgedrückt?«

Der Täufler blinzelte verwirrt.

»Aber ich habe es dir doch gerade erklärt. Ihr Name ist Markie. Sie ist Pidges Pfand ... du weißt doch, der, von dem du gesagt hast, dass du ihn persönlich übernehmen würdest?«

Mein Magen begann sich vor Entsetzen herumzudrehen.

»Giek, wir haben eigentlich über ein Stück Papier geredet. Du weißt doch, ›Wechsel‹ und so weiter? Ein Pfand! Wer lässt denn ein kleines Mädchen als Pfand zurück?«

»Pidge. Hat er immer getan. Komm schon, Skeeve. Du kennst mich doch. Würde ich irgendjemandem Kredit auf ein Stück Papier gewähren? Ich gebe Pidge Kredit auf Markie, weil ich weiß, dass er zurückkommen wird, um sie wieder auszulösen.«

»Richtig. *Du* gibst ihm Kredit. Ich handle nicht mit kleinen Mädchen, Giek.«

»Doch, jetzt schon«, lächelte er. »Alle am Tisch haben gehört, wie du es gesagt hast. Ich gebe zu, dass ich selbst auch ein wenig erstaunt war ...«

»... aber nicht erstaunt genug, um mich zu warnen, was ich da gerade kaufte. Vielen Dank, Giek, alter Freund. Ich werde versuchen, mich daran zu erinnern, dir den Gefallen eines Tages zurückzuzahlen.«

Falls es Ihnen noch nicht aufgefallen sein sollte: Letzteres war eine offene Drohung. Wie bereits bemerkt wurde, hatte ich im Bazar schon einen ganz hübschen Ruf als Magiker, und ich glaubte eigentlich nicht, dass der Giek mich allzu gern zum Feind haben wollte.

Sicher, es war ein ziemlich mieser Trick, aber ich wurde langsam verzweifelt.

»Hoppla! Ganz langsam«, sagte der Täufler schnell. »Kein

Grund sich aufzuregen. Wenn du sie nicht haben willst, dann gebe ich dir Bargeld, um das Pfand auszulösen, und behalte sie selbst ...«

»Schon besser.«

»... zu den üblichen Bedingungen, natürlich.«

Ich wusste, dass ich gerade reingelegt wurde. Wirklich, ich *wusste* es. Aber ich musste trotzdem fragen.

»Zu welchen Bedingungen?«

»Wenn Pidge sie nicht in zwei Wochen wieder einlöst, dann verkaufe ich sie als Sklavin, und zwar zu einem Preis, der die Verluste ihres Vaters abdeckt.«

Schach und matt.

Ich musterte Markie. Sie hielt noch immer die Hand des Gieks fest und hörte ernst zu, während wir über ihr Schicksal stritten. Als sich unsere Blicke trafen, sprach sie die ersten Worte seit Betreten des Raums.

»Wirst du mein neuer Papi sein?«

Ich schluckte schwer.

»Nein, ich bin nicht dein Papi, Markie. Ich bin nur ...«

»Ach, ich weiß schon. Es ist ja nur, dass mein *richtiger* Papi jedes Mal, wenn er mich bei jemandem lässt, sagt, dass der für eine Weile so tun würde, als wäre er mein Papi. Ich soll auf ihn hören und tun, was er sagt, als wäre er mein richtiger Papi, bis mein richtiger Papi kommt, um mich zu holen. Ich wollte nur wissen, ob du jetzt so tun wirst, als wärst du mein Papi?«

»Äääähh ...«

»Ich hoffe es. Du bist nett. Nicht wie manche von den Kerlen, bei denen er mich schon zurückgelassen hat. Wirst du mein neuer Papi sein?«

Mit diesen Worten griff sie nach meiner Hand. Ein leises Prickeln durchlief mich wie ein Herbstschauer. Sie war so verletzlich, so vertrauensselig. Ich war sehr lange allein gewesen, erst ohne alle Partner, dann als Lehrling bei Garkin und schließlich Bundesgenosse von Aahz. Die ganze Zeit hatte ich niemals wirkliche Verantwortung für einen anderen tragen müssen. Es war ein komisches Gefühl, schreckenerregend und wärmend zugleich.

Ich riss den Blick von ihr und funkelte wieder den Giek böse an.

»Die Sklaverei ist hier im Bazar verboten.«

Der Täufler zuckte die Schultern. »Es gibt auch noch andere Dimensionen. Tatsächlich habe ich schon seit einigen Jahren ein gutes Angebot für sie. Deshalb bin ich ja auch immer bereit, sie in Zahlung zu nehmen. Ich könnte damit genug einnehmen, um die Spielschuld abzulösen und das Essen, das sie im Laufe der Jahre verbraucht hat, und es bliebe immer noch ein ordentlicher Gewinn übrig.«

»Das ist so ziemlich das Niederträchtigste ...«

»He! Ich heiße ›Giek‹ und nicht ›Rotes Kreuz‹! Ich bin doch nicht die Wohlfahrt. Die Leute kommen zu mir, um zu wetten und zu spielen, und nicht, damit ich ihnen was umsonst gebe.«

Seit ich mit der Magik begonnen hatte, hatte ich nie mehr jemanden verprügelt, doch jetzt geriet ich schwer in Versuchung, diesen Rekord wenigstens dieses eine Mal zu brechen. Stattdessen wandte ich mich jedoch an das kleine Mädchen.

»Hol deine Sachen, Markie. Papi bringt dich zu deinem neuen Zuhause.«

Mein Partner und ich hatten im Augenblick unser Basislager im Bazar von Tauf, der Heimatdimension der Täufler. Täufler sind angeblich die gewitztesten Kaufleute, Händler und Feilscher aller bekannter Dimensionen. Möglicherweise haben Sie von ihnen in Ihrer eigenen Heimatdimension in verschiedenen Märchen gehört. Ihr Ruf lebt sogar noch in jenen Dimensionen weiter, in denen sie schon seit langem keinen Handel mehr treiben.

Der Bazar ist das Prunkstück von Tauf. Tatsächlich habe ich noch nie einen Teil von Tauf gesehen, der nicht zum Bazar gehört hätte. Hier treffen sich die Täufler, um miteinander Handel zu treiben, die ausgesuchtesten Magiken und Wunder aus allen Dimensionen zu kaufen und zu verkaufen. Das ist eine Rund-um-die-Uhr-Angelegenheit, über den ganzen Horizont ausgedehnt, von Zelten, Geschäften und ausgebreiteten Ausstelldecken, wo Sie alles kaufen können, was Ihre Vorstellungskraft Ihnen eingibt, sowie einen Haufen Dinge, von denen Sie nicht einmal im Traum geglaubt hätten, dass sie existieren ... natürlich zum entsprechenden Preis. Viele Erfinder und Religionsführer haben ihre ganze Karriere auf Gegenständen aufgebaut, die sie bei einer einzigen Reise zum Bazar erstanden hatten. Es bedarf wohl keiner gesonderten Erwähnung, dass der Bazar dem durchschnittlichen Budget den Todesstoß verpasst ... selbst wenn sein Besitzer eine überdurchschnittliche Unempfindlichkeit gegenüber Kaufgelüsten besitzt.

Normalerweise genieße ich es, durch die Stände zu schlendern, doch heute Abend, mit Markie an meiner Seite, war ich allzu sehr abgelenkt, um mich auf die ausgestellten Waren konzentrieren zu können. Mir fiel ein, dass der Bazar zwar für Erwachsene eine Menge Spaß bot, dass er aber kein Ort war, um dort ein Kind aufzuziehen.

»Wohnen wir allein oder hast du eine Freundin?«

Markie hielt sich an meiner Hand fest, während wir durch den Bazar schritten. Die Wunder der Stände und Läden, die Magik verkauften, umgaben uns, doch sie bemerkte sie nicht und begann stattdessen, mich mit Fragen zu bombardieren und an meinen Lippen zu hängen.

»Nein, und zwar was beide Fragen angeht. Tanda wohnt mit mir zusammen, aber sie ist nicht meine Freundin. Sie ist eine selbständige Mörderin, die mir gelegentlich bei bestimmten Aufgaben aushilft. Und dann ist da noch Chumly, ihr Bruder. Das ist ein Troll, der unter dem Namen Krach arbeitet. Sie werden dir gefallen. Sie sind nett … In mancherlei Hinsicht sind sie viel netter als ich.«

Markie kaute auf ihrer Lippe herum und runzelte die Stirn. »Ich hoffe, du hast Recht. Ich habe festgestellt, dass ganz viele nette Leute keine kleinen Kinder mögen.«

»Keine Bange«, sagte ich mit größerer Zuversicht, als ich eigentlich empfand. »Aber ich bin noch nicht fertig. Da sind nämlich auch noch Guido und Nunzio, meine Leibwächter. Die mögen vielleicht manchmal ein bisschen knurrig wirken, aber lass dich nicht von ihnen einschüchtern. Die tun nur so zäh, weil es zu ihrem Job gehört.«

»Ooooh! Ich habe noch nie einen Papi gehabt, der Leibwächter besaß.«

»Das ist noch nicht alles. Wir haben noch Butterblume, das ist ein Schlachteneinhorn, und Gliep, mein eigener Hausdrache.«

»Och, Drachen haben viele Leute. Die Leibwächter finde ich schon beeindruckender.«

Ihre Antwort schockierte mich ein bisschen. Ich hatte immer gedacht, dass es etwas ziemlich Einzigartiges sei, einen Drachen zu besitzen. Ich meine, ich kannte ja sonst niemanden, der einen Drachen hatte. Andererseits kannte ich auch niemanden, der von Leibwächtern beschützt wurde.

»Mal sehen«, sagte Markie gerade. »Da ist also Tanda, Chumly, Guido, Nunzio, Butterblume und Gliep. Sind das alle?«

»Na ja, da ist auch noch Massha. Sie ist mein Lehrling.«

»Massha. Das ist ein hübscher Name.«

Nun kann man meinen Lehrling zwar mit vielerlei Ausdrücken beschreiben, doch das Wort »hübsch« gehört leider nicht dazu. Massha ist riesig, sowohl in der Länge als auch in der Breite. Es gibt hochgewachsene Leute, denen es immer noch gelingt, attraktiv auszusehen, aber mein Lehrling gehört nicht zu ihnen. Sie neigt dazu, sich Kleidung in Farben umzuhängen, die grundsätzlich mit ihrem grellorangefarbenem Haar in himmelschreiendem Kontrast stehen. Außerdem trägt sie genug Schmuck am Leib, um damit drei Juweliergeschäfte auszurüsten. Tatsächlich war sie neulich im Bazar beinahe in eine Prügelei verwickelt worden, weil ein kurzsichtiger Kunde sie mit einem Ausstellungszelt verwechselt hatte.

»Aaahh ... die musst du einfach kennen lernen. Aber du hast Recht. Massha ist ein hübscher Name.«

»He, bei dir wohnen aber viele Leute.«

»Nun ... äh ... da ist noch jemand.«

»Wer denn?«

»Er heißt Aahz. Das ist mein Partner.«

»Ist der auch nett?«

Ich war hin- und hergerissen zwischen Loyalität und Ehrlichkeit.

»Er ... äh ... man muss sich an ihn gewöhnen. Weißt du noch, wie ich dir gerade gesagt habe, du sollst dich nicht vor meinen Leibwächtern fürchten, auch wenn sie manchmal ein bisschen knurrig sind?«

»Ja.«

»Nun, es ist schon richtig, sich vor Aahz zu fürchten. Gelegentlich regt er sich ein bisschen auf, und bis er sich dann wieder abgekühlt hat, ist es besser, ihm möglichst viel Spielraum zu lassen und nichts Zerbrechliches – wie deinen Arm zum Beispiel – in seiner Reichweite aufzubewahren.«

»Worüber regt er sich denn auf?«

»Och, über das Wetter, über Geldverluste, darüber, dass man kein Geld macht ... was für ihn dasselbe ist, wie Geld zu verlieren, über Hunderte von Sachen, die ich sage ... und über dich! Ich fürchte, er wird sich ein bisschen aufregen, wenn er dich kennen lernt, also bleib hinter mir, bis ich ihn beruhigt habe. In Ordnung?«

»Warum soll er sich über mich aufregen?«

»Du wirst eine Überraschung für ihn sein, und er mag keine Überraschungen. Weißt du, er ist nämlich sehr misstrauisch und glaubt immer, dass Überraschungen irgendeine Verschwörung gegen ihn bedeuten ... oder gegen mich.«

Markie verfiel in Schweigen. Ihre Stirn runzelte sich, als sie ins Nichts hinausstarrte, und mir fiel auf, dass ich gerade im Begriff war, ihr Angst zu machen.

»He, mach dir mal keine Sorgen«, sagte ich und drückte ihre Hand. »Aahz wird schon wieder in Ordnung sein, wenn er die Überraschung erst einmal verkraftet hat. Und jetzt erzähl mir von dir. Gehst du denn zur Schule?«

»Ja. Ich habe die Elementalschule schon halb hinter mir. Ich wäre schon weiter, wenn wir nicht so viel umziehen würden.«

»Meinst du nicht eher die Elementarschule?« Ich lächelte.

»Nein. Ich meine ...«

»Hoppla, da sind wir schon. Das ist dein neues Zuhause, Markie.«

Großspurig zeigte ich auf das kleine Zelt, das sowohl unser Zuhause als auch unser Hauptquartier war.

»Ist es nicht ein bisschen klein für diese ganzen vielen Leute?«, fragte sie mit gefurchter Stirn und starrte dabei das Zelt an.

»Drinnen ist es größer als draußen«, erklärte ich. »Komm schon, ich zeige es dir.«

Ich hob die Eingangsplane und wünschte mir sofort, dass ich es besser nicht getan hätte.

»Wartet nur, bis ich ihn zwischen die Finger kriege!«,

ertönte Aahz' dröhnende Stimme aus dem Zeltinneren. »Wie oft habe ich ihm doch gesagt, er soll die Finger vom Drachenpoker lassen!«

Mir kam der Gedanke, dass es vielleicht besser wäre, wenn wir erst noch eine Weile warteten, bevor ich Markie meinem Partner vorstellte. Gerade wollte ich das Zelttuch wieder herablassen, als ich merken musste, dass es zu spät war.

»Bist du das, Partner? Ich würde mich gerne mal mit dir ein bisschen unterhalten, wenn du nichts dagegen hast!«

»Vergiss nicht: Halt dich immer hinter mir«, flüsterte ich Markie zu, dann begab ich mich in die Höhle des Löwen.

Kapitel 3

»Ihr wollt nur unser Bestes,
aber das bekommt ihr nicht.«
Kinder dieser Welt

Wie ich Markie schon erzählt hatte, war unser Heim im Bazar innen größer als außen ... und zwar sehr viel größer! Ich bin schon in kleineren Palästen gewesen ... Ach was, ich habe schon in kleineren Palästen als unserem gegenwärtigen Zuhause gelebt und gearbeitet. Zum Beispiel, als ich Hofzauberer in Possiltum war, um genau zu sein.

Die Täufler hier im Bazar glauben, dass jede Zurschaustellung von Reichtum ihre Position schwächt, wenn sie über die Preise feilschen, deshalb verschleiern sie die Größe ihrer Heime, indem sie sie in »nichtkartographierte Dimensionen« hinüberzerren. Obwohl unser Zuhause draußen, von der Straße aus, nur wie ein ganz bescheidenes Zelt aussah, umfasste es mehrere Schlafzimmer, Stallungen, einen Hof, einen Garten und so weiter. Sie verstehen schon.

Leider gehörte im Augenblick auch mein Partner Aahz dazu.

»Na, als wenn der Bazar keine Antwort auf Krieg, Hungersnot, Tod und Pestilenz hätte! Andere Dimensionen haben die vier apokalyptischen Reiter, aber der Bazar von Tauf hat den Großen Skeeve!«

Erinnern Sie sich an meinen Partner Aahz? Ich habe ihn in Kapitel 1 und danach noch einmal in Kapitel 2 erwähnt. Die meisten meiner Bemühungen, ihn zu beschreiben, scheitern darin, die Leute auf eine wirkliche Begegnung mit ihm vorzubereiten. Was ich nämlich meistens vergesse zu erwähnen, ist die Tatsache, dass er aus der Dimension Perv stammt. Jenen von Ihnen, die mit Dimensionsreisen unvertraut sein sollten, sei gesagt, dass dies bedeutet, er ist grün und schuppig und hat einen Mund, der auch drei anderen Wesen zusammen genügen würde, und hinreichend Zähne, um einen Schwarm Haie neidisch zu machen, vorausgesetzt, dass Haifischzähne jemals vier Zoll lang werden sollten. Ich lasse diese Dinge bei meinen Beschreibungen nicht absichtlich aus. Es ist nur, dass ich mich in all diesen Jahren langsam an ihn gewöhnt habe.

»Hast du irgend etwas zu deiner Entschuldigung zu sagen? Merke, nicht als ob es dafür irgendeine Entschuldigung geben könnte! Es ist nur so, dass der Brauch dir üblicherweise noch ein paar letzte Worte gewährt.«

Na ja ... ich habe mich schon *fast* an ihn gewöhnt.

»Hallo, Aahz. Hast du schon von dem Kartenspiel gehört?«

»Vor ungefähr zwei Stunden«, warf Massha von einem nahe stehenden Sessel aus ein, in dem sie sich mit einem Buch und einer riesigen Schachtel Pralinen verschanzt hatte. »Seitdem ist er in dieser blendenden Stimmung.«

»Ich sehe schon, du hast mal wieder prächtige Arbeit darin geleistet, ihn zu besänftigen.«

»Ich bin doch nur ein Lehrling«, sagte sie achselzuckend. »Mich in einen Streit zwischen euch zu stellen, gehört nicht zu meinem Spielplan für ein langes und gedeihliches Leben.«

»Wenn ihr beiden *ganz* fertig seid«, knurrte Aahz, »möchte ich gerne mal hören, was du zu deiner Entschuldigung vorzubringen hast.«

»Was soll ich sagen? Ich habe da bei einer Partie Drachenpoker gesessen ...«

»WER HAT DIR BEIGEBRACHT, DRACHENPOKER ZU SPIELEN? War es Tanda? Chumly? Wieso nimmst du plötzlich bei anderen Leuten Nachhilfestunden? Bin ich dem Großen Skeeve plötzlich nicht mehr gut genug?«

Allmählich dämmerte mir, in welcher Lage ich mich tatsächlich befand. Aahz war mein Lehrer gewesen, bevor er darauf bestanden hatte, mich zu seinem gleichberechtigten Partner zu befördern. Und obwohl wir nun theoretisch gleichgestellt waren, lassen sich alte Angewohnheiten doch nur schwer ausrotten, und so hielt er sich immer noch für meinen ausschließlichen Lehrer, Mentor, Trainer, zuständig auch für jedwede Piesackerei. Das *eigentliche* Problem bestand also darin, dass mein Partner eifersüchtig darauf war, irgendein anderer könnte sich möglicherweise an jemanden herangemacht haben, den er für seinen Privatschüler hielt! Vielleicht ließ sich dieses Problem doch leichter lösen, als ich geglaubt hatte.

»Niemand hat mir was beigebracht, Aahz. Alles, was ich über Drachenpoker weiß, habe ich von dir gelernt.«

»Aber ich habe dir doch gar nichts beigebracht!«

»Genau.«

Das ließ ihn innehalten. Zumindest hörte er mit dem Herumstampfen auf, um mich mit seinen gelben Augen misstrauisch anzublicken.

»Soll das heißen, dass du nichts vom Drachenpoker verstehst?«

»Na ja, aus deinen Gesprächen weiß ich, wie viele Karten man kriegt und so ein Zeug. Ich habe immer noch nicht begriffen, was für verschiedene Blätter es gibt, und schon gar nicht ihre Reihenfolge ... du weißt schon, was was sticht.«

»*Ich* weiß«, sagte mein Partner pointiert. »Was ich aber nicht weiß, ist, warum *du* dich dazu entschlossen hast, an einem Spiel teilzunehmen, von dem du keinerlei Ahnung hast.«

»Der Giek hat mir eine Einladung geschickt, und da dachte ich, ich müsste höflich sein ...«

»Der Giek? Du hast bei einem Spiel des Gieks im Gleiche Chancen mitgemacht, um höflich zu sein?« Jetzt kam er wieder in Fahrt. »Weißt du etwa nicht, dass die dort gespielten Partien zu den halsabschneiderischsten im ganzen Bazar gehören? An diesen Spieltischen frisst man doch die Anfänger zum Frühstück. Und da bist du hingegangen, um *höflich* zu sein?«

»Na klar. Ich dachte mir, dass ich schlimmstenfalls ein bisschen Geld verlieren könnte. So, wie die Sachen stehen, können wir uns das leisten. Und außerdem, wer weiß, vielleicht würde ich ja Glück haben, dachte ich mir.«

»Glück? Jetzt weiß ich, dass du wirklich keine Ahnung vom Drachenpoker hast. Das ist ein Geschicklichkeits- und kein Glücksspiel. Du konntest lediglich dein Geld wegschmeißen ... Geld, für das wir beide unser Leben riskiert haben, wie ich wohl hinzufügen darf.«

»Ja, Aahz.«

»Und außerdem gehört es zu den ersten Dingen, die man über Poker jeder Art lernt, dass der sicherste Weg, um zu verlieren, darin besteht, in der Erwartung anzufangen, man würde verlieren.«

»Ja, Aahz.«

Aus reiner Verzweiflung zog ich mich hinter meine stärkste Verteidigungslinie zurück. Ich willigte in alles ein, was er sagte. Sogar Aahz hat Schwierigkeiten, wütend auf jemanden zu bleiben, der ihm zustimmt.

»Na ja, was geschehen ist, ist geschehen, und alles Geschrei auf der ganzen Welt kann es nicht mehr rückgängig machen. Ich hoffe nur, du hast deine Lektion gelernt. Wie viel hat es dich eigentlich gekostet?«

»Ich habe gewonnen.«

»Also gut. Nur, um dir zu beweisen, dass ich es dir nicht nachtrage, werden wir den Gewinn teilen. In gewisser Weise ist es ja auch meine Schuld. Ich hätte dir beibringen sollen ...«

Plötzlich legte sich eisiges Schweigen über uns. Sogar Massha hatte ihre Praline nicht mehr ganz bis zum Mund geführt. Langsam, ganz langsam drehte Aahz sich zu mir herum.

»Weißt du, Skeeve, einen Augenblick lang glaubte ich, du hättest gesagt ...«

»Ich habe gewonnen«, wiederholte ich und suchte verzweifelt, nicht zu lächeln.

»Du hast gewonnen. Gewonnen wie in ›mehr als nur mit plus/minus null rausgekommen‹?«

»Gewonnen wie in ›zwanzigtausend in Gold plus‹«, berichtigte ich ihn.

»Aber wenn du nicht gewusst hast, wie man das Spiel spielt, wie konntest du da ...«

»Ich habe nur auf die Leute geachtet, nicht auf die Karten. Das schien ziemlich gut zu funktionieren.«

Jetzt war ich in meinem Element. Es war wirklich selten genug, dass es mir gelang, meinen Partner zu beeindrucken, und ich wollte alles bis zum letzten Tropfen auskosten.

»Aber das ist doch verrückt!«, knurrte Aahz. »Ich meine, eine Weile lang geht so etwas vielleicht ganz gut, aber auf die Dauer kann doch niemand ...«

»Er war großartig!«, verkündete Markie und trat hinter mir hervor. »Du hättest es sehen sollen. Er hat sie alle geschlagen.«

Meine stolze Vorstellung nahm ein jähes Ende. Mit einer Hand schob ich Markie hinter mich und rüstete mich für die kommende Explosion. Eigentlich wäre ich lieber in Deckung gelaufen, aber dann hätte ich Markie ungeschützt zurücklassen müssen, also begnügte ich mich damit, die Augen zu schließen.

Nichts geschah.

Einige Momente später konnte ich die Spannung nicht mehr ertragen und öffnete ein Auge, um ein Blinzeln zu riskieren. Der Anblick, der sich mir bot, war eine *extreme* Nahansicht von einem von Aahz' gelben Augen. Er stand Nase an Nase vor mir und wartete anscheinend darauf, bis ich bereit war, um mit seiner Tirade zu beginnen. Es war ganz offensichtlich, dass *er* seinerseits durchaus bereit war. Goldene Flecken in seinen Augen schimmerten, als würden sie gleich überkochen ... und soweit es mich betraf, musste ich auch davon ausgehen, dass sie das tun würden.

»Wer ... ist ... das?«

Ich entschied mich dagegen, den Dummen zu spielen und scheinbar ahnungslos »Wer ist was?«, zu fragen. Auf die Entfernung, die Aahz vor mir stand, hätte er mir buchstäblich den Kopf abgebissen!

»Äh ... erinnerst du dich, dass ich gesagt habe, ich hätte zwanzigtausend plus gemacht? Nun, sie ist das Plus.«

»DU HAST BEIM KARTENSPIEL EIN KIND GEWONNEN!?!!«

Die Wucht der Stimme meines Partners drückte mich tatsächlich zwei Schritte zurück. Wahrscheinlich wäre ich noch weiter zurück geprallt, wenn ich nicht gegen Markie gestoßen wäre.

»HAST DU DEN VERSTAND VERLOREN?? WEISST DU NICHT, WELCHE STRAFE AUF SKLAVEREI STEHT ...«

Mitten im Satz verschwand er hinter einer Mauer aus Fleisch und geschmacklosen Farben. Trotz ihrer früheren Beteuerungen hinsichtlich ihres Lebenserhalts war Massha zwischen uns getreten.

»Nun beruhig dich mal eine Minute, grüner Schuppiger.«

Aahz versuchte, um sie herumzukommen.

»ABER ER HAT GERADE ...«

Sie machte einen halben Schritt zur Seite und blockte ihn ab, indem sie sich gegen die Wand lehnte.

»Gib ihm Gelegenheit, es dir zu erklären. Schließlich ist er doch dein Partner, oder etwa nicht?«

Dem Klang seiner Stimme nach zu urteilen, hatte Aahz die Richtung gewechselt und versuchte es nun auf der anderen Seite.

»ABER ER ...«

Massha machte zwei Schritte zur anderen Seite und lehnte sich dort gegen die Wand, während sie die ganze Zeit weitersprach, als sei sie nicht unterbrochen worden.

»Entweder ist er ein Idiot ... was er nicht ist, oder du bist ein lausiger Lehrer ... was du nicht bist, oder hinter der Sache steckt noch sehr viel mehr. Hmmm?«

Nun setzte für eine kurze Weile wieder Schweigen ein, dann sprach Aahz erneut, diesmal mit weitaus gemäßigterer Stimme.

»Also gut, *Partner*. Lass hören.«

Massha gab ihre Stellung auf, und ich konnte Aahz wieder sehen, obwohl ich mir beinahe gewünscht hätte, es nicht zu können. Er keuchte heftig, doch ob dies aus Zorn geschah oder von der Anstrengung seiner Versuche herrührte, um Massha herumzugehen, konnte ich nicht sagen. Ich hörte, wie die Schuppen an seinen Fingern schnarrten, als er immer wieder die Fäuste ballte und löste, und ich wusste, dass ich ihm meine Geschichte besser sehr schnell erzählen sollte, bevor er wieder die Beherrschung verlor.

»Ich habe nicht *sie* gewonnen«, sagte ich hastig. »Ich habe nur das Pfand ihres Vaters gewonnen. Sie ist unsere Garantie dafür, dass er zurückkommen wird, um seine Schulden zu begleichen.«

Aahz hörte mit dem Faustzusammenballen auf, und ein verwirrtes Stirnrunzeln verzog seine Miene.

»Ein Pfand? Das verstehe ich nicht. Die Spiele des Gieks finden immer auf der Grundlage von Barzahlung statt.«

»Nun, im Falle von Pidge scheint er eine Ausnahme gemacht zu haben.«

»Pidge?«

»Das ist mein Papi«, verkündete Markie und trat wieder hinter mir hervor. »Der verliert viel, deshalb haben ihn auch alle beim Spielen so gern dabei.«

»Schlaues Kindchen«, bemerkte Aahz. »Das könnte vielleicht auch erklären, weshalb du heute Abend so gut abgeschnitten hast. Ein Stümper kann das ganze Spiel durcheinander bringen. Und trotzdem, wenn der Giek tatsächlich mal ein Pfand nimmt, dann bezahlt er die Sieger meistens bar aus und kümmert sich selbst um das Eintreiben.«

»Dazu war er auch bereit.«

»Warum ...«

»... und wenn Markies Vater nicht in zwei Wochen auftauchen sollte, wollte er sie in irgendeine abgelegene Dimension bringen, um sie dort selbst als Sklavin zu verkaufen, damit er sein Geld wiedersieht.«

Von ihrem Sessel aus stieß Massha einen leisen Pfiff aus.

»Nettes Bürschchen, dieser Giek.«

»Er ist ein Täufler.« Aahz winkte zerstreut ab, als würde das alles erklären. »Also gut, also gut. Ich verstehe, dass du meintest, dich um das Kind hier zu kümmern, anstatt es dem Giek zu überlassen. Aber beantworte mir doch mal eine Frage.«

»Welche denn?«

»Was sollen *wir* tun, wenn ihr Vater nicht mehr aufkreuzen sollte?«

Manchmal gefällt mir Aahz besser, wenn er tobt, als wenn er nachdenkt.

»Aahz ... darüber denke ich gerade noch nach.«

»Na, wunderbar! Schön, wenn du dir eine Antwort ausgedacht hast, lass es mich wissen. Ich glaube, ich bleibe so lange in meinem Zimmer, bis Gras über die Sache gewachsen ist.«

Seufzend trat er aus dem Raum und ließ Massha und mich stehen, damit wir uns um Markie kümmerten.

»Kopf hoch, Schätzchen«, bemerkte mein Lehrling. »So'n großes Problem sind Kinder auch wieder nicht. He, Markie, möchtest du ein Stück Schokolade?«

»Nein, danke. Davon könnte ich dick und hässlich werden wie du.«

Ich zuckte zusammen. Bisher war Massha meine Verbündete gewesen, wenn es um Markie ging, aber diese Bemerkung konnte alles verändern. Was ihr Gewicht anbetraf, war sie sehr empfindlich, deshalb pflegten die meisten von uns es nicht zu erwähnen. Tatsächlich hatte ich mich schon so sehr an ihr Aussehen gewöhnt, dass ich oft vergaß, wie sie jemandem erscheinen musste, der sie nicht kannte.

»Markie!«, sagte ich streng. »Das war aber nicht sehr nett, so was zu sagen!«

»Aber es ist doch wahr!«, konterte sie und blickte mich aus ihren unschuldigen Augen an.

»Deshalb ist es ja auch nicht nett«, lachte Massha, obwohl mir auffiel, dass ihr Lächeln ein wenig gequält wirkte. »Komm schon, Markie. Machen wir einen Raubzug durch die Speisekammer und suchen wir dir was zu essen ... etwas mit wenig Kalorien.«

So verließen die beiden den Raum, und ich blieb mit meinen Gedanken zurück. Aahz hatte eine sehr gute Frage aufgeworfen. Was sollten wir *tatsächlich* tun, wenn Markies Vater nicht zurückkehren sollte? Ich hatte noch nie mit Kindern zusammengelebt. Ich wusste, dass es Probleme geben würde, mit ihr zusammen zu sein, doch wie viele Probleme? Bei allem, was wir als Team bereits bewältigt hatten, würden Aahz und ich doch bestimmt mit einem kleinen Mädchen zurechtkommen. Andererseits war Aahz natürlich ...

»Da bist du ja, Boss! Gut. Hatte gehofft, dass du noch auf bist.«

Ich schob meine Gedanken beiseite und sah, wie einer meiner Leibwächter ins Zimmer kam.

»Oh, hallo, Guido. Wie lief's mit eurem Jahresbericht?«

»Hätte nicht besser gehen können. Don Bruce war sogar so glücklich, dass er dir ein kleines Geschenk geschickt hat.«

Trotz meiner Sorgen musste ich lächeln. Wenigstens lief hier mal was richtig.

»Das ist ja wunderbar«, sagte ich. »Kann ein bisschen Aufheiterung gebrauchen.«

»Da habe ich gerade das Richtige für dich. He, Nunzio! Bring sie rein!«

Mein Lächeln gefror. Verzweifelt versuchte ich, nicht in Panik zu geraten. Schließlich, so überlegte ich mir, bezeichnen die Leute eine Menge Dinge als »sie«. Schiffe, zum Beispiel, oder sogar ...

»Boss, das ist Bunny. Don Bruce schickt sie dir mit seinen Empfehlungen, weil du gute Arbeit geleistet hast. Sie wird dein Häschen werden.«

Das Mädchen, das die beiden gerade ins Zimmer begleiteten, hatte nicht die geringste Ähnlichkeit mit einem Schiff.

Kapitel 4

»Nur nicht den Kopf verlieren.«
Salome

Bunny war ein kleiner Rotschopf mit großer Oberweite, sie trug eine Pilzkopffrisur und hatte einen leeren Gesichtsausdruck, um den sie jeder Zombie beneidet hätte. Sie kaute lebhaft auf irgendetwas herum, während sie den Hals streckte, um möglichst das ganze Zimmer auf einmal zu begutachten.

»Klasse! Habt ja 'nen tollen Schuppen hier. Viel besser als dort, wo ich zuletzt war!«

»Das hier ist nur das Wartezimmer«, sagte Nunzio stolz. »Warte mal, bis du den Rest gesehen hast. Das ist die größte Bude, in der ich je gearbeitet habe, wenn du verstehst, was ich meine.«

»Was ist denn mit euch beiden los?«, bellte Guido. »Habt ihr keine Manieren? Alles der Reihe nach. Bunny, das ist der Boss. Für ihn wirst du arbeiten.«

Bunny kam mit ausgestreckter Hand auf mich zu. Die Bewegungen ihres Körpers unter ihrer eng anliegenden Bekleidung ließ wenig Zweifel darüber offen, was sie darunter trug ... oder nicht trug, je nachdem.

»Freut mich, dich kennen zu lernen, Boss. Aber das beruht ja wohl auf Gegenseitigkeit«, sagte sie fröhlich.

Ausnahmsweise wusste ich mal ganz genau, was ich erwidern wollte.

»Nein.«

Sie drehte sich um und blickte Guido stirnrunzelnd an.

»Er meint, du sollst ihn erst dann ›Boss‹ nennen, wenn du ihn besser kennen gelernt hast«, versicherte mein Leibwächter ihr. »Hier in der Gegend nennt man ihn im Allgemeinen Skeeve.«

»Kapiert«, zwinkerte sie. »Also gut, *Skeeve*... weißt du, das ist richtig süß.«

»Nein«, wiederholte ich.

»Also gut. Dann ist es eben nicht süß, was immer du meinst. Du bist der Boss.«

»NEIN!«

»Aber ...«

Ich ignorierte sie und wandte mich direkt an Guido.

»Habt ihr nicht mehr alle Tassen im Schrank? Was soll das, die hier einfach reinzubringen?«

»Wie ich schon sagte, Boss, sie ist ein Geschenk von Don Bruce.«

»Guido, es gibt haufenweise Leute, die einander Geschenke machen. Geschenke wie Krawatten und Bücher ... aber doch keine Mädchen!«

Hilflos zuckte mein Leibwächter die Schultern. »Don Bruce ist nun einmal was Besonderes. Er hat uns dir überhaupt erst zugeteilt, und er sagt, dass jemand, der so 'ne große Nummer im Syndikat ist wie du, einen Betthasen haben sollte.«

»Guido ... komm, wir unterhalten uns mal. Entschuldige uns einen Augenblick, Bunny.«

Ich legte meinem Leibwächter den Arm um die Schulter und zerrte ihn in eine Ecke hinüber. Das mag sich vielleicht ganz einfach anhören, aber machen Sie sich bitte klar, dass ich tatsächlich *nach oben* greifen musste, um seine Schulter zu packen. Sowohl Guido als auch Nunzio sind erheblich größer als ich.

»Nun hör mal zu, Guido«, sagte ich. »Erinnerst du dich noch, wie ich dir mal unser Arrangement erklärt habe?«

»Na klar doch, Boss.«

»Gut, gehen wir die Sache noch einmal durch. Don Bruce hat Aahz und mich angeheuert, damit wir ein Auge auf die Interessen des Syndikats hier im Bazar werfen. Nun hat er das nur getan, weil die gewöhnlichen Methoden, die er anwandte, nicht funktionierten ... Richtig?«

»Genau genommen hat er *dich* angeheuert und deinen Partner mit eingeschlossen. Aber davon abgesehen ... richtig.«

»Wir haben euch auch erklärt, dass der Grund, weshalb die normalen Methoden des Syndikats nicht funktionieren, darin besteht, dass die Händler des Bazars uns angeheuert hatten, das Syndikat zu vertreiben. Weißt du noch?«

»Ja. Das war eine ziemliche Überraschung, als du uns das mitgeteilt hast. Ich meine, da haben wir uns ganz schön aufgeregt, wenn du verstehst, was ich meine.«

»Und das bringt uns nun zur Gegenwart. Das Geld, das wir von den Händlern des Bazars eintreiben und an Don Bruce weiterleiten, das Geld, von dem er denkt, dass sie es dem Syndikat als Schutzgeld zahlen, das wird in Wirklichkeit an uns gezahlt, damit wir das Syndikat vom Bazar fern halten. Verstanden?«

»Verstanden.«

»Gut. Wenn du diese Situation also verstehst, dann wirst du auch einsehen, dass ich kein Häschen oder sonst noch jemanden vom Syndikat hier herumhängen haben will. Wenn Don Bruce erfährt, was wir hier für ein Spiel spielen, fliegt der Deckel von der Jauchegrube. Deshalb musst du sie wieder wegschaffen.«

Guido nickte kräftig.

»Nein«, sagte er.

»Dann brauchst du nur ... Was soll das heißen, ›nein‹? Muss ich dir etwa alles noch einmal erklären?«

Mein Leibwächter seufzte schwer.

»Ich verstehe die Situation schon, Boss, aber ich glaube nicht, dass *du* es tust. Gestatte mir, dort fortzufahren, wo du abgebrochen hast.«

»Aber ich ...«

»Was immer du nun auch sein magst, Don Bruce hält dich jedenfalls für einen kleineren Boss innerhalb der Syndikatshierarchie, der ein lukratives Geschäft laufen hat. Richtig?«

»Na ja ...«

»Als solcher hast du Anspruch auf ein schönes Haus, was du ja auch hast, auf zwei Leibwächter, die du auch hast, und auf ein Betthäschen, was du nicht hast. Diese Dinge sind in Don Bruces Augen notwendig, wenn das Syndikat sein Image in der Öffentlichkeit aufrechterhalten will, dass es nämlich seine erfolgreichen Mitglieder hinreichend belohnt ... genauso, wie es sein Missfallen über Mitglieder äußern muss, die versagen. Hast du mich verstanden?«

»Image in der Öffentlichkeit«, sagte ich matt.

»Es ist also im Interesse des Syndikats, dass Don Bruce dich mit etwas versorgt, was du dir noch nicht selbst besorgt hast ... genauer gesagt: mit einem Betthäschen. Wenn du diese hier nicht magst, können wir sie zurückbringen und eine andere holen, aber einen Hasen brauchst du, wenn wir weiterhin so sorgenfrei miteinander umgehen sollen. Sonst ...« Er machte eine dramatische Pause.

»Sonst ...?«, ermunterte ich ihn, weiterzusprechen.

»Wenn du nicht den äußeren Anschein eines erfolgreichen Syndikatsmitglieds wahrst, wird Don Bruce dazu gezwungen sein, dich so zu behandeln, als wärst du erfolglos ... verstehst du, was ich meine?«

Plötzlich hatte ich das dringende Bedürfnis, meine Stirn zu massieren. »Na prima!«

»Genau das, was ich sage. Unter den gegenwärtigen Umständen jedoch hielt ich es für das Vernünftigste, sein

Geschenk in deinem Namen anzunehmen und darauf zu hoffen, dass du später schon eine freundschaftliche Lösung für unser Dilemma finden würdest.«

»Ich nehme an, du ... He, einen Augenblick mal! Hier wohnen doch bereits Massha und Tanda. Genügen die denn nicht?«

Wieder stieß Guido sein Seufzen hervor. »Diese Möglichkeit ist mir in der Tat auch schon eingefallen, doch dann habe ich mir gesagt: ›Guido, möchtest du wirklich derjenige sein, der entweder Massha oder Tanda das Etikett eines Betthäschens anheftet, so, wie du die Damen kennst? Auch wenn man sich nur im Syndikat darüber das Maul zerreißen wird?‹ Unter diesem Aspekt betrachtet, gelangte ich zu dem Entschluss, in Don Bruces Vorschlag einzuwilligen und dir die letzte Entscheidung zu überlassen ... *Boss.*«

Wegen der sarkastischen Betonung seines letzten Wortes warf ich ihm einen scharfen Blick zu. Trotz seiner manierierten Ausdrucksweise und seiner pseudo-pompösen Erklärungen hatte ich gelegentlich den Eindruck, dass Guido weitaus intelligenter war, als er offenbaren mochte. Im Augenblick stellte seine Miene jedoch eine Studie in Unschuld dar, so dass ich die Sache lieber überging.

»Ich verstehe, was du meinst, Guido. Wenn Massha oder Tanda als ›Betthäschen‹ bekannt werden wollen, dann wäre es mir lieber, wenn es ihre eigene Entscheidung wäre und nicht meine. Aber bis dahin müssen wir uns wohl mit ihr abgeben, mit dieser ... wie hieß sie noch? Bunny? Schnuppert die immer mit der Nase, oder warum heißt sie so?«

Guido warf den anderen beiden quer durch den Raum einen Blick zu, dann senkte er verschwörerisch die Stimme. »Ganz unter uns, Boss, ich glaube, du wärst gut beraten, dieses Häschen hier, das dir Don Bruce persönlich geschickt hat, anzunehmen. Verstehst du, was ich meine?«

»Nein, tue ich nicht.« Ich schnitt eine Grimasse. »Entschuldige mich, Guido, aber im Augenblick arbeitet mein Geist etwas träge. Wenn du mir irgendetwas sagen willst, musst du dich schon deutlicher ausdrücken.«

»Na ja, ich habe mich ein bisschen umgehört, und es sieht so aus, als wäre Bunny Don Bruces Nichte und ...«

»SEINE N ...«

»Ssschhh! Behalt das für dich, Boss. Ich glaube nicht, dass wir das wissen sollten.«

Mit übermenschlicher Anstrengung unterdrückte ich meine Hysterie und senkte wieder die Stimme. »Was wollt ihr mir bloß antun? Ich will die ganze Operation möglichst geheim halten, und ihr schleppt mir Don Bruces Nichte an!«

»Mach dir keine Sorgen.«

»ICH SOLL MIR KEINE ...«

»Ssschhh! Wie ich schon sagte, ich habe mich ein bisschen umgehört. Sieht so aus, als würden die beiden gar nicht gut miteinander auskommen. Gönnen sich gegenseitig nicht einmal die Butter aufs Brot. Wie ich erfahren habe, will er nicht, dass sie ein Syndikatshäschen ist, während sie keine andere Arbeit mag. Bekämpfen sich wie Katz und Maus. Wenn es jedenfalls irgendein Häschen gibt, bei dem du dich darauf verlassen kannst, dass sie Don Bruce keinen reinen Wein einschenkt, dann ist es diese hier.«

Mein Kopfschmerz hatte sich inzwischen bis in die Magengrube ausgedehnt.

»Na klasse. Einfach klasse. Wenigstens ...«

»Eins konnte ich allerdings nicht herausbekommen«, fuhr Guido mit gerunzelter Stirn fort, »nämlich, weshalb er sie bei dir haben will. Ich schätze, er glaubt entweder, dass du sie richtig behandeln wirst, oder er erwartet, dass du ihr einen solchen Schrecken einjagst, dass sie keine Lust mehr hat, Häschen zu spielen. Ich bin mir einfach nicht sicher, wie du die Sache genau handhaben solltest.«

Das war keine gute Nacht für mich. Tatsächlich war es ständig bergab gegangen, seitdem ich die letzte Runde Drachenpoker gewonnen hatte.

»Guido«, sagte ich. »Bitte sag jetzt nichts mehr. Okay? Bitte? Jedes Mal, wenn ich glaube, dass alles vielleicht doch nicht ganz so schlecht ist, zerrst du irgendetwas hervor, das es noch schlimmer macht.«

»Ich versuche nur, meinen Job zu erledigen«, meinte er achselzuckend, offensichtlich verletzt, »aber wenn es das ist, was du willst ... nun, du bist der Boss.«

»Und wenn du das noch ein einziges Mal sagst, dann vergesse ich möglicherweise die Tatsache, dass du größer bist als ich, und haue dir eins auf die Nase. Verstanden? Boss zu sein setzt ein gewisses Ausmaß an Kontrolle voraus, und wenn ich im Augenblick irgendetwas nicht habe, dann ist es Kontrolle.«

»In Ordnung, B ... Skeeve«, erwiderte mein Leibwächter. »Weißt du, einen Augenblick lang hast du dich genauso angehört wie mein alter B ... Arbeitgeber. Wenn der wütend wurde, hat der auf Nunzio und mich immer eingedroschen. Natürlich mussten wir es einstecken ...«

»Bring mich bloß nicht noch auf Ideen«, knurrte ich. »Konzentrieren wir uns jetzt lieber mal auf Bunny.«

Ich lenkte meine Aufmerksamkeit einmal mehr auf mein gegenwärtiges Problem, will sagen auf Bunny. Die starrte immer noch mit leerem Blick im Zimmer umher, während ihre Kiefer methodisch bearbeiteten, worauf auch immer sie herumkauen mochte, und beachtete offensichtlich überhaupt nicht, was Nunzio jetzt mitzuteilen versuchte.

»Nun, äh ... Bunny«, sagte ich, »sieht so aus, als würdest du für eine Weile bei uns bleiben.«

Sie reagierte auf meine Worte, als hätte ich den Einschaltknopf betätigt.

»Oooooohhh!«, quiekte sie, als hätte ich ihr gerade mitgeteilt, dass sie einen Schönheitswettbewerb gewonnen hatte. »Oh, ich weiß, dass ich es einfach *genießen* werde, unter dir zu arbeiten, Skeevie.«

Mein Magen vollführte eine Linksdrehung.

»Soll ich ihre Sachen holen, Boss?«, fragte Nunzio. »Sie hat da draußen ungefähr eineinhalb Berge Gepäck.«

»Ach, das kannst du alles dalassen«, säuselte Bunny. »Ich weiß doch, dass mein Skeevie mir eine komplette neue Garderobe kaufen will.«

»Moment mal! Redepause!«, befahl ich. »Zeit für Besprechung der Hausregeln. Bunny, einige Sachen werden *auf der Stelle* aus deinem Vokabular verschwinden. Als Erstes vergisst du ›Skeevie‹. Es heißt Skeeve ... einfach nur Skeeve, oder, wenn es schon sein muss, der Große Skeeve. Aber nicht Skeevie.«

»Kapiert«, zwinkerte sie.

»Als Nächstes: Du arbeitest nicht *unter* mir. Du bist ... du bist meine persönliche Sekretärin. Verstanden?«

»Na klar doch, Süßer. So nennt man mich immer.«

Wieder kam dieses Augenzwinkern.

»Gut, nun zu dir, Nunzio. Du wirst ihr Gepäck in ... ich weiß nicht, ins rosa Schlafzimmer bringen.«

»Soll ich ihm dabei helfen, Boss?«, fragte Guido.

»*Du* bleibst hier.« Ich lächelte und bleckte dabei sämtliche Zähne. »Für dich habe ich einen Spezialauftrag.«

»Nun warte mal eine Minute!«, unterbrach Bunny, und ihr Ach-wie-süß-ich-doch-bin-Akzent verschwand beinahe. »Was soll das heißen, das ›rosa Schlafzimmer‹? Irgendwie siehst du mir nicht wie jemand aus, der in einem rosa Schlafzimmer schläft. Ziehe ich etwa nicht in dein Schlafzimmer ein?«

»In meinem Schlafzimmer schlafe *ich*«, entgegnete ich bestimmt. »Findest du nicht auch, dass es viel praktischer ist, wenn du in eines unserer freien Schlafzimmer einziehst, als wenn ich umziehe, nur damit du in meines kannst?«

Wie ich schon sagte, es war eine lange Nacht gewesen, und ich war mehr als nur ein bisschen langsam. Glücklicherweise war Bunny schnell genug für uns beide.

»Ich dachte, wir würden zusammen in einem Zimmer schlafen, Skeeve. Das ist doch überhaupt der Grund, weshalb ich hier bin, verstehst du? Was ist denn los? Meinst du, ich hätte Mundgeruch oder so was?«

»Äääh ... ööhh ...«, stammelte ich.

»Hallo, Guido ... Nunzio. Wer ist ... oho!«

Diese geistreiche Äußerung stammte ausnahmsweise mal nicht von mir. Massha war gerade mit Markie im Schlepp ins Zimmer gekommen und blieb abrupt stehen, als sie Bunny erblickte.

»He, Boss! Was ist denn das für ein Kind?«

»Guido, Nunzio, das ist Markie ... unser *anderer* Hausgast. Massha, Markie, das ist Bunny. Sie wird für eine Weile bei uns bleiben ... im *rosa* Schlafzimmer.«

»Jetzt verstehe ich!«, rief Bunny. »Du willst, dass wir es nicht so auffällig machen, wegen des Kindes! Nun, auf mich kannst du zählen. Diskretion ist Bunnys zweiter Vorname. Also auf ins rosa Schlafzimmer!«

Ich hätte sie mit Freuden erwürgen können. Wenn die Bedeutung ihrer Worte Markie auch entgangen sein mochte, war dies bei Massha mit Sicherheit nicht der Fall, sie starrte mich vielmehr mit erhobenen Augenbrauen an.

»Wie auch immer«, sagte ich, anstatt drastischere Maßnahmen zu ergreifen. »Also, Nunzio, du bringst Bunny im rosa Schlafzimmer unter. Massha, ich möchte, dass du Markie im blauen Schlafzimmer neben meinem einquartierst ... und reiß mal die Augenbrauen wieder runter. Morgen früh werde ich alles erklären.«

»*Das* möchte ich hören!«, schnaubte sie. »Komm schon, Kind.«

»Ich bin aber gar nicht müde!«, protestierte Markie.

»Pech für dich!«, konterte ich. »Ich aber.«

»Oh«, machte sie eingeschüchtert und folgte Massha.

Was immer ihr Vater auch für ein mieser Kunde sein mochte, irgendwann hatte sie jedenfalls gelernt, wann man mit Erwachsenen diskutieren konnte, und wann es das Beste war, zu parieren.

»Was soll ich für dich tun, Boss?«, fragte Guido diensteifrig.

Ich gönnte ihm mein bösestes Grinsen.

»Weißt du noch, dass ich gesagt habe, ich hätte einen Spezialauftrag für dich?«

»Ja, Boss!?«

»Ich warne dich, es ist gefährlich.«

Das schmeichelte seinem Berufsstolz, und er blähte die Brust. »Je schwieriger, umso besser. Du kennst mich doch!«

»Prima«, meinte ich. »Du brauchst nur nach oben zu gehen und Aahz Bunnys Anwesenheit zu erklären. Es sieht nämlich so aus, als würde mein Partner im Augenblick nicht mit mir sprechen.«

Kapitel 5

»Ich krieg kein Bein mehr auf die Erde!«
N. Armstrong

Luanna war bei mir. Ich erinnerte mich nicht mehr, wann sie eingetroffen oder wie lange sie schon da war, aber das war mir auch egal. Ich hatte sie seit dem Gefängnisausbruch auf Limbo nicht mehr gesehen, und sie hatte mir schrecklich gefehlt. Sie hatte mich bei ihrem Partner Matt zurückgelassen, und mit ihr war auch ein kleines Stück von mir verschwunden. Ich will ja nicht so kitschig werden, zu behaupten, dass es mein Herz war, aber es stammte schon ungefähr aus dieser Gegend.

Es gab so viel, was ich ihr sagen wollte ... was ich sie fragen wollte, doch es schien nicht wirklich wichtig zu sein. Wir lagen einfach nur Seite an Seite auf einem grasüberwachsenen Hügel, sahen den Wolken zu und genossen schweigend die Gesellschaft des anderen. Ich hätte ewig so liegen bleiben können, doch sie stemmte sich auf einen Ellenbogen und sprach mich leise an.

»Wenn du ein Stückchen zur Seite rückst, Skeevie, können wir beide es uns gemütlich machen.«

Diese Worte zerstörten meinte innere Ruhe. Sie hörte sich überhaupt nicht nach Luanna an. Luannas Stimme war melodisch und aufregend. Sie klang wie ...

»BUNNY!«

Plötzlich schoss ich kerzengerade in die Höhe, keineswegs auf einem grasüberwachsenen Hügel, sondern in meinem eigenen Bett.

»Pssst! Du weckst das Kind auf!«

Sie saß auf meiner Bettkante und hatte etwas Durchsichtiges an, das noch enthüllender war als das hautenge Zeug letzte Nacht.

»Was tust du hier in meinem Zimmer!?«

Ich konnte mich noch genau daran erinnern, wie ich vor dem Zubettgehen mehrere Möbelstücke vor der Tür aufgetürmt hatte, und ein schneller Blick bestätigte mir, dass sie noch an Ort und Stelle waren.

»Durch den Geheimgang«, sagte sie mit einem von ihren Augenzwinkern. »Nunzio hat ihn mir letzte Nacht gezeigt.«

»Ach ja, hat er das?«, knurrte ich. »Erinnere mich doch bitte daran, ihm für diesen kleinen Liebesdienst gebührend zu danken.«

»Spar dir deinen Dank auf, Süßer. Du wirst ihn noch brauchen, wenn ich mit dir fertig bin.«

Mit diesen Worten hob sie die Laken und glitt neben mich. Ich für meinen Teil glitt auf der anderen Seite aus dem Bett, als hätte sich soeben eine Spinne zu mir gesellt. Nicht, dass ich Angst vor Spinnen gehabt hätte, aber Bunny jagte mir Furcht ein.

»Was ist denn jetzt schon wieder verkehrt?«, jammerte sie.

»Äh ... ah ... hör mal, Bunny, können wir uns mal eine Minute unterhalten?«

»Na klar«, sagte sie und setzte sich im Bett auf, um sich vorzubeugen und die Ellenbogen auf die Knie zu stemmen. »Über was immer du willst.«

Leider verlieh mir ihre gegenwärtige Stellung einen ungehinderten Einblick in ihren Ausschnitt. Prompt vergaß ich, was ich eigentlich hatte sagen wollen.

»Äh ... ich ... öh ...«

An der Tür klopfte es.

»Herein!«, sagte ich, dankbar für die Unterbrechung.

Das war ohne jeden Zweifel so ziemlich das Blödeste, was ich je gesagt habe.

Die Tür öffnete sich, die aufgetürmten Möbel purzelten herunter, und Chumly trat ein.

»Hör mal, Skeeve, Aahz hat mir gerade das Erstaunlichste ... Hallo?«

Ich habe schon erwähnt, dass Chumly ein Troll ist. Was ich jedoch nicht erzählt habe, war, dass er auch erröten kann, wahrscheinlich, weil ich es bisher selbst noch nicht wusste. Von allen Anblicken, die ich in zahlreichen Dimensionen zu sehen bekommen habe, ist ein errötender Troll eine Klasse für sich.

»Du musst Chumly sein«, zwitscherte Bunny. »Die Jungs haben mir von dir erzählt.«

»Äh ... ganz recht. Freut mich, dich kennen zu lernen und so weiter«, sagte der Troll und versuchte den Blick abzuwenden, während er zugleich höfliche Konversation betrieb.

»Na klar. Sicher, Chum. Hast du nicht noch etwas anderes zu tun ... zum Beispiel, wieder zu gehen?«

In meiner Verzweiflung packte ich ihn am Arm.

»Nein! Ich meine ... Chumly kommt immer morgens als Erster zu mir.«

»Äh ... ja. Ich wollte einfach nur nachsehen, ob Skeeve schon frühstücken will.«

»Na, ich bin jedenfalls als Erste hier gewesen«, fauchte Bunny. »Wenn Skeevie etwas haben will, an dem er herumknabbern kann, dann kann er ...«

»Guten Morgen, Papi!«

Markie kam ins Zimmer gestürzt und verpasste mir einen Riesenkuss, bevor wir auch nur begriffen hatten, dass sie da war.

»Du musst Skeeves neues Mündel sein, Markie«, sagte der

Troll freundlich. Offensichtlich war er dankbar dafür, sich auf etwas anderes konzentrieren zu können als Bunny.

»Und du bist Chumly. Hallo, Bunny!«

»Hallöchen«, erwiderte Bunny mit merklichem Mangel an Begeisterung, während sie die Bettlaken hochzog.

»Bist du auf, Skeeve?«

Die Stimme, die aus dem Gang hereintrieb, ließ sich sofort als Tandas identifizieren.

Chumly und ich hatten nur selten als Team zusammengearbeitet, doch diesmal war weder Planung noch Koordination erforderlich. Ich nahm Markie blitzschnell auf und trug sie hinaus in den Gang, während Chumly mir folgte, dabei die Tür hinter sich mit einer Wucht zuschlagend, dass es das Holz hätte zersplittern können.

»Winke, winke, kleine Schwester. Schöner Tag heute, nicht wahr?«

»Hallo, Tanda! Gibt's was Neues?«

Unsere herzliche Begrüßung, mit der wir eigentlich die Situation entschärfen wollten, führte nur dazu, dass unsere Kollegin wie gebannt stehen blieb.

Tanda ist recht attraktiv – sofern kurvige olivenhäutige, grünhaarige Frauen Ihr Typ sind. Natürlich sieht sie weitaus besser aus, wenn sie gerade nicht die Lippen schürzt und die Augen misstrauisch verengt.

»Nun, zuerst würde ich mal sagen, dass das kleine Mädchen unter deinem Arm etwas Neues ist«, sagte sie fest. »Ich mag ja vielleicht nicht gerade die aufmerksamste Person sein, aber ich bin sicher, dass sie mir aufgefallen wäre, hätte sie schon früher hier gewohnt.«

»Oh. Nun, es gibt ein paar Dinge, über die ich dir berichten muss«, lächelte ich matt. »Das hier ist auch eins davon. Ihr Name ist Markie und …!«

»Später, Skeeve. Im Augenblick bin ich neugieriger darauf zu erfahren, was mein großer Bruder gerade im Schilde führt. Was ist los, Chumly? Ich habe zwar schon gesehen, wie du Türen auf dem Weg *in* die Schlafzimmer geknallt hast, aber noch nie beim Hinauskommen.«

»Äh ... nun ...«, murmelte der Troll verlegen.

»Eigentlich«, stand ich ihm bei, »ist es mehr so ... weißt du ...«

»Genau das wollte ich feststellen«, erklärte Tanda, glitt an uns vorbei und riss die Schlafzimmertür auf.

Mein Zimmer war glücklicherweise frei von Bewohnern. Anscheinend war Bunny durch irgendeine Geheimtäfelung wieder verschwunden, durch die sie auch gekommen war. Chumly und ich wechselten unbemerkt erleichterte Blicke.

»Das verstehe ich nicht«, meinte Tanda stirnrunzelnd. »Ihr beiden habt euch verhalten, als wolltet ihr irgendjemanden verstecken. Aber hier ist doch gar nichts, was solche Geheimnistuerei verdient hätte.«

»Ich glaube, sie wollten nicht, dass du das Mädchen im Bett meines Papis siehst«, kam ihr Markie fröhlich zu Hilfe.

Eigentlich wollte ich Markie dafür meinen besonderen Dank ausdrücken, doch dann gelangte ich zu dem Schluss, dass ich schon genug Probleme hatte, ohne dass ich die Liste auch noch durch einen Mord erweitern musste.

»Nun, Skeeve?«, fragte Tanda, und ihre Augenbrauen berührten fast den Haaransatz.

»Äh ... genau genommen bin ich gar nicht ihr Papi. Das ist eine der Sachen, von denen ich dir erzählen wollte.«

»Ich meinte das Mädchen in deinem Zimmer!«

»Das ist auch eine Sache, von der ich dir ...«

»Nun lass ihm mal ein bisschen Luft! Was, Tanda? Es ist ungehörig, über jemanden noch vor dem Frühstück herzufallen.«

Das war Aahz, der sich ausnahmsweise ungesehen – oder ungehört – zu uns gesellt hatte. Für gewöhnlich sind leise Auftritte nicht eben seine Stärke.

Und da wir schon dabei sind: Ich hatte noch nie bemerkt, dass er gezögert hätte, über irgendjemanden – beispielsweise mich – noch vor dem Frühstück herzufallen. Dennoch war ich dankbar für seine Einmischung.

»Hallo, Aahz. Wir waren gerade ...«

»Weißt du eigentlich, was dein Partner tut!?«, fragte Tanda mit einer Stimme, die selbst Wein hätte zum Gefrieren bringen können. »Es sieht so aus, als würde er unser Heim in eine Mischung aus Kinderhort und ...«

»Ich weiß alles darüber«, unterbrach Aahz sie, »und du auch gleich, wenn du dich erst einmal beruhigt hast. Wir werden alles beim Frühstück erklären.«

»Nun ...«

»Und außerdem«, trumpfte Markie auf, »ist es sowieso nicht *dein* Heim. Es gehört meinem Papi. Der lässt dich hier nur wohnen. In *seinem* Haus kann er machen, was er will!«

Ich löste meinen Griff in der Hoffnung, dass sie kopfunter zu Boden stürzte. Stattdessen vollführte sie jedoch mitten in der Luft eine Drehung und landete wie eine Katze auf den Beinen, die ganze Zeit zufrieden grinsend.

Tanda hatte sich versteift, als hätte sie jemand mit einer Nadel gepiekst.

»Du hast wohl Recht, Markie«, presste sie zwischen hart gewordenen Lippen hervor. »Wenn der ›Große Skeeve‹ sich mit irgendeinem Flittchen vergnügen will, geht mich das nichts an. Und wenn es mir nicht passt, muss ich halt woanders hingehen.«

Sie machte auf dem Absatz kehrt und schritt den Gang zurück.

»Was ist mit dem Frühstück?«, rief Aahz ihr nach.

»Ich werde draußen essen ... und zwar ab jetzt für immer!«

In hilflosem Schweigen sahen wir sie davonschreiten.

»Ich sollte ihr wohl besser mal nachgehen«, meinte

Chumly schließlich. »In dieser Stimmung könnte sie noch irgendjemandem wehtun.«

»Könntest du Markie nicht gleich mitnehmen?«, fragte Aahz ihn, der immer noch Tanda hinterherstarrte.

»Du machst wohl Witze?«, keuchte der Troll.

»Na gut, dann lade sie wenigstens in der Küche ab. Ich muss mit Skeeve mal ein paar Worte allein wechseln.«

»Ich will aber hier bleiben!«, protestierte Markie.

»Geh jetzt«, sagte ich ruhig.

Meine Stimme musste sehr bestimmt geklungen haben, denn Markie und Chumly setzten sich ohne weitere Widerworte in Bewegung.

»Partner, du hast ein Problem.«

»Als wenn ich das nicht selbst wüsste. Wenn es irgendeine Möglichkeit gäbe, würde ich sie an Don Bruce zurückschicken. Und zwar sofort. Aber ...«

»Ich rede nicht von Bunny!«

Das ließ mich innehalten.

»Tust du nicht?«

»Nein. Markie ist das Problem, nicht Bunny.«

»Markie? Aber sie ist doch nur ein kleines Mädchen.«

Aahz stieß ein kleines Seufzen aus und legte eine Hand auf meine Schulter, zur Abwechslung mal auf sanfte Weise.

»Skeeve, ich habe dir in der Vergangenheit schon eine Menge Ratschläge erteilt, manche davon waren besser als andere. Im Allgemeinen hast du dich in unvertrauten Situationen ganz gut bewährt, aber diesmal steckst du bis zur Oberkante Unterlippe drin. Glaub mir, du hast ja nicht die leiseste Vorstellung, was für ein Durcheinander ein Kind in deinem Leben anrichten könnte ... vor allen Dingen ein kleines Mädchen.«

Ich wusste nicht, was ich sagen sollte. Mein Partner meinte es offensichtlich sehr ernst, und ausnahmsweise drückte er dies auf sehr ruhige, leise Weise aus. Dennoch begriff ich seinen Gedankengang nicht ganz.

»Ach, komm schon, Aahz! Wie viel Ärger kann sie uns schon machen? Diese Sache mit Tanda ist nur passiert, weil Bunny ...«

»... nachdem Markie im falschen Augenblick losplärren musste, ja. Ich hatte Tanda gerade so weit, dass sie sich beruhigte, als Markie unbedingt auch noch ihre Münze in den Schlitz werfen musste.«

Sogleich fiel mir auch ein, dass es Markie gewesen war, die Tanda überhaupt aufgeklärt hatte. Doch diesen Gedanken verdrängte ich lieber erst einmal.

»Na schön, sie ist also nicht vernünftig genug, um den Mund zu halten. Ist doch nur ein Kind. Wir können nicht erwarten, dass sie ...«

»Genau darum geht es mir. Denk doch einmal eine Minute über unsere Operation nach, Partner. Wie oft am Tag können die Sachen schief laufen, wenn nur jemand im richtigen Augenblick das Falsche sagt? Wir haben glatt ein Jahr gebraucht, um Guido und Nunzio vernünftig abzurichten ... und das sind Erwachsene. Hier ein Kind hinzubringen, das ist, als würde man mit einer Fackel in einer Feuerwerksfabrik herumfuchteln.«

So sehr ich auch seine Bemühungen schätzte, mir ein Problem zu erklären, war ich es doch langsam ein wenig leid, wie Aahz immer auf solch einseitige Weise seine Pointen verfolgen musste.

»Also gut. Klar, ich habe nicht viel Erfahrung mit Kindern. Möglicherweise unterschätze ich die Lage, aber bist du nicht ein bisschen hysterisch? Auf welchen Erfahrungen gründen eigentlich *deine* Befürchtungen?«

»Machst du Witze?«, fragte mein Partner und lachte zum ersten Mal im Laufe unseres Gesprächs. »Jeder, der so viele Jahrhunderte auf dem Buckel hat wie ich, besitzt mehr als genug Erfahrung mit Kindern. Kennst du meinen Neffen Rupert nicht mehr? Denkst du etwa, dass der als Erwachsener geboren wurde? Und das ist nur einer von einer Heerschar von Nichten, Neffen und Enkeln, die ich gar nicht alle aufzählen kann, sonst machen mich die Erinnerungen noch zu einem nervösen Wrack.«

Und ich hatte geglaubt, Aahz könnte mich mit nichts mehr überraschen!

»Wirklich? Enkel? Ich wusste nicht einmal, dass du eigene Kinder hast.«

»Ich rede nicht gern darüber. Das sollte an sich schon Hinweis genug sein. Wenn jemand, der gern redet, so gern wie ich, ein bestimmtes Thema absolut meidet, müssen die Erinnerungen daran doch wohl weniger als angenehm sein!«

Langsam begann ich mir leichte Sorgen zu machen. Als mir einfiel, dass Aahz normalerweise dazu neigte, Gefahren herunterzuspielen, setzten seine Warnungen meine überaktive Einbildungskraft in Gang.

»Ich habe gehört, was du gesagt hast, Aahz, aber wir sprechen hier nur über ein einziges Kind. Wie viel Ärger kann ein kleines Mädchen schon machen?«

Die Miene meines Partners teilte sich plötzlich zu einem seiner berüchtigten bösen Grinsen. »Merk dir diesen Satz nur«, sagte er. »Denn ich werde ihn dir von Zeit zu Zeit unter die Nase reiben.«

»Aber ...«

»He, Boss! Da ist jemand, der dich sprechen will!«

Genau das, was mir noch gefehlt hatte! Ich hatte schon so gut wie beschlossen, keine neuen Klienten anzunehmen, bevor Markies Vater die Kleine wieder abgeholt hatte. Natürlich wollte ich das nicht vor Aahz' Augen sagen, vor allem nicht, wenn ich unser gegenwärtiges Gespräch bedachte.

»Ich bin mitten in einer Besprechung, Guido!«, rief ich. »Sag ihnen, sie sollen später wiederkommen.«

»Wie du willst, Boss!«, ertönte die Erwiderung. »Ich dachte nur, du würdest es wissen wollen, da es schließlich Luanna ist …«

Wie der Blitz schoss ich davon, machte mir nicht einmal mehr die Mühe, mich zu entschuldigen. Aahz würde mich schon verstehen. Er wusste, dass ich seit unserer Expedition nach Limbo auf Luanna flog.

Auf meinem Weg ins Wartezimmer hatte ich Zeit, darüber nachzudenken, ob es sich dabei vielleicht um einen der kleinen Streiche meines Leibwächters handeln mochte. Ich entschied, dass ich in diesem Falle so lange fleißig lernen würde, bis ich genug Magik beherrschte, um Guido in eine Kröte zu verwandeln.

Doch mein Misstrauen erwies sich als grundlos. Sie war wirklich da. Meine schöne blonde Göttin. Was mein Herz jedoch erst richtig einen Satz vollführen ließ, war die Tatsache, dass sie ihr Gepäck dabeihatte.

»Hallo, Luanna. Was machst du denn hier? Wo ist Matt? Wie ist es gelaufen? Möchtest du etwas zu trinken? Kann ich …«

Plötzlich wurde mir klar, dass ich einfach nur so dahinplapperte, und ich zwang mich zu einer Pause.

»Äh … was ich damit eigentlich nur sagen will, ist, dass es schön ist, dich wiederzusehen.«

Sie schenkte mir jenes abwartende Lächeln, das meine Träume heimgesucht hatte. »Das freut mich, Skeeve. Ich hatte schon befürchtet, du hättest mich vergessen.«

»Keine Bange«, sagte ich, bis mir klar wurde, dass ich sie förmlich anstarrte. »Das heißt, nein, ich habe dich nicht vergessen.«

Ihre tiefblauen Augen trafen meine, und ich hatte das Gefühl, als würde ich hilflos in ihren Tiefen versinken.

»Das ist gut«, sagte sie mit ihrer melodischen Stimme. »Ich war mir nicht sicher, ob ich nach all dieser Zeit dein Angebot doch noch annehmen sollte.«

Ihre Worte drangen durch den Nebel hindurch, der meinen Geist zu umhüllen drohte. »Angebot? Welches Angebot?«

»Ach, du erinnerst dich gar nicht mehr! Ich dachte ... Ach, ist mir das aber peinlich.«

»Einen Augenblick!«, rief ich. »Ich habe es nicht vergessen! Es ist nur, dass ... lass mich bitte nachdenken ... es ist nur ...«

Wie ein Sonnenstrahl im Sumpf kehrte die Erinnerung zu mir zurück. »Du meinst, als ich gesagt habe, dass du für Aahz und mich arbeiten könntest? Ist es das? Richtig?«

»Genau davon rede ich!« Die Sonne kam hinter den Wolken hervor, als sie wieder lächelte. »Weißt du, Matt und ich haben uns nämlich getrennt, und da dachte ich ...«

»Möchtest du Frühstück, Papi? Du hast gesagt ... Oh! Hallo!«

»PAPI!!??«

Markie und Luanna starrten einander an.

Hastig stellte ich meine Pläne um. Ich würde fleißig lernen und danach *mich selbst* in eine Kröte verwandeln.

»Das kann ich dir erklären, Luanna ...«, fing ich an.

»Ich finde, die hier solltest du behalten, Papi«, meinte Markie, ohne den Blick von Luanna abzuwenden. »Sie ist viel hübscher als die andere.«

»DIE ANDERE ... Oh! Du meinst Tanda.«

»Nein, ich meine ...«

»MARKIE!«, unterbrach ich verzweifelt. »Warum wartest du nicht in der Küche auf mich. Ich komme in einer Minute nach, sobald ich die Unterhaltung mit ...«

»Skeevie, gehen wir nachher einkaufen?« Bunny schlüpfte ins Zimmer. »Ich brauche ... Wer ist das denn!?«

»Ich? Ich bin niemand«, erwiderte Luanna grimmig. »Ich habe noch nie gewusst, wie sehr ich ein Niemand bin. Bis jetzt!«

»Na, dann wäre das ja erledigt, wenn du aus diesem Grund hierher gekommen sein solltest«, feixte Bunny.

»Einen Augenblick! Es geht da um etwas ganz anderes! Wirklich! Luanna, ich kann dir ... Luanna??«

Irgendwann im Laufe meines hysterischen Anfalls hatte die Liebe meines Lebens ihre Taschen genommen und war verschwunden. Ich sprach nur noch mit der Luft.

»Ach, Skeevie. Was redest du überhaupt mit ihr, wenn du doch mich hast? Bin ich nicht ...«

»Papi! Kann ich ...«

»RUHE! ALLE BEIDE! Lasst mich nachdenken!«

Doch so sehr ich es versuchen mochte, der einzige Gedanke, der immer wiederkehrte, war der, dass Aahz möglicherweise Recht hatte. Vielleicht machten Kinder einem doch mehr Ärger, als ich gedacht hatte.

Kapitel 6

»Bringen Sie die ganze Familie mit,
aber lassen Sie bloss die Kinder zu Hause!«
R. McDonald

»Also wirklich, Schätzchen. Glaubst du im Ernst, dass das eine gute Idee ist?«

»Massha, bitte! Ich versuche, die Sache zu durchdenken. Als ich noch inmitten des Durcheinanders stand und Aahz auf mich einredete, konnte ich meine Gedanken schon nicht mehr sammeln, und wenn du jetzt auch noch anfängst, wird es mir wieder nicht gelingen. Also, hilfst du mir nun oder nicht?«

Mein Lehrling zuckte die massigen Schultern. »Also gut. Was soll ich tun?«

»Wirf einfach ein Auge auf diese beiden und sieh zu, dass sie nicht in Schwierigkeiten geraten, während ich nachdenke.«

»Ich soll sie aus Schwierigkeiten raushalten? Im Bazar zu Tauf? Sind nicht eigentlich Guido und Nunzio ...«

»Massha!«

»Schon gut, schon gut. Ich möchte jedoch zu Protokoll genommen wissen, dass ich diesen Auftrag nur unter Protest annehme.«

Ich bin mir ganz *sicher,* dass ich selbst Aahz nicht so viele Widerworte gegeben habe, als ich noch sein Lehrling war. Allerdings bricht mein Partner jedes Mal, wenn ich so etwas behaupte, in schallendes Gelächter aus, so dass ich den Gedanken neuerdings lieber für mich behalte, selbst wenn er nicht anwesend ist.

Nach einigem Widerstand hatte ich mich schließlich bereit erklärt, Bunny und Markie auf einen Bummel durch den Bazar mitzunehmen. Wie ich Massha darlegte, ging es mir dabei eher darum, mich eine Weile von Aahz entfernen zu können, als Bunnys Gejammer nachzugeben, obwohl sich ihre Stimme nicht leicht überhören ließ.

Besorgt durch Aahz' wiederholte Warnungen hatte ich meinen Lehrling rekrutiert, um uns zu begleiten, damit ich Unterstützung hatte, falls etwas schief laufen sollte. Guido und Nunzio gingen natürlich auch mit, aber die beiden waren mehr damit beschäftigt, sich um mich zu kümmern, als darum, was einer von uns anstellen könnte.

Unser Bummel nahm den Charakter einer kleineren Prozession an: zwei Leibwächter des Syndikats, ein Frauenberg in der Verkleidung einer Juweliersausstellung, ein Betthase, ein Kind und ich! Zur Abwechslung war diesmal nicht ich das »Kind« der Gruppe. Es sprach doch einiges dafür, ein echtes Kind dabeizuhaben. Dann sah man automatisch älter und irgendwie verantwortungsbewusster aus.

Wir wohnten nun bereits eine ganze Weile im Bazar, und die Händler in der Nachbarschaft hatten sich schon ziemlich an uns gewöhnt. Das heißt, sie wussten, dass ich schon von allein kommen würde, wenn ich Interesse an ihren Waren zeigte. Wenn nicht, würde kein noch so großes Anlocken und Beschwatzen mich zum Kauf bewegen. Das mag Ihnen ein wenig seltsam erscheinen, vor allem nach meinem begeisterten Bericht über all die Wunder, die man im Bazar erstehen konnte, aber ich war ganz von allein auf dieses Verhaltensmuster verfallen. Denn wenn man den Bazar nur ab und zu besucht, ist alles recht beeindruckend, und man fühlt sich gedrängt, irgendetwas zu kaufen, nur um sich ein paar einmalige Schnäppchen nicht entgehen zu lassen. Wenn man andererseits dort wohnt, so gibt es kaum noch Drang, etwas zu kaufen. Ich meine, wenn ich eine Pflanze brauche, die in einer Minute zehn Fuß wächst, dann kaufe ich mir sie ... *wenn* ich sie brauche. Bis dahin kann die Pflanze ruhig drei Türen weiter von unserem Zelt im Laden ruhen und mein Geld kann in meiner Tasche bleiben.

So verhielt es sich normalerweise. Doch war meine Lage heute alles andere als normal. Das hatte ich natürlich schon die ganze Zeit gewusst, doch hatte ich noch nicht richtig über sämtliche Konsequenzen meiner gegenwärtigen Lage nachgedacht.

Na schön. War ich eben blöd. Aber vergessen Sie nicht, dass ich diesen Bummel eigentlich nur machte, um Gelegenheit zum Nachdenken zu bekommen. Wissen Sie noch?

Möglicherweise war mir noch nicht klar geworden, wie mein Trupp aussehen mochte, doch die Täufler hatten den Unterschied schon bemerkt, bevor wir einen halben Block weit gekommen waren.

Plötzlich war jeder Täufler, dem es in den letzten beiden Jahren nie gelungen war, mir irgendetwas anzudrehen, zur Stelle, um es doch noch mal zu versuchen.

»Liebestränke! Erfolg garantiert!«

»Schlangenhalsbänder! Giftige und ungiftige!«

»Sonderrabatt für den Großen Skeeve!«

»Sonderrabatte für jeden *Freund* des Großen Skeeve!«

»Versuchen Sie unser ...«

»Kaufen Sie mein ...«

»Probieren Sie ...«

Die meisten Angebote richteten sich gar nicht direkt an mich, sondern hatten Bunny und Markie zum Ziel. Die Täufler umschwärmten sie wie ... nun ja, eben wie Täufler, die einen schnellen Gewinn witterten. Damit will ich nicht sagen, dass Guido und Nunzio keine gute Arbeit geleistet hätten. Hätten sie uns nicht den Weg gebahnt, wir wären überhaupt nicht vorangekommen.

»Meinst du immer noch, dass das eine gute Idee war, du Dünnbrettbohrer?«

»Massha! Wenn du ...«

»Ich frage ja nur. Wenn du in diesem Höllenlärm nachdenken kannst, dann hast du allerdings eine wesentlich bessere Konzentrationsfähigkeit als ich.«

Sie hatte zwar Recht, doch war ich nicht bereit, es zuzugeben. Ich starrte einfach nur geradeaus, während wir dahingingen, die Ereignisse um mich herum aus den Augenwinkeln verfolgend, ohne dabei den Kopf zu bewegen,

»Skeevie! Kann ich vielleicht ...«

»Nein.«

»Schau doch mal nur ...«

»Nein.«

»Könnten wir nicht ...«

»Nein!«

Bunny wurde langsam zu einer Plage. Sie schien alles zu wollen, was sie zu Gesicht bekam. Zum Glück hatte ich die vollkommene Verteidigung entwickelt. Ich brauchte nur »nein!« auf alles zu erwidern, was mir angetragen wurde.

»Warum sind wir denn einkaufen gegangen, wenn wir dann doch nichts kaufen?«

»Na ja ...«

So viel zu meiner vollkommenen Verteidigung. Um mich nicht völlig matt setzen zu lassen, schaltete ich sofort auf Plan B um, der einfach nur darin bestand, unsere Einkäufe auf ein Minimum zu begrenzen. Auch dabei schien ich nicht allzu erfolgreich zu sein, doch tröstete ich mich damit, indem ich mir vorstellte, mit wie viel Plunder wir uns sonst beladen hätten, wenn ich nicht rechtzeitig die Bremse gezogen hätte.

Trotz Aahz' düsterer Prophezeiungen machte Markie überhaupt keine Schwierigkeiten. Ich fand sie bemerkenswert wohlerzogen und gehorsam, und sie bat mich niemals, ihr irgendetwas zu kaufen. Stattdessen begnügte sie sich damit, Bunny auf die wenigen Verkaufsstände aufmerksam zu machen, die diese übersehen hatte, und das waren nicht viele.

Meine einzige Rettung bestand darin, dass Bunny sich anscheinend nicht für den üblichen Haufen Supersachen und Wunderplunder interessierte, den die meisten Bazarbesucher unwiderstehlich finden. Sie blieb ihrer Hauptleidenschaft beachtenswert treu – nämlich der Kleidung. Hüte, Kleider, Schuhe und Accessoires aller Art mussten ihrer kritischen Musterung standhalten.

Ich gebe zu, dass Bunny sich nicht zu irgendwelchen willkürlichen Käufen verleiten ließ. Sie hatte einen ausgezeichneten Blick für Stoffqualität und für Schnitte und einen besseren Sinn für Farbzusammenstellungen als jeder, dem ich jemals begegnet bin. Aahz hat immer behauptet, dass Alpe großen modischen Schick hätten, und ich hatte insgeheim versucht, meine eigene Garderobe an ihrem Beispiel zu orientieren. Doch ein Einkaufsnachmittag mit Bunny war eine Ausbildung für sich. Wenn es um Gespür für Kleider geht, können Alpe dem Betthasen nicht das Wasser reichen.

Je mehr ich mit ansah, wie Bunny die Angebote des Bazars begutachtete, umso peinlicher wurde mir mein eigenes Aussehen bewusst. Schließlich ertappte ich mich dabei, wie ich mir ein paar Kleinigkeiten ansah, die mich selbst interessierten, und von dort war es nur noch ein kleiner Schritt bis zum Kauf.

In null Komma nichts hatten wir einen kleinen Berg aus Paketen mitzuschleppen. Bunny hatte ein paar Sachen gekauft, die entsprechend ihrer wechselnden Stimmung immer neue Farben aufwiesen. Dazu erstand sie eine Bluse, die ihre besonderen Reize mehr hervorhob, als dass sie sie verbarg. Ich selbst leistete mir nur wenig, doch genügte es, um den Warenberg zu vergrößern, den wir transportieren mussten. Guido und Nunzio waren von Gepäckträgerdiensten befreit, und Massha weigerte sich schlichtweg mit der Erklärung, dass es für eine große Frau schon schwierig genug sei, sich durch den Bazar zu manövrieren, ohne gleichzeitig auch noch mit Paketen jonglieren zu müssen. Angesichts der Verkaufspolitik des »Wer es kaputtmacht, muss es auch kaufen«, wie sie im Bazar vorherrschte, konnte ich gegen ihre Vorsicht kaum etwas einwenden.

Die Lösung der Gepäckfrage war schließlich doch recht einfach. Ich ließ meine magischen Kräfte ein wenig spielen und levitierte den ganzen Plunder. Eigentlich liebte ich es nicht, meine Fähigkeiten in der Öffentlichkeit zur Schau zu stellen, aber hier handelte es sich wohl um eine notwendige Ausnahme. Natürlich hätten wir ebenso gut einen Leuchtturm im Schlepp haben können, wie unsere Einkäufe hinter uns herschweben zu lassen; denn das lockte die Täufler in ganzen Schwärmen von ihren Verkaufsständen herbei.

Zu meiner Überraschung begann ich die Situation zu genießen. Bescheidenheit und Anonymität sind zwar gut und schön, manchmal ist es aber auch ganz nett, wenn viel Tamtam um einen gemacht wird. Bunny hing wie ein knochenloser Falke an meinem Arm und meiner Schulter und stieß kleine Schreie des Entzückens aus . . . obwohl die Tatsache, dass ich bereit war, für ihren Einkauf zu bezahlen, mindestens ebenso viel Eindruck auf sie machte wie meine kleine Magieschau, wenn nicht sogar noch mehr.

»Kann nicht behaupten, dass ich von ihrem Kleidergeschmack viel hielte«, murmelte Massha mir zu, als wir mal wieder anhielten, während Bunny in eines der Geschäfte flitzte.

Wenn ich auf irgendetwas keine Lust verspürte, so bestimmt darauf, mich jetzt auch noch in eine Diskussion über Wert und Unwert der jeweiligen Modepräferenzen Bunnys und meines Lehrlings zerren zu lassen.

»Verschiedene Typen sehen eben in unterschiedlichen Stilen anders aus«, sagte ich so taktvoll wie ich nur konnte.

»Ach ja? Und welcher Stil passt am besten zu *meinem* Typ?«

»Ganz ehrlich, Massha, ich kann mir gar nicht vorstellen, dass du dich anders anziehen könntest.«

»Wirklich? He, danke, Skeeve! Ein Mädchen hört immer gerne mal ein paar bewundernde Geräusche über ihr Aussehen.«

Ich war mit knapper Not einer Tretmine entgangen und hielt nun verzweifelt Ausschau nach einem neuen Gesprächsthema, bevor ihr die andere Deutungsmöglichkeit meiner Aussage klar wurde.

»Äh ... hat sich Markie nicht wunderbar benommen?«

»Allerdings. Ich muss zugeben, dass ich mir erst ein bisschen Sorgen gemacht habe, als du sie mitgebracht hast, aber sie war der reinste Engel. Ich glaube nicht, dass ich jemals ein Kind gesehen habe, das so geduldig und gehorsam war.«

»Und so anspruchslos«, sagte ich. »Ich hatte eigentlich daran gedacht, ihr etwas zu kaufen, wenn wir schon hier sind, aber es fällt mir schwer, etwas Passendes zu finden. Spielzeugläden sind nicht gerade die Stärke des Bazars.«

»Machst du Witze? Der ganze Bazar ist doch nur ein einziger Spielzeugladen!«

»Massha ...«

»Schon gut, schon gut. Ja, es sind hauptsächlich Spielzeuge für Erwachsene. Lass mich mal nachdenken. Wie alt ist sie überhaupt?«

»Ich weiß es auch nicht so genau. Sie meinte, dass sie in die dritte Klasse der Elementarschule geht ... obwohl sie es Elementalschule nannte ... also muss sie wohl ...«

Da bemerkte ich, wie Massha mich mit entsetzten, weit aufgerissenen Augen anstarrte.

»*Elemental*schule!?«

»So hat sie es genannt. Süß, nicht? Warum, was ...«

Mein Lehrling unterbrach mich, indem sie meinen Arm so fest packte, dass es schon wehtat. »Skeeve, wir müssen sie sofort wieder nach Hause bringen ... SCHNELL!!«

»Aber ich verstehe nicht ...«

»Ich erkläre es dir später! Nimm sie einfach und geh! Ich werde Bunny suchen und zurückholen, aber du musst dich jetzt auf jeden Fall in Bewegung setzen!«

Milde ausgedrückt, fand ich ihr Verhalten verwirrend. Noch nie hatte ich Massha so aufgeregt gesehen. Doch war dies offensichtlich nicht die Zeit für Fragen, also hielt ich nach Markie Ausschau.

Sie stand mit geballten Fäusten vor einem verschlossenen Zelt und blickte es finster an.

Komisch, plötzlich waren alle so verbiestert. Erst Massha und nun auch noch Markie.

»Was ist mit dem Kind los?«, fragte ich und tippte Guido dabei auf die Schulter.

»Bunny ist da drin und probiert ein paar durchsichtige Nachthemden an, und der Besitzer hat Markie hinausgejagt«, erklärte mein Leibwächter. »Es gefällt ihr nicht besonders, aber sie wird schon wieder drüber hinwegkommen. So geht es einem wohl als Kind, schätze ich.«

»Verstehe. Na, ich wollte sie sowieso gerade mit nach Hause nehmen. Könnte einer von euch hier bei ...«

»SKEEVE! HALTE SIE AUF!!«

Massha brüllte mich an. Ich drehte mich gerade zu ihr um, als es geschah, deshalb entgingen mir einige Einzelheiten.

Es gab ein plötzliches WUSCH, dann folgte das Geräusch zerreißenden Zeltstoffes und splitternden Holzes, begleitet von unzähligen Schreien und Flüchen.

Ich riss den Kopf wieder herum, und der Unterkiefer klappte mir vor Erstaunen herunter.

Das Verkaufszelt, in dem Bunny sich befand, war völlig zerfetzt. Sämtliche Waren segelten über den Bazar davon, genau wie alles andere, was vom Zelt noch übrig geblieben war. Bunny versuchte, sich mit den Händen zu bedecken und schrie sich die Seele aus dem Leib. Der Besitzer, ein besonders schmierig aussehender Täufler, brüllte Beleidigungen jedweder Art, doch richtete er seine Gefühle nicht etwa gegen die Welt im Allgemeinen, sondern ganz gezielt gegen uns.

Ich war versucht, von einer Katastrophe zu sprechen, doch ein Umstand hielt mich zurück. Die Stände zu beiden Seiten von Bunnys Zelt und zwei Reihen dahinter befanden sich in einem ähnlichen Zustand. Das war keine Katastrophe, *das* war eine riesige Katastrophe, eine Verwüstung sondergleichen.

Eine Stimme sprang in meinen Kopf hinein und übertönte den ganzen Lärm der wütenden Händler. »Wer es kaputtmacht, muss es auch kaufen!«, sagte die Stimme, und sie sprach mit Täuflerakzent.

»Was ist passiert?«, keuchte ich, obwohl ich mir nicht sicher war, ob ich mich dabei an mich selbst oder an die Götter wandte.

Massha gab Antwort.

»Markie ist passiert!«, sagte sie grimmig. »Sie hat sich aufgeregt und ein Luftelemental heraufbeschworen ... Du verstehst schon, wie man es eben auf der *Elementalschule* lernt. Sieht so aus, als ob dieses Kind, wenn es mal einen Wutanfall bekommt, es gleich mit Magik tut!«

Mein Geist begriff sofort die Bedeutung ihrer Worte, ebenso schnell, wie er gleich zur nächsten Ebene überwechselte. Aahz! Ich war mir nicht sicher, was wohl schlimmer werden würde: Aahz die Neuigkeit zu berichten oder ihm mitzuteilen, wie viel es uns gekostet hatte, sie in Erfahrung zu bringen!

Kapitel 7

»Ein Plan muss lange gereift und in allen Phasen durchdacht sein, bevor er zur Anwendung kommt.«
Indiana Jones

Ich habe gehört, dass manche Leute, wenn sie deprimiert sind, sich in die Bar in ihrer Nachbarschaft zurückziehen und dort ihre Sorgen einem verständnisvollen Barkeeper erzählen. Das Problem mit dem Bazar auf Tauf (ein Problem, dessen ich mir vorher nie bewusst geworden war) besteht darin, dass es dort keine verständnisvollen Barkeeper gibt!

Dementsprechend musste ich mich mit dem Nächstbesseren begnügen und verzog mich in das Gasthaus Zum Gelben Halbmond.

Nun meinen Sie vielleicht, dass ein Schnellimbiss nur ein erbärmlicher Ersatz für eine Bar ist. Doch gehört dieser besondere Schnellimbiss dem einzigen meiner Freunde im Bazar, der nicht mit mir zusammenwohnt. Letzteres war mir im Augenblick besonders wichtig, da ich nicht damit rechnete, in meinem eigenen Zuhause auf sonderlich viel Sympathie zu stoßen.

Gus ist ein Wasserspeier, doch trotz seines bedrohlichen Aussehens ist er eines der freundlichsten Wesen, denen ich je begegnet bin. Er hat Aahz und mir gelegentlich bei einigen unserer zweifelhafteren Unternehmungen geholfen, weshalb er auch seltener als andere die Frage stellt: »Wie bist du denn bloß in diese Lage gekommen?«. Meistens interessiert er sich eher dafür: »Wie bist du da wieder rausgekommen?«

»Wie bist du denn bloß in diese Lage gekommen?«, fragte er kopfschüttelnd.

Na ja, niemand ist vollkommen ... besonders Freunde nicht.

»Ich habe es dir doch *erzählt,* Gus. Eine einzige lausige Kartenpartie, bei der ich damit rechnete, dass ich verlieren würde. Hätte ich vorher gewusst, dass der Schuss nach hinten losgeht, dann wäre ich jedes Mal ausgestiegen, das kannst du mir glauben!«

»Siehst du, das ist auch dein Problem«, sagte der Wasserspeier und ließ ein noch zahnigeres Grinsen als sonst aufblitzen. »Anstatt dich hinzusetzen und zu verlieren, würdest du besser damit fahren, erst gar nicht daran teilzunehmen!«

Diesen vernünftigen Rat belohnte ich durch ein Augenrollen.

»Ist sowieso alles nur hypothetisch. Was geschehen ist, ist geschehen. Die Frage lautet nun: ›Was soll ich jetzt tun?‹«

»Nicht so schnell. Bleiben wir doch erst einmal noch ein bisschen beim Kartenspiel. Warum hast du daran teilgenommen, wenn du ohnehin damit gerechnet hast, zu verlieren?«

»Hör mal, können wir nicht dieses Kartenspiel endlich vergessen? Also schön, da habe ich eben Mist gebaut. Ist es das, was du hören wolltest?«

»Neii-ii-in«, sagte Gus gedehnt. »Ich möchte immer noch wissen, warum du überhaupt hingegangen bist. Mach mir die Freude.«

Ich starrte ihn einen Augenblick misstrauisch an, doch er schien es durchaus ernst zu meinen.

Dann zuckte ich die Achseln. »Der Giek hat mir eine Einladung geschickt. Ich fühlte mich ehrlich gesagt geschmeichelt. Ich dachte einfach, es wäre ein Gebot freundschaftlicher Geselligkeit ...«

»Halt!«, unterbrach mich der Wasserspeier und hob die Hand. »Da liegt dein Problem.«

»Was denn?«

»Dass du versuchst, gesellig zu sein. Was ist denn los? Sind dir deine alten Freunde etwa nicht mehr gut genug?«

Das machte mich ein bisschen nervös. Ich hatte schon genug Probleme, ohne dass Gus jetzt auch noch einschnappte.

»Das ist es gar nicht, Gus. Wirklich nicht. Die ganze Mannschaft – du eingeschlossen – steht mir näher, als meine eigene Familie es jemals getan hat. Es ist nur ... ich weiß nicht ...«

»... du möchtest gemocht werden, stimmt's?«

»Ja. Ich schätze, das ist es.«

»Und das ist eben auch dein Problem!«

Das war zu viel für mich.

»Das verstehe ich nicht«, gestand ich.

Der Wasserspeier seufzte, dann fuhr er hinter die Theke. »Nimm noch einen Milchshake«, sagte er und schob mir einen zu. »Es wird jetzt vielleicht eine Weile dauern, aber ich werde versuchen, es dir zu erklären.«

Ich bilde mir gern ein, dass es ein Zeichen meines sich entwickelnden Savoir-vivre ist, dass mir inzwischen Erdbeermilchshakes schmecken. Als ich das erste Mal den Bazar besuchte, lehnte ich sie kategorisch ab, weil sie aussahen wie rosa Sumpfschlamm. Inzwischen hatte ich sogar eine milde Sucht danach entwickelt, obwohl ich in diesem Lokal immer noch nichts gegessen hätte. Andererseits war es vielleicht auch ein Anzeichen für etwas völlig anderes, wenn ich nämlich dachte, dass eine Vorliebe für Erdbeermilchshakes ein Anzeichen von Savoir-vivre sei!

»Schau mal, Skeeve«, begann Gus und nippte selbst an seinem Milchshake, »du bist ein netter Bursche ... einer der nettesten, die ich je kennen gelernt habe. Du gibst dir alle

Mühe, ›es richtig zu machen‹ ... zu den Leuten nett zu sein. Der Kernsatz dabei lautet: ›Du gibst dir alle Mühe.‹ Nun bist du ohnehin schon in einem Beruf tätig, der äußerst problembelastet ist. Niemand heuert einen Magiker an, weil alles in Ordnung ist. Hinzu kommt auch noch der Lebensstil, den du dir ausgesucht hast. Weil du möchtest, dass man dich mag, begibst du dich in Situationen, um die du einen weiten Bogen machen würdest, wenn es nur um deine persönliche Befriedigung ginge. Beispiel: das Kartenspiel. Wäre es dir um persönlichen Gewinn gegangen, also um Reichtum, du hättest es nicht einmal angerührt, weil du das Spiel nicht kennst. Aber du wolltest freundlich sein, also bist du in der Erwartung hingegangen, zu verlieren. Das ist nicht normal, und so ist die Sache auch auf nicht normale Weise geendet, Beispiel: Markie. Deshalb gerätst du in Schwierigkeiten.«

Ich kaute leicht auf meiner Lippe herum, während ich über seine Worte nachdachte.

»Wenn ich also nicht mehr in Schwierigkeiten geraten will, muss ich aufhören, nett zu sein? Ich bin mir nicht sicher, dass ich das kann.«

»Ich auch nicht«, stimmte der Wasserspeier mir fröhlich zu. »Und selbst wenn du es könntest, glaube ich nicht, dass ich oder irgendeiner von deinen Freunden dich dann noch mögen würden. Ich glaube nicht einmal, dass du dich dann selbst noch mögen würdest.«

»Warum rätst du mir dann, mich zu ändern?«

»Tu ich doch gar nicht! Ich weise dich lediglich darauf hin, dass es die Art, wie du bist, ist, die dich immer wieder in Schwierigkeiten bringt, und nicht etwa irgendwelche äußeren Umstände. Kurzum, wenn du dich schon nicht änderst, dann gewöhne dich wenigstens daran, in Schwierigkeiten zu geraten. Das wird noch sehr lange dein Normalzustand sein.«

Ich merkte, wie ich mir unwillkürlich die Stirn massierte.

»Danke, Gus«, sagte ich. »Ich wusste doch, dass ich mich auf dich verlassen könnte, wenn ich etwas Ermunterung brauche.«

»Nun mach es mal nicht runter. Jetzt kannst du dich wenigstens darauf konzentrieren, dein gegenwärtiges Problem zu lösen, anstatt Zeit darauf zu vergeuden, dich zu fragen, warum es existiert.«

»Komisch. Ich dachte, dass ich genau das täte. Das war doch *irgendjemand anders,* der sich unbedingt darüber unterhalten wollte, woher meine Probleme eigentlich kommen.«

Mein Sarkasmus beeindruckte den Wasserspeier nicht im Geringsten.

»Richtig«, erklärte er. »Und das bringt uns zu deinem gegenwärtigen Problem.«

»Jetzt bist du endlich beim Thema. Was soll ich tun, Gus?«

»Keine Ahnung. Ich würde sagen, du steckst in einem echten Dilemma.«

Ich schloss die Augen, als mein Kopfschmerz wieder loszupochen begann.

»Ich wüsste wirklich nicht, was ich ohne dich täte, Gus.«

»He! Keine Ursache. Wozu sind Freunde schließlich da? Hoppla! Da kommt Tanda!«

Der weitere Nachteil, sich im Gasthaus Zum Gelben Halbmond einzubunkern, außer der Tatsache, dass es sich dabei nicht um eine Bar handelt, ist der, dass es direkt gegenüber meinem Zuhause auf der anderen Straßenseite liegt. So etwas taugt nicht für jemanden, der gerade versucht, seinen Mitbewohnern aus dem Weg zu gehen.

Glücklicherweise war dies hier mal eine Situation, die ich relativ mühelos meistern konnte.

»Erzähl ihr nicht, dass ich hier bin, Gus«, wies ich ihn an.

»Aber ...«

Ohne den Rest seines Protests abzuwarten, packte ich meinen Milchshake und glitt auf einen Stuhl an einem nahe gelegenen Tisch, um mich sofort an einen schnellen Tarnungszauber zu machen. Als Tanda zur Tür hereinkam, sah sie in dem Schnellimbiss außer Gus nur einen dickbäuchigen Täufler, der an einem Erdbeermilchshake nippte.

»Hallo, Gus!«, flötete sie. »Hast du Skeeve gesehen?«

»Er ... äh ... war vorhin mal da.« Vorsichtig mied der Wasserspeier die Lüge.

»Ach, na ja. Schätze, dann werde ich wohl fortgehen müssen, ohne mich von ihm zu verabschieden. Zu schade. Als ich ihn das letzte Mal gesehen habe, haben wir uns nämlich nicht ganz besonders gut verstanden.«

»Du gehst weg?«

Gus sagte es, bevor es aus mir selbst herausplatzte, wodurch ich meine eigene Tarnung zunichte gemacht hätte.

»Ja. Schätze, es ist wohl Zeit für mich, weiterzuziehen.«

»Ich ... äh ... habe ein paar merkwürdige Dinge über meine Nachbarn gehört, aber ich wusste nie, wie viel ich davon glauben sollte«, meinte der Wasserspeier nachdenklich. »Diese plötzliche Abreise hat nicht zufällig etwas mit dem neuen Betthasen zu tun, den man Skeeve aufgenötigt hat?«

»Bunny? Nö. Ich gebe zu, dass ich ein bisschen aufgebracht war, als ich zuerst davon hörte, aber Chumly hat mir alles erklärt.«

»Wo liegt dann das Problem?«

Gus leistete wirklich phantastische Arbeit, mir die Fragerei abzunehmen. Solange er so weitermachte, würde ich auf alles eine Antwort erhalten, ohne meine Tarnung preisgeben zu müssen.

Eigentlich hatte ich die Idee gehabt, Tanda ganz direkt zu konfrontieren, sobald ich hörte, was sie vorhatte; doch dann begriff ich, dass dies eine jener seltenen Gelegenheiten war, bei denen ich ihre Gedanken in Erfahrung bringen konnte, während sie glaubte, dass ich nicht anwesend sei.

»Na ja, es ist etwas, das Markie gesagt hat ...«

Schon wieder Markie! Ich war Aahz ganz eindeutig eine Entschuldigung schuldig.

»... sie hat einen Witz über ihren Papi gerissen, also über Skeeve, dass er mich in seinem Haus nur wohnen lasse, und das hat mich nachdenklich gemacht. Die letzten paar Jahre war alles ja recht nett ... schon beinahe zu nett. Da wir uns keine große Sorgen wegen unserer Unkosten zu machen brauchten, haben Chumly und ich nicht sonderlich viel gearbeitet. Es ist viel zu verlockend, herumzuhängen und darauf zu warten, dass irgendetwas auf uns zukommt.«

»Wirst wohl dick und faul, wie?« Gus grinste.

»Etwas in der Art. Nun kennst du mich ja, Gus. Ich war schon immer ein Springinsfeld. Bereit, auf der Stelle jeden Job anzunehmen, jeder Laune nachzugeben. Wenn mir irgendjemand damals gesagt hätte, dass ich mich mal zur Ruhe setzen würde, hätte ich ihm das Licht ausgepustet. Und jetzt habe ich plötzlich eine feste Adresse und eine Familie ... ich meine, eine Familie, die über Chumly hinausgeht. Erst als Skeeve mit Markie aufkreuzte, ist mir klar geworden, wie häuslich ich zu werden drohte. Sogar ein Kind lebt mit uns! Als ich sie das erste Mal sah, war mein erster Gedanke, dass es nett sein könnte, ein Kind im Haus zu haben! Nun frage ich dich, Gus: Klingt das vielleicht nach mir?«

»Nein, tut es nicht.«

Die Stimme des Wasserspeiers war so leise, dass ich sie kaum wiedererkannte.

»Da habe ich dann endlich durchgeblickt. Wenn ich mich

nicht langsam wieder auf den Weg mache, schlage ich hier noch Wurzeln ... und zwar für immer. Weißt du, das Schlimmste ist eigentlich, dass ich gar nicht wirklich fort möchte. Das jagt mir am meisten Angst ein.«

»Ich glaube auch nicht, dass Aahz oder Skeeve möchten, dass du gehst.«

»Nun fang bloß nicht an, mich zu bearbeiten, Gus. Die Sache fällt mir ohnehin schon schwer genug. Wie ich schon sagte, sie gehören zwar zur Familie, aber sie ersticken mich. Ich muss einfach weg, und wenn es nur für kurze Zeit ist, sonst verliere ich noch einen Teil von mir ... für immer.«

»Na, wenn du dich schon entschieden hast ... dann viel Glück.«

»Danke, Gus. Ich werde mich ab und zu mal melden. Pass ein bisschen auf die Jungs auf, damit sie sich nicht mehr Ärger einhandeln, als sie hinterher wieder verkaufen können.«

»Ich glaube nicht, dass du dir wegen Chumly Sorgen machen musst. Der ist ziemlich vernünftig.«

»Um Chumly sorge ich mich auch nicht.«

Ich dachte, dass dies ihr Abschiedswort sein würde, doch sie blieb noch einmal stehen, eine Hand auf die Tür gelegt.

»Weißt du, wahrscheinlich ist es sogar besser, dass ich Skeeve nicht finden konnte. Ich bin mir nicht sicher, dass ich es durchgestanden hätte, so von Angesicht zu Angesicht ... aber andererseits war das vielleicht auch der Grund, warum ich ihn gesucht habe.«

Ich spürte, wie Gus' Blick sich auf mich richtete, als sie hinausschlüpfte.

»Ich vermute, es ist wohl zwecklos, dich zu fragen, warum du nichts gesagt hast, *Großer* Skeeve?«

Obwohl ich mir vorhin noch darüber Sorgen gemacht

hatte, dass Gus auf mich wütend werden könnte, spielte es jetzt irgendwie keine Rolle mehr.

»Am Anfang war es Neugier«, sagte ich und löste meine Tarnung wieder auf. »Und danach wollte ich sie nicht verlegen machen.«

»Und dann, zum Schluss? Als sie gerade sagte, dass du es ihr ausreden könntest? Warum hast du da nichts gesagt? *Willst* du etwa, dass sie verschwindet?«

Ich brachte nicht einmal mehr einen Funken Zorn auf. »Du weißt es durchaus besser, Gus«, sagte ich ruhig. »Es tut dir weh, und jetzt prügelst du auf jeden ein, der sich gerade anbietet, und das bin zufällig ich. Ich habe nicht versucht, sie zum Bleiben zu überreden, und zwar aus demselben Grund, aus dem du dich nicht noch mehr angestrengt hast. Sie hat das Gefühl, dass wir sie hier ersticken, und wenn sie rauswill, wäre es ja wohl reichlich mies von uns, wenn wir versuchten, sie um unseretwillen hierzubehalten, nicht wahr?«

Es folgte ein tiefes Schweigen, was mir ganz recht war. Mir war nicht mehr sonderlich nach Gesprächen zumute.

Ich stand auf und schritt zur Tür.

»Du hast gerade in die andere Richtung geschaut, als sie ging«, sagte der Wasserspeier. »Vielleicht interessiert es dich zu erfahren, dass ihr Tränen in den Augen standen.«

»Mir auch«, erwiderte ich, ohne mich umzudrehen. »Deshalb habe ich ihr auch nicht nachgeschaut.«

Kapitel 8

»WAS HABE ICH NUR FALSCH GEMACHT?«
LEAR, KÖNIG

Schweren Herzens begab ich mich auf den Heimweg. Ich machte mir keine Sorgen mehr darüber, dass Aahz mich anschreien könnte. Im Grunde hoffte ich sogar darauf. Sollte er es tun, so beschloss ich, würde ich zur Abwechslung einmal nichts dagegen sagen. Kurzum, ich fühlte mich fürchterlich und war in der Stimmung, Buße zu tun.

Als ich durch den Zelteingang trat, spitzte ich die Ohren und horchte auf Aahz. Genau genommen war ich sogar ein wenig überrascht, dass ich ihn von der Straße aus noch nicht gehört hatte, war mir aber sicher, dass ich ihn ohne Schwierigkeiten im Haus würde orten können. Wie ich schon sagte, mein Partner hat keinerlei Probleme, seinen Launen Ausdruck zu verleihen, vor allem nicht seinem Zorn.

Das Haus war still.

Da nichts wackelte und rüttelte, und da auch nirgendwo Stuck von der Decke rieselte, nahm ich an, dass Aahz ausgegangen war ... wahrscheinlich auf der Suche nach mir, mit blutunterlaufenen Augen. Ich überlegte, ob ich ihn draußen suchen sollte, entschied aber, dass es besser wäre, hier auf ihn zu warten. Irgendwann würde er schon zurückkehren, also begab ich mich in den Garten, um es mir dort ein wenig bequem zu machen, bis er sich zeigte.

Was ich den Garten nenne, ist tatsächlich unser Hof. Er besitzt einen Springbrunnen und zahlreiche Gewächse, deshalb sehe ich in ihm lieber ein Stück freier Natur als ein eingefasstes Gelände. In letzter Zeit hatte ich immer mehr Zeit dort verbracht, besonders wenn ich nachdenken wollte. Er erinnerte mich an einige der ruhigeren Flecken, an die ich mich früher zurückzuziehen pflegte, als ich noch allein im Wald lebte ... bevor ich Garkin begegnete und durch ihn Aahz.

Die Erinnerung daran ließ mich über eine merkwürdige Erscheinung nachdenken: Gab es auch andere erfolgreiche Wesen wie mich, die ihren neu gewonnenen Wohlstand dazu benutzten, um die Umgebung oder Atmosphäre der Zeit vor ihrem Erfolg wiederauferstehen zu lassen? Wenn ja, war dies ein seltsamer Kreislauf.

So sehr war ich mit diesem Gedanken beschäftigt, als ich in den Garten trat, dass mir beinahe die Tatsache entging, dass ich gar nicht allein war. Jemand anders hatte gerade meinen Rückzugsort aufgesucht ... genauer gesagt: Aahz.

Er saß auf einer der Steinbänke, das Kinn in die Hände, die Ellenbogen auf die Knie gestemmt, und starrte ausdruckslos in das Wasser, das durch den Springbrunnen floss.

Ich war, milde gesagt, überrascht. Aahz war noch nie ein meditativer Typ gewesen, vor allem nicht in Krisenzeiten. Er ist eher der Typ des »Drisch-auf-irgendjemanden-oder-irgendetwas-anderes-ein-bis-das-Problem-verschwindet«. Doch nun war er hier, nicht aufgewühlt, nicht hin und her schreitend, einfach nur dasitzend und vor sich hin starrend. Das war unpassend genug für ihn, um mich vollends aus der Fassung zu bringen.

»Äh ... hallo, Aahz«, sagte ich zögernd.

»Hallo, Skeeve«, erwiderte er, ohne sich umzudrehen.

Einige Augenblicke lang wartete ich darauf, dass er etwas sagen würde. Er tat es nicht. Schließlich setzte ich mich neben ihn auf die Bank und starrte selbst ein bisschen ins Wasser.

So saßen wir eine ganze Weile, und keiner von uns sagte irgend etwas. Das plätschernde Wasser hatte einen beruhigenden, hypnotischen Effekt, und ich merkte, wie mein Geist begann, sich zu entspannen und loszulassen.

»War ein ganz schön anstrengender Tag, nicht, Partner?«

Instinktiv ging ich sofort in Abwehrhaltung, bevor mir klar wurde, dass Aahz immer noch mit ruhiger Stimme sprach.

»J ... ja.«

Ich wartete ab, doch er schien wieder in seine Gedanken versunken zu sein. Da ich mit meinen Nerven am Ende war, entschied ich mich zur Initiative.

»Schau mal, Aahz ... wegen Markie ...«

»Ja?«

»Ich wusste von dieser Elementalschulsache. Sie hatte es mir erzählt, als wir von Giek zurückkamen. Ich wusste lediglich nicht genug, um zu erkennen, dass es etwas Wichtiges war.«

»Ich weiß«, seufzte Aahz, ohne mich anzublicken. »Ich hatte mir nur nicht die Mühe gemacht, dir etwas über Elementalmagie beizubringen. Genauso wenig wie ich dir Drachenpoker beigebracht habe.«

Gar keine Explosion! Langsam machte ich mir leichte Sorgen um meinen Partner.

»Bist du nicht böse?«

»Natürlich bin ich böse«, sagte er und gewährte mir einen flüchtigen Blick auf gebleckte Zähne, ein kaum erkennbares Lächeln. »Meinst du, ich wäre immer so jovial?«

»Ich meine, bist du nicht wütend?«

»Oh, durch das ›wütend‹ bin ich schon durch. Ich bin inzwischen bei ›nachdenklich‹ angelangt.«

Ich gelangte zu dem erstaunlichen Schluss, dass es mir besser gefiel, wenn Aahz brüllte und unvernünftig war. *Damit* wusste ich wenigstens umzugehen. Seine jetzige Stimmung war mir etwas völlig Unbekanntes.

»Worüber denkst du denn nach?«

»Über das Elternsein.«

»Über das Elternsein?«

»Ja. Du weißt doch, dieser Zustand, wenn man für ein anderes Wesen volle Verantwortung trägt? Na ja, zumindest theoretisch.«

Ich war mir nicht sicher, dass ich ihn verstanden hatte.

»Aahz? Willst du damit etwa sagen, dass du dich für das verantwortlich fühlst, was mit Markie passiert ist, weil du mir nicht mehr über Magik und Poker beigebracht hast?«

»Ja. Nein. Ich weiß es nicht.«

»Aber das ist doch Blödsinn!«

»Ich weiß«, erwiderte er mit seinem ersten ehrlichen Grinsen, seitdem ich den Garten betreten hatte. »Deshalb habe ich auch angefangen, über das Elternsein nachzudenken.«

Ich gab jede Hoffnung auf, seiner Logik folgen zu können.

»Das musst du mir erklären, Aahz. Ich bin heute ein bisschen schwer von Begriff.«

Er richtete sich etwas auf und legte mir einen Arm um die Schulter.

»Ich werde es versuchen, aber es ist nicht leicht«, sagte er beinahe in einem heiteren Plauderton. »Weißt du, egal was ich gesagt habe, als ich dir Vorhaltungen darüber gemacht habe, wie viel Probleme Markie uns schaffen würde ... Es ist schon lange her, seit ich elterliche Pflichten hatte. Ich habe hier gesessen und versucht, mich daran zu erinnern, wie das war. Was mich so überrascht, ist die Tatsache, dass ich niemals wirklich damit aufgehört habe. Niemand tut das.«

Verlegen begann ich hin und her zu rutschen.

»Warte, lass mich ausreden. Ich versuche ausnahmsweise einmal, dir eine meiner auf schmerzliche Weise gelernten Lektionen ohne Gebrüll zu vermitteln. Vergiss alle Theorien des Elternseins! Worum es dabei wirklich geht, das ist, stolz auf Dinge zu sein, von denen man nie sicher sein kann, dass man damit zu tun hatte, und die Verantwortung und Schuld für Dinge zu übernehmen, von denen man entweder nichts wusste oder über die man keine Macht hatte. Tatsächlich ist es eigentlich sehr viel komplizierter, aber das ist immerhin das ungefähre Prinzip.«

»Du stellst es nicht besonders angenehm dar«, bemerkte ich.

»In vielerlei Hinsicht ist es das auch nicht. Dein Kind erwartet von dir, dass du alles weißt ... dass du alle Fragen beantworten kannst, die es dir stellt, und, noch wichtiger, dass du ihm eine logische Erklärung für eine im Prinzip doch unlogische Welt bieten kannst. Andererseits erwartet die Gesellschaft von dir, dass du dein Kind in allem ausbildest, was es benötigt, um zu einem erfolgreichen, verantwortungsbewussten Mitglied der Gemeinschaft zu werden ... auch wenn du das selbst nicht sein solltest. Das Problem ist, dass du nicht die einzige Wissensquelle deines Kindes bist. Freunde, Schulen, andere Erwachsene – alle steuern sie auch ihre Meinungen bei, und mit vielem davon bist du gar nicht einverstanden. Das bedeutet, dass du nie wissen kannst, ob dein Kind wegen oder trotz deines Einflusses erfolgreich ist. Entwickelt es sich aber daneben, fragst du dich ständig, ob du irgendetwas anderes hättest sagen oder tun sollen, ob du anders hättest vorgehen können, um das Ruder noch rechtzeitig herumzureißen.«

Aahz' Griff verstärkte sich ein wenig, doch ich glaube nicht, dass er es bewusst tat.

»Nun war ich kein besonders guter Vater. Ich habe mich nicht sehr viel mit meinen Kindern beschäftigt. Das Geschäft war zwar immer eine gute Ausrede, aber in Wahrheit war ich froh, ihre Erziehung anderen zu überlassen, soweit es ging. Inzwischen weiß ich allerdings, dass ich nur Angst hatte, in meiner Unwissenheit und Unsicherheit irgendeinen schrecklichen Fehler zu begehen. Das Endergebnis war, dass einige der Kinder sich ganz gut entwickelten, und einige ... sagen wir, weniger gut. Was zurückblieb, das war das nagende Gefühl, dass ich es hätte besser machen können. Dass ich einen größeren Unterschied hätte machen können – hätte machen sollen.«

Plötzlich ließ er meine Schulter los und stand auf.

»Was uns zu dir führt.«

Ich war mir nicht sicher, ob ich mich unwohl fühlen sollte, weil er sich auf mich konzentrierte, oder froh darüber, dass er wieder auf und ab schritt.

»Ich habe dich nie bewusst als Sohn gesehen, aber im Nachhinein wird mir klar, dass ein Großteil der Art, wie ich dich behandelt habe, von Schuldgefühlen meiner Zeit als Vater geprägt gewesen ist. Du warst für mich eine neue Chance, jemanden zu formen ... ihm all jene Ratschläge zu erteilen, die ich meinen Kindern eigentlich hätte geben sollen. Wenn ich gelegentlich zu heftig reagiert habe, weil die Sachen nicht so liefen, wie sie sollten, dann lag das daran, dass ich darin einen persönlichen Misserfolg sah. Ich meine, schließlich war es doch meine zweite Chance. Eine Gelegenheit, unter Beweis zu stellen, wie viel ich aus meinen früheren erkannten Fehlern gelernt habe. Und weißt du was? Jetzt gebe ich schon mein Bestes, und *noch immer* laufen die Dinge schief!«

Seine Worte trugen nicht dazu bei, meine Stimmung zu heben. Vor allen Dingen hatte ich jetzt das Gefühl, dass ich Aahz irgendwie im Stich gelassen hatte.

»Ich glaube nicht, dass du dir selbst dafür die Schuld geben kannst, Aahz. Ich meine, du hast dir sehr viel Mühe gegeben und warst geduldiger mit mir als jeder, den ich kenne. Niemand kann einem anderen alles beibringen, auch wenn er sich daran erinnert, was er ihm eigentlich noch alles vermitteln sollte. Bei mir gibt es einen bestimmten Punkt, ab dem lerne ich nichts Neues mehr dazu, bis ich das andere erst einmal alles verdaut habe. Und selbst dann muss ich ehrlich sein und zugeben, dass es einiges gibt, was ich nicht glaube, egal, wie oft du es mir erzählst. Ich muss es eben allein herausfinden. Ein Handwerker darf es nicht auf seine eigenen Fähigkeiten schieben, wenn das Material fehlerhaft ist.«

»Genau das habe ich auch gedacht«, nickte Aahz. »Ich kann mir nicht selbst für alles die Schuld geben. Es ist sehr scharfsinnig von dir, das in deinem Alter bereits begriffen zu haben ... ohne durchmachen zu müssen, was ich durchgemacht habe.«

»Es ist keine großartige Erkenntnis, zu merken, dass ich eine Niete bin«, sagte ich verbittert. »Das habe ich schon immer gewusst.«

Plötzlich wurde ich in die Luft gehoben. Ich sah an Aahz' Hand vorbei, die mein Hemd am Kragen gepackt hielt, an seinem Arm hinab, direkt in seine gelben Augen.

»Falsche Lektion!«, fauchte er ganz wie der alte vertraute Aahz. »Was du lernen solltest, ist nicht, dass du eine Null bist. Das bist du nämlich nicht, und wenn du zugehört hättest, hättest du gemerkt, dass ich dir deswegen gerade ein Kompliment gemacht habe.«

»Was ist dann ...«, gelang es mir hervorzupressen, schließlich hatte ich nicht mehr sehr viel Luft.

»Worum es geht, ist die Tatsache, dass das, was in der Vergangenheit passiert ist, nicht *mein* Fehler war, ebenso wenig wie das, was jetzt passiert, *dein* Fehler ist!«

»Aaggh ... örk ...«, war meine schnelle Erwiderung.

»Ach so! Entschuldigung.«

Meine Füße prallten auf den Boden, und Luft strömte wieder in meine Lungen.

»Alles, was Eltern, *alle* Eltern, geben können, ist ihr Bestes, so gut oder schlecht das auch sein mag.« Aahz fuhr fort zu reden, als hätte es nicht die geringste Unterbrechung gegeben. »Das Endergebnis hängt von so vielen Faktoren ab, dass kein einzelner Mensch Verantwortung, Schuld oder Lob für das in Anspruch nehmen kann, was geschieht. Das ist wichtig für meinen Umgang mit dir ... und wichtig auch für deinen Umgang mit Markie. Es ist nicht deine Schuld!«

»Ist es nicht?«

»Richtig. Wir haben beide sehr starke elterliche Züge in uns, obwohl ich nicht weiß, woher du deine hast, aber wir können nur versuchen, unser Bestes zu geben. Wir müssen daran denken, dass wir nicht versuchen dürfen, uns die Schuld für das aufzuhalsen, was andere tun ... wie Tanda beispielsweise.«

Das ernüchterte mich wieder. »Du weißt also davon, wie?«

»Klar. Sie hat mir gesagt, ich soll dir für sie auf Wiedersehen sagen, falls sie dich nicht finden sollte, aber ich schätze, du weißt es sowieso schon.«

Ich nickte nur, unfähig zu sprechen.

»Ich hatte mir ohnehin schon Sorgen darüber gemacht, wie du auf die Probleme mit Markie reagieren würdest, und als Tanda davonging, wusste ich, dass es dir schwer fallen würde. Ich habe versucht, dir einen Weg zu der Erkenntnis aufzuzeigen, dass du nicht allein bist. Richtig oder falsch, das, was du fühlst, hängt schon eine ganze Weile hier in der Luft.«

»Danke, Aahz.«

»Hat es dir ein bisschen geholfen?«

Ich dachte einen Augenblick nach.

»Ein bisschen.«

Mein Partner stieß erneut ein tiefes Seufzen aus.

»Nun«, sagte er, »ich habe es versucht. Das ist wohl das Wichtigste ... glaube ich.«

»Hallo, Kumpels. Wie geht es denn so?«

Ich hob den Blick und sah, wie Chumly auf uns zukam, fröhlich lächelnd. »Ach. Hallo, Chumly.«

»Ich dachte, ihr würdet es gerne erfahren«, verkündete der Troll. »Ich glaube, ich habe eine Möglichkeit gefunden, wie wir dem Syndikat den Schaden, den Markie heute Nachmittag angerichtet hat, als Betriebsausgaben verkaufen können!«

»Ist ja toll, Chumly«, erwiderte Aahz trübe.

»Ja. Klasse.«

»Hoppla! Hoppla?«, sagte er und legte den Kopf schräg. »Wenn die beiden größten Raffzähne im Bazar sich durch Geld nicht mehr aus dem Häuschen bringen lassen, muss irgendetwas nicht in Ordnung sein. Heraus damit. Wo drückt euch der Schuh?«

»Willst du es ihm sagen, Aahz?«

»Nun ...«

»Ach, das hängt doch wohl nicht damit zusammen, dass meine kleine Schwester das Nest verlässt? Oh, das ist aber lustig.«

»Du weißt es schon?« Ich blinzelte.

»Ich merke schon, dass du deswegen völlig niedergeschlagen bist«, sagte Aahz mit gefährlichem Unterton.

»Blödsinn!«, rief der Troll. »Weiß überhaupt nicht, weshalb man sich darüber aufregen sollte. Tanda will sich lediglich Klarheit über sich selbst verschaffen, das ist alles. Sie hat festgestellt, dass sie etwas mag, was gegen ihr Selbstverständnis verstößt. Es mag vielleicht ein paar Tage dauern, aber irgendwann wird sie schon merken, dass so etwas nicht das Ende der Welt bedeutet. Da muss jeder mal durch. Man nennt das ›Erwachsenwerden‹. Ich finde es eher ziemlich gut, dass sie endlich lernen muss, dass die Dinge nicht immer so bleiben, wie sie sind.«

»Findest du?« Plötzlich begann ich mich besser zu fühlen.

»Natürlich. Herrje, seit wir Kumpels sind, hat Aahz sich verändert, du hast dich verändert, ich auch, auch wenn ich es nicht so dramatisch zur Schau stelle wie ihr beiden oder meine kleine Schwester. Ihr Burschen habt einen schlimmen Anfall von Schuldgefühl. Unfug! Ihr könnt euch schließlich nicht für alles die Schuld anlasten.«

»Das ist ein guter Rat«, sagte ich, stand auf und streckte mich. »Warum kannst du mir eigentlich nicht auch mal solche guten Ratschläge geben, Partner?«

»Weil das jeder Blödmann von allein erkennen kann, ohne dass man es ihm erst sagen muss«, knurrte Aahz, aber in seinen Augen war ein Glitzern. »Das Problem ist, dass die Perfekten nicht irgendwelche Blödmänner sind.«

»Ganz genau«, grinste Chumly. »Und was haltet ihr jetzt davon, mir bei etwas Wein fröhliche Gesellschaft zu leisten, während ich euch klar mache, was für ein gerissener Geldsparer ich doch bin!«

»Mir wäre es lieber, du würdest uns eine Lösung für unser Babysitter-Problem liefern«, sagte mein Partner grimmig und schritt auf das Wohnzimmer zu.

Ich folgte den beiden, auf merkwürdige Weise glücklich. Alles war wieder normal . . . zumindest so normal, wie es hier in der Gegend nur sein konnte. Ganz unter uns: Ich war überzeugt davon, dass wir uns schon etwas Entsprechendes einfallen lassen würden. Ich meine, wie viel Schwierigkeiten konnte einem ein kleines Mädchen denn schon machen . . . Dieser Gedanke zerbarst vor dem geistigen Bild der von den Elementalen zerfetzten Zelte.

Ich beschloss, im bevorstehenden Kriegsrat mehr zuzuhören als zu reden.

Kapitel 9

»Die lassen einen doch nie in Frieden.
Da macht man mal EINEN winzigen Fehler ...!«
Nero

Während ich mit Aahz und Chumly trank, spürte ich, wie die Spannungen und Depressionen des Tages von mir wichen. Es war gut zu wissen, dass ich in Krisenzeiten Freunde besaß, die mir bei der Lösung meiner Probleme halfen, so kompliziert oder scheinbar hoffnungslos diese auch sein mochten.

»Nun«, sagte ich und schenkte eine weitere Runde Wein aus. »Irgendwelche Ideen, was wir tun sollen?«

»Nicht die leiseste Ahnung«, erklärte Chumly, während er mit seinem Kelch spielte.

»Ich meine immer noch, dass es *dein* Problem ist«, verkündete Aahz, lehnte sich in seinem Sessel zurück und grinste bösartig. »Ich meine, schließlich bist du ja auch ohne unsere Hilfe da hineingeraten.«

Wie ich schon sagte, es ist großartig, Freunde zu haben.

»Kann nicht behaupten, dass ich dem ganz zustimme, Aahz, alter Knabe«, wägte der Troll ab. »Wenngleich ich zugeben muss, dass es verlockend klingt. Aber die unglückliche Wirklichkeit sieht so aus, dass seine Probleme auch die unseren sind, solange wir so eng zusammenleben und -wohnen, wie wir es tun, nicht wahr?«

So sehr ich es auch zu schätzen wusste, dass Chumlys Logik mir ein wenig Unterstützung brachte, spürte ich doch das Bedürfnis, mich ein wenig zu verteidigen.

»Ich sehe so etwas gerne als Sache von Gegenseitigkeit,

Aahz. Schließlich bin auch ab und zu mal in ein paar von deinen Problemen verwickelt worden.«

Aahz wollte schon etwas zurückfauchen, doch dann schürzte er die Lippen und widmete sich wieder dem Wein. »Ich werde darauf verzichten, genau aufzulisten, wer wen wie oft in wie viel Schwierigkeiten gebracht hat, und deiner Einschätzung einfach zustimmen. Schätze, darum geht es überhaupt bei Partnerschaften. Tut mir Leid, wenn ich von Zeit zu Zeit ein wenig garstig erscheine, aber ich habe noch nie einen Partner gehabt. Daran muss ich mich erst gewöhnen.«

»He! Wohl gesprochen, Aahz!«, applaudierte Chumly. »Weißt du, du wirst von Tag zu Tag zivilisierter.«

»Wir wollen es doch nicht gleich übertreiben! Wie steht es eigentlich mit dir, Chumly? Du und deine Schwester, ihr habt uns schon oft genug geholfen, aber ich kann mich nicht daran erinnern, dass einer von euch jemals *seine* Probleme mit nach Hause geschleppt hätte. Ist das nicht ein bisschen einseitig?«

»Ich fand immer, dass das im gewissen Sinne unser Beitrag zur Miete wäre«, sagte der Troll beiläufig. »Wenn unsere Probleme jemals eure Arbeit beeinträchtigen sollten, käme ich wohl zu dem Schluss, dass wir eure Gastfreundschaft überstrapaziert hätten.«

Das war für mich eine völlige Überraschung. Mit einem Schrecken erkannte ich, dass ich normalerweise so sehr mit meinen eigenen Problemen und meinem Leben beschäftigt gewesen war, dass ich nie dazu gekommen war, viel danach zu fragen, was Chumly und Tanda eigentlich taten.

»Hoppla, einen Augenblick mal«, sagte ich. »Habt ihr beide etwa Probleme, von denen ich nichts weiß?«

»Na, es läuft auch nicht immer alles wie geschmiert«, meinte der Troll und schnitt dabei eine Grimasse. »Das eigentliche Thema im Augenblick sind jedoch *deine*

Probleme. Bei mir liegt gerade nichts Dringenderes an, also sollten wir uns wohl besser daranmachen, die jüngste Krise zu meistern, nicht wahr? Ich schätze, wir sollten alle mal unsere Denkkappen aufsetzen und uns ein wenig beraten. Starren wir doch einfach an die Decke und bringen wir unsere Ideen hervor, wie sie eben kommen.«

Im Geheimen nötigte ich mir selbst das Versprechen ab, zu einem späteren Zeitpunkt auf Tandas und Chumlys Probleme zurückzukehren, dann schloss ich mich den anderen dabei an, gedankenverloren die Decke anzustarren.

Die Zeit kroch dahin, und niemand sagte irgendetwas.

»Nun, so viel zu unserem Gedankenaustausch«, meinte Aahz schließlich und griff erneut nach dem Wein. »Ich muss gestehen, dass bei mir nichts als Leere herrscht.«

»Vielleicht hilft es, wenn wir damit beginnen, das Problem zu definieren«, drängte Chumly ihn. »Also so, wie ich das sehe, haben wir zwei Probleme: Markie und Bunny. Es wird schwierig sein zu entscheiden, was wir wegen Bunny unternehmen sollen, bevor wir wissen, was Don Bruce im Schilde führt; und wir müssen eine Möglichkeit finden, Markie daran zu hindern, unser Leben völlig durcheinander zubringen, so lange, bis ihr Vater kommt, um sie abzuholen.«

»*Falls* er sie abholen sollte«, berichtigte mein Partner ihn.

»Ich gebe zu, dass ich immer noch nicht begreife, wie du so gut spielen konntest, um Markie zu gewinnen«, sagte der Troll, während er sein überdimensionales Auge auf mich richtete.

»Nichts als tumbes Glück ... mit der Betonung auf *tumb.*«

»Das hat man mir aber anders erzählt«, feixte Chumly. »Was immer deine Methode auch gewesen sein mag, sie war jedenfalls erfolgreich genug, um dich im Bazar zum Gesprächsthema Nummer eins zu machen.«

»Was!?«, rief Aahz und richtete sich in seinem Sessel wieder auf.

»Wenn du nicht die ganze Zeit damit verbringen würdest, auf deinem Zimmer zu schmollen, hättest du auch schon davon gehört«, sagte der Troll blinzelnd. »Als ich heute der kleinen Schwester nachging, bekam ich kaum etwas anderes zu hören als Berichte über den neuen Drachenpokermeister von Tauf. Alles spricht nur noch über das Spiel oder davon, was sie über das Spiel gehört haben. Ich vermute, dass man einiges ausgeschmückt hat, so, wie manche der Spiele beschrieben werden, aber es gibt auch welche, die nehmen solche Berichte wie das reinste Evangelium.«

Ich erinnerte mich daran, dass die anderen Spieler nach Abbruch der Partie sich äußerst begeistert über mein Spiel geäußert hatten. Damals hatte ich mir Sorgen darüber gemacht, dass Aahz von meinem geheimen nächtlichen Ausflug erfahren könnte, was er, wie Sie sich erinnern werden, auch schon getan hatte, noch bevor ich zu Hause ankam. Danach hatten mich die Probleme mit Markie und Bunny die ganze Zeit beschäftigt, so dass ich noch gar keine Gelegenheit dazu gehabt hatte, über weitere mögliche Folgen des Spielertratsches nachzudenken. Jetzt dagegen ...

Aahz war aufgesprungen und schritt im Zimmer auf und ab.

»Chumly, wenn das, was du da sagst, stimmt ... Hast du das gehört, Partner?«

»Nur zu verdammt gut«, knurrte ich.

Diese Antwort ließ meinen Partner einen Augenblick innehalten, um mit den Augen zu rollen.

»Pass bloß auf«, ermahnte er mich. »Du fängst schon an zu reden wie Chumly.«

»Möchtest du etwa lieber, dass ich wie Guido rede, wenn du weißt, was ich meine?«

»Ich verstehe nicht«, unterbrach der Troll. »Stimmt hier irgendetwas nicht?«

»Wir haben nicht nur zwei Probleme«, verkündete Aahz. »Wir haben *drei!* Markie, Bunny *und* die Tratschmühle!«

»Tratsch? Wieso sollte der ein Problem sein?«

»Denk doch mal nach, Chumly«, sagte ich. »Alles, was mir jetzt noch fehlt, ist ein Haufen wild gewordener Drachenpokerspieler, die hinter mir herjagen, nur um festzustellen, ob ich wirklich so gut bin, wie alle behaupten.«

»Das ist nur ein Teil des Problems, Partner«, fügte Aahz hinzu. »Das könnte nämlich auch unserem Geschäft und unserem öffentlichen Image schaden.«

Ich schloss die Augen und seufzte.

»Erklär es mir, Aahz. Schließlich bin ich noch in der Lehre, wie du dich vielleicht erinnerst.«

»Nun, wir wissen bereits, dass dein Ruf als Magiker sich sehr schnell entwickelt hat ... beinahe zu schnell. Die Konkurrenz hasst dich, weil du alle fetten Aufträge bekommst. Kein Problem! Konkurrenzneid ist immer der Preis für den Erfolg. Es kann jedoch zu einem Punkt kommen, da du zu schnell zu groß wirst. Dann sind es nicht mehr nur deine Rivalen, deretwegen du dir Sorgen machen musst. Dann wollen dich alle ein oder zwei Stufen zurückgesetzt wissen, und sei es auch nur, um sich selbst davon zu überzeugen, dass dein Erfolg unnormal war ... dass sie sich nicht mies fühlen müssen, weil sie nicht mit dir Schritt halten konnten.«

Er blieb stehen, um mich eindringlich zu mustern.

»Ich fürchte, dass diese Drachenpokergeschichte dich möglicherweise in die zweite Kategorie zurückwerfen könnte. Hier im Bazar gibt es einen Haufen Leute, die zwar auf einem Gebiet herausragend sind, aber immer nur auf einem. Der Giek ist beispielsweise eine anerkannte Figur unter den Spielern, doch hat er keinen nennenswerten Ruf als Magiker oder Händler. So etwas können die Leute akzeptieren ... Wenn du hart arbeitest, kommst du innerhalb deiner Gruppe eben nach oben. Du aber hast gerade auch noch in einem zweiten Beruf beachtliche Fähigkeiten unter Beweis gestellt. Ich fürchte, es könnte einen Rückschlag geben.«

»Rückschlag?«, wiederholte ich matt.

»Es ist so, wie ich es dir zu erklären versucht habe: Die Leute werden das nicht mögen, wenn du dich allzu sehr über sie erhebst. Das Mindeste, was sie tun können, ist, unser Geschäft zu boykottieren. Und das Schlimmste ... Nun, es gibt jede Menge Möglichkeiten, den Erfolg anderer zu sabotieren.«

»Du meinst, sie werden ...«

»Das genügt!«, erklärte Chumly und klatschte die Handfläche laut auf den Tisch.

Ich erkannte plötzlich, dass ich Chumly noch niemals wütend erlebt hatte. Außerdem fiel mir ein, dass ich froh war, dass unsere Möbel kräftig genug waren, um selbst Aahz' Tiraden auszuhalten. Sonst hätte der Troll gleich den ganzen Tisch vernichtet, nur um unser Gespräch zu unterbrechen.

»Jetzt hört mir mal zu, alle beide!«, befahl er und zeigte mit einem knorpeligen Finger auf uns. »Ich glaube, die jetzige Krise ist euch zu. Kopf gestiegen. Ihr seht schon Gespenster. Ihr macht Jagd auf Schatten! Ich gebe ja zu, dass wir ein paar Probleme haben, aber da haben wir schon mit Schlimmerem zu tun gehabt. Das ist jetzt nicht die Zeit, um in Panik zu geraten.«

»Aber ...«

»Lass mich ausreden, Aahz. Ich habe dir auch oft genug beim Brüllen zugehört.«

Ich öffnete den Mund, um eine witzige Bemerkung zu machen, doch dann überlegte ich es mir ausnahmsweise einmal anders.

»Markie stellt eine potentielle Katastrophe dar, aber der Schlüsselbegriff dabei ist das Wort *potentiell*. Sie ist ein liebes Kind, das tun wird, was wir sagen ... *sofern* wir lernen, vorsichtig mit dem zu sein, was wir ihr sagen. Und das gilt auch für Bunny. Die ist blitzgescheit und ...«

»Bunny?«, platzte ich heraus, mich selbst einen Augenblick vergessend.

»Ja, Bunny. Es ist lange her, seit ich mich hier mit jemandem über Literatur und Theater unterhalten konnte. Sie ist wirklich recht intelligent, wenn man sich einmal die Mühe macht, sich mit ihr zu unterhalten.«

»Wir sprechen doch *wirklich* über dieselbe Bunny, nicht wahr?«, murmelte Aahz.

»Über die Bunny, die stumpfsinnig wie ein Stein rüberkommt«, bestätigte Chumly spitz. »Erinnere dich doch nur einmal daran, wie *ich* rüberkomme, wenn ich meine Großer-Krach-Nummer abziehe ... aber wir schweifen vom Thema ab. Das Thema sind die Probleme, und ich behaupte, dass Bunny mit ein bisschen Einweisung keins sein wird.«

Er hielt inne, um uns anzufunkeln.

»Was nun die Gerüchte über Skeeves Fähigkeiten beim Drachenpoker angeht, so habe ich noch nie jemanden erlebt, der derartig in Panik gerät wie du, Aahz. Natürlich, jedes Gerücht hat seine negativen Seiten, aber man muss schon verdammt extrem werden, um solche Projektionen loszulassen, wie du es gerade getan hast.«

»He, Boss!«, rief Guido und steckte den Kopf durch die Tür. »Der Giek ist hier, er will dich sprechen.«

»Das werde ich erledigen«, sagte Aahz und schritt zum Empfangstrakt. »Du bleibst hier und hörst, was Chumly dir zu sagen hat. Wahrscheinlich hat er Recht. Ich bin in letzter Zeit ein wenig nervös ... aus irgendeinem unerfindlichen Grund.«

»Wenn ich Recht habe, dann solltest du es dir auch anhören«, rief der Troll ihm nach.

»Sprich mit mir, Chumly«, sagte ich. »Eine deutlichere Entschuldigung wirst du von Aahz jedenfalls kaum zu hören bekommen.«

»Ganz recht. Wo war ich stehen geblieben? Ach ja. Selbst wenn Aahz' Einschätzung der Reaktionen auf deinen Erfolg richtig sein sollte, dürfte sich das auf deine Arbeit nicht allzu sehr auswirken. Dann gehen die kleinen Fische vielleicht zu anderen Magikern, aber du warst ja ohnehin schon dabei, die unwichtigeren Aufträge mehr und mehr abzulehnen. Wenn jemand *wirklich* Schwierigkeiten hat, dann wird er auch den besten Magiker haben wollen, den er bekommen kann ... und das bedeutet im Augenblick – dich.«

Ich wog seine Worte im Geiste sorgfältig ab.

»Selbst wenn Aahz auch nur ein bisschen Recht haben sollte«, meinte ich, »bin ich trotzdem nicht wild darauf, dass es im Bazar meinetwegen böses Blut gibt. Gegen Bewunderung habe ich nichts, aber Neid macht mich nervös.«

»Also daran wirst du dich einfach gewöhnen müssen«, lachte der Troll und klopfte mir leicht auf die Schulter. »Ob du es weißt oder nicht, Neid hat sich schon eine ganze Weile aufgebaut ... schon lange vor dieser Drachenpokersache. Für dich spricht eine ganze Menge, Skeeve, und solange dem so ist, wird es immer Burschen geben, die dir deinen Erfolg missgönnen.«

»Du meinst also wirklich, dass die Drachenpokergerüchte harmlos sind?«

»Ganz genau. Wirklich, was soll ein bisschen Tratsch schon für einen Schaden anrichten?«

»Weißt du, Chumly, du irrst dich nicht häufig, aber wenn du dich irrst, dann ordentlich.«

Wir blickten auf und sahen, wie Aahz in der Türöffnung lehnte.

»Was ist los, Aahz? Du siehst aus wie jemand, dem man gerade Wasser serviert hat, als er mit Wein gerechnet hat.«

Mein Partner lächelte nicht einmal bei meinem Versuch, humorvoll zu sein.

»Noch schlimmer«, sagte er. »Das dort unten war der Giek.«

»Das wissen wir. Was wollte er denn?«

»Ich hatte eigentlich gehofft, dass er gekommen wäre, um Markie zu ihrem Vater zu bringen …«

Aahz' Stimme verstummte.

»Und ich vermute, das hat er nicht getan?«, ermunterte ich ihn zum Weiterreden.

»Nein, hat er nicht. Genau genommen kam das Thema überhaupt nicht zur Sprache.«

Beinahe ohne nachzudenken hatte die Hand meines Partners seinen überdimensionalen Weinpokal gepackt.

»Er hatte eine Einladung … nein, nennen wir es Herausforderung. Das Pfefferminz-Kind hat von Skeeve gehört. Er will ein Drachenpokerduell. Der Giek ist für die Organisation zuständig.«

Kapitel 10

»Ein Löffelchen Zucker,
und schon schmeckt die Medizin!«
L. Borgia

»Lass die Energie einfach fließen.«

»Du hast leicht reden!«

»Hab ich gestottert?«

»Weißt du, Schätzchen, vielleicht wäre es besser, wenn ich...«

»Hör auf zu reden und konzentriere dich, Massha.«

»Du hast angefangen.«

»Und jetzt beende ich es auch. Konzentriere dich auf die Kerze!«

Wenn sich einige dieser Geräusche vertraut anhören sollten, nun, das ist auch kein Wunder. Es handelt sich dabei um das alte »Entzünde-die-Kerze«-Spiel. Theoretisch soll damit das Selbstvertrauen des Schülers aufgebaut werden. In der Praxis ist es jedoch ziemlicher Unsinn. Lehrlinge hassen den Kerzendrill. So ging es mir auch, als ich noch Lehrling war. Die Sache macht sehr viel mehr Spaß, wenn man der Lehrer ist.

»Komm schon, Skeeve. Ich bin zu alt, um noch diesen Quatsch zu lernen.«

»Und je länger du es hinauszögerst, umso älter wirst du, *Lehrling*. Vergiss nicht, du bist zu mir gekommen, um Magik zu lernen. Nur weil wir uns gelegentlich davon haben ablenken lassen, heißt das noch lange nicht, dass ich es vergessen hätte. Jetzt entzünde die Kerze.«

Sie wandte sich wieder der Übung zu, mit einem Brummen, das ich jedoch nicht beachtete.

Ich hatte angestrengt über mein Gespräch mit Aahz und Chumly nachgedacht. Die ganze Frage, was ich wegen der Herausforderung des Kindes unternehmen sollte, war heikel genug, um mich davon zu überzeugen, erst den Rat meiner Ratgeber einzuholen, bevor ich mich auf etwas festlegte, das ich später möglicherweise bereuen würde. Im Augenblick waren klügere Köpfe als ich damit beschäftigt, eine Lösung für dieses Dilemma zu finden. Leider waren besagte klügere Köpfe sich völlig uneins darüber, wie nun vorzugehen sei.

Aahz war dafür, die Partie auszuschlagen, während Chumly darauf beharrte, dass eine Weigerung alles nur noch anheizen würde. Er blieb dabei, dass es der einzig vernünftige Weg sei, sich dem Kind zu stellen und zu verlieren (denn niemand glaubte ernsthaft, dass ich bei einem solchen Spiel auch nur die geringste Chance hätte), wodurch ich ein für alle Mal den Schleudersitz wieder loswürde, auf den ich mich unfreiwillig gesetzt hatte. Das Hauptproblem bei dieser Lösung bestand darin, dass es dazu erforderlich war, sich von einer erklecklichen Summe Geldes zu trennen ... und davon wollte Aahz absolut nichts wissen.

Während die Schlacht weitertobte, dachte ich über das Elternsein und über Verantwortung nach. Dann ging ich Massha suchen.

Als wir uns das erste Mal begegnet waren, hatte Massha einen Job als Hofzauberin in einem der Stadtstaaten der Dimension von Jahk ... Ja, ganz genau! Dort, wo jedes Jahr das Große Spiel abgehalten wird. Das Problem war nur, dass sie gar keine wirkliche Magik beherrschte. Sie war, was man in der Branche eine Mechanikerin nennt, und alle ihre Kräfte hatte sie sich in Form von Ringen, Anhängern und anderen magischen Geräten über die Ladentheke zuschieben lassen. Als sie mit ansah, wie wir während des Großen Spiels unsere Nummern abzogen, entschied sie sich, auch ein wenig von der nichtmechanischen Seite der Magik zu lernen. Und aus irgendeinem unbekannten Grund suchte sie sich ausgerechnet mich als Lehrer aus, oder vielmehr piesackte sie mich so lange, bis ich eingewilligt hatte.

Nun hatte ich Massha gelinde gesagt niemals in meinem Leben als Tochter betrachtet, doch war sie immerhin mein Lehrling, und folglich war ich auch für sie verantwortlich. Leider war ich dieser Verantwortung mehr als einmal aus dem Weg gegangen, und zwar aus eben denselben Gründen, die Aahz aufgezählt hatte: Ich war mir meiner eigenen Fähigkeiten unsicher und fürchtete daher, ich könnte einen Fehler machen. Niemals hatte ich versucht, ihr auf Gedeih und Verderb mein Bestes zu geben. Diese Erkenntnis spornte mich an, dafür zu sorgen, dass, sollte Massha in Zukunft irgendetwas zustoßen, es wenigstens nicht an meinen fehlenden Bemühungen gelegen haben sollte, ihr beizubringen, was sie hatte lernen wollen.

Bewusst war ich mir auch, dass ich gern mehr darüber erfahren wollte, welche Probleme Chumly und Tanda haben mochten, und ich wollte auch genauer feststellen, was es mit Bunny denn nun wirklich auf sich hatte. Im Augenblick war Tanda jedoch nicht da und Chumly diskutierte mit Aahz, so dass ich diese Absicht noch nicht in die Tat umsetzen konnte. Bunny war zwar irgendwo in der Nähe, doch wenn ich schon die Wahl zwischen ihr und Massha hatte, war es mir lieber, erst einmal meine alten Verpflichtungen zu erledigen, bevor ich neue auf mich nahm. Daher schleppte ich Massha zu einer schon lange überfälligen Magiklektion ab.

»Es funktioniert einfach nicht, Skeeve. Ich habe dir doch gesagt, dass ich es nicht kann.«

Niedergeschlagen sank sie in ihren Sessel und musterte mit finsterer Miene den Fußboden. Neugierig geworden streckte ich den Arm aus und befühlte den Kerzendocht. Er war nicht einmal warm.

»Nicht schlecht«, log ich. »Du machst Fortschritte.«

»Nun versuch bloß nicht, eine Betrügerin zu betrügen.« Massha schnitt eine Grimasse. »Ich komme überhaupt nicht voran.«

»Könntest du die Kerze mit einem deiner Ringe entzünden?«

Sie spreizte die Finger und machte schnell Inventur. »Klar. Dieses kleine schmucke Stück hier würde das schon erledigen, aber darum geht es ja nicht.«

»Nicht so ungeduldig. Wie funktioniert es? Oder, noch wichtiger, wie fühlt es sich an, wenn es funktioniert?«

Schnell zuckte sie mit den Schultern.

»Da ist doch nichts dabei. Schau mal, dieser Kreisring hier um den Stein bewegt sich, ich kann damit die Stärke des Strahls einstellen. Wenn ich den hinteren Teil des Rings drücke, aktiviere ich ihn damit, danach brauche ich nur noch zu zielen und kann mich entspannen. Den Rest erledigt schon der Ring für mich.«

»Das ist es!«, rief ich und schnippte mit den Fingern.

»Was ist was?«

»Egal. Mach weiter. Wie fühlt es sich an?«

»Hm«, meinte sie nachdenklich mit gerunzelter Stirn, »es prickelt irgendwie. Es ist so, als wäre ich ein Schlauch und als würde das Wasser durch mich rauschen, um aus dem Ring hervorzutreten.«

»Bingo!«

»Was soll das denn nun schon wieder heißen?«

»Hör zu, Massha. Hör genau zu.«

Ich sprach jetzt besonders vorsichtig und versuchte mein Bestes, meine Aufregung über etwas zu zügeln, was hoffentlich ein wichtiger Durchbruch war.

»Unser Problem, dir nichtmechanische Magik beizubringen, besteht darin, dass du nicht an sie glaubst! Ich meine, du weißt zwar, dass sie existiert und so, aber du glaubst nicht, dass du auch dazu fähig wärst. Jedes Mal, wenn du versuchst, einen Zauber durchzuführen, strengst du dich zwar an, dieses Problem zu überwinden, und genau da liegt auch das Problem: Du versuchst es, du arbeitest hart daran. Du weißt, dass du daran glauben musst, also versuchst du jedes Mal angestrengt, deinen Unglauben zu überwinden, wenn du …«

»Ja. Na und?«

»Du verkrampfst dich, anstatt dich so zu entspannen, wie du es tust, wenn du mit deinen Ringen arbeitest. Verkrampfung aber blockiert den Energiestrom, so dass du schließlich weniger Kraft zur Verfügung hast, als wenn du einfach nur umherschlendern würdest. Das Geheimnis beim Zaubern besteht nicht darin, dass man sich verkrampft, sondern dass man sich im Gegenteil entspannt … Wenn überhaupt, so handelt es sich dabei um eine Übung in erzwungener Entspannung.«

Mein Lehrling nagte an ihrer Unterlippe. »Ich weiß nicht. Das klingt mir ein bisschen zu einfach.«

»Auf der einen Seite ist es auch sehr einfach. Andererseits gehört es zu den schwierigsten Dingen überhaupt, sich auf Befehl zu entspannen, vor allem dann, wenn um einen herum gerade eine Krise tobt.«

»Ich brauche mich also nur zu entspannen?«, fragte sie skeptisch.

»Denk doch mal an das ›Schlauch‹-Gefühl, das du hast, wenn du den Ring verwendest. Das sind die Energien, die durch dich hindurchgelenkt werden, die auf dein Ziel konzentriert werden. Und wenn du einen Schlauch abklemmst, wie viel Wasser kommt dann wohl noch heraus?«

»Hm, das klingt ganz vernünftig.«

»Versuch es ... jetzt sofort. Streck die Hand aus und konzentriere dich auf den Kerzendocht, als wolltest du deinen Ring benutzen, nur dass du ihn nicht aktivierst. Sage dir selbst einfach, dass der Ring aktiviert wäre, und entspanne dich.«

Sie wollte etwas erwidern, doch dann überlegte sie es sich anders. Stattdessen atmete sie tief ein, atmete wieder aus und richtete einen Finger auf die Kerze.

»Entspann dich nur«, drängte ich sie leise. »Lass die Energien fließen.«

»Aber ...«

»Sag nichts. Konzentriere dich einfach nur auf die Kerze und hör mir so zu, als würde ich von ganz weit entfernt zu dir reden.«

Gehorsam konzentrierte sie sich auf die Kerze.

»Spür den Fluss der Energien ... genau wie beim Benutzen des Rings. Entspann dich noch weiter. Spürst du, wie der Strom stärker wird? So, und ohne dich jetzt zu verkrampfen, bündelst du den Strom zu einem dünnen Strahl und richtest ihn gegen den Docht.«

Ich konzentrierte mich so sehr auf Massha, dass es mir fast entgangen wäre. Am Kerzendocht bildete sich plötzlich ein kleines Lichtpünktchen.

»So ist es richtig«, sagte ich und kämpfte darum, meine Stimme ruhig zu halten. »Und jetzt ...«

»Papi! Guido sagt ...«

»Psstt!!!«, zischte ich. »Nicht jetzt, Markie! Wir versuchen, die Kerze zu entzünden.«

Sie blieb in der Tür stehen und legte fragend den Kopf schräg.

»Och, das ist doch ganz einfach!«, strahlte sie plötzlich und hob den Kopf.

»MARKIE!! NICHT ...«

Doch ich kam zu spät.

Ein plötzlicher Blitz durchzuckte den Raum, dann entzündete sich die Kerze. Na ja, sie entzündete sich eigentlich nicht, vielmehr schmolz sie zusammen wie ein Wasserbeutel, wenn man den Beutel wegnimmt. Der Kerzenhalter übrigens auch. Allerdings entzündete sich dafür der Tisch ... kurz. Zumindest eine Ecke davon. Er flackerte einen Augenblick, dann erlosch das Feuer ebenso abrupt, wie es erschienen war. Übrig blieb eine ziemlich verkohlte Tischplatte und ein Tischbein, das wie eine abgebrannte Fackel mutterseelenallein dastand. Das Feuer hatte so schnell und so glatt zugeschlagen, dass das Bein nicht einmal umgekippt war.

Ich kann mich gar nicht mehr daran erinnern, dass ich nach Markie gegriffen hatte, doch irgendwie hielt ich sie plötzlich an den Schultern vor mir und schüttelte sie.

»WARUM HAST DU DAS GETAN??«, sagte ich in meinem besten Vaterton.

»Du ... du hast gesagt ... du wolltest ... die Kerze anzünden.«

»Nennt man *das* eine Kerze anzünden?!?«

»Ich habe immer noch ein bisschen Probleme, die Kräfte zu beherrschen ... aber mein Lehrer meint, dass ich Fortschritte mache.«

Ich merkte, dass ich auch ein paar Probleme mit der Beherrschung hatte. Also hörte ich auf sie durchzurütteln, und versuchte, mich zu beruhigen. Erleichtert wurde diese Bemühung durch die Tatsache, dass ich bemerkt hatte, wie Markies Lippe zuckte und wie sie ganz schnell immer wieder mit den Augenlidern klimperte. Plötzlich wurde mir klar, dass sie im Begriff war, zu weinen. Da ich nicht genau wusste, was passieren würde, wenn sie weinte, hielt ich es für das Beste, es lieber nicht herausfinden zu sollen und die Ereignisse von vorneherein in eine andere Bahn zu lenken.

»Äh ... das war ein Feuerelemental, nicht? Hast du das auf der Elementalschule gelernt?«

Jemanden zum Reden zu bringen, wehrt oft die Tränen ab ... zumindest hat das bei mir immer funktioniert.

»J ... ja«, sagte sie schüchtern. »Auf der Elementalschule fangen wir mit Feuer an.«

»Das ist ... äh ... sehr beeindruckend. Hör mal, tut mir Leid, wenn ich dich angeraunzt habe, Markie, aber weißt du, ich wollte nicht einfach nur die Kerze entzünden. Ich wollte, dass Massha sie entzündet. Das war Teil ihrer Magikstunde.«

»Das wusste ich nicht.«

»Ich weiß. Ich habe vergessen, es dir zu sagen. Deshalb entschuldige ich mich auch. Was hier geschehen ist, war meine Schuld. In Ordnung?«

Sie nickte und übertrieb diese Bewegung so sehr, bis sie aussah, als hätte sie ein gebrochenes Genick. Das war eine interessante Illusion, eine, die ich der Vorstellung, sie könnte weinen, bei weitem vorzog ... vor allem in meiner gegenwärtigen Stimmung. Der Gedanke an eine Markie mit gebrochenem Genick ...

»Aaahh ... allerdings *hast* du Masshas Unterricht gestört«, sagte ich und verbannte die andere Vorstellung aus meinem Geist. »Meinst du nicht, dass es nett wäre, wenn du dich bei ihr entschuldigtest?«

»Das ist eine großartige Idee, Papi!«, strahlte sie. »Das mache ich sofort, wenn ich sie das nächste Mal sehe. In Ordnung?«

Erst jetzt bemerkte ich, dass mein Lehrling sich aus dem Raum gestohlen hatte.

»Was tust du da, Massha?«

Bequem in der Türöffnung zu Masshas Schlafzimmer lehnend, stellte ich fest, dass meiner Stimme die einschüchternde Wucht der Stimme Aahz' fehlte, aber es ist nun einmal die einzige Stimme, die ich habe.

»Wie sieht das wohl aus, was ich hier tue?«, knurrte sie und schleppte einen Kleiderberg von ihrem Schrank zum Bett.

»Nun, wenn du mich so fragst, würde ich sagen, dass es so aussieht, als würdest du packen. Die Frage ist nur, warum?«

»Meistens packen Leute, weil es die einfachste Methode ist, ihre Sachen mit sich herumzutragen, wenn sie reisen. Das schont nämlich die Garderobe.«

Plötzlich war ich die Zankerei leid. Schwer seufzend baute ich mich vor ihr auf und versperrte ihr den Weg.

»Keine Spielchen mehr, Massha. In Ordnung? Jetzt sage mir geradeheraus, warum du abreist! Meinst du nicht, dass du wenigstens *das* deinem Lehrer schuldig bist?«

Sie wandte sich ab und beschäftigte sich mit irgendetwas auf ihrem Frisiertisch.

»Komm schon, Skeeve«, sagte sie in einem solch leisen Ton, dass ich es kaum richtig hören konnte. »Du hast doch selbst gesehen, was unten passiert ist.«

»Ich habe gesehen, wie du gerade vor einem entscheidenden Durchbruch standest, falls du das meinen solltest. Wenn Markie nicht ins Zimmer geplatzt wäre, hättest du diese Kerze ein paar Sekunden später entzündet.«

»Toll!«

Sie wirbelte zu mir herum, und ich konnte erkennen, dass sie sich bemühte, nicht zu weinen. Dergleichen schien im Augenblick hier in der Gegend große Mode zu sein.

»Entschuldige, Skeeve, aber das ist doch wirklich wahnsinnig toll, nicht wahr! Ich kann also eine Kerze entzünden. Na und?! Nach jahrelangem Studium kann Massha eine Kerze entzünden ... und da kommt ein kleines Mädchen daher und pustet den halben Tisch weg, ohne sich auch nur anzustrengen! Zu was macht mich das also? Zu einer Magikerin? Haha! Was für ein Witz.«

»Massha, *ich* kann auch nicht, was Markie da unten getan hat … und auch nicht, was sie im Bazar gemacht hat, wenn wir schon dabei sind. Als du zu mir gekommen bist, um mich zu fragen, ob du mein Lehrling werden kannst, habe ich dir gesagt, wie wenig ich von Magik verstehe. Allerdings lerne ich auch noch … und in der Zwischenzeit stehen wir in der Magiebranche durchaus unseren Mann … und zwar hier im Bazar. In der Hauptstadt der Magik aller Dimensionen.«

Das schien sie ein bisschen zu beruhigen, aber nicht viel.

»Sag mal ehrlich, Schätzchen«, sagte sie und schürzte dabei die Lippen. »Wie gut, glaubst du, könnte ich in der Magik jemals werden … ganz ehrlich?«

»Ich weiß es nicht. Aber ich stelle mir gern vor, dass du mit etwas Arbeit und Übung besser werden könntest als jetzt. Und auf mehr kann eigentlich keiner von uns hoffen.«

»Du magst Recht haben, Skeeve, und es ist ein guter Gedanke. Aber es bleibt leider die Tatsache, dass ich bis dahin immer nur eine kleine Nummer sein werde … natürlich nur magisch gesprochen. So, wie die Dinge laufen, ist mir nur ein Dasein als Mitläuferin beschieden. Als Blutsaugerin. Du und Aahz, ihr seid ja nette Burschen, und ihr würdet mich nie rausschmeißen, aber ich wüsste nicht einen einzigen guten Grund mehr, weshalb ich noch hier bleiben sollte.«

»Ich aber.«

Mein Kopf ruckte so schnell herum, dass ich mir beinahe den Hals ausgerenkt hätte. Im Türrahmen stand …

»TANDA!«

»Höchstpersönlich«, sagte sie augenzwinkernd. »Aber das ist jetzt nicht das Thema. Massha, ich weiß zwar nicht, wie es langfristig werden wird, aber ich weiß einen sehr guten

Grund, weshalb du zumindest jetzt noch nicht abhauen solltest. Es ist derselbe Grund, aus dem ich zurückgekommen bin.«

»Was für ein Grund?«

»Es geht um den Großen Skeeve hier. Kommt nach unten. Wir halten Kriegsrat, da werde ich alle informieren. Wir stehen vor einer dicken Krise.«

Kapitel 11

»Hat hier mal jemand einen Büchsenöffner?«
Pandora

In einem der Zimmer unseres extradimensionalen Palastes stand ein großer ovaler Tisch, der von Stühlen umringt war. Als wir eingezogen waren, hatten wir den Raum das Konferenzzimmer getauft, da er sich kaum zu etwas anderem zu eignen schien. Nicht, dass wir ihn jemals für Konferenzen benutzt hätten, aber es ist immer nett, ein Konferenzzimmer zu haben.

Heute Abend war es allerdings bis zum Bersten voll. Offensichtlich hatte Tanda den ganzen Haushalt zusammengetrommelt, einschließlich Markie und Bunny, bevor sie Massha und mich ausfindig gemacht hatte, und alle saßen bereits, als wir eintraten.

»Können wir jetzt anfangen?«, fragte Aahz ätzend. »Ich habe nämlich auch noch andere Dinge zu tun, müsst ihr wissen.«

»Ach ja?«, höhnte Chumly. »Was denn, zum Beispiel?«

»Zum Beispiel, mit dem Giek über diese Einladung zu sprechen«, schoss mein Partner zurück.

»Ohne dich zuerst mit deinem Partner abzusprechen?«

»Ich habe nicht gesagt, dass ich annehmen oder ablehnen werde. Ich wollte lediglich mit ihm ...«

»Könnten wir diesen Streit vielleicht mal kurz vertagen?«, unterbrach ich. »Ich möchte nämlich hören, was Tanda zu sagen hat.«

»Danke, Skeeve«, sagte sie und gewährte mir ein kurzes

Lächeln, bevor sie wieder ihre ernste Miene annahm. »Ich schätze, ihr wisst wohl inzwischen alle, dass ich eigentlich hier ausziehen wollte. Nun, als ich im Bazar umherging, habe ich ein Gerücht gehört, das mich dazu bewegt hat, es mir anders zu überlegen. Wenn es nämlich wahr sein sollte, werden wir alle Hände voll zu tun haben.«

Sie machte eine Pause, doch niemand sagte etwas. Zur Abwechslung gewährten wir ihr alle unsere ungeteilte Aufmerksamkeit.

»Ich schätze, ich sollte wohl am besten gleich reinen Tisch machen, dann können wir die Sache durchdenken. Auf der Straße erzählt man sich, dass jemand die Axt angeheuert hat um ihn auf Skeeve zu hetzen.«

Einige Herzschläge lang herrschte Stille; dann explodierte der Raum.

»Warum sollte jemand ...«

»Wer hat die Axt angeheuert?«

»Wo hast du das gehört ...«

»Ruhe! RUHE!«, schrie Tanda und hob Schweigen gebietend die Hand. »Ich kann immer nur eine Frage auf einmal beantworten ... aber ich will euch lieber schon gleich im Voraus warnen, dass ich sowieso nicht allzu viele Antworten auf Lager habe.«

»Wer hat ihn angeheuert?«, wollte Aahz wissen, der sich sofort den ersten Platz auf der Frageliste sicherte.

»Wie ich höre, gibt es eine Gruppe von Magikern hier im Bazar, die nicht allzu glücklich über Skeeves Erfolg sind. Sie haben das Gefühl, dass er alle fetten Happen an sich reißt ... dass er alle Aufträge bekommt, durch die man sich profilieren kann. Also haben sie ihr Geld zusammengelegt, um die Axt anzuheuern, damit der tut, was selbst zu tun sie zu feige sind ... nämlich, sich mit Skeeve zu beschäftigen.«

»Hast du das gehört, Chumly? Meinst du immer noch, ich wäre melodramatisch?«

»Halt's Maul, Aahz. Wo hast du das gehört, kleine Schwester?«

»Erinnert ihr euch noch an Vic? An den kleinen Vampir, der aus Limbo hierher kam? Nun, er hat hier im Bazar seine eigene Praxis für Magik aufgemacht. Es hat den Anschein, dass man ihn anging, damit auch er etwas in den Fonds einschießt. Er ist noch so neu hier, dass er keinen von ihnen beim Namen kannte, aber sie haben zumindest behauptet, dass fast ein Dutzend der unbedeutenderen Magiker die Sache unterstützen.«

»Warum hat er uns nicht gleich gewarnt, sobald er davon erfuhr?«

»Er versucht, neutral zu bleiben. Er hat sich nicht mit einer Einlage beteiligt, wollte aber auch nicht derjenige sein, der die anderen bei Skeeve anschwärzt. Der einzige Grund, weshalb er mir überhaupt etwas davon gesagt hat, war, dass er fürchtete, alle in Skeeves Nähe könnten ins Kreuzfeuer geraten. Ich muss zugeben, dass er ziemlich übertriebene Vorstellungen davon zu haben scheint, wie viel Skeeve ganz allein meistern kann.«

»Darf ich auch mal eine Frage stellen?«, fragte ich grimmig. »Sozusagen als Opfer in spe?«

»Na klar doch, Skeeve. Frag nur.«

»Wer ist die Axt?«

Nun wirbelten mindestens die Hälfte aller Köpfe am Tisch in meine Richtung herum, während die dazugehörenden Kieferladen herunterklappten.

»Du machst wohl Witze!«

»Weißt du nicht, wer ...«

»Aahz, hast du ihm denn gar nichts beigebracht über ...«

»Holla! Macht mal halblang!«, übertönte ich das Getöse. »Ich kann nur begrenzte Portionen von diesem informativen Geplapper auf einmal aufnehmen. Aahz! Als mein

Freund, Partner und ehemaliger Mentor: Hättest du vielleicht die Güte, mir in einfachen Worten zu erklären, wer die Axt ist?«

»Das weiß niemand.«

Ich schloss die Augen und verpasste meinem Kopf ein leises Schütteln, um die Ohren wieder freizubekommen. Nach all diesem »He-wieso-weißt-du-das-denn-nicht?«-Tohuwabohu hätte ich schwören können, dass er gesagt hatte …

»Er hat schon Recht, Süßer«, flötete nun Tanda. »Die wirkliche Identität der Axt gehört zu den am strengsten gehüteten Geheimnissen aller Dimensionen. Deshalb ist er auch so erfolgreich bei seinen Aktionen.«

»Das mag wohl sein«, meinte ich nickend. »Aber angesichts der Reaktion in diesem Raum, als du den Namen genannt hast, scheint es mir doch, dass man zumindest *etwas* über ihn weiß. Also gut, lass mich die Frage anders stellen. Wenn ihr schon nicht wisst, *wer* die Axt ist, könnte mich dann vielleicht mal jemand darüber aufklären, *was* er ist?«

»Die Axt ist der größte Persönlichkeitsattentäter aller Dimensionen«, erklärte Aahz knurrend. »Er arbeitet auf selbständiger Basis und verlangt Honorare, gegen die unsere wie ein Taschengeld aussehen. Aber wenn die Axt dir erst einmal auf den Fersen ist, kannst du genauso gut deinen Abschied nehmen. Er hat schon mehr Karrieren ruiniert als fünf Börsenkräche. Hast du schon einmal den Ausdruck ›das Kriegsbeil ausgraben‹ gehört? Nun, der kommt daher.«

Ich hatte plötzlich jenes allzu vertraute »Fahrstuhlgefühl« im Magen.

»Wie arbeitet der Kerl?«

»Das ist unterschiedlich«, meinte mein Partner achselzuckend. »Er führt seine Angriffe immer ganz gezielt durch. Jedenfalls ist sicher, dass du gewesen sein kannst, was du willst, wenn er mit dir fertig ist, bist du es jedenfalls nicht mehr.«

»Ich wünschte, du würdest nicht die ganze Zeit ›du‹ sagen. Noch bin ich nicht tot.«

»Entschuldige, Partner. Nur so eine Redensart.«

»Na, das ist ja prächtig!«, explodierte Guido. »Wie sollen Nunzio und ich den Boss bewachen, wenn wir gar nicht wissen, was auf ihn zukommt?«

»Sollt ihr gar nicht«, schoss Aahz zurück. »Das hier liegt außerhalb eures Tätigkeitsbereichs, Guido. Wir sprechen über Persönlichkeitsattentate, nicht über physische Attacken. Das gehört einfach nicht zum Katalog eurer Tätigkeitsmerkmale.«

»Ach ja?!«, warf Nunzio mit seiner Piepsstimme ein. »Don Bruce hat gesagt, wir sollen ihn bewachen. Kann mich nicht erinnern, dass er was von physischen oder nichtphysischen Angriffen gesagt hätte. Stimmt's Guido?«

»Genau! Wenn jemand hinter dem Skalp vom Boss her ist, ist es unser Job, ihn zu bewachen ... wenn Sie nichts dagegen haben, Mister Aahz!«

»Euch beiden würde ich nicht einmal einen alten Fischkopf zur Bewachung anvertrauen, schon gar nicht meinen Partner!«, brüllte Aahz und sprang auf.

»Hör auf, Aahz!«, befahl Tanda und trat gegen den Stuhl meines Partners, so dass der ihm in die Knie fuhr und er sich unfreiwillig wieder setzen musste. »Wenn wir es mit der Axt zu tun kriegen, brauchen wir so ziemlich alle Hilfe, die wir bekommen können. Hacken wir nicht mehr auf dem ›Wer‹ herum, und konzentrieren wir uns lieber auf das ›Wie‹. Okay? Wir haben alle Angst, aber das heißt noch nicht, dass wir uns aufeinander stürzen sollten, wo doch in Wirklichkeit die Axt unser Ziel ist.«

Ihre Worte besänftigten die Gemüter für eine Weile. Zwar wechselte man noch ein paar böse Blicke, doch wenigstens senkte sich der Lärmpegel so weit, dass man mich wieder verstehen konnte.

»Ich glaube, ihr habt alle etwas übersehen«, sagte ich ruhig.

»Was denn?« Tanda blinzelte.

»Aahz ist der Sache vorhin ganz schön nahe gekommen. Das hier ist mein Problem, und genau genommen steht das bei keinem von euch im Katalog seiner Tätigkeitsmerkmale. Wir sind zwar alle Freunde, und zwischen Aahz und mir gibt es auch Geschäftsverbindungen, ebenso zu Guido und Nunzio, aber worüber wir hier reden, das ist der Ruf der Einzelnen. Wenn es mich trifft, und im Augenblick scheint ja jeder gegen mich zu wetten, dann werden alle, die mir nahe stehen, sehr viel Schlamm mitabbekommen. Da scheint es mir doch das Beste zu sein, wenn ihr anderen euch zurückzieht oder, noch besser, wenn ich hinausgehe und mich als Opfer präsentiere. Auf diese Weise wird bestenfalls eine Karriere ruiniert, nämlich meine. In meine Position bin ich nur hingekommen, weil ich mich auf eure festen Schultern stellen konnte. Wenn ich meine Stellung allein nicht mehr halten kann, nun, vielleicht war es dann doch keine so großartige Karriere.«

Der ganze Raum starrte mich an, während ich meine Rede beendete.

»Weißt du, Skeeve, alter Junge«, meinte Chumly und räusperte sich, »so gern ich dich auch habe, manchmal fällt es mir schwer, mich daran zu erinnern, wie intelligent du in Wirklichkeit bist.«

»Allerdings«, fauchte Tanda. »Das ist ungefähr das Dämlichste ... Einen Augenblick mal! Hat das vielleicht etwas mit meinem Auszug zu tun?«

»Ein bisschen«, gestand ich. »Und damit, dass Massha fortgeht, und mit Aahz, der über Verantwortung gesprochen hat, und ...«

»Sofort bist du ruhig!«, befahl Aahz und hob die Hand. »Reden wir doch einmal über Verantwortung, *Partner.* Es ist zwar komisch, dass ausgerechnet ich dir darüber Belehrungen erteilen soll, aber es gibt nun mal viele verschiedene Formen von Verantwortung. Eine, die ich von dir gelernt habe, ist die Verantwortung gegenüber den eigenen Freunden: ihnen zu helfen, wenn sie in Schwierigkeiten stecken, *und* es zuzulassen, dass sie einem ihrerseits helfen. Ich habe nicht vergessen, wie du in eine fremde Dimension gekommen bist, um mich aus dem Gefängnis herauszuhauen, nachdem ich deine Hilfe bereits abgeschlagen hatte; oder wie du uns zusammengetrommelt hast, um beim Großen Spiel mitzumachen, damit wir Tanda befreien konnten, die man beim Klauen erwischt hatte; oder wie du darauf bestanden hast, dass Don Bruce dir Guido und Nunzio hier als Leibwächter zuteilen sollte, als ihnen Disziplinarmaßnahmen drohten, weil sie den Auftrag des Syndikats vermasselt hatten. Ich habe es nicht vergessen, und ich wette, dass die anderen es auch nicht vergessen haben, auch wenn du es vielleicht getan hast. Deshalb schlage ich jetzt vor, dass du die Klappe über Tätigkeitsmerkmale hältst und es zulässt, dass deine Freunde dir helfen ... *Partner.*«

»Dazu nur ein gottverdammtes Amen!« Chumly nickte.

»Du hättest mich auch beim Giek zurücklassen können, dann wäre ich den Sklaventreibern in die Hände gefallen«, sagte Markie nachdenklich mit einer überraschend erwachsen klingenden Stimme.

»So, damit wäre die Angelegenheit ja wohl erledigt«, meinte mein Partner und rieb sich die Hände. »Dann können wir uns also an die Arbeit machen. Mein Kumpel Guido hier hat einen guten Einwand vorgebracht. Wie sollen wir Skeeve verteidigen, wenn wir gar nicht wissen, wie oder wann die Axt zuschlagen wird?«

Wir hatten die Angelegenheit natürlich überhaupt nicht

erledigt, aber Aahz hatte nicht vor, mir auch nur die geringste Chance zu geben, darauf hinzuweisen. Allerdings war ich ganz froh darüber, da ich wirklich nicht wusste, was ich sagen sollte.

»Alles, was wir tun können, ist, Ausschau nach allem und jedem zu halten, was merkwürdig ist.« Tanda zuckte die Schultern.

»Wie beispielsweise eine Prestigepartie Drachenpoker mit dem Pfefferminz-Kind«, warf Chumly ein und starrte dabei in die Ferne.

»Was war das?«

»Das ist dir wohl entgangen, kleine Schwester. Sieht so aus, als hätte unser junger Skeeve die Aufmerksamkeit des Königs des Drachenpokers erregt. Er will einen Schaukampf, und zwar möglichst bald.«

»Schau mich nicht so an, Chumly.« Aahz schnitt eine Grimasse. »Ich habe meine Meinung geändert. Wenn wir Skeeves Ruf bewahren wollen, gibt es für ihn keine Möglichkeit, die Herausforderung noch auszuschlagen. *Jetzt* bin ich gern bereit zuzugeben, dass dieses Geld gut angelegt sein wird.«

»Mein Papi kann jeden beim Drachenpoker schlagen«, erklärte Markie treuherzig.

»Dein Papi kann sich fürstlich das Hirn aus dem Kopf pusten lassen«, korrigierte mein Partner sie zart. »Ich hoffe ja nur darauf, dass wir ihm bis zu dem Spiel wenigstens genug beibringen können, damit er in Würde verliert.«

»Das gefällt mir nicht«, knurrte Tanda. »Das ist mir zu einfach. Irgendwie trägt dieses ganze Spiel die Handschrift der Axt.«

»Wahrscheinlich hast du Recht«, seufzte Aahz. »Aber wir können nichts anderes tun, als die Herausforderung anzunehmen und zu versuchen, aus einer schlimmen Situation das Beste herauszuholen.«

»Die Kröte schlucken und mit dem Blatt spielen, das wir nun einmal in der Hand haben, eh, Aahz?«, murmelte ich.

Ich dachte eigentlich, dass ich leise gesprochen hätte, doch alle am Tisch schnitten Grimassen, Markie eingeschlossen. Sie mochten wohl loyal genug sein, um ihr Leben und ihre Karriere für mich zu riskieren, aber über meine Witze würden sie nicht lachen.

»Wartet mal!«, quiekte Nunzio. »Meint ihr etwa, dass das Kind tatsächlich die Axt sein könnte?«

»Ziemlich unwahrscheinlich«, sagte Bunny, die zum ersten Mal während der Versammlung das Wort ergriff. »Jemand wie die Axt muss möglichst unauffällig bleiben. Das Pfefferminz-Kind ist viel zu bekannt. Wenn der ein Persönlichkeitsattentäter wäre, würden das die Leute in null Komma nichts bemerken. Und außerdem: Wenn er gewinnt, dann denkt niemand, dass das daran liegt, dass sein Gegner unehrenhaft wäre ... sondern nur daran, dass das Kind eben ein guter Spieler ist. Nein, ich schätze, die Axt muss in etwa so sein wie der stibitzte Brief ... Er kann sich in aller Offenheit verstecken. Überlegt euch die letzte Person, von der ihr es vermuten würdet, dann seid ihr seiner wahren Identität schon sehr nahe.«

Um mich herum toste das Gespräch, doch hörte ich nicht sehr genau zu. Aus irgendeinem Grund hatte ich eine Idee gehabt, als Bunny sprach. Wir alle hatten von der Axt in der männlichen Form gesprochen, doch niemand wusste, ob er nicht vielleicht auch eine »Sie« war. Männer waren doch in der Regel viel weniger zurückhaltend und neigten viel eher dazu, mit den Einzelheiten ihrer Karriere zu prahlen, wenn sie bei einer Frau waren.

Bunny war eine Frau. Zudem war sie genau zu dem Augenblick bei uns erschienen, als die Axt angeblich ihren Auftrag bekam. Wir wussten bereits, dass sie weitaus klüger war, als sie tat ... Worte wie ›stibitzt‹ passten nicht zu dem ausdruckslosen Blick, den sie so sorgfältig pflegte. Von wo aus hätte die Axt wohl besser zuschlagen können als aus unseren eigenen Reihen?

Ich beschloss, mit meinem Betthasen mal ein paar Worte zu wechseln, sobald sich die Gelegenheit dazu bot.

Kapitel 12

»Jetzt sehe ich dich endlich, wie du wirklich bist!«
Conrad Röntgen

Ich näherte mich Bunnys Schlafzimmer mit einem gewissen Zittern. Falls es Ihnen noch nicht aufgefallen sein sollte; meine Erfahrung mit Frauen ist nämlich ziemlich begrenzt ... so begrenzt, dass ich sie an den Fingern einer Hand abzählen könnte.

Tanda, Massha, Luanna, Königin Schierlingsfleck und nun Bunny waren die einzigen erwachsenen Frauen, mit denen ich jemals zu tun gehabt hatte, und bisher war meine diesbezügliche Karriere alles andere als brillant gewesen. Eine Weile lang war ich zwar auf Tanda geflogen, doch inzwischen war sie für mich eher eine Art großer Schwester. Massha war ... nun, eben Massha. Ich schätze, dass ich in ihr allenfalls eine jüngere Schwester sah, jemanden, den man beschützen und manchmal auch knuddeln musste. Ich hatte zwar nie ihre offene Bewunderung für mich verstanden, doch hatte diese auch meinen peinlichsten Missgeschicken widerstanden, was es mir leicht machte, mich ihr anzuvertrauen. Und wenn ich auch immer noch dachte, dass Luanna meine eine, wahre Liebe sei, so hatte ich mit ihr doch nur bei vier Gelegenheiten sprechen können, und nach unserer letzten Begegnung war ich mir nicht sicher, dass es noch jemals eine fünfte geben würde. Die einzige Beziehung zu einer Frau, die noch katastrophaler gewesen war als meine zaghaften amourösen Abenteuer, war jene, die ich mit Königin Schierlingsfleck gehabt hatte. Sie mochte mich zwar vielleicht nicht sofort standrechtlich erschießen, wenn sie mir begegnete, doch zweifelte niemand daran, dass sie es gern getan hätte ... und noch dazu war *sie* es, die *mich* heiraten wollte!

Natürlich konnte man keine von den Frauen, mit denen ich bisher zu tun gehabt hatte, mit Bunny vergleichen, obwohl ich mir nicht ganz sicher war, ob das nun ein gutes oder böses Zeichen sein sollte; und doch musste ich mehr über sie in Erfahrung bringen, und zwar aus zwei Gründen: Erstens wollte ich mehr über sie wissen, wenn sie schon mit uns zusammenlebte, damit ich sie nicht so behandelte als wäre sie eine verrückte Tante im Keller; und zweitens, wenn sie die Axt sein sollte, so wäre es wohl besser, es so früh wie möglich herauszufinden. Leider war die einzige Möglichkeit, die mir einfiel, an die erforderliche Information heranzukommen, ein Gespräch mit ihr.

Ich hob die Hand, zögerte einen Augenblick, dann klopfte ich an. Mir fiel ein, dass ich, obwohl ich noch nie vor einem Erschießungskommando gestanden hatte, nun genau wusste, wie man sich da fühlte.

»Wer ist da?«

»Ich bin es, Skeeve, Bunny. Hast du eine Minute Zeit?«

Die Tür sprang auf, und Bunny griff nach meinem Arm und zerrte mich hinein. Sie trug einen aalglatten Einteiler, dessen Ausschnitt deutlich über dem Nabel endete, was mir eine große Erleichterung war. Als ich Königin Schierlingsfleck in ihrem Schlafzimmer aufgesucht hatte, hatte sie mich im Evaskostüm empfangen.

»He! Schön, dich zu sehen. Habe mich schon gefragt, ob du jemals vorbeikommen würdest!«

Mit einem drehtürähnlichen Schwingen ihrer Hüften ließ sie die Tür zuschlagen, während ihre Hände sofort an ihrem Ausschnitt zu nesteln begannen. So viel zu meiner Erleichterung.

»Wenn du mir eine Sekunde Zeit lässt, Süßer, bin ich

bereit. Du hast mich ein bisschen unvorbereitet erwischt, und ...«

»Bunny, könntest du das einfach mal für eine Weile lassen? Hm?«

Aus irgendeinem Grund lasteten die Ereignisse der letzten Tage plötzlich sehr schwer auf meinen Schultern, und ich war einfach nicht zu gewissen Spielen aufgelegt.

Sie starrte mich mit Augen an, die so groß waren wie die Thekenrechnung eines Perfekten, doch ihre Hände hielten immerhin inne. »Was ist denn los, Skeevie? Magst du mich nicht?«

»Ich weiß es wirklich nicht, Bunny«, sagte ich schleppend. »Du hast mir ja eigentlich nie eine Chance gegeben, nicht wahr?«

Sie atmete scharf ein und wollte mich anfauchen. Doch dann zögerte sie, wandte den Blick ab und fuhr sich nervös mit der Zunge über die Lippen.

»Ich ... ich weiß nicht, was du meinst. Bin ich nicht in dein Zimmer gekommen und habe versucht, nett zu sein?«

»Ich glaube, du weißt sehr wohl, was ich meine«, stieß ich nach und glaubte, einen Schwachpunkt in ihrer Verteidigungslinie zu wittern. »Jedes Mal, wenn wir uns sehen, verpasst du mir mit deiner ›Sexmiezen‹-Routine eine Ohrfeige. Ich weiß nie, ob ich weglaufen oder Applaus klatschen soll, aber beides ist nicht besonders geeignet, dich kennen zu lernen.«

»Nun mach es nicht runter«, sagte sie. »Es ist eine großartige kleine Nummer. Damit bin ich immerhin bis hierher gekommen, nicht? Außerdem, ist es nicht das, was Männer von einem Mädchen wollen?«

»Ich nicht.«

»Wirklich?«

Ein keineswegs allzu sanfter Hohn lag in ihrer Stimme. Sie atmete tief ein und schob die Schultern zurück. »Dann sag mir doch, was du *sonst* im Sinn hast, wenn ich das tue?«

Egal welchen Eindruck Sie von mir aus meinen früheren Abenteuern haben mögen, ich kann jedenfalls durchaus schnell denken. Schnell genug, um meine ersten drei Gedanken der Zensur anheimfallen zu lassen, bevor ich antworte.

»Überwiegend Verlegenheit«, sagte ich wahrhaft. »Sicher, es ist beeindruckend, aber ich habe das Gefühl, dass ich etwas deswegen unternehmen sollte, und ich bin mir nicht sicher, dass ich dem gewachsen bin.«

Sie lächelte triumphierend und ließ die Luft entweichen, wodurch sie die Spannung in ihrem Brustkasten und in meinem Geist löste. Ich glaube, mein Geist hatte es am nötigsten.

»Du hast soeben das Geheimnis der Sexmiezen entdeckt. Es ist nicht so, als würdest du es nicht mögen. Es ist einfach nur zu viel, so dass du nicht sicher bist, dass du damit zurechtkommst.«

»Ich bin mir nicht sicher, ob ich dir folgen kann.«

»Männer prahlen gern und geben an, aber sie haben ein Ego, das so brüchig ist wie gesponnenes Glas. Wenn ein Mädchen ihren Bluff entlarvt, wenn sie wie ein brodelnder Vulkan auf sie zukommt, der sich nicht mehr löschen lässt, kriegen Männer es mit der Angst zu tun. Anstatt einen sanften weiblichen Holzscheit anzufächeln, stehen sie plötzlich vor einem ganzen Waldbrand, deshalb bringen sie ihre Puste lieber woandershin. Sicher, sie behalten uns da, um andere damit beeindrucken zu können. ›Schaut euch nur einmal die Tigerin an, die ich gezähmt habe‹, und so weiter. Aber wenn wir dann allein sind, bleiben sie meistens auf Distanz. Ich wette, ein Betthase kriegt weniger tatsächliche Action mit als die durchschnittliche Studentin ... nur dass wir sehr viel mehr verdienen.«

Das ließ mich nachdenken. Einerseits hatte sie meine Reaktion recht genau beschrieben. Ihr brüllendes Nahen hatte mich *tatsächlich* ein wenig verängstigt ... na ja, ziemlich sogar. Doch gab es da immer noch die andere Seite.

»Hört sich so an, als würdest du nicht sehr viel von Männern halten«, bemerkte ich.

»He! Versteh mich nicht falsch. Die sind immer noch ein gutes Stück besser als die Alternative. Ich bin es einfach nur leid geworden, mir immer wieder dieselbe alte Schmonzes anzuhören, da habe ich mir gedacht, ich kehre den Spieß einfach mal um. Das ist alles.«

»Das habe ich nicht gemeint. Vor einer Sekunde hast du noch gesagt, ›das verlangen Männer von einem Mädchen‹. Das mag wahr sein, und ich will auch gar nicht dagegen protestieren. Allerdings hört es sich verdammt ähnlich an wie ›das verlangen *alle* Männer von einem Mädchen‹, und dagegen habe ich gewisse Einwände.«

Sie furchte nachdenklich die Stirn und nagte an ihrer Unterlippe. »Ich schätze, es ist vielleicht tatsächlich ein bisschen verallgemeinert«, gab sie zu.

»Gut.«

»Es wäre genauer, zu sagen, ›das verlangen alle Männer von einem *schönen* Mädchen‹.«

»Bunny ...«

»Nein, jetzt hör du mir mal zu, Skeeve. Das ist nämlich mal ein Gebiet, auf dem ich mehr Erfahrung habe als du. Es ist schön, nur über geistige Dinge reden zu wollen, wenn man aussieht wie Massha. Aber wenn man damit aufwächst, so gut auszusehen wie es bei mir der Fall war – das ist keine Prahlerei, nur die Feststellung einer Tatsache –, dann hat man einen Mann nach dem anderen am Hals. Ich würde sagen, wenn die sich nur für den Geist interessieren, dann brauchen sie dringend einen Nachhilfekurs in Anatomie!«

Im Laufe unserer Freundschaft hatte ich mit Massha viele ausgedehnte Gespräche darüber geführt, was es für eine Frau bedeutete, weniger anziehend zu sein. Zum ersten Mal jedoch musste ich jetzt erkennen, dass Schönheit möglicherweise nicht nur von Vorteil war.

»Ich kann mich nicht daran erinnern, dass du mich jemals ›am Hals‹ gehabt hättest, Bunny.«

»Okay, okay. Vielleicht muss ich wirklich immer erst einmal einen Gegenangriff starten, bevor der andere anfängt. Aber das Muster ist inzwischen entwickelt genug, dass ich mir ein paar Schlussfolgerungen erlauben darf. Wenn ich mich richtig erinnere, warst du ein bisschen beschäftigt, als wir uns begegneten. Wie hättest du wohl reagiert, wenn wir uns zufällig in einer Bar getroffen hätten?«

Das war nicht schwer, mir vorzustellen ... leider.

»Touché!«, gestand ich. »Lass mich dir aber nur noch einen Gedanken mitteilen, Bunny. Danach will ich mich gerne deiner Erfahrung beugen. Die Frage des Sex schwebt bei *jeder* Begegnung zwischen Mann und Frau in der Luft, bis sie beantwortet wird. Ich glaube, das ist noch ein Überbleibsel aus vorzivilisatorischen Zeiten, als das Überleben der Art von der Fortpflanzung abhing. Es ist am stärksten, wenn man einem Mitglied des anderen Geschlechts begegnet, das man anziehend findet ... beispielsweise einer schönen Frau. Zum Teil beruht die Zivilisation darauf, obwohl ich mir nicht sicher bin, wie viele Leute das so sehen, Regeln und Gesetze aufzustellen, um diese Frage möglichst schnell zu klären: Verwandte, Eltern und nichtvolljährige oder verheiratete Leute sind tabu ... na ja, meistens jedenfalls, aber du weißt schon, wie ich es meine. Theoretisch ermöglicht dies den Leuten, weniger Zeit damit zu verbringen, einander zu beschnüffeln, um sich anderen Dingen widmen zu können ... beispielsweise der Kunst oder der Wirtschaft. Ich bin mir zwar nicht sicher, dass das wirklich eine Verbesserung ist, aber wir sind eigentlich schon ganz schön weit damit gekommen.«

»Das ist eine interessante Theorie, Skeeve«, meinte Bunny versonnen. »Wo hast du die her?«

»Die habe ich mir ausgedacht«, gab ich zu.

»Das muss ich mir gelegentlich mal durch den Kopf gehen lassen. Aber selbst wenn du Recht haben solltest, was beweist das schon?«

»Nun, ich glaube, ich will damit nur sagen, dass du dich meiner Meinung nach zu sehr mit der Existenz der Frage selbst beschäftigst. Dabei solltest du sie jedes Mal, wenn sie auftritt, gleich beantworten und zu anderen Dingen übergehen. Und genau genommen meine ich, dass wir diese Frage hier und jetzt lösen können. Was mich angeht, so lautet die Antwort nein, zumindest für eine lange Zeit. Wenn wir uns darüber einigen könnten, würde ich gerne zu anderen Dingen übergehen ... wie beispielsweise, dich besser kennen zu lernen.«

»Wenn du nicht im gleichen Atemzug das Wort ›nein‹ gebraucht hättest, hätte ich gesagt, dass sich das wie ein Antrag anhört. Vielleicht bin ich in diesem Punkt auch ein bisschen überempfindlich. Also gut. Einverstanden. Versuchen wir es als Freunde.«

Sie streckte die Hand aus, und ich schüttelte sie feierlich. In meinem Hinterkopf zuckte ein Schuldgefühl. Jetzt, da ich sie dazu gebracht hatte, in ihrer Wachsamkeit nachzulassen, würde ich versuchen, Informationen aus ihr rauszuquetschen.

»Was möchtest du gern wissen?«

»Nun, außer der Tatsache, dass du weitaus klüger bist, als du zugibst, und dass du die Nichte von Don Bruce bist, weiß ich eigentlich so gut wie nichts über dich!«

»Hoppla«, kicherte sie, »das mit der Nichte solltest du eigentlich gar nicht wissen.«

Es war ein viel netteres Kichern als ihr übliches hirnmarterndes Quieken.

»Dann fangen wir doch damit an. Soweit ich weiß, ist dein Onkel mit deiner Berufswahl nicht eben einverstanden.«

»Das kannst du laut sagen! Er hatte mir schon einen Beruf ausgesucht, hat mich in die Schule geschickt und alles. Das Problem war nur, dass er sich nicht die Mühe gemacht hatte, mich zu fragen. Ehrlich gesagt würde ich alles tun, solange es nur etwas anderes als das ist, was er für mich geplant hatte.«

»Was war das denn?«

»Er wollte, dass ich Buchhalterin werde.«

Im Geiste kehrte ich zu meinem alten Gegenspieler J. R. Grimble in Possiltum zurück. Mir Bunny an seiner Stelle vorzustellen überforderte meine Imagination.

»Hm ... eigentlich ist Buchhaltung doch keine schlechte Arbeit. Ich kann schon verstehen, dass Don Bruce nicht wollte, dass du in seine kriminellen Fußstapfen trittst.«

Bunny hob skeptisch eine Augenbraue. »Wenn du das glaubst, verstehst du nicht viel von Buchhaltung.«

»Wie auch immer. Allerdings meine ich, dass es doch wohl noch andere Möglichkeiten des Lebensunterhalts gibt, als Betthase zu werden.«

»Ich will dich ja nicht schon wieder auf Touren bringen«, feixte sie, »aber mein Aussehen hat gegen mich gearbeitet. Die meisten ehrlichen Geschäftsleute hatten Angst, dass ihre Frauen oder Geschäftspartner oder Aufsichtsräte oder Angestellten glauben würden, dass sie sich nur eine Geliebte auf die Lohnliste setzten, wenn sie mich einstellten. Nach einer Weile beschloss ich, mit dem Strom mitzuschwimmen und mich auf ein Gebiet zu begeben, wo gutes Aussehen eine Forderung und kein Hindernis war. Wenn ich mir irgendetwas zu Schulden habe kommen lassen, dann allenfalls Faulheit.«

»Ich weiß nicht«, meinte ich kopfschüttelnd. »Ich gebe zwar zu, dass ich von deiner Berufswahl nicht allzu viel halte.«

»Ach, ja? Na, bevor du jetzt den moralischen Zeigefinger schwingst, lass mich dir sagen ...«

»Hoppla! Redezeit abgelaufen!«, unterbrach ich sie. »Was ich meinte, ist, dass die Sache keine große Zukunft hat. Ist nicht persönlich gemeint, aber niemand bleibt ewig jung und gut aussehend. Wie ich so höre, hat dein Job keine besonders gut entwickelte Altersversorgung.«

»Das hat keiner der Syndikatsjobs«, meinte sie achselzuckend. »Immerhin kann ich damit die Rechnungen bezahlen, während ich mich nach etwas Besserem umsehe.«

Nun kamen wir endlich weiter.

»Da wir schon beim Syndikat sind, Bunny, möchte ich zugeben, dass mir die Geschichte mit der Axt Sorgen macht. Weißt du zufällig, ob das Syndikat sich auch mit Persönlichkeitsattentaten beschäftigt? Vielleicht könnte ich mir bei irgendjemandem einen Rat einholen.«

»Ich glaube nicht. Das ist ein bisschen zu subtil für die. Andererseits hab ich noch nie gehört, dass Onkel Bruce irgendeine Arbeit ausgeschlagen hätte, wenn der Gewinn nur groß genug gewesen wäre.«

Mir fiel auf, dass sie ziemlich ausweichend antwortete. Ich beschloss, es noch einmal zu versuchen.

»Da wir gerade von deinem Onkel sprechen, hast du irgendeine Vorstellung, warum er dich für diesen Auftrag ausgesucht hat?«

Eine kaum merkliche Pause trat ein, bevor sie antwortete.

»Nein, habe ich nicht.«

Ich hatte das Drachenpokerspiel des Gieks überlebt, indem ich andere Leute beobachtete, und darin bin ich ziemlich gut. Für mich war dieses Zögern so gut wie ein Geständnis. Bunny wusste, weshalb sie hier war, sie wollte es mir nur nicht verraten.

Als hätte sie meine Gedanken gelesen, blickte sie mich plötzlich erschrocken an.

»He! Jetzt kapiere ich das erst! Denkst du etwa, ich wäre

die Axt? Glaub mir, Skeeve, das bin ich nicht. Wirklich nicht!«

Sie war sehr ernst und klang sehr glaubwürdig. Aber wenn ich die Axt gewesen wäre, wäre dies genau das gewesen, was ich gesagt hätte, und ich hätte es auf ebensolche Weise getan.

Kapitel 13

»Jeder sieht so aus, wie er sich fühlt.«
Dr. Jekyll

Es gibt viele Ausdrücke, mit denen sich der Bazarausflug des nächsten Tages beschreiben ließe. Leider heißen keine von ihnen »ruhig«, »gelassen« oder »gemütlich«. Stattdessen fallen einem viel eher Wörter wie »Zoo«, »Zirkus« und »Chaos« ein.

Es begann schon, noch bevor wir unser Basislager verlassen hatten; genau genommen fing sogar alles mit der Frage an, ob wir es überhaupt verlassen sollten oder nicht.

Aahz und Massha waren standhaft der Meinung, dass wir erst einmal Gras über die Sache wachsen lassen sollten, der Theorie folgend, dass dies der Axt die wenigsten Angriffsmöglichkeiten bieten würde. Guido und Nunzio schlugen sich auf ihre Seite und bereicherten die ganze Auseinandersetzung mit ihrer eigenen blumigen Ausdrucksweise. »Auf Matratzenhorchdienst gehen« war einer ihrer Lieblingssprüche, ein Ausdruck, der in mir unweigerlich äußerst reizvolle Bilder aufsteigen ließ. Wie ich Bunny schon gesagt hatte, war ich keineswegs *völlig* rein.

Tanda und Chumly standen auf der Gegenseite und argumentierten, dass die beste Verteidigung immer noch ein massiver Angriff sei. Im Haus zu bleiben, so wandten sie ein, würde uns nur zu stehenden Zielen machen. Das einzig Richtige sei es, hinauszugehen und zu versuchen, die Pläne der Axt in Erfahrung zu bringen. Markie und Bunny schlossen sich der Geschwistermannschaft an, wenngleich ich den

Verdacht hegte, dass dies eher auf ein Verlangen zurückzuführen war, etwas mehr vom Bazar zu sehen zu bekommen.

Nachdem ich mich über eine Stunde lang neutral verhalten und den beiden Zankparteien zugehört hatte, gab ich schließlich auch meine Stimme ab ... zugunsten des Ausgehens. Merkwürdigerweise standen meine Gründe dafür jenen von Bunny und Markie am nächsten: Obwohl ich mich ziemlich davor fürchtete, hinauszugehen und ein bewegliches Ziel abzugeben, fürchtete ich mich doch noch mehr davor, mit meiner eigenen Truppe im Haus eingesperrt zu sein, während diese immer nervöser und gereizter wurde.

Kaum war diese Frage geklärt, gab es neuen Streit, und zwar darüber, wer mitgehen sollte. Natürlich wollten alle mitkommen. Ebenso natürlich aber würden wir in diesem Fall genau als das erscheinen, was wir auch waren: wie eine Eingreiftruppe auf der Suche nach Ärger. Irgendwie glaubte ich nicht, dass dies unserem Bemühen förderlich sein würde, meinen Ruf zu erhalten.

Nach einer weiteren Stunde der gegenseitigen Beschimpfungen endeten wir mit einem Kompromiss. Wir würden alle gehen. Um der Unauffälligkeit und des strategischen Vorteils willen jedoch wurde beschlossen, dass ein Teil der Mannschaft getarnt werden sollte. Dadurch würde unsere Truppe nicht nur kleiner aussehen, als sie in Wirklichkeit war, es würde unseren Mannschaftskameraden außerdem gestatten, aus nächster Nähe alles zu beobachten und, was noch wichtiger war, sich anzuhören, was um uns herum im Bazar geredet wurde. Aahz, Tanda, Chumly, Massha und Nunzio sollten uns als Späher und Reserve dienen, während Markie, Bunny, Guido und ich als Köder fungierten ... eine Rolle, an der ich immer weniger Geschmack finden konnte, je mehr ich darüber nachdachte.

So kam es, dass wir endlich unseren Morgenspaziergang antraten ... am frühen Nachmittag.

Oberflächlich betrachtet hatte sich der Bazar nicht verändert, doch es dauerte nicht lange, bevor ich einige feine Unterschiede bemerkte. Ich hatte mich schon so sehr an das Aufrechterhalten von Tarnzaubern gewöhnt, dass ich unsere fünf Kameraden mühelos inkognito halten konnte, ohne dass es meine Konzentrationskraft belastete ... was auch ganz gut war, denn es gab eine Menge, um sich darauf zu konzentrieren.

Anscheinend hatte sich unser letzter Einkaufsbummel herumgesprochen, und die Reaktion der Täufler in ihren Verkaufsbuden auf unser Erscheinen war unterschiedlich, aber stets übertrieben. Manche der Läden schlossen sofort, sobald wir uns ihnen näherten, dafür stürmten andere Händler wie wild auf uns zu. Natürlich gab es auch Neutrale, die weder schlossen noch uns auf halbem Weg entgegenkamen, um uns stattdessen argwöhnisch im Auge zu behalten, während wir ihre Waren begutachteten. Doch wohin wir auch gingen, fiel mir ein merkliches Fehlen an Begeisterung bei der Lieblingsbeschäftigung im Bazar auf, dem Feilschen. Entweder sprach man von Fixpreisen oder machte mit einem Minimum an Wortaufwand Gegenangebote. Es schien, dass die Täufler zwar immer noch unser Geld haben wollten, dass sie aber keineswegs darauf erpicht waren, den Kontakt mit uns in die Länge zu ziehen.

Ich war mir nicht ganz sicher, wie ich die Situation handhaben sollte. Sollte ich ihre Nervosität ausnutzen, um schamlos die Preise zu drücken, oder sollte ich zähneknirschend mehr bezahlen, als die Waren meiner Meinung nach wert waren? Das Problem bestand darin, dass weder die eine noch die andere Taktik mein Image bei den Händlern sonderlich fördern würde, und sie würde auch nicht die Erinnerung an unseren letzten Ausflug ausradieren.

Natürlich gab es, wie immer in meinem Leben, auch einige Ablenkungen.

Nach unserem Gespräch hatte Bunny beschlossen, dass wir Freunde seien, und sie ging ihre neue Rolle mit derselben Begeisterung an wie zuvor die des Vamps. Gewiss, sie hing noch immer an meinem Arm, und aus der Ferne sah sie wahrscheinlich auch noch immer wie ein Betthase aus. Doch richtete sich ihre Aufmerksamkeit nun auf mich anstatt auf sich.

Heute hatte sie beschlossen, ihre Meinung über meine Garderobe kundzutun.

»Wirklich, Skeeve. Wir *müssen* dir etwas Vernünftiges zum Anziehen besorgen.«

Irgendwie war es ihr gelungen, ihre nasale Stimme loszuwerden und auch das, auf dem sie ständig herumgekaut hatte. Vielleicht bestand zwischen beiden eine Beziehung.

»Was ist denn verkehrt an dem, was ich gerade trage?«

Ich trug, was ich für einige meiner schickeren Kleidungsstücke hielt. Die Streifen auf den Hosen waren zwei Zoll breit und abwechselnd gelb und hellgrün gefärbt, während das Jackett ein Fummel aus Grellrot und Purpur war.

»Ich weiß gar nicht, wo ich anfangen soll«, sagte sie naserümpfend. »Sagen wir doch einfach, dass es ein bisschen grell ist.«

»Vorher hast du nie was über meine Kleider gesagt.«

»Richtig. Vorher. Wie in ›bevor wir beschlossen, Freunde zu sein‹. Betthasen werden nicht dafür bezahlt, dass sie ihren Männern sagen, wie dämlich sie sich anziehen. Manchmal glaube ich, dass eine der Grundanforderungen dafür, eine dekorative Dame am Arm zu haben, darin besteht, überhaupt keinen oder allenfalls einen negativen Sinn für Kleidung zu besitzen.«

»Na schön, ich habe da zwar nicht sehr viel Erfahrung aus

erster Hand, aber gibt es nicht auch ein paar Betthasen, die sich eine Spur zu auffällig kleiden?«, fragte ich pikiert.

»Stimmt. Aber ich wette, wenn man der Sache nachgeht, stellt man fest, dass sie ihre Klamotten nur tragen, weil die Männer sie ihnen gekauft haben. Als wir einkaufen gingen, hast du mir die Auswahl überlassen und lediglich die Rechnung bezahlt. Ein Haufen Männer glaubt, wenn sie schon die Rechnung bezahlen, müssten sie auch das letzte Wort darüber haben, was ihr Püppchen trägt. Machen wir uns nichts vor, Betthasen müssen auf ihr Aussehen achten, weil ihre Stellung davon abhängt. Ein Mädchen, das sich kleidet wie ein Kartoffelsack, findet keine Arbeit als Hase.«

»Du behauptest also, dass ich mich wie ein Kartoffelsack kleide?«

»Wenn ein Sack so aussähe wie du, würden die Augen der Kartoffeln davon erblinden.«

Ich quittierte die Bemerkung mit einem Stöhnen. Herrje, wenn schon niemand über meine Witze lachte, warum sollte ich es dann umgekehrt tun? Natürlich speicherte ich ihren Kommentar für den etwaigen späteren Gebrauch ab.

»Im Ernst, Skeeve, dein Problem ist, dass du dich anziehst wie ein Kind. Du hast in deiner Garderobe ein paar nette Stücke, aber es hat sich niemand die Mühe gemacht, dir mal zu zeigen, wie du sie tragen sollst. Farbenfrohe Kleidung ist zwar hübsch, aber das ganze Erscheinungsbild muss ausgewogen sein. Ein Muster zusammen mit einfarbigen Stücken zu tragen, betont das Muster. Ein Muster mit anderen Mustern zu mischen, bedeutet Ärger, es sei denn, man weiß genau, was man tut. In den allermeisten Fällen beißen die Muster sich dann gegenseitig ... und wenn sie auch noch von verschiedener Farbe sind, kommt es zu einem regelrechten Krieg. Deine Kleidung sollte die Aufmerksamkeit auf *dich* richten und nicht auf sich selbst.«

Trotz meiner Empörung musste ich feststellen, dass mich

ihre Erklärungen zu faszinieren begannen. Wenn ich im Laufe meiner verschiedenen Abenteuer eins gelernt habe, so die Regel, dass man alle Informationen aufnehmen sollte, die man bekommen kann.

»Mal sehen, ob ich dich verstanden habe, Bunny. Du willst also sagen, dass es nicht genügt, einfach nur nette Stücke zu kaufen, vor allem solche, die meinen Blick auf sich ziehen. Ich muss also aufpassen, wie sie zusammenpassen ... gewissermaßen ein koordiniertes Ganzes erschaffen. Stimmt's?«

»Das gehört dazu«, meinte sie nickend. »Aber ich glaube, wenn wir dich schon richtig erziehen wollen, gehen wir noch einen weiteren Schritt zurück. Als Erstes musst du nämlich entscheiden, welches Image du ausstrahlen willst. Deine Kleidung macht eine Aussage über dich, aber du musst wissen, wie diese Aussage lauten soll. Bankiers zum Beispiel sind davon abhängig, dass die Leute ihnen ihr Geld anvertrauen, deshalb kleiden sie sich konservativ, um einen Eindruck von Verlässlichkeit zu vermitteln. Niemand wird sein Geld einem Bankier geben, der so aussieht, als würde er seine Nachmittage damit verbringen, Hoppehoppereiter zu spielen. Und am anderen Ende des Spektrums hast du die professionellen Unterhaltungskünstler. Die machen ihr Geld damit, dass die Leute sie anschauen, deshalb kleiden sie sich auch meistens äußerst laut und auffällig.«

Das war faszinierend. Nicht, als ob Bunny mir irgendetwas gesagt hätte, was ich noch nie gesehen hatte, doch definierte sie Muster, die mir bisher noch nicht bewusst geworden waren. Plötzlich schien die ganze Sache mit der Kleidung richtig Sinn zu machen.

»Was für ein Image strahle ich denn aus?«

»Nun, wenn du mich schon fragst: Im Augenblick siehst du nach zwei Möglichkeiten aus: Entweder wie jemand, der so reich und erfolgreich ist, dass es ihm egal sein kann, was andere von ihm denken, oder wie ein Junge, der nicht weiß, wie man sich anzuziehen hat. Hier im Bazar weiß man, dass du erfolgreich bist, deshalb kommen die Händler auch zum ersten Schluss und zerren so ziemlich jedes grellbunte Kleidungsstück hervor, das sie noch keinem anderen andrehen konnten, und glauben, dass du schon darauf fliegen wirst, wenn nur der Preis hoch genug ist.«

»Ein Blödmann oder ein Narr«, murmelte ich. »Ich weiß wirklich nicht, welches Image ich haben möchte, aber diese beiden jedenfalls nicht.«

»Versuch es doch mal mit diesem hier: Du bist ein Magiker, den man kaufen kann, nicht? Dann solltest du wohlhabend genug aussehen, dass deine Klienten wissen, dass du gut bist; aber auch nicht so protzig, dass sie glauben, du würdest sie mit deinen Preisen übers Ohr hauen. Allzu konservativ sollte es nicht sein, weil sie sich zum Teil ja auch in das Geheimnisvolle der Magik einkaufen, aber wenn du zu pompös daherkommst, siehst du aus wie ein drittklassiger Scharlatan. Kurzum, ich meine, du solltest das Image ›gelassene Macht‹ ausstrahlen. Jemand, der sich zwar von der Alltagsmeute abhebt, der seiner selbst aber sicher genug ist, um nicht unbedingt Aufmerksamkeit erregen zu müssen.«

»Und wie schaffe ich es, so auszusehen?«

»Jetzt kommt Bunny ins Spiel«, erklärte sie mit einem Augenzwinkern. »Wenn wir uns über das Ziel einig sind, werde ich schon Mittel und Wege dahin finden. Folge mir.«

Und mit diesen Worten führte sie mich auf einen der unglaublichsten Einkaufsbummel, an dem ich je teilgenommen hatte. Sie bestand darauf, dass ich sofort den ersten Satz Kleidung anlegen sollte, den wir kauften: ein hellblaues Hemd mit offenem Kragen, cremefarbene Hosen und ein dazupassendes Halstuch. Markie protestierte zwar, dass ihr die schönen Kleider besser gefallen hätten, doch als wir uns unseren Weg von Verkaufsstand zu Verkaufsstand bahnten, merkte ich, wie sich das Verhalten der Besitzer änderte. Noch immer schien unsere Anwesenheit sie nervös zu machen, doch brachten sie nun völlig andere Kleidungsstücke zum Vorschein, damit wir sie begutachteten, und einige von ihnen machten mir sogar Komplimente über meine Kleidung ... etwas, was noch niemals passiert war.

Ich muss zugeben, dass ich ein wenig überrascht war, wie viel manche von diesen »schlichten und unauffälligen« Stücken kosteten, doch Bunny versicherte mir, dass Stoff und Verarbeitung den Preis rechtfertigten.

»Ich verstehe das nicht«, wandte ich einmal ein. »Ich dachte immer, dass Buchhalter Geizkragen wären, aber was bist du? Die ideale Konsumentin!«

»Denkst du etwa, ich würde *mein* Geld ausgeben?«, schnurrte sie zurück. »Buchhalter können sich durchaus mit notwendigen Ausgaben abfinden, solange es das Geld eines anderen ist. Unsere Hauptaufgabe besteht darin, dafür zu sorgen, dass ihr für euer schwer verdientes Geld möglichst viel Kaufkraft bekommt.«

Und so ging es weiter. Als ich einmal Zeit zum Nachdenken hatte, fiel mir ein, dass Bunny, sollte sie *doch* die Axt sein, sich fürchterlich viel Mühe machte, mich gut aussehen zu lassen. Ich überlegte noch, wie dies in einen teuflischen Plan passen konnte, als mich plötzlich jemand in die Seite knuffte. Als ich mich umblickte, sah ich Aahz neben mir stehen.

Wenn ich meinen Tarnzauber verhänge, sehe ich die Leute immer noch so, wie sie normalerweise aussehen. Deshalb zuckte ich auch erst nervös zusammen, bevor mir einfiel, dass er jedem anderen im Bazar wie ein gewöhnlicher Kunde erscheinen musste, der mit mir ein paar Worte wechseln wollte.

»Nette Klamotten, Partner«, bemerkte er. »Sieht so aus, als würde deine kleine Gespielin sich mal ein paar ernste Gedanken über deine Garderobe machen.«

»Danke, Aahz. Gefällt es dir wirklich?«

»Na klar doch. Allerdings ist da noch *eine* Kleinigkeit, die du deiner Einkaufsliste noch hinzufügen könntest, bevor wir uns wieder auf den Weg nach Hause machen.«

»Was denn?«

»Ungefähr fünf Kartenspiele. Wenn dein neues Image ihn auch beeindrucken könnte, glaube ich doch, dass es auf das Kind noch viel mehr Eindruck machen würde, wenn du ein bisschen Zeit darauf verwendest, Drachenpoker zu lernen, bevor du mit ihm abrechnest.«

Das ließ meine Seifenblasen sofort platzen. Aahz hatte Recht. Kleidung und Axt mal beiseite, blieb da immer noch eine Sache, der ich mich schon bald würde stellen müssen, nämlich einem Wettkampf mit dem besten Drachenpokerspieler aller Dimensionen.

Kapitel 14

»ICH VERGEWISSERE MICH VORHER IMMER GERN,
WOHIN DIE REISE GEHT.«
ODYSSEUS

»Oger steht hoch, Skeeve. Dein Einsatz.«

»Oh! Äh ... ich gehe auf zehn.«

»Halte zehn.«

»Aus.«

»Zwanzig für mich? Erhöhe um zwanzig.«

»Sehen.«

Inzwischen sollte Ihnen dies vertraut sein. Stimmt: Drachenpoker in vollem Galopp. Diesmal handelte es sich jedoch nur um ein freundschaftliches Spiel zwischen Aahz, Tanda, Chumly und mir. Natürlich ist der Ausdruck »freundschaftlich« dabei recht locker gewählt.

Von gelegentlichen Anschrei-Kämpfen abgesehen, hatte ich noch nie gegen diese drei antreten müssen. Das heißt, wenn es Schwierigkeiten gab, hatten wir unseren Kreis stets nur mit den Hörnern nach außen aufgebaut und nicht umgekehrt. Zum ersten Mal fand ich mich auf der anderen Frontseite wieder, und ich genoss es keineswegs. Mir war zwar klar, dass es nur ein Spiel war, trotzdem war ich plötzlich äußerst froh, dass ich keinem meiner Kollegen in einer Situation, in der es wirklich um Leben und Tod ging, entgegentreten musste.

Es wurde zwar nach wie vor gescherzt, doch mit leicht nervösem Unterton. Über dem Tisch hing eine Wolke der Spannung, als die Spieler sich wie kreisende Raubvögel aufeinander konzentrierten. Das war im Gleiche Chancen zwar auch so gewesen, aber dort hatte ich auch damit gerechnet. Man erwartet beim Kartenspiel keine Unterstützung und auch kein Mitgefühl von völlig Fremden. Das Problem war, dass diese drei, die ich doch meine engsten Freunde nennen konnte, sich plötzlich als völlig Fremde herausstellten, sobald die Hosen heruntergelassen wurden ... falls Sie mir diesen Ausdruck erlauben.

»Ich glaube, du bluffst nur, großer Bruder. Erhöhe nochmals um vierzig.«

Ich schluckte schwer und schob eine weitere Säule meiner immer weniger werdenden Chips in den Topf.

»Sehen.«

»Hast mich erwischt«, meinte der Troll achselzuckend. »Passe.«

»Schön, Skeeve. Dann bleiben nur noch du und ich übrig. Ich habe einen Elf-Punkt-Flush.«

Tanda zeigte ihr Blatt vor und blickte mich erwartungsvoll an. Ich drehte meine verdeckten Karten mit einer Geste um, von der ich hoffte, dass sie selbstsichere Dynamik übermittelte.

Stille senkte sich um uns herum, als alles sich vorbeugte, um meine Karten zu mustern.

»Skeeve, das ist nichts als Schrott«, sagte Tanda schließlich. »Aahz ist schon bei einem besseren Blatt ausgestiegen, und zwar ohne seine Kellerkarten. Ich habe dich ja schon am Tisch geschlagen.«

»Was sie eigentlich sagen will, Partner«, feixte Aahz, »ist, dass du entweder hättest aussteigen oder erhöhen sollen. Sehen zu wollen, wenn die Karten, die sie bereits aufgedeckt hat, dein Blatt schon schlagen, ist herausgeworfenes Geld.«

»Schon gut, schon gut! Ich habe verstanden.«

»Wirklich? Du hast immer noch ungefähr fünfzig Chips daliegen. Willst du nicht lieber warten, bis du die auch noch alle verloren hast? Vielleicht sollten wir die Chips auch wieder neu verteilen und von neuem anfangen ... *schon wieder.*«

»Reg dich ab, Aahz«, befahl Tanda. »Skeeve hatte ein System, das für ihn bereits funktioniert hat. Warum soll er da nicht versuchen, damit zu arbeiten, bevor er sich dazu zwingen lässt, etwas Neues zu nehmen?«

Worauf sie anspielten, war mein ursprünglicher Widerstand gegen Unterrichtsstunden in Drachenpoker. Ich hatte bereits so gut wie entschieden, dass ich beim drohenden Spiel genauso verfahren wollte wie schon einmal im Gleiche Chancen, anstatt den Versuch zu unternehmen, im Schnellkurs die Regeln zu lernen. Nach einiger Diskussion (lies: Zankerei) einigten wir uns auf ein Demonstrationsspiel, damit ich meinen Trainern zeigen konnte, wie gut mein System funktionierte.

Nun, das hatte ich ihnen hiermit gezeigt.

Aahz konnte ich ziemlich gut durchschauen, wahrscheinlich weil ich ihn so genau kannte. Chumly und Tanda allerdings brachten mich völlig aus dem Konzept. Ich war völlig unfähig, aus ihrem Sprechen und Verhalten irgendwelche Hinweise herauszulesen, und es gelang mir auch nicht, offensichtliche Beziehungen zwischen ihrem Reizen und ihren Blättern herzustellen. In deprimierend kurzer Zeit war ich mein Anfangskapital losgeworden. Dann hatten wir die Chips erneut verteilt und von vorne begonnen ... mit demselben Ergebnis. Nun näherten wir uns dem Ende der dritten Runde, und ich war schon so weit, das Handtuch werfen zu wollen.

So gern ich mir auch eingeredet hätte, dass ich nur eine Pechsträhne hatte oder dass wir noch nicht genug Runden absolviert hatten, um präzise Muster erkennen zu lassen, sah die schreckliche Wahrheit doch so aus, dass ich einfach unterlegen war. Ich meine, normalerweise stellte ich es schon fest, wenn ein Spieler ein gutes Blatt hatte. Dann lautete die Frage »wie gut« oder, genauer, ob sein Blatt besser war als meins. Das galt natürlich auch für schwache Blätter. Ich war davon abhängig, einen Spieler auszumachen, der mit einem Blatt reizte, das noch entwickelt werden musste, oder festzustellen, ob er lediglich darauf setzte, dass die anderen Blätter der Runde sich schlechter entwickeln würden als seins. Bei diesem »Demonstrationsspiel« jedoch erwischte es mich immer und immer wieder auf dem linken Fuß. Viel zu oft erwies sich ein Blatt, das ich für lauter Luschen gehalten hatte, als regelrechtes Punktekraftwerk.

Es war gelinde gesagt deprimierend. Ich hatte es mit Spielern zu tun, die nicht einmal im Traum daran gedacht hätten, das Pfefferminz-Kind herauszufordern, und die fegten mir schon die Taschen leer, ohne dass sie sich auch nur sonderlich viel Mühe gegeben hätten.

»Ich weiß, wenn ich geschmiert bin, Aahz«, sagte ich. »Auch wenn ich dazu ein bisschen länger brauche als die meisten. Ich bin bereit, die Unterrichtsstunden zu nehmen, die ihr mir angeboten habt . . . sofern ihr immer noch glaubt, dass es etwas nützt.«

»Klar wird es das, Partner. Zumindest kann es deinem Spiel nicht schaden, sofern wir es heute Abend mit einem repräsentativen Beispiel zu tun gehabt haben sollten.«

Darauf konnte man sich doch verlassen, dass ein Perfekter einem genau das sagen würde, was einen aufheiterte!

»Komm schon, Aahz, alter Knabe«, unterbrach Chumly. »Skeeve versucht sein Bestes. Er versucht lediglich, in einer schlechten Situation durchzuhalten . . . wie wir alle. Machen wir es ihm nicht noch schwerer. Hmmm?«

»Ich schätze, du hast Recht.«

»Und passt auf mit solchen Bemerkungen, wenn Markie in der Nähe ist«, warf Tanda ein. »Sie hat einen schlimmen Anfall von Heldenverehrung für ihren neuen Papi, und wir brauchen ihn als Respektsperson, damit sie auf dem Teppich bleibt.«

»Apropos Markie«, schnitt mein Partner eine Grimasse und blickte sich um. »Wo ist denn eigentlich unsere tragbare Katastrophenzone?«

Der letzte Teil unseres Einkaufsbummels war nicht besonders gut verlaufen. Markies Laune schien sich im Laufe des Tages immer mehr zu verschlechtern. Zweimal wurden wir nur durch zeitige Einmischung unserer Späher vor einer Totalkatastrophe bewahrt, als sie sich besonders aufzuregen begann. Da ich unser Glück nicht strapazieren wollte, blies ich die Exkursion schließlich ab, was bei meinem jungen Schützling um ein Haar einen neuen Wutanfall ausgelöst hätte. Ich fragte mich, ob andere Eltern wohl jemals ihre Einkäufe wegen eines überreizten Kindes hatten abbrechen müssen.

»Die ist irgendwo bei Bunny und den Leibwächtern. Ich habe mir gedacht, dass diese Sitzung schon schlimm genug würde, auch ohne dass Markie ständig ihrem Papi zujubelt.«

»Sehr vernünftig«, bemerkte Chumly. »Gut, genug der Plauderei. Machen wir weiter?«

»Jawohl!«, verkündete Aahz und rieb sich die Hände, während er sich vorbeugte. »Als Erstes müssen wir einmal deine Strategie aufpolieren. Wenn du ...«

»Äh ... bist du nicht ein bisschen voreilig, Aahz?«, unterbrach Tanda.

»Wieso denn?«

»Meinst du nicht, dass es ganz schön wäre, wenn wir ihm erst einmal die Reihenfolge der Blätter beibrächten? Es ist sehr viel einfacher zu reizen, wenn man weiß, ob das eigene Blatt etwas taugt oder nicht.«

»Oh. Ja. Natürlich.«

»Lass mich das übernehmen, Aahz«, erbot sich der Troll. »Also, pass auf, Skeeve. Von unten nach oben gibt es folgende Blätter:

Hohe Karte
Ein Paar
Zwei Paar
Drei
Drei Paare
Volles Haus (Drei plus Ein Paar)
Vier
Flush
Straight (letztere beiden zählen wegen der sechsten Karte und sind vertauscht)
Voller Bauch (Zwei Dreier)
Voller Drache (Vier plus Ein Paar)
Straight Flush

Hast du das verstanden?«

Eine halbe Stunde später konnte ich die Liste schon beinahe ohne Spickzettel aufsagen. Inzwischen hatte die Begeisterung meiner Lehrer merklich nachgelassen. Ich beschloss, auf die nächste Lektion zu drängen, bevor sie vollends die Lust verloren.

»Schon gut«, erklärte ich. »Das kann ich mir auch noch allein einprägen. Was kommt als Nächstes? Wie viel soll ich auf die jeweiligen Blätter reizen?«

»Nicht so schnell«, sagte Aahz. »Zuerst einmal musst du die Blätter zu Ende lernen.«

»Soll das heißen, dass es noch mehr gibt? Ich dachte ...«

»Nein. Die Blätter hast du alle ... oder du wirst sie haben, mit etwas Übung. Jetzt musst du die *Abweichbedingungen* lernen.«

»Abweichbedingungen?«, wiederholte ich matt.

»Klar. Ohne sie wäre das Drachenpoker doch nur ein ganz normales Spiel. Beginnst du langsam zu begreifen, warum ich mir früher nicht die Zeit nehmen wollte, es dir beizubringen?«

Ich nickte stumm und starrte meine Blattliste an, von der ich irgendwie das Gefühl hatte, dass sie gleich noch komplizierter werden würde.

»Nur Mut, Skeeve«, sagte Chumly fröhlich und schlug mir auf die Schulter. »Das wird viel leichter sein, als wenn wir versuchen würden, dir das ganze Spiel beizubringen.«

»Wird es?« Ich blinzelte und richtete mich ein wenig auf.

»Na klar. Weißt du, die Abweichbedingungen hängen von bestimmten Variablen ab, beispielsweise vom Wochentag, von der Anzahl der Spieler, der Tischposition, eben solche Dinge. Da dieses Spiel, um das es geht, im Voraus organisiert wurde, wissen wir auch über die meisten Variablen bereits Bescheid. Beispielsweise wird es nur zwei Spieler geben, und da du der Herausgeforderte bist, kannst du dir den Stuhl aussuchen ... übrigens solltest du in Richtung Süden blicken.«

»Was mein großer Bruder gerade auf seine unbeholfene Weise zu sagen versucht«, unterbrach Tanda, während sie meinen Arm sanft drückte, »ist, dass du nicht *sämtliche* Abweichbedingungen auswendig lernen musst. Sondern nur diejenigen, die bei deinem Spiel gegen das Kind Gültigkeit haben.«

»Ach so, verstehe. Danke, Chumly. Da fühle ich mich schon viel besser.«

»Prima. Es kann kaum mehr als ein Dutzend oder zwei geben, die dafür von Bedeutung sind.«

Meine Erleichterung verwandelte sich in innere Kälte. »Zwei Dutzend Abweichbedingungen?«

»Komm schon, großer Bruder. So viele sind es doch gar nicht.«

»Ich wollte gerade sagen, dass er die Sache wohl unterschätzt hat«, meinte Aahz grinsend.

»Na schön, dann zählen wir sie doch einmal durch, dann werden wir schon sehen.«

»Rote Drachen werden an geraden Tagen wild ...«

»Das Körper-zu-Körper-Blatt ist die ganze Nacht ungültig, deshalb haben wir uns auch nicht die Mühe gemacht, es aufzuzählen, Partner ...«

»Einmal pro Nacht kann ein Spieler die Farbe einer seiner Hofkarten wechseln ...«

»Alle drei Runden wird die Reihenfolge der Karten umgekehrt, so dass die niedrigen Karten hoch stehen und umgekehrt ...«

»... Dreien sind die ganze Nacht tot und werden wie Leerkarten behandelt ...«

»... und nachdem eine Vier gespielt wurde, wird dieser Kartenwert auch ungültig ...«

»... es sei denn, es ist eine wilde Karte, dann hört sie einfach auf wild zu sein und kann normal gespielt werden ...«

»... wenn die ersten beiden aufgedeckten Karten beider Blätter je eine Zehn zeigen, sind die Siebener gestorben ...«

»... es sei denn, es gibt eine zweite Zehn, die neutralisiert dann die erste ...«

»... wenn natürlich die erste umgedrehte Karte ein Oger ist, wird die Runde mit einer zusätzlichen Kellerkarte gespielt, vier auf- und fünf abgedeckt ...«

»... ein natürliches Blatt schlägt ein Blatt gleicher Punktzahl, das aus wilden Karten zusammengesetzt wird ...«

»He – das ist doch keine Abweichbedingung, das ist eine normale Regel.«

»Sie wird aber wohl gelten, etwa nicht? Manche der Abweichbedingungen machen geltende Regeln unwirksam, daher dachte ich, wir sollten ...«

»WOLLT IHR MICH ETWA VERALBERN?!!«

Abrupt hörte das Gespräch auf, als meine Trainer sich umdrehten, um mich anzustarren.

»Ich meine, das ist doch wohl ein Witz. Stimmt's?«

»Nein, Partner«, erwiderte Aahz bedächtig. »Darum geht es überhaupt beim Drachenpoker. Wie Chumly schon sagte, sei einfach nur dankbar, dass du nur eine Nacht lang spielst und nur die verkürzte Liste lernen musst.«

»Aber wie soll ich in diesem Spiel denn jemals eine Chance haben? Ich werde mir ja nicht einmal alle Regeln einprägen können.«

Ein beklemmendes Schweigen machte sich am Tisch breit.

»Ich ... äh ... glaube, du hast nicht ganz begriffen, Skeeve«, sagte Tanda schließlich. »Du hast gar keine Chance. Das Kind ist der beste Spieler, den es gibt. Es gibt keinerlei Möglichkeit, wie du in ein paar Tagen oder auch nur in ein paar Jahren genug lernen sollst, um ihm etwas für sein Geld zu bieten. Wir bringen dir das hier alles nur bei, damit du dich nicht blamierst – will heißen, den Ruf des Großen Skeeve ruinierst –, während er dich ausnimmt. Es muss wenigstens *so aussehen,* als würdest du wissen, was du tust. Sonst machst du den Eindruck eines Narren, der nicht einmal genug weiß, um zu wissen, wie wenig er weiß.«

Darüber dachte ich ein wenig nach.

»Passt diese Beschreibung nicht auf mich wie die Faust auf's Auge?«

»Dann behalt es wenigstens für dich, okay?« Mein Partner zwinkerte mir zu und knuffte mich scherzhaft an der Schulter. »Kopf hoch, Skeeve. In mancherlei Hinsicht dürfte es spaßig werden. Es geht doch nichts darüber, an einem Wettkampf teilzunehmen, ohne den Druck des Gewinnenmüssens zu haben, dann kann man seine Rolle wenigstens bis zur Neige auskosten.«

»Na klar, Aahz.«

»Schön, dann gehen wir wieder an die Arbeit. Hör diesmal einfach nur zu. Wir werden es nachher noch langsamer wiederholen, damit du alles mitschreiben kannst.«

Mit diesen Worten machten sie sich wieder ans Werk.

Ich hörte mit halbem Ohr zu, während ich meine Gefühle untersuchte. Ich war zu meinem ersten Spiel im Gleiche Chancen in der Erwartung gegangen, zu verlieren, doch das hatte ich als einen netten, geselligen Abend verstanden. Es überstieg meine Fähigkeiten, mir nun einzureden, dass dieses Spiel gegen das Kind nett und gesellig werden würde. So sehr ich auch die Ansichten meiner Ratgeber schätzte, fiel es mir trotzdem ungeheuer schwer, mich damit abzufinden, dass es meinem Ruf helfen würde, wenn ich verlor. Sie hatten allerdings darin Recht, dass ich die Herausforderung nicht ohne Gesichtsverlust abschlagen konnte. Und wenn ich nicht die geringste Chance hatte, zu siegen, dann blieb nur noch die Alternative übrig, nämlich in Würde zu verlieren. Richtig?

Doch so sehr ich mich auch bemühte, es gelang mir nicht, eine leise Stimme in meinem Hinterkopf zum Verstummen zu bringen, die mir unentwegt einreden wollte, dass die Ideallösung darin bestehen würde, dass ich dem Kind beim Spiel das Fell über die Ohren zog. Aber das war natürlich unmöglich. Nicht wahr?

Kapitel 15

»Ich brauche alle Freunde, die ich bekommen kann.«
Quasimodo

Wenn mein Leben auch manchmal verworren und deprimierend erscheinen mag, gibt es doch wenigstens ein Wesen, das sich in meinen Stunden der Not nicht von mir abwendet.

»Gliep.«

Ich habe nie begreifen können, wie die Zunge eines Drachen gleichzeitig schleimig und sandpapieren sein kann, doch so ist es. Na ja, wenigstens gilt das für die Zunge *meines* Drachen.

»Sitz, Bursche ... sitz ... he! Hör mal, Gliep! Hör auf!«

»Gliep!«, erklärte mein Haustier, als es geschickt meinen Händen auswich und eine weitere Schleimspur auf meinem Gesicht hinterließ.

Gehorsam bis zum Geht-nicht-mehr. Es heißt, dass man die Führungsqualität eines Mannes daran erkennen kann, wie gut er mit Tieren zurechtkommt.

»Verdammt, Gliep! Das *meine* ich ernst!«

Ich habe oft versucht, Aahz davon zu überzeugen, dass mein Drache tatsächlich versteht, was ich sage. Ob dies hier der Fall war, oder ob er einfach nur auf meinen Tonfall reagierte, jedenfalls setzte Gliep sich wieder auf seine Hinterläufe und legte aufmerksam den Kopf schräg.

»Schon besser«, sagte ich und wagte es wieder, durch die Nase zu atmen. Drachen sind bekannt für ihren Mundgeruch (daher auch der Ausdruck »Drachenmaul«), und die

Liebesbekundungen meines Lieblings hatten die unglückliche Nebenwirkung, mich mehr als nur ein wenig schwindelig zu machen. Natürlich spürte ich das auch dann noch, wenn ich durch den Mund atmete.

»Verstehst du, ich habe nämlich ein Problem ... na ja, mehrere Probleme, und ich dachte mir, wenn ich vielleicht darüber sprechen könnte, ohne unterbrochen zu werden, dann ...«

»Gliep!«

Die Zunge fuhr wieder hervor und erwischte mich diesmal bei offenem Mund. Obwohl ich mein Haustier liebe, gibt es doch Zeiten, da wünsche ich mir, dass es ... kleiner wäre. Zeiten wie diese ... oder wenn ich seine Toilettenkiste sauber machen muss.

»Soll ich dem Drachen mal ein paar Manieren für dich beibringen, Boss? Soll ich ihm auf die Füße treten?«

Ich sah mich um und entdeckte Nunzio, der auf einer der Gartenbänke saß.

»Oh. Hallo, Nunzio. Was machst du denn hier? Ich dachte, du und Guido würdet euch für gewöhnlich aus dem Staub machen, wenn ich Gliep zu Auslauf verhelfe.«

»Für gewöhnlich, ja«, meinte der Leibwächter achselzuckend. »Mein Vetter und ich, wir haben uns unterhalten und beschlossen, dass jetzt, wo diese Axt frei herumläuft, immer einer von uns die ganze Zeit bei dir sein sollte, weißt du, was ich meine? Jetzt ist es gerade meine Schicht, und ich werde dranbleiben ... egal was du tust.«

»Das weiß ich wirklich zu schätzen, aber ich glaube nicht, dass hier sonderlich große Gefahr besteht, dass mir etwas passieren könnte. Ich hatte sowieso schon beschlossen, Gliep erst dann wieder auszuführen, wenn die Luft rein ist. Man sollte das Schicksal nicht versuchen.«

Das stimmte wenigstens teilweise. Beschlossen hatte ich in Wirklichkeit, dass ich der Axt keine Gelegenheit bieten wollte, mich durch mein Haustier zu treffen. Aahz beklagte sich ohnehin schon genug darüber, dass der Drache bei uns wohnte, ohne dass ich zusätzliches Öl hätte ins Feuer gießen müssen. Wenn andererseits mein Verdacht jedoch richtig sein sollte, dass *Bunny* die Axt war ...

»Lieber auf Nummer Sicher als auf Nummer Kummer ... und du hast meine Frage noch nicht beantwortet. Soll ich dem Drachen ein wenig auf die Füße treten?«

Manchmal war mir die Logik von Leibwächtern ein völliges Rätsel.

»Nein. Ich meine, warum solltest du Gliep auf die Füße treten? Sieht doch ganz bequem aus, wie du dort sitzt.«

Nunzio rollte die Augen. »Ich meinte nicht ›auf die Füße treten‹ wie ›ihm wirklich auf die Füße zu treten‹. Ich meine, soll ich ihn ein bisschen hinbiegen? Du weißt schon, ihn ein bisschen aufmischen? Ich halte mich ja aus den Angelegenheiten zwischen dir und deinem Partner heraus, aber so ein Benehmen solltest du dir von einem Drachen nicht bieten lassen müssen.«

»Er versucht nur, freundlich zu sein.«

»Freundlich, schmoindlich. Nach allem, was ich gesehen habe, bist du eher in Gefahr, von deinem eigenen Haustier umgepustet zu werden, als von irgendjemand anderem, den ich im Bazar gesehen habe. Ich habe dich immer nur gebeten, mich meine Arbeit tun zu lassen ... schließlich *soll* ich ja nun deinen Leib schützen, weißt du. Daher hat mein Beruf schließlich seinen ehrwürdigen Titel.«

Nicht zum ersten Mal war ich davon beeindruckt, mit welcher Hingabe Nunzio seinen Beruf ausübte. Einen Augenblick lang war ich versucht, ihm zu gestatten, was er wollte. Doch in letzter Minute zuckte ein Bild vor meinem geistigen Auge auf, wie mein übergroßer Leibwächter und mein Drache sich mitten im Garten bis auf den letzten Blutstropfen bekämpften.

»Äh ... danke, aber ich glaube, ich will mal drüber hinwegsehen, Nunzio. Gliep kann zwar manchmal etwas lästig sein, aber irgendwie mag ich es, wenn er ab und zu auf mir herumtrampelt. Dann hab ich das Gefühl, geliebt zu werden. Außerdem möchte ich nicht, dass ihm etwas zustößt ... Und dir auch nicht, wenn wir schon dabei sind.«

»Auf dir herumzutrampeln, ist eine Sache. Es zu tun, wenn du es gerade nicht haben willst, ist was anderes. Außerdem würde ich ihm nicht wehtun. Ich würde nur ... He, ich werde es dir zeigen!«

Bevor ich ihn daran hindern konnte, war er aufgesprungen und ging mit Riesenschritten auf meinen Drachen zu.

»Komm her, Gliep. Komm schon, Bursche!«

Der Kopf meines Haustiers ruckte herum, dann kam der Drache auf seinen vermeintlich neuen Spielgefährten zugewatschelt.

»Nunzio. Ich ...«

Als der Drache ihn gerade erreicht hatte, streckte mein Leibwächter eine Hand vor.

»Bleib stehen, Gliep! Sitz! Ich habe gesagt, SITZ!!«

Was als Nächstes geschah, musste ich rekonstruieren, indem ich es innerlich Revue passieren ließ, so schnell ging alles.

Nunzios Hand zuckte hervor und schloss sich um Glieps Schnauze. Mit einem Ruck riss er die Nase nach unten, bis sie sich unter dem Kopf meines Lieblings befand, dann stieß er kräftig empor.

Mitten im Satz gingen die Hinterläufe meines Drachen in Sitzposition und er hielt inne, während er die ganze Zeit verwundert mit den Lidern klimperte.

»Und jetzt still. Still!!«

Vorsichtig öffnete mein Leibwächter wieder die Hand und trat zurück, meinem Haustier die glatte Handfläche vors Gesicht haltend.

Gliep zuckte ein wenig, rührte sich aber nicht vom Fleck.

»Siehst du, Boss? Das wird er behalten«, rief mir Nunzio über die Schulter gewandt zu. »Du musst nur unbeugsam mit ihm sein.«

Plötzlich bemerkte ich, dass mein Unterkiefer irgendwo unten bei meinen Knien herumbaumelte. »Was ... das ist ja unglaublich, Nunzio! Wie hast du ... was hast du ...«

»Schätze, das hast du noch nicht gewusst, ich war nämlich mal Dompteur ... hauptsächlich für die gefährlicheren Tiere zuständig, für Shows, wenn du weißt, was ich meine.«

»Tierdompteur?«

»Ja. Schien mir wie die logische Fortsetzung des Lehrerberufs ... nur dass man sich keine Sorgen wegen der Eltern machen musste.«

Ich musste mich setzen. Zwischen der Vorstellung mit Gliep und dem plötzlichen Bekenntnis seines Bildungshintergrunds hatte Nunzio es geschafft, mein Gehirn hoffnungslos zu überfordern.

»Dompteur *und* Schullehrer.«

»Genau. Sag mal, soll ich noch ein bisschen mit deinem Drachen arbeiten, jetzt, wo er sich beruhigt hat?«

»Nein. Lass ihn eine Weile herumlaufen. Das hier soll ja schließlich sein Auslauf sein.«

»Du bist der Boss.«

Er wandte sich wieder Gliep zu und klatschte heftig in die Hände. Der Drache machte einen Satz zurück, dann kauerte er sich dicht an den Boden, bereit, zu spielen.

»Hol es, Junge!«

Mit überraschender Glaubhaftigkeit machte der Leibwächter eine Geste, als würde er etwas ans andere Ende des Gartens werfen.

Gliep wirbelte herum und sprintete in Richtung des

»Wurfs« davon, wobei er eine Bank und zwei Sträucher platt walzte.

»Einfach erstaunlich«, murmelte ich.

»Ich wollte mich eigentlich nicht einmischen«, sagte Nunzio und nahm neben mir Platz. »Es sah mir nur so aus, als würdest du lieber reden, während dein Drache lieber herumtoben wollte.«

»Ist schon in Ordnung. Ich unterhalte mich sowieso lieber mit dir.«

Zu meinem mäßigen Erstaunen musste ich entdecken, dass dies stimmte. Ich war schon immer so etwas wie ein Einzelgänger gewesen, aber in letzter Zeit schien ich nicht nur fähig zu werden, mich mit Leuten zu unterhalten, ich genoss es sogar. Ich hoffte nur, dass dies keine ernste Wende in meiner Freundschaft zu Gliep bedeutete.

»Mit mir? Klar, Boss. Worüber wolltest du reden?«

»Ach, über nichts Besonderes. Ich schätze, mir ist soeben klar geworden, dass wir uns noch nie richtig unterhalten haben, nur wir beide. Sage mir, was hältst du von der Operation hier?«

»Ist schon in Ordnung, schätze ich. Habe eigentlich nie viel darüber nachgedacht. Ist jedenfalls nicht unsere typische Nullachtfünfzehn-Syndikatsoperation, so viel ist sicher. Du hast ein paar merkwürdige Leute um dich ... aber sie sind nett. Ich würde für jeden von denen den rechten Arm hergeben, so nett sind die. Das ist sehr anders hier. In den meisten Firmen versuchen alle weiterzukommen, deshalb verwenden sie mehr Zeit darauf, sich gegenseitig im Auge zu behalten, als die Opposition auszuheben. Hier jedoch stärkt jeder dem anderen den Rücken, anstatt ihn auszubooten.«

»Willst du denn nicht weiterkommen, Nunzio?«

»Ja und nein, weißt du, was ich meine? Ich will nicht den Rest meines Lebens das Gleiche tun müssen, aber ich bin auch nicht wild darauf, an die Spitze zu kommen. Es gefällt mir eigentlich, für andere zu arbeiten. Ich lasse sie die großen Entscheidungen treffen, dann muss ich mir nur noch überlegen, wie ich meinen Teil dazu beisteuern kann.«

»Hier steuerst du deinen Teil jedenfalls richtig bei«, nickte ich. »Ich wusste ja nie, wie schwer ein Leibwächter arbeiten muss.«

»Wirklich? Ach, schön, dass du das sagst, Boss. Manchmal fühlen Guido und ich uns hier wie das fünfte Rad am Wagen. Vielleicht arbeiten wir deshalb so hart daran, unseren Job ordentlich zu erledigen. Ich habe noch nie viel darüber nachgedacht, ob es mir hier gefällt oder nicht. Ich meine, ich gehe eben dorthin, wohin man mich schickt, und ich tue, was man mir sagt, so dass es keine Rolle spielt, was ich meine. Richtig? Was ich allerdings weiß, ist, dass es mir echt Leid täte, wenn ich wieder gehen müsste. So wie du und deine Mannschaft hat mich noch niemand behandelt.«

Nunzio mochte vielleicht kein Geistesriese oder der schnellste Denker sein, dem ich begegnet war, doch fand ich seine schlichte Ehrlichkeit rührend ... ganz zu schweigen von der Loyalität, auf die sie hinwies.

»Nun, solange ich hier irgendetwas zu sagen habe, hast du auch hier deinen Job«, versicherte ich ihm.

»Danke, Boss. Langsam wurde ich es auch ein bisschen leid, wie das Syndikat so vorgeht, wenn du verstehst, was ich meine.« Das erinnerte mich an etwas.

»Da wir gerade davon sprechen, Nunzio, glaubst du, dass das Syndikat sich jemals auf so eine Sache wie Persönlichkeitsattentate einlassen würde?«

Die Stirn des Leibwächters legte sich in Falten.

»Nö!«, sagte er schließlich. »Die meisten Leute bezahlen uns dafür, dass wir irgendetwas *nicht* tun. Wenn wir tatsächlich bei jemandem mal 'ne Nummer abziehen müssen, dann meistens, um ein Exempel zu statuieren, und dann machen wir irgendetwas Pompöses, fackeln sein Haus ab oder brechen ihm die Beine. Wer würde das denn erfahren, wenn wir nur seine Karriere ruinieren? Was Tanda über die Axt erzählt hat, war zwar interessant, aber das ist einfach nicht unser Stil.«

»Nicht einmal für den richtigen Preis?«, drängte ich. »Wie viel, glaubst du, würde es kosten, damit Don Bruce mir hier jemanden auf den Hals hetzt?«

»Weiß nicht. Würde sagen, mindestens ... einen Augenblick mal! Fragst du damit etwa, ob Bunny die Axt ist?«

»Na ja, sie hat ...«

»Vergiss es, Boss! Selbst wenn sie mit diesem Job zurechtkäme, wovon ich nicht allzu sehr überzeugt bin, würde Don Bruce sie niemals auf dich loslassen. Verdammt, du bist doch jetzt einer seiner Lieblingshäuptlinge. Du solltest ihn mal hören ...«

Plötzlich presste Nunzio die Handflächen gegen die Wangen, um übertriebene Hängebacken anzudeuten, während er sprach. »... dieser Skeeve, der hat die Chose ordentlich gerafft, weißt du, was ich meine? Mann! Wenn ich hundert wie den hätte, könnte ich die ganze gottverdammte Organisation übernehmen.«

Seine Imitation von Don Bruce war so perfekt, dass ich lachen musste.

»Großartig, Nunzio. Hat er dich schon mal gesehen, wie du das machst?«

»Bin immer noch im Dienst und am Leben, nicht wahr?«, zwinkerte er. »Aber im Ernst. Mit Bunny bist du auf dem Holzweg. Glaub mir, im Augenblick hütet ihr Onkel dich wie seinen eigenen Augapfel.«

»Ich schätze, du hast Recht«, seufzte ich. »Wenn dem so sein sollte, stehe ich allerdings wieder ganz am Anfang. Wer ist die Axt und was kann ...«

»Hallo, Jungs! Ist das ein Privatgespräch, oder darf man sich anschließen?«

Wir hoben den Blick und sahen, wie Bunny und Markie in den Garten kamen.

»Komm schon her, Bunny!« Ich winkte und knuffte Nunzio dabei in die Rippen. »Wir wollten gerade ...«

»GLIEP!!!«

Plötzlich stand mein Drache vor mir. Zusammengekauert und angespannt, wirkte er überhaupt nicht verspielt. Ich hatte ihn erst wenige Male so erlebt, und damals ...

»HÖR AUF, GLIEP! GLIEP!!!«, schrie ich, als mir zu spät klar wurde, was passieren würde.

Nunzio reagierte glücklicherweise schneller als ich. Aus seiner Sitzstellung heraus sprang er den Drachen an, als der gerade einen Feuerstoß losließ. Die Flammen zuckten empor und versengten schadlos eine Wand.

Mit einer schnellen Bewegung riss Bunny Markie hinter sich.

»Mann! Was war ...«

»Den kaufe ich mir!«, schrie Markie und ballte die Fäuste.

»MARKIE!! HÖR AUF!!«

»Aber Papi ...«

»Hör einfach auf. In Ordnung? Nunzio?«

»Ich habe ihn, Boss«, rief er, beide Hände sicher um Glieps Schnauze gelegt, während der Drache sich freizustrampeln versuchte.

»Bunny? Du und Markie geht wieder hinein! Sofort!!!«

Die beiden eilten außer Sichtweite, und ich wendete mich wieder meinem Haustier zu.

Gliep schien sich ebenso schnell beruhigt zu haben, wie er explodiert war, nun, da Bunny und Markie verschwunden waren. Nunzio streichelte dem Drachen beruhigend den Hals, während er mich mit erstaunt geweiteten Augen anblickte.

»Ich weiß nicht, was hier passiert ist, Boss, aber jetzt scheint er wieder in Ordnung zu sein.«

»Was hier passiert ist«, sagte ich grimmig, »war, dass Gliep versucht hat, mich vor etwas oder jemandem zu beschützen, den er für eine Bedrohung hielt.«

»Aber Boss ...«

»Schau mal, Nunzio, ich weiß ja, dass du es gut meinst, aber Gliep und ich sind schon recht lange zusammen. Ich vertraue seinen Instinkten mehr als meinem eigenen Urteil.«

»Aber ...«

»Ich möchte, dass du sofort zwei Dinge tust. Erstens, bring Gliep zurück in seinen Stall ... Ich glaube, er hat genug Auslauf für den Tag. Und dann übermittle Don Bruce eine Nachricht. Ich möchte mich ein bisschen mit ihm über sein ›Geschenk‹ unterhalten!«

Kapitel 16

»EIN WAHRER FREUND IST MEHR WERT ALS TAUSEND TALER.
BEI ZWEITAUSEND KÖNNEN WIR ÜBER DIE SACHE REDEN.«
D. DUCK

»Ich sage dir, Partner, das ist verrückt!«

»Vor allen Dingen!«

»Bunny kann gar nicht die Axt sein! Sie ist eine Bettmieze.«

»Ja, das macht sie uns gerne glauben. Ich habe etwas anderes herausbekommen!«

»Wirklich? Wie denn?«

»Indem ... na ja, indem ich mit ihr gesprochen habe.«

Ich bemerkte den Schwachpunkt in meiner Logik, sobald ich es aussprach, aber Aahz war auch nicht auf den Kopf gefallen.

»Skeeve«, sagte er düster. »Ist dir einmal der Gedanke gekommen, dass sie, wenn sie die Axt sein sollte und du ihr Opfer, wahrscheinlich der letzte Mensch wäre, der sich in deiner Gegenwart gehen ließe? Meinst du wirklich, du könntest sie durch ein einfaches Gespräch dazu verlocken, dir ihren wahren IQ zu offenbaren?«

»Nun ... vielleicht wollte sie ja nur schlau sein. Könnte doch sein, dass sie versucht, uns von ihrer Fährte abzulenken.«

Mein Partner sagte nichts darauf. Er legte einfach nur den Kopf schräg und hob eine Augenbraue *sehr weit* in die Höhe.

»Es *könnte* doch sein ...«, wiederholte ich lahm.

»Komm schon, Skeeve. Raus damit.«

»Womit?«

»Selbst du brauchst mehr Beweismaterial als das, bevor du halb durchdrehst. Was hältst du zurück?«

Nun hatte er mich in die Ecke getrieben. Ich fürchtete nur, dass er meinen wirklichen Grund noch unglaubwürdiger finden würde als jenen, den ich ihm bereits genannt hatte.

»Also gut«, sagte ich mit einem Seufzen. »Wenn du es wirklich wissen musst, was mich schließlich davon überzeugt hat, war, dass Gliep sie nicht mag.«

»Gliep? Meinst du etwa wirklich deinen dämlichen Drachen?«

»Gliep ist nicht da ...«

»Partner, *mich* mag dein Drache auch nicht! Das macht mich noch lange nicht zur Axt!!«

»Er hat auch noch nicht versucht, dich zu rösten!«

Das warf ihn für einen Augenblick zurück. »Das hat er getan? Er ist richtig auf Bunny losgegangen?«

»Allerdings. Wenn Nunzio nicht da gewesen wäre ...«

Wie durch seinen Namen heraufbeschworen, steckte der Leibwächter plötzlich den Kopf durch die Tür.

»He, Boss! Don Bruce ist da.«

»Führ ihn herein.«

»Ich glaube immer noch, dass du einen Fehler begehst«, warnte mich Aahz, gegen eine Wand lehnend.

»Vielleicht«, erwiderte ich grimmig. »Mit etwas Glück bringe ich Don Bruce dazu, meine Befürchtungen zu bestätigen, bevor ich meine Karten aufdecke.«

»Das will ich erst noch sehen.«

»Da bist du ja, Skeeve. Die Jungs haben gesagt, du wolltest mich sprechen.«

Don Bruce ist der Gute Pate des Syndikats. Ich habe ihn noch nie in irgendetwas gekleidet gesehen, das nicht lavendelfarben gewesen wäre, und auch der heutige Tag bot keine

Ausnahme. Zu seiner Ausstattung gehörten kurze Hosen, Sandalen, ein Schlapphut und ein Sporthemd, das über und über mit dunkelpurpurnen Blumen bedruckt war. Mag sein, dass mich meine Garderobensitzungen mit Bunny überempfindlich gemacht hatten, was Kleidung anging, aber sein Anzug schien mir kaum geeignet für einen der mächtigsten Männer des Syndikats.

Sogar seine dunkle Brille hatte violette Gläser.

»Weißt du, du hast hier ja wirklich eine ganz schöne Wohnung. Bin noch nie hier gewesen, habe aber viel in den Jahresberichten gehört. Von außen sieht alles gar nicht so groß aus.«

»Wir bleiben eben gerne ein wenig unauffällig«, sagte ich.

»Ja, ich weiß. Wie ich den Leuten in der Syndikatszentrale immer sage, du führst hier eine klasse Operation durch. Das gefällt mir. Lässt uns gut aussehen.«

Mir wurde ein wenig ungemütlich zumute. Das Letzte, was ich mit Don Bruce besprechen wollte, war unsere gegenwärtige Operation.

»Etwas Wein gefällig?«, ließ Aahz sich hören, mir zur Rettung eilend.

»Ist zwar noch ein bisschen früh, aber warum nicht? So! Worum geht es denn?«

»Es geht um Bunny.«

»Bunny? Wie macht sie sich?«

Selbst wenn ich nicht bereits misstrauisch gewesen wäre, wäre mir Don Bruces Antwort übertrieben vorgekommen. Auch Aahz merkte es und hob die Augenbrauen erneut, während er den Wein einschenkte.

»Ich dachte, wir sollten uns mal ein wenig darüber unterhalten, warum sie hierher geschickt wurde.«

»Worüber sollen wir uns da schon unterhalten? Du brauchtest einen Betthasen, und da hab ich mir gedacht ...«

»Ich meine, den *wirklichen* Grund.«

Unser Gast hielt inne, ließ seinen Blick ein paar Mal zwischen Aahz und mir hin und her schweifen, dann zuckte er die Schultern. »Sie hat es dir also gesagt, wie? Merkwürdig, hätte geglaubt, sie würde es für sich behalten.«

»Genau genommen bin ich von alleine darauf gekommen. Als ich das Thema erwähnte, hat sie es sogar abgestritten.«

»Habe schon immer gesagt, dass du schlau bist, Skeeve. Jetzt erkenne ich, dass du schlau genug gewesen bist, mich dazu zu bringen, etwas zuzugeben, was du Bunny nicht entlocken konntest. Recht gut.«

Ich warf Aahz einen triumphierenden Blick zu, doch der war plötzlich überaus beschäftigt mit seinem Wein. Trotz meiner Siegesfreude darüber, dass ich die Identität der Axt herausbekommen hatte, war ich alles andere als erbaut.

»Was ich nicht verstehen kann«, sagte ich, »ist, warum Sie es überhaupt versucht haben. Ich habe doch immer sauber gespielt.«

Don Bruce hatte wenigstens den Anstand, verlegen dreinzublicken. »Ich weiß, ich weiß. Damals erschien es mir einfach nur wie eine gute Idee. Ich saß ein bisschen in der Klemme, und es schien mir ein harmloser Ausweg zu sein.«

»Harmlos? Harmlos! Wir reden hier über mein ganzes Leben und meine Karriere!«

»He, komm schon, Skeeve. Übertreibst du da nicht ein bisschen? Ich denke nicht ...«

»Harmlos!?«

»Na ja, ich meine immer noch, dass du ein guter Ehemann für sie wärst ...«

»Übertreiben? Aahz, hast du das gehört ...«

Als ich mich unterstützungsheischend meinem Partner zuwendete, bemerkte ich, dass er so heftig lachte, dass er dabei den Wein vergoss. Von allen Reaktionen, die ich von ihm erwartet hätte, war das Lachen ...

Dann traf es mich wie ein Schlag.

»Ehemann?!?!?«

»Natürlich. Darüber haben wir doch geredet, oder nicht?«

»Skeeve hier denkt, dass deine Nichte die Axt ist und dass du sie ihm auf den Hals gehetzt hast, um seine Karriere zu zerstören«, gelang es meinem Partner zwischen einigen Keuchern hervorzustoßen.

»Die Axt???«

»EHEMANN????«

»Bist du verrückt??«

»Einer von uns ist es bestimmt!!«

»Wie wär's mit beiden?«, grinste Aahz und trat zwischen uns. »Mag jemand Wein?«

»Aber er hat gesagt ...«

»Worum, um alles ...«

»Meine Herren, meine Herren! Es ist doch nicht zu übersehen, dass die Kommunikation zwischen Ihnen beiden ein wenig zu wünschen übrig lässt. Ich schlage vor, dass sich jeder ein Glas Wein einschenkt, dann fangen wir wieder von vorne an.«

Beinahe mechanisch griffen wir nach dem Wein und musterten einander dabei die ganze Zeit wie wütende Katzen.

»Sehr gut«, nickte mein Partner. »Nun denn, Don Bruce, die Gastmannschaft hat wohl den ersten Aufschlag, glaube ich.«

»Was ist das für ein Gerede über die Axt!?!«, wollte der Syndikatsboss wissen und beugte sich plötzlich vor, wobei er sein halbes Weinglas verschüttete.

»Wissen Sie, wer die Axt ist??«

»Ich weiß, *was* er ist! Die Frage ist nur, was hat er mit dir und Bunny zu tun?«

»Wir haben vor kurzem gehört, dass irgendjemand die Axt angeheuert hat, um mit Skeeve eine Nummer abzuziehen«, warf Aahz ein.

»... ungefähr zur selben Zeit, als Bunny plötzlich aufkreuzte«, fügte ich hinzu.

»Und deshalb soll sie die Axt sein?«

»Nun, seit sie hier ist, hat es *durchaus* einigen Ärger gegeben.«

»Was denn?«

»Nuuuun ... Tanda ist weggegangen, wegen einiger Dinge, die gesagt wurden, als sie herausfand, dass Bunny eines Morgens in meinem Schlafzimmer war.«

»Tanda? Dieselbe Tanda, die vorhin ›Hallo‹ zu mir gesagt hat, als ich hereinkam?«

»Die ... däähhhh ... ist wieder zurückgekommen.«

»Ich verstehe. Was noch?«

»Sie hat meine Freundin erschreckt.«

»Freundin? Du hast eine Freundin?«

»Na ja, nicht genau ... aber ich hätte eine haben können, wenn Bunny nicht hier gewesen wäre.«

»Aha. Aahz, hast du ihm noch nie die Geschichte vom Spatzen in der Hand erzählt?«

»Ich versuche es ja immer wieder, aber Zuhören ist nicht seine Stärke.«

Ich kann mich immer darauf verlassen, dass mir mein Partner in Zeiten der Krise ohne zu zögern beisteht.

»Was noch?«

»Äääähhh ...«

»Sag es ihm!« Aahz lächelte.

»Was soll er mir sagen?«

»Mein Drache mag sie nicht.«

»Das überrascht mich nicht. Mit Tieren ist sie noch nie klargekommen ... zumindest nicht mit Vierbeinern. Ich verstehe aber immer noch nicht, wieso sie das zur Axt machen soll.«

»Es ist ... es ist eben nur das, dazu kommt das andere Beweismaterial ...«

Angesichts Don Bruces steinerner Miene verstummte meine Stimme.

»Weißt du, Skeeve«, sagte er schließlich. »So sehr ich dich mag, gibt es doch Zeiten, jetzt zum Beispiel, wo ich mir wünsche, du stündest auf der anderen Seite des Gesetzes. Wenn die Staatsanwälte ihre Fälle so zusammenstümmeln würden wie du, könnten wir unsere Schmiergelder um neunzig Prozent streichen und unsere Rechtsanwaltsgehälter gleich um hundert!«

»Aber ...«

»Nun hör mir genau zu, denn ich werde die Sache nur einmal durchgehen. Du bist hier im Bazar der Vertreter des Syndikats und auch *meiner*. Wenn du einen schlechten Eindruck machst, machen auch wir einen schlechten Eindruck. Kapiert? Was sollte es da für einen Sinn ergeben, dass wir jemanden anheuern, der dafür sorgt, dass sowohl du als auch *wir* dumm aussehen?«

In meiner Verzweiflung blickte ich Aahz Hilfe heischend an.

»Die Frage wollte *ich* eigentlich gerade stellen, Partner.«

»Nun«, verkündete Don Bruce und stand auf, »wenn das erledigt wäre, kann ich ja wohl jetzt gehen.«

»Nicht so schnell«, wandte mein Partner lächelnd ein und hob eine Hand. »Da ist immer noch die Frage, die Skeeve gestellt hat: Wenn Bunny nicht die Axt ist, was tut sie dann hier? Was war das mit dem Ehemann?«

Der Syndikatsboss ließ sich wieder in den Sessel sinken und griff nach seinem Wein, während er die ganze Zeit versuchte, meinem Blick auszuweichen.

»Ich werde auch nicht jünger«, sagte er. »Eines Tages werde ich mich zur Ruhe setzen, und ich dachte, ich sollte mich vielleicht mal um Ersatz kümmern. Es ist immer schön, wenn es in der Familie bleibt ... in der richtigen Familie, meine ich, und da ich eine unverheiratete Nichte hatte ...«

»Hoppla! Einen Augenblick«, unterbrach ihn Aahz. »Soll das heißen, dass du Skeeve als möglichen Nachfolger im Syndikat im Auge hast?«

»Das ist eine Möglichkeit. Warum auch nicht? Wie ich schon sagte, er leitet hier eine klasse Operation, und er ist klug ... zumindest hab ich das mal gedacht.«

»Don Bruce, ich ... ich weiß nicht, was ich sagen soll«, sagte ich ganz ehrlich.

»Dann sag auch nichts!«, erwiderte er grimmig. »Was immer geschehen mag, liegt noch weit in der Zukunft. Deshalb habe ich dir auch noch nicht direkt davon erzählt. Noch bin ich nicht so weit.«

Ich wusste nicht, ob ich enttäuscht oder erleichtert sein sollte.

»Was Bunny angeht?«, stieß mein Partner wieder nach.

Der Syndikatsboss zuckte die Schultern. »Was soll ich dazu noch sagen, was nicht bereits gesagt worden wäre? Sie ist meine Nichte, er ist einer meiner Lieblingsführer. Ich dachte, es wäre eine gute Idee, die beiden zusammenzuführen und zu sehen, ob etwas passiert.«

»Ich ... ich weiß nicht«, sagte ich nachdenklich. »Bunny ist durchaus nett, vor allen Dingen jetzt, da ich weiß, dass sie nicht die Axt ist. Ich glaube einfach nur nicht, dass ich schon bereit für eine Ehe bin.«

»Hab ich ja auch nicht gesagt«, erwiderte Don Bruce achselzuckend. »Versteh mich nicht falsch, Skeeve. Ich versuche nicht, dich zu drängen. Ich weiß, dass du etwas Zeit brauchst. Wie ich schon sagte, ich habe einfach alles nur so arrangiert, dass ihr beiden euch kennen lernt, um zu sehen, ob sich etwas daraus entwickelt ... das ist alles. Wenn es klappt, prima. Wenn nicht, auch prima. Ich habe nicht vor, die Sache zu forcieren, und auch nicht, mir vorzumachen, dass ihr beide ein Paar abgebt, wenn ihr es doch nicht tut. Und wenn schon nichts anderes, so wirst du wenigstens eine ziemlich gute Buchhalterin haben, solange du dabei bist, herauszufinden, was läuft ... und deinen Finanzdaten zufolge könntest du durchaus eine gebrauchen.«

»Was du nicht sagst!«

Endlich hatte er Aahz dort getroffen, wo es wehtat... oder seine Brieftasche, was dasselbe ist.

»Was stimmt denn nicht mit unseren Finanzen? Wir kommen ganz gut über die Runden.«

»Ganz gut über die Runden ist nicht dasselbe wie ein Höhenflug. Ihr Jungs habt keinen Plan. So, wie ich die Sache sehe, habt ihr so viel Zeit damit verbracht, von der Hand in den Mund zu leben, dass ihr nie gelernt habt, was man mit Geld noch alles anfangen kann, außer es anzuhäufen und auszugeben. Bunny kann euch zeigen, wie ihr euer Geld für euch arbeiten lasst.«

Aahz rieb sich nachdenklich das Kinn. Es war ein interessanter Anblick, wie mein Partner so zwischen Stolz und Habgier hin- und hergerissen wurde.

»Ich weiß nicht«, sagte er schließlich. »Es hört sich zwar gut an, und wir werden der Sache bestimmt irgendwann einmal nachgehen, aber im Augenblick sitzen wir ziemlich in der Klemme.«

»Nach allem, was ich so höre, sitzt ihr ständig in der Klemme«, bemerkte Don Bruce trocken.

»Nein. Ich meine, im Augenblick sitzen wir *richtig* in der Klemme, was die Finanzen angeht. Wir haben eine Menge Kapital an das große Spiel heute Abend gebunden.«

»Großes Spiel? Welches große Spiel?«

»Skeeve hat heute Nacht eine Auseinandersetzung im Drachenpoker mit dem Pfefferminz-Kind. Es ist eine Herausforderungspartie.«

»Deshalb wollte ich auch mit Ihnen über Bunny sprechen«, warf ich ein. »Da ich glaubte, dass sie die Axt ist, wollte ich nicht, dass sie dabei ist, um das Spiel zu stören.«

»Warum hat mir niemand von diesem Spiel erzählt?«, wollte Don Bruce wissen. »In deinem Bericht stand nichts davon!«

»Es ist auch erst danach zustande gekommen.«

»Wie hoch sind die Einsätze?«

Ich blickte Aahz an. Ich war so sehr damit beschäftigt gewesen, zu lernen, wie man Drachenpoker spielte, dass ich nie dazu gekommen war, ihn nach den Einsätzen zu fragen.

Aus irgendeinem Grund wirkte mein Partner plötzlich ziemlich verlegen.

»Tischsätze«, sagte er.

»Tischsätze?« Ich furchte die Stirn. »Was ist das denn?«

Ich hatte schon fast erwartet, er würde sagen, dass er es mir später erklärte, doch stattdessen ging er das Thema mit überraschendem Enthusiasmus an.

»Bei einem Spiel mit Tischsätzen beginnt jeder mit einer bestimmten Geldsumme. Dann spielt man so lange, bis einer entweder keine Chips mehr hat oder ...«

»Ich weiß selbst, was Tischsätze sind«, unterbrach Don Bruce. »Was ich wissen will, ist, um wie viel ihr spielt.«

Aahz zögerte, dann zuckte er die Achseln. »Eine Viertelmillion pro Nase.«

»EINE VIERTELMILLION???«

Diese Tonhöhe hatte ich seit dem Stimmbruch nie wieder erreicht.

»Das hast du gar nicht gewusst?«, fragte der Syndikatsboss mit gerunzelter Stirn.

»Wir haben es ihm nicht gesagt«, seufzte mein Partner. »Ich hatte Angst, dass er den Schwanz einziehen würde, wenn er wüsste, um was es geht. Wir wollten ihm einfach nur die Chipsstapel reichen, ohne ihm zu sagen, wie viel sie wert sind.«

»Eine Viertelmillion?«, wiederholte ich, diesmal ein wenig heiserer.

»Siehst du?«, Aahz grinste. »Schon ziehst du den Schwanz ein.«

»Aber Aahz, *haben* wir überhaupt eine Viertelmillion übrig?«

Das Grinsen meines Partners verblasste, und er wich meinem Blick aus.

»Die Frage kann ich auch beantworten, Skeeve«, meldete sich Don Bruce wieder zu Wort. »*Niemand* hat eine Viertelmillion übrig. Selbst wenn man sie hat, hat man sie nicht übrig, wenn du verstehst, was ich meine.«

»Es ist ja nicht unser *ganzes* Geld«, sagte Aahz schleppend. »Die anderen haben auch aus ihren Ersparnissen etwas hinzugetan: Tanda, Chumly, Massha, sogar Guido und Nunzio. Wir sind alle daran beteiligt.«

»Wir auch«, erklärte der Syndikatsboss. »Das Syndikat übernimmt die Hälfte.«

Ich bin mir nicht sicher, wer mehr überrascht war, Aahz oder ich. Doch Aahz erholte sich als Erster davon.

»Das ist nett von dir, Don Bruce, aber du weißt nicht, worum es hier eigentlich geht. Skeeve ist in diesem Spiel ein blutiger Anfänger. Er hat mal eine Nacht lang Glück gehabt, und als die Gerüchtemühle fertig war, hatte er sich gleich eine Herausforderung durch das Kind eingehandelt. Er kann sie nicht ablehnen, ohne das Gesicht zu verlieren, und jetzt, da die Axt auf ihn angesetzt ist, können wir uns keinerlei schlechte Presse erlauben, sofern wir sie überhaupt vermeiden können. Deshalb haben wir unser Geld zusammengelegt, damit Skeeve spielen und mit Anstand verlieren kann. Das Endergebnis steht bereits fest. Das Kind wird ihm bei lebendigem Leibe das Fell über die Ohren ziehen.«

»Und du hast vorhin wohl auch nicht zugehört: Wenn er einen schlechten Eindruck macht, machen wir das auch. Das Syndikat unterstützt seine Leute, besonders dann, wenn es um das öffentliche Image geht. Ob Gewinn oder Verlust, wir sind mit der Hälfte dabei, okay?«

»Wenn du meinst«, sagte Aahz achselzuckend.

»... und versuche, mir ein paar Sitzplätze zu reservieren. Ich will meinen Jungen in Aktion erleben – aus erster Hand.«

»Das wird aber schwer kosten!«

»Habe ich danach gefragt? Du sollst ...«

Ich hörte inzwischen nicht mehr richtig zu. Mir war gar nicht bewusst gewesen, wie treu meine Freunde tatsächlich hinter mir standen.

Eine Viertelmillion ...

In diesem Augenblick konkretisierte sich etwas in meinem Geist, das schon seit Tagen darin herumgeschwebt war. Was immer die anderen auch meinen mochten, ich würde jedenfalls versuchen, dieses Spiel zu gewinnen!

Kapitel 17

»DABEISEIN IST ALLES.«
NOAH

Als wir uns auf den Weg zum Gleiche Chancen machten, hing über dem Bazar eine Aura der Erwartung. Erst glaubte ich, dass ich nur wegen meiner Nervosität und Aufgeregtheit die Dinge so sah. Je weiter wir gingen, umso offensichtlicher wurde es jedoch, dass es sich dabei nicht nur um meine Einbildung handelte.

Kein einziger Verkäufer oder Ladenhai trat auf uns zu, nicht ein Täufler, der uns mit lauten Rufen ein ausgezeichnetes Geschäft angeboten hätte. Im Gegenteil, als wir zwischen den Ständen dahinschritten, verstummte um uns herum jedes Gespräch, denn alle drehten sich um, um uns vorbeigehen zu sehen. Manche wünschten »Viel Glück« oder machten freundliche Scherze darüber, dass sie mich nach dem Spiel treffen wollten, doch die allermeisten starrten uns nur in stummer Faszination an.

Wenn ich jemals an der Existenz oder der Reichweite der Gerüchteküche und der Buschtrommeln im Bazar gezweifelt hätte, so wäre ich spätestens jetzt auf alle Zeiten eines Besseren belehrt worden. Jeder, und damit meine ich wirklich *jeder,* wusste, wer ich war, wohin ich ging und was mich dort erwartete.

In mancherlei Hinsicht machte es Spaß. Ich habe ja bereits erwähnt, dass ich mich im Allgemeinen in der unmittelbaren Nachbarschaft möglichst unauffällig zu verhalten pflegte, so dass ich daran gewöhnt war, unbemerkt umherschreiten zu können. Meine kürzlichen Einkaufsbummel hatten mir zwar zu einem gewissen Ruf verholfen, doch heute Abend war ich ein wirklicher Prominenter! Der Unsicherheit des Spielausgangs bewusst, beschloss ich, die Gunst des Augenblicks zu nutzen und meine Rolle voll und ganz auszukosten.

In gewissem Maße war das leicht, denn unsere Prozession bot ohnehin schon einen Anblick für sich. Guido und Nunzio trugen ihre Arbeitskleidung, Trenchcoats und Waffen, und gingen voran, um uns einen Weg durch die Reihen der Gaffer zu bahnen. Tanda und Chumly bildeten die Nachhut, äußerst grimmig wirkend, wie sie jeden mit Blicken straften, der uns auch nur eine Spur zu nahe zu kommen drohte. Aahz schritt unmittelbar vor mir, unseren Spieleinsatz in zwei großen Säcken tragend. Wenn irgendjemand auf den Gedanken gekommen wäre, uns um des Geldes willen aufzuhalten, so hätte ihn ein einziger Blick auf seinen stolzierenden Gang und das Glitzern in seinen gelben Augen schnell davon überzeugt, dass es doch wohl leichtere Möglichkeiten gab, reich zu werden ... beispielsweise mit Drachen zu ringen oder im Sumpfland Gold zu waschen.

Markie hatten wir zu Hause zurückgelassen, nicht ohne dass sie deswegen lauthals und zornig protestierte. Doch ich war hart geblieben. Dieses Spiel würde schon schwierig genug sein, auch ohne dass sie mich dabei ablenkte. Massha hatte sich freiwillig erboten, bei ihr zu bleiben, sie hatte behauptet, ohnehin viel zu nervös zu sein, um das Spiel mit ansehen zu können.

Bunny war in strahlendes Weiß gekleidet und hing an meinem Arm, als sei ich das Wichtigste in ihrem Leben. Es waren nicht wenige neidische Blicke, die sich mal auf mich, mal auf sie richteten.

Doch machte sich niemand Illusionen darüber, wer im eigentlichen Mittelpunkt stand. Erraten. Ich! Schließlich war ich unterwegs, um mir mit dem legendären Pfefferminz-Kind auf seinem eigenen Heimfeld einen Zweikampf zu erlauben ... am Kartentisch. Bunny hatte meine Kleidung für mich ausgesucht, und so trug ich in aller Pracht ein dunkelmaronenfarbenes offenes Hemd mit einer leichten holzkohlegrauen Hose und eine Weste. Ich sah aus und fühlte mich wie eine Million – na ja, machen wir lieber eine Viertelmillion daraus. Wenn man mir heute Abend meinen eigenen Kopf schon auf einem Silberteller servieren würde, so würde ich ihn doch wenigstens mit Stil entgegennehmen können ... und darum ging es bei dieser ganzen Übung ja sowieso nur.

Ich versuchte nicht einmal, Aahz' Gang nachzuahmen, wohl wissend, dass ich bei einem Vergleich nicht sonderlich gut abschneiden würde. Stattdessen begnügte ich mich mit einem langsamen, gemessenen, würdevollen Gang, während ich huldvoll nickte und den Glückwünschenden zuwinkte. Es ging darum, gelassene Zuversicht auszustrahlen. Tatsächlich jedoch bewirkte es, dass ich das Gefühl hatte, als würde ich zum Schafott gehen, doch tat ich mein Bestes, um es zu verbergen und weiterhin zu lächeln.

Je näher wir dem Gleiche Chancen kamen, umso dichter wurde die Menge, und mit einigem Erstaunen erkannte ich, dass dies am Spiel lag. Wer nicht genug Muskeln oder Geld hatte, um im Inneren des Clubs einen Platz zu ergattern, hing in der näheren Umgebung herum in der Hoffnung, der Erste zu sein, der das Endergebnis des Spiels erfahren würde. Ich hatte zwar schon immer gewusst, dass das Glücksspiel im Bazar groß geschrieben wurde, hätte aber nie gedacht, dass es gleich *so* beliebt war.

Als wir uns näherten, teilte sich die Masse und gab uns den Weg zur Tür frei. Mittlerweile begann ich, Gesichter in der Menge zu erkennen, Leute, die ich kannte. Da war Gus, der mir begeistert zuwinkte, und dort drüben ...

»Vic!«

Ich löste mich aus unserer geraden Marschlinie heraus, und die ganze Prozession blieb stehen.

»Hallo, Skeeve!«, lächelte der Vampir und klopfte mir auf die Schulter. »Ich wünsche dir viel Glück heute Nacht!«

»Das werde ich auch nötig haben!«, gestand ich. »Aber im Ernst, ich wollte sowieso schon mal bei dir vorbeikommen und dir für deine Warnung vor der Axt danken.«

Vics Miene verdüsterte sich. »Da wirst du möglicherweise Schwierigkeiten haben, mich zu finden. Ich werde bald mein Büro los sein.«

»Wirklich? Läuft das Geschäft so schlecht?«

»Noch schlechter. Hier gibt es wirklich fürchterlich viel Konkurrenz.«

»Na schön, ich will dir was sagen. Warum kommst du nicht morgen mal bei mir vorbei, dann können wir uns unterhalten. Vielleicht können wir einen kleinen Kredit ausarbeiten, oder dir möglicherweise manche Aufträge weitervermitteln, bis du dich etabliert hast.«

»He! Danke, Skeeve!«

Da hatte ich einen plötzlichen Einfall. »Komm doch gegen Mittag, dann können wir zusammen essen!«

Das schien mir eine wirklich gute Idee zu sein. Warum waren Geschäftsleute eigentlich nie auf die Idee gekommen, Ideen beim Mittagessen auszubrüten! Aus irgendeinem Grund zuckte Vic allerdings leicht zusammen, bevor er mein Lächeln erwiderte.

»Also zum Mittagessen«, sagte er.

»Äh ... ich unterbreche dich ja nur ungern, Partner, aber du hast immerhin eine Verabredung, zu der du auch erscheinen solltest.«

»Richtig, Aahz. Vic! Bis morgen!«

Mit diesen Worten ließ ich mich ins Gleiche Chancen führen.

Als ich in die Bar und den Spielsalon trat, brach Applaus aus, und ich musste mich zügeln, um nicht hinter mich zu blicken. Ob sie für mich waren oder gegen mich, auf jeden Fall waren die Leute gekommen, um dem Spiel zuzusehen, und zum mindesten waren sie mir dafür dankbar, dass ich ihnen eine spannende Abendunterhaltung bot.

Klasse. Da war ich im Begriff, eine Viertelmillion in Gold zu riskieren, nur damit die Leute nicht das sommerliche Wiederholungsprogramm sehen mussten.

Seit meinem letzten Besuch hatte man das Innere des Clubs verändert. Nun stand mutterseelenallein mitten im Raum ein einziger Kartentisch, während Dutzende von Leuten die Wände säumten. Die Menge draußen vor der Tür mochte zwar größer sein, dafür machte die Gruppe im Inneren des Clubs durch Prominenz wieder wett, was sie an reiner Quantität nicht zu bieten hatte. Ich erkannte zwar nicht gleich jeden, doch jene, bei denen ich es tat, weckten in mir den Glauben, dass der ganze »Who's Who« von Tauf gekommen war, um sich das Spiel anzusehen. Hay-ner, mein Hausbesitzer und Chef der Handelskammer von Tauf, war ebenso anwesend wie seine üblichen Busenfreunde. Als sich unsere Blicke trafen, nickte er höflich, doch hegte ich den Argwohn, dass er in Wirklichkeit darauf hoffte, mich verlieren zu sehen.

Don Bruce war wie versprochen ebenfalls da; er riss die Arme hoch über den Kopf, verschränkte die Hände und schüttelte sie leicht, die ganze Zeit lächelnd. Ich schätze, das sollte ein Zeichen der Ermutigung sein. Wenigstens hoffte ich, dass ich auf diese Weise, nicht in Wirklichkeit durch irgendein geheimes Todeszeichen des Syndikats, begrüßt wurde. Natürlich fiel mir das erst ein, nachdem ich zurückgewinkt hatte.

»Skeeve. SKEEVE! Hast du einen Augenblick Zeit?«

Ich blickte mich um und sah den Giek, der neben mir stand.

»Klar doch, Giek«, meinte ich achselzuckend. »Was kann ich für dich tun?«

Der Täufler wirkte extrem nervös, seine Hautfarbe hatte einige Grade ihrer normalen Tönung eingebüßt. »Ich ... du kannst mir versprechen, es mir nicht nachzutragen. Ich verspreche dir, dass die Sache heute Nacht nichts mit mir zu tun hat. Ich habe lediglich alles arrangiert, nachdem das Kind dich herausgefordert hat. Ich habe ihm nicht deinen Namen genannt ... ganz ehrlich.«

Ich fand seine Einstellung gelinde gesagt überraschend.

»Klar doch, Giek. Ich hätte nie geglaubt, dass du ...«

»Wenn ich gewusst hätte, dass es hierzu kommen würde, hätte ich dich überhaupt nicht erst zu meinem Spiel eingeladen, und schon gar nicht ...«

Plötzlich war ich hellwach.

»Einen Augenblick mal, Giek! Wovon redest du da?«

»Du bist doch hoffnungslos unterlegen!«, erklärte der Täufler und blickte sich furchtsam um. »Gegen das Kind hast du nicht die geringste Chance. Ich wollte nur, dass du verstehst, dass ich dich nicht irgendwie linken wollte, falls du heute Abend dein ganzes Geld verlierst. Ich möchte nicht, dass du oder deine Mannschaft sich plötzlich mit Mordlust auf mich stürzen.«

Nun wissen Sie ja, dass ich wusste, dass ich unterlegen war. Was mich jedoch verblüffte, war die Tatsache, dass der Giek es auch wusste.

»Giek, ich glaube, wir sollten lieber ...«

Ein lauter Applausschwall und Freudenrufe unterbrachen mich. Als es mir gelungen war, den Hals so weit zu recken, um zu erkennen, was los war, war der Giek bereits in der Menge verschwunden.

»Wer ist denn das?«, fragte ich und zeigte mit einem Nicken auf die Gestalt, die soeben den Club betreten hatte.

Aahz legte mir einen tröstenden Arm um die Schultern.

»Das ist er. Das ist das Pfefferminz-Kind.«

»DAS SOLL DAS KIND SEIN????!!«

Der Mann im Türrahmen war gewaltig, er war riesig ... das heißt, er hatte Masshas Größe. Aus irgendeinem Grund hatte ich jemanden erwartet, der meiner Altersgruppe näher stand. Mit dieser Figur verhielt es sich jedoch ganz anders.

Er war völlig haarlos, besaß weder Bart noch Augenbrauen und hatte eine Glatze. Seine Haut war von leicht blauer Farbe, und in Verbindung mit seinen Fettmassen und Falten verlieh sie ihm das Aussehen einer Bowlingkugel, aus der man die Hälfte der Luft herausgelassen hatte. Seine Augen waren jedoch äußerst dunkel und glitzerten leicht, als sie sich auf mich richteten.

»Das ist das Kind?«, wiederholte ich.

Aahz zuckte die Schultern. »So wird er schon ziemlich lange genannt.«

Der Fleischberg hatte zwei Beutel dabei, die jenen sehr ähnlich sahen, die Aahz für uns getragen hatte. Wie beiläufig reichte er sie einem der Zuschauer.

»Wechseln!«, befahl er mit dröhnender Stimme. »Ich habe gehört, dass hier heute Abend ein Spiel stattfinden soll.«

Aus irgendeinem Grund weckte dies im Publikum lärmendes Gelächter und Applaus. Ich hielt die Bemerkung für nicht ganz so komisch, lächelte aber höflich. Den Augen des Kinds entging mein Mangel an Begeisterung nicht, und sie glitzerten mit verstärkter Heftigkeit.

»Du musst der Große Skeeve sein.«

Seine Stimme war ein gefährliches Schnurren, dennoch hallte sie von den Wänden wider. Mit überraschend leichtfüßigem Schritt kam er auf mich zu und streckte mir zur Begrüßung die Hand entgegen.

Der Menge schien der Atem zu stocken.

»... und du musst der sein, den man das Pfefferminz-Kind nennt«, erwiderte ich, meine Hand seinem Griff überantwortend.

Wieder war ich überrascht ... diesmal von der Sanftheit seines Händedrucks.

»Ich hoffe nur, dass deine Magie nicht so gut ist wie dein Ruf.«

»Merkwürdig, ich habe nämlich gerade gehofft, dass dein Glück so miserabel ist wie deine Witze.«

Ich wollte eigentlich gar nicht beleidigend sein. Der Satz war mir einfach so rausgerutscht.

Die Miene des Kinds erstarrte.

Ich hoffte, dass irgendjemand etwas sagen würde, um das Thema zu wechseln, doch der ganze Raum hallte von Schweigen wider.

Plötzlich legte mein Gegner den Kopf zurück und lachte herzlich. »Das gefällt mir!«, erklärte er. »Weißt du, bisher hat noch nie jemand den Mumm gehabt, mir zu sagen, dass meine Witze stinken. Langsam beginne ich zu verstehen, woher du den Mut hattest, meine kleine Herausforderung anzunehmen.«

Der Raum erwachte zum Leben, alles redete oder lachte gleichzeitig drauflos. Ich hatte das Gefühl, als hätte ich soeben irgendein Einweihungsritual bestanden. Eine Woge der Erleichterung durchflutete mich ... doch war sie noch von etwas anderem gefärbt. Ich merkte, dass ich das Kind mochte. Ob jung oder nicht, er war jedenfalls nicht das Schreckgespenst, das ich erwartet hatte.

»Danke, Kind«, sagte ich ruhig und so leise, dass uns in dem Lärm niemand verstand. »Ich muss zugeben, dass ich Leute zu schätzen weiß, die über sich selbst lachen können. Das muss ich auch so oft tun.«

»Wie Recht du hast«, erwiderte er murmelnd und blickte sich vorher um, um sicherzugehen, dass niemand zuhörte.

»Diese ganze Sache kann einem zu Kopf steigen, wenn man es zulässt. Sag mal, hättest du Lust auf einen Drink, bevor wir anfangen?«

»Nein, mit Sicherheit nicht!«, lachte ich. »Ich möchte einen klaren Kopf behalten, wenn wir loslegen.«

»Wie du meinst«, meinte er achselzuckend.

Bevor ich noch etwas erwidern konnte, hatte er sich schon zur Menge herumgedreht und die Stimme erneut erhoben. »Könnt ihr vielleicht ein bisschen leiser sein?«, brüllte er. »Wir wollen hier oben nämlich Karten spielen!«

Wie von Zaubererhand verstummte das Geräusch jäh, und alle Blicke richteten sich wieder auf uns beide.

Ich ertappte mich bei dem Wunsch, dass ich doch lieber den Drink angenommen hätte.

Kapitel 18

»Man muss kein Mathematiker sein,
um das Meer zu teilen.«
Moses

Der Tisch erwartete uns. Es gab nur zwei Stühle, vor jedem lagen säuberlich gestapelt die Chips.

Einen kurzen Augenblick geriet ich in Panik, als mir klar wurde, dass ich überhaupt nicht wusste, welcher Stuhl nach Süden zeigte, doch Aahz kam mir zu Hilfe. Er schoss aus der Menge hervor, zog einen Stuhl zurück und bot ihn mir zum Sitzen an. Für die Zuschauer sah es aus wie eine höfliche Geste, nur meine Freunde wussten, dass ich einem völligen Umkrempeln der Regeln, die ich so mühsam auswendig gelernt hatte, verdammt nahe gekommen war.

»Karten!«, befahl das Kind und streckte eine Hand aus, während er sich mir gegenüber auf den anderen Stuhl setzte.

Ein brandneues Spiel tauchte in seiner Hand auf. Er untersuchte es wie ein Glas guten Weines, hielt es gegen das Licht, um sich davon zu überzeugen, dass die Hülle unversehrt war, ja, er beschnüffelte sogar die Versiegelung, um sicherzugehen, dass es sich um denselben Fabrikleim handelte.

Zufrieden bot er mir das Blatt an. Ich lächelte und spreizte meine Hände zum Zeichen meiner Befriedigung. Ich meine, was sollte es auch! Wenn er an dem Blatt nichts auszusetzen hatte, war es ja wohl offensichtlich, dass ich auch keine Manipulation bemerken würde.

Doch schien die Geste ihn zu beeindrucken, und er verneigte sich leise, bevor er das Blatt anbrach. Kaum hatten die Karten die Schachtel verlassen, schienen seine dicklichen Finger auch schon ein Eigenleben zu entwickeln. Mit schnellen Bewegungen entfernten sie die Joker, dann zogen sie immer zwei Karten auf einmal vom Stapel, eine von oben, die andere von unten.

Während ich zusah, erkannte ich, warum sein Händedruck so sanft gewesen war. So groß sie auch waren, gingen seine Finger anmutig, zart und gefühlvoll vor. Das waren nicht die Hände eines Schwerarbeiters oder auch nur die eines Kämpfers. Sie existierten nur zu einem Zweck: um mit einem Kartenspiel zu hantieren.

Inzwischen waren die Karten grob gemischt. Das Kind nahm den Stapel auf, strich die Kanten glatt und mischte sie mehrmals sehr schnell. Seine Bewegungen waren so präzise, dass er die Karten nicht mehr auszurichten brauchte, als er fertig war ... er legte sie einfach mitten auf den Tisch.

»Abheben?«, fragte er.

Ich wiederholte meine Geste. »Verzichte.«

Selbst dies schien das Kind zu beeindrucken ... und die Menge auch. Ein leises Murmeln perlte durch den Raum, als man Vor- und Nachteile meiner Taktik diskutierte. Die Wahrheit war allerdings, dass ich mich angesichts der Fertigkeit des Kinds genierte, meine eigene Unbeholfenheit zur Schau zu stellen.

Er griff nach dem Stapel, und wieder erwachten die Karten zu neuem Leben. In einem hypnotisch wirkenden Rhythmus begann er den Stapel zu teilen und die Karten wieder miteinander zu vereinen, während er mich die ganze Zeit ohne das leiseste Liderzucken anblickte. Ich wusste, dass sein starrer Blick zu seiner Taktik gehörte, war jedoch machtlos, um gegen die Wirkung anzukämpfen.

»Sagen wir eintausend als Einstand?«

»Sagen wir doch fünftausend«, erwiderte ich.

Seine Hände gerieten einen Moment ins Stocken. Das Kind begriff, dass er ausgerutscht war, und überspielte es hastig. Die Karten beiseite legend, griff er nach seinen Chips.

»Gut, fünftausend«, sagte er und warf eine Hand voll davon auf die Tischmitte. »Und dazu – mein Markenzeichen!«

Ein kleines weißes Pfefferminzbonbon folgte den Chips in den Topf.

Ich zählte gerade meine eigenen Chips aus, als mir etwas einfiel.

»Wie viel ist das wert?«, fragte ich und zeigte auf das Bonbon.

Mein Gegner zeigte sich überrascht.

»Was? Das Pfefferminzbonbon? Ein Kupferstück die Rolle. Aber du brauchst nicht ...«

Bevor er zu Ende geredet hatte, legte ich eine kleine Münze zu meinen Chips, schob sie auf die Tischmitte zu, grabschte mir das Bonbon und steckte es in den Mund. Diesmal keuchte das Publikum regelrecht auf, bevor es wieder verstummte. Mehrere Herzschläge lang war im Raum nicht das leiseste Geräusch zu hören außer dem Bonbon, das zwischen meinen Zähnen zerbarst. Beinahe hätte ich meine kühne Tat bereut. Die Pfefferminze war unglaublich kräftig.

Schließlich grinste das Kind.

»Verstehe. Du frisst mein Glück auf, wie? Gut. Sehr gut. Allerdings wirst du feststellen, dass es etwas mehr bedarf, um mein Spiel durcheinander zu bringen.«

Sein Ton war jovial, doch seine Augen verdunkelten sich noch mehr als vorher, und sein Mischen nahm einen schärferen, rachsüchtigeren Klang an. Ich wusste, dass ich einen Treffer gelandet hatte.

Verstohlen blickte ich zu Aahz hinüber, der mich ganz offen anzwinkerte.

»Abheben!«

Vor mir lag der Kartenstapel. Mit gezwungener Gleichgültigkeit teilte ich ihn grob in zwei Hälften, dann lehnte ich mich wieder in meinem Stuhl zurück. Während ich versuchte, äußerlich gelassen zu wirken, kreuzte ich innerlich meine Finger und Zehen und alles, was sich kreuzen ließ. Ich hatte meine eigene Strategie entwickelt und sie mit niemandem besprochen ... nicht einmal mit Aahz. Nun würden wir sehen, wie gut sie funktionierte.

Eine Karte ... zwei Karten ... drei Karten glitten über den Tisch auf mich zu, mit dem Gesicht nach unten. Sie blieben in säuberlicher Reihe vor mir liegen, ein weiterer Beweis für die Kunstfertigkeit des Kindes, und lagen dort vor mir wie Tretminen.

Ich ignorierte sie und wartete auf die nächste Karte.

Die kam auch, mit dem Gesicht nach oben legte sie sich neben ihre Brüder. Es war die Karosieben, und nun gab das Kind sich selbst ... Karozehn!

Wie ein Lied, an das ich mich gar nicht zu erinnern wünschte, kehrten die Regeln zu mir zurück. Eine aufgedeckte Zehn bedeutete, dass meine Sieben tot war ... wertlos.

»So viel zum Auffressen meines Glücks, wie?«, gluckste das Kind und blickte schnell seine abgedeckten Karten an. »Meine Zehn bietet ... fünftausend.«

»... und nochmals fünf.«

Diesmal war das Keuchen der Menge noch lauter – möglicherweise weil meine Trainer sich ihr angeschlossen hatten. Ich hörte, wie Aahz sich laut räusperte, weigerte mich aber, in seine Richtung zu blicken. Offensichtlich hatte er entweder erwartet, dass ich passte oder sehen ließ ... möglicherweise weil das das Richtige gewesen wäre.

»Bist ja fürchterlich stolz auf deine tote Karte da«, sagte das Kind nachdenklich. »Also gut. Ich gehe mit. Der Topf ist voll.«

Zwei weitere Karten schwebten mit dem Gesicht nach oben auf den Tisch. Ich bekam eine Zehn! Genau genommen die Kreuzzehn. Die neutralisierte seine Zehn und erweckte meine Sieben zu neuem Leben.

Das Kind bekam das Herzeinhorn. Eine Jokerkarte! Nun hatte ich Zehn-Sieben hoch gegen seine zwei Zehnen.

Klasse.

»Ich will gar nicht versuchen, dich zu bluffen.« Mein Gegner lächelte. »Zwei Zehnen sind ... zwanzigtausend wert.«

»... und erhöhe um zwanzig.«

Das Lächeln des Kindes verblasste. Sein Blick huschte zu meinen Karten hinüber, dann nickte er. »Gehe mit.«

Kein Kommentar. Kein geistreicher Scherz. Ich hatte ihn nachdenklich gemacht.

Die nächsten Karten waren unterwegs. Die Herzdrei fügte sich meiner Reihe an. Eine tote Karte. Auf der gegenüberliegenden Seite erhielt das Kind ...

Die Herzzehn!

Nun blickte ich auf drei Zehnen gegen meine Zehn-Sieben hoch! Einen Augenblick lang geriet meine Entschlossenheit ins Wanken, doch ich kämpfte dagegen an. Ich steckte schon zu tief drin, um jetzt noch einen Rückzieher machen zu können. Das Kind musterte mich nachdenklich. »Ich nehme nicht an, dass du darauf dreißig setzen würdest?«, fragte er.

»Ich gehe nicht nur mit, ich erhöhe auch nochmals um dreißig.«

Im Raum ertönten erstickte Rufe des Unglaubens, sowie einige weniger erstickte. Unter Letzteren erkannte ich ein paar allzu vertraute Stimmen wieder.

Das Kind schüttelte nur den Kopf und gab die entsprechende Anzahl Chips in den Topf, ohne ein Wort zu sagen. Die Zuschauer verstummten wieder und reckten die Hälse, um die nächsten Karten sehen zu können.

Pikdrache für mich und Herzoger für das Kind.

Das nützte keinem der beiden Blätter viel ... nur dass das Kind jetzt drei aufgedeckte Herzkarten besaß.

Einige Augenblicke musterte jeder das Blatt des anderen.

»Ich muss zugeben, dass ich nicht begreife, worauf du eigentlich setzt, Skeeve«, seufzte mein Gegner. »Aber dieses Blatt hier ist fünfzig wert.«

»... und erhöhe um fünfzig.«

Anstatt zu antworten, lehnte sich das Kind zurück und starrte mich an.

»Sag mir etwas«, sagte er. »Entweder ist es mir völlig entgangen, oder du hast dir deine verdeckten Karten noch gar nicht angeguckt.«

»Das stimmt.«

Die Menge begann wieder zu murren. Wenigstens einigen Zuschauern war das entgangen.

»Du setzt also blind?«

»Richtig.«

»Und erhöhst bis zum Maximum.«

Ich nickte.

»Das verstehe ich nicht. Wie willst du da gewinnen?«

Ich musterte ihn einen Augenblick, bevor ich antwortete. Es war wohl nicht übertrieben zu behaupten, dass ich die volle Aufmerksamkeit des Raums auf mich gelenkt hatte.

»Kind, im Drachenpoker bist du der Beste. Du hast Jahre damit verbracht, deine Fertigkeiten zu schulen, um der Beste zu werden, und nichts, was heute Abend passieren kann, wird daran etwas ändern. Ich dagegen, ich habe nur Glück ... sofern man es so nennen kann. Ich habe eines Nachts mal Glück gehabt, und das hat mir irgendwie die Chance eingebracht, heute Abend gegen dich spielen zu dürfen. Deshalb setze ich auch auf diese Weise.«

Das Kind schüttelte den Kopf. »Vielleicht bin ich etwas schwer von Begriff, aber ich verstehe es noch immer nicht.«

»Auf lange Sicht würden sich deine Fähigkeiten gegen mein Glück durchsetzen. Das ist immer so. Ich schätze, die einzige Chance, die ich habe, besteht darin, alles auf ein einziges Blatt zu setzen ... alles oder nichts. Kein noch so großes Können aller Dimensionen kann den Ausgang einer einzigen Runde beeinflussen. Das kann nur das Glück ... was uns gleichrangig macht.«

Mein Gegner verdaute meine Worte einige Augenblicke lang, dann legte er den Kopf zurück und lachte dröhnend.

»Das gefällt mir!«, krähte er. »Ein Topf von einer halben Million, alles von einem einzigen Blatt abhängig! Skeeve, dein Stil gefällt mir. Ob ich gewinne oder verliere, es war mir eine Freude, gegen dich antreten zu dürfen.«

»Danke, Kind. Mir geht es genauso.«

»In der Zwischenzeit will dieses Blatt hier noch gespielt werden. Ich möchte diese ganzen Leute nicht vor Spannung platzen sehen, wo wir doch genau wissen, wie das Reizen ausgehen wird.«

Er schob seine restlichen Chips in den Topf. »Ich gehe mit und erhöhe erneut ... fünfunddreißig. Das ist der ganze Einsatz.«

»Einverstanden«, sagte ich und schob auch meine Chips nach vorn.

»Nun wollen wir einmal sehen, was wir haben«, meinte er, nach dem Stapel greifend.

Karozwei für mich ... Kreuzacht für das Kind ... dann jeweils eine weitere Karte mit dem Gesicht nach unten.

Die Menge drängte sich dichter heran, als mein Gegner seine letzte Karte anspähte.

»Skeeve«, sagte er beinahe bedauernd, »du hast eine interessante Strategie verfolgt, aber mein Blatt ist gut … verdammt gut.«

Er drehte zwei seiner Karten um.

»Voller Drache … vier Oger und zwei Zehnen.«

»Nettes Blatt«, gab ich zu.

»Ja. Wirklich. Und jetzt wollen wir einmal sehen, was du hast.«

Mit so viel Fassung, wie ich nur aufbringen konnte, drehte ich meine verdeckten Karten um.

Kapitel 19

»Kannst du denn keinen Scherz vertragen?«
T. Eulenspiegel

Massha hob den Blick von ihrem Buch und den Bonbons, als wir durch die Tür kamen.

»Das ging aber schnell«, sagte sie. »Wie ist es gelaufen?«

»Hallo Massha. Wo ist Markie?«

»Oben in ihrem Zimmer. Als sie das zweite Mal versucht hat, sich hinauszustehlen, hab ich sie ins Bett geschickt und Posten an der Tür bezogen. Was war mit dem Spiel?«

»Hm, ich meine immer noch, dass du Unrecht hattest«, knurrte Aahz. »Von allen dämlichen Nummern, die du jemals abgezogen hast ...«

»Komm schon, Partner. Was geschehen ist, ist geschehen. In Ordnung? Du bist doch bloß wütend, weil ich dich nicht zuvor um Rat gefragt habe.«

»Das ist wohl das Wenigste, was ...«

»HÄTTE VIELLEICHT IRGENDJEMAND MAL DIE GÜTE, MIR ZU SAGEN, WAS PASSIERT IST?«

»Was? Entschuldige, Massha. Ich habe gewonnen. Aahz ist böse, weil ...«

Plötzlich wurde ich zum Opfer einer Riesenumarmung und eines ebensolchen Kusses, als mein Lehrling nämlich ihr Entzücken über diese Nachricht zum Ausdruck brachte.

»Und wie der gewonnen hat! Mit einem einzigen Blatt hat er gewonnen«, grinste Tanda. »So etwas habe ich noch nie gesehen.«

»Drei Einhörner und die Kreuzsechs im Keller«, tobte Aahz. »Drei Jokerkarten, die, entsprechend der Einmal-pro-Nacht-Verschiebungsregel der Karosieben als Endergebnis ...«

»Einen verdammten Straight Flush!«, sang Chumly. »Was den Vollen Drachen des Kindes wegputzte und den größten Topf dazu, den der Bazar jemals gesehen hat.«

»Ich wusste, dass du es schaffen würdest, Papi!«, kreischte Markie, als sie aus ihrem Versteck an der Treppe hervorschlüpfte.

Soweit zum Thema frühes Zubettgehen.

»Ich wünschte, du hättest das Gesicht des Kindes gesehen, Massha«, fuhr der Troll fröhlich fort. »Ich wette, der wünscht sich jetzt, dass er lieber ein Mittel gegen Magensäure statt Pfefferminzbonbons mitgenommen hätte.«

»Du hättest die Zuschauer sehen sollen. Darüber reden die noch jahrelang!«

Massha ließ mich schließlich wieder herunter und hob eine Hand.

»Pause! Einen Augenblick mal! Ich habe das Gefühl, dass ich irgendwo etwas verpasst habe. Das Schätzchen hier hat also gewonnen. Richtig? Das heißt, er ist mit der ganzen Knete davonstolziert?«

Bruder und Schwester nickten kräftig. Ich selbst versuchte lediglich, wieder zu Atem zu kommen.

»Warum speit der Grüne Schuppige hier dann so viel Dampf hervor? Hätte doch meinen sollen, dass er die Jubelei sogar anführt.«

»WEIL ER DAS GANZE GELD VERSCHENKT HAT! DESHALB!!!«

»Ja. Das würde die Sache schon erklären.« Massha nickte nachdenklich.

»Ach, komm schon, Aahz! Ich habe es nicht *verschenkt.*«

Aahz trat auf mich zu und streckte die Hand aus, und

meine Lungen pumpten sich sicherheitshalber schon mal voll Luft.

»Holla! Wartet!«, sagte mein Lehrling und trat zwischen uns. »Bevor ihr beide wieder loslegt, unterhaltet euch erst einmal mit Massha. Vergesst nicht, ich bin diejenige, die nicht dabei war.«

»Na ja, nach dem Spiel haben das Kind und ich uns unterhalten. Er ist wirklich ein netter Bursche, und ich habe erfahren, dass er so ziemlich alles gesetzt hatte, was er besaß ...«

»Das hat er *behauptet«,* schnaubte Aahz. »Ich meine, der wollte bloß auf unsere Tränendrüsen drücken.«

»... und da bin ich nachdenklich geworden. Ich hatte hart daran gearbeitet, um dafür zu sorgen, dass sowohl der Ruf des Kindes als auch mein eigener intakt blieb, egal wie das Spiel enden mochte. Was ich wirklich wollte, das war, mich aus der Drachenpokerszene zurückzuziehen, damit *er* die ganzen hitzigen Herausforderer übernimmt ...«

»Damit bin ich einverstanden.«

»Aahz! Lass ihn doch ausreden. Okay?«

»... aber er konnte ja wohl schlecht weiterspielen, wenn er pleite war, und das hätte mich zum logischen Ziel der Emporkömmlinge gemacht, also ließ ich ihn die Viertelmillion behalten, die er verloren hatte ...«

»Siehst du! SIEHST DU!!!! Was habe ich dir gesagt?«

»... und zwar als KREDIT, damit er bei späteren Spielen davon seinen Einsatz bestreiten kann ...«

»Da wusste ich, dass er ... ein *Kredit??«*

Ich grinste meinen Partner an.

»Ja. Wie in dem Ausdruck ›sein Geld für sich arbeiten lassen, anstatt es zu horten‹. Eine Vorstellung, die du, wie ich glaube, recht interessant fandest, als sie das erste Mal vorgeschlagen wurde. Aber du bist natürlich völlig außer dir davongestampft, bevor wir zu diesem Teil der Vereinbarung gekommen sind.«

Egal wie viel Sarkasmus ich hineinlegen mochte, von Aahz perlte er ab, ohne den geringsten Eindruck zu hinterlassen, was nicht weiter verwunderlich ist, wenn man bedenkt, dass wir schließlich über Geld sprachen.

»Ein Kredit also, wie?«, sagte er nachdenklich. »Zu welchen Bedingungen?«

»Sag es ihm, Bunny.«

»BUNNY??«

»He! Du warst nicht dabei, weißt du noch? Da habe ich beschlossen, mal zu sehen, was unsere Buchhalterin so kann. Bunny?«

»Na ja, ich habe noch nie mit Spielgeld zu tun gehabt, der Kalauer war keine Absicht, haha, also musste ich ein bisschen nach Gefühl vorgehen. Ich glaube aber, ich habe eine ziemlich gute Lösung für uns gefunden.«

»Nämlich ...?«

»Bis das Kind den Kredit zurückzahlt ... und das muss im Ganzen geschehen, also keine Teilzahlungen, bekommen wir die Hälfte von seinen Gewinnen.«

»Hmmm«, murmelte mein Partner. »Nicht schlecht.«

»Wenn dir etwas anderes eingefallen sein sollte, was ich außerdem noch hätte herausschinden können, bin ich offen für ...«

»Wenn ihm irgendetwas anderes eingefallen wäre«, sagte ich und zwinkerte ihr zu, »dann kannst du dich darauf verlassen, dass er es schon herausgebrüllt hätte. Du hast großartige Arbeit geleistet, Bunny.«

»He! Danke, Skeeve!«

»Und wenn jetzt jemand vielleicht so nett wäre, den Wein zu holen, mir ist nämlich nach Feiern zumute.«

»Boss, dir ist natürlich klar, dass eine Menge Leute jetzt wissen, dass du verdammt viel Bargeld zur Hand hast«, ermahnte mich Guido und kam näher. »Sobald Nunzio zurück ist, werden wir uns mal ein bisschen um die

Sicherheit hier kümmern, wenn du verstehst, was ich meine.«

»Wo ist Nunzio überhaupt?«, fragte Massha, um sich blickend.

»Der kommt gleich wieder«, lächelte ich. »Ich habe ihn nach dem Spiel auf eine kleine Besorgung geschickt.«

»Na, denn mal Prost, auf dich, Skeeve!«, rief Chumly, seinen Pokal hebend. »Nach all den Sorgen, die wir uns gemacht haben, wie dein Ruf den Wettkampf mit dem Kind überstehen würde, muss ich sagen, dass du jetzt weitaus besser dastehst als vorher.«

»Allerdings«, kicherte seine Schwester. »Ich frage mich, was die Axt wohl davon hält.«

Das war das Stichwort, auf das ich gewartet hatte. Ich nahm einen tiefen Atemzug und einen noch tieferen Schluck Wein, um schließlich meine gelassenste Miene zur Schau zu stellen.

»Wozu das Spekulieren, Tanda? Warum nicht direkt fragen?«

»Wie war das, Skeeve?«

»Ich sagte, warum die Axt nicht direkt fragen? Schließlich ist sie hier unter uns im Zimmer.«

Die fröhliche Stimmung verflüchtigte sich im Nu, als alle mich anstarrten.

»Partner«, murmelte Aahz, »ich dachte, wir hätten die Sache in dem Gespräch mit Don Bruce bereits erledigt.«

Ich winkte ab.

»Wenn ich ehrlich bin, bin ich selbst ein bisschen neugierig zu erfahren, was die Axt davon hält. Warum erzählst du es uns nicht ... Markie?«

Als sich alle Blicke auf sie richteten, krümmte mein Schützling sich zusammen.

»Aber, Papi ... ich bin doch nicht ... du ... ach, herrje! Du hast es also herausbekommen, wie?«

»Ja.« Ich nickte, empfand dabei aber nicht das leiseste Triumphgefühl.

Sie seufzte schwer. »Na schön. Ich wollte sowieso das Handtuch schmeißen. Ich hatte nur gehofft, dass ich noch rechtzeitig den Rückzug antreten könnte, bevor meine Tarnung aufflog. Wenn ihr nichts dagegen habt, würde ich jetzt gerne auch einen Schluck Wein trinken.«

»Bedien dich.«

»MARKIE?!?«

Aahz hatte sich inzwischen hinreichend erholt, um Geräusche von sich geben zu können. Natürlich ist das bei ihm ein Reflex. Die anderen arbeiteten noch daran.

»Lass dich nicht von dem Kleinen-Mädchen-Aussehen täuschen, Aahz«, meinte sie und zwinkerte ihm zu. »In meiner Dimension sind die Leute klein und weich. In der richtigen Kleidung ist es nicht schwierig, jünger zu erscheinen, als man wirklich ist ... sehr viel jünger.«

»Aber ... aber ...«

»Denk doch mal einen Augenblick darüber nach, Aahz«, warf ich ein. »Wir hatten schon am allerersten Tag sämtliche Hinweise in der Hand. Kinder, vor allem kleine Mädchen, bringen einen bestenfalls in Verlegenheit, schlimmstenfalls bedeuten sie einen Haufen Ärger. Der Trick ist, dass man *erwartet,* dass sie Ärger machen, so dass man gar nicht erst auf den Gedanken kommt, dass das, was sie tun, möglicherweise absichtlich und geplant geschieht.«

Ich machte eine Pause, um einen Schluck Wein zu mir zu nehmen, und ausnahmsweise unterbrach mich niemand mit Fragen.

»Wenn wir die Sache einmal im Nachhinein betrachten, so hängen die meisten unserer Probleme direkt oder indirekt mit Markie zusammen. Sie ist damit herausgeplatzt, dass Bunny in meinem Bett lag, um Tanda zu ärgern, und als das nicht funktioniert hat, hat sie ein paar Sticheleien darüber angebracht, dass sie hier umsonst lebe, was sie zu der Überlegung bewegte, auszuziehen ... genau wie sie absichtlich dafür sorgte, dass Massha mitten in ihrer Magiklektion schlecht aussah, und zwar aus dem gleichen Grund – um sie nämlich dazu zu bringen, fortzugehen.«

»Hat ja auch fast geklappt«, bemerkte mein Lehrling nachdenklich.

»Die Geschichte im Bazar war auch kein Unfall«, fuhr ich fort. »Sie brauchte nur auf die richtige Gelegenheit zu warten, um so zu tun, als würde sie wütend werden, damit wir nicht den Verdacht hegten, dass sie alles absichtlich in die Luft jagte. Falls ihr euch daran erinnert, sie hat sogar versucht, mich davon zu überzeugen, dass ich eigentlich gar keine Drachenpokerlektionen nötig hätte.«

»Natürlich«, warf Markie ein, »ist das nicht einfach, wenn die anderen Leute einen für ein Kind halten.«

»Der wichtigste Hinweis war Gliep. Ich glaubte erst, er wollte mich vor Bunny schützen, doch in Wirklichkeit war er hinter Markie her. Ich behaupte doch immer, dass er viel klüger ist, als du glaubst.«

»Erinnere mich daran, mich bei deinem Drachen zu entschuldigen«, sagte Aahz und musterte dabei noch immer Markie.

»Es war ein guter Plan«, seufzte sie. »In neunundneunzig Prozent aller Fälle hätte er auch funktioniert. Das Problem war nur, dass alle dich, Skeeve, unterschätzten ... dich und deine Freunde. Ich hätte nicht gedacht, dass du genügend Geld haben würdest, um die zornigen Händler zu bezahlen, nachdem ich die Nummer mit ihren Auslagen abgezogen hatte, und deine Freunde ...«

Langsam schüttelte sie den Kopf.

»Meistens erleichtert es mir die Arbeit, wenn es sich herumspricht, dass ich in einem Auftrag unterwegs bin. Dann steigen die Partner der Zielperson meistens aus, um nicht selbst im Kreuzfeuer etwas abzubekommen, und wenn das Opfer dann versucht, sie dazu zu bringen, zu bleiben oder zurückzukommen, verschlimmert das die Sache nur noch. Eine Karriere zu ruinieren beruht zum Teil auch darauf, dass man den anderen seiner Unterstützung beraubt.«

Sie hob den Wein in gespieltem Zuprosten in meine Richtung.

»Deine Freunde wollten nicht davonlaufen ... und wenn sie es taten, wollten sie nicht fortbleiben, nachdem sie erst einmal erfuhren, dass du in Schwierigkeiten stecktest. Da begann ich, Zweifel an meinem Auftrag zu bekommen. Ich meine, es gibt auch Karrieren, die nicht vernichtet werden sollten, und ich glaube, dass deine dazugehört. Das kannst du ruhig als Kompliment verstehen ... so ist es nämlich auch gemeint. Deshalb wollte ich sowieso aussteigen. Ich musste erkennen, dass mein Herz diesmal nicht bei der Sache war.«

Sie setzte den Wein ab und stand auf.

»Nun, ich schätze, das war es wohl. Dann gehe ich jetzt nach oben und packe meine Sachen. Ich schlage euch ein Geschäft vor. Wenn ihr alle versprecht, niemandem zu verraten, wer die berühmte Axt ist, dann erzähle ich überall herum, dass du so unbesiegbar bist, dass dir nicht einmal die Axt etwas anhaben konnte. In Ordnung?«

Als ich zusah, wie sie den Raum verließ, merkte ich zu meiner Überraschung, dass sie mir fehlen würde. Egal was Aahz gesagt hatte, es war doch irgendwie schön gewesen, ein Kind hier zu haben.

»Soll das alles sein?«, fragte mein Partner mit gerunzelter Stirn. »Lässt du sie einfach davonspazieren?«

»Ich war die Zielperson. Ich schätze, da obliegt auch mir die Entscheidung. Außerdem hat sie keinen ernsten Schaden angerichtet. Wie Chumly vor ungefähr einer Sekunde bereits bemerkte, stehen wir jetzt sehr viel besser da als zu Anfang.«

»Natürlich ist da noch die Sache mit den Schäden, für die wir aufkommen mussten, als sie im Bazar ihre kleine Magikshow abzog.«

Ausnahmsweise war ich meinem Partner in Gelddingen diesmal um eine Nasenlänge voraus.

»Das habe ich nicht vergessen, Aahz. Ich glaube nur, dass wir den Verlust aus einer anderen Quelle decken können. Weißt du, was nämlich der letzte Hinweis für mich war? Dass ... warte, da sind sie schon.«

Nunzio kam gerade ins Zimmer, den Giek mit sich zerrend.

»Hallo, Skeeve«, sagte der Täufler und wand sich im Griff meines Leibwächters. »Dein ... äh, Kollege hier meint, dass du mich sprechen willst?«

»Er hat versucht, sich davonzuschleichen, nachdem ich es ihm sagte, Boss«, quiekte Nunzio. »Deshalb habe ich so lange gebraucht.«

»Hallo, Giek«, schnurrte ich. »Setz dich doch. Ich möchte mich ein wenig mit dir über ein Kartenspiel unterhalten.«

»Komm schon, Skeeve, ich habe dir doch schon gesagt ...«

»Setz dich!«

Der Giek plumpste auf den angewiesenen Stuhl, als wäre die Gravitation gerade verdreifacht worden. Die Stimme hatte ich mir von Nunzios Drachenbezwingervorführung ausgeliehen. Sie funktionierte.

»Was der Giek gerade sagen wollte«, erklärte ich, an Aahz gewandt, »ist, dass er mich vor dem Spiel heute Abend ermahnte, ich sei unterlegen, und er bat mich auch, es ihm nicht nachzutragen ... dass das Spiel mit dem Kind nicht seine Idee gewesen sei.«

»Das stimmt auch«, warf der Täufler ein. »Es hat sich einfach rumgesprochen und ...«

»Was mich jedoch neugierig macht, das ist, woher er wissen konnte, dass ich unterlegen war.«

Ich lächelte den Giek an und versuchte dabei, alle meine Zähne zur Schau zu stellen, genau wie Aahz das zu tun pflegt. »Weißt du, ich möchte mit dir gar nicht über das Spiel heute Abend reden. Ich hatte eigentlich darauf gehofft, dass du uns ein bisschen mehr Informationen über das *andere* Spiel geben könntest ... du weißt schon, als ich Markie gewann?«

Der Täufler musterte nervös die finsteren Mienen.

»Ich ... ich weiß nicht, was du meinst.«

»Dann will ich es dir leichter machen. Im Augenblick meine ich, dass das Spiel getürkt war. Anders hättest du nicht im Voraus wissen können, was für ein miserabler Drachenpokerspieler ich bin. Irgendwie hast du mir die Karten so gegeben, dass ich hoch gewann, hoch genug, um Markie miteinzuschließen. Ich bin nur neugierig, wie du es tun konntest, ohne die Magik- oder Telepathieschirme auszulösen.«

Der Giek schien auf seinem Stuhl ein Stück zusammenzuschrumpfen. Als er sprach, war seine Stimme so leise, dass wir ihn kaum verstehen konnten.

»Gezinkte Karten«, sagte er.

Der Raum explodierte.

»GEZINKTE KARTEN??«

»Aber wie ...«

»Ist das nicht ...«

Mit einem Wink gebot ich Schweigen.

»Das leuchtet ein. Denkt doch einmal darüber nach«, wies ich sie an. »Denkt besonders einmal an unsere Reise nach Limbo. Erinnert ihr euch daran, wie schwierig es war, uns zu verkleiden, ohne Magik zu verwenden? Im Bazar gewöhnen sich die Leute so sehr daran, alles nur auf magische Weise zu erledigen, dass sie vergessen, dass es auch nichtmagische

Möglichkeiten gibt, um das Gleiche zu bewirken ... beispielsweise falsche Bärte oder gezinkte Karten.«

Der Giek war wieder aufgesprungen.

»Das kannst du mir nicht vorwerfen! Schön, hat mich also jemand dafür bezahlt, um dafür zu sorgen, dass das Spiel zu deinen Gunsten verläuft. Mann, ich hätte eigentlich gedacht, dass du glücklich darüber wärst. Du hast doch gewonnen, nicht wahr? Worüber regst du dich dann auf?«

»Ich wette, wenn ich mir richtig Mühe gäbe, würde mir schon etwas einfallen.«

»Hör mal, wenn du Genugtuung willst, die hast du schon. Ich habe heute Nacht einen ganzen Batzen verloren, den ich gegen dich gesetzt hatte. Blut willst du haben? Ich blute schon!«

Nun schwitzte der Täufler sichtlich. Andererseits war er in meiner Gegenwart aus irgendeinem unerfindlichen Grund schon immer ein bisschen nervös gewesen.

»Ganz ruhig, Giek. Ich werde dir nicht wehtun. Im Gegenteil, ich werde dir helfen ... so wie du mir geholfen hast.«

»Ach ja?«, fragte er misstrauisch.

»Du sagst, du bist knapp bei Kasse, schön, dann kümmern wir uns eben darum.«

»Was!!??«, brüllte Aahz, doch Tanda knuffte ihn in die Rippen und er ergab sich einem missmutigen Schweigen.

»Bunny?«

»Ja, Skeeve?«

»Ich möchte, dass du morgen früh gleich als Erstes rüber zum Gleiche Chancen gehst. Geh die Bücher durch, mach Inventur und setze einen fairen Preis für das Etablissement fest.«

Der Giek zuckte zusammen.

»Meinen Club? Aber ich ...«

»... und dann stellst du einen Vertrag auf, mit dem wir ihn vom Giek übernehmen ... zum halben errechneten Preis.«

»WAS!!??«, kreischte der Täufler, seine Furcht vergessend. »Warum sollte ich meinen Club verkaufen, noch dazu für ...«

»Mehr, als er wert sein wird, wenn es sich herumspricht, dass du manipulierte Spiele abhältst?«, beendete ich den Satz für ihn. »Weil du ein kluger Geschäftsmann bist, Giek. Außerdem brauchst du das Geld. Stimmt's?«

Der Giek schluckte schwer, dann fuhr er sich mit der Zunge über die Lippen, bevor er antwortete. »Stimmt.«

»Wie war das, Giek?« Aahz hatte die Stirn in Falten gelegt. »Ich glaube, ich habe dich nicht ganz verstanden.«

»Ich aber«, sagte ich bestimmt. »Nun, wir wollen dich nicht weiter aufhalten, Giek. Ich weiß, dass du jetzt gern in deinen Club zurückkehren möchtest, um dort ein bisschen sauber zu machen, sonst sinkt unser Schätzwert.«

Der Täufler wollte wütend etwas erwidern, doch dann besann er sich eines Besseren und schlich sich in die Nacht hinaus.

»Glaubst du, dass wir damit die Schadenskosten wieder hereinbekommen, Partner?«, fragte ich unschuldig.

»Skeeve, manchmal versetzt du mich in Erstaunen«, sagte Aahz und hob salutierend den Wein. »Wenn jetzt keine weiteren Überraschungen mehr kommen sollten, bin ich für unsere Feier bereit.«

Es war zwar sehr verlockend, doch war ich andererseits schon in Fahrt und wollte den Augenblick nicht entschwinden lassen.

»Da ist doch noch *eine* Sache«, verkündete ich. »Nun, da wir uns um die Axt und das Kind gekümmert haben, sollten wir uns dem Hauptproblem widmen, das sich nun stellt, und zwar solange jeder noch hier ist.«

»Hauptproblem?«, mein Partner schnitt eine fragende Grimasse. »Was denn?«

Tief durchatmend, packte ich es an.

Kapitel 20

»Was gibt's Neues?«
Das Orakel von Delphi

Die ganze Mannschaft starrte mich an, während ich meinen Weinkelch hin und her schwang und nicht wusste, wo ich beginnen sollte.

»Wenn ich während dieser jüngsten Krise ein wenig zerstreut gewirkt haben mag«, sagte ich schließlich, »so liegt das daran, dass ich mit einem anderen Problem gekämpft habe, das mir aufgefallen ist ... mit einem großen Problem. Es ist tatsächlich meiner Meinung nach so groß, dass alles andere dagegen unwichtig war.«

»Wovon redest du nur, Partner?«, wollte Aahz wissen. »Das ist mir völlig entgangen.«

»Du hast es gerade selbst gesagt, Aahz. Das magische Wort ist ›Partner‹. Für dich und mich sind die Dinge recht gut gelaufen, aber wir sind nicht die Einzigen in diesem Haushalt. Als wir uns mit Chumly unterhielten, und er sagte, dass er im Leben auch nicht nur auf Rosen gebettet sei, brauchte ich eine Weile, um zu merken, was er damit eigentlich meinte, doch schließlich begriff ich es.«

Ich sah den Troll an.

»Dein Geschäft ist ziemlich am Boden, nicht wahr, Chumly?«

»Na ja, ich beklage mich nicht gerne ...«

»Ich weiß, aber vielleicht solltest du es ab und zu doch einmal tun. Ich habe noch nie vorher darüber nachgedacht, aber seit du bei uns eingezogen bist, hast du immer weniger Aufträge bekommen, nicht wahr?«

»Stimmt das, Chumly?«, fragte Aahz. »Das ist mir nie aufgefallen ...«

»Das ist niemandem aufgefallen, weil immer nur wir im Mittelpunkt der Aufmerksamkeit standen, Aahz. Die Mannschaft von Aahz und Skeeve war wichtiger als alles andere und als jeder andere. Wir waren so sehr damit beschäftigt, unserem großen Image gerecht zu werden, dass uns völlig entgangen ist, was dies unseren Kollegen angetan hat, jenen, die zu einem großen Teil verantwortlich für unseren Erfolg sind.«

»Ach, komm schon, Skeeve, alter Knabe«, lachte Chumly verlegen. »Ich glaube, da übertreibst du ein bisschen.«

»Tue ich das? Dein Geschäft ist tot und Tandas auch. Ich sage das zwar sehr ungern, aber sie hatte Recht, als sie ging, mit unserer gegenwärtigen Konstellation ersticken wir sie. Guido und Nunzio schuften sich zu Tode, um Superleibwächter zu sein, nur weil sie Angst haben, dass wir zu dem Entschluss gelangen könnten, sie gar nicht wirklich zu brauchen und sie stattdessen wieder zurückzuschicken. Selbst Massha hält sich für ein unnützes Mitglied der Mannschaft. Bunny ist unser neuester Zugang, und die hat versucht, mir klar zu machen, dass sie uns bestenfalls als Dekoration nützen könnte!«

»Nach dem heutigen Abend fühle ich mich schon besser, Skeeve«, berichtigte mich Bunny. »Nach der Verhandlung mit dem Kind und nachdem ich jetzt den Auftrag habe, das Gleiche Chancen preislich zu fixieren, glaube ich, dass ich doch noch etwas mehr für euch tun kann, als nur schwer durchzuatmen.«

»Genau!« Ich nickte. »Das gibt mir auch den Mut, euch den Plan zu unterbreiten, den ich ausgeheckt habe.«

»Plan? Welcher Plan?«

»Darüber wollte ich ja mit dir sprechen, Aahz. Genau genommen wollte ich mit euch allen darüber sprechen. Was wir hier in diesem Haushalt haben, das ist gar keine wirkliche Partnerschaft ... das ist eine Firma. Jeder in diesem Raum trägt zum Erfolg unserer Gruppe als Ganzes bei, und ich glaube, es wird langsam Zeit, dass wir unsere Organisation umstrukturieren, um dem gerecht zu werden. Was wir wirklich brauchen, ist ein System, bei dem alle von uns ein Mitspracherecht haben. Dann können die Klienten uns als Gruppe aufsuchen, wir legen die Preise fest und verteilen Aufträge oder beschäftigen Subunternehmer, um die Gewinne dann als Gruppe miteinander zu teilen. Das ist mein Vorschlag, was immer er wert sein mag. Was haltet ihr davon?«

Das Schweigen dehnte sich so lange aus, bis ich mich schon fragte, ob sie sich gerade überlegten, wie sie mir auf möglichst taktvolle Weise beibringen sollten, dass ich in die Gummizelle gehörte.

»Ich weiß nicht, Skeeve«, sagte Aahz schließlich.

»Was weißt du nicht?«, ermunterte ich ihn.

»Ich weiß nicht, ob wir uns Magik AG nennen sollten oder lieber Chaos GmbH.«

»Magik AG ist bereits vergeben«, wandte Tanda ein. »Und außerdem meine ich, dass der Firmenname ein wenig würdevoller und förmlicher sein sollte.«

»Wenn wir das machen, dann werden die Klienten aber mächtig überrascht sein, wenn sie uns zu sehen bekommen, falls du verstehst, was ich meine«, warf Guido ein. »Ist ja nicht so, als wären wir sonderlich würdevoll und förmlich.«

Ich lehnte mich in meinem Sessel zurück und atmete tief durch. Wenn das ihre einzige Sorge sein sollte, so schien meine Idee wohl durchaus erwägenswert zu sein.

Massha fing meinen Blick auf und blinzelte mir zu.

Ich antwortete, indem ich ihr zuprostete, wobei ich mich rechtschaffen selbstzufrieden fühlte.

»Nimmt diese Firma auch Neubewerber auf?«

Wir drehten uns alle um und erblickten Markie im Türrahmen, ihren Koffer in der Hand.

»Ich glaube, meine Qualifikationen brauche ich euch nicht erst noch aufzulisten«, fuhr sie fort, »aber ich bewundere diese Gruppe, und ich wäre stolz, dazugehören zu dürfen.«

Die Mannschaft tauschte Blicke aus.

»Nun, Markie ...«

»Mir ist immer noch schleierhaft ...«

»Dir stinkt doch nur diese Elementalsache ...«

»Was meinst du, Skeeve?«, fragte Aahz. »Du bist doch immer so groß darin, frühere Feinde zu rekrutieren.«

»Nein«, sagte ich entschieden.

Inzwischen blickten mich alle wieder an.

»Es tut mir Leid, mich so autoritär zu gebärden, nachdem ich gerade erst verlangt habe, dass jeder ein Mitspracherecht haben sollte«, fuhr ich fort, »aber wenn Markie einsteigt, steige ich aus.«

»Was ist das Problem, Skeeve?«, fragte Markie stirnrunzelnd. »Ich dachte, wir kämen noch immer ganz gut miteinander aus.«

»Das tun wir auch«, nickte ich. »Ich bin nicht sauer auf dich. Ich werde nicht gegen dich ankämpfen oder dir eins überbraten oder dir etwas nachtragen. Du hast schließlich nur deinen Job getan.«

Ich hob den Kopf, und unsere Blicke trafen sich.

»Ich komme nur nicht damit klar, wie du arbeitest. Du sagst, dass du unsere Gruppe bewunderst – nun, was uns zusammenhält, das ist das Vertrauen. So, wie du arbeitest, bringst du Leute dazu, dir zu vertrauen, um dieses Vertrauen dann zu verraten. Selbst wenn du unserer Gruppe gegenüber loyal bliebest, glaube ich nicht, dass ich Geschäftsbeziehungen mit jemandem unterhalten möchte, der der Meinung ist, er müsse auf solche Weise Profite erwirtschaften.«

Damit verstummte ich, und niemand brachte einen Einwand vor.

Markie nahm ihren Koffer wieder auf und schritt zur Tür zurück. Im letzten Augenblick drehte sie sich jedoch noch einmal zu mir um, und ich konnte Tränen in ihren Augen erkennen.

»Gegen das, was du gesagt hast, kann ich nichts einwenden, Skeeve«, sagte sie, »aber es wäre mir immer noch lieber, du hättest mir eins übergebraten und mir danach gestattet, mich euch anzuschließen.«

Es herrschte völliges Schweigen, als sie uns verließ.

»Die junge Dame hat ein durchaus ernst zu nehmendes Problem zur Sprache gebracht«, meinte Chumly schließlich. »Wie halten wir es mit neuen Mitgliedern?«

»Wenn wir neue aufnehmen sollten, würde ich gerne Vic vorschlagen«, meldete sich Massha.

»Zuerst einmal müssen wir uns darüber einig sein, ob wir überhaupt noch weitere Mitarbeiter brauchen«, berichtigte Tanda sie.

»Das wirft wiederum die ganze Frage nach selbständigen bzw. Exklusivkontrakten auf«, sagte Nunzio. »Ich glaube nicht, dass es realistisch ist, wenn alle den gleichen Anteil bekommen.«

»Ich habe gerade einen Plan entwickelt, der sich genau mit diesem Punkt befasst, Nunzio«, rief Bunny und wedelte mit der Serviette, auf der sie herumgekritzelt hatte. Wenn ihr euch noch ein paar Minuten gedulden könnt, hätte ich einen offiziellen Vorschlag zu machen.«

So sehr mich das Geschehen auch interessierte, fiel es mir doch schwer, mich auf unsere Unterredung zu konzentrieren. Aus irgendeinem Grund erschien vor meinem geistigen Auge immer wieder Markies Gesicht.

Gewiss, was ich gesagt hatte, war hart gewesen, aber auch notwendig. Wenn man ein Unternehmen oder eine Mannschaft führen will, muss man einen Standard festsetzen und sich auch daran halten. Da ist kein Platz für Sentimentalitäten. Ich hatte doch das Richtige getan, nicht wahr? Nicht wahr?

»Hier ist ein verrücktes Genie am Werk!«
THE OBSERVER

Rankins neuster Roman bietet wieder einmal alles: Im 'Necronet' werden nämlich ALLE Wünsche wahr (ja, alle), man muss nur wie einst Faust seine Seele verkaufen. An wen? Barry den Zeitkohl? Lazlo Woodbine, den genialen Detektiv? Oder an die mysteriöse Voodoo-Handtasche, die sich von alten Omas ernährt? Lesen Sie selbst ...

Für alle Freunde humorvoller Fantastik und noch verrückter als Terry Pratchett.

3-404-24307-2

BASTEI
LÜBBE